Bachtyar Ali

Die Stadt der weißen Musiker

Zu diesem Buch

Als man dem kleinen Dschaladat die Flöte zum ersten Mal in die Hand drückt, entlockt er ihr sofort Klänge, die alle verzaubern. Der alte Sufi Ishaki Lewzerin nimmt ihn und seinen Freund in die Berge mit, um sein geheimes Wissen weiterzugeben.

Als der Krieg und die Bombardements beginnen, wandern die drei Flötisten von Dorf zu Dorf. In einer riesigen, namenlosen Stadt der Bordelle muss Dschaladat in einer Tanzkapelle seine ganze Kunst des Flötenspiels wieder verlernen, um nicht aufzufallen. Das rätselhafte Mädchen Dalia beschützt ihn, weiht ihn ein in ihre Geheimnisse und führt ihn auf einen Weg in die Tiefen seines Landes, der unsere Vorstellungskraft übersteigt.

Der monumentale Roman einer Welt, in der der Tod allgegenwärtig ist und die Künste ungeahnte Rettung bringen.

»Bachtyar Ali, in seiner kurdischen Heimat ein Star, erfindet mit Dschaladat einen Simplicissimus des Orients. Virtuos verbindet er Erzähltechniken der westlichen Moderne mit orientalischen Erzähltraditionen und eindringlichen Bildern.« *Cornelia Zetzsche, Bayerischer Rundfunk*

Der Autor

Bachtyar Ali, geboren 1966 in Sulaimaniya (Nordirak), ist der bekannteste zeitgenössische Schriftsteller des autonomen irakischen Kurdistan. Sein Werk umfasst Romane, Gedichte und Essays. Er lebt seit Mitte der Neunzigerjahre in Deutschland und wurde 2017 mit dem Nelly-Sachs-Preis ausgezeichnet.

Der Übersetzer

Peschawa Fatah (*1983) besuchte die Primarschule in Sulaimaniya und die Mittelschule in Luzern. Er arbeitet als Übersetzer für Deutsch, Englisch, Französisch und Kurdisch. Ins Kurdische (Sorani) übertrug er Werke von Franz Kafka, Bernard Schlink, Pascal Mercier, Sherko Fatah, Le Clézio.

Hans-Ulrich Müller-Schwefe, Lektor, arbeitet seit 1975 im Suhrkamp Verlag und nun auch für andere Verlage. Er lebt in Berlin.

Mehr über den Autor und sein Werk auf *www.unionsverlag.com*

Bachtyar Ali

Die Stadt der weißen Musiker

Roman

Aus dem Kurdischen (Sorani)
von Peschawa Fatah und
Hans-Ulrich Müller-Schwefe

Unionsverlag

Die Originalausgabe erschien 2005.
Peschawa Fatah übertrug diesen Roman aus dem Kurdischen (Sorani) in einen ersten deutschen Text. Er wurde von Hans-Ulrich Müller-Schwefe in Zusammenarbeit mit dem Autor in die vorliegende, autorisierte Fassung gebracht.

Im Internet
Aktuelle Informationen, Dokumente und Materialien
zu Bachtyar Ali und diesem Buch
www.unionsverlag.com

Unionsverlag Taschenbuch 826

Originaltitel: Schar i Moseqare Speakan

Neptunstrasse 20, CH-8032 Zürich
Telefon +41 44 283 20 00
mail@unionsverlag.ch

Die erste Ausgabe dieses Werks im Unionsverlag erschien 2017
Reihengestaltung: Heinz Unternährer
Umschlagbild: Lukman Ahmad (Ausschnitt)
Umschlaggestaltung: Heike Ossenkop und Sven Schrape
Druck und Bindung: CPI – Clausen & Bosse, Leck
ISBN 978-3-293-20826-1

Der Unionsverlag wird vom Bundesamt für Kultur mit einem Verlagsförderungs-Strukturbeitrag für die Jahre 2016–2020 unterstützt.

Auch als E-Book erhältlich

Inhalt

Wir werden leben, nur die Zeit stirbt

Erich Maria Remarque, Im Westen nichts Neues

Scharochi Scharochs letzte Erscheinung

Diese Geschichte beginnt 1998 im Flughafen von Amsterdam, als ich zum zweiten Mal nach Kurdistan zurückkehrte. In jenen Tagen fühlte ich mich niedergeschlagen, hoffnungslos und gekränkt. Wenige Tage zuvor hatte ich von einem Gericht in Kurdistan die Scheidungsklage meiner Frau zugeschickt bekommen – aus heiterem Himmel. Es war vorbei mit uns. Um der Sache nachzugehen und mich um meine Kinder zu kümmern, musste ich über Syrien in die Heimat zurück. Vor den Schaltern standen die Menschen in drei Schlangen mit ihrem Gepäck, ich in der rechten. Plötzlich hörte ich eine Stimme: »Sie, ja, ich meine Sie, Sie sind doch Kurde? Ich kenne Sie. Nein, ich irre mich nicht … Sie sind doch der Schriftsteller Ali Sharafiar, nicht wahr?«

Es war ein junger Mann, ganz in Weiß gekleidet; er trug ein weißes Polohemd, weiße Hosen und makellos weiße Schuhe. Er stand am Schalter, um sein Gepäck aufzugeben, aber offensichtlich wog es zu viel, denn die Dame am Schalter ließ ihn nicht passieren. Ich dagegen hatte nichts Nennenswertes dabei, bloß eine kleine Tasche, die Schlafanzug, Zahnpasta und mein Rasierzeug enthielt.

»Ja, ich bin Ali Sharafiar«, sagte ich. »Bitte, was kann ich für Sie tun?« Auch das noch, dachte ich missmutig. Die Welt schien etwas gegen mich zu haben. Seit meiner Kindheit reiste ich am liebsten allein. Reisebekanntschaften hatten mir immer nur Ärger eingebrockt.

Der junge Mann hatte vier kleine rote Muttermale am Hals, wie Spuren verblasster Blutstropfen. Er sah gut aus mit seinen blauen Augen. Mich zu entdecken, schien ihn aus der Fassung gebracht zu haben. Er trat aus der Reihe, kam zu mir und fragte: »Sie gehen nach Kurdistan zurück, richtig?«

»Ja, ich gehe nach Kurdistan zurück.«

»Ich bitte Sie …« Er drückte mir eine weiße Tüte in die Hand. »Ich hoffe, es macht Ihnen keine Umstände. Wenn Sie für mich diese Tüte mitnehmen könnten? Denn ich gehe in eine andere Stadt, weit weg, so weit, dass niemand mich erreichen kann. Jemand muss diese Tüte für mich nach Kurdistan bringen und einem Mädchen namens Rauschani Mustafa Saqzi aushändigen. Die Adresse steht drauf, die Telefonnummer ebenso.«

»Sind es Medikamente?«, fragte ich ärgerlich, da Kurden aus Europa meistens Arznei oder Kosmetika heimschickten. »Ist es Haaröl? Rasierwasser oder so was?«

»Nein, mein Herr.« Er schüttelte den Kopf. »Das ist Musik. Rauschani Mustafa Saqzi ist Musikerin, sie studiert an der Kunstakademie. Ich schicke ihr Musik aus allen Epochen.«

Er öffnete die Tüte, ich sah Notenhefte und CDs. »Hier, aus dem Barock Palestrina. Auch Vivaldi, sie liebt ihn. Und Henry Purcell. Aus der Klassik schicke ich ihr Haydn und Mozart, von den Romantikern Rossini, ja, den großen Rossini, den auch ich sehr bewundere. Da ist Mendelssohn und John Stainer. Aber auch die Modernen, Benjamin Britten, Markus Stockhausen. Herr Sharafiar, Sie sind meine letzte Hoffnung.«

»Wenn die Telefonnummer draufsteht, mit Vergnügen«, sagte ich. »Das Wichtigste ist die Telefonnummer.«

»Nein, das Wichtigste ist, dass Sie es ihr selbst aushändigen«, beharrte er. »Sie müssen völlig sicher sein, dass sie wirklich Rauschani Mustafa Saqzi ist. Sie dürfen das niemand anderem übergeben, denn sie hat Ihnen Dinge zu berichten, die sehr wichtig sind. Es geht nicht nur um diese Noten und CDs, es geht um mehr. Sie wird es Ihnen erzählen.«

»Soll sie mir etwas Privates für Sie übergeben, das ich zurückbringen soll? Meinen Sie das?«, fragte ich verwundert. »Aber wie soll ich Sie erreichen?«

»Nein, wir beide werden uns nie wiedersehen«, gab er zurück. »Ich gehe in eine andere Stadt. Sie werden mich nie wiedersehen.«

»Aber was soll ich ihr denn sagen«, fragte ich verwirrt und etwas verärgert, »wenn sie fragt, wer ihr diese Sachen geschickt hat?«

»Sagen Sie: Scharochi Scharoch … der traurigste Flötist der Welt.«

Ich wollte ihm weitere Fragen stellen, doch er nahm meine Hand und sagte: »Tut mir leid, dass ich keine Zeit habe. Ich muss los. Sie wissen nicht, wie wenig Zeit mir blieb. Sie wissen nicht, wie wichtig es war, Sie zu treffen. Unsere Begegnung wird bedeutende Konsequenzen haben. Denken Sie jetzt nicht weiter darüber nach, es ist nicht leicht zu verstehen, aber Dschaladati Kotr wird Ihnen alles erklären. Alle Fragen, die Sie haben, können Sie ihm stellen. Auf mich kommt es nicht an. Wenn ich weg bin, sehen Sie mich nicht wieder.«

»Was sagen Sie da«, fragte ich ungehalten. »Wer ist Dschaladati Kotr? Ich kenne niemanden, der so heißt.«

»Dschaladati Kotr«, sagte er geheimnisvoll lächelnd, »ist der Junge, der aus der Stadt der weißen Musiker zurückgekehrt ist.«

»Stadt der … was?«, fragte ich.

»Stadt der weißen Musiker«, wiederholte er ruhig.

Unversehens fand ich mich direkt vor dem Schalter, mit der weißen Tüte des unbekannten Weißgekleideten in der Hand. Die Dame prüfte meinen Pass und mein Ticket, wog meine Tasche und ließ sie auf dem Förderband entschwinden. Als ich die Bordkarte bekam, drehte ich mich um und wollte mein Gespräch mit dem Unbekannten, der mir leicht irr vorkam, zu Ende bringen. Aber er war verschwunden.

Bis zum Abflug blieb wenig Zeit. Ich suchte den Mann an allen Gates, in den Cafés und Flughafenshops, aber vergebens. Bevor ich an mein Gate ging, leerte ich die Tüte aus und überprüfte den Inhalt. Nein, da war nichts Verdächtiges. Ich packte alles wieder ein, schrieb mir die Telefonnummer in mein Adressbüchlein und notierte daneben: Rauschan Mustafa.

Ich war mir fast sicher: Dieser Herr Scharoch gehörte zu jenen unglückseligen Kurden, die durch endloses Herumreisen mit keinerlei Aussicht auf Asyl vor lauter Heimweh den Verstand verloren haben. Aber hatte ich selbst nicht Kummer genug? Ohne weiter darüber nachzugrübeln, stieg ich ins Flugzeug nach Damaskus.

So also begann diese Geschichte. Ihr Ende wird sie an ganz anderem Ort, jenseits der uns vertrauten Welt und Zeit finden.

Eine Woche nach meiner Rückkehr wählte ich im Laden eines Freundes die Telefonnummer, die auf der weißen Tüte stand. Eine außergewöhnlich ruhige und sanfte Mädchenstimme meldete sich. Sie kam wie aus einer anderen Welt, wie aus den Tiefen eines Traums. Als sei eine überirdische Musik in ihrer Stimme, als wollte sie einen damit verführen.

»Mein Name ist Ali Sharafiar«, begann ich. »Ich lebe in Deutschland. Ich habe Frau Rauschan Mustafa etwas Persönliches zu übergeben und würde gern mit ihr sprechen, wenn es passt.«

»Ja, Herr Sharafiar«, erwiderte die feine Stimme am anderen Ende der Leitung. »Ich habe auf Sie gewartet. Wir alle warten auf Sie.«

»Verzeihung, ich wusste nicht, dass es so dringlich ist«, sagte ich verblüfft. »Glauben Sie mir, ich wusste es nicht. Ich habe gerade selber Probleme. Wenn es Ihnen passt, kann ich Ihnen die Sachen gleich bringen lassen. Wenn Sie mir die Adresse geben, schicke ich sofort ein Taxi.«

»Nein, mein Herr«, sagte sie. »Wir warten auf Sie persönlich, besonders Dschaladati Kotr.«

»Um Himmels willen, wer ist denn Dschaladati Kotr?«, fragte ich irritiert. »Ich habe eine Tüte für Sie, das ist alles. Ich bin in Eile, muss zum Gericht, zum Grundbuchamt und hab noch tausend andere Dinge zu erledigen. Es tut mir leid. Aber sagen Sie, was will Herr Dschaladati Kotr von mir?«

»Wir wissen doch, wie beschäftigt Sie sind«, beteuerte die feine Stimme mit unerschütterlicher Gefasstheit und Sanftmut. »Aber es geht um etwas überaus Wichtiges, eine Geschichte voller Geheimnisse, verstehen Sie, mein Herr. Wir haben Ihre Bücher gelesen, wir alle. Das war ein gemeinsamer Entschluss. Sie sind der Einzige, der es schreiben kann ... Der Einzige ...«

Ich war damals die Ungeduld in Person. Viele hielten mich für den besten Schriftsteller jener Zeit, aber ich muss sagen: Damals hatte ich nicht mehr die Kraft, ans Schreiben auch nur zu denken. Das Schreiben hatte mir nichts als Kummer und Qual eingebracht. Ja, ich weiß, viele Schriftsteller behaupten das, aber niemand hat so viel Unheil durch das Schreiben erfahren wie ich. Seit über sechs Monaten hatte ich keine Zeile mehr geschrieben. Kaum nahm ich den Stift in die Hand, brach ein neues Drama über mich herein. Nein, die Beleidigungen und Lügen waren mir egal, die die Zeitungen damals über mich publizierten. Schließlich hat jeder große Text seine schwachsinnigen Feinde. Ich gehörte nie zu diesen zartbesaiteten Dichtern, die vor dummdreisten Kritikern in die Knie gehen. Nein, ich lachte über sie, es gab mir Kraft und trieb mich an. Und doch, in jenen Tagen war mein Schreiben erlahmt, langsam, aber sicher kam es mir wie ein Pfad in den Tod vor.

»Ich fürchte«, sagte ich erschöpft, aber nicht ohne Spott, »Sie sind auch eine von denen, die mir ihr Leben auf ein paar Seiten notieren und sagen: ›Schreiben Sie einen Roman über mich.‹ Warum eigentlich will heutzutage jeder ein Romanheld werden? Was sind denn das für Zeiten? Ich schreibe nicht mehr. Es ist besser, Sie suchen sich einen anderen Autor.«

»Nur mit der Ruhe, mein Herr«, lachte das Mädchen geduldig, »wir wissen alle, dass es nicht einfach ist, jemanden zu überreden, ein Buch zu schreiben, wir wissen es alle, aber ...«

Dieses Gespräch konnte endlos dauern. Also nahm ich mich, innerlich seufzend, zusammen. »Reden wir weiter, wenn ich Ihnen die Sachen bringe ... Sie können mir dann alles erklären. Keine Angst, ich bin eigentlich ein guter Zuhörer und nicht immer so ungeduldig.«

Zwei Tage nach diesem Gespräch traf ich Dschaladati Kotr. Es dürfte zu früh sein, euch von unserem ersten Treffen zu erzählen, das irgendwie in die Mitte der Geschichte gehört, aber ich muss jetzt, gleich zu Beginn, erwähnen, dass dieser Roman das Produkt der seltsamen Begegnung ist, die ich mit diesem Mann hatte, der damals zwischen verschiedenen Welten pendelte. Ich, unter Zeitdruck und in einer Lebenskrise, musste tatsächlich ein weiteres Buch schreiben. Zum ersten Mal akzeptierte ich einen derartigen Auftrag: die Geschichte eines Helden zu schreiben, den ich selber kennengelernt hatte. Mich also als Schriftsteller diesmal weniger wichtig zu nehmen und einem der Helden das Feld zu überlassen.

Wir haben dann verabredet, dass teilweise ich die Geschichte erzählen und dass ich die Sprache des ganzen Buchs bestimmen darf. Ich sollte das Recht haben, ihm die Rolle des Erzählers abzunehmen, wann immer ich wollte, wie in einem Theaterstück, in dem der Autor selbst mitspielt. Wir haben gewissermaßen das Buch unter uns aufgeteilt.

Sicher fragt ihr mich jetzt: Wer ist Dschaladati Kotr? Was für ein Mensch war er? Was für ein Leben hat er gelebt, das es verdient, zum Gegenstand eines Romans zu werden?

Am besten erzähle ich alles von Anfang an.

ERSTES BUCH

Erzählt von Ali Sharafiar

Verloren im Süden

Mitte 1970, sechs Monate nach der Geburt von Dschaladati Kotr, starb Mriam Faizi an einer unbekannten Krankheit. Vielleicht war es der Kummer, der sie nach der Trennung von ihren beiden Söhnen überfallen hatte. Nach einem langen und sinnlosen Streit mit seinen Verwandten hatte nämlich der Vater von Dschaladati Kotr geschworen, Mriam werde ihre Söhne nie wieder zu Gesicht bekommen. Ein erbarmungsloser Schwur, der zum Tod einer Frau führte, die einen solchen Tod nicht verdient hatte. In einem fernen Dorf an der Grenze wurde sie begraben, und bald hatte die Welt sie vergessen. Dschaladat bekam seine Mutter nie zu Gesicht. Und doch, vielleicht hatte diese Frau, die ein kurzes, bedrücktes Leben lebte, ihrem kleinen Kind eine geheime Macht hinterlassen: die Fähigkeit, den Tücken, Fallstricken und Verführungen des Todes zu entgehen, die Mauern des Todes zu sprengen und zu überleben. Eine Kraft, die in diesem Roman nach und nach offenbar werden wird. Eine Fähigkeit, deren Mysterium unsere Vorstellungskraft übersteigt.

Doch hatte Dschaladat, der ungefähr zehn Jahre jünger war als sein Bruder Dschaudat, keine unglückliche Kindheit. Unter der Obhut seines Vaters und seines älteren Bruders, der mit siebzehn heiratete und lernte, des Vaters große Mehlhandlung zu führen, wuchs Dschaladati Kotr ohne Sorgen auf. Ein seltsamer und furchtbarer Autounfall war die einzige Tragödie in seinem Leben. Jedoch, als er zehn war, starb sein Vater, und seine Schwägerin Suheyla offenbarte ihren bis dahin verborgenen, teuflischen Charakter.

Alles begann mit einer kleinen, weißen Flöte, die ein Toter dem Achtjährigen auf seltsame Weise hinterließ. Es war die Flöte von Meister Sarmad Tahir, einem schlanken Mann mit langem Bart, der im Hof des Nachbarhauses unter einem gigantischen Maulbeerbaum saß und tagaus, tagein Flöte spielte. Ständig saß er unter diesem Baum und spielte, hingebungsvoll. Schon mit sechs stieg Dschaladat über eine Leiter auf die Mauer zwischen den Höfen, saß dort rittlings und lauschte. Wann immer Meister Sarmad die Flöte weglegte, warf er Dschaladat ein kleines Lächeln zu, lehnte sich auf seinem Stuhl zurück und schloss die Augen. Niemand kann sich daran erinnern, dass der Meister je mit dem kleinen Dschaladat gesprochen hätte. Ein Lächeln – mehr war nicht zwischen den beiden. Und keiner wusste zu sagen, ob dieser Mann, außer einer alten Tante, irgendwelche Angehörigen hatte.

Eines Morgens wurde das ganze Viertel von den Schreien dieser alten Tante aus dem Schlaf gerissen, die laut heulend den Tod des Meisters Sarmad verkündete. Die Nachbarn fanden ihn in seinem weißen Schlafanzug vom Maulbeerbaum hängend. Aus freiem Entschluss hatte er Selbstmord begangen.

Meister Sarmad hinterließ nichts als die weiße Flöte. Vor seinem Tod hatte er sie ordentlich in eine Tüte gepackt, auf der in Schönschrift stand: »Meine Lieben, wer meine Leiche runterholt, soll bitte diese Flöte dem kleinen Dschaladat übergeben, dem Jungen unseres Nachbarn Ismaili Kotr.«

Man drückte also dem kleinen Dschaladat die Flöte in die Hand, und schon beim ersten Mal konnte er ihr berückende Töne entlocken. Sobald er die Lippen an das Instrument drückte, kam eine Musik heraus, die jedermann verblüffte. Das Talent des Kindes war so erstaunlich, dass sein Vater ihn vorzeitig in einen der privaten Musikkurse steckte, die damals neu in unserer Stadt angeboten wurden. Der Ruf seiner Begabung verbreitete sich, und als er mit seiner Musikkapelle in jenen schrecklichen Unfall geriet und als Einziger überlebte, wurde er zum Helden und Liebling der Stadt.

Der Tod seiner Freunde hatte dem kleinen Dschaladat Ruhm beschert. Er als Einziger war aus dem Totenreich zurückgekehrt. Aber in furchterregendem Ausmaß war er einsam und ungesellig geworden. In seinem Leben gab es nur noch die Musik. Er lernte viele Instrumente, hörte Tag und Nacht Symphonien und Sonaten auf seinem Rekorder.

In Dschaladats Leben gab es allerlei Besonderheiten. Die merkwürdigste: seine Freundschaft mit dem Jungen Sarhang Qasm. Eines Tages, im Alter von elf, saß Dschaladat vor der Mehlhandlung seines Vaters und lernte ein kurdisches Gedicht auswendig. Er war so tief in die Poesie eingetaucht, dass er die Welt vergaß, das Lärmen des Basars erlosch in seinem Kopf wie eine Kerze. In dieser Stille hörte Dschaladat eine ferne Flöte. Der Junge klappte sein Buch zu, wie schlafwandelnd folgte er der Musik, Straße um Straße, durch Stadtviertel, die er noch nie gesehen hatte. In einer engen Gasse blieb er vor der Ruine eines Hauses stehen. Da spielte jemand, hoch auf einem Dach, nur der Kopf war zu sehen. Ein kleiner blonder Junge, ein wenig jünger als er selbst. Bis zum Aufgang des Mondes stand Dschaladat dort und lauschte mit pochendem Herzen der Musik des Jungen. Am folgenden Tag kam er wieder, nun aber mit seiner Flöte. Sobald der blonde Junge anfing, spielte sich Dschaladat in seine Melodie hinein. Nach einer Weile hielt der blonde Junge inne, lugte aus seinem Versteck und sagte lächelnd: »Freund, schön spielst du Flöte. Mein Name ist Sarhang Qasm. Komm doch rauf, und wir spielen zusammen.«

»Gerne. Mein Name ist Dschaladati Kotr.«

So begann eine Freundschaft, deren Band die Musik war.

Danach wechselte Dschaladat an die Schule, die Sarhang Qasm besuchte. Auf den Schulfesten gab es viel Beifall und Lob für die beiden, auch von Leuten, die wenig Ahnung von Musik hatten. Die beiden konnten sich rein durch ihre Musik verständigen. Auch wenn sie in den Straßen der Stadt unterwegs waren, ja sogar im Regen flöteten sie.

In dieser Zeit starb Dschaladats Vater. Nun zeigte seine Schwägerin Suheyla ihre Krallen und schmiss ihn des Öfteren über Nacht aus dem Haus. Es waren die gefährlichen Nächte, in denen die Sondereinheiten des Regimes patrouillierten und auf alles schossen, was sich bewegte. Dschaladat bummelte dann bis zum Morgen durch die Gassen und spielte Flöte. Manchmal machten ihm die Eltern von Sarhang die Tür auf, und er schlief bei ihm.

Sarhangs Vater war ein glatzköpfiger, kleiner Mann, der im Krankenhaus arbeitete. Seine Mutter war jünger als er und hübsch, sie hatte einen liebevollen Blick. In ihren Augen stand aber auch eine unerklärliche Angst, man wusste nicht, woher sie kam.

In der Schule ging es mit den Jungen bergab. Mit ihren Instrumenten jedoch erlebten sie Einzigartiges. Sie waren verrückt nach Mozart. Mit geschlossenen Augen liefen sie zusammen die Straße hinunter und spielten zum Takt der Schritte seine Melodien. Auch die erfahrensten Musiker bewunderten die beiden.

Dabei sahen sie aus wie Strolche. Abgemagert, in zerfetzten Kleidern liefen sie herum. Die Lehrer hielten Dschaladat für einen hoffnungslosen Fall. Sarhangs Eltern begannen, sich Sorgen um ihren Sohn zu machen. Sie versuchten, die Freundschaft, von der sie glaubten, sie führe ihren Sohn ins Verderben, irgendwie zu beenden. Der einzige Mensch, der den beiden half, war ein dicker alter Lehrer. Er händigte ihnen die Schlüssel für den Musikraum der Schule aus, sodass sie notfalls dort übernachten konnten. Wenn er sie abends mit den Instrumenten allein ließ, sagte er: »Meine Söhne, übt, habt keine Angst, spielt. Um alles andere kümmert euch nicht.«

So spielten sie ganze Nächte durch, hörten Musik, redeten und redeten – wie in Erwartung eines Boten aus einer anderen Welt, der sie in die letzten Geheimnisse der Musik einweihen würde. Doch dann wurde der freundliche, dicke Musiklehrer für seine guten Taten bestraft und in eine abgelegene Kleinstadt versetzt. Man stellte einen dürren Mann mit Wolfsgesicht ein, dessen erste Aufgabe darin bestand, Dschaladat und Sarhang rauszuschmeißen.

Nun hatte Dschaladat keine Bleibe mehr. Nicht immer ließ ihn sein Bruder Dschaudat bei sich zu Hause schlafen. Manche Nacht ging er in die Wälder am Stadtrand, spielte Flöte unter einem der Bäume. Manchmal räumten ihm die Wächter in Gebäuden, die gerade gebaut wurden, einen Schlafplatz ein.

Sarhang musste jeden Abend nach Hause zurück, aber an seiner Freundschaft mit Dschaladat hielt er fest. Die Lage seines Freundes beunruhigte ihn. Oft stahl er für ihn Essen von zu Hause, und dann und wann halfen auch andere Musiker. Ohne dass Dschaladat es mitbekommen hätte, eilte ihm der Ruf eines verrückten Genies voraus.

Bis zu dem Abend, an dem Ishaki Lewzerin auftauchte, war sein Leben ohne Hoffnung. Aber mit Ishaks Auftauchen veränderte sich alles.

Es war einer der seltenen Abende, an denen Dschaladat unbesorgt, die Hände in den Taschen, in den Marktpassagen spazieren ging. Vor einer Parfümerie, an der Dschaladat fast täglich vorbeiging, trat Ishaki Lewzerin auf ihn zu und stellte sich als Musiker vor.

Ishak hatte schon viel von Dschaladat, dem jungen verrückten Genie, gehört. Doch als er Dschaladat zu Gesicht bekam, wirkte er auf Ishak zart und ruhig. Ishaki Lewzerin erzählte, er komme aus den Grenzgebieten und suche zwei Musikschüler, um sie zu unterweisen. Schon in mehreren Städten hatte er gesucht, war jedoch nirgends fündig geworden.

Ishaki Lewzerins Begegnung mit Dschaladat ging in einen langen Spaziergang über, der die ganze Nacht und den Morgen des nächsten Tages in Anspruch nahm. Wie gebannt hing Dschaladat an Ishaks Lippen. Dessen Worte drangen tief, tiefer sogar als die Musik, in ihn ein. Er konnte gar nicht anders, als ihm zu folgen, immer weiter, landaus, landein.

An diesem Tag beschloss Dschaladat, Ishaki Lewzerin zu folgen, doch für Sarhang war es nicht so einfach. Er war das Einzelkind sorgender Eltern und ein besserer Schüler als Dschaladat, aber auch er war besessen von der Musik.

Anfangs war Dschaladat sogar dagegen, dass Sarhang Schule und Zuhause aufgab. Er meinte, ihre Lebensumstände seien so unterschiedlich, dass sie nun auseinandergehen müssten, um jeweils dem eigenen Weg zu folgen.

Nein, es gehörte sich nicht, dass ein ordentlicher Schüler wie Sarhang die Schule hinschmiss, um einem Musiker hinterherzulaufen. Aber Sarhang hatte sich in all den Jahren oft genug widerspenstig gezeigt. Sein Ungehorsam hatte dazu geführt, dass der Vater seine Instrumente zerbrach, ihn nicht ausgehen ließ, ihn stundenlang einsperrte. Er verbot ihm, Dschaladat zu treffen, aufs Dach zu steigen, Musik zu spielen. Lauter Gründe, die Sarhang zwangen, sein Zuhause und die Schule zu verlassen und sich auf eine Reise ins Unbekannte zu begeben, obwohl er nur noch ein Jahr bis zur Uni hatte.

In der Nacht bereitete er alles vor. Am Morgen ließ er seine Schulbücher unter dem Fernseher liegen. Unbemerkt, in traditioneller Kleidung, trat er auf die Straße, um nie wieder zurückzukehren.

Mit diesem Augenblick, in dem Sarhang Qasm die Haustür schließt und losgeht, fängt unsere Geschichte erst richtig an. Die Geschichte zweier Jungen, die alles verlassen und einem alten Musiker folgen. Das ist der wahre Beginn unserer Geschichte. Wenn ihr Geduld habt, werde ich euch auf die lange Spur eines Musikers führen, der in Zeiten von Tod und Vernichtung an das Unsterbliche denkt.

Aber zuerst einmal begleiten wir Dschaladat und Sarhang, die jetzt mit Ishaki Lewzerin unterwegs sind an einen Ort, an dem sie ihr Leben der Musik widmen können. Ja, hören wir, was auf die beiden Jungen nun zukommt.

Nach stundenlangem Marsch kamen Dschaladati Kotr und Sarhang Qasm mit Ishaki Lewzerin zu einem großen Haus, weiß wie das Gestein eines fernen Sterns, davor ein Zugangsweg, der von Bäumen vollständig beschattet wurde. Ein Haus inmitten eines großen Gartens, umhüllt von magischer Stille, vom Duft der Natur und der Erhabenheit uralter Bäume. Weite Fenster öffneten sich ins Freie, alle Zimmer waren weiß gestrichen, es gab nur wenig Möbel und ein paar riesige Feuerstellen. Der

Vorrat an Lebensmitteln hätte für eine mehrjährige Einsiedelei ausgereicht.

Gleich zu Beginn nannte ihnen Ishaki Lewzerin einige Regeln. Alle drei sollten sich täglich mit kaltem Wasser waschen und gemeinsam frühstücken. Stets sollten die beiden sich bereit für ihn halten.

In den ersten paar Tagen unternahm Ishaki Lewzerin nichts. Wenn die Sonne schien, stellte er sich in die Sonne und sagte nur: »Lasst das Sonnenlicht in eure Seele ein.« Wenn der Regen fiel, stellte er sich in den strömenden Frühlingsregen und sagte: »Lasst den Regen euer Inneres durchtränken. Das größte Unheil für Leib und Seele sind Düsterkeit und Trockenheit, sie sind die Erzfeinde der Musik.«

»Jeder Regentropfen hat seinen eigenen Klang, jedes Geräusch berührt einen auf seine Art«, sagte Ishak. »Die erste Musik ist die Melodie dieser Geräusche, ihr müsst zu hören lernen, dass Regen überall anders klingt. Den Unterschied der Geräusche hören und die Ungleichheiten schmecken. Musik ist, die Ungleichheiten zu schmecken.«

Diese ersten Tage waren schwierig. Die zwei Jungen mussten stundenlang ausharren, um den Regen Tropfen für Tropfen zu spüren. Um alles Licht der Welt in sich aufzunehmen. Ishak schaute sie an und sagte: »Noch ist es zu früh, über Musik zu reden. Die Musik kommt später … Nach allem anderen. Denn was bedeutet Musik, wenn ihr die Bedeutung von allem anderen nicht versteht?«

»Die Musik ist ein Teil einer ewigen Suche«, sagte er in der ersten Nacht, als sie gemeinsam aßen, »Teil einer göttlichen Reise hinüber, ans Ende von allem, auf die unvergängliche Seite des Lebens.

Drei lange Reisen sind dem Menschen aufgegeben. Die Reise in die Natur, die Reise zum Himmel und die Reise zu sich selbst. Um Mensch zu werden, muss man wenigstens einen dieser Wege beschreiten. Und dabei ist der Mensch allein, niemand kann ihm bei der Reise zu sich selbst, in die Natur oder zu Gott helfen. Nur mit unseren eigenen Augen können wir den Menschen sehen, der sich in uns verborgen hält. Ganz allein muss jeder die Natur zum Reden bringen und sie hören lernen. Allein müssen wir Gott finden, nicht den Gott der Frommen und Einsiedler, sondern unseren Gott … Einen musischen Gott, den ihr erkennen werdet, wenn eure Suche gelingt.«

Morgens wirkte Ishak strahlender, jünger als am Abend oder in der Nacht. Mit dem Untergang der Sonne schien er zu altern, und kurz vor dem Schlafen wirkte er wie ein kränkelnder Greis. Morgens stand er sehr früh auf. Wenn Dschaladat und Sarhang die Augen aufschlugen, kam er schon von einem Ausflug zurück. Manche Tage ging er in ein nah gelegenes Städtchen und kehrte bei Sonnenuntergang heim. Hin und wieder brachte er seinen Schülern die Neuigkeiten der Gassen und Basare mit. Sarhang und Dschaladat hörten gebannt die Nachrichten vom Krieg, der sich allmählich näherte. Ishaki Lewzerin sagte, der Krieg sei fern. Die Nachrichten seien nur dazu da, um über den Stand der Dinge zu informieren. »Aber für die Seele zählt das alles nicht. Musiker dürfen nicht zu Gefangenen von Geschehnissen, Zeitläuften und zufälligen Dingen werden. Die Musik lebt in ihrer eigenen, unvergänglichen Welt und spricht ihre eigene Sprache. Kein Krieg kann sie zerstören. Die Musik ist eine Dimension des Seins, die alle anderen Dimensionen nicht berührt.«

Schüchtern baten Sarhang und Dschaladat ihren Lehrer, einfacher zu ihnen zu sprechen. Viele seiner Wörter kannten sie nicht. Hinter jedem Satz spürten sie die Schatten weiterer Gedanken. Am Ende der ersten Woche sagte Dschaladat: »Meister, jedes Gespräch, das du mit uns führst, erfordert weitere Gespräche. Jede Sache, von der du sprichst, muss weiter erklärt werden. Wir verstehen die Dinge oft nicht.«

»Ich bin Wasser«, sagte Ishak und sah seinen Schülern ruhig in die Augen, »eines Tages werdet ihr auch zu Wasser. Anders als durch sein Plätschern kann das Wasser nicht sprechen. Ich bin Wind, auch ihr werdet eines Tages zu Wind. Auch der Wind kann nur seine eigene Sprache sprechen. Ihr seid hier, um die Stimmen des Windes, der Nacht, der Steine und der Insekten zu lernen. Kein Insekt, keine Nachtigall spricht mit einer anderen als der eigenen Stimme. Ihr müsst Schwere und Leichtigkeit ablegen, ihr müsst jede Stimme, jede Melodie und jedes Wort so nehmen, wie es ist. Alles, was eine Bedeutung hat, hat seine eigene Musik, und alles, was keine Bedeutung hat, hat seine eigene Musik … Keine Nachtigall ändert ihre Stimme unseretwegen, und kein Verstand verbirgt euretwegen, was er weiß. Wer Musiker werden will, muss die Sprache der Welt verstehen. Musik heißt nicht nur die Dinge verstehen, die reden und schreien. Musik heißt auch die Dinge hören, die keine Stimme haben, sie ist eine Reise ins Jenseits der Stimmen, durch die Stille.«

Nach dem Frühstück gingen sie jeweils in den Garten. Ishaki Lewzerin ließ dann eine Weile den Blick schweifen und beschloss nach kurzer Überlegung, was sie tun sollten. Heute schien die Sonne, also sollten sie die Augen schließen und den Sonnenschein langsam durch den Körper in die Seele eindringen lassen. Die beiden waren ratlos, sie schlossen die Augen und standen fremd da, zwei einsame Körper.

»Meine lieben Schüler, es gibt Tausende versteckte Augen im Inneren des Menschen. Der Mensch steckt voller Augen, aber diese Augen schlafen. Wir müssen versuchen, sie zu wecken. Jedes dieser Augen sieht eine Welt, die mit gewöhnlichen Augen nicht zu sehen ist … Ihr müsst eure Seelen erhellen. Tage und Nächte der Seele sind nicht wie Tage und Nächte des Leibes. Zuweilen sinkt die Seele in einen tiefen Schlaf, aus dem sie nicht erwacht. Sie geht in eine lange Nacht, aus der sie nicht herauskommt. Bisweilen kommt ein Mensch auf die Welt und geht dahin, ohne dass seine Seele auf die Welt gekommen wäre. Um die Seele zu wecken, die Augen zu wecken, die im Dunkeln schlafen, die Ohren wachzurufen, die lange nichts gehört haben, müssen wir wieder bei der Natur anfangen, der Alter und Tod fremd sind … Wir müssen unsere Verbindung zu Wind, Regen und Sonne wiederherstellen. Unser Leib ist ein Rinnsal, in dem alles fließt. Wenn ihr Geduld habt, wenn ihr euch sammelt und öffnet, wird der Sonnenschein Tag für

Tag tiefer in euch eindringen, der Regen wird euch durchtränken und von innen heraus zu euch reden. Der Wind wird in euch hineinwehen und Türen öffnen … Meine Lieben, uns selbst müssen wir durch die Musik erhellen, eine andere Sprache sprechen, andere Tore öffnen. Wenn der Mensch die Türen in sich selbst nicht öffnet, wie kann er Türen nach draußen öffnen? Wer seine eigene Stimme nicht hört, wie kann er andere Stimmen hören?«

Anfangs zweifelten sie an sich. Die Welt, von der Ishak sprach, schien unerreichbar. Sarhang war gereizt und aufgewühlt. In den ersten Tagen weinte er oft. Ishak wischte ihm die Tränen vom Gesicht, nahm seine Hand, führte ihn zu seinem Zimmer und bat ihn zu schlafen. Die endlosen Stunden in Regen, Sonne und Wind, dieses pausenlose Lauschen auf die Natur entkräftete sie.

Tag für Tag standen sie da. Wenn es windete, öffneten sie sich dem Wind, wenn es Nacht war, öffneten sie sich dem Mondlicht, wenn es regnete, boten sie ihren Leib dem Regen dar. Die beiden standen auf zwei kleinen Erhöhungen, schlossen die Augen und lernten, Helligkeit, Mondlicht und Stimmen zu sich heranzuziehen. Von Tag zu Tag wurden sie ruhiger, sie verstanden besser, was der Sonnenschein bedeutete, wie der Regen sprach, wie die Nacht hereinbrach, und wurden vertraut mit dem Woher und Wohin der Wolken. Sie begannen, die Stimmen zu hören.

Ishak lehrte sie schließlich, auch das, was jenseits der Stimmen ist, in Musik zu übersetzen. Kamen sie zu einem Gewässer, sagte er zu ihnen: »Es ist nicht wichtig, aus den Geräuschen des Wassers Musik zu machen, sondern aus seiner Färbung.« Gerieten sie in einen Sturm, sagte er: »Es kommt nicht darauf an, aus Windgeräuschen Musik zu machen, sondern aus der Wärme und der Kälte des Windes.« Wenn sie Grasland erreichten, sagte er: »Es kommt nicht darauf an, das Grün in Melodie zu verwandeln, sondern darauf, aus Schlaf und Erwachen des Grases Musik zu erschaffen.« Wenn sie es blitzen sahen, sagte er: »Es kommt nicht darauf an, aus dem Zischen der Blitze ein Lied zu machen, sondern man muss ihrem Licht einen Körper geben.«

Sarhang wurde ruhiger und ausdauernder. Er wachte früher auf, ging früher hinaus in den Garten, war bei der Arbeit bald schneller und beständiger als sein Meister. Dschaladat aber war von Anfang an wie verzaubert. Von solch einem Leben hatte er nicht zu träumen gewagt. Im Vergleich zu Ishak waren seine bisherigen Lehrer nur ahnungslose Clowns gewesen.

Allmählich leuchtete ihm Ishaki Lewzerins Satz ein: »Musiker zu erschaffen, ist wichtiger, als Musik zu komponieren.«

Ishak, der bei Eremiten und Philosophen gelernt hatte, war bescheiden wie ein Bauer. Dschaladat kam ihm näher als Sarhang. Er stellte ihm mehr Fragen, ließ ihn weniger in Ruhe. Ishak war eigentlich kein gesprächiger Mann. Abends, wenn die Welt ihren ruhigsten und harmonischsten Zustand erreichte, unterhielten sich Ishak und Dschaladat auf einem kleinen, schattigen, mit Blumen bedeckten Podest, während Sarhang kochte und sang.

In dem großen Haus war auch die Spur eines anderen Lebens sichtbar. Irgendeinmal hatte eine tüchtige Frau in diesem Reich geherrscht. Die Betten, die Farben der Vorhänge, die Einrichtung der Zimmer, der Geruch mancher Winkel, aus alldem stieg der Schatten einer verlorenen Frau auf. Die beiden ahnten, dass Ishak den Schatten, die Gerüche und Dünste stärker als sie wahrnahm und in sich einsaugte.

»Einmal lebten in diesem Haus eine Frau und ein Mädchen«, begann Ishak eines Nachts, als sie zu dritt um eine große Teekanne saßen, »eine betrügerische Frau und eine treulose Tochter, die die Musik, die Natur und die Ruhe nicht mochten. Eine Frau und ein Mädchen aus ganz anderem Holz. Aber nicht ich war der, der sich getrennt hat. Viele Jahre ertrug ich diese Frau, ihre Schönheit ebenso wie den Schmerz, den sie zufügte. Manchmal ist das Ertragen von Schönheit drückender als das Ertragen von Schmerz. Viele Jahre habe ich gewartet. Meine Tochter sollte heranwachsen und Musikerin werden, aber alles verlief anders … Ich war dieser Frau nicht gewachsen. Eines Tages haben mich beide verlassen, mit einem Politiker und dessen Sohn. Als ich meine Tochter verlor, war alles zu Ende … Seitdem denke ich jede Nacht an den Tod. Ich beschloss dann, nach zwei Schülern zu suchen, um ihnen das, was meine Seele bewegt, beizubringen.«

Die beiden wussten, dass er sich vom Tod bedroht sah, aber er redete selten darüber. Dennoch erkannten sie in ihm die Angst vor dem Tod. Besonders bei den Morgengebeten zitterte er, wie in den Klauen des Teufels. Er schwitzte, lag auf seinem Gebetsteppich wie von Sinnen und rechnete mit dem Tod. Als Dschaladat ihn zum ersten Mal so sah, wollte er seine Hand nehmen und ihn von seinem Gebetsteppich fortziehen. Aber er schüttelte Dschaladat ab und fiel zurück in dieses andauernde Lamentieren und Klagen. Seine Stimme klang dann wie eine magische Flöte, die von Vergänglichkeit, Finsternis, Furcht und Enttäuschungen sprach.

Und doch erzählte er den beiden immer von Schönheit, Leben und Friedfertigkeit.

»Meister, weshalb wirkst du so traurig, sprichst aber zuversichtlich?«, fragte ihn Sarhang eines Abends.

»Wer Musiker werden will«, erwiderte er ruhig, »muss davon ausgehen, dass er nicht stirbt. Unsterblichkeit ist eine Eigenschaft jedes Musikers … Aber ich bin gezwungen, an den Tod zu denken. Ich denke an den Tod, weil es mir so vorkommt, als finge meine Musik erst hinter dem Tod an.«

Ratlos und nachdenklich verstummten sie. Was sie heute nicht verstünden, hatte Ishak gesagt, sollten sie im Gedächtnis bewahren, um es später, an einem anderen Tag, zu verstehen.

Ishak hatte einen weiten Lebensweg hinter sich. Er hatte an allen Hochschulen des Nahen Ostens Musik studiert. Was er dort nicht gelernt hatte, hatte er sich durch Selbststudium und durch den Umgang mit berühmten Lehrern angeeignet. Er hatte Persien und die Türkei nach großen Musikern abgesucht. Nie aber fand er Gelegenheit, mit seiner Kunst selbst aufzutreten. Das Fehlen guter Musikgruppen und ernsthafter Musikhörer sowie Ishaks restlose Verschwendung des väterlichen Vermögens sorgten dafür, dass er mit fast dreißig Jahren, nach seiner langen Suche, zurückkehrte und ein neues Leben anfing. Damit vertat er viel Zeit, als Stoffhändler, später Viehhändler und Bauunternehmer. Ein großes Vermögen sammelte sich an, aber je größer sein Vermögen, desto unglücklicher wurde er. All dies nahm er auf sich, weil seine Tochter heranwachsen und Musikerin werden würde. Als ihm dämmerte, dass sie keine Neigung zur Musik empfand, machte die Enttäuschung sein Leben zur Hölle. Wenn er nun durch die Gassen der Stadt ging, ging er durch die Gassen seines vergeudeten Lebens. Er konnte die Stadt nicht mehr ausstehen. Wege, Ecken und Mauern, alles roch nach diesen finsteren Tagen, die ohne Schönheit und Musik waren. Das war nicht das Reich, von dem er geträumt hatte.

»Die Stadt ist ein Feind der Musik«, klärte er seine Schüler auf, »kein Ort dieser Welt ist der Musik so feindlich gesinnt.«

Als er erfuhr, dass seine Frau ihn betrog, griff er nicht wie andere Männer zum Messer oder einer anderen Waffe, sondern zu seiner alten Flöte. Viele Jahre lang hatte er seine Musikinstrumente nicht angerührt und nur im Geist das Leben eines Musikers gelebt. Die Liebe zu seiner Frau hatte ihn dazu gebracht, den Musiker in sich zu opfern. Was in ihm längst tot war, versuchte er, seiner Tochter einzupflanzen, aber der Traum erfüllte sich nicht. In der Nacht des Verrats zeigten sich ihm all die falschen und steinigen Wege, auf denen er sein Leben verloren hatte. Er merkte, dass er in seinem Inneren ein anderes Wesen war. Warum hatte er das so viele Jahre nicht eingesehen? Er spürte, dass ein anderer in ihm erwachte, der weit über sein geordnetes Leben hinaussah. Die Musik brachte den verlorenen Mann, jenen Ishak zum Vorschein, den eine trügerische Liebe überrollt hatte. Es kam ihm so vor, als hätte die Schönheit einer Frau ihn jahrelang von anderer Schönheit ferngehalten. Er merkte, dass Frauen für sein Leben eine große Gefahr bedeuteten.

Jedoch tat er alles, um die beiden Jungen nicht anzustecken mit dieser Furcht.

Die drei waren eines Tages im Städtchen unterwegs. Wo auch immer Ishak eine schöne Frau sah, machte er seine Schüler auf sie aufmerksam. Er wollte nichts Böses. Im Gegenteil, er wollte, dass sie Schönheit erkannten.

»Eine Brücke verbindet alle Schönheiten der Welt mit der Musik«, sagte er. »Künstler müssen nach reiner Schönheit streben. Die Schönheit aber ist durch tausend Fäden mit dem Ungeheuerlichen, mit Hässlichkeit, Qual und Unheil verbunden. Manchmal führt uns diese Verbindung auf den Irrweg. Ihr müsst die Schönheit von ihrer dunklen Seite reinigen, sie erleben, abtasten, befühlen. Ihr müsst unter den Schein ihrer Oberfläche in ihr Inneres vordringen. Die Bäume, die ihr seht, die Vögel, die in der Ferne fliegen, die Gewässer, die neben euch strömen … Alles auf dieser Welt müsst ihr als Schönheit sehen. Der Baum ist für euch kein Baum. Er ist Musik, die eine besondere Gestalt angenommen hat. Die Gesänge der Vögel sind nicht bloß Töne, sie sind kunstvolle Klänge und Harmonien.«

Geradezu beflissen unterwarfen sich die beiden Ishak und seinen rätselhaften Äußerungen. Dschaladat wunderte sich darüber, dass die Leute die Schönheit, die er selbst in Ishak sah, nicht sehen konnten. Er sah ihn als einen höheren Menschen. Er konnte es nicht fassen, dass dieser Mann so lange ein gewöhnliches Leben mit seiner Familie geführt hatte. Seine Worte kamen wie aus einer anderen Welt. In seinem Inneren schien er etwas Befremdliches zu bergen, das größer war als er selbst.

Schließlich kam die Nacht der ersten Flötenlektion. Es war eine dunkle Nacht, der stürmische Frühlingswind spielte mit einer unruhig gewordenen Welt. Je älter die Nacht wurde, desto seltsamer und vielschichtiger erschien Ishak. Als er zum ersten Mal die Flöte in die Hand nahm, war es, als hätte er den Blitz gefunden, oder als hätte ein jähes Licht seinen Körper entflammt.

»Wir müssen das Universum verdichten«, erklärte er, »etwas spielen, das weder Himmel noch Meer je gehört hat. Durch eine Melodie müssen wir Gott dazu bringen, uns unsere Sünden zu verzeihen, nicht allein unsere eigenen, sondern die aller Menschen, selbst die der Steine, Bäume und Sterne … Mit einem Lied müssen wir Gott überreden, uns alle Türen zu öffnen. Nichts kann Türen öffnen wie die Musik … Musik ist der Schlüssel … Das Problem ist nur, dass wir nicht wissen, was für Türen sie uns öffnet … Aber folgt der Musik, egal wohin sie euch führt. Zögert nicht, wenn sie ins Wasser führt oder ins Feuer, in Licht oder Nebel, ins Ersticken oder ins Atmen. Sobald sie euch sagt, ihr sollt stehen bleiben, bleibt stehen. Wenn sie euch sagt, ihr sollt sterben, dann sterbt! Musik ist Gottes Stimme, Seine Stimme in Seinen reinsten Atemzügen.«

Als Ishak die erste Melodie spielte, änderte sich die Erscheinung der Nacht. Es war, als tauchte die Welt erneut auf aus ruhendem Wasser, als würde die Seele mit einem Zaubertrank belebt, oder als würde das Herz nach langer Trauer wiederauferstehen. Dschaladat schloss die Augen, und die Klänge trugen ihn hinweg, jenseits von Leben, Zeit und Raum. Zum ersten Mal fühlte er, was Musik und Flug verbindet. Zum ersten Mal hoben seine Füße vom Boden ab. Er sah, dass sich eine Kluft zwischen seiner Seele und dem Leib auftat … Dschaladat flog. Er schloss die Augen und hatte das Gefühl, im Himmel zu schweben … Er fühlte, dass sein Körper bereit war, sich zu vergessen.

Als Sarhang Ishaks erste Melodie hörte, bekam er hohes Fieber. Er hatte nicht gewusst, dass eine solche Musik auf Erden existiert. Die ganze Nacht delirierte er wie im Wahn.

Als hätte er damit gerechnet, legte ihm Ishak einen feuchten Lappen nach dem anderen auf die Stirn und sagte: »Die Musik gehört zur Unterwelt der Seele. Die größte Schwäche unseres Körpers ist, dass er aus solcher Tiefe und Dunkelheit nichts hört. Unser Körper ist es nicht gewohnt, der Seele zuzuhören … Wenn plötzlich eine Stimme aus unserem Innern dringt, ist es, als würden Mauern fallen … Als würden Ketten gesprengt … Musik bringt unsere Seele zum Reden. Wisst ihr, was die Seele ist? Die Seele ist stumm, sie hat keine Zunge … Eine Welt des Schweigens. Sie ist wie ein Dschungel voll schlafender Vögel, voll schlummernder, stiller Melodien. Sie ist ein Raum, den der Mensch mit Schreien angefüllt und dann zugesperrt hat … Manchmal kommt eine Stimme aus der Ferne und weckt den Schlaf auf. Ein stürmischer Wind erhebt sich und wischt die Dinge sauber, auf die sich der Staub der Schweigsamkeit, des Erstickens und der Vergessenheit gelegt hat. Dann ändert sich unser Leben, dann müssen wir auf Teufel komm raus versuchen, diese Tür wieder zu schließen, sonst bleiben wir auf immer in diesem Raum gefangen.«

Mit der Zeit lernten sie mehr und mehr Stücke zu spielen. In endlosen Tagen und Nächten lehrte Ishak sie, in allen Dingen die Melodie zu finden. »Das All ist nichts als Musik ohne Ton. Alles hat von Geburt an seine eigene Melodie. Jeder Ruf des Lebens ist ein besonderes Stück Musik, jeder Schrei des Todes hat seine eigene Melodie. Es gibt kein Laub an den Bäumen, das nicht musiziert, keinen Flügelschlag eines Vogels, der nicht hoch in den Lüften eine Melodie entstehen lässt.«

In manchen Nächten ging Ishaki Lewzerin mit ihnen hinaus. Sie schlossen die Augen und musizierten. Sie gingen unter Bäumen durch Gärten und über die sattgrünen Frühlingswiesen und spielten Flöte. Sie schufen Musik aus der Stille der Nacht, den Stimmen der Sterne, dem Schlaf der Spatzen und den Fantasien der Blumen. Sie machten den Wind zu Musik und schöpften die Melodien aus ihren sämtlichen Vorstellungen. Die ganze Nacht hindurch spielten sie. Mit geschlossenen Augen gingen sie ohne einen Fehltritt über Stock und Stein und wussten, dass die Klänge sie nie in die Irre führten.

Bisweilen ging die Sonne auf, und sie waren noch immer am Musizieren. Die Nacht brach herein, und sie spielten immer noch.

Eines Nachts gingen sie über einen See, als liefen sie über festes Land. Am anderen Ufer kam Dschaladat zu sich und sagte, als hätte man ihn aus dem Schlaf gerissen: »Großer Gott, wir gingen auf dem Wasser wie auf Erde.«

Sarhang erschrak. Wie Dschaladat schaute er auf den kleinen See, über den sie gegangen waren. Unvermittelt legte er Dschaladat die Hand auf den Mund und sagte: »Schweig … schweig und spiel deine Flöte.«

Die beiden brachen in Tränen aus und umarmten sich. Es war ein Wunder, eine Offenbarung, ein Himmelszauber. Sie pressten einander die Hände auf den Mund und griffen nacheinander, wie um sich gegenseitig festzuhalten, weil ihnen schien, sie würden sich in Luft auflösen. Sie waren nicht mehr Menschen in trägen Körpern, sie hatten sich in Seelen verwandelt.

Der Krieg rückte immer näher. Es hatten sich in diesem Land mehrere Kriege ineinander verhakt, Kriege von Staaten und Nationen und Kriege von Religionen und Parteien. Eines Nachts erreichte der Krieg den Stadtrand. Stundenlang hörten sie Schüsse und Explosionen. Am Morgen brachte ein Reisender die Nachricht, dass die Menschen in die umliegenden Dörfer flöhen. Das ständige Bombardement hatte Hunderte Opfer gefordert.

Ishak unternahm einen kurzen Ausflug ohne seine Schüler. Als er zurückkam, war sein Blick verschattet. Der Tod war überall. Regierungstruppen strömten in die Straßen und Gassen. Tausende Soldaten, die unter ihren Stahlhelmen aussahen wie panische Mäuse, bewaffnete kurdische Kollaborateure, von der Regierung für diesen Krieg ausstaffiert.

Ishak sagte zu seinen Schülern: »Nehmt eure Instrumente, wir gehen.«

Ohne ihre Angst zu beachten, ging er vor seinen Schülern her. Als sie den Garten hinter sich ließen, sagte er: »Ihr werdet nichts tun, nur hören.«

Sie bestiegen einen hohen Gipfel. Auf dem ganzen Weg blies er Töne, die ihre Gefühle veränderten. Er stimmte Lieder an, die die Welt in ein anderes Licht tauchten. Im Morgengrauen erreichten sie die Spitze des Berges. Von dort ging der Blick ringsum in die Weite. Sie saßen auf einem Felsen. Die Morgenbrise ließ Haar, Kleidung und ihre Atemzüge erzittern. Sie spürten, dass der Flötenklang dieser langen Nacht die Schrecken des Vortags gebannt hatte.

»Die Musik ist schwarzes Haschisch«, sagte Ishak. »Sie ist süß wie Opium.« Er stand auf dem Felsen und empfing den Morgenwind mit offenen Armen. »Sobald ihr Furcht fühlt, den nahenden Tod und das Ende, müsst ihr Musik machen. Sie dämpft die Schläge des Schicksals. Sie macht den Tod leichter.«

»Aber was kann denn die Musik in diesem Krieg für uns tun«, fragte Sarhang mit zitternder Stimme. »Was kann sie für die Toten tun?«

Ishak stand auf. Nichts an ihm erinnerte an den gebrochenen Mann von gestern. Es war, als hätte die Nachtwanderung magische Kräfte in ihm geweckt. Seine Stimme bebte im Wind, er streckte die Hand aus, griff eine Handvoll Gras und streute es in die Luft. Der Zauber des Frühlingsmorgens rührte das Leben in ihm auf.

»Mit dem Nutzen der Musik«, entgegnete er in einem Ton, dem weder Trauer noch Anstrengung anzumerken war, »ist es genau wie mit dem Nutzen des Menschen. Niemand weiß, wozu er gut ist. Wenn uns aber die Bestimmung des Menschen verborgen bleibt, warum nicht auch die der Musik? Du fragst: ›Was kann die Musik für uns tun?‹ Du fragst: ›Warum sollten wir im Krieg Musik studieren?‹ Du fragst: ›Was sind wir schon, drei kleine Flötisten, was können wir gegen die gesammelte Gewalt schon ausrichten?‹ Ich hatte einen Lehrer, der glaubte, Musik könne die Toten wieder zum Leben erwecken. Er glaubte, die Musik sei die einzige Stimme, die bis ins Jenseits dringe. Er sagte, das Einzige, was die Toten hören könnten, sei Musik. Er hatte einen toten Sohn. Jeden Tag stand er an seinem Grab und musizierte für ihn. Jede Nacht träumte er von seinem toten Sohn, der ihn zu spielen bat. Er glaubte, sein Sohn könne ihn hören. Eines Nachts fragte ich ihn: ›Nicht wahr, du weißt, dass manchmal selbst die Lebenden deine Musik nicht verstehen. Warum denkst du jetzt, den Toten erginge es besser damit?‹ Er sagte: ›Die Musik sucht nicht … Sie hat keinen Weg … Sie hat keine Richtung … Sie kennt weder Mund noch Ohr … Wir sind es, die sie suchen müssen. Wer auf Musik hört, findet sie. Sie hat nichts mit Lebendem, nichts mit Totem zu tun … Alles kann Musik machen und Musik hören.‹ Er sah den beiden in die Augen. ›Die Toten können besser zuhören. Wenn du nur für die

Lebenden spielst, wirf deine Flöte weg und geh nach Hause ... Die meisten Lebenden wissen gar nicht, was Musik ist ... Spiel deine Musik für alle Zeit, für das Gestern, das vergangen ist, und für den Morgen, der kommen wird ... Vielleicht ist der wahre Zuhörer ein Vogel oder ein Schmetterling ... Oder eine Blume, auf die du trittst.‹« Ishaki Lewzerin sah zum Himmel auf. »Ich habe mir die Frage oft selbst gestellt. Was hat die Musik auf dieser Welt und in einem Land wie dem unseren, in dem ständig Krieg herrscht, verloren? Musik und Krieg liegen so weit auseinander wie das Meer und dieser Gipfel. Aber ihr sollt eure innere Stimme nicht zum Schweigen bringen. Musik gibt es, aber den Krieg gibt es auch; es gibt Tod und Musik, Grausamkeit und Musik ... Oft gehen sie nebeneinanderher, ohne sich zu verstehen, und entfernen sich wieder. Musik gehört zu einer anderen Welt, sie kommt von einem anderen Stern. Aber es ist ihre Aufgabe, in Schrecken und Angst mit dabei zu sein. Sie soll nicht nur zwitschern und tirilieren, sie soll auch heilen. Einmal spielte ich für Peschmergas. Einer von ihnen näherte sich und sagte: ›Du hast gemacht, dass ich das Leben liebe ... nicht mein eigenes, sondern das Leben der anderen, meiner Feinde.‹«

Der Morgenwind war kalt. Schauer der Einsamkeit. »Musik ist das Überdauernde«, fuhr er über ihren Köpfen fort. »Ein Menschentod bedeutet ihr wenig. Aber vielleicht führt sie uns zu den Quellen der Unsterblichkeit.«

Wie gewöhnlich verstanden seine beiden Schüler den tieferen Sinn dieser Worte nicht, aber das Echo hallte in ihren Seelen wider.

Auf ihrem Weg ernährten sich die Musiker von regennassem Gras. Sie tranken die Milch friedlicher Schafherden. Sie wussten nicht, wohin sie gingen. Wenn jemand sie fragte, sagten sie, sie seien unterwegs in den Norden. Viele vom Krieg gezeichnete Landstriche passierten sie, drei Fremdlinge, die von Dorf zu Dorf zogen und mit ihrer Musik Wunder vollbrachten. Überall wurden sie freundlich aufgenommen: von Menschen, Wäldern, Sternen, Wind und vom Licht der Sonne.

Eine Kraft lag in ihrer Musik, die alle Menschen heiter stimmte. Häufig rasteten sie unter Bäumen, in der Laube eines Bauern, im Schatten von Moscheen. Wenn sie rasteten, sprach Ishak mit einer unermesslichen Angst über den Tod, wie über ein Feuer, das eine Stadt verschlingt, das aber mit einem Baum, einem Haus, einer Einkaufsarkade oder einem kleinen Basar anfängt ... Anfangs ist da bloß eine dünne schwarze Rauchwolke, langsam wird sie größer, langsam wird sie zu einem großen Brand, der nur langsam verglüht.

Je weiter nach Norden sie vorrückten, umso abwesender wirkte Sarhang. Er nahm die Gestalt einer weißen Seele an, einer Erscheinung, die keine Fußspuren im Gras hinterlässt. Im Morgennebel war er kaum zu sehen. Er sonderte sich mehr und mehr ab und spielte für die winzigen, traurigen Blümchen am Wegrand. Er wusste, dass die Blumen ihn hörten. Je weiter sie kamen, desto durchscheinender wurde er. Er spürte, dass er mit Leib und Seele zu einer anderen Welt unterwegs war.

Dschaladat machte sich Sorgen um Sarhang, denn der sagte kaum noch ein Wort. Aber auch er selbst war aufgewühlt. Je intensiver er das Glück des Lernens und Entdeckens fühlte, desto heftiger regten sich die Gespenster des Kummers und der Bitterkeit in ihm. Je näher er der Vollkommenheit kam, desto stärker wurde das Gefühl, etwas verloren zu haben.

Eines Nachts musizierten sie so leidenschaftlich wie noch nie. Der Mond stand über ihnen wie ein berauschter Wilder. In der Finsternis des Universums folgte ihnen ein Licht, das vielleicht zu einem Bündnis der Vergangenheit gehörte. Als wären sie in eine Welt geraten, die weder zu Tag noch zu Nacht gehörte, wo die Blumen so üppig und groß wie nur in den Sagen blühten. Die Wassergeräusche waren wie die Stimmen der Engel über den Bächen des Paradieses. Als hätten sie durch die Musik Neuland gefunden. Man wusste nicht, ob der Dunst des Entstehens darüber schwebte oder der alte Rauch des Erlöschens, ob es die Staubwolke der Ankunft des ersten Geschöpfs war oder der Untergangsnebel des letzten Menschen. Die Blumen dufteten nach Schießpulver und feuchter Erde.

Wie seine Schüler nahm auch Ishak dies wahr. Die Musik hatte sie hergeführt, in ein Land, das noch niemand betreten hatte. Das nur für Musiker zu erreichen war. Er war es, der als Erster den kleinen See sah, dessen Wellen tanzten, als würden Tausende Mondstrahlen zugleich sie berühren und wieder von ihnen ablassen.

»Wir befinden uns jetzt in einem Land«, sagte Ishak, »in dem vor uns kein gewöhnlicher Mensch gewesen ist. Der, dessen Seele Musik hervorbringt, entdeckt hier eine Seite des Lebens, die anderen nicht zugänglich ist.« Wie in einem Rausch gingen sie, und Ishak fuhr fort: »Dieses Stück Erde ist Gestalt gewordene Musik. Sichtbar, farbig gewordene Musik. Ein Zaubergarten der Klänge.«

Ishak sagte: »Wie jeder Zauberer verändert die Musik ihre Gestalt. Sie kann schmelzen und sich in Schönheit, Farben, Formen verwandeln. Sie kann in Farben zu leuchten beginnen, zu einem Ort werden, zu einem Garten. In der Welt, in der die Musik herrscht, herrschen ganz andere Regeln. Alles ist dort anders.«

Doch trotz dieser Worte stand Ishak genauso verblüfft da wie seine kleinen Lehrlinge. War dies ein Rausch? Ein göttlicher Plan? Ein Trugbild, das ihnen Melodien vorgaukelte? Oder verführerisches Teufelswerk? Sie setzten sich auf eine Wiese. Ishak merkte, dass der über ihnen stehende Mond ihnen etwas sagen wollte. Bevor er seine Aufmerksamkeit auf die Ufer des Sees richtete, der von einem silbern glitzernden Nebel bedeckt war, sah er zum Mond auf, der aussah, als setzte er zur Landung auf der Erde an.

»Irgendwann überschreiten die Melodien ihre Grenzen, werden sichtbar als Wiesen, Vögel und Mond. Die Grenze zwischen dem Zauber der Musik und dem Zauber der Blumen ist nicht anders als die Grenze, die den See vom Nebel trennt.«

Verwundert hörte Dschaladat zu, während seine Augen auf die silbernen Wellen gerichtet waren, die ein sanfter Nordwind hervorrief. Es war, als stießen ihn der Mond, die Bäume, der gespenstische Hauch des Windes zu diesem See hin. Ishak sprach, aber Dschaladat merkte, wie sinnlos es war, in diesem Zauberland einer menschlichen Stimme zuzuhören. Er vergaß seine Freunde, lebte nur noch in dem Zauber um ihn herum. Er stieg ins Wasser, und als er sich mit ihm vereinigte, wurde alles um ihn herum hell. Sobald er eintauchte, wurde der Mond im See zu tausend Monden, jeder Stern wurde zu tausend Sternen. Der ganze See wurde Licht. Wenn Dschaladat tauchte, sah er aus wie ein großer Fisch, der alles zum Tanzen brachte. Dschaladat sah zwei Bereiche, einen über dem See und einen in der Tiefe, einen ganz im Licht und den anderen im Dunkeln. Er wusste nicht, wo stehen, wo schwimmen. Oben, wo sich Licht und Wasser mischten, oder unten, wo sich die Finsternis als riesiges Netz aus zahllosen Labyrinthen ausbreitete. Plötzlich, als antworteten ihm die Finsternis und das Licht, fühlte er sich friedlich zwischen Licht und Dunkel, zwischen Oberfläche und Abgrund, zwischen der reinen Luft oben und den Geheimnissen der Tiefe dahinschwimmen.

Ishak verstummte, als hätte ihn Dschaladats Tanz zwischen Ufer und Tiefe zum Schweigen gebracht. Lange war er selber nicht mehr geschwommen. Er zog sich aus und stieg in den See. In der Tiefe sah er Dschaladat mit offenen Augen das Spiel der Fische betrachten, die um ihn herumtanzten.

Die beiden hatten das Gefühl, die Wellen, die Nacht und der warme Atem der Wesen, die dort unten seit Tausenden von Jahren kamen und vergingen, zeigten ihnen etwas Unbekanntes, noch nie Erfahrenes. Ishak hörte, dass aus dem Körper des Jungen eine Stimme trat, lauter und klangvoller als die aller anderen Geschöpfe im Wasser. Dass Dschaladats Leib Worte außerhalb jeder Sprachlogik artikulierte. Er verwandelte den See in reine Zuneigung. Liebevoll spielte das Wasser mit den feinen Ketten an Ishaks Handgelenk.

»O Gott«, schrie Ishak aus tiefstem Herzen, »das Kind hat den See in einen Sturm der Leidenschaft verwandelt.«

Ishak beneidete das Leben, das in diesem Jungen steckte. Wie er den See zum glitzernden Leben aufweckte.

Als ertrüge er die Energie nicht, die den See aufwühlte, verglich er seinen erschöpften und kränkelnden mit dem jungen, verrückten Leib Dschaladats. Er verglich die Flamme des Todes in ihm, Ishak, mit den Flammen des Lebens in Dschaladat. Eilig verließ er das Wasser und stand staunend und stumm da. Als hätte er in der Tiefe ein mystisches Wesen gesehen.

»Es ist etwas Seltsames in deinem Freund«, sagte Ishak zu Sarhang, »ein Schrei, lauter als jeder andere, aber auch ein Schweigen, tiefer als jedes andere ... Sieh dir den See an. Was für ein jähes Licht ... Gott, was für ein Geschöpf ist dieses Kind ... Dein Freund ist aus etwas Unsterblichem gemacht.«

In dieser Nacht war Dschaladats Verbindung zur Welt unbeeinträchtigt von den Wunden der Vergangenheit, von den kalten Tagen der Furcht. In diesen Wellen, die sich wie ein Lied, wie ein Tanz zu den Rhythmen eines Singvogels bewegten, erfuhr er etwas Neues. In dieser Nacht gab sich Dschaladat furchtlos, ohne nachzudenken, den Wellen hin. Er sprang in mondschimmerndes Glitzerwasser, als ob dort das Tor zum Königreich wartete. Er schien durchs Wasser zu fliegen. In der Tiefe wirbelte er schwerelos um sich selbst. Als er die Augen öffnete, sah er den Mond zum Greifen nah. Als er sich dann zu ihm emporschwang, war es, als würden Tausende Lichtgranaten im See explodieren. Die Strahlen verwundeten ihn. Das Licht bohrte sich durch ihn hindurch.

Am Ufer lief Ishak wie ein Wahnsinniger auf und ab. Seine beiden Schüler standen vor einer schweren Prüfung. In den langen Jahren seiner Reisen war er noch nie an einen Ort gekommen, der ihn derart beunruhigte. War er hier auf der Erde oder im Paradies? Was hier war Musik? Oder war es eine Seelenlandschaft? Gerieten seine kleinen Lehrlinge jetzt in einen Kampf, dem sie nicht gewachsen waren? Ja, Musik gab dem Menschen eine enorme Kraft, aber konnte er sie aushalten? Kann der Mensch solche Reinheit ertragen? Was geschieht, wenn Seele und Leib zur Geige werden? Trägt der Mensch nicht zu viel Finsteres in sich, als dass Musik ihn erleuchten könnte?

Auch Sarhang war ins Wasser gesprungen. Doch ihm kam das Schwimmen in diesem See verhängnisvoll vor. Musik war für ihn ein Ozean, in dem er ertrinken musste. Während Dschaladat glücklich war wie ein Vogel, wurde Sarhang durch den Zauber des Wassers schwerelos wie eine Feder, die aus der Höhe herabsegelt und kreiselnd in die Tiefe schwebt. Als sänke er in diesem Lichtreich dem Tod entgegen, sanft und still nach unten. Das tiefe Wasser wurde ihm zum Ort der Ruhe, zum Totenreich. Als er den Grund des Sees erreichte, war es, als wollten ihn seine Spiegelbilder an der Hand nehmen und zu einem unbekannten Ort führen. Da fühlte er eine Angst, die größer war als die Liebe zur Musik. Er richtete sich auf und kehrte mit einem großen Schwung an die Oberfläche zurück. Aber etwas in seiner Seele schrie auf und rief ihm zu: »Komm, wenn du stirbst, zurück, komm zum See, hier ist das Tor zu einer Welt, in der die Melodie nie vergeht. Hier ist das Tor zu einer Stadt, deren Bewohner ohne unsterbliche Klänge ersticken.«

Dann saßen die drei am Seeufer zusammen. Drei durchnässte Wesen, noch immer geblendet von dem unsichtbaren und geheimnisvollen Licht. Noch verstand keiner von ihnen die Bedeutung dieser Nacht. Keiner wusste, was er da wirklich gesehen hatte. Sie hatten keine Ahnung, was diese überwältigenden Gefühle in den Tiefen des Wassers für ihre Zukunft bedeuten mochten.

Als hätte eine Stimme nach ihnen gerufen, griffen sie zu den Kleidern und zogen sich an. Sie packten ihre Instrumente in die Rucksäcke und gingen. Nach dieser Nacht wagten sie nicht zu musizieren. Nach dieser Nacht wussten sie nicht, wo sie waren, wohin sie gingen. Drei Bettelmönche unterwegs, ratlos.

Es kostete Kraft, das Zauberland zu verlassen, aus dem Licht in die gewöhnliche Finsternis zurückzukehren. Zitternd, als wäre etwas in ihnen zerbrochen – oder im Gegenteil neu gewachsen –, liefen sie einfach los. Gegen Morgen gerieten sie in einen Urwald am Fuß eines Berges, in dem es stark nach Pulverdampf roch. Dort rasteten sie kurz und brachen erneut auf. Immer wieder mussten sie die Richtung ändern. Ishak und seine Schüler bewegten sich auf gefährlichem Terrain.

Zu jener Zeit durchschnitten die Frontlinien eines unglaublichen Krieges unser ganzes Kurdenland. Wohin sie auch auswichen, immer wieder verschlug es sie in brennende Wälder, verwüstetes Land. Wochenlang verfolgte sie der Geruch brennender Bäume, schwarzer Wiesen und zerstörter Dörfer. An manchen Orten musizierten sie, um Bäume und Tiere zu beruhigen, um die Vögel, um Urwälder und Grasland mit den Menschen zu versöhnen. Musik, um die Bosheit des Menschen ein wenig zu bedecken, um dem Bild des Menschen etwas Schönheit zurückzugeben. Aber sie mussten vorsichtig sein. Ishak wusste, dass es Menschen gibt, deren Wildheit die Musik nicht zu zähmen vermag. Wenn sie nicht spielen durften, damit man sie in der Dunkelheit nicht entdeckte, verfiel Ishak in tiefes Schweigen.

Eines Abends setzten sie sich auf einen Felsen, von dem aus man über ein weites Grasland blickte. In der Ferne hörten sie das Donnern der Artillerie und Kampfflugzeuge.

»Meister«, fing Sarhang an, »wir drehen uns im Kreis wie verwundete Vögel. Dieser Umzingelung entkommen wir nicht mit Musik. Wir könnten die schönste Musik spielen, aber für wen denn, in einer solchen Verwüstung? Warum üben wir? Wenn uns sowieso niemand zuhört?«

Ishak sagte: »In Zeiten des Krieges müssen Musiker Musiker bleiben. Wer nach Klängen sucht, darf nicht ermüden. Krieg, Tod, Schmerz gibt es immer und wird es immer geben. Musik muss hindurch, sie hat keine Wahl. Musiker müssen die Hölle durchqueren. Wenn es reine Luft nicht mehr gibt, müssen sie selbst aus Gift Musik machen. Sobald wir unser Haus verlassen, wird die Musik unser Führer. Der Leib rastlos, die Seele rastlos, umherirrende Wesen auf Wanderschaft.«

Ishaks Schüler wussten, dass sie in einem Ring aus Feuer eingekesselt waren. Nachts mussten sie schweigend laufen. Ab und zu fanden sie in den Trümmern zerstörter Dörfer etwas Nahrung. An einem menschenleeren Ort konnten sie gelegentlich musizieren.

Ishak wirkte verwirrt. Er konnte die Wahrheit nicht akzeptieren. Musik konnte Angst und Gefahr nicht wegwischen.

An Tagen, an denen sie zwischen Militärlagern und Stützpunkten festsaßen, drückte ihre Musik Angst und Zweifel aus. Manchmal mussten sie die Flöten verstecken und ihren Weg zwischen Kämpfern, Leichen und dem Stöhnen der zurückgelassenen Verwundeten suchen. Sie trafen auf kleine Einheiten niedergeschlagener Peshmergas, die sich mit ihren Verwundeten und ihrer Ausrüstung in die Berge zurückzogen. Manchmal halfen sie ihnen, die Verwundeten zu tragen. Sie spielten für sie, aber keine kämpferische Musik. Die meiste Freude daran hatten die Verwundeten, die sich durch die Musik zurück ins Leben gezogen fühlten. Eines Nachts, nachdem sie in einem alten Boot einen großen See überquert hatten – noch plätscherten die Wellen in ihren Gedanken –, fand ihre Reise, die keiner von ihnen zu beenden wusste, jäh ein Ende.

ZWEITES BUCH

Erzählt von Dschaladati Kotr

Die Musik verlernen

Wir waren dabei, ins Boot zu steigen, um den See zu überqueren. »Wir sollten das nicht tun«, sagte ich leise. Ich war unsicher, weil ich die Vögel sah. Ich verstand ihre Sprache. Ich sagte zu Ishak: »Hör zu, die Vögel am anderen Ufer flattern aufgeregt umher. Sie sehen etwas Ungewöhnliches. Sie warnen uns vor etwas.«

»Ich weiß«, sagte er und sagte dann nichts mehr. Er schaute in die Nacht, zum anderen Ufer hinüber.

Mit kindlichem Starrsinn wiederholte ich: »Ich sage, wir sollten den See nicht überqueren, wir sollten ihn nicht überqueren.« Sarhang legte mir besänftigend die Hand auf die Schulter.

Aber es musste sein, wir mussten über den See. Wie einer, der seinem Tod entgegengeht, stieg ich als Erster ins Boot. Die Vögel flatterten über uns und krächzten. Seit meinem Abschied von zu Hause hatte ich die Vögel noch nie in solch einem Aufruhr gesehen. Als wäre Ishak in Ekstase geraten, erhellte ein starkes Licht sein Gesicht. Fest entschlossen ruderte er uns hinüber. Er war sich sicher, dass uns dort etwas erwartete. Ich auch. Nur Sarhang stand todesmutig am Bug. Wie er dastand, wie sein Haar im Wind flatterte, wie er seine Flöte in der Hand hielt, die Einsamkeit in seinen Augen, all dies kam mir in diesem Augenblick sehr fremd vor.

Ich muss sagen, schon seit Tagen zweifelte ich am Sinn unserer Reise. Ishak wollte diesen Krieg einfach durchqueren und nicht zulassen, dass er Macht über uns und unsere Musik gewann. Selbst aus Feuersbrunst und Pest wollte er eine musikalische Offenbarung machen. Auch den Tod wollte er in Melodie verwandeln. Er hätte einen anderen Weg einschlagen können, aber als wir alle drei das Boot bestiegen, begriff ich, dass er mit der Furcht nicht anders umging als mit dem Satz einer Symphonie.

Der Mond schimmerte auf der Wasseroberfläche. Das Boot fuhr, die Vögel wirkten wütend und verärgert. Einmal flog mir ein Vogel gegen die Brust, als wollte er mich ins Wasser stoßen. »Lasst mich in Ruhe!«, rief ich in den Schwarm. Wir näherten uns schon dem Ufer, als ich zwischen den Bäumen Gestalten ausmachte. Ich sah klar und deutlich die schwankenden Bäume und einige verdächtige Gestalten. Wir hatten das Ufer fast erreicht, da erst begriff ich, dass es Soldaten waren. Einen sah ich genau, seinen Helm, das Bajonett. Ich hätte schreien können, aber ich schrie nicht, weil ich wusste, dass Ishak nicht umkehren würde. Aufgerichtet saß er im Boot, als wäre er die Vorsicht leid, als kümmerte ihn nicht mehr, was uns erwartete.

Als sie schossen, ruderte Ishak ruhig weiter. Beim Aussteigen hörten wir das Geschrei arabischer Soldaten. Sie hatten sich zwischen den Bäumen versteckt. Offenbar fürchteten sie sich vor uns. Dabei waren doch wir es, die allen Grund hatten, sie zu fürchten.

Wir machten das Boot fest und gingen ihnen mit unseren Flöten entgegen. Wir standen eine Weile da, bis einer in gebrochenem Kurdisch sagte: »Vortreten.«

Sie schickten ihren jüngsten Soldaten. Das Militär ist die feigste Organisation der Welt. Darum müssen immer zuerst die Kleinen, die Untergebenen zugrunde gehen. Es war ein kleiner Soldat, der am ganzen Leib zitterte. Nachdem er uns durchsucht hatte, meldete er dem Offizier: »Sie haben nichts dabei.«

Mit seiner Waffe trieb er uns vor sich her. Die finsteren Gestalten sahen im Mondlicht aus, als hätten sie in einer Ölraffinerie gearbeitet, ihre Gesichter schimmerten ölig. Ihr Offizier, sein langer Schnurrbart unterschied ihn von den Soldaten, schrie: »Beeilen, vorwärts!« Seine Stimme verletzte die Ruhe des Ufers.

Nach einer Stunde hatte ich noch immer nicht begriffen, dass sie uns gefangen genommen hatten. Ich wollte aus diesem Traum erwachen, aber es ging nicht. Als wir vor den Offizier geholt wurden, erkundigte er sich als Erstes nach unseren Flöten.

»Wir sind drei Flötisten auf Wanderschaft«, antwortete Ishak, der das Arabische am besten beherrschte, »wir ziehen umher, sind niemandes Freund oder Feind, wie die Vögel.«

Wie sollte ein Offizier eine solche Antwort begreifen? Seine Aufgabe bestand ja darin, niemanden frei verkehren zu lassen. Hätten wir gesagt, wir seien Jäger, Vieh- oder Weizenhändler, wir wären wohl nicht verhaftet worden. Aber Ishak kam nicht in den Sinn zu lügen. Wie sollte der Mann uns glauben? Drei Flötenspieler, die ohne Ziel durch dieses blutige Reich des Krieges ziehen? Zum Lachen. Der Offizier zwang Ishak, diese Worte mehrmals zu wiederholen, und jedes Mal lachte er sein grausames, Unheil verkündendes Lachen.

Es waren ungefähr fünfzehn Soldaten, alle hatten den gleichen Blick, alle fünfzehn bewegten sich gleichzeitig. In einer einzigen Bewegung setzten sie sich und standen sie auf. Sie hatten die gleichen Uniformen, dieselbe Art Schnürsenkel. Als sie begriffen, dass wir unbewaffnet waren, verflog ihre Angst. Wie alle Feiglinge wurden sie nun fürchterlich mutig. Das Verhör dauerte nun schon eine Stunde, da gab es einen schrecklichen Knall von einer Mörsergranate, unsere Soldaten kreischten, dann folgte ein Dauerbeschuss des Ufers und des Wäldchens, in dem die Soldaten sich eingenistet hatten.

Ishak, der neben mir saß, sagte: »Fürchtet euch nicht. Wer den Krieg gesehen hat, dessen Musik gewinnt an Kraft.« Als er dies sagte, explodierte eine Granate in unserer Nähe. Kieselsteine des Ufers spritzten auf und prallten gegen unsere Körper.

Als der Angriff aufhörte, herrschte fünfzehn Minuten lang eine tödliche Stille. Dann krochen die Soldaten aus ihren Verstecken. »Diese Hurensöhne sind feindliche Kundschafter«, schrie einer der Soldaten. Dann stand der Offizier vor uns und sagte: »Drei Kurden: drei Wichser, drei Hurensöhne.«

Er trat Sarhang in den Bauch. Der stöhnte und fiel um. Schließlich fielen alle fünfzehn Soldaten über uns her und schlugen uns zusammen. Einer trat mir mit dem Stiefel ins Gesicht, sodass ich die Welt durch den Blutvorhang kaum mehr sehen konnte.

Als sich alles ein wenig beruhigte, kauerten wir wie Hunde gefesselt am Boden. Ich dachte, sie würden uns töten. Mehrere Male verbanden sie uns die Augen und zogen uns auf die Beine, doch dann nahmen sie nur die Binden ab und ließen uns wieder zu Boden sinken. Die Nacht wollte nicht enden. Um Mitternacht entwickelte sich in der Nähe ein schweres Gefecht. Der Geruch verbrannter Erde drang uns in die Nase. Brennende Bäume hinter einem Hügel erhellten die ganze Umgebung. Einige Soldaten betrachteten gebannt den Feuerschein.

Einer kommentierte: »Das ist die Sondereinheit unter dem Kommando von Kamal Taha. Ihr Job ist es, die Wälder systematisch niederzubrennen.«

Es waren Regierungskräfte, die den Wald zur Vorbereitung des morgigen Angriffs niederbrannten. Zwei Stunden lang schauten sie alle in dieses Flimmern, das aus der Ferne aussah wie das Glitzern Tausender Katzenaugen, die uns über die Bäume hinweg anschauten.

Die Vögel waren ständig über uns. Meine Kräfte ließen nach. Gern hätte ich meine Angst und Erschöpfung in Musik verwandelt, aber ich konnte meine Flöte im Tuchgürtel nicht greifen.

Wenn die Soldaten vorbeikamen, traten sie uns mit den Stiefeln gegen den Kopf und sagten: »Kurden, lauter Hurensöhne, bei Gott, eure Schwestern sind Schlampen, ehrenhafte Frauen gibt es bei euch nicht.«

Einige öffneten über uns den Reißverschluss und pissten dicht an uns vorbei. Einer zog seine Hose runter, kauerte sich hin und schiss direkt neben uns, es stank schlimmer als alles, was ich bislang gerochen hatte. Der hellgrüne Riesenhaufen schimmerte in der Finsternis. Zufrieden zog er seine Hose hoch und sagte: »Wenn ihr einen Fehler macht, steck ich eure Köpfe in die Scheiße.«

Den Kopf auf den Sand gelegt, betrachtete ich Ishak, der manchmal, als spräche er mit den Vögeln, zum Himmel aufsah, seine Lippen bewegte und ihnen Zeichen machte.

Sarhang, mit seinen starken Schmerzen, weinte tonlos. Er grub den Kopf in den Sand und stammelte: »Im Licht zu schweben … weißes Licht …« Als wäre er in den Ozean der Seelen zurückgekehrt.

Ich wusste nicht, was er meinte, aber ich spürte, dass die beiden anderswo waren, dass sie selbst unter diesen Umständen Leib und Seele trennen konnten. Das verunsicherte mich zusätzlich. Als hätte mir die Musik nichts genützt, als wäre ich von uns dreien der Außenseiter, dem es nicht gelang, seine Seele vom Leib zu trennen. Ich konnte diese Soldaten einfach nicht ausblenden, den Krach in meinem Kopf nicht dämpfen, konnte den Gestank des grünen Kots, der vor mir dampfte, nicht ignorieren. Ich starrte ständig auf die Scheiße vor mir.

»Wir haben drei Unruhestifter erwischt«, rapportierte im Morgengrauen der Offizier in ein Funkgerät. »Sie geben sich als Musiker aus.«

Vor Sonnenaufgang traf ein Lastwagen der Armee ein und mit ihm ein paar Offiziere. Man verband uns die Augen, und wie ein grausames Monster nahm uns der Lastwagen mit sich.

Es waren unsere letzten gemeinsamen Stunden. Ishak schmiedete einen Plan, wie wir einander nach der Freilassung wiederfinden könnten. Er beschrieb uns einen Friedhof und das Grab eines unbekannten Poeten. »Wer als Erster freikommt, soll seine Adresse in ein Stück Holz kerben und es neben dem Grabstein vergraben.« Er schmiedete noch mehr Pläne. Er bezeichnete uns einige Berge mit Höhlen, in denen er, wie ein Bettelmönch, möglicherweise unterkommen würde. Schließlich sah er mir in die Augen: »Und falls wir uns dort nicht wiedersehen, dann anderswo, Dschaladat, ich schwöre, wir werden uns wiedersehen.«

In diesen Stunden verwandelte sich Ishak wieder in diesen welterfahrenen Mann, der überall seine Verbindungen hatte. Es war für mich ein schreckliches Zeichen drohender Veränderung. Ich witterte ein anderes Leben. Vor mir dehnte sich eine endlose Weite. Ich spürte einen gelben Wind. Ich sah in der Luft schwebende

Fische, die ich später, über einer fernen Stadt, wiederentdecken sollte. Im Dunkeln erschienen mir zwei weiße Pferde, die später, in den Staubwolken eines anderen Krieges, meinen Weg noch einmal kreuzen würden.

Ich muss jetzt an einer anderen Stelle einsetzen, bei Samir von Babylon, dem Mann, den ich Jahre später als Gefangenen in meine Stadt, die Stadt der verlorenen Hoffnungen, abführte. Wenn man mich, nach all den Jahren, fragen würde, wer dieser traurige Offizier war, der mich auf meinen Reisen wie ein stummer Schatten begleitete, dann könnte ich es nicht sagen. War er gut, war er böse? Ich weiß wirklich nicht … Ich weiß nur, dass er ein Soldat war und immer blieb, selbst seine Art, zu rebellieren, war die eines Offiziers. Er sagte immer, eine Herde wilder Pferde galoppiere durch seine Gedanken, Pferde, die ich in seinen Augen sah, weil nur ich ihm in die Augen blicken und seine Seele ahnen durfte.

Er wusste, dass das Auge nichts ist als ein kleines Tor, ein Gang, der zu einem lärmenden Hof führt, den man »die Seele« nennt. Aber nicht jedes Auge ist ein Tor zur Seele. Wir Menschen schließen die Türen immer ab, damit uns niemand bei unseren Geheimnissen ertappt. Aber wer sagt denn, dass unsere Seelen Geheimnisse bergen? Wer sagt denn, dass sie etwas anderes als die Asche unseres Lebens enthalten? Welch ein Irrtum zu glauben, in der Seele einen Schatz von Geheimnissen zu besitzen, an die niemand rühren darf. Wo auch immer ich lande, stelle ich die Frage: »Was ist die Seele?« Jeden, den ich treffe, frage ich, was die Seele ist. Ich habe diese Frage allen Menschen und Dingen auf dieser Welt gestellt, aber niemand hat sie beantworten können, selbst eine so kluge Frau wie Dalia Saradschadin nicht. Samir von Babylon war der Einzige, der mich in seiner Seele umhergehen ließ.

Ehe ich von Samir berichte, muss ich aber von meinen Erlebnissen im Lusthaus »Weiße Orange« erzählen. Ich weiß, dass nicht leicht zu erklären ist, wie ich dort landete. In diesem Freudenhaus, wo im Krieg traurige Männer, besonders Soldaten und Offiziere, verkehrten. Ich weiß nicht genau, wo dieses Lusthaus lag, in welcher Stadt oder Region. Es war eine Stadt ohne Namen. Eine Stadt wie das Spiegelbild einer anderen, die wiederum die Spiegelung einer weiteren Stadt war und immer so weiter, bis im Kern eine Fata Morgana erscheint, wo fantastische Bilder Realität werden und jeder Versuch, in die erste Stadt zurückzukehren, so lächerlich und unsinnig ist wie der Versuch des Regens, zurück in den Himmel zu steigen.

Gleich beim ersten Mal bat ich die Leute dieses traurigen Hauses, mir den Namen der Stadt zu nennen, aber niemand antwortete mir. Ich fragte Dalia Saradschadin: »Du schönste Frau der Welt, die Stadt hat doch einen Namen. Warum sagst du mir nicht, wo ich gelandet bin?«

Da nahm sie meine Hand und zog mich in ein Taxi, das ständig vor der Weißen Orange wartete, um zu jeder Tages- und Nachtzeit Gäste zurück in ihre Städte zu bringen. Der Chauffeur war ein alter Mann, der aussah, als säße er seit der Erschaffung der Welt in diesem Taxi und würde es bis zum Jüngsten Gericht nicht verlassen. Er kam mir vor wie eine Sagengestalt, die mit mehr als zehn Händen das rote Lenkrad hielt. Nie würdigte er seine Fahrgäste eines Blickes. Wie ein Halbgott steuerte er das neue, glänzende Taxi. Zuweilen ließen seine Hände das Lenkrad los, und er fuhr, als lenkte er mit den Augen, in Gedanken.

Die Straßen waren leer, als führte der Weg über einen verwüsteten Planeten. Aber immer wieder bat Dalia den Chauffeur anzuhalten. In der Ferne zeigte sie mir die Lichter anderer Städte und sagte, auch sie seien Spiegelungen anderer Städte, Irrlichter, die zu nichts und nirgendwohin führten. An einer großen Kreuzung sagte Dalia: »Wähle, welchen Weg du willst, wähle … Es ist egal, in welche Richtung wir fahren, wir kommen immer in derselben Stadt, in denselben Gassen und Straßen an.«

Ich wählte aufs Geratewohl. Wir landeten wieder in demselben Freudenhaus, wo auf einem Schwarzen Brett in wirbelndem Arabisch »Al burtuqala al baidha« stand. Es war gespenstisch. Ich umklammerte Dalias Hand und fragte: »Was soll das bedeuten? Heißt das, egal, welchen Weg ich nehme, ich komme nie wieder in meine alte Stadt zurück?«

»Mein Herz«, sagte sie, aber sie blickte mich kalt an. »Du hast recht, du bist in einem riesigen Labyrinth von Spiegelstädten verloren.«

»Und ich kann da nicht raus?«, fragte ich erregt. Sie nahm meine Hand und flüsterte mir leise ins Ohr. Ich hörte in ihrer Stimme große Furcht: »Doch, aber nicht jetzt, Dschaladat ... Es ist noch zu früh ... Rede zu niemandem davon, auf keinen Fall.«

Aber alles der Reihe nach. Noch wusste ich gar nicht, wer Dalia Saradschadin war.

Mich weckte die Stimme einer Sängerin, die ein bäuerliches arabisches Lied sang. In der Ferne hörte man eine Trommel, eine Stockfiedel und weitere Instrumente, dazu Freude und Gelächter. Ich hatte keine Ahnung, wo ich war. Zwischen meinen Gedanken und meinem Körper schien mir jede Verbindung unterbrochen, als wäre mein Leib nicht bei mir. Ich erinnerte mich an nichts aus der vorigen Welt. Dann huschten Bilder von Ishaki Lewzerin und Sarhang Qasm vor meinen Augen vorbei, aber wie zwei Fremde. Ich merkte, dass ich noch außerhalb dieser Welt war. Irgendetwas schien festzuklemmen. Als steckte in mir ein Stachel, und wenn ich ihn herausziehen wollte, würde ich dabei etwas von mir verlieren. Ich merkte, dass ich falsch da war, wo ich war, dass sich die Stimme, die alte Wüstenlieder sang, falsch anhörte. Dann erfasste ich den Raum genauer. Aus dem Dunkel um mich herum las ich, dass ich in einem Keller war, nachts. Ich weiß nicht mehr, wie viele Stunden ich da lag, aber ich fühlte einen seltsamen Schmerz, weit weg zunächst, der sich näherte, so wie ein Zug, der sich mit einem unterdrückten Geheul ankündigt, und je näher er kommt, desto stärker spürt man seine Geschwindigkeit und ahnt die Wucht, mit der er zuletzt deine Knochen zermalmt.

Ich wusste nicht und merkte nicht, dass ich verletzt war. Nein, ich litt nicht unter Gedächtnisverlust, jedoch betäubte mich der Geruch eines großen Sees. Ich hatte das Gefühl, in seiner Nähe zu sein. Ich schloss die Augen und sah Vögel, Tausende bunt gefiederte Enten.

Einige dieser Einbildungen lebten in späteren Jahren da und dort wieder auf, aber in jener Nacht waren sie wie der Anfang einer neuen Welt, wie die Auferstehung eines Phönix aus der Asche.

Später, nachdem die Musik verstummt war, stieg ein Mädchen auf einer eisernen Leiter von der Decke herunter, als stiege ein Engel vom Himmel. Das war Dalia Saradschadin. Sie hielt eine schwache Kerosinlampe in der Hand. Ehe sie sich meinem Lager zuwandte, machte sie ein Licht an, aber das Licht der Glühbirne war schwächer als das der Kerosinlampe in ihrer Hand. Sie war eine dieser Frauen, bei deren Anblick man tief seufzen muss, eine dieser sagenhaften Schönheiten, die unerreichbar und rätselhaft bleiben, auch wenn man mit ihnen geschlafen hat. Vollkommenheit, die einen bis zum Tod hinter sich herschleift.

Ich wollte mir nicht anmerken lassen, dass ihre Schönheit mich erschüttert hatte. Schon bevor ich in der Weißen Orange zum versierten Lügner wurde, wollte ich nicht, dass die Frauen dahinterkamen, was ich von ihnen hielt. Ich hatte damals wenig Erfahrung mit Frauen, konnte das aber verbergen.

Mit Dalia drang ein Duft in den Keller, der, wie ich später erfuhr, der Duft aller Frauen dieser Stadt war. »Ah, so viel Kummer hast du mir bereitet«, sagte sie verwundert und berührte mich, als freute sie sich über mein Erwachen. Ohne mich um Erlaubnis zu bitten, näherte sie ihre Lippen und küsste mich, als küsste sie ihren Geliebten. Ich staunte, wie gut sie Kurdisch sprach.

Ich fragte sie: »Sagen Sie bitte, wo bin ich, was ist mit mir, warum bin ich hier?«

Mit dem gerissenen Lachen einer Frau, die alle Arten von Lachen beherrscht, sagte sie: »Ich habe dich in meinen Pfoten, wie ein Spatz bist du in meine Falle geraten.«

Irgendwie hatte sie recht. Ich bin bis jetzt ein Gefangener der

Welt geblieben, deren Türen Dalia mir öffnete. Einer Welt, die ich, wenn es Dalia nicht gäbe, längst verlassen hätte.

Dalia setzte sich auf den Rand meines Bettes, halb nackt. Als sie meinen Blick bemerkte, sagte sie leise: »Entschuldige, ich komme von der Arbeit. Ich hatte keine Zeit, mich umzuziehen. Ich wusste, dass du heute wieder zu dir kommen würdest nach der langen Bewusstlosigkeit. Mein Herz hat es mir gesagt.«

Ich hörte ihr zu, während ein neuer Schmerz mich innerlich lähmte. Sie holte eine Schachtel mit Medikamenten, Salben und Spritzen unter dem Bett hervor, setzte eine Brille mit einem goldenen Gestell auf und las im Licht der kleinen Kerosinlampe Namen und Angaben. Sie verglich die Medikamente mit den Packungsbeilagen, als fürchtete sie eine Verwechslung. Die Packungsbeilagen waren auf Englisch, aber sie hatte keine Schwierigkeit, den Inhalt zu verstehen. Seltsam, dass eine Frau im Kostüm einer arabischen Tänzerin Kurdisch sprach und Englisch las. Sie knöpfte mir das Hemd auf, aber ich spürte ihre Berührung nicht. Ich wusste gar nicht, was ich anhatte. Unter dem geöffneten Hemd kamen blutige Verbände zum Vorschein.

»Wer hat mir das angetan«, fragte ich sie weinerlich. »Sagen Sie mir, wer mir das angetan hat.«

Sie wechselte die Verbände, ohne mir in die Augen zu sehen. »Wie heißt du?«, sagte sie.

»Dschaladati Kotr«, sagte ich, als würde ich ein Verbrechen gestehen.

Dalia hielt kurz inne und fragte dann neugierig: »Aus welcher Stadt kommst du?«

Darauf wollte ich nicht antworten. »Ich weiß es nicht«, sagte ich gereizt.

Sie wusste, dass ich log. »Du darfst dich nicht bewegen«, sagte sie, ohne die Frage zu wiederholen, »das dauert noch ein paar Tage. Du bist schwer verwundet, aber wichtig ist, dass du wieder sprechen kannst. Morgen kommt unser Arzt. Er verschreibt dir vielleicht ein paar andere Medikamente.« Sie stand auf und brachte ihre Bluse in Ordnung. Mit einer Stimme, die nicht ohne verführerischen Unterton war, fragte sie: »Kannst du Arabisch?«

Ich nahm ihre Hand und sagte: »Nicht sehr gut, aber ich kann. Und du, gehst du, oder bleibst du hier?«

Zum ersten Mal schaute sie mich von Nahem an. In ihren Augen standen Mitleid und Sorge. Als hätte ich etwas Unstatthaftes von ihr verlangt, zu dem sie nicht bereit war, sagte sie zögernd: »Ich heiße Trifai Zstan. Ich wurde in einer winterlichen Mondnacht geboren, nach einem großen Schneesturm, deswegen heiße ich Trifai Zstan, Mondschimmer des Winters.«

»Du lügst«, sagte ich unerschrocken, »dein Name ist nicht Trifai Zstan, aber das sagst du, damit du mir deinen richtigen Namen nicht nennen musst. Du lügst … nicht wahr?«

Sie stellte die Kerosinlampe ab, fuhr sich durch die Haare und sagte: »Es ist nicht meine Schuld, du gehörst zu den Jungen, bei denen alle Mädchen lügen möchten.«

»Oder du gehörst zu den Mädchen«, sagte ich ärgerlich, »bei denen alle Jungen lügen möchten.«

Wie ein Mädchen, das seinen Freund eifersüchtig machen will, spielte sie kurz mit ihren Haaren und sagte: »Stimmt, ich will jeden Jungen anlügen.«

Fast regte sich Hass in mir, und ich sagte: »Außerdem kennst du mich nicht, oder? Du weißt nicht, wer ich bin.«

»Ich muss dich nicht kennen, um zu wissen, wer du bist.«

Um meine Kräfte zu schonen, schloss ich die Augen. Ich wollte sie nicht sehen. Ich wollte nicht wissen, was sie machte. Ich drückte die Augen fest zu und versank. Als ich die Augen öffnete, war sie verschwunden. Zurückgelassen hatte sie nur den magischen Duft, der alle Frauen in dieser Sündenstadt umgibt.

Das war mein erstes Treffen mit Dalia Saradschadin, dem unergründlichsten Menschenwesen, das ich jemals zu Gesicht bekommen habe. Sie war eine Mischung aus mehreren Menschen, aber damals wollte ich nicht weiter darüber nachdenken.

Ich sah Dalia erst eine Woche später wieder. Am nächsten Tag kam ein glatzköpfiger, alter, kleiner Mann zu mir. Die wenigen Haare an seinen Schläfen waren weiß, auch seine Augenbrauen und Wimpern waren weiß. Er trug ein schmutziges Hemd, eine alte, geknöpfte Weste und ein altmodisches Jackett.

»Heute Morgen rief Dalia Saradschadin an«, fing er mit einer alten, freundlichen Stimme an, »und sagte, du wärest wieder zu dir gekommen. Schöne Neuigkeiten. Es ist lange her, dass man in dieser Stadt gute Nachrichten zu hören bekommen hat …«

Zum ersten Mal hörte ich den Namen Dalia Saradschadin. War das die Frau, die mir in der vergangenen Nacht die Verbände gewechselt hatte? Häufig hatte ich Frauen kommen und gehen hören, schreien und lachen. Ein paar Mal hatte ich nach Trifai Zstan gerufen. »Hört mich hier jemand?«, rief ich. Aber niemand hatte geantwortet. Ich fragte den alten Mann: »Dalia Saradschadin ist die Frau, die mir letzte Nacht die Verbände gewechselt hat?«

Er strich sich über seine Glatze. »Das ist sie, die große, langhaarige Frau. Bestimmt hat sie dir ihren richtigen Namen nicht genannt. Sie erfindet immer seltsame Namen für sich. So ist Dalia Saradschadin.« Er lachte lauthals und schüttelte den Kopf. »Das ist ihre Natur. Nur sie und ich sprechen in dieser Stadt Kurdisch. Wir rufen uns mehrmals die Woche an, damit wir die Sprache nicht verlernen … Aber Spaß beiseite. Sag, wie geht es dir?«

Er reichte mir die Hand, und wir schüttelten uns ausgiebig die Hände, als wären wir alte Bekannte. Seine Hände waren weich und zart, wie die eines Babys. Ich fragte ihn, ob er Arzt sei. Er nickte: »Ich bin Arzt und arbeite seit fünfundzwanzig Jahren in dieser Stadt. Zur Zeit meines ersten Besuchs war hier eine Einöde. Außer ein paar Zelten gab es nichts.« Er legte mir die Hand auf die Stirn und sagte: »Und jetzt fühlt es sich an, als ob die ganze Stadt mir gehörte.« Bei diesem Satz war er schon woanders: bei meinem Herzschlag, meiner Temperatur und der Farbe meiner Pupillen. Er prüfte meinen ganzen Körper und zeigte mir auch eine weitere Wunde, unter meinem Nabel. »Hab keine Angst, du wirst nicht sterben. Etwas von dir wird so lange am Leben bleiben, bis du keine

Lust mehr dazu hast. Sehr gut … deine Wunden heilen schnell, ja, junge Körper heilen schneller. Bist du hungrig? Sicher bist du hungrig: Seit Tagen lebst du von Infusionen und Medikamenten. Für morgen werde ich dir etwas Leichtes besorgen. Iss wenig, solange du dich noch nicht ohne Mühe bewegen kannst. Ich werde dich wecken und dich etwas herumlaufen lassen. Jedenfalls hast du einen starken Körper. Du bist ein tüchtiger Junge. Aber du musst ruhig bleiben, darfst keine Aufmerksamkeit erregen. Du bist heimlich hier. Verstehst du? Dies ist ein abgelegener Keller. Niemand darf erfahren, dass du hier bist.«

»Ich erinnere mich bloß daran«, seufzte ich, als müsste ich weit zurückdenken, »dass ich mit zwei Freunden gefangen genommen wurde … Ich weiß noch, dass sie uns mit einem Lastwagen Richtung Süden transportierten. Dann weiß ich nichts mehr. Weshalb bin ich hier, Herr Doktor?«

»Verzeihung, aber der Lebenslauf meiner Patienten geht mich nichts an«, sagte er ein wenig verdutzt. »Es ist meine Aufgabe, dich zu behandeln. Ich will nicht wissen, was für Menschen meine Patienten sind. Ich achte nicht auf Gut und Böse, ich behandle nur Schmerzen und Wunden. Ich bin wie ein Ozean. Was mich erreicht, geht in mir verloren. Manchmal muss ich dann, um etwas zu finden, den ganzen Meeresboden absuchen. Es ist nicht leicht, alles in meinem Kopf zu bewahren … Deswegen werfe ich alles ins Meer.« Er lachte. »Immer wenn ich ein Geheimnis herausfischen muss, springe ich hinein und hole es raus.«

Er war ein heiterer alter Mann, der hin und wieder kurz die Augen schloss und dann weitersprach. Er beantwortete nur die Fragen, die mit meiner Gesundheit zu tun hatten, als hätte man ihn gewarnt, etwas auszuplaudern. Als ich ihn nach dieser Stadt fragte, fuhr er sich mit der Hand über den Kopf und sagte: »Später wirst du alles mit eigenen Augen sehen und dich an alles gewöhnen.« Er hatte etwas an sich, das mich an die vergehende Zeit erinnerte. Statt an den Tod ließ mich sein Alter an die Ewigkeit denken. Solange er im Raum war, fühlte ich eine große Sicherheit.

Das war der Anfang einer dauerhaften Freundschaft mit Doktor Musa Babak. Ich freute mich, als er mir versprach, mich täglich zu besuchen. Nach seinem Abgang konnte ich die Dinge im Keller genauer unterscheiden. Es war, als hätte er ein paar Lichtstrahlen dagelassen. Alles in dem Raum wirkte fahl. Er schien vor meiner Ankunft als Lager gedient zu haben. Alte Teppiche gab es da, Schränke, Fässer, Schläuche, Schnüre, kaputte Stühle, Radschläuche, alte Damenschuhe, leere Parfumflaschen, Öltonnen, verschimmelte Dattelkörbe, rostige Sägen, ein zerrissenes Fischernetz und vieles mehr. Wer hatte das zu welchem Zweck angehäuft? Man hatte mein Bett in die dunkelste Ecke des Kellers gestellt, als sollte ich vor einer Gefahr geschützt werden. Mehrfach versuchte ich aufzustehen, um mir den Keller genauer anzusehen, aber es ging nicht. Ich weiß nicht mehr, wie oft ich vor Schmerzen und Halluzinationen aufwachte. Als hätte eine unsichtbare Hand etwas in mir entflammt … Ich schlief wieder ein, und etwas weckte mich plötzlich. Ich schloss erneut die Augen und schreckte wieder hoch. Auf die Dauer macht einen das kaputt. Ich wusste, dass etwas in mir gestorben war. Etwas, das mich nicht ganz verlassen hatte, das aber so weit abgerückt war von mir, dass eine Rückkehr unmöglich war. Aber was war dieses Etwas? Ich wusste es nicht.

Ständig waren von oben Frauenstimmen zu hören, Geschrei, gefolgt von einer tiefen Stille. Manchmal hatte ich das Gefühl, wie ein Fisch in einem Aquarium von oben beobachtet zu werden, als wäre nur eine Glaswand zwischen mir und den Zuschauern, die sich zu mir herabbeugen konnten, während ich nicht in der Lage war, meinen Kopf zu heben, um sie zu sehen.

Ich nenne sie die Stadt der traurigen Reisenden, die Stadt des ewigen Staubes, die Stadt der Enten, die aus den Sümpfen des Südens hierherflohen. Die Stadt der schönen Huren, die aus allen Teilen des Landes kamen und sich ein Zimmer nahmen, die Stadt der Frauen, die sich auf einer Schwelle zwischen einerseits Wüste, andererseits Sümpfen und Flüssen niedergelassen hatten. Ein Ort, der weder auf der Landkarte noch in den Unterlagen der Regierung verzeichnet war. Ein unbekannter Landstrich mit seiner eigenen Zeit, der aus einer Zerstörung verschiedener Orte und Zeiten, eine Stadt, die aus der Verwüstung anderer Städte, aus den Überresten anderer Orte entstanden war.

Ständig blies ein Wind Wüstenstaub durch die Gassen. Während meines ganzen Aufenthalts spürte ich diesen Wind. Ich sah den trockenen Staub, der sich auf das Antlitz der Reisenden legte, die für ein paar Stunden aus dem ganzen Land angereist kamen. Der Erste, der mich durch die Stadt führte, war Doktor Musa Babak. Meine Wunden waren noch nicht verheilt. Dalia Saradschadin war auf einer ihrer Reisen. Eines Abends kam er und sagte: »Dalia hat mich angerufen und mir gesagt, ich soll dich ein wenig durch die Stadt führen und dich später mit zu mir nach Hause nehmen. Ich weiß, dass es noch zu früh ist, aber vor ihrer Rückkehr musst du die Stadt sehen.«

Er enttäuschte mich nicht. Ich erwartete nicht von ihm, dass er mir das Geheimnis lüftete. Geschickt wich er meinen Fragen aus. Aber sein weises Lachen machte mich froh, sein Blick wirkte wissend. Er heilte mit seinem Lächeln mehr als mit seinen Medikamenten. Ständig hallten die Stimmen der Frauen in meinen Ohren, die nachts sangen und tags lachten und lärmten.

Wir liefen durch Gasse um Gasse. Ich sollte mit niemandem sprechen und mir meine Verletzung nicht anmerken lassen. »Diese Stadt hat keinen Namen«, sagte er, als verriete er mir ein Geheimnis. »Jeder fühlt sich hier wie ein Reisender. Diese Stadt gehört niemandem und wird nie jemandem gehören.«

Es war ein kalter Abend. Ein gelblicher Nebel verhüllte den Horizont. Hier und da liefen Reisende mit schwerem Gepäck an uns vorbei. Die ganze Stadt mit ihren Blechhütten, schwarzen Zelten und kleinen Häusern war in gelbem Staub versunken, als wäre sie auf einem Land aus Kurkuma gewachsen. Eine unsichtbare, furchterregende Linie verlief durch ihre Mitte und verband zwei getrennte Welten miteinander. Musa Babak sagte: »Solche Städte sind Teil eines Traums. Plötzlich entstehen und plötzlich vergehen sie, um andernorts wiederaufzutauchen. Aus der einen Perspektive ist es die schönste Stadt des Landes, die Stadt der Lust, die Stadt der hübschen Frauen, die für wenig Geld mit jedem Mann schlafen. Der Frauen, die sich in der Kunst der Liebe und des Tanzes auskennen. Eine Oase, in die alle Frauen strömen, die nirgends sonst auf der Welt einen Platz haben. Männer wenden sich an sie, die nirgends sonst auf der Welt umarmt werden, nur hier, für Geld. Aber aus der anderen Perspektive, realistisch betrachtet, ist sie nichts als eine gelbe Fata Morgana, in der lauter verlorene Geschöpfe ohne Zukunft stranden.«

»Wenn ich Sie recht verstanden habe, sind alle Frauen dieser Stadt Huren … selbst Dalia Saradschadin?«

»Alle«, bestätigte er, »auch Dalia Saradschadin.« Er hielt an, rückte den Kragen seines Jacketts zurecht, schloss kurz die Augen. »Du darfst die Dinge nicht so schwernehmen. Eigentlich ist es keine richtige Stadt. Alle hier sind Reisende, Wanderer. Auch ich, der ich hier schon seit fünfundzwanzig Jahren Patienten behandle, bin Reisender. Wir kommen und gehen. Lieber Freund, auch die Frauen kommen und gehen, wie wir, aber hier bestimmen sie die Gesetze.« Er legte mir eine Hand auf die Schulter. »Ich sage dir, der Tag, an dem diese Stadt versinkt, ist nah. Jede Nacht reißt mich ein Albtraum aus dem Schlaf und entführt mich aus meinem Zimmer. Kurz vor deiner Ankunft ging das los.«

Hier galten nicht die Sitten und Gebote, die ich als Kind gelernt hatte. Je mehr ich sah, desto mehr Fragen wollte ich stellen … Ich bekam Angst, dieser Ort würde mich verschlingen. Ich wollte weg, dahin zurück, woher ich gekommen war, aber die Lust, die mich in diese Fata Morgana hineinzog, konnte ich nicht bezähmen.

Der Doktor hatte seinen Schritt meinem Tempo angepasst. Ich hielt die Hände an meine Wunden gedrückt, während mein Blick die Gegend erforschte. Ohne meine Fragen abzuwarten, wie jemand, der die Hand eines Blinden hält und ihn durch ein dorniges Dickicht lotst, sagte er: »Diese Stadt ist nichts, ihre Gassen, ihre

Häuser sind nichts, nur Ödnis. Eine Stadt ohne Basare, ohne Kinder, ohne Moscheen, ohne Schulen und Krankenhäuser ... Sie ist nichts, sie ist so angelegt, dass man sie jederzeit aufgeben kann.« Plötzlich blieb er stehen und sah zum Himmel empor. »Aber es ist nicht so leicht, sie zu verlassen«, sagte er etwas lauter. »Zumal für uns beide nicht, die wir aus anderen Städten geflohen sind ... Sie hat etwas, das Geschöpfe wie dich und mich sehr schnell handzahm macht.« Er lachte sein schönes Lachen. »Hier erleben Leute, die wie du und ich aus dem Nichts auftauchen, ihre schönste Zeit.«

Er ließ meine Hand los und ging vor mir her. Seine linke Hand steckte in der rechten Tasche seines Jacketts. Er tat das oft und lief dann wie verbogen. Ich folgte ihm langsam und hörte ihn sagen: »Denk nicht, dass sie ohne Wert ist. Sie ist die Stadt, die in allen anderen Städten existiert, ohne dass wir sie sehen.«

Eigentlich sah ich keine Stadt. Nur ein paar Gassen, in denen Frauen lebten. Lehmhäuser, von Staub bedeckt. Hier und da erhob sich ein Bau aus Beton, gelegentlich auch ein dreistöckiges Gebäude. An einigen Stellen sah man Häuser aus Stroh und Blech und arabische Zelte.

Ich begriff später, dass es nicht möglich war, ihre Größe abzuschätzen, weil sie sich ständig veränderte. Sie wuchs und schrumpfte wieder. Ab und zu vermengte sie sich mit anderen Städten, und manchmal teilte sie sich in mehrere Teile. Musa Babak versuchte, mir diese geheime Chemie zu erklären. Er erklärte die Stille des Abends: »Wenn sie nicht am Feiern sind, ist es hier ruhig. Die Chauffeure, die die Gäste bringen, warten außerhalb der Stadt. Nur selten kommt ein Auto herein. Den Staub wirbeln die aus allen Landesteilen Anreisenden auf – es sei denn, ein böiger Wind zieht auf. Reisende, die nicht nur Geld, Gold und Schmuck mitbringen, sondern auch Staub, Kummer und Schmerz. Sie kommen und gehen, aber vieles bringen sie mit, das für immer zurückbleibt, Gonorrhö und Räude, Lepra und Tuberkulose. Einige bringen den Geruch des Krieges mit, Pulverdampf, den sie ausatmen ... Ich bin

Arzt, ich weiß, wovon ich rede … Aber das Schlimmste ist, dass jeder, der kommt und wieder geht, Kummer zurücklässt. Mein Lieber, sie hinterlassen viel Schwermut.« Er fuhr sich mit der Hand über den Kahlkopf, staubte den weißen Kragen seines Hemdes und die kurzen Ärmel ab. Er hatte einen Zweitagebart, ganz weiß. Je weiter er mich in den Ort hineinführte, desto dichter setzte sich der gelbe Staub in seinem Schnurrbart, an Schläfen und Wimpern fest.

Es war mir egal, wohin wir gingen. Die Gassen hatten sowieso keine Namen. Sie brauchten auch keine.

Er ging voraus und sprach vor sich hin, als hätte er mich vergessen. Unversehens drehte er sich um und sah, dass ich eine Hand an die Brust gedrückt hielt. »Dschaladat«, lachte er, »verzeih mir, so bin ich. Das ist nicht das Alter. Ich war schon immer so. Ständig vergesse ich mittendrin, was ich tue.« Er kam langsam zu mir zurück, legte die Hand wieder auf meine. »Verzeih mir … aber ich wollte dir etwas erzählen. Gott, was war es? Ich habe diese Gassen getauft, habe ihnen Namen gegeben, meine eigenen, die keiner kennt. Vergiss nicht, ich bin der älteste Bewohner und der einzige Alte, der hier seinen Platz hat. Hier wird keine Frau alt, sie hören irgendwann auf und verschwinden, oder sie begehen Selbstmord. Manche werden von Reisenden mitgenommen, oder ein naher Verwandter taucht auf und tötet sie. Ich bin der Einzige, der bleibt. Selbst die Musiker halten es hier im Alter nicht mehr aus … Nur ich ertrage es. Dieser Ort hat seine eigenen Gesetze, Gesetze, die nirgends sonst herrschen.«

»Was für Gesetze?«, fragte ich.

Ehe er antworten konnte, riefen ein Mädchen, das seine Brüste entblößt hatte, und zwei andere große Frauen den Doktor zu sich her und flüsterten ihm etwas ins Ohr. Er nickte lächelnd und sagte: »Lieber Dschaladat, warte hier, ich komme gleich wieder.«

Er verschwand mit den drei Frauen. Kurze Zeit später kam er lachend zurück. »Ich bin hier Mädchen für alles. So ist es nun mal. Die Stadt lebt von mir. All diese Frauen soll ich verwöhnen, muss ihre Schmerzen lindern, ihnen über den Kopf streichen, wenn sie weinen, ihre Fragen beantworten, wenn sie welche haben, Briefe für sie schreiben. Ich bin Tag und Nacht unterwegs. Tag und Nacht. In manchen Nächten komme ich nicht nach Hause und mache dann irgendwo halt. Manchmal lege ich mich auf die Straße und schaue in die Sterne … Ah, wie froh ich bin, dass ich heute meinen Koffer nicht dabeihabe. Falls du hierbleibst, wirst du sehen, wie ich lebe. Ich sage mir: Ich bin ein Arzt, der seine Würde verloren hat, aber wofür brauche ich Würde? Hier braucht man keine. Hier braucht man Geduld.«

Immer rätselhafter wurde mir der Ort. Er hatte mich schon in seinen Fängen. Etwas Übles, etwas Entzückendes und Berauschendes hielt mich fest. War es der Duft der Frauen, die alle das gleiche Parfum benutzten? War es der Anblick des gelben Himmels und der gelben Erde, die, wie von ein und derselben Hand bemalt, nicht voneinander zu unterscheiden waren? War es die schiere Menge der hübschen Huren?

Ich weiß es nicht.

Doktor Musa zeigte mir die Schilder an manchen Häusern. Wie in anderen Städten für Ärzte, Anwälte und Geschäftsleute gab es auch hier Schilder, manche elektrisch beleuchtet, Schilder für berühmte Huren, für Tanzgruppen, für die schönsten Frauen, die den besten Service boten. Je größer die Auswahl der Schilder, desto teurer die Gegend. An den Häusern für die Superreichen gab es Riesenschilder, wie man sie in Großstädten sieht, aber hier standen all diese Häuser auf gelbem Sand. Überall bedienten die Frauen selber. In dieser Stadt gab es kein einziges Restaurant oder Teehaus. Die hungrigen Reisenden, die von weit her kamen, konnten einfach eintreten, sich betrinken und all die anderen Dinge tun.

Ich wanderte durch die Gassen und las die Aufschriften … Suhailas Haus, Mahmudas Haus der schlanken Mädchen, Lusthaus zum Weißen Hirsch, Ranas orientalische Tanzgruppe, Gasthaus zur schwarzen Traube, Paschas Audienzsaal, Schloss des Genusses, Haus der tapferen Soldaten, Garten der Genüsse, Freudenhaus zum purpurnen Bären, Tanzgruppe Fathia Dschaual für beduinischen Tanz, Suha Jakob und ihre Schwester, Ticktack Hall für westlichen Tanz, Rasthaus zum goldenen Soldaten … und noch mehr kuriose Anpreisungen, die nicht recht zu den heruntergekommenen Häusern passen wollten.

Doktor Musa zeigte mir einige der teuersten Etablissements, in denen hochrangige Regierungsmitglieder verkehrten. Er erzählte mir von Armut und Reichtum unter den Prostituierten. Wir setzten uns auf eine kleine Bank gegenüber einem Freudenhaus. »Von den Musikern abgesehen«, erklärte er, »darf hier kein Mann leben.«

Er erzählte mir, dass es die Stadt schon lange gebe, dass sie aber noch nie so groß war. Er sprach von drei Schwestern, mit denen alles begann. Drei Schwestern, die sich von ihrem Nomadenstamm trennen, zwei Zelte aufschlagen und mit den Soldaten und Beamten schlafen, die aus dem Süden in den Norden ziehen. Sie treiben es mit den Fahrern der Lastwagen, die von einem Hafen am Golf Fracht in die Hauptstadt transportieren. Sie empfangen Reisende aus aller Welt, die nach den Schätzen Babylons suchen. Frauen, die vor Stamm und Familie geflohen oder verstoßen worden sind, wenden sich an die drei Schwestern. Nomadenmädchen mit kohlschwarzen Augen werden von ihren Vätern und Brüdern zum Anschaffen hergebracht. Es kommen Frauen, die vor ihren Ehemännern flüchten, Schwangere, die von ihren Liebhabern im Stich gelassen worden sind, hübsche Witwen, für die nach dem Tod der Ehemänner kein Platz mehr ist.

Die Regierung, die sich als Beschützer von Ehre und Würde aufspielt, schickt ihre Soldaten, um das Städtchen zu zerstören und die Prostituierten gefangen zu nehmen. Doch jeder Offizier, der diesen Boden betritt, schläft mit den Frauen, genießt ihren Körper und ihr Lächeln, und führt die Befehle nicht aus. Offiziere denken sich Lösungen aus. Einige drängen das Städtchen tiefer in die Wüste oder hin zu den Sümpfen, andere lassen es an Flüsse ausweichen, teilen es in mehrere Teile, aus denen eine neue Stadt entsteht, vermengen es mit anderen Städten.

»Diese Stadt wurde beweglich geboren«, sagte Doktor Musa, »sie verlagert sich von einer Gegend zur nächsten, ohne dass wir es mitbekommen.«

Musa Babak war zur Strafe an diesen Ort verbannt worden. Mit der Zeit war er zu einem Teil dieser Welt geworden. Irgendwann hörte er auf, sagte er, auf den Lohn zu warten, der per Post aus der Hauptstadt kommen sollte. Er verzichtete auf die Besoldung aus der Staatskasse und lebte allein von dem, was er durch die Reisenden und die Bewohnerinnen verdiente. Er kaufte und verkaufte Medikamente. Und von Jahr zu Jahr wuchs sein Vermögen.

Meine Wunden schmerzten. Nach diesem Spaziergang schaffte ich es nicht mehr zur Weißen Orange. Ich brauchte jetzt einen tiefen Schlaf und eine lange Rast. Musa Babak wusste, dass der gelbe Staub die Menschen auslaugte. Er wusste, dass der Anblick dieser Mädchen einen krank machte. Er legte mir die Hände aufs Gesicht, maß meine Temperatur, zählte meinen Pulsschlag und ließ mich auf einer Bank vor einem Gasthaus Platz nehmen. Er gab mir Wasser und sagte: »Nur noch ein paar Schritte, dann kannst du dich ausruhen.«

Das Heim des Doktors befand sich in einer ganz gewöhnlichen Gasse. In typisch nachlässiger Arztschrift stand auf dem Schild auf Arabisch: »Arzt für Allgemeinmedizin – Musa Salim Babak«. Sein Haus fiel nicht auf, aber im Inneren tat sich eine sehr besondere Welt auf. Wer eintrat, konnte nicht erraten, wie groß es war. Mein erster Eindruck war, dass sein Bewohner in einer fernen Vergangenheit lebte. Ja, am Anfang sah ich nur, was ich erwartet hatte: ein altes Bett, einen ausgebleichten Holzschrank, in dem Jacketts mit zu kurzen Ärmeln und mehrere abgetragene Krawatten hingen, einen grünen Sessel, auf dem sich ein paar Badetücher angesammelt hatten. Das Zimmer roch feucht, als liefe jemand, der sich eben gewaschen hat, noch mit dem Dunst des Badezimmers vorbei. Aber da war auch eine uralte Stille. Im Zimmer nebenan sah ich eine riesige Bibliothek, die Regale hatten nahezu alle Wände erobert.

Wo kein Bücherregal war, hingen Bilder vergangener Zeiten. Ein großes Bild von Hind Rostam in dem Film *Die Eiserne Tür*, ein Filmplakat von *Leidenschaft und Vergeltung* mit Asmahan und Anuar Wadschdi, Omar Sharif in *In unserem Heim ist ein Mann* mit Zubeda Saruat, weiter hinten noch einmal Omar Sharif in *Doktor Schiwago* mit Julie Christie, Bilder legendärer Fußballer, Pelé und sein braunes Lachen, Ferenc Puskàs aus den goldenen Zeiten von Real Madrid, Eusébio hatte sich ein Tuch über die Schulter geworfen und weinte, Bobby Charlton mit seinem kahlen Kopf, Bobby Moore in einem roten Trikot und weißen Shorts mit dem Pokal der Weltmeisterschaft von 1966. Ein trauriges Bild von James Dean hoch oben in einer Ecke des Zimmers, ein Bild der libanesischen Schauspielerin und Sängerin Fairuz in *Der Ringverkäufer*. Ein paar medizinische Schaubilder, ein menschliches Skelett, ein sehr altes Plakat, das zur Impfung von Kindern aufrief. Das Zimmer war ein Muster an Unordnung, dennoch gab es ein System, das ich damals noch nicht sah. Es schien, als hätte Doktor Musa sein ganzes Leben darin versteckt.

Er ließ mich auf dem grünen Sessel Platz nehmen und löste mir ein paar Tabletten in Wasser auf. Meine Schmerzen nahmen zu, ich fühlte mich immer schwächer. Ich schloss die Augen und dachte an die arabischen Mädchen, die ich gesehen hatte, an die bunten, vom Staub bedeckten Schilder. Gern hätte ich eins dieser Häuser betreten. Ich wollte wissen, was sich hinter den Wänden abspielte. Mit geschlossenen Augen sagte ich zum Doktor: »Ich will, dass du mich mit zu einem dieser Häuser nimmst.«

»Das geht nicht«, lachte er. »Versteh doch, mit deinen Wunden. Das Leben hier ist nicht mehr so sicher und ruhig wie in alten Zeiten, auch hier muss man auf der Hut sein ... Hörst du? Auch hier hat man sich zu fürchten.« Er legte mir die Hand auf die Schulter. An den Fingerspitzen spürte ich seine Atemzüge. Ich öffnete die Augen und sah die staubige Gestalt des Doktors. Glatzköpfig und klein stand er vor mir. Er zog sein Jackett aus und fragte mich: »Sag, hast du schon mal von dieser Stadt geträumt?«

Ich dachte kurz nach. »Ja, Doktor, von allen Dingen dieser Welt habe ich schon geträumt.« Ich steckte damals, obwohl ich noch ein Junge war, voller Träume. Aber als ich da auf dem Sessel saß, fühlte ich mich leer. Ich wollte mich nur hinlegen. Ich wollte mich sammeln und begreifen, wo ich lebte.

Doktor Musa hatte sich ausgezogen und stand in weißen Boxershorts vor mir. Er ballte die Hand zur Faust, legte sie sich aufs Herz und schloss die Augen. »Ich habe oft das Gefühl, diese Stadt ist einer meiner Träume. Jeden Mann, der dieses Zimmer betreten hat, habe ich gefragt, ob er von dieser Stadt geträumt hat. Bis jetzt haben alle Ja gesagt.« Er schüttelte den Kopf. »Diese Stadt ist aus unseren zerbrochenen Träumen entstanden.«

»Du nennst dieses Riesenbordell eine Stadt«, fragte ich so müde, als würde ich gleich in Ohnmacht fallen. »Ich sehe keine Stadt, ich sehe nur eine Aneinanderreihung von Häusern mit Prostituierten.«

Er blickte mich an und schüttelte den Kopf: »Bevor ich mich waschen gehe, möchte ich dir sagen, dass damals keine Stadt hier war. Es war ein Dorf, mein verwundeter Sohn, bis der Krieg diese Städte erschuf. Die Soldaten, die von den Schlachtfeldern zurückkehrten, die Truppen, die auf ihrem Weg in den Tod über die Häuser herfielen, haben die Nachfrage steigen lassen. Bevor man abtritt, möchte man mit ein paar Frauen geschlafen haben. So ist jeder.« Er brach ab, schloss erneut die Augen und ging einen Schritt auf mich zu. Er sprach von ganzen Kolonnen, die mit ihren Panzern und Spähwagen anhielten und die Häuser überfielen wie Eroberer die feindliche Festung. Wie Wahnsinnige packten sie die Mädchen, zerrten sie aus den Häusern und fielen im Mondschein über sie her. Sie wälzten sich mit ihnen nackt im Staub, betranken sich und schliefen mitten auf der Straße. Diese Offiziere und Soldaten hatten jede Hoffnung verloren. Sie wussten, dass sie sterben würden, und wollten hier die letzten schönen Nächte ihres Lebens verbringen. Als der Krieg sich in die Länge zog und immer grausamer wurde – Dutzende Städte wurden zerstört, ganze Landstriche entvölkert –, als es so weit kam, dass der Wind den Gestank von Soldatenleichen durch das ganze Land trug, als Abertausende Frauen allein auf sich gestellt waren, da wurde diese Stadt groß. Jeden Tag kam eine neue Gasse dazu. Wenn man morgens aufwachte, sah man neue Häuser und neue Frauen. Bis man glaubte, diese Stadt verschlucke alle anderen Städte und fresse das ganze Land auf. »Als so viele Frauen herkamen, wurde es gefährlich. Die Regierung schickte Spitzel. In den Gassen tauchten Frauen auf, deren Job darin bestand, Berichte zu schreiben und den Sicherheitsdienst zu informieren.« Er fasste mein Kinn und sagte etwas leiser: »Auch hier musst du dich fürchten, auch hier lauern Gefahren.«

Er erzählte schleppend von den berühmtesten Huren, die später Ehefrauen von Ministern und Generälen geworden waren. In seinen Boxershorts, mit dem krummen Rücken, mit seinen weißen Haaren, die ihn gespenstisch aussehen ließen, ging er im Zimmer auf und ab. Dann nahm er sein Badetuch, warf mir noch einen Blick zu und sagte: »Vergiss das nicht, auch die Toten kommen hier zu Besuch.«

Während er sich wusch, schleppte ich mich durchs Haus. Ich suchte ein Bett, um mich hinzulegen. Für weitere Vorträge hatte ich nicht mehr die Kraft. Ich lief durch einen engen Korridor und kam zu einer Tür, auf der »Apotheke« stand. Der kleine, düstere Raum stand voller Regale mit Medikamenten, nach denen es auch roch. Hinter Regalen und Schränken lehnte in einer Ecke eine Geige. An der Wand hingen Schwarz-Weiß-Fotos, die Szenen aus europäischen Opern zeigten. Eingeschüchtert von der Apotheke, öffnete ich hastig die Tür zu einem weiteren Zimmer, das ganz hell war. Hier gab es vier Betten mit sauberen Bezügen, Kissen und frischen Decken, die offenbar für Gäste oder auch Notfälle und Schwerkranke hergerichtet waren.

Ich sank auf eins der Betten nieder und fühlte Verwirrung und Angst. In der erdrückenden Stille fürchtete ich mich vor der gelben Stadt, ihren Gassen, ihren Frauen. Ich krümmte mich wie ein Baby, kreuzte die Hände auf der Brust und sank in einen tiefen Schlaf, als würde ich das Bewusstsein verlieren.

Als ich aufwachte, war es Nacht. Doktor Musa hatte mich lange schlafen lassen. Nach dem Erwachen war mir einiges klarer. Als hätten sich im Schlaf ein paar Dinge enträtselt. Ich sah alles wieder deutlich vor mir: Sie hatten mich mit Ishak und Sarhang auf einem Lastwagen in den Süden gebracht. Ich wusste, sie hatten uns mit anderen Gefangenen zusammengesperrt. Klar und deutlich sah ich, wie wir in einen anderen Lastwagen umstiegen. Und hörte, wie eine Stimme mir unterwegs befahl: »Spiel uns was, spiel uns was.«

Ich entsinne mich, dass ich spielte und dass alle schweigend zuhörten. Flötend verlor ich die Orientierung und wusste nicht, wohin wir gefahren wurden. Gegen Mitternacht ließen sie uns aussteigen, Männer mit Waffen liefen uns entgegen, das einzige Licht kam vom Lastwagen. Ich erinnere mich an Schüsse, dann an einen furchtbaren Stoß, an einen Schlag, der wie das Aufjaulen eines großen Tieres in meinem Kopf nachhallt. Ein Knall kommt und entwurzelt mich. Wie eine Explosion Hunderte von Fischen in die Luft schießt, die in einem Bogen wieder im Meer landen, so etwa. Als mich die Schüsse trafen, dachte ich an ein Gewitter. Ich weiß noch, dass mein Kopf in bodenloser Tiefe aufschlug. Ich kann mich jetzt daran erinnern, wie mein Bewusstsein erlosch, wie verglimmender Mondschein. Wie ein Fisch, der im Sterben den Ozean vergisst. Wie eine Kerze, die das Licht vergisst, nachdem sie gelöscht worden ist. So vergaß ich dann alles.

Jemand musste mich weggetragen haben. Nach dem Sturz in den Abgrund hatte mich jemand ergriffen und wieder raufgeholt. Aber wer?

Am Morgen wurde ich von den Stimmen Dalia Saradschadins und Doktor Musa Babaks geweckt. Seit jener ersten Nacht war Dalias Stimme ständig in meinem Kopf. Beim ersten Ton erkannte ich sie wieder. Die beiden sprachen im Apothekenraum. Dalia weinte. Sie sprach über jemanden, der sie an der Nase herumgeführt hatte. Einen Mann, der alles mit ihr gemacht, eine Woche lang mit ihr im teuersten Hotel der Hauptstadt logiert – und sie angelogen hatte.

Die ganze Geschichte hatte mit dem größten Wunsch Dalias zu tun. Sie wollte ihren Geliebten aus dem Gefängnis befreien und dann ihr letztes Jahr in Englischer Literatur an der Uni absolvieren.

Dalia Saradschadin geht mit einem Gast aufs Zimmer, der ihr sagt, er sei ein hoher Beamter im Bildungsministerium. Ein großer Mann mit Sommersprossen, der nur ein Hobby hat, nämlich mit möglichst vielen Nutten zu schlafen. Gebieterisch zieht er Dalia Saradschadin nackt aus. Während er sich ihre Schönheit wie ein erfahrener Käufer ansieht, sagt er: »Sie sind meine zweitausendzweihundertzweiundzwanzigste Frau. Für alle Frauen mit einer geraden Zahl, in der viermal dieselbe Zahl enthalten ist, tue ich etwas Besonderes. Seltsamerweise ist die Schönheit dieser Zahl auch die Ihres Körpers. Sie haben Glück, fordern Sie etwas Teures, Schwieriges von mir. Ich bin wohlhabend, ich habe Macht. Verlangen Sie aber etwas, das die Grenzen menschlicher Macht nicht überschreitet, damit ich es wahr werden lassen kann.«

Dalia Saradschadin sagt: »Ich habe nur zwei Träume, und der erste ist: Finden Sie mir Basm Walid Aldschasairi im Gefängnis, damit ich weiß, ob er am Leben oder tot ist. Der zweite: dass ich an die Uni zurückgehen und mein letztes Jahr in Englischer Literatur absolvieren kann.«

Der Hurensüchtige verspricht ihr, beide Bitten zu erfüllen, aber erst müsse sie mit ihm eine Woche in der Hauptstadt bleiben. In dieser Woche würden sie zusammen schlafen und zwischendurch alles erledigen.

Die Geschichte von Basm Dschasairi ist der hartnäckigste Knoten in Dalias Leben. Basm ist ihre erste und größte Liebe. Alles, was eine Frau in ihrem Geliebten sehen kann, sieht sie in diesem Mann. Sie lernen sich kennen, sie lieben sich, sie schlafen zusammen, essen zusammen, und sie werden zum beliebtesten Paar der Uni. Zwei Unzertrennliche.

Dalia kennt die Gefahrenrechnung dieser Liebe. Sie hat im Norden zwei Brüder, die in den Basaren einer kurdischen Stadt aufgewachsen sind. Für sie sind Araber blutsaugende Todfeinde, die kein Mitleid verdienen. Als ihre Brüder von der Liebesgeschichte ihrer Schwester mit einem Araber aus dem Süden erfahren, fahren sie unbemerkt in die Hauptstadt und schauen sich die Geschichte aus der Nähe an. Ohne etwas zu unternehmen, kehren sie nach Kurdistan zurück und warten, bis Dalia in den Ferien nach Hause kommt. Die Brüder beschließen, Dalia umzubringen, und zwar so, dass niemand davon erfährt und sie lange leidet. Ein Leid, das all die Enttäuschung, Entehrung und Schmerzen aufwiegen soll, die sie ihnen zugefügt hat.

Darum betäuben sie sie eines Nachts, legen sie auf die Ladefläche eines Pick-ups und fahren mit ihr zu einem fernen Berg. Dort gibt es einen vergessenen Brunnen, das Überbleibsel eines Dorfs, das vor Urzeiten zerstört wurde. Sie werfen sie in den Brunnen und kehren mit Tränen in den Augen zurück. Dalia liegt einige Tage in dem Brunnen. Schließlich stößt eine Bande von Schmugglern, die sich im Schnee verirrt haben, auf den Brunnen und holt sie mit großer Mühe heraus. Ein Zufall, wie Gott ihn dem Menschen immer wieder beschert. Gott setzt ihn an den Rand des Abgrunds und gibt ihm einen Schubs, aber er schickt eine Hand, die ihn, bevor er am Ende ist, wieder herausholt. Die Schmuggler retten Dalia das Leben. Vier Händler, die ihre Turbantücher wie Kopftücher ums Gesicht geschlungen haben, geben ihr von ihrem Essen, wärmen sie an ihrem Feuer, legen ihr die eigenen Jacken um die Schulter, lassen sie ihre eigenen Socken und Wickelgamaschen anziehen, umwickeln ihr Gesicht, holen ihr aus den Schmuggelpaketen passende Frauenkleider und geben ihr Geld. Ohne zu fragen, wer sie ist und weshalb sie auf dem Grund eines finsteren Brunnens lag, bringen sie sie auf den Weg und verabschieden sich von ihr.

Dalia Saradschadin weiß, dass sie nicht nach Kurdistan zurückkehren darf. Ihre Brüder würden wieder versuchen, sie umzubringen. Kurz vor dem Ende der Ferien kommt sie in der Hauptstadt an. Sie ruft Basm Dschasairi an, der dabei ist, eine Magisterarbeit über *Die Kunst der Satire bei Mark Twain und Charles Dickens* zu schreiben. Sie treffen sich im Spanischen Kulturzentrum in Bagdad;

ein abgelegener, wenig besuchter Ort. Sie setzen sich in die Cafeteria, wo Dalia ihm alles erzählt. Basm, der Dalia als bessere Hälfte seiner Seele sieht, hat Kurdistan nie gesehen. Er stammt aus einer wohlhabenden Familie, lebt im reichsten Viertel der Hauptstadt und fährt ein teures Auto. Er ist ein berühmter Billardspieler, ein Experte für englische Literatur und ein leidenschaftlicher Leser von Christopher Marlowe. Oft hat er *Sturmhöhe* von Emily Brontë dabei, ein Buch, das er in allen Ausgaben und Einbänden besitzt. Er kann *Kubla Khan* von Samuel Taylor Coleridge, *Liebe und Tod* von Lord Byron und *Aschermittwoch* von T. S. Eliot rezitieren, aber am liebsten mag er *Annabel Lee* von Edgar Allan Poe, und oft liest er Dalia am Ufer des Tigris auf Englisch daraus vor. Beide lieben den Film *Hiroshima Mon Amour,* dessen Titel sie am liebsten französisch zitieren. Sie haben ihn mehrere Male gesehen und erkennen sich im Liebespaar wieder. Dalia hätte gern wie Emmanuelle Riva ausgesehen, obwohl sie viel schöner ist als die Französin. Und Basms Haar und seine Blicke erinnern an Eiji Okada. Sie treiben die anderen Werke von Marguerite Duras auf, sie lesen *Der Liebhaber*. Aber an jenem Tag im Spanischen Kulturzentrum macht ihm Dalia klar, dass sie nicht an die Uni zurückdarf. Für ihre Familie sei sie tot, man dürfe sie nicht entdecken. Basm, der sich Dalias Geschichte fassungslos anhört, bleibt nichts anderes übrig, als ihr dabei zu helfen, ihrem Leben außerhalb der Uni eine neue Richtung zu geben.

Dalia verlässt die Uni und findet durch eine Freundin einen Job bei Philippine Airlines, wo sie ein Jahr arbeitet. Sie mietet ein kleines Haus im südlichen Teil Bagdads. Sie lebt ein glückliches Leben voller Erwartungen an die Zukunft. Basm konzentriert sich darauf, seine Magisterarbeit abzuschließen. Während er mit dem Vergleich von *Tom Sawyer* und *David Copperfield* beschäftigt ist, wird er eines Nachts von einem schwarzen Auto der Regierung abgeholt und kehrt nicht mehr zurück.

Sein Verschwinden zerstört das Leben Dalias, die zu sagen pflegte, sie könne die Luft dieser Welt ohne diesen Mann nicht atmen. Sie sucht nach ihm in allen offiziellen Gefängnissen, ohne ihn zu finden. Jeder weiß, wo diejenigen, die verschwinden, landen. Jedem ist klar, wie schwierig die Suche nach den Verschwundenen ist. Doch Dalia gibt nicht auf, sie geht den einzigen und letzten Weg, den sie gehen kann, nämlich den, Regierungsbeamte anzumachen und mit ihnen zu schlafen. Sie schlägt einen langwierigen Weg ein, auf dem sie von jedem Mann an den nächsten weitergereicht wird. Jeder schickt sie zu einem höheren. Jeder setzt ihr in den Kopf, dass der nächste der geheime Schlüssel zu Basms Freiheit ist. Von den Betten der Wächter gelangt sie in die Betten der Sicherheitsoffiziere und von da in die der Gefängnisdirektoren. Von den Betten der Parteifunktionäre gelangt sie in die Schlafzimmer der Minister. Sie verführt die Wachen des Präsidenten, schläft mit den Beratern des Revolutionsrats. Überall sucht sie nach Basm Dschasairi. Manchmal gerät sie in finstere Haftanstalten. Da sieht sie Gefangene, die seit Jahren kein Licht gesehen haben, die jung kamen und alt dort sterben werden. Aber nirgends findet sie eine Spur, die zu Basm Walid Dschasairi führt.

Eines Tages merkt sie, sie ist mit dem Spiel so weit gegangen, dass sie kaum wieder herauskommt. Statt als Frau wahrgenommen zu werden, die ihre Ehre der Liebe opfert, wird sie wie eine billige Hure, eine Kreatur der Regierungsbeamten behandelt. Ihr Gefühl, dass sie vergebens mit Basms Mördern schläft, macht sie krank. Sie weiß aber keinen anderen Weg. An einem trostlosen Tag schickt eine Dame namens Samar Saleh sie mit einer Freundin in jene Stadt. Da sieht sie zum ersten Mal Doktor Musa Babak vor der Weißen Orange, wie er mit einem Kartoffelverkäufer spricht, der von der Ladefläche seines Pick-ups außer Kartoffeln auch alte Zeitungen und Zeitschriften verkauft.

Dalia Saradschadins Geschichte war traurig. Ich hörte sie zu verschiedenen Zeiten in Bruchstücken, die ich mir später zusammenfügte.

Dalia Saradschadin war manchmal sehr bedrückt, manchmal heiter, manchmal redselig und dann wieder schweigsam, manchmal war sie sehr einfühlsam und manchmal eiskalt. An jenem Tag, an dem sie in der Apotheke des Doktors weinte, erzählte sie mir von ihren ersten Stunden in der namenlosen Stadt. »Was mich dazu gebracht hat, hierzubleiben, waren die kleinen Engel, die mich empfingen. Als ich ankam, sah ich Engel in der Luft um mich herumtanzen, in unterschiedlichen Farben und klein wie Bonbons, wie die, die in Kinderfilmen vorkommen. Anfangs war es nur ein blauäugiger Engel, später wurden es zwei, die Augen des zweiten hatten eine andere Farbe, an die ich mich nicht erinnere, später wurden es viele, zu viele. Sie erfüllten die Stadt. Es blieb kein Platz, wo meine Engel nicht waren. Warum guckst du mich so an? Es sind wirklich meine Engel. Dann versammelten sie sich um mich, landeten auf meinem Kopf, auf Brust und Schulter. Hunderte von ihnen hingen an meiner Bluse. Freundliche Engel, die alle stumm lachten. Solange sie hier sind, muss ich bleiben. So ist es, meine Blume. Solange sie es mir nicht sagen, gehe ich nicht fort. So verhält sich die Sache. Nur ich kann sie sehen, weil sie mir gehören. Wir verständigen uns durch Zeichen, weil sie die Menschensprache nicht kennen, aber wir verstehen uns trotzdem. Nicht sehr gut, aber es geht.«

Nach ihrer enttäuschenden Reise war sie sofort gekommen, um nach mir zu fragen. Aus der Hauptstadt hatte sie jeden Tag angerufen und sich nach mir erkundigt. Am Telefon hatte sie geweint wie eine Wahnsinnige. Sie schlug gegen die Wände, wenn sie weinte. Meine Liebe zu ihr begann mit meiner Verwunderung über ihre jähen Weinkrämpfe. Die Tränen dieser Seele, die nicht lügen kann, sorgten dafür, dass ich sie für immer liebe und dass ihr Stöhnen mir ewig in den Ohren bleibt. Die Weinanfälle Dalia Saradschadins vergesse ich nie, nie ihr Gelächter, ihren Humor, ihre Augen, wenn sie Angst hatte, ihr Lächeln, wenn sie mich neckte, ihre schmalen Finger, mit denen sie mir auf die Stirn tippte und sagte: »Was ist da in deinem Hohlkopf, wieso bist du so blöd?«

Als Dalia an jenem Tag weinte, stand ich auf und öffnete leise die Tür. Sie saß im Apothekenraum auf einem Stuhl und hatte den Kopf auf den Schoß gelegt. Als sie mich sah, stand sie sofort auf, drückte mir einen Kuss auf die Wange: »Mein Lieber, was für Sorgen du mir bereitet hast. So viel Sorgen um dich hab ich mir gemacht. Wie ich mich freue, dich gesund und munter zu sehen. Ah, Doktor, ich hab dir nicht gesagt, wie zart er ist. Er verdient jedes Opfer.«

Sie sah nicht aus wie die Frau, die ich in jener finsteren Nacht im Keller gesehen hatte, gar nicht. Sie wirkte lebendiger, heiterer auf mich. Ich nahm ihre Hand und sagte: »Gut, dass du zurückgekommen bist. Ich stehe tief in deiner Schuld. Ich weiß, du hast viel für mich getan. Ich bin dir zu Dank verpflichtet. Doktor Musa hat mir gesagt, was du für mich getan hast. Aber wer bist du, Dalia? Du hast mir gesagt, dein Name sei Trifai Zstan. Wie bin ich in dieser Stadt gelandet?«

Dalia ließ mich neben ihr Platz nehmen und umfing meine Hände. »Ah, lieber Dschaladat, du bist es wert. Ich sehe deine Augen, streiche dir durch die Haare und weiß, dass du es wert bist. Dschaladati Kotr, richtig? Habe ich deinen Namen richtig ausgesprochen? Ja, lieber Dschaladat, ich sage dir, wie du hergekommen bist, aber du musst mir glauben, denn wenn du mir nicht glaubst, kann ich dir nichts mehr erzählen. Wenn du mir nicht glaubst, dann, schwöre ich bei Gott und den Propheten, werde ich dir nichts mehr erzählen können. Dschaladati Kotr, die Engel haben dich hergebracht. Verstehst du? Die Engel. Du musst es mir glauben. Sag nicht, ich würde dir Schwachsinn erzählen. Ich mag es nicht, wenn mich jemand Magierin nennt. Ich habe mit Magie nichts zu tun. Aber als ich dich zum ersten Mal sah, warst du in den Händen der Engel. Morgens schon spürte ich, dass etwas passieren würde. Ich glaube den Menschen nicht, die behaupten, ihr Gefühl würde ihnen etwas sagen. Aber es ist so. Schon früh am Vormittag bewegten sich die Engel anders. Als würden sie in die Luft ein Dreieck zeichnen. Soweit ich die Sprache dieser Engel verstehe, ist das ein Symbol für den Kreislauf des Lebens. Das heißt, fortwährend stirbt einer und erwacht wieder zum Leben, wie in einem geschlossenen Kreis.«

Auf diese Weise verliefen danach alle Gespräche zwischen mir und Dalia. Der Doktor schien mit dem Aufräumen der Apotheke beschäftigt. Er goss die Pflanzen, putzte dies und das und scheuchte ständig eine Fliege weg, die ich in der Dunkelheit nicht sah. Es wirkte, als würde er Jagd auf etwas Unsichtbares machen.

»Dalia Saradschadin«, sagte ich, »ich glaube dir, aber wo sind diese Engel jetzt?«

Sie stieß einen Seufzer aus und erzählte ihre Geschichte weiter, als hätte sie meine Frage gar nicht gehört: »Das Seltsamste passierte am Abend, als ich mich umziehen wollte, um die Gäste zu bedienen. Es war schrecklich. Der Saal der Weißen Orange voll von Spitzeln – als hätten sie etwas gewittert, als verfügten die Regierungsleute über ein eigenes Geschwader böser Engel. Es herrschte ein Gewühl. Es waren sehr viele. Was guckst du mich so an? Die Frauen der Weißen Orange wissen es. Frag sie. Aber die Engel ließen mich nicht in Ruhe. Auf einmal landeten ganze Schwärme auf meinem Kopf, meiner Brust und meiner Bluse. Sie zerrten an mir, als würden sie mich wegführen wollen. Ich sagte zu den Frauen: ›Schaut, sie lassen mich nicht in Ruhe.‹ Aber du weißt ja, dass niemand sie sieht, weil sie allein meine Engel sind, nur meine. Ah Gott, war das peinlich. Ich wusste nicht, wohin sie mich führten. Wie gewohnt brachte ich die Gäste durch mein Lächeln dazu, nichts Übles zu denken. Ich dachte mir: Mal schauen, was die wollen. Draußen dunkelte es. Sie führten mich ums Haus herum, dann in den Speicher. Sie zerrten mich in den Keller. Als Nächstes passierte eine Sache, die ich dir nicht erzähle, jedenfalls nicht heute. Vielleicht eines Tages, aber nicht jetzt. Also, ich sah dich in diesem Keller zum ersten Mal. Du schwammst in Blut, aber ein helles Licht war um dich, wie bei einem Heiligen. Auf einem alten, abgetakelten Bett lagst du. Ah, wie schön du warst, und wie ich dich bemitleidete. Ich fasste deine Hand an, du warst tot. Du warst eiskalt. Ich wusste nicht, was ich tun sollte. In meiner Nervosität hatte ich den Doktor ganz vergessen. Wenn ich so etwas sehe, vergesse ich alles. Frag nicht. Ich bin dann so durcheinander, dass ich meine Füße nicht von meinen Händen unterscheiden kann. Als mir der liebenswürdige alte Mann wieder in den Sinn kam, flog ich geradezu davon. Ich weiß nicht, wie lange ich bis hierher brauchte. Nein, ich durfte ihn nicht anrufen. Das Telefon in der Weißen Orange befindet sich an einem Platz, wo man kein Wörtchen in Ruhe reden kann, verstehst du mich? Wenn ich angerufen hätte, hätten es alle erfahren, alle hätten gefragt: ›Wofür brauchst du den Doktor? Was tut dir weh? Lass mich dich massieren! Hast du deine Tage?‹ Herr im Himmel, aber ich kann mich noch immer nicht daran erinnern, was mich so schnell zu Musa Babak brachte, der wie gewohnt in seinen schrecklichen Boxershorts dasaß. Er scheuchte genau wie jetzt eine Fliege weg. Er hatte ein Buch oder ein Manuskript in der Hand. Schau mich nicht so an, ich lese auch viel. Viel mehr als Doktor Babak. Soll das heißen, du denkst, ich sehe nicht gebildet aus? Ja, aber ich weine nicht beim Lesen. Das letzte Mal, dass ich wegen eines Buchs weinte, war am Ende von *Pan* von Knut Hamsun. Wo war ich stehen geblieben?«

Sie war voller Anmut. Wenn sie schwieg, schwieg ihr ganzer Leib, wenn sie anfing zu sprechen, sprach ihr ganzer Leib. Ich hatte vergessen, dass sie meine Geschichte erzählte. So verzaubert hörte ich ihr zu.

Ich war damals siebzehn. Dalia Saradschadin war fünfundzwanzig, sie sah älter aus.

»Ich weiß ja nicht mal, was du da erzählst. Woher sollte ich wissen, wo du warst«, stichelte ich.

»Du warst dabei, zu einem alten Mann zu kommen«, mischte sich Musa Babak ein, der aufmerksam zugehört hatte, »der auf der Veranda seines öden Hauses in Boxershorts ein Buch las.«

Dalia fuhr sich durch das Haar und sagte: »Richtig, Doktor. Ich kam, um dich zu diesem Armen zu schleppen. Aber schau nur, wie er uns ansieht. Als hätten wir ihm unrecht getan. Aber das macht nichts. Wichtig ist, dass du am Leben bist, Dschaladat. Ich dachte mir, nicht mal ein Wunder könnte dir helfen. Du weißt nicht, wie deine Wunden aussahen. Bis zu jener Nacht hatte ich kein

Vertrauen zu Musa Babak. Sodass ich jetzt immer noch das Gefühl habe, ihr beide würdet euch hinter meinem Rücken verständigen – ist das so? Aber das macht nichts. Dschaladat, als der Doktor dich sah, fuhr er nicht zusammen. Ich hatte ihn für eine feige Heulsuse gehalten, die aus Angst vor der Welt an diesen abgelegenen Ort geflüchtet war. Ich glaubte, er kenne sich nur mit Antibabypillen und Influenzamedikamenten aus. Ich hatte eine Show. Ich musste gehen. Damit niemand Verdacht schöpfte, durfte ich nicht lange wegbleiben. Außerdem, ich konnte einfach nicht zusehen, wie du stirbst. Als ich spät wiederkam, erwartete mich der Doktor und sagte: ›Er überlebt, aber sein Leben wird nicht wie das Leben der anderen sein. Immer wird er etwas vom Tod ins Leben und etwas vom Leben in den Tod hineintragen.‹

Das sagte er … Doktor Babak, der hier höchstpersönlich vor uns steht. Wir waren uns darüber einig, dass niemand von deiner Anwesenheit erfahren durfte. Ein Zufall, zweifellos ein Zufall und nichts anderes hat dich gerettet. Ich weiß nicht, vielleicht war es auch kein Zufall. Die ganze Woche in der Hauptstadt hab ich an dich gedacht. Morgens, wenn ich im Hotel allein frühstückte, dachte ich daran, was ich für dich tun könnte, wie ich dafür sorgen könnte, dass du durchkommst. Ah, Doktor Babak, verzeih mir, dass ich dich mit einem Schwerverletzten allein ließ, aber du mit deinem großen Herz hast alles in Ordnung gebracht … Gott, ich hatte nur Angst, jemand würde auf einmal etwas von den kaputten Sachen brauchen und im Keller danach suchen. Den Engeln sei Dank, dass jetzt alles gut wird. Wie viel Kummer du mir bereitet hast!«

Sie stand auf, zog die Bluse zurecht. »Man soll denken, du seist mein Cousin. Vom heutigen Tag an bist du mein Cousin. Es gebe niemanden, der dich großziehen könnte, und so weiter, aber am besten redest du überhaupt nicht. Ich erzähle die Geschichte. Du wirst nur blöd grinsen und alles mir überlassen. Jawohl, ich kenne ihre Sprache. Du weißt gar nicht, wie froh ich bin, dass die Mädchen aus der Weißen Orange nicht erfahren haben, wo du lagst.

Doktor Babak, ich hab wieder furchtbare Kopfschmerzen. Ich kann nicht einschlafen. Vergiss nicht, dass du mein Cousin bist, Dschaladat. Du bist hier, um Musiker zu werden. Doktor Babak, meine Medikamente. Den ganzen Tag spüre ich diesen Schmerz. Mir wird schwindlig, und ich taumle, aber es fällt mir nicht ein, meine Pillen zu nehmen. Ich bin die schlechteste Patientin der Welt in den Händen des schlechtesten Arztes der Welt. Gibt es was Besseres? In den schlechtesten Zeiten der Geschichte leben wir im schlechtesten Staat der Welt. Was kann man da von einem verlangen? Also, gib acht. Pass gut auf dich auf, bereite mir nicht noch mehr Kummer. Du weißt nicht, wie viel Kummer du mir bereitet hast.«

Vor der Tür blieb sie stehen und fuhr in einem anderen Ton fort: »Du bist ein Zeuge, du bist der einzige lebende Zeuge. Wenn sie dich irgendwo finden, werden sie dich töten.«

Sie ging ohne Abschied. Sie verabschiedete sich nie. Sie stand einfach auf und ging. Als ich sie deswegen fragte, fasste sie mit ihren feinen Fingern mein Kinn und sagte: »Warum sollte ich mich verabschieden, du Blume? Wohin ich auch gehe, ich komme doch sowieso zu dir zurück.«

Dann waren der Doktor und ich allein.

»Mein verwundeter Sohn«, sagte er, während er seinen wissenden Blick auf mich richtete, »das ist Dalia Saradschadin. So ist sie. Ich kann sie nicht beschreiben, und kein Schreiberling auf der Welt könnte sie beschreiben. Manchmal sieht sie aus wie eine Wahnsinnige, die gerade aus dem Irrenhaus geflüchtet ist, und manchmal wie eine Philosophin, die Tag und Nacht in Gedanken vertieft ist.«

Er musste für mich vervollständigen, was Dalia Saradschadin erzählt hatte. Irgendjemand hatte mich also in den Keller gebracht. Wer? Ich wusste es nicht. Ob es Dalias Engel waren oder eine andere unbekannte Macht? Ich wusste es nicht. Jedenfalls lag ich eines späten Nachmittags schwer verwundet in diesem Keller. Ich war der einzige Überlebende eines Massakers mit Tausenden Opfern. Im Gegensatz zu mir wusste der Doktor, was sich abgespielt hatte. Auch Dalia Saradschadin wusste, was in den Wüstengegenden geschehen war. Nur ich wusste es nicht. Ich war ein kleines, unwissendes Opfer, das keinen Schimmer hatte, wo, warum und mit wem es fast sein Leben gelassen hätte. Nach mehreren Tagen Bewusstlosigkeit hatte mich ein einsamer Arzt gerettet. Und nun sollte ich Dalia Saradschadins Cousin sein, eines ebenso einsamen Menschen. Was ich damals nicht begriff, war, woher Dalia Saradschadin wusste, dass ich mit Musik zu tun hatte.

Der Doktor legte seine Hand auf meine und sagte: »Damit du keine Angst mehr hast, damit du sicher bist, dass ich dein Freund bin, verrate ich dir ein Geheimnis, das niemand kennt. Nur ihr, du und Dalia Saradschadin, sollt es kennen.«

Und damit führte er mich in ein anderes Zimmer, das ich nun zum ersten Mal betrat.

Die Welt, die mir Musa Babak zeigte, ist ständig in meinen Gedanken. All die Jahre hütete ich das Geheimnis und trug es mit mir herum. Jene Welt ist ein Teil von mir, und ich bin ein Teil von ihr geworden.

Musa Babak hatte in England Medizin studiert und war wieder nach Hause zurückgekommen. Er war halb Kommunist, halb gläubiger Bourgeois, er trug etwas Sozialismus, etwas bourgeoisen Stolz und Arroganz, aber auch eine Portion religiösen Zweifel in sich.

Als er als junger Mann hierherkam, hatte er nur eine Tasche dabei. Er arbeitete in einer kleinen medizinischen Beratungsstätte, behandelte die Patienten der Umgebung und klärte über die Krankheiten auf, die sich durch Hitze, schmutziges Wasser und Geschlechtsverkehr übertragen. Sohn eines kurdischen Millionärs, der in Bagdad lebte, war er unter den Fittichen seines Vaters aufgewachsen. Bis zur Uni hatte er nur gebrochen Kurdisch gesprochen. Jedoch hatte er sich bereits als Kind angewöhnt, Selbstgespräche in diesem gebrochenen Kurdisch zu führen, weil um ihn herum außer seinem Vater niemand diese Sprache sprach. Als Kind glaubte er, Kurdisch sei eine Geheimsprache, die sein Vater erfunden hätte, damit niemand die Schimpfwörter und Beleidigungen verstehe, die er immer zwischen seine arabischen Sätze schmuggelte. In London begegnete er zwei hübschen Kurdinnen mit langen Gesichtern. Danach dachte er, die Kurden seien ein Volk mit langen Gesichtern, wie die Figuren Modiglianis. Mit dieser Vorstellung im Kopf fuhr er später in den Norden – und wurde enttäuscht. Statt Modigliani-Figuren bekam er die hungrigen Geschöpfe Bruegels und die Kartoffelesser des Vincent van Gogh zu sehen. Zurück in der Hauptstadt, begann er, in einem Krankenhaus zu praktizieren. Immerzu sprach er von der Bedeutung der Kunst für die Zukunft des Menschen. Man sah ihn in Galerien und an Gedichtabenden, eine Gestalt mit dünnem Hals, einer langen Krawatte und kurzen Haaren auf dem fast schon kahlen Kopf. Sein Vermögen investierte er in den Aufbau einer Kunstsammlung. Eines Tages würde er sein eigenes Museum aufmachen.

Zu den Künstlern unterhielt er freundschaftliche Beziehungen. Nach dem Putsch vom 8. Februar, elf Stunden nach der Ermordung von Abd al-Karim Qasim, stürmte die Nationalgarde sein Haus, verbrannte seine Bilder, zertrümmerte die Skulpturen und steckte ihn in ein großes Gefängnis, zusammen mit lauter Dichtern, Künstlern und Musikern. Alle wurden als Kommunisten angeklagt und ihre Manuskripte, Bilder und Instrumente den Flammen übergeben. Doktor Babak erkannte unter den Mithäftlingen einige seiner Freunde.

Die faschistischen Milizen, die beschlossen hatten, die Hauptstadt von den Kommunisten zu säubern, exekutierten in dem Raum, in dem er gefangen saß, dreiunddreißig Personen. Unter ihnen auch Freunde des kleinen Arztes mit dem dünnen Hals, der sogar im Gefängnis ein weißes Hemd und eine sorgfältig gebundene Krawatte trug. Sein Name stand auf der Liste des folgenden Tages, doch ein Wunder rettete ihm das Leben: Das Kind eines der Putschisten brauchte Hilfe.

Der Junge heißt Auad Rikabiya. Er ist elf Jahre alt, und sein Vater nimmt ihn mit, damit er von klein auf die Kommunistenhatz lernt. Eine Kugel trifft das Kind am Bein, eine zweite fährt ihm durch die Schulter in die Brust. Die Krankenhäuser sind geschlossen. Als der verzweifelte Vater begreift, dass sein Kind zu sterben droht, bleibt ihm keine andere Wahl, als unter den Gefangenen nach einem Arzt zu suchen. Zwei Stunden vor der Exekution der zweiten Gruppe ruft man Doktor Musa Salim Babak auf und führt ihn ab. Der Doktor glaubt zuerst, es sei das Ende, er spricht das Glaubensbekenntnis und bittet Gott um die Vergebung seiner Sünden. Aber als sie ihn in einen Wagen bugsieren und in halsbrecherischem Tempo durch Bagdads leer gefegte, dunkle Straßen kurven, dämmert ihm, dass man ihn zu einem Verwundeten bringt. Doktor Babak rettet dem Kind das Leben und überlebt so. Zwei faschistische Wachen fahren ihn nach Hause und sagen an der Tür: »Herzlichen Glückwunsch, Doktor, diesmal werden Sie nicht sterben. Schlafen Sie gut, und gehen Sie nicht raus. Alle Kommunisten sind Hurensöhne, aber passen Sie auf sich auf, vielleicht brauchen wir Sie heute Nacht noch mal.« Der Doktor sieht das Werk der Zerstörung in seinem Haus. Auf viele Kunstwerke hat man gepisst. Sie haben ihre Ärsche mit den Bildern abgewischt. Er beweint seine Sammlung, er beweint die Freunde, die mit ihm gefangen waren und jetzt unter der Erde liegen. Noch in der Nacht beschließt Doktor Musa, sich einen Ort der Verbannung zu suchen, weit weg von der schrecklichen Welt, von der Grausamkeit der Faschisten und der Feigheit der Kommunisten. Aber wo soll dieser Ort sein? Er will nicht nach London. Noch einmal will er dieses Land nicht verlassen, aber wie soll er in ihm leben? Anfangs denkt er daran, mit den kurdischen Revolutionären in den nördlichen Bergen Kontakt aufzunehmen, aber er möchte sich nicht vorstellen, wie sie einen Arzt empfangen würden, der an nichts denkt als an ein Museum, das Menschen aus aller Welt besuchen. Und wie soll er in diesem tödlichen Chaos eine vertrauenswürdige Person finden, über die er sich an die Revolutionäre wenden könnte? Sein Brief würde einen weiten Weg zurücklegen müssen, über hohe Berge und durch gewaltige Ebenen. In Hunderten Dörfern auf der Strecke würde er aufgehalten werden, um dann vielleicht, am allerentlegensten Punkt, dem legendären Barzani in die Hände zu geraten …

Über Wochen hütet Doktor Musa das Haus. Er geht durch die Hölle. Als er bärtig, kahlköpfig, mit eingesunkenen Augen endlich wieder das Haus verlässt, ist er nicht wiederzuerkennen. Noch immer will er der Revolution einen Brief schreiben. Doch er verschiebt es Tag für Tag und wird ihn nie zu Papier bringen. Als er sich seinen Aufgaben als Arzt in einem der wichtigsten Krankenhäuser der Hauptstadt wieder zuwendet, erwartet ihn dort ein amtliches Schreiben, das seine Versetzung tief in den Süden anordnet. Die »Gesundheitliche Beratungs- und Vorsorgestelle westlich des Euphrats« liegt in einem staubigen Ort in der Wüste, einem Winterwind ausgesetzt, wie ihn Musa selbst in den kältesten Nächten Londons nicht erlebt hat.

Der Doktor wird von einem dunkelhäutigen Beamten in einem baufälligen Raum empfangen. »Machen Sie sich keine Sorgen, mein Freund«, sagt er mit der Stimme eines arabischen Stammesführers, »Sie sind nicht der erste Arzt, den man aus der Hauptstadt entfernt. Ich soll Sie in ein kleines, neues Krankenhaus schicken, das Sie selbst noch einrichten müssen. An einem namenlosen Ort, ein paar Fahrstunden von hier entfernt. Sobald unser Chauffeur eintrifft, lasse ich Sie hinbringen. Er weiß, wo es ist. Ehrlich gesagt, ist der Ort auf keiner Karte verzeichnet, ein paar beduinische Weiber, tanzende Zigeunerinnen und mannstolle Frauen haben ihn aufgebaut. Eigentlich, mein Lieber, ist es gar kein Ort. Aber wie dem auch sei, Doktor, ich hoffe, Sie werden es dort gut haben. Wenn Sie sich vergnügen wollen, ist es nicht so schlecht dort. Sie sind doch Kommunist – oder? Die Kommunisten hierzulande sind verrückt nach Frauen, wahrscheinlich, weil sie zu viel Lenin gelesen haben. Ich finde den Ort für einen kommunistischen Arzt nicht schlecht. Entschuldigen Sie, dass ich so offen spreche, aber ich war selbst in der Partei und weiß, wie es läuft. Aber lassen wir das. Sie sollen Medikamente verschreiben, Untersuchungen und Behandlungen durchführen und den Menschen dort beibringen, sich ein wenig zu schützen. Sie wissen doch, wie wichtig der Schutz vor Geschlechtskrankheiten ist, Genosse Doktor.«

Als er vor der Tür auf den Fahrer wartet, spürt er zum ersten Mal seine bodenlose Einsamkeit. Er stellt fest, dass er nichts hat, wofür zu leben sich noch lohnt. Dass er keinen seiner Verwandten kennt. Dass keine seiner Freundinnen ihn wirklich geliebt hat. Er hat niemanden, der um ihn weinen würde. Es gibt aber auch niemanden, um den er sich Sorgen machen müsste. Sein bisheriges Leben in den Großstädten war also vertane Zeit. Der nebelgraue Himmel ist wie ein Spiegel seines Lebens und seiner Einsamkeit. So steht er nun da und wartet auf ein Auto, das ihn auf die andere Seite des Euphrats bringen soll.

Nein, ruiniert war er nicht. Sein Vermögen hätte für den Rest des Lebens gereicht. Immerhin war er den Putschisten entkommen, die das Land in ein Schlachthaus verwandelt hatten. Und der grauenhaften Sinnlosigkeit dieses Lebens, das ihn so zugerichtet hatte.

Als er abends ankam, fand er nichts als Beduinenzelte und kleine, verfallene, dunkle Häuser vor. Ein Mädchen mit Taschenlampe empfing ihn und ging ihm zu ihrem Haus voraus. Keine Bäume, keine Straßen, kein Licht. Er merkte gleich, dass hier zwei Dinge verbreitet waren: Krankheit und Einsamkeit. Damit war er vertraut. Überrascht stellte er fest, dass dies eine uralte Welt war, wie er sie seit der Kindheit gesucht hatte. In kurzer Zeit baute er sich ein Haus, dessen Größe und Einteilung er Jahr für Jahr veränderte. Von Anfang an hatte er in seinem Kopf dieses gigantische Lebensprojekt: ein einzigartiges, geheimes Museum zu errichten, das bedrohten Kunstwerken eine Zuflucht gewähren würde. Er nahm sich vor, ein geheimes Netzwerk zu knüpfen, das im ganzen Land Bilder, Skulpturen und andere Kunstwerke für ihn sammeln sollte. Sein Haus sollte aussehen wie die Praxis eines traurigen Arztes, den das Schicksal in den Südwesten verschlagen hat. Er reservierte ein paar Zimmer für eine große Bibliothek, die er mit Medizin- und Biologiebüchern vollstopfte. Regelmäßig reiste er in die Hauptstadt und in die kleinen Hafenstädte des Südens. Ab und zu besuchte er auch Kuwait, das Königreich des Sandes und der Perlen an den Ufern des Golfs. Zunächst baute er die Oberwelt seines Hauses aus, den Untersuchungsraum, das Schlafzimmer für Patienten. Von seinen Reisen brachte er viele englischsprachige Bücher mit. Aber Bücher waren nicht seine größte Leidenschaft. Verrückt war er nach Malerei und Bildhauerei. Ein Bild, meinte er, das sei eine vollkommene Einheit, die der Mensch mit seinen Sinnesorganen erfassen könne, ehe er sie mit dem Verstand genieße. Ein Bild sei nicht wie ein Text, dessen Bedeutung der Mensch langsam, Satz für Satz näherkomme, sondern alles stehe auf einmal vor einem. Jedes Bild sei einzigartig. Keine Kopie auf der Welt könne ein Bild ersetzen. Der Mensch sei in der Lage, ein Gedicht zu memorieren, eine Geschichte könne von Mund zu Mund weitererzählt werden, aber ein Bild habe außer in sich selbst keinen anderen Platz. Und wenn es zugrunde gehe, könne es nicht noch einmal entstehen. Für ihn waren Bilder die einzigen Kunstwerke, die in ihrer Einsamkeit und Einmaligkeit dem Menschen ähnelten. Ein Bild zu schützen, war, wie einen Menschen zu schützen. Die Rettung einer Skulptur war wie die Rettung eines Lebens.

Nach der Fertigstellung des Hauses baute er in einem der Zimmer unter einem der Betten eine Falltür ein, die ins Museum seiner Träume führte.

Als er meine Hand nahm und mich durch das Haus führte, wusste ich noch nichts über dessen raffinierte Architektur. Die oberen Räume waren leer, überaus sauber und glänzend, still und hell. Obwohl die meisten Fenster mit dicken weißen Vorhängen verhängt waren, gab es überall ein rätselhaftes Licht. Die Zimmer wirkten wie aus der Zeit gefallen. Kein Geräusch drang von außen ein. Eine seltsame, tiefe Stille herrschte. Alles war weiß. Die Betten waren frisch bezogen, wie für einen Kriegsfall, den der Doktor erwartete. Zimmer für Zimmer, ein menschenleerer Saal nach dem anderen. Es war, als hätte sich der Mann auf eine Katastrophe vorbereitet, und als wollte er in diesen Räumen den Menschen Erste Hilfe leisten.

Wir setzten uns, er sagte: »Dschaladati Kotr, hör mir gut zu. Jetzt zeige ich dir das Wichtigste in meinem Leben. Nicht aus Langeweile oder wegen dieser armen Frauen bin ich hier hängen geblieben. Nur an diesem Ort kann ich meinen Traum verwirklichen. Ich hätte fortgehen können, aber ich habe mich für diesen Ort entschieden. Hier merkte ich, mein Job ist nicht nur, das Leben von Menschen zu retten, sondern noch etwas anderes vor dem Tod zu bewahren. Dschaladat, ein finsterer Sturm fegt Leben und Schönheit hinweg, unsere Erinnerungen, die geheimen Archive unserer Liebe. Alles, was Hand und Seele gemeinsam erschaffen. Hier, in diesem Haus, diesem Spinnennetz, versuche ich, ein paar Dinge aufzufangen, die der Wind entführt hat. Dschaladat, mein Sohn, der Sturm hat die Leute gelehrt, nur an sich zu denken, nur ihr eigenes Leben zu retten. Keiner streckt die Hand aus, um Freunde aus dem Feuer zu holen oder um die eigenen Schöpfungen in Sicherheit zu bringen. Vor fünfundzwanzig Jahren kam ich an diesen abgeschiedenen Ort und fange alles Mögliche auf, den vom Wind verwehten Atem der Menschen, ihre verloren gegangenen Gedanken … Dschaladat, wie ein Fischer, der sein Netz in die Luft auswirft, fange ich die Dinge. Wie ein griechischer Gott strecke ich meine Hände in den Wind und fange Bilder und Geschichten ein. Das ist meine einzige Möglichkeit, für das Leben zu kämpfen. Ja, Dschaladat, so ein verrückter Alter bin ich. Der verrückteste in diesem Staat. Vor fünfundzwanzig Jahren, da warst du noch nicht geboren, nach dem Februarputsch, passierte mir etwas Schreckliches, seither habe ich eine Aufgabe, an die keiner gedacht hat.«

Musa Babak erzählte mir die ganze Geschichte. Dann stand er auf, verschob ein Bett, klappte die besagte Falltür auf und sagte: »Außer Dalia und mir hat niemand diese Tür passiert. Du bist der Erste nach uns, der dieses Museum betritt. Hör mir gut zu. Auch ich habe diese Aura um dich herum gesehen. Das Licht, das Dalia erwähnte. Ein Licht, das Propheten und Wahrheitsträger umgibt. Du bist geschaffen, große Taten zu vollbringen. Als dich Dalia in jener Nacht herbrachte, warst du tot. Aber dein Geist war noch da.

Mit meinen alten Händen kämpfte ich gegen den Sturm, wie ein Zauberer. Ich klammerte mich fest an dein Leben. Ich wusste, dass du nicht sterben durftest. Schon lange suchte ich nach jemandem, dem ich den Schlüssel zu dieser Welt übergeben kann. Ich bin alt, sieh mich nicht so an, ich kann jederzeit sterben. Jemand muss nach mir den Schlüssel aufbewahren. Den Schlüssel zu diesem Keller, in dem so viel von diesem Land schläft. Etwas, das eines Tages ans Licht kommen muss. Als ich dich in jener Nacht sah, fast verblutet, erkannte ich, dass der Hüter des Geheimnisses jemand sein musste, der den Tod mit eigenen Augen gesehen hat und aus dem Reich des Todes zurückgekehrt ist. Nur wer den Tod gesehen hat, kann Wächter des Lebens werden.«

Als er die Tür aufklappte, sah ich einen endlos lang gestreckten, dunklen Gang. Nach mehr als hundert Metern kamen wir zu einer Eisentür, die uns in die größte Ausstellungshalle des Landes einließ, in Musa Babaks Museum, eine riesige Galerie mit Tausenden von Bildern, Hunderten von kleinen Skulpturen, Holzarbeiten, Miniatur-, Collage- und Grafikwerken. Beim Durchschreiten der Gänge sah mich der kahlköpfige Doktor von der Seite an. In seinem Blick schimmerte ein tiefes Glück.

»Mein Sohn«, sagte er, »das ist mein Geschenk. Wenn ich sterbe, ist es das Einzige, was ich dir hinterlasse, Werke von Künstlern, die keiner kennt. Sie haben ihre Werke nie ausstellen können. Es sind Werke von Künstlern, die getötet wurden und deren Werke verloren gehen sollten. Hinter jedem Bild verbirgt sich eine lebende Seele. Ich höre noch ihre Atemzüge. Schau, Dschaladat, ich kann die traurigen Schatten der Finger sehen, die über die Bilder tanzten. Wo ein Bild in Gefahr geriet, war ich zur Stelle. Nicht ich allein, niemand kann das. Ich war nur der Baumeister, der die Verlegung jeder einzelnen Fliese überwacht.« Er schloss die Augen. »Ich konnte nicht alles retten. Es ist, als würde ein Schwimmer in einen Blutsee voller Verwundeter springen, die ihn um Hilfe bitten. Er hat aber nur zwei Arme, kann je nur einen retten. Seit fünfundzwanzig Jahren tauche ich in diesen See, rette etwas und steige wieder heraus. Hunderte sind untergegangen. Der Blutsee verschlingt sie, auf Nimmerwiedersehen.«

Ich ließ meinen Blick über die Bilder schweifen, und er fuhr fort: »In jeder Stadt musste ich ein Netzwerk errichten, das die verlorenen Künstler aufspüren sollte. Diejenigen, die still vor sich hinarbeiten und gehen. Das Leben trägt sie davon, aber der Augenblick, in dem sie malen, befreundet sich mit der Ewigkeit. Vielleicht drücke ich mich nicht korrekt aus, aber ich kann die Schreie hören, ich kann den Augenblick sehen, der nicht vergehen will. Ich bin Arzt. Auch bei Menschen habe ich so etwas erlebt. Eine Seele, die stirbt, aber nicht gehen will. Es gibt etwas, das nicht geht, es gibt etwas, das lebendig ist und nicht fortwill. Diese Bilder sind Spiegel der Augenblicke, die den Menschen mit der Ewigkeit verbinden.«

Tausende Bilder. Bei einigen waren die Geschichten von Bild und Künstler hinzugefügt, während andere namen- und auskunftslos dahingen. Die geheime Geschichte des Landes, geschrieben von Menschen, die in den Gefängnissen ihr Leben gelassen hatten. Die versucht hatten, das eigene Leben mit der Geschichte ihres Landes in einem Porträt zusammenzubringen. Bilder von Arbeitern, Basarhändlern, feinen Damen in edlen Häusern, Frauen an Wasserstellen, Obdachlosen auf den Bürgersteigen. Zahllose Bilder, die an der Front gemalt wurden und deren Maler gefallen waren. Zeichnungen derer, die in den Hinrichtungszellen ihre Träume gezeichnet hatten, die Augenblicke zwischen Tod und Leben. Bilder aus den Folterkammern, mit blutigen Fingern und in Todesfurcht gemalt. Voller Rätsel, die nur verstand, wer dasselbe durchgemacht hatte. In einer Ecke sah ich Gemälde eines Offiziers, der mit dem Blut gefallener Soldaten gemalt hatte. Auf jedem Bild hatte er unten seinen und den Namen des Soldaten vermerkt. Ich fand Bilder eines Folterers, der mit dem Blut seiner Opfer Bilder von Monden, Sonnen und Sternen gemalt hatte, von riesigen roten Sternen. Ein verwundeter Mond auf dem Flügel einer Taube. Ein Stern auf der erstickten Brust eines Kindes, das auf einem weißen Teppich liegt.

Tote Paradiesjungfrauen auf einem alten Schiff. Gehängte Engel an Strommasten einer Stadt voller Staub. Ein Sturm, der Tausende goldene Blumen mit sich trägt. Eine Welle, die Seeleute in den Himmel katapultiert. Abgehackte Hände an einem Tisch schlagen ein Buch auf. Das Porträt einer schönen Frau namens Laila Nilower, im Hintergrund ein Flüchtlingsheim. Ein geschlachtetes Kaninchen zwischen ein paar Büchern. Zwei fliegende Männer schlachten in der Luft einen Phönix. Eine Mumie zwischen weiß gekleideten Frauen sieht zu einer Nachtigall hin. Ein Garten mit Tigern aus Glas …

Ich sah mich um, wie ein Betrunkener in den Gassen einer Märchenstadt. Endlose labyrinthische Gänge. Jedes Bild brachte einen zum Erstarren. Manchmal drückte mir Musa Babak die Hand, damit ich es aushalten und weitergehen konnte. Mir war zum Weinen.

Schließlich führte er mich vor das Bild eines Musikers, der auf einer grünen Bank stand. Im Hintergrund sah man eine makellos weiße Stadt. Eine riesige Stadt, wie ein stilles Paradies. Der Musiker trug weiße Kleider, hielt den Kopf schräg und spielte auf einer grauen Geige. Weiße Vögel flogen über ihn hinweg. Hinter ihm war ein purpurner Horizont, in den Farben des Weltuntergangs.

»Dieses Bild ist mein schönstes«, sagte Musa Babak, »es hat etwas Magisches. Dschaladati Kotr, es ruft mich, Tag und Nacht … Ich komme oft mit meiner Geige her und spiele. Ich habe den Eindruck, es spielt mit. Der Keller füllt sich mit Tönen, mit einer himmlischen Musik.«

Er verschränkte die Hände hinter dem Rücken. Die Augen halb geschlossen, ein wenig nach vorn gebeugt, versank er in dem Bild. »Ich habe eine lange Geschichte mit diesem Bild. Dies ist vielleicht das größte Geheimnis meines Lebens. Ich habe es einer Frau abgekauft, deren Ehemann einen Laden für Bilder und Blumen besaß. Er war bei einem Autounfall ums Leben gekommen. Die Witwe wusste nichts von der Geschichte der Bilder, aber ich fand schließlich die Tochter des Toten in einer Stadt im Norden. Sie hatte einen

Offizier der Nationalgarde geheiratet. Ich traf sie nur zweimal. Aus Angst vor ihrem Mann konnte sie sich nicht häufiger mit einem Fremden wie mir treffen. Als sie dieses Bild sah, flehte sie mich an, es ihr zu geben. Ich spürte, dass sie sich dem Bild verbunden fühlte. Auch ihr war nicht bekannt, wer der Maler war. Sie sagte, mit zahlreichen anderen Bildern habe ihr Vater es einem iranischen Geschäftsmann abgekauft. Ich bat sie, für mich die Adresse des Iraners ausfindig zu machen. Ein Jahr später klopfte eines Abends eine Frau an meine Tür. Eine schwarz gekleidete Dame mit einem Kopftuch. Sie händigte mir einen Brief aus und ging. Ich folgte ihr, aber es war, als hätte sie sich in Luft aufgelöst. Der Brief war klein, in zierlicher Schrift stand die Adresse eines Teppich-, Antiquitäten- und Bilderhändlers darauf: Kiumarsi Yazdani Churam, Wohnort: Isfahan.

Isfahan zu erreichen, war nicht leicht. Da ich aber viele Freunde und Bekannte hatte, schrieb ich noch in der Nacht einen Brief und schickte ihn über Europa in den Iran. Kiumarsi handelte mit teuren Bildern und alten Erbstücken. Mehrere Kunstwerke von internationalem Rang waren durch seine Hände gegangen. Meine iranischen Freunde sagten mir später, er habe zur Zeit des Zweiten Weltkrieges, nach seiner Rückkehr aus Frankreich, einige Meisterwerke vor dem Krieg gerettet und einem internationalen Händlerring angehört, der zwischen Europa und Australien aktiv war. Ein Jahr später schickte mir Kiumarsi einen Brief. Er schrieb, dies sei eines seiner besten Bilder. Und er gab mir eine Adresse in Bagdad an. Dort habe er es zehn Jahre zuvor einer Malerin namens Salua Tahhan abgekauft.

Du guter Gott, als ich den Namen las, wurde mir schwarz vor Augen. Dschaladat, ich kannte dieses Mädchen. Bevor die Putschisten sie schändeten und töteten, war sie meine Freundin. Als sie umgebracht wurde, war unsere Freundschaft, aus der eine große Liebe hätte werden können, noch am Anfang. Nein, sie konnte nicht die Malerin des Bildes sein. Natürlich ging ich sofort hin. Niemand wusste etwas Genaueres von Salua Tahhan. Die Alten erinnerten sich nur, dass ein Mädchen in dieser Gasse gewohnt hatte und 1963 von den Putschisten getötet worden war. Wie konnte Kiumarsi Yazdani Churam sie dann gekannt haben? Wie konnte er die Nummer des Hauses kennen, in dem sie zwanzig Jahre früher gelebt hatte! Und wer war diese Frau, die mir die Adresse gab? Wieso war sie verschleiert, weshalb verschwand sie gleich wieder spurlos? Lauter Rätsel schienen sich mit diesem Bild zu verbinden. Aber, Dschaladat, das Seltsamste an der ganzen Sache ist der Name des Bildes. Warte.«

Er nahm das Bild ab und zeigte mir die Rückseite, auf der weiß in sorgfältiger Schrift stand: »Die Stadt der weißen Musiker«.

Ich hörte den Namen zum ersten Mal. Eine verborgene Hand zog mich in das Bild hinein.

Noch in der Nacht, als ich aus dem Museum kam, war mein Wille, zu fliehen und nach Kurdistan zurückzukehren, so stark, dass ich sofort nach Norden hätte laufen wollen. Aber meine Wunden wollten nicht heilen.

Ich durfte mich nicht oft zeigen und saß in einem Hinterzimmer mit den Gedichtbänden, die er mir gegeben hatte. Jeden Morgen machte er seinen Rundgang, während ich in der Bibliothek saß und las. Dalia stattete mir zwei kurze Besuche ab. Beide Male sagte ich: »Ich will weg.«

»Aus dieser Stadt«, behauptete sie, »gibt es keinen Ausweg. Wer fortgehen will, wird nur nach extrem strengen Kontrollen durchgelassen. Alle hundert Meter gibt es einen Kontrollposten. Kein Verdächtiger könnte sie jemals passieren. Man fordert alle möglichen Papiere, nimmt eine Leibesvisitation vor, untersucht deine Sprache, fragt dich, wieso du nicht in der Armee bist, aus welchem Grund du entlassen worden bist, in welcher Einheit du warst, wer euer Kommandant war, woher du gekommen bist, wohin du gehst, wen du kennst, bei wem du warst. Als Fremdling, der sich hier nicht auskennt, die hiesige Sprache nicht beherrscht, keinen Ausweis hat und nicht aussieht wie die Hiesigen, kannst du die Fragen der Wächter niemals zufriedenstellend beantworten.«

Doch, so Dalia Saradschadin, der Tag werde kommen, an dem diese Spiegelstadt sich öffnen, an dem alle Täuschungen zusammenbrechen würden. Die Kontrollpunkte würden aufgelöst, die Straßen für alle frei gemacht. Diese Stadt werde sich wie ein Stück Zucker auflösen. Dalia meinte, dieser Tag werde entweder nach einer großen Katastrophe oder nach einem Sieg der Engel über das Böse anbrechen. Sie küsste mich auf die Stirn und sagte: »Bis dieser Tag kommt, werde ich bei dir sein. Selbst wenn ich gehe, werden meine Gedanken bei dir sein. Ich werde dich niemals vergessen. Ich glaube, der Himmel hat dich mir anvertraut – als wäre ich Maria. Ah, ich weiß, ein schlechter Vergleich. Aber du musst mir glauben. Versteh doch, ich habe alles verloren, was menschlich riecht. Warum glaubst du mir nicht? Du ersetzt mir das alles. Ich bin älter als du, könnte gut deine Mutter sein, ob du willst oder nicht. Was sagst du? Du bringst mich um, wenn du nichts sagst. Mit deinen Blicken bringst du mich um. Wie die kleinen Engel siehst du mich an. O Allmächtiger, Zephir des Himmels, du bist eines dieser Engelchen, das groß geworden ist. Als hätte mir jemand ein Geschenk gemacht, mir, der glücklosen Dalia Saradschadin. Nein, bitte, sag nicht, dass ich dich gefangen halte, weil ich dich bei mir haben will. Wenn du so denkst, sterbe ich. Dschaladat, du bist der einzige Zeuge. Ich weiß, dass kein anderer dieses Massenbegräbnis überlebt hat. Komm her, ich will dich berühren. Du bist kein Schatten, nicht meine Fantasie. Dich schickt der Himmel. Du musst leben, nicht bloß, damit du der Welt alles erzählen kannst, sondern weil ich in deinen Augen sehe, dass du kannst, was ich nicht kann. Nur werde ich das Gefühl nicht los, dass dein Kopf zu hohl ist für das Schicksal, das dir auf die Stirn geschrieben steht. Für das Licht, das dich umgibt, hast du einen zu hohlen Kopf. Aber so sind die Wege des Schöpfers. Er erteilt seine Aufträge Menschen, die nichts begreifen. Das macht mir die größte Sorge. Glücklos bin ich, aber was machte das schon, wenn mich nur dieser Junge nicht so angesehen hätte.«

Dalia Saradschadin begann zu weinen, weinte und weinte und ließ sich nicht beruhigen. Man musste sie packen und schütteln, musste sie anschreien: »Dalia, hör auf!« Sie hätte sich sonst partout nicht beruhigt. Ich gab ihr eine Ohrfeige. Sie sah mich aus feuchten Augen verwundert an, umarmte mich wortlos und ging schluchzend fort.

Seitdem liebe ich Dalia Saradschadin auf immer und ewig.

So war Dalia. Mit ihrer Engelschar. Mit ihren Weinkrämpfen. Ihrem plötzlichen Verschwinden ohne Abschied. Sie kam einem ganz nah, und plötzlich war sie weit weg. Zu manchen Zeiten sprach sie nachdrücklich mit einem, dann wieder wanderte sie wie eine Scheintote herum, ohne jemanden zu sehen. Wochenlang war sie auf Reisen und kehrte niedergeschlagen zurück. Und doch war sie eine hellwache Frau, sie war eine clevere Ingenieurin des Lebens.

So nannte sie sich selbst. Der Plan meiner Ansiedlung in der Stadt stammte von der »Ingenieurin Dalia Saradschadin«. Sie organisierte alles. Drei Wochen lang hielt ich mich beim Doktor versteckt. Früher oder später musste ich zurück ins Leben. Ich musste arbeiten, um meinen Lebensunterhalt zu verdienen. Eines Abends, als Doktor Babak nicht daheim war, tauchte Dalia mit zwei Plastiktüten auf, in denen sich ein schwarzer Anzug, ein weißes Hemd, ein Paar rote Socken und eine Satinkrawatte befanden. Ich hatte sie seit der Ohrfeige nicht mehr gesehen. Sie trug eine lange weiße Bluse. Lippenstift und Make-up waren sehr auffällig. Sie wusste selbst, dass diese Art des Schminkens sie hässlich machte, aber es war ihr wichtig, auszusehen wie die anderen.

Sie zog mir die neuen Kleider an, kämmte mir die Haare, und auf einmal war ich eine andere Person. Sie warnte mich, niemand dürfe von meiner Verletzung erfahren. Ich sei ein Cousin, den sie zufällig in der Hauptstadt getroffen habe. Ich sei gekommen, um mit dem Orchester der Weißen Orange zu spielen. Ich solle zu jedermann höflich sein, dürfe nicht viel sprechen, nicht wütend werden, aber auch nicht zu ruhig sein. Reden verleite einen dazu, Fehler zu machen, Schweigsamkeit hingegen sei verdächtig. Ich hörte mir das alles an, aber sehr viel wohler wäre mir gewesen, wenn sie nicht meine Cousine hätte spielen müssen.

»Du rettest mir das Leben, bringst aber Schande über mich«, jammerte ich. »Kein anständiger Mann nimmt es hin, dass seine eigene Cousine so einen Job macht! Garantiert gibt es in dieser Stadt keinen Musiker, der für die eigene Cousine zum Tanz aufspielt. Es ist besser, wenn ich sage, du bist meine Nachbarin! Oder warst meine Geliebte und hast mich für einen anderen Mann verlassen! Oder du bist die Frau meines Freundes gewesen und hast heimlich Unzucht mit mir getrieben! Oder du bist eine Weile meine Englischlehrerin gewesen, und weil du diesen Job so gern machst, hast du den anderen aufgegeben. Oder irgendeine andere unsinnige Geschichte, aber das mit der Cousine will mir nicht in den Kopf.«

Sie stand da und sah mich an: »Himmel, wie ehrenhaft du doch bist. Für wen gebe ich mir eigentlich die ganze Mühe?« Sie strich sich durchs Haar und trat vor den großen Spiegel, der im Wohnzimmer von Musa Babak stand. Sie machte sich ein wenig zurecht und sagte: »Keine andere Geschichte würde den Menschen einleuchten. Du bist ein Dummkopf. Die Mädchen stellen Fremde immer als Cousins vor. Sie fragen mich: Wer ist dieser Junge? Und ich sage: Er ist mein Vetter, Punkt. Diese Lüge funktioniert wie geschmiert. Niemand hatte je ein Problem damit. Außerdem muss ich einen Vorwand haben, mich um dich kümmern zu dürfen. Wenn meine Geschichte nicht zieht, läuft später alles schief. Ich bin zu alt, um als deine Geliebte oder so was infrage zu kommen.«

»Lieber will ich sterben, als dich als Cousine zu haben«, sagte ich, um ihr wehzutun.

»Du lügst.« Sie sah mich gekränkt an. »Nicht im Ernst willst du jetzt sterben.«

»Ja, ich will leben«, erwiderte ich mit kindlicher Beharrlichkeit, »aber ich will dich nicht als Cousine.«

Da hob sie ihre Hände zum Himmel empor und betete: »Großer Gott, ihr Engel des Himmelreichs und ihr Seelen der Heiligen, helft ihm zu begreifen und auf sich aufzupassen.« Jetzt blickte sie taxierend, wie eine Frau, die weiß, dass sie dabei ist, das Herz eines Mannes zu erobern: »Weil ich nicht immer in der Lage sein werde, auf ihn aufzupassen. Er ist zu schlecht, um ihn zu bemitleiden, aber zu gut, um ihn zu verlassen und dem Tod zu überlassen. Er ist zu schlecht, als dass ich ihn glücklich machen könnte, und zu gut, als dass ich mir nicht Sorgen um ihn machen müsste.«

In schwarzem Anzug, weißem Hemd, mit einer grauen Krawatte ging ich zum ersten Mal zur Weißen Orange. Mein Schwarz und ihr Weiß ließen uns aussehen wie Braut und Bräutigam. Um sie zu ärgern, legte ich meinen Arm um ihre Taille. Ich ging genauso aufrecht wie sie. Da erkannte ich zum ersten Mal, dass ich sie auch zum Lachen bringen konnte. Hatte Musa Babak nicht gesagt: »Um eine Frau herumzukriegen, musst du beides, sie ärgern und sie zum Lachen bringen können.«

Die Weiße Orange war ein zweistöckiges Haus. Außer dem Keller und einem Speicher hinten gab es einen großen Saal neben dem Haus, mit Tischen, Stühlen, Tresen, einem kreisförmigen Podium in der Mitte, einer entsprechend gebogenen Bank, die von rechts neben der Tür bis dahin reichte, wo man Wein servierte. Ein junger Ägypter tat dort Dienst, der Schhata Rdhuan hieß. Die Bank war der Platz der Musiker. Da standen auch Lautsprecher, Verstärker und die anderen Teile der Musikanlage. Einer der Musiker, Ghazi Hulail, war dafür zuständig. Mehr als zehn Kronleuchter hingen von der Decke, noch nie hatte ich so viele gesehen. Dies sollte der Ort meiner größten Freude werden. Aber wenn das Licht ausgeschaltet wurde, verwandelte er sich in ein riesiges, finsteres Grab. Die Mädchen der Weißen Orange nannten den Ort den »Saal von Tarab«, aber Dalia Saradschadin hatte ihn auf den Namen »Die Schwarze Bühne meines Lebens« getauft. Zwei Teakholztüren hatte der Saal, eine für die Musiker und die Frauen und eine andere, die in ein Treppenhaus führte, von dem aus die Gäste mit der Frau, die sie sich ausgesucht hatten, zum Zimmer hochstiegen. Im Erdgeschoss gab es Wohnzimmer, Küche, Fernsehraum,

Buchhaltung, Umkleidekabinen, eine Kammer für die Kostüme der Mädchen sowie Badezimmer und Toiletten. Auf der zweiten Etage schliefen die Frauen mit den Kunden, dort war auch der kleinere Trakt der Musiker, die alle einen Balkon hatten.

Zwischen den beiden Trakten lag das Privatgemach von Samar Saleh. Sie war die Besitzerin der Weißen Orange und besaß noch weitere Lusthäuser in der Stadt. Immer trug sie ein rotes Kopftuch, ein purpurnes Jackett und einen Rock. Sie war groß und so spindeldürr, dass ich manchmal dachte, sie wäre ein Faden und schwebte in der Luft. Sie hatte einen Ehemann, der noch schlanker und größer als sie war. In manchen Nächten tanzten die beiden auf dem Podium, wie zwei Bänder, die der Wind hin und her bewegte. Jedes Mal flüsterte ich dann einem Mädchen ins Ohr: »Passt auf! Wenn die sich aufeinanderlegen, gibts einen Knoten, den bekommen wir nicht mehr auf.«

Seltsam, dass sie beim Tanzen immer ihr rotes Kopftuch trug. Wie man erzählte, hielt sie strikt alle religiösen Vorschriften ein. Sie war sehr ruhig, die meiste Arbeit in der Weißen Orange überließ sie Dalia. Pro Monat reiste sie zwei-, dreimal an. Man erzählte, sie besäße in Bagdad Häuser, Basarläden und ein Taxiunternehmen.

Als ich hereinkam, schienen alle auf mich gewartet zu haben. Die Frauen hatten sich im Saal versammelt und empfingen mich herzlich. Dalia stellte mich als ihren Cousin vor, als einen begabten Flötisten, der viel Gutes für die Weiße Orange tun könne. Ich stellte meine Tasche ab, grüßte und versuchte, vornehm und kultiviert zu erscheinen, damit niemand Verdacht schöpfte. Menschenmengen machten mich immer scheu. Dalia hatte einen guten Zeitpunkt für meinen Auftritt gewählt. Eine Viertelstunde vor der Öffnung des Tanzsaales hatte niemand Zeit, mir groß Fragen zu stellen. Jeder war beschäftigt. Der Saal war erfüllt vom Rascheln der Kostüme und dem Geschrei der Mädchen. Make-up-Geruch, der Duft von Puder und aufdringlichem Parfum lag in der Luft. Gesichter wie von Zirkusclowns. Die Stimmen nervös und belegt, die Blicke flüchtig und unstet. Niemand hatte Zeit, mir auf den

Zahn zu fühlen. Dalia ging mir voraus und sprach mich in klarem Arabisch an: »Mein lieber Cousin, du bist müde, nein, sag nicht, dass du nicht müde bist, wir kennen doch die mühselige Anreise. Wir haben sie alle mal hinter uns gebracht. Ich führe dich zu deinem Zimmer … Natürlich, jetzt hast du dein eigenes Zimmer und bist einer von uns. Jeder, der in der Weißen Orange arbeitet, hat sein eigenes Zimmer.«

Sie sprach so, dass die anderen es mitbekamen.

»Danke, meine liebe Cousine«, antwortete ich laut. »Wie ich mich freue, dass ich dich nach all den Jahren wiedergefunden habe. Als hätte ich eine Perle in einem Ozean leerer Muscheln gefunden, als hätte ich eine Blume dem Schlund eines Vulkans entrissen.« Ich sprach Kurdisch.

Dalia ging lächelnd vor mir her und sagte zu den Mädchen: »Macht Platz, der Junge ist erschöpft. Gott weiß, wie lange er unterwegs war. Heute Nacht schläfst du richtig aus … Ah, Mariam, du bist unglaublich. Wenn du deine weißen Schenkel nicht hättest, würdest du mit deiner Unordnung und Nervosität nirgendwo unterkommen … Gott sei Dank, dass nicht immer so ein Gedränge ist.«

Sie legte mir die Hand auf die Schulter und sagte auf Kurdisch: »Und Gott sei Dank, dass die hier nicht alles verstehen, was wir sagen. Dein Zimmer ist vielleicht nicht sehr schön. Ich habe schon immer gesagt, dass die Musikerzimmer aussehen wie in billigen Absteigen. Aber sei zufrieden, dass du überhaupt eines hast, mein Lieber. Vergiss nicht, du bist noch mal davongekommen.«

Mein Zimmer war klein. Es gab ein neues Bett und einen alten weißen Tisch. Die Bettwäsche war rosa, die Kissen weiß und gelb. Bis zum Morgen war das Zimmer wohl noch bewohnt gewesen. Zahnbürste und Rasierseife lagen am Rand des Waschbeckens. Der Geruch einer fremden Seele war bemerkbar, die das Zimmer nur widerwillig verlassen zu haben schien. Dalia stellte mir die Tasche hin. »Bye-bye, mein Lieber, bis später. Ich habe eine Show. Schlaf schön und träum was Süßes.«

Aber an Schlafen war nicht zu denken. Wütend trat ich gegen den Tisch. Ich hatte wahrhaftig nicht damit gerechnet, als Musiker in einem Bordell arbeiten zu müssen. Am Ende der Welt, südwestlich des Euphrat. Ja, der Doktor und Dalia waren wunderbare Menschen. Aber ich war bis auf die Knochen verletzt, ich hatte das Gefühl, meine Ehre hier zu verspielen. Ich hasste mich selber. War es ein Trost, dass ich vielleicht eines Tages der Besitzer eines märchenhaften Museums sein würde? Und Dalia sagte, ich müsse mich für den Tag aufbewahren, an dem ich die ganze Welt über alles, was ich erlebt hatte, aufklären könne. Ich war der einzige Zeuge eines Massakers. Aber was sollte ich in dieser Stadt der Bordelle, Tanzsäle und Huren? Beim Gedanken an Ishaki Lewzerin und Sarhang Qasm kamen mir die Tränen.

Die Weiße Orange war eines der vier größten Freudenhäuser der Stadt und hatte die schönsten Frauen. Für erfahrene Gäste war es schlicht und einfach der größte Anziehungspunkt. Die Gäste gehörten zu zwei Gruppen, die größere bestand aus unerfahrenen und mittellosen Männern, die für ein paar Stunden haltmachten, einen Abend oder über Nacht blieben. Ziellos liefen sie durch die Gegend, um dann in irgendeinem billigen Haus einzukehren. Die unbegabten, glücklosen Prostituierten lebten von derartigen Reisenden. Die zweite Gruppe bestand aus den Gästen, die der Stadt in Freundschaft verbunden waren. Einige waren seit zwanzig Jahren Stammgäste, sie kannten sich überall aus, hatten alle Häuser probiert, waren vermögend und erfahren und kamen von weit her mit fremden Gästen und Unmengen Geld aus den Ölstaaten am Golf angereist. Darunter waren hochrangige Politiker und Militärs, Berühmte und Reiche, die wegen des Kriegs nicht ins Ausland reisen konnten. Sie kamen, um ihr Vermögen zu verprassen; erfahrene Genießer, die bis tief in die Nacht Wein tranken und sich dann eines der hübschesten Mädchen nahmen, mit dem sie bis in den Morgen hinein schliefen.

Als ich zum ersten Mal hier spielte, wurde mein Leben noch komplizierter und bedrückender. Keiner sollte wissen, dass ich

Musiker war. Lieber wäre ich jahrelang hinter der Bar gestanden, hätte Wein serviert, meinetwegen auch den Boden gewischt. Es war, als hätten die Kugeln meine Liebe zur Musik getötet. Wer hatte Dalia gesagt, dass ich Musiker war? Ehe ich zum ersten Mal aufs Podium stieg, um eine Probe meines Könnens zu geben, sagte ich zu Dalia: »Wenn du mir nicht sagst, woher du weißt, dass ich Musiker bin, tue ich gar nichts. Nicht mal in die Flöte reinblasen werde ich. Also, mach, was du willst, sollen sie mich doch umbringen.«

Aber in der Not hatte Dalia immer eine Lösung parat. Sie nahm wie gewohnt meine Hand und sagte: »Wieso soll mir ein anderer gesagt haben, dass du Musiker bist? In der Nacht, als du verwundet im Keller lagst, hörte ich eine Musik wie noch nie. Die Luft im Keller, die Atmosphäre in der Weißen Orange, dein Körper, alles zusammen ergab eine Musik, die nicht jeder hören konnte. Musik für mehr als nur die Ohren. Wie soll ich sagen? Als würde man sie mit den Fingern berühren. Als gäbe es in deiner Seele eine verborgene Melodie. Wie ein Gedicht in deinem Herzen, das ans Licht will. Jeder von uns hat etwas in der Seele, was er nicht verwirklicht hat. Ein ungeborenes Meisterwerk schläft in uns, das im Sterben aus uns heraustritt und fortgeht.

Das war schon immer meine Meinung. Wir gehen davon, während das Schöne unseren Leib enttäuscht verlässt und nach einem besseren Herrn sucht. Solange es nicht geboren wird, solange es keine verrückte Seele findet, die es in Kunst verwandelt, findet es keine Ruhe. Du gütiger Gott, wann wird mir dieser Junge einmal glauben? Als ich in den Keller kam, als meine kleinen Engel mich zu dir führten, als ich dich küsste, schwebte die Stimme einer magischen Flöte in der Luft. Lach nicht! Es ist, wie ich dir sage, wie in einem Film, in dem das Geschehen ohne die Hintergrundmusik unverständlich bleibt. Du warst ein Toter, der in einem Ozean aus Musik schwamm … Ja, sicher, es gibt noch ein anderes Geheimnis, das ich dir aber, wie schon gesagt, noch nicht verraten kann. Steh auf jetzt, ich weiß, dass du gut spielen kannst. Denk nicht, ich wüsste viel über dich. Ich weiß nichts über dich, nur zwei Sachen, erstens, dass du blöd, und zweitens, dass du ein guter Musiker bist.«

Dalia scherzte nicht. Sie hielt mich wirklich für einen großen Blödmann. Sie fand es schade, dass Gott gerade mich zum Überbringer einer so wichtigen Botschaft auserwählt hatte. Ich fügte mich, wie stets, und nahm, nach langer Zeit zum ersten Mal wieder, eine Flöte in die Hand. Alles, was ich wollte, war sie zufriedenstellen.

Alle Musiker und die Frauen saßen im Saal. Auch der Doktor war unter irgendeinem Vorwand gekommen. Ich war schon mehrmals aufgetreten und war immer stolz darauf gewesen. Doch heute ging ich schüchtern und hilflos zur Bank der Musiker und griff zur Flöte.

Der Himmel schenkte mir Kraft. Die Melodie war berauschend. Während ich spielte, hielt ich die Augen geschlossen. Ich flog über ein fernes Meer, wo es von weißen Vögeln wimmelte. Ich flog über die Berge und hatte das Gefühl, etwas in mir will mit der Musik davongehen, etwas, woran mein Leben hängt.

Als ich die Augen öffnete, sahen mich alle verblüfft, aber auch liebevoll und mitleidig an. Die Musiker schienen mehr zu staunen als die anderen. Als Erster näherte sich mir Ezat Wardan, den man Abu Wrud nannte, der erste Geiger. Er legte mir die Hand auf die Schulter und sagte: »Es war bewundernswert, Bruder, so etwas haben wir noch nie gehört. Wo hast du das gelernt?«

Ich sah ihm traurig in die Augen und sagte: »Bei einem Musiklehrer, der Ishaki Lewzerin hieß.«

Dalia merkte sofort, dass ich drauf und dran war, eine Dummheit zu begehen. Laut scheuchte sie alle von mir weg: »Ich hab euch ja gesagt, dass mein Cousin ein guter Musiker ist. Aber ihr dürft ihn nicht zu sehr loben, sonst hebt er ab.«

Auf einmal wollten alle mit mir reden, mich berühren. Dalia hatte sich die Hand aufs Herz gelegt. Ich hörte Ezat Wardan sagen, den Namen Lewzerin habe er nie gehört, er kenne alle Musiker des

Landes, aber diesen Namen habe er nie gehört. Manche schüttelten mir die Hand, andere umarmten mich, einige Frauen drückten mir einen Kuss auf die Wange und sagten: »Mit Gottes Hilfe wirst du der beste Musiker der Welt werden.«

Huda Tauab, die man Hud Hud nannte, war die Jüngste und Koketteste. Ihre Umarmung war am engsten. Sie sagte: »Dalia, was für einen süßen Cousin du hast. Pass gut auf ihn auf. Ich stehe schon jetzt auf ihn. Ist das ein Cousin oder ein Stück Konfekt, das du uns da mitgebracht hast?«

Dalia versuchte die ganze Zeit, mich in mein Zimmer zurückzubugsieren. Ich bedankte mich also und zog mich zurück. Dalia knallte hinter uns die Tür zu. Ihre Augen waren rot vor Wut, sie konnte kaum atmen. Ich verstand nicht, weshalb sie so wütend war. Ich hatte ihren Wünschen entsprochen, und auch meine Musik war makellos gewesen. Sie zischte: »Du bist ein Idiot. Wo, glaubst du, spielst du? Mit dem Pariser Orchester? Du spielst in einem Puff in der Wüste. Was soll diese Musik hier? Willst du, dass dich alle bewundern? Hast du vergessen, wer du bist, wie du hier gelandet bist, was du tun musst, damit sie dich nicht finden und töten wie einen Hund? Wenn du so spielst, finden und töten sie dich. Abends wimmelt es nur so von Offizieren und Männern vom Sicherheitsdienst, von Geheimagenten, Freunden des Sohnes des Präsidenten, Spitzeln und Folterern. O Gott, bist du echt so blöd, oder tust du nur so? Wer ihre Aufmerksamkeit erregt, dem spüren sie nach. Jeder weiß, dass diejenigen, die vor den Massakern fliehen, die Wüstenstädte ansteuern. Hier darfst du nicht auffallen! Du musst mir versprechen, nie wieder so zu spielen. Bordellmusik musst du spielen. Ich weiß, dass du ein guter Musiker bist. Aber sie, sie dürfen nicht Wind davon kriegen.«

»Ich kann aber keine schlechte Musik spielen.« Ich sah sie traurig an. »Glaub mir, ich kann nicht. Glaub du mir auch mal.«

Man sah ihr Mitleid und Kummer an: »Aber du musst es lernen. Als du im Keller versunken in diesen Wohlklängen lagst, wusste ich, was für ein wunderbarer Musiker du bist. Hör zu, benimm dich wie ein Kämpfer, der sich gezwungen sieht, in die Haut eines Feiglings zu schlüpfen. Wenn du das nicht begreifst, dann sind wir, ich, du und auch Doktor Babak, erledigt. Du musst so spielen, dass die Mädchen dazu tanzen können. Hier muss sich früher oder später jeder echte Musiker, wenn man ihn nicht umbringt, selber umbringen.«

Hilflos stand ich ihr gegenüber. »Aber was soll ich denn tun?«

Ich merkte, dass sie sich langsam beruhigte. »Ab morgen musst du lernen, so zu spielen wie die anderen.«

Ich sah es ein. Wahre Musik an diesem Ort, das war fatal. Zwar hatte ich gelernt, dass Musik mit Unsterblichkeit, Vollkommenheit und dem Aufflug der Seele zu tun hat, aber in dieser staubigen Stadt war alles zeitgebunden und vorübergehend. Ewig war einzig der gelbe Staub.

Damit begann für mich eine gefährliche Zeit, die Zeit des Musikverlernens. Um zu überleben, musste ich alles verlernen, was ich gelernt hatte. Die Menschheit hat seit Urzeiten Techniken des Lernens, nicht aber eine Wissenschaft des Verlernens und Vergessens entwickelt.

Jede Kunst hat zwei Seiten. Kunst, die nicht auch etwas Böses in sich hat, gibt es nicht. Der falsche sieht genau wie der echte Künstler aus. Er benutzt dieselben Instrumente und macht oft von denselben Themen Gebrauch, denselben Gedanken und Worten wie der echte Künstler. Aber seine Aufgabe ist es, ein Netz zu spinnen, in dem Kunst von Kunstersatz zu trennen, nicht mehr möglich ist. Um die Musik zu verlernen, brauchte ich die Hilfe eines solchen Künstlers, der den Geschmack auf eine Weise betäubt und trübt, dass man Kunst, die unsterblich ist, von anderer Kunst nicht mehr unterscheiden kann.

Der falsche Künstler, von dem ich spreche, verfügt möglicherweise über die größeren Orchester. Er verstopft Bühnen, sodass für den echten Künstler weder Platz noch Hoffnung bleibt. Solche Künstler mögen glücklich sein, sich für großartig halten, Aufsehen erregen und Ruhm ernten, aber etwas können sie nicht, die Nähe des Todes können sie nicht ertragen. Der Tod ist für sie das Ende aller Enden, eine Mauer, die sie nicht durchstoßen können. Mit ihm stirbt ihre Macht.

In mir selbst musste ich diesen falschen Künstler jetzt wecken. Ich musste die Musik ver- und anders lernen, damit sie zu meiner Lage passte.

Dalia wusste, was sie mir abverlangte. Am nächsten Morgen, als ich mich noch im Bett wälzte, klopfte eine ruhige Hand an meine Tür. Als ich öffnete, sah ich Dalia mit einem kleinen, stämmigen Mann, dessen riesiger Schädel kahl rasiert war. Er hatte große schwarze Augen, eine zu kleine Nase, einen sauber rasierten Schnauzbart und dicke arabische Lippen. Man sah, dass er seine Augenbrauen gezupft hatte. Sie wirkten furchterregend. Er lief wie eine watschelnde Ente ins Zimmer und lachte so laut, dass ich dachte, Spiegel und Fenster müssten zerspringen. Er hieß Ustadh Fahmi Al-Basri, und man nannte ihn Professor Fahmi. Sein Jackett mit grünen und beigen Karos war zu groß, die Ärmel zu lang. Als er das Jackett auszog, sah man seine verbrannten Hände. An den Fingern hatte er keine Nägel, was ihn aussehen ließ wie eine Kröte in der Paarungszeit.

Dalia stellte ihn mir als Musiklehrer vor. Er arbeitete am anderen Ende der Stadt in einem Freudenhaus. Dalia hatte ihn am frühen Morgen aus dem Bett geholt, weil er mir einen riesigen Gefallen tun sollte, er sollte mir beibringen zu verlernen.

Fahmi Basri, den ich Ustas Fahmi nannte, weil ich das arabische »Dh« nicht aussprechen konnte, hatte eine Geschichte ähnlich der meinen.

Eine Zeit lang ist er Mitglied des nationalen Philharmonie-Orchesters, später wird er wegen einer politischen Verdächtigung verhaftet. Man reißt ihm in der Folter die Nägel aus. Sie verbrennen ihm Arme und Hände mit einer Flüssigkeit und schicken ihn in die Todeszelle. Eine Woche vor der Vollstreckung, zum Geburtstag des Präsidenten, wird er begnadigt. Bis zur Nacht seiner Entlassung spielt Fahmi Basri in seinem Kopf Mozart, Beethoven,

Bach und Tschaikowski. Was ihm am meisten Kraft gibt, der Folter standzuhalten, sind die Sonaten Beethovens. Wenn sie ihn zu den Folterstunden abholen, spielt er im Kopf die Neunte Sinfonie, deren Rhythmik zu den Zuckungen des Schmerzes passt. Ab und zu konzentriert er sich auch auf Wagner. In den langen Foltermonaten gibt ihm die Musik die Kraft weiterzuleben. In der Todeszelle tanzt er Tag und Nacht trotz seiner verwundeten Hände wie ein Balletttänzer, um die Todeseulen zu verscheuchen, die auf dem Fenstersims landen und ihn durch die Luftlöcher beäugen. Als er aus dem Gefängnis kommt, ist ihm klar, dass er mit diesen Händen und Fingern nicht mehr zu einem Orchester gehen kann. Er weiß, dass er in der Hauptstadt keinen Platz mehr findet und dass er mit den bekannten Musikern nicht mehr verkehren kann. Er beschließt, in seine Heimatstadt im Süden zurückzukehren. Dort möchte er Musikunterricht geben, aber wer wird in einer Stadt, wo es nicht genug zu essen gibt, an Musik denken? Im Verlauf eines ganzen Jahres kommen nur drei Schüler zu ihm. Er muss den Teppich, die Lampen, die Türen und das Fensterglas verkaufen, um zu überleben. Von seinen Freunden hört er, der einzige Ort, an dem man von der Musik leben könne, sei ein provisorisches Städtchen, das Prostituierte in der Wüste gegründet hätten. Als Ustadh sich mit seinen Instrumenten auf den Weg macht, ist er erfüllt von Wagners Tönen, Chopins Melodien. Im Gegensatz zu seinen Zeitgenossen ist er verrückt nach Vivaldi. Unterwegs spielt er, mit seinen kleinen, nagellosen Krötenhänden, wie ein verrückter Maestro. Die erste Person, die ihn empfängt, ist ein Trommler, einer, der sein ganzes Leben in Beduinenzelten getrommelt hat. Als er Ustadhs Musik zu hören bekommt, findet er sie so geschmacklos und unsinnig, dass er ihm fast die Trommel an den Kopf haut. Ein alter Musiker, der vor Jahren dieselben Erfahrungen gemacht hat, kommt ihm zu Hilfe. Er lässt Ustadh für ein paar Wochen bei sich wohnen. Er bringt ihm bei, dass er alles Gelernte verlernen muss, wenn er als Musiker überleben möchte.

In langen Jahren entwickelt Ustadh eine Technik des Löschens und Musikverlernens, bis er schließlich annehmen darf, er sei ein Professor in diesem Fach, als einziger Experte auf diesem glücklosen Planeten.

»Mach dir keine Sorgen«, versicherte er mir, als er Platz genommen hatte, »ich werde die Musik aus deinem Gedächtnis löschen, sodass kein lebendes Geschöpf in der Lage sein wird, dich daran zu erinnern.«

»Ich danke Ihnen«, sagte ich, weil ich nicht wusste, was man in so einer Situation sagen sollte.

Von da an trainierte ich das Verlernen acht bis zehn Stunden am Tag. Jeweils fünf bis sechs Lektionen nahmen wir nacheinander durch. Als Erstes hatte ich mir Sinfonien anzuhören, die von unqualifizierten Musikern gespielt wurden, sodass einem von Anfang an die Ohren wehtaten. Ich musste über hundert Mal diese verkrüppelten Töne über mich ergehen lassen, weil sie in meinem Kopf den Platz der echten Töne einnehmen sollten. Wir malträtierten die Melodien dann so oft, bis ich den Sinn für die Reinheit des Klangs verlor und später nicht mehr in der Lage war, zwischen falschem Abklatsch und Original zu unterscheiden. Die anderen Lektionen waren noch schlimmer. Eine nannte er »Mischen«. Während ich spielte, lief neben mir ein Kassettenspieler mit Freudengeheul, Geklatsche und Getöse. Wenn es lauter und lauter wurde, musste ich mein Spiel entsprechend anpassen.

Eine andere Lektion hieß »Wiederholung«, wobei ich mir ein paar schreckliche arabische, türkische und persische Lieder anhören, sie auswendig lernen und sogar singen musste. Das war die schwierigste Lektion, die mich fast dazu brachte, die Musik insgesamt zu hassen. Was mich quälte, war, dass ich so tun musste, als liebte ich diese Musik aus tiefstem Herzen. Ich musste die Lieder mitsingen und zu ihnen tanzen. Fahmi Basri sagte: »Der Musik ergeht es wie der Literatur. Die am wenigsten davon verstehen, präsentieren sich als die begabtesten Experten und Kritiker.«

Tödlich war die Lektion »Kondition«. Er und ich gingen, während ein beduinischer Musiker uns mit einer Trommel in der Hand verfolgte. Einmal musste ich meine Schritte dem Rhythmus der Trommel anpassen und dann wieder nicht, anpassen und wieder nicht, bis ich hinfiel. Aber das war immer noch leichter als die Lektion, die er »Reifliche Überlegung« nannte. Diese Lektion fand in einem sogenannten Discoraum statt. Ustadh kannte ihn aus dem Gefängnis. Für seine Lektionen baute er einen solchen Raum nach. An der Decke hingen verrostete Lautsprecher. In der Mitte des Raums lag eine Decke auf dem Boden ausgebreitet. Ich legte mich darauf und schloss die Augen. Sobald ich mich still in Gedanken befand, fingen die Boxen an zu lärmen und wurden lauter und lauter. Der Raum füllte sich mit Geräuschen von Knallkörperexplosionen, herunterfallenden Töpfen, Krächzen von Truthähnen, Platzen von Luftballons, Umkippen von Vasen, Rollen von Fässern, Brummen von Kühen, Zerbrechen von Flaschen, Gequietsche von Kreide, krähenden Hähnen.

Wenn ich den Raum verließ, war ich fünfzehn Minuten lang taub. Ustadh hatte, um mich wieder zu beruhigen, die leichtesten Lektionen für die letzten Stunden seines wertvollen Lehrgangs aufgehoben. Bei der Lektion »Kontrolle der Töne« kam ein Mädchen herein, sexy angezogen, mit Stöckelschuhen. Ich nahm eine kaputte Trompete und musste im Rhythmus ihrer Bein-, Hand- und Pobewegungen spielen. Ustadh wollte für jede der Bewegungen einen besonderen Ton. Zum Beispiel, wenn das Mädchen die Beine spreizte, musste ich einen vollen, langen Ton spielen, wenn sie sie schloss, einen dünnen, tristen, wenn sie das Bein hob, einen zarten Ton, wenn sie ihr Kleid hob, einen Ton der Verwunderung, wenn sie mit dem Po zitterte, sollten die Töne in raschem Wechsel hoch und tief, passend zu ihren schamlosen Arschbewegungen sein. Und wenn sie ihren Busen schüttelte, sollte der Ton vibrierend und schwingend sein.

Nach der Beendigung dieses Lehrgangs konnte ich keine Musik mehr spielen. Ustadh Fahmi tötete binnen Kurzem den Musiker in mir, womit er mich vor dem sicheren Tod rettete.

Seltsamerweise fällt es, wenn der Musiker in einem gestorben ist, leichter, ein Musiker zu sein. Man reagiert gleichgültig. Es ist nicht von Bedeutung, was die Instrumente von sich geben, nicht wichtig, was und wie dein Kollege neben dir spielt. Alles kommt einem ganz normal vor.

Das Verlernen erleichterte es mir, mit der Welt zurechtzukommen. Mein Verhalten – wie ich aß, wie ich mich anzog – veränderte sich so rasch, dass Dalia mich nicht mehr erkannte. Sie fand mich nun abstoßend. Eines Nachts spielte ich beseligt Flöte für Badria Rahman, eine dicke hellhäutige Tänzerin. Ich war vor ihr auf die Knie gegangen. Sie hatte sich die Flöte zwischen ihre Brüste gesteckt und spielte damit. Ich war in der schönsten Lage, die man sich vorstellen kann, da kam Dalia Saradschadin auf die Bühne geschossen und flüsterte mir ins Ohr: »Du Ehrloser, du schmutziges Chamäleon, du Schwachkopf.« Sie wollte mich stoppen, aber ich hörte nicht auf. Als sie mich »schmutziges Chamäleon« nannte, freute ich mich. Ich fing an, noch anzüglicher zu tanzen, steckte meine Flöte noch ganz woandershin. Und Badria Rahman, die Dalia nicht leiden konnte, spielte mit, als wollte sie sagen: »Schau, was ich mit deinem hübschen Cousin anstelle.«

Egal, was ich tat, Badria machte alles mit.

In zwei Monaten war ich zu einem gefügigen Bürger der gelben Stadt der Huren geworden. Abends rasierte ich mich und stieg in den Salon hinunter. Ich wickelte mir einen blendend weißen Schal um den Hals, hielt affektiert die Zigarette, pflegte mit einem gekünstelten Lächeln zu den Frauen zu sagen: »Guten Abend, ihr Königinnen des Meeres und der Wüste.« Ich nahm mir einen Stuhl und legte selbstherrlich die Beine übereinander und palaverte mit den anderen Musikern über Politik. Ich blies die Zigarettenasche weg und sprach genau wie sie: »Wenn diese Hundesöhne von Iranern mit dem Krieg nicht aufhören, wird es ihnen schlimm ergehen, bei Gott dem Allmächtigen, Amerika wird Iran in Schutt und Asche legen. Präsident Saddam, Gott möge ihn schützen, ist doch ein ganzer Kerl. Die ganze Welt steht hinter ihm. Wenn nur diese Iraner nicht wären, diese Hurensöhne. Ich schwöre beim heiligen Koran, wenn sie nicht wären, stünde unsere Armee jetzt in Jerusalem. Beim edelmütigen Propheten, sie stünde sogar vor den Toren Andalusiens.«

Wenn eine der Frauen an mir vorbeilief, sparte ich nicht mit machohaften Komplimenten: »Hey, woher diese Schönheit? Hey, woher dieser Gang? Hey, warst du gestern auch so, oder bin ich es, dessen Augen heute erhellt werden? Du Gottesmädchen, warum hast du dich so hübsch gemacht? Die Kuwaiter werden dich entführen, ah, wie süß du bist, eines Tages gibt es hier noch eine Schlacht deinetwegen. Denkst du, mein Herz ist aus Stein, dass du mit so viel Anmut und Schönheit vorbeiläufst und uns keines Blickes würdigst? Hey, tobt dieser Krieg nicht wegen deiner schönen Augen? Bei Gott, sag mir, wie viele wegen deiner Lippen schon getötet wurden oder Selbstmord begangen haben.«

Ich wurde von allen gemocht und zeigte ein erstaunliches Talent, mich bei den Musikern beliebt zu machen. Ich pries ihre Begabung und Kreativität. Ich erzählte ihnen gigantische Lügen. »Dein Talent ist rar«, sagte ich zum Geiger. »Für das kommende Jahr solltest du dich beim Fernsehen bewerben; sie werden dir die Hand küssen. Im ganzen Land gibt es keine zwei Musiker wie dich.« Einer war dabei, der schrecklich schlecht Laute spielte. »Hör zu«, sagte ich zu ihm, »ich hab gehört, in Indonesien, Malaysia und im Süden Thailands werden Lautenlehrer gesucht, verstehst du? Die Oud ist unser Instrument, niemand spielt sie besser als wir Iraker. Wenn du in eines dieser Länder gehst, kannst du Millionär werden. Zum Teufel, mit deinem Talent könntest du einem ganzen Land Kultur beibringen, aber du weißt dich selbst nicht zu schätzen. Hör auf mich und geh zur malaysischen Botschaft und bitte um ein Gespräch mit dem Botschafter. Ich bin sicher, wenn der Botschafter hört, was du draufhast, wird er dich nicht wieder ziehen lassen, Bruder.«

Wenn wir zusammensaßen, sagte ich: »Demnächst wird der Krieg vorbei sein. Wenn die Iraner in Fau besiegt sind, gibt es bis Teheran kein Halten mehr. Dann können wir gemeinsam, als Band, nach Europa reisen. Wenn die Europäer erst mal gehört haben, wie wir spielen, dann werden sie uns nicht mehr weglassen wollen. Die haben Leute, die sich mit Musik auskennen. Den Sommer über werden wir in Europa sein und im Winter wieder herkommen oder umgekehrt, stimmts, Hadi Chdhr? Würdest du lieber im Sommer arbeiten und im Winter reisen oder umgekehrt?«

Wenn ich so loslegte, hingen alle an meinen Lippen. Meine Lügen übten eine unglaubliche Wirkung auf diese kaputten Menschen aus. Jahre später, nach der Lektüre von »Jakob der Lügner«, wurde mir klar, dass in Zeiten von Furcht und Krieg jede Stadt einen solchen Lügner braucht, der sie tröstet. Wenn man keine richtige Musik spielt, wird das Lügen sehr leicht.

Je näher ich den Mädchen der Weißen Orange kam, desto größer wurde der Abstand zu Dalia. Sie reiste viel, man sah sie nur selten, sie sprach wenig mit mir. Ich war mir aber sicher, dass sie auch aus der Distanz auf mich aufpasste. Das brachte mich um. Nachts, wenn ich im Bett lag, dachte ich an ihre Augen. Ich ging auf den Balkon und dachte an sie, ich trank Tee und dachte an sie, ich duschte und dachte an sie, ich träumte und dachte an sie. Wenn sie verreiste, wurde ich wahnsinnig – bis sie zurückkam. Wenn sie nachts mit einem Gast hinaufging, konnte ich nicht einschlafen. In solchen Nächten hätte ich am liebsten meine Flöte genommen und wie damals vor dem Fenster gespielt. Aber ich wusste, dass ich so nicht mehr spielen konnte. Wenn ich spielte und sie sich im Saal sehen ließ, zitterten meine Hände. Wenn ich sie bei diesen dicken, hässlichen Männern mit ungepflegten Schnurrbärten sitzen sah, brannte es in mir. Wenn ich sah, wie sie ihr übers Haar strichen … Ihre Versuche, sie zu küssen … Oder wenn ihr einer den Arm um die Taille legte, fiel mir die Flöte aus der Hand. Mein Verhalten in der Weißen Orange war also nichts als der verzweifelte Versuch, Dalia zu vergessen. Die Großmäuligkeit, mit der ich andere Mädchen amüsierte, war nichts als kindische Rache eines Siebzehnjährigen. Kurz gesagt, ich war in Dalia Saradschadin verliebt, und die Distanz sorgte dafür, dass ich nur umso heftiger brannte. Ich hatte das Gefühl, sie ging nur auf Distanz, um mir gnadenlos wehzutun. Ich erwischte sie einmal auf der Treppe und fragte sie, weshalb sie nicht mehr mit mir spreche. Sie sah mich nur gleichgültig an und sagte: »Es ist nichts, ich bin nur beschäftigt.« Sie stieg ein, zwei Stufen hinauf und wiederholte, ohne mich anzusehen: »Ich habe viel zu tun, das ist alles.«

Ich wusste nicht, ob sie die Wahrheit sagte oder ob ich ihr gleichgültig geworden war. Im Saal setzte ich mich immer so, dass ich sie sehen konnte. Garantiert wusste sie, dass ich sie ständig beobachtete. Sie war mit einem Mädchen namens Suda Ramadhan befreundet, also versuchte ich, mich mit Suda Ramadhan anzufreunden, während Dalia versuchte, Suda möglichst von mir fernzuhalten – als wollte sie mir alle Wege versperren. Ich wollte mir nicht anmerken lassen, dass ich vor Liebe fast starb, ich tat alles, um nicht wie so ein unsinnig Verliebter zu wirken. Währenddessen kam ich keiner anderen Frau nahe. Ich schlief mit keinem Mädchen. Die anderen Musiker gingen mit den Mädchen der Weißen Orange, aber ich führte nur mein Großmaul spazieren. Bis Huda Tauab, das Mädchen, das meine Musik beim ersten Vorspiel so bewundert hatte, mich einmal ertappte. Da hatte ich gerade zu ihr gesagt: »Deine Schönheit ist eine Kraft, die Meere teilt, Pharaos tötet, Imperien zu Fall bringt, Monarchien entstehen lässt, Armeen ausradiert und dafür sorgt, dass der Wind den Königen die Kronen vom Kopf fegt.«

»Wenn das so ist«, erwiderte sie einladend, »warum gehen wir nicht gleich auf mein Zimmer? Du Hübscher, für dich ist es umsonst, von hübschen Jungen verlangen wir kein Geld.«

Da fiel mir nur ein zu sagen: »Schönheiten deinesgleichen sind für Könige, Bettler wie wir betrachten sie besser aus der Ferne.« Sie schüttelte den Kopf und sagte so laut, dass die anderen es mitbekamen: »Du Dummkopf.«

Wenn ich nachts mit der Arbeit fertig war, ging ich in mein Zimmer, schloss die Tür und schaute zu den Sternen auf. Bis ins Morgengrauen wälzte ich Fragen, auf die es keine Antworten gab. Wenn ich aufwachte, war schon Nachmittag, und ich hatte nur noch Zeit zu essen, zu duschen und mich für die Abendshow vorzubereiten. Wenn ich auf der Bühne saß, waren meine Gedanken stets bei Dalia. Ich schaute, was sie machte, wie sie lachte, wie sie mit den Gästen dasaß, wie sie mit ihnen rausging. Manchmal überhörte ich deswegen sogar den Bandleader. Sie blickte selten her, eigentlich hatte ich das Gefühl, dass sie mich überhaupt nicht mehr ansah. Die Augen der Frauen sind nicht wie unsere. Sie sehen dich nicht an und sehen dich trotzdem. Sie haben dir den Rücken zugewandt und sehen dich trotzdem. Sie stehen in einem toten Winkel und haben trotzdem die Übersicht. Als damals Dalia zu mir kam und mich beleidigte, ich wäre ein »schmutziges Chamäleon«, war ich überglücklich. Endlich hatte ich es geschafft, sie zum Reden zu bringen. Nach der Arbeit ging ich in mein Zimmer, trat auf den Balkon und breitete meine Arme aus, um zu fliegen. Noch Stunden, nachdem die Stadt verstummt war, konnte ich nicht einschlafen. Einmal wollte ich raus, an die frische Luft. Einfach wie ein glücklich wandernder Derwisch herumlaufen und die Sterne beobachten. Ich stieg die Treppe herunter. Im leeren Saal hingen noch die Düfte der Frauen, aber es herrschte eine fürchterliche, fremdartige Stille, eine Bedrücktheit, die manche Orte nur, wenn sie menschenleer sind, preisgeben.

Dann bemerkte ich in der Finsternis eine Stimme. Ich fand ein Feuerzeug. Ein ekelhafter Geruch von Wein und Zigaretten hing in der Luft, der mir nie aufgefallen war. Ich ging ein paar Schritte in der Dunkelheit. Ja, eine erstickte Stimme redete vor sich hin. Als ich das Feuerzeug anmachte, sah ich Dalia Saradschadin in einer Ecke des Saals. Sie saß allein da und weinte. Obwohl sie das Licht meines Feuerzeugs hätte sehen müssen, bemerkte sie mich nicht. Wie ein Blinder ins Unsichtbare hineinsieht, starrte sie in die Luft. Sie sprach mit einem imaginären Geschöpf, während ihr Tränen über die Wangen liefen.

»Aber du hast doch gesagt, das tust du nicht, du hast gesagt, du wirst mir Bescheid sagen, egal, wo du bist. Du hast gesagt, weder der Wind noch Wasser oder Feuer können uns trennen.« Sie hielt kurz inne, als würde sie sich vom Stuhl gegenüber eine Antwort anhören. Als der andere seine Sätze beendet hatte, schüttelte sie den Kopf: »Aber du hast gesagt, wir wären stärker als der Tod, stärker als die Mauern, die Tod und Leben trennen.«

Ich trat näher, aber sie sah mich immer noch nicht. »Mein Leben ist nicht von Bedeutung«, sagte sie, »du bist wichtig, wichtig ist, dass du rauskommst. Ich bin da, um für dich zu leben. Ich bin bereit zu sterben. Aber wenn du nicht rauskommst, will ich nicht sterben.« Dann, etwas lauter: »Ich weiß, dass du nicht weißt, wo du bist. Sie verbinden dir ja die Augen, oder? Ich weiß, dass du kein Licht gesehen hast, seit sie dich mitgenommen haben. Um mich brauchst du dir keine Sorgen zu machen. Habe ich von dir je etwas verlangt? Ich habe nicht gesagt, dass du mich, wenn du rauskommst, heiraten sollst. Ich will bloß, dass du lebst. Ich will das Gefühl haben, dass du auf dieser Welt bist … Sag ja nicht, du wärest tot. Ich bin sicher, dass du noch lebst. Mach mir keine Angst. Solange du atmest, bin ich am Leben. Wenn du stirbst, werde ich auch sterben, ohne dass mir jemand Bescheid gesagt hätte. Erzähl mir keinen Unsinn, ich werde dir nicht zuhören. Und sag mir nicht, ich soll diesen Ort verlassen. Wenn ich weggehe, kann ich nicht mehr nach dir suchen. Hier ist der beste Ort. Alle Geheimnisse der Welt gelangen in diese Stadt. Man muss nur auf sich aufpassen.«

Ich brachte eine Kerze, zündete sie an und setzte mich zu ihr. Ich wusste nicht, ob sie wachte oder schlief, ob sie betrunken oder nüchtern war.

Sie ereiferte sich. »Schließlich werden sie dich finden und herausholen, verstehst du? Ich arbeite Tag und Nacht und gebe ihnen alles, was ich verdiene … Eine gute Tat, du nennst es eine gute Tat? Du bringst mich um. Ich will nichts von dir … Sobald du raus bist, kannst du mich verlassen. Nur mach aus Liebe keine gute Tat. Ich vollbringe hier keine gute Tat, ich liebe dich.« Sie vergrub das Gesicht in den Händen. Ab und zu schüttelte sie den Kopf. Dann wischte sie sich die Tränen ab. »Es ist spät, Basm. Ich muss jetzt los. Meine letzten Worte an dich sind, dass ich die Uni abschließen will, aber ohne deine Erlaubnis werde ich es nicht tun. Und wenn es mich daran hindert, nach dir zu suchen, werde ich es auch nicht tun. Aber ich kann es schaffen. Freut dich das? Ich wusste, dass es dich freuen würde. Du standest schon immer hinter mir … Jetzt ist es spät, ich kann nicht länger bleiben. Morgen Nacht werden wir uns wieder treffen. Falls du nicht kommen kannst, macht es nichts. Ich werde hier auf dich warten.«

Wie immer stand sie unvermittelt auf und ging. Zum ersten Mal sah ich nun die kleinen Engel, von denen sie ständig sprach. Korrekter wäre vielleicht zu sagen, dass ich sie bemerkt habe, viele kleine Schatten, die sie umflogen, als trügen sie sie. Wie in einem Sturm schoss sie an mir vorbei, ohne mich wahrzunehmen.

Entgeistert sah ich ihr nach. Es schien, als wäre alles im Bruchteil einer Sekunde passiert. Ich löschte mit dem Finger die Kerze und blieb in der Dunkelheit reglos sitzen. Ich saß da, wer weiß, wie lange. Ich habe keine Ahnung, ob ich weinte, als ich über den Abgrund nachsann, der immer tiefer wurde.

Die Tage danach verliefen träge und gleichgültig. Dalia verreiste und kam zurück, manchmal mit englischen Büchern und jedes Mal mit ein paar kleinen Geschenken für mich. Aber jedes Mal, wenn ich sie ansprechen wollte, entfernte sie sich unter irgendeinem Vorwand. Bisweilen umarmte und küsste sie mich vor den Frauen und sagte: »Mein lieber Cousin, wie geht es dir?«, aber näher heran ließ sie mich nicht. Sie wusste, dass ich sie liebte, und durch Abstand wollte sie die Liebe töten. Aber dadurch versank ich nur noch tiefer in Verstellung und Unaufrichtigkeit. Alle taten, als wüssten sie, wo sie hinging, aber in Wahrheit wusste es niemand. Dennoch, ich machte weiter wie abgesprochen. Abends kam ich früh in den Saal, lobte und witzelte nach allen Seiten.

Dalia mischte sich nicht ein. Sie plauderte mit den anderen wie immer, küsste jeden Tag die Mädchen auf die Wangen, munterte die Musiker auf. Wenn sie sprach, bewegte sich ihr ganzer Körper, wenn sie lachte, strahlten alle um sie herum. Ehe die Shows begannen, musste sie in diesen teuren Flitterkleidchen, auf hohen Stöckelschuhen, in denen sie kaum laufen konnte, mit Beduinenschmuck behängt, alles kontrollieren. Abgesehen von ihrem schrecklichen Make-up, war sie berückend schön.

Sie wich meinen Blicken aus, aber ich dachte ständig an sie. Alles hatte ich mir eingeprägt: ihre Bewegungen, wie sie aufstand, wie sie ging, die Veränderungen ihres Blicks, ihr Haar, ihr Make-up, die Farbe ihrer Augenlider, die Schattierungen der Lippenstifte, ihr Mascara. Manchmal bewegte sie sich so leicht, dass sie zu fliegen schien, und dann wieder schien ihr Schritt bleischwer. Nicht bloß wegen ihrer Schuhe. Etwas bedrückte ihre Seele und belastete ihren Leib, dass sie sich kaum bewegen konnte.

Nachts suchte ich sie des Öfteren im Tanzsaal auf. Mit einer Kerze in der Hand saß ich in einer Ecke und beobachtete sie. Sie kam zu einer bestimmten Zeit herunter, setzte sich auf immer denselben Stuhl, umarmte den Schatten des imaginären Mannes. Sie saßen und sprachen bis zum Morgengrauen. In diesen Nächten erfuhr ich Dalias Lebensgeschichte. Ich sah jede Nacht ihre kleinen Engel im Licht meiner Kerze, wie sie mit ihr kamen und gingen, wie sie sie beschützten und stützten.

Ja, so war das Leben Dalias.

Wenn Dalia nicht in der Stadt war, trieben mich Schwermut und Langeweile durch die Gassen. Ich wusste, dass diese Liebe ein Dolch in meinem Herz war, aber ich wusste auch, dass ich ohne diesen Dolch nicht sein konnte. Ich wusste, dass mich, egal was ich tat, diese Frau niemals als Geliebten akzeptieren würde. Und ich behaupte immer noch, wer seine erste Liebe verliert, ist verloren. Liebe ist kein Schachspiel, bei dem man sich nach der ersten Niederlage auf das nächste Spiel vorbereitet. In der Liebe gibt es nur eine einzige Partie. Wer verliert, sollte wissen, dass er für immer verloren hat. Niemand kann zweimal mit derselben Verrücktheit, denselben Emotionen, demselben brennenden Wahnsinn verliebt sein. Es gibt nur eine große Schlacht im Leben eines Generals, bei der es um Sein und Nichtsein und um den Sinn seines Lebens geht. So gibt es auch nur eine große Liebe, die sich den Regeln des Verstandes nicht unterwirft. Sie ist jenseits von möglich und unmöglich. Sie kennt keine dieser Taktiken, wie sie Männer und Frauen im Laufe der Geschichte entwickelt haben und nach deren Regeln sie spielen. Männer wie Frauen spielen jeden Tag, bei jeder Begegnung, bei jedem Nahekommen und Auseinandergehen. Jeder und jede hat eigene Techniken, um näher zu kommen oder auf Distanz zu gehen, einen Plan, um den anderen anzuziehen oder abzustoßen. Jeder hat eine Handvoll Tricks drauf, den anderen zu kontrollieren. Selbst wenn eine Frau und ein Mann in einer Gasse aneinander vorbeilaufen und keiner den anderen anschaut, zeigen ihr Schritt, ihre Haltung und Bewegung dieses Spiel. Aber die große Liebe setzt all diese Regeln außer Kraft. Das Gewohnte gilt nicht länger. Nur in der wahren Liebe kann der Mensch nicht Schauspieler sein, sonst ist er es immer und überall.

Das einzig Wahre in meinem Leben war meine Liebe zu Dalia. Sie bedeutete eine große Gefahr für mein und auch für ihr Leben. Ich war wie von Sinnen. Ich hätte sie oder mich selbst umbringen können. In diesem Zustand ist es nur das Warten auf ein Wunder, das den Menschen veranlasst, die Hand zurückzuziehen und es nicht zu tun. Das Warten auf ein Wunder war es, das mich in dieser Stadt festhielt. Auch mein Überleben war ja ein Wunder. Jeder, den man zur Vernichtung in die Wüsten des Südens gefahren hat und der lebend davongekommen ist, ist durch ein Wunder davongekommen. Ich war der Sohn des Wunders. Ein Wunder nach dem anderen geschah in meinem Leben. Also wartete ich, wenn ich durch die Gassen der gelben Stadt der Huren wanderte, auf ein Wunder.

Die Stadt befand sich in ständiger Veränderung, wie ein Meer mit Ebbe und Flut, ein Ozean, in dem jede Welle andere Wellen anstößt. Hinter jeder Gasse tat sich eine neue auf, in der ein paar staubige Reisende schattenhaft herumzogen. Ich sah Gestalten, die, den Koffer an der Hand, in diesem gelben Staub nach einer

Adresse suchten, die sie nicht fanden. Schüchterne Männer, die kaum wagten, an eine Tür zu klopfen. Manche waren mit üblen Absichten unterwegs, andere waren verliebt, andere wollten sich rächen, und wieder andere waren schlicht obdach- und heimatlos, dahintreibende Seelen, die sonst keinen Ort hatten.

Aber die Stadt konnte auch zusammenschrumpfen. Bisweilen wurde sie eng und klein, so als hätte eine geheime Kraft die Häuser und Gassen ineinandergleiten lassen. Alles, was Musa Babak über die Utopie in dieser Sandwelt gesagt hat, erwies sich als wahr.

Und es gab Zeiten, in denen alles ganz anders war. Dann waren wir und die Weiße Orange wie eine vergessene, tote Insel mitten im Ozean aus Sand. Als wären wir von der Welt abgeschnitten. Tagelang tauchte kein einziger Gast auf. Ich ging hinaus, doch dort war nichts als unendliche, tote Sandwüste. Frauen und Musiker zogen sich in ihre Zimmer zurück, jeder schloss sich ein und verkroch sich. Einige Musiker nannten diese Zeiten »Sandsturmferien«, aber für mich waren sie nichts als gelbe, fürchterliche Zeiten des Todes.

An solchen Tagen saß ich auf dem Balkon oder im Saal und sinnierte. In der Weißen Orange hatte ich keinen echten Freund. Man betrachtete mich als einen Fremden, einen dahergelaufenen Kurden.

An diesen kalten und erstickenden Tagen tauchte eine Frau in der Weißen Orange auf, eine große Araberin mit dunkelbrauner Haut und zwei riesigen Eisenringen an den Ohren und einem schwarzen Schmuck an der Nase. Grün tätowierte Punkte überzogen ihre ganze linke Seite von Kopf bis Fuß. Man nannte sie »Königin des Staubes«. Ihre Aufgabe bestand darin, Häuser und Gassen vom allgegenwärtigen Staub zu befreien. Ihr Leben war dem Kampf gegen den Staub gewidmet. Sobald der erstickende Wüstenwind wehte, begann diese Königin des Staubes ihr heroisches Werk. Sie war der einzige Mensch, der mit den Sandstürmen leben konnte.

An so einem Tag kam ich aus meinem Zimmer herunter. Ich trug ein beiges Hemd, ein rot gestreiftes Tuch um den Hals und hatte eine Zigarette in der Hand. Pfeifend kam ich in den Saal getänzelt.

Draußen dröhnte ein schrecklicher Sturm. Alle Türen waren verriegelt. Ich konnte die Sandkörner hören, die gegen die Scheiben prasselten. Ich pfiff, tanzte und sang ein arabisches Lied, bei dem man zum Schluss mit mädchenhafter Stimme sagen musste: »Sukkar ja Sukkar.« Ein schwachsinniges Lied, aber da die Mädchen es oft auf der Bühne sangen, kannte ich es auswendig. Als die Königin des Staubes auftauchte, briet ich mir gerade in der Küche, singend, Corned Beef und ein Ei. Ich begrüßte die Königin wie immer mit einem wortlosen Nicken. Obwohl sie ruhig und geheimnisvoll wirkte, lagen in ihrem Blick Wut und Hass auf das ganze Universum. Sie erinnerte mich an Sturm, Sand und Wüste. Ihre Hässlichkeit war magisch. Ihre Hässlichkeit war nicht böse, sondern als hätte Gott sehr detailliert daran gearbeitet. Mehr als die vielen hübschen Gesichter des Bordells brachte sie einen zum Nachdenken.

An diesem Tag wirkte sie nervös. Sie stieg hinauf zu Dalia, bevor sie mit der Arbeit begann. Wenig später kamen die beiden eilig herunter und verließen das Haus. Das Tuch um den Hals geschlungen, streckte ich den Kopf abermals aus der Küche und sang laut: »Sukkar ja Sukkar, ua haiatak ja sukkar, ja battah ja sukkar. Zucker, ja, Zucker. Ich gebe dir mein Versprechen … du Süße. Du Ente … du Zucker.« Ich sang so laut, dass es durchs Haus hallte. Dann kam Dalia wieder herein und zu mir in die Küche. Mein Essen war fast fertig.

»Bitte«, sagte sie, »könntest du für einen Moment aufhören, diesen schwachsinnigen Song zu singen, wenn es keine Umstände macht?«

»Wieso sollte ich damit aufhören«, sagte ich, »es ist ein wunderschönes Lied, es ist wie für meine Stimme gemacht – oder?«

»Ich bitte dich, Dschaladat«, flehte sie mich an. »Es geht um etwas sehr Wichtiges. Ich will, dass du mir zuhörst. Es geht um Leben und Tod, ich brauche deine Hilfe.«

»Wenn du es wünschst, werde ich bis zu meinem Tod nicht mehr sprechen, bis zu meinem Tod nicht mehr singen. Wenn du es wünschst, werde ich deinetwegen hundert Jahre auf einem Bein im Sandsturm stehen. Ich bin bereit, meine Hand ins Feuer zu legen, ohne Autsch zu sagen. Ich würde mich bis zur Nasenspitze im Sand begraben lassen, nur um dich glücklich zu machen.«

»Dschaladat«, ermahnte sie mich traurig lächelnd, »es ist nicht der richtige Zeitpunkt für solche Sprüche. Komm bitte in den Keller, ich brauche dich.«

Im Keller wartete ein Mann mit niedergeschlagener Miene auf mich. Ein Oberst in Uniform. Er saß schweigend auf dem Bett in der Ecke. Furcht lag in Dalias Augen, was gar nicht zu ihrem sonstigen Auftreten passte. Die Atmosphäre war angespannt.

Als Musiker hatte ich nie eine hohe Meinung von Leuten in der Armee. Wer in der Armee dient, trägt in sich ein krankes Monster. Egal, ob in der Armee meines Landes oder in der des Feindes. Alle Offiziere und Generäle der Welt sind für mich Monster. Ihr Wille, zu töten, schlägt alles andere. Ihr Machtwahn beherrscht sie. Dalia wusste, dass ich als Kurde keinem Uniformierten glaubte. Sie sah, wie ich solche Leute mied, wie ich sie in der Weißen Orange wortlos begrüßte, den Kopf senkte und mich an ihnen vorbeistahl. Die Übeltäter dieses Planeten tragen Uniform. Ich denke, dass alle Armeen der Welt Streitkräfte des Bösen sind. Gott, falls es ihn gibt, braucht keine Armee. Gott hat Dichter, opferbereite Menschen, einsame Propheten aufgeboten, die ins Feuer und ans Kreuz gegangen sind, aber niemals hat er Heere, Krieger und Offiziere gebraucht.

Dies war meine erste Begegnung mit Oberst Samir von Babylon. Er wirkte niedergeschlagen. Mittlerweile hatte ich viele erschöpfte, geschlagene Soldaten und Offiziere gesehen. Aber ein so trübsinnig verfinsterter Offizier war mir noch nicht über den Weg gelaufen. Die Offiziere, die die Armee in den letzten zehn Jahren ausgebildet hatte, waren Kreaturen, denen man selbst bei Niederlagen keinen Kummer ansah. Nur Sieg oder Hilflosigkeit, Stolz oder Starrsinn – echtes Glück oder Kummer stand nie in ihren Augen. Selbst wenn sie in die Weiße Orange kamen und Platz nahmen, lehnten sie sich mit dieser starren Soldatenwürde zurück. Wenn sie tranken, sahen sie runzlig und hässlich aus. Die Unterlippe hing, der Nacken war dick geschwollen, so als hätte man ihn mit ein paar Schichten Haut verstärkt. Und wenn sie mit den Frauen aufstanden, um hinaufzugehen, sah es aus, als befänden sie sich mit ihren Stöcken unter den Achseln immer noch auf dem Exerzierplatz, so viel Missstimmung und Mürrischkeit strahlten sie aus.

Zum ersten Mal begegnete mir jetzt ein Offizier mit anderen Augen. Den feuchten Augen eines Vogels, der die ganze Nacht lang durch den Regen geflogen ist.

»Dschaladat«, sagte Dalia verzweifelt, »dies ist das Geheimnis, das ich dir die ganze Zeit verschweige. Jetzt muss es aufgelöst werden. Hör zu, die zwei hier haben dir das Leben gerettet. Oberst von Babylon und Um Fadhl, die Königin des Staubes. Sie haben dich aus einer weit entfernten Wüste schwer verwundet hergeschleppt.«

Großer Gott, Um Fadhl, die Königin des Staubes, hatte mir das Leben gerettet. Die Frau, die ich nur mit einem Nicken begrüßte. Um Fadhl, die mir nie in die Augen schaute.

Dies war die Geschichte dieser Königin eines Schlosses aus Sand: In ihrer Jugend war sie mit den Seeleuten des Landes und Dattelladungen nach Übersee gefahren, hatte die Schiffsfenster gesäubert und den Schmutz von den Maschinen, von Tischen und Türglas gefegt. Auf einer dieser Fahrten verliebte sie sich in einen Seemann, heiratete ihn noch auf dem Schiff. Bis zum Tag ihrer Hochzeit, noch bis zur Stunde, in der sie die Kajüte ihres Ehemanns betritt, putzt sie den Dreck weg. Nach einem Jahr der Liebe, in dem sie und ihr Ehemann sich in allen Häfen und an allen versteckten Ecken und Enden des Schiffes geliebt haben, wird ihr Ehemann eines Tages in einem Streit mit dem Chefkoch wegen einer verdorbenen Zwiebel von einem langen Dolch tödlich durchbohrt.

Zu dieser Zeit ist die Königin des Staubes schwanger. Einen Monat nach dem Tod seines Vaters kommt mitten in der Südsee ein Junge zur Welt. Ein seltsam gelbliches Geschöpf. Statt wie ein Seemannskind nach Wasser zu riechen, riecht es wie seine nomadischen Großväter nach Sand. Von Geburt an ist es krank.

Seine Lungen vertragen den feuchten Dunst des Meeres nicht. Der Schiffsarzt teilt ihr mit, das Kind könne in Meerluft nicht überleben, der einzige Aufenthaltsort für solche Geschöpfe sei die Wüste, denn ihre Lunge sei so beschaffen, dass sie in feuchter Luft nach einiger Zeit wie ein vollgesogener Schwamm aufgeben müsse. Seine Mutter verlässt also das Schiff und zieht in ein Dorf am Rande der Wüste. Ihr Kind ist ein Streuner, nur in Wüstenstaub fühlt es sich wohl. Mit neun reißt es an einem staubigen Tag aus und kehrt aus der Wüste nicht zurück. Seine Mutter sucht monatelang vergeblich nach ihm, aber sie gibt nicht auf. Um auf der Suche nach ihrem Sohn zu überleben, wird sie zu einer Kriegerin gegen Sturm und Sand. Sie wischt Sand und Staub, säubert jedes Fenster, poliert jeden Spiegel und wartet dabei auf das Auftauchen ihres Sohns. Auf ihren Touren von Dorf zu Dorf wird sie zur Wüstenwanderin, die alle Geheimnisse der Einöden kennt.

Eines Tages findet Um Fadhl in der Wüste Samir von Babylon, der einen verwundeten Jungen trägt und auf der Suche nach der gelben Stadt der Huren ist. Der Junge, der stark blutet, bin ich. Da sie Samir von Babylon die Erschöpfung ansieht, wirft sie mich über ihre Schulter, nimmt Samirs Hand und macht sich auf den Weg zu diesem Keller. Beide kennen Dalia Saradschadin, die liebenswürdige, unglückliche und einsame Kurdin, die in der Wüste wohnt. Den einzigen Menschen, der Geheimnisse bewahrt und immer bereit ist, Leben zu retten.

Da waren also meine drei Lebensretter beisammen. Ich war dicht davor, die Geschichte meiner Auferstehung zu verstehen. Aber Dalia hatte mich nicht gerufen, um mir all das zu offenbaren, sondern weil ich dabei helfen sollte, Samir von Babylon zu retten.

Er war ein großer, dunkler Mann mit einem schmalen Gesicht und einem langen, spitzen Kinn, mit kurzen, etwas krausen Haaren, einem großen Muttermal auf der linken Wange, einer Orientbeule zwischen linker Augenbraue und Ohr, mit feuchten, übergroßen Augen, die aussahen wie zwei große schwarze Datteln.

Dalia sagte: »Dieser Mann hat dein Leben gerettet. Er hat dich dem Tod entrissen und dich mir geschenkt. Wie ein göttliches Pfand überließ er dich mir. Heute müssen wir uns seiner guten Tat würdig erweisen. Er hat dich auf seinen Schultern getragen und gerettet. Ja, Dschaladat, ich habe immer gesagt, ich verstehe nicht, was für ein Unglück aus Samir von Babylon einen Oberst gemacht hat, und ausgerechnet in der vierten Legion. Samir, du hättest Ingenieur, ein Maler, ein trinkender Dichter werden sollen. Stattdessen bist du Oberst geworden und musst dich aus irgendeinem Grund verstecken. Frag mich, Dschaladat, bitte nicht, aus welchem – aber du musst ihn auf dein Zimmer nehmen. Ich weiß nicht, für wie lange. Kann sein bis zum Jüngsten Tag. Vergiss nicht, er hat dir das Leben gerettet.«

»Nein, Madam Dalia«, sagte Samir von Babylon, »das ist keine gute Idee, so geht es nicht. Dschaladat soll erfahren, was ich getan habe, er muss es wissen. Sonst verkennt er die Gefahr und das Maß der Verantwortung. Außerdem gibt mir, dass ich ihn gerettet habe, nicht das Recht, sein Leben erneut in Gefahr zu bringen. Er muss mich aus Überzeugung akzeptieren. Das ist eine Sache der Überzeugung, nicht etwas, das man unter dem Druck der Dankbarkeit tut. Man soll anderen nicht unter dem Druck der Dankbarkeit helfen.« Er senkte den Kopf. »Die Hilfe von Mensch zu Mensch ist nichts anderes als ein tätiges Bereuen eigener Verfehlungen.«

Dalia sah ihn mitleidig an und sagte: »Ah, Prinz von Babylon, du kennst ihn nicht, du weißt nicht, was für ein widerspenstiges, geschwätziges Kind er ist. Ich liebe ihn, aber ich glaube nicht mehr an ihn. Ich hätte mir nie vorstellen können, dass ein solcher Lügenbeutel aus ihm werden könnte. Um Fadhl, hättest du das je geglaubt?«

Samir von Babylon widersprach: »Nein, Um Fadhl soll nichts sagen. Dalia, es gibt keinen anderen Weg. Dschaladati Kotr muss erfahren, wieso ich mich verstecke. Wenn er es nicht erfährt, ist nichts zu machen. Die größte Gefahr läge darin, dass er es nicht erfährt.«

Er ging ein paar Schritte und blieb vor mir stehen: »Hör zu,

Dschaladat, du bist ein großer Junge, du bist ein anständiges Kind. Ich bin sicher … ich bin sicher, dass du große Geheimnisse hüten kannst. Ich sehe es in deinen Augen. Man kann dir vertrauen. Ich bin vor dem Regime geflohen. Lass dich von meiner Uniform und meinem Dienstgrad nicht täuschen. Ich war an einem Staatsstreich beteiligt, der den Präsidenten stürzen sollte. Wir wollten den Diktator erledigen und die Macht übernehmen. Wir waren dreiundvierzig Offiziere. Ehe wir unseren Plan in die Tat umsetzen konnten, wurde er aufgedeckt. Ich bin als Einziger noch am Leben. In der letzten Woche sind meine Familie, all meine Verwandten und Freunde festgenommen worden. Für mich gibt es nirgendwo Zuflucht, und wenn sie mich irgendwo erwischen, werden die, die mich versteckt haben, umgebracht, verstehst du … Falls sie mich in deinem Zimmer erwischen, werden sie dich auch umbringen. Dennoch bitte ich, ein paar Tage bei dir bleiben zu dürfen, in deinem Zimmer, heimlich und stumm, bis ich wieder bei mir bin und irgendwie ins Ausland flüchten kann.«

»Ich fürchte mich nicht vor dem Tod«, sagte ich. »Dass Sie den Präsidenten umbringen wollten, ist doch nicht schlimm. Irgendjemand muss den Hurensohn schließlich umbringen. Ich hoffe, er hat begriffen, dass gewisse Leute ihn im Ernst umbringen wollen. Er sollte anfangen, über sich und seine Taten nachzudenken.«

»Dschaladat«, unterbrach mich Dalia, »wie redest du da? Großer Gott, wenn ich nur begreifen könnte, wie du denkst.«

Ich hatte Angst, dass Dalia das für eine meiner Lügenreden hielt, deswegen sagte ich rasch: »Verehrter Oberst Samir, danke, dass Sie mein Leben gerettet haben. Liebe Madam Um Fadhl, ich wusste, dass Sie etwas Besonderes sind. Ich stehe zu Ihren Diensten. Aber, Verehrter, jetzt ist kein guter Zeitpunkt. In der Nacht, sobald die Dunkelheit einbricht, werde ich Sie zu einem passenden Augenblick informieren, dann können Sie raufkommen. Sie können bei mir bleiben. Fühlen Sie sich, als wäre ich Ihr Gast.«

»Wir alle sind Gäste«, sagte er, »niemand besitzt etwas. Alle vier sind wir große Verlierer. Ich versuche, nicht lange zu bleiben, aber ich muss ein paar Leute erreichen. Ich brauche Papiere. Dass ich hier rauskomme, ist meine einzige und letzte Hoffnung.«

Als ich den Keller verließ, war ich ein anderer Mensch. So verwundert ich über ihn selbst war, zehnmal mehr war ich über seine Sprache verwundert. Er sprach ein so gepflegtes und reines Arabisch, wie ich es noch nie gehört hatte. Es war das erste Mal, dass ich die arabische Sprache gern hörte. Die Sprache, von der ich glaubte, sie würde mir Angeberei und Lügerei aufzwingen. Samir von Babylon hat meine Meinung über die arabische Sprache so grundlegend verändert wie Ishaki Lewzerin meine Einschätzung des Kurdischen. Was mich in Wahrheit dazu brachte, Ishak über die Berge zu folgen, war nicht nur die Liebe zur Musik, sondern die Magie seiner Sprache. Was mich veranlasste, Samir von Babylon zu erlauben, sich in meinem Zimmer zu verstecken, waren zwei Dinge: die Magie, die ich in seiner Stimme, seiner Sprache und seinen Augen spürte, und ein seltsamer Duft. Sein Leib roch nach einer Orangenplantage. Es war ein gefährlicher Duft, der ihn hätte verraten können, denn er war bekannt. Deshalb sah ich mich fortan gezwungen, immer für frische Orangen zu sorgen und sie in einem Kübel vor mein Zimmer zu stellen, damit niemand Verdacht schöpfte.

Die Geschichte von mir und Samir von Babylon ähnelt der Geschichte von Tausendundeiner Nacht. Bis zum Morgengrauen erzählte er mir Geschichten. Nacht für Nacht bat ich ihn, nicht zu gehen, bis er zu Ende erzählt hätte. Seine Geschichten zeigten mir die Wirklichkeit des Landes, in dem ich lebte. Eine Realität, von der ich nur ein nebulöses, blasses Bild gehabt hatte. Wie alle Geschichtenerzähler, die ihre Zuhörer in den Wahnsinn treiben, hörte auch er immer an der spannendsten Stelle auf, gähnte und sagte: »Dschaladat, guter Junge, schlaf jetzt. Morgen Nacht erzähle ich die Geschichte zu Ende.«

Samirs Reise zwischen Krieg und Reue

Dschaladati Kotr, du Kind, das nichts von der Welt versteht, staunen wirst du über so viel Pech und jugendliche Überheblichkeit. Meine Geschichte ist die eines neuen Sindbad. Nur habe ich nie das Meer befahren, bin nie von einem Phönix entführt, nie von einem einäugigen Riesen gefangen genommen worden. Ich habe auch nie auf dem Rücken eines Wals Feuer gemacht. Viel Schrecklicheres habe ich erlebt … Ich habe furchterregende Dschungel, Berge und Sümpfe gesehen. Gegenden, aus denen kaum einer lebend zurückgekehrt ist. Zuerst aber musst du erfahren, wer ich bin. Meine Kindheit, als einer von elf Brüdern, hat nichts Bedeutendes zu bieten. Hierzulande ist Kindheit ein hysterisches Herumtollen in den Gassen, mit vorübergehenden Fluchten weg von zu Hause und danach reuiger Rückkehr. Von meiner Mutter habe ich nichts gesehen, denn ich habe meine Kindheit auf Wiesen und in Orangenplantagen verbracht. Seither begleitet mich der Duft von Orangenblättern. Ja, ich dufte nach Orangenblättern. Das hat mir oft Unheil gebracht, manchmal aber die Rettung.

Mein Vater besaß Abertausende Hektar Land. Mir schien, die Welt gehöre ihm. Wir lieferten Orangen, Granatäpfel, Zitronen und Mandarinen ins ganze Land. In den Gasthöfen des Gutes speisten Hunderte. Auf riesigen Silbertabletts türmte sich der Reis. Vom Roten Meer und aus dem fernen Norden kamen die Geschäftsleute. Hier wurden Verträge unterschrieben und Schuldscheine mit schwindelerregenden Beträgen. Es lag bei uns, ob die Nation Orangen zu essen bekam oder nicht. Keine Regierung konnte meinem Vater in die Quere kommen. Er war ein Mann, der, wann immer er von einem Bedürftigen erfuhr, Hilfe schickte. In seinen Zelten wurden Minister berufen und entlassen. Auf seinen Befehl versammelten sich die Stämme des mittleren und des südlichen Irak. Wenn Fehden zwischen den Stämmen ausbrachen, ging er selbst auf die Schlachtfelder und beendete den Streit. Während des Krieges im Norden besuchte er die Freiheitskämpfer der kurdischen Revolution. In einer Grotte in den Bergen traf er ihre Führer, aber statt Frieden brachte er als Geschenk nur eine Tüte Tabak und eine Pfeife zurück. Danach ging er eine Woche lang nicht aus dem Haus. Ich war der Einzige, der zu ihm durfte. Er weinte und sagte: ›Samir, wenn sich Kurden und Araber nicht einigen, wird unser Leben die Hölle.‹

Damals wusste ich nicht, was ein Kurde ist. Wie alle anderen Kinder sang ich dieses Lied, das von einem mutigen arabischen Soldaten erzählt, der aus dem Norden kurdische Frauen anschleppt, um schwarzäugige arabische Kinder mit ihnen zu zeugen.

Ich war kein pflegeleichter Junge. Neben den rastlosen Versuchen, Fehden zu beenden, galt seine ständige Sorge mir. Ich war eine Plage … Dschaladat, schon als Kind war ich krank. Schon damals hatte ich diese ständigen Albträume, sah ich diese Schreckgespenster … Wie auch jetzt, in diesem Augenblick. Ein Trupp weißer Pferde galoppiert durch meinen Kopf … Dschaladat, seit einem Monat prescht ein Trupp weißer Pferde durch meinen Kopf, ihr Hufschlag klingt, als preschten sie durch Feuerbrände. Manchmal glühen sie, verwandeln sich in Feuer, und nach einer Weile nehmen sie ihre weiße Farbe wieder an. Ihr endloses Scharren und Wiehern quält mich. Ich sehe sie in der Luft auf mich zurasen. Ich spüre ihren Staub in der Kehle, ich schließe die Augen und ziehe den Kopf tief in den Kragen. Sie galoppieren so schnell, als hätte ein uralter Gott sie vor seine unsichtbare Kutsche gespannt. Eines Tages werden sie mich in eine andere Welt tragen.

Und noch ein Albtraum suchte mich heim: eine Meute streunender Hunde war hinter mir her. Wenn sie nachts kamen, rannte ich aus dem Haus und kletterte auf die Orangenbäume. Ich habe viel Zeit auf Orangenbäumen zugebracht, denn nur zwischen ihren duftenden Blättern war ich sicher vor den Hunden in meinem Kopf. So nahm mein Körper den Orangenduft an, der später die Frauen verrückt machte. Von daher mein Spitzname ›Orange von Babylon‹.

Als man mich zum Offizier befördert hatte, wurde jede Truppe, die ich befehligte, Orangeneinheit genannt. Aber lassen wir das, Dschaladat.

In solchen Nächten rannte mein Vater in seinem weißen Gewand hinter mir her und rief: ›Samir, mein glückloser Sohn, diese Hunde gibt es nur in deinem Kopf.‹ Doch den eigenen Dämonen entkommt der Mensch nicht.

Aber, Dschaladat, diese Hunde waren nicht nur eingebildet. All meine Albträume wurden irgendwann Wirklichkeit. In meinem Kopf gab es keinen einzigen Albtraum, der nicht ein Unglück angekündigt hätte.

Einmal war ich in einem Baumgarten und sah plötzlich diese Hunde, genau die Hunde, die mich seit einem Jahr verfolgten. Zehn Riesenhunde mit blutigen Schnauzen, die mir entgegenrannten. Ich lief los, sie verfolgten mich. Da merkte ich zum ersten Mal: In mir steckt eine blutrünstige Bestie. Die Hunde, die seit einem Jahr in meinem Kopf herumbellten, hatten mich in ein Tier verwandelt, bestialischer und wilder als sie selbst. Rannten die Hunde, rannte auch ich, rasteten sie, rastete ich mit ihnen. Dschaladat, ich weiß nicht, wie weit ich gerannt bin. Ich kämpfte mich durch Urwälder voller Raubtiere, durch Schluchten voller Giftschlangen. Durch wimmelnde Städte, an Flüssen entlang, aus denen Fische sprangen, die in der Luft zu Vögeln wurden und erneut zu Fischen, wenn sie wieder ins Wasser eintauchten. Ich rannte durch Weizen-, Reis- und Baumwollfelder, durch ein endloses Sonnenblumenmeer, dessen Blüten mich anschauten. Dschaladat, ich weiß nicht, wie oft ich mich vom Mond und von den Sternen verabschiedet habe, wie oft die Sonne vor meinen Augen auf- und unterging, aber ich weiß, dass dieses erbarmungslose, endlose Rennen mich in ein Tier verwandelte. Manchmal hockten wir uns gegenüber, ohne dass etwas passierte. Manchmal rissen die Hunde unterwegs menschliche Beute und fraßen sie. Dann setzte ich mich zu ihnen und sah ihnen zu. Es waren eigenartige Tiere. Wenn sie Kuppeln und Minarette sahen, schienen sie zu stutzen. Wir durchquerten ruhige Dörfer, in deren Gassen die ewige Stimme eines Mullahs aus dem Lautsprecher einer fernen Moschee hallte. Wir rannten an nebelverhangenen Schlössern vorbei, in deren Gemächern weiße Prinzessinnen heulten. An Städten, die nachts leuchteten und tags verschwanden. Aber die ganze Zeit hielten die Hunde Abstand zu mir. Bisweilen war ich so erschöpft, dass ich dachte, sie würden mich einholen und in Stücke reißen. Aber wenn ich mich umdrehte, sah ich, dass sie langsamer rannten. Wenn sie spürten, dass ich rasten musste, hielten sie an, wenn sie spürten, dass ich schlafen musste, schliefen sie, wenn sie spürten, dass ich essen musste, fraßen sie. Da wurde mir klar, ich war zum Führer einer Meute wilder Hunde geworden und lief an der Spitze.

Eines Nachts rannten wir unter einem klaren Mond an einer Orangenplantage vorbei. Ich lief hinein und drehte mich um. Da sah ich, dass sie nicht mehr hinter mir her waren. Ganz plötzlich, als hätten sie sich in Luft aufgelöst, waren sie verschwunden.

Am Ende der Plantage klopfte ich an eine riesige Tür. Ein Mann machte mir auf und bat mich herein, als hätte er mich schon erwartet. ›Ich bin Oberst Bilal von Babylon‹, sagte er, ›dein Verwandter. Du bist Samir, der Sohn von Suhair von Babylon, der Bruder von Mahdi, Hidaiat, Hadi und Suhail, der Bruder von Dschalil, Dschamal, Dschabar, Dschamil, Dschasm, Dtschihad und Dschsuri von Babylon. Du bist der jüngste Sohn dieses heiligen Scheichs, möge Gott ihn segnen. Ich bin dein Cousin, der Sohn deines Onkels Suber von Babylon, aber wir sind uns noch nie begegnet, weil ich ein Sohn der ersten Ehefrau deines Onkels bin und daher fern von euch lebe. Mein Haus ist dein Haus, ich erwarte dich schon lange. Dein Vater hat sein Testament für dich bei mir hinterlegt.‹

Da erfuhr ich, dass mein Vater hinübergegangen war in der langen Zeit meines endlosen Rennens. Inzwischen waren drei meiner

Brüder im Norden getötet worden, zwei gefallen im Kampf unter den Stämmen, einer hatte wegen einer hoffnungslosen Liebe Selbstmord begangen. Die anderen Brüder hatten sich über die ganze Welt verstreut. Eine meiner Schwestern war aus Gründen der Ehre enthauptet worden, und eine andere war, um eine Blutrache zu beenden, mit einem blinden Mann verheiratet worden, in einer Stadt, die so weit entfernt lag, dass man sie nur in Gedanken hätte besuchen können. Mit einem Wort: Ich hatte keine Familie mehr, und unsere Ländereien und Plantagen waren aufgeteilt und zerstückelt worden.

Oberst Bilal von Babylon erzählte mir die Geschichte all dieser Jahre, in denen ich fort gewesen war. Er erzählte mir von einer blutigen Schlacht unseres Stamms gegen die anderen Stämme wegen des Orangenpreises. Wie mehrere meiner Brüder am helllichten Tag wegen einer Pick-up-Ladung Zitronen mitten in der Stadt erdolcht wurden. Von den Bränden in unseren Orangenplantagen, die wochenlang nicht erloschen, von der tränenreichen Trauer meines Vaters um diejenigen Söhne, deren Leichen aus Kurdistan zurückkehrten. Bis zu seinem letzten Tag hatte er in der Asche seiner Plantagen auf mich gewartet. Er wartete auf den Orangenduft, den ich mit mir trug und in dem er seine verlorenen Gärten wiederzufinden hoffte. Aber ich kam nicht … Wo war ich?

Bilal von Babylon übergab mir unter Tränen das Testament meines Vaters. Ich sollte auf die Militärakademie gehen, weil meine Familie viele Feinde hatte. Mein Vater wusste, dass mir, seinem einzigen im Land verbliebenen Nachkommen, der Tod drohte. Nur in der Armee sei ich sicher. Nur die Regierung könne so eine schutzlose Seele beschützen. Ich bin sicher, nur darum wollte er einen Offizier aus mir machen. Das Geschlecht der Babylons wollte er schützen, denn ein einziges tödliches Lüftchen hätte gereicht, es auszulöschen. Aber an den Schluss seines Testaments hatte mein Vater einen seltsamen Befehl gesetzt. Er hatte geschrieben: Zieh niemals in den Krieg, kämpfe nicht gegen die Juden und nicht gegen die Nestorianer, die Christen. Und du sollst wissen, es gibt für mich keine größere Sünde, als einen Kurden zu töten. Zieh niemals in einen Krieg gegen Kurden, und falls du doch musst, töte niemanden. Und wenn du doch einen tötest, sollst du wissen, dass du dich niemals reinwaschen kannst.

Meine anderen drei Brüder waren diesem Testament zum Opfer gefallen. Alle drei waren im Krieg getötet worden, weil sie nicht gekämpft hatten. Wer nicht kämpft, wird getötet, das war das Gesetz des neuen Zeitalters, das mein Vater nicht verstand.

Ich war wütend. Mein Vater hatte sie mit seinem unsinnigen Testament in den Tod geschickt. Für ihn war der Krieg die größte Sünde der Welt. Wir alle waren das Opfer seines eisernen Gebots: Kämpft nicht. In seinem weißen Flattergewand predigte er uns: Lasst euch umbringen, aber kämpft nicht.

Also schickte er mich auf die Militärakademie. Wie eine ängstliche Frau sollte ich mich in der Armee verstecken. In den Jahren meines Umherziehens war ich zu einem verwilderten Hund geworden. Mit Tränen in den Augen zerriss ich das Testament und brüllte: ›Cousin Bilal, bring mich auf die Militärakademie, ich will mich für meine Brüder, meinen Vater und unsere Orangenplantagen rächen.‹

Dschaladat, damals roch ich halb nach Bestie und halb nach Orangen. Auf der Militärakademie aber machen sie den Menschen vollständig zur Bestie. Dort lehrte man mich, rohes Menschenfleisch zu essen. Sie lehrten mich, der Schlange in den Kopf und dem Kaninchen die Kehle durchzubeißen. Sie lehrten mich, den Wolf an der Kehle zu packen, mit Tigern und Bären zu ringen. Dschaladat, solange eine solche Akademie auf dieser Welt existiert, werden die Menschen keine Ruhe finden. Dort lernte ich, dem Feind die Hand in den Bauch zu stoßen, ihm die Eingeweide herauszureißen und mich an seinem Blut zu berauschen. Wir übten am lebendigen Objekt. Alle anderen Armeen üben an Puppen, aber unsere barbarischen Kommandeure ließen uns an Lebenden üben. Wir sollten unsere Angst vor dem Töten überwinden. Unser Übungsmaterial waren vor allem Kurden, die sich in den

Militärgefängnissen ansammelten und mit denen man nichts anzufangen wusste. Schon im ersten Jahr übertrug man mir die Aufgabe, die auszuwählen, an denen wir dann üben sollten. Ich setzte mir eine Brille auf und ging wie ein Kunde über einen Viehmarkt. Ich vergaß das Testament meines Vaters. Sobald ich ein Militärgefängnis betrat, drang mein Orangenduft in die Zimmer, Säle und Zellen, und die Gefangenen erstarrten vor Angst. Sie wussten, dass ich sie in den Tod führte. Keiner, auf den ich mit dem Finger zeigte, kehrte lebend zurück.

Wir töteten Menschen zu Übungszwecken. Man lehrte mich, Menschen abzuschlachten, mit Tritten den menschlichen Schädel zu zertrümmern. Sie bildeten uns zu einer Einheit aus, die Tag und Nacht auf den Kriegsausbruch lauerte, der uns gestatten würde, unsere schrecklichen Instinkte zu befriedigen. Wir hatten uns angewöhnt, den Kurden den Mund zuzubinden, wenn sie uns anflehten. Einige sammelten die Penisse der Getöteten, andere sammelten Finger, Ohren oder Augen. Aber ich sammelte Zungen. Wir bewahrten alles in Flaschen auf. Schon vor dem Ende des dritten Jahrs besaß ich einundzwanzig Zungen von Kurden, jede Flasche trug einen Namen. Nachts stand ich vor den Flaschen und sagte ironisch: ›Herr Hassan Chalil Daud, mein Herr, sing ein bisschen für mich mit deiner schönen Zunge. Ali Akbar, der du deinen Vorfahren Ehre machst, würdest du mir ein Liedchen singen?‹

Dschaladat, ich habe unzählige Nächte damit verbracht, mit den Zungen zu spielen. Mit diesen stummen, unschuldigen Zungen, die in einer gelben Flüssigkeit schwammen wie kleine Fische. Die Übungen hatten hungrige Wölfe aus uns gemacht

Den Urlaub verbrachten wir wie Könige. Wir fuhren mit teuren Wagen zu den schönsten Bars der Hauptstadt. Wir gingen mit den schönsten Mädchen ins Kino. Wir fingen Prügeleien an, wo immer wir konnten. Jede Frau, die wir wollten, nahmen wir den Ehemännern oder Verlobten weg. Für uns war das alles selbstverständlich. Ich fühlte überhaupt keine Scham.

Erst am Ende des dritten Jahrs überfiel mich wieder ein Albtraum. Ich träumte von einem Schädel mit Flügeln, in dem zwei schlafende Augen waren. Ohne den Mund zu öffnen, sagte er: ›Wenn du kannst, reiß mir die Zunge aus … los … nimm sie dir!‹ Ich versuchte alles, um die Zunge auszureißen, aber ich schaffte es nicht. Jede Nacht kam dieser Schädel und weckte mich auf. Bald konnte ich nicht mehr einschlafen und bekam keine Luft mehr. Dschaladat, eines Nachts befand ich mich auf einer Straße, in Uniform. Plötzlich tauchten einundzwanzig blutige Münder auf, die mich umschwebten, einundzwanzig Zungen schrien: ›Orange von Babylon, geh nicht … Orange von Babylon, geh nicht.‹ Einundzwanzig offene Münder, in denen einundzwanzig abgeschnittene Zungen tanzten. Sie jagten mich durch die Gassen der Stadt, bissen mich, brüllten mir ins Ohr.

Mein Leben wurde zur Hölle. Bevor ich das vierte Jahr der Akademie absolvierte, war ich eine Zeit lang in einer psychiatrischen Klinik. Man traktierte mich mit Elektroschocks, ohne Erfolg. Wo ich auch war, schrien mich die Münder an. Ich hielt mir die Ohren zu und wälzte mich, aber das schreckliche Gebrüll hörte nicht auf. Ich konnte nicht schlafen. Kein Mensch durfte in meine Nähe kommen. Ich warf mit Sachen um mich, randalierte und ging auf Fremde los. Ich sprang ins Wasser, rannte in die Reisfelder, aber sie waren hinter mir her, sie quälten mich, weinten, lachten, sangen, jubelten, und alles auf Kurdisch, in einer mir unverständlichen Sprache.

Da ging ich zu dem Alten, der seit Jahren schon die Leichen der Kurden begrub, die wir zur Übung töteten. Er warf die Toten auf die Ladefläche seines Pick-ups und fuhr sie weg. Ich flehte ihn an, mich zu den Gräbern zu führen. Er war ein seltsamer Mann, er kannte die Namen aller Toten. Jeden Personalausweis, den er bekommen konnte, bewahrte er auf. Er sah meine Hilflosigkeit und bemitleidete mich. Ich sagte: ›Ich muss diese Zungen ihren Besitzern zurückgeben, sonst werde ich bis zum Jüngsten Tag keine Ruhe finden.‹ Er antwortete: ›Ruhe? Ein Ungeheuer wie du wird niemals Ruhe finden … Ich habe dich beobachtet. Du bist ein Monster. Du probierst deine Stärke an Hilflosen aus, denen Mund und Hände gebunden sind. Feigling! Einer, der Mumm hat, würde wehrlosen Seelen so etwas niemals antun. Hat dich ein Mensch oder hat dich ein Wolf geboren?‹ Ich brauchte seine Hilfe so dringend, dass ich alles, was er sagte, hinnahm. Mit den Namen, die ich bei mir und die er bei sich hatte, konnten wir die meisten Gräber ausfindig machen, die Toten ausgraben, die Zungen dahin legen, wo sie hingehörten. Danach ließen mich die Schatten in Ruhe. Nach einem Jahr der Qualen kehrte ich auf die Akademie zurück, um abzuschließen …

Aber, Dschaladat, schlaf jetzt, schlaf. Der Morgen ist nah, gleich wird der Hahn krähen und die Nachtigall singen. Gleich wird die Natur einen neuen Morgen verkünden. Du wirst viel zu tun haben. Leg den Kopf aufs Kissen und schlafe. Du Armer, schlaf!«

Niemand merkte, dass Samir von Babylon in meinem Zimmer lebte. Ich ließ niemanden herein. Er versuchte, ein paar seiner Kontakte zu erreichen, damit man ihn ins Ausland schleuste, aber niemand ließ sich auf ein so gefährliches Spiel ein. Seine Freunde antworteten nicht. Seine alten Bekannten verleugneten ihn. Ratlos und niedergeschlagen saß ich bei ihm.

In manchen Nächten ließ ich ihn mit seinen Gedanken allein, ging in den dunklen Saal und wartete auf Dalia. Sie kam wie schlafwandelnd und traf sich mit Basm Dschasairi. Ich merkte, dass sie auf die Uni zurückgekehrt war und sich auf ihr letztes Jahr vorbereitete. Bisweilen sprach sie zu Basm in einem schönen Englisch. Manchmal weinte sie, manchmal stand sie auf und tanzte allein vor sich hin.

Nacht für Nacht lernten meine Augen besser, in der Finsternis zu sehen. Ich wurde zu einer Eule und sah auch ohne Kerzenlicht. Je mehr ich sah, umso mehr fürchtete ich, entdeckt zu werden. Ich verkroch mich in die Ecken. Sogar die Schwärme der kleinen Mücken zwischen den Stühlen erkannte ich. Was ich sah, geschah jenseits der Grenzen unserer gewöhnlichen Menschenwelt. Als sei an dieser Grenze ein Schleier zerrissen, der mir den Blick versperrt hatte. Nun zeigte sich auch die Welt hinter dem Schleier. Seitdem ereigneten sich viele wichtige Dinge meines Lebens in der Dunkelheit.

In diesen Nächten meiner Liebe zu Dalia Saradschadin begann ich, einen dünnen, nackten Schatten zu sehen. Wie eine sanfte, in der Luft schwebende Welle. In der ersten Nacht zweifelte ich. Mein Blick konnte die dicke Schicht der Finsternis noch nicht durchdringen. Als ich in mein Zimmer zurückkehrte, sah mich Samir von Babylon von seinem Bett aus an. Großer Gott, im Dunklen konnten wir einander wahrnehmen, was sonst nur im Rausch der Musik oder in mystischer Ekstase möglich ist. Er erkannte meine Verwirrung und richtete sich auf. Seine ruhige Stimme reichte nicht weiter als bis an mein Ohr. »Dschaladat, unglücklicher Junge, du wunderst dich, dass du im Dunklen sehen kannst? Licht und Dunkelheit sich nicht mehr unterscheiden? So ist es dir vom Schicksal bestimmt, dies ist dein Weg. Du Kind zwischen den Welten, du bist die Seele, die das Geheimnis der Dunkelheit ans Licht und das Licht in die Dunkelheit bringt. Du trägst unser Geheimnis ins Jenseits und dessen Botschaft zu uns zurück.«

Ich konnte mit diesen Worten nichts anfangen. Er legte mir die Hand auf die Schulter. Seine großen schwarzen Augen wirkten auf einmal wie Lichtpforten, durch die der Mensch wie in einem Zaubertunnel bis ans Ende allen Zaubers reist. »Vor zwei Jahren«, fuhr er fort, »hatte ich in einer kurdischen Stadt Streifendienst. Ich hatte zwei Pick-ups mit Soldaten einer Sondereinheit zur Verfügung. Nachts fuhr ich durch die Straßen und schoss auf alles, was sich bewegte. Ich schoss auf die Blätter, die der Wind den Bäumen entriss, auf die kleinen Vögel, selbst auf Eidechsen, Mäuse und Mücken. Ich ging ans Maschinengewehr, lud nach und richtete es auf die Fenster, ich durchlöcherte die Wassertanks auf den Dächern. Ich zielte auf die Antennen, ich schoss Katzen von den Dächern. Ich zündete die Läden der Stoffhändler an, durchsiebte die Schlösser. Die Minarette der Moscheen dienten mir als

Zielscheibe. Mit ganzen Salven schoss ich die Lautsprecher der Minarette kaputt. Mit den Kugeln schrieb ich auf die Mauern der Moscheen meinen Namen neben den Namen Gottes. Schrecklich war ich. Wenn ich Streifendienst hatte, durften selbst die Spatzen ihre Köpfe nicht recken, die Küken wagten nicht zu schlüpfen, die Wassertropfen auf den Baumblättern riskierten es nicht, zu fallen. Wenn ich durch die Stadt fuhr, hielt selbst der Wind den Atem an, die Uhren tickten nicht mehr. Ich war der Herr über das Funkeln der Sterne, sogar die Wolken brauchten meine Erlaubnis, um zu passieren. Im Schimmer des Mondes leuchtete meine Gestalt, ich war erregt wie im Siegestaumel. Ich herrschte über die Welt, ich verfügte über Zauberkräfte.

Aber dann passierte etwas, das meine ganze Überheblichkeit zerbröckeln ließ. Ich hörte die traurige Stimme einer Flöte aus einer Gasse emporsteigen. Eine Flöte, in einer Nacht unter meinem Kommando! Bis zum Morgen jagte ich den Musiker, vergebens. Lieber Dschaladat, egal, wohin ich ging, die Flöte kam immer aus der nächsten Gasse. Der Tag brach an, ich zog mich erfolglos und völlig erschöpft zurück, worauf die Musik verstummte. Aber ich war geradezu besessen. Wenn du diese Musik nicht zum Schweigen bringst, verlierst du deinen Ruf, deine Ehre und Würde, sagte ich mir. Ich betete, diese Flöte nie mehr hören zu müssen. Ich wollte in der folgenden Nacht, in den leeren und dunklen Straßen diese Töne nicht mehr hören.

In der folgenden Nacht aber war die Flötenstimme wieder da. Ich wusste nicht, aus welchem Haus, welcher Gasse sie kam, aus welchem Boden sie quoll oder aus welchem Himmel sie herabstieg. Ich befahl meiner Einheit zu schießen. Wir verschossen unsere ganze Munition in die Luft. Um die Stimme zu übertönen, feuerten wir mit einem Dutzend Maschinengewehren zugleich, aber die Musik klang weiter. Die Kugeln gingen ins Leere, die Musik jedoch schnitt wie ein Skalpell tief in mein Inneres. Ich gab nicht auf. Ich musste ihn erwischen. Er oder ich, einer musste sterben.

Nacht für Nacht wiederholte sich die Geschichte, dieser Musiker forderte mich, die Regierung und die Armee heraus. Dabei tat er nichts, nur dass seine Musik die Seele zwang zu schweigen und zuzuhören. Es machte mich wahnsinnig, ich ließ Bulldozer auffahren, Häuser und Straßen zerstören. In den Ruinen suchte ich nach der Musik, um sie zum Schweigen zu bringen. Ich steckte die Gärten in Brand und suchte in der Asche nach den Klängen, um sie zum Schweigen zu bringen. Ich riss die Leute aus ihren Häusern und hängte sie an den Bäumen auf, um die Musik verstummen zu lassen, aber es war vergebens. Sie kam aus einer anderen Welt, einer Nachbarwelt, nah, aber unsichtbar. Wochen, ja Monate kämpfte ich gegen diesen Musiker, aber ich weiß, dass jeden Tag ein weiteres Stück aus der finsteren Mauer meiner Seele herausbrach. Äußerlich wurde ich grausamer, aber innerlich mürbe.

Schließlich erkannte ich mein Versagen an und schickte die Einheit auf den Stützpunkt zurück. Allein, mit leeren Händen, ohne die schwarze Brille, die ich aufzusetzen pflegte, begann ich, durch die nächtlichen Gassen zu wandern. Zum ersten Mal hörte ich einer Musik wirklich zu. Zum ersten Mal hatte ich das Gefühl, mein Herz wolle sich fügen. Dschaladat, du Sohn des traurigsten Landes auf dieser Erde, die Musik besiegte mich und drang in mein Leben ein.

Dann kam der Abend, an dem der Musiker mit seiner Flöte in der Hand endlich aus der Dunkelheit herauskam und mich begrüßte. Vom ersten Tag an hatte er auf diesen Moment gewartet, und ich war von Anfang an vor diesem Moment zurückgeschaudert. Er hatte gewusst, dass wir beide uns irgendwann begegnen würden. In meiner Uniform, mit allen Orden und Auszeichnungen, stand ich ihm gegenüber. Er war ganz in Weiß gekleidet. Seine Haare hingen ihm nachlässig über die Augen, seine Flöte war weiß. Mit diesem Augenblick änderte sich meine Sprache, mein Herz schlug anders. ›Du Umherirrender und Obdachloser der Nacht‹, sagte ich zu ihm, ›wer bist du? Woher kommst du, was willst du von mir, was für einen Kampf kämpfst du gegen mich, den ich nicht gewinnen kann?‹

Ruhig streifte er die Haare aus dem Gesicht. ›Wer ich bin, ist nicht wichtig. Ich bin aus der Stadt der weißen Musiker zu dir gekommen. Ich will nur, dass du mir zuhörst.‹

›Woher?‹, wiederholte ich meine Frage.

Mit einer Stimme so klar wie ein Tautropfen antwortete er: ›Ich bin aus der Stadt der weißen Musiker gekommen, von weit her, damit du mir zuhörst.‹

Ich wollte ihn am Arm packen und abführen, aber er entwand sich, ergriff mein Handgelenk und sagte: ›Heute Nacht kommst du mit mir.‹

In diesem Kampf war ich der Verlierer. Ohne nachzudenken, gab ich mich der zauberischen Musik hin, die den Kern meiner Seele freilegte und sie von Staub, Dunkel und dem Blutvergießen unzähliger Jahre säuberte. Ich, eine Bestie von Offizier, der sein ganzes Leben mit Töten, Niederbrennen und Zerstören verbracht hatte. Oberst Samir von Babylon, der Freund des Präsidenten, der dekorierte Offizier der vierten Legion mit seiner Tapferkeitsmedaille, der Mann, der mit seinem Orangengeruch Schrecken auslöste, der Hunderte von Dörfern und zahlreiche Städte in Kurdistan dem Erdboden gleichgemacht hatte. Ich, dieses entsetzliche, von Armee, Politik und dem Hass dieses Landes abgerichtete Tier, wurde wie ein Kind durch die Musik gebändigt. Wie ein Schlafwandler folgte ich dem Klang der Flöte, die mich nach und nach wieder mit der Natur, dem Leben und der Schönheit zusammenbrachte. Es war ein endloses Stück Musik, es sagte nichts und atmete doch alle Schönheit und Süße der Welt, es erleuchtete mich. Es führte mich in einen märchenhaften Wald und weiter zum Ufer eines Sees. Als wäre ich wiedergeboren, ließ ich mich von seinen Wellen nässen. Der Musiker flötete, wir schwammen. Und mit jedem Schwimmzug erwachte der schlafende, gefangene Mensch in meiner Seele.

Nach Stunden der Musik und des Schwimmens stieg ich aus dem Wasser und war ein anderer Mensch geworden.«

Ich bat ihn weiterzuerzählen. Ich hätte noch Stunden dasitzen und zuhören können, doch er sagte: »Schlaf jetzt, mein Kind.

Gleich wird der Hahn krähen und die Morgenbrise wehen. Gleich wird der Efeu weiterklettern und der Tau verdunsten. Schlaf, eh die Nachtigall beginnt. Du hast heute viel zu tun, ruh dich aus.«

Das war das zweite Mal, dass ich den Namen »Stadt der weißen Musiker« hörte. Seit ich in die staubige Stadt der Bordelle gekommen war, hatte ein Wunder, ein Geheimnis nach dem anderen meinen Weg gekreuzt. Aber dieser Name weckte in mir einen geheimen Ton, eine magische Melodie. Ich war voller Erwartung. Sicher hatte Samir von Babylon noch weitere Geheimnisse auf Lager. Er würde mir helfen, all diese Zeichen zusammenzufügen.

Am nächsten Abend, nachdem ich meine Arbeit auf der Bühne beendigt und das Geld auf der Bühne eingesammelt hatte, mit dem die betrunkenen Männer die Tänzerinnen und Sängerinnen überschüttet hatten, ging ich in mein Zimmer zurück. Dalia war schon zu Beginn der Show mit einem dünnen, trübseligen Mann nach oben gegangen. Er gehörte zu den Gästen, die von weit her kamen, nur um mit Dalia zu schlafen. Aus dem Speicher holte ich einen frischen Kübel Orangen und stellte ihn vor die Tür, damit niemand wegen Samirs Duft Verdacht schöpfte. Das Essen, das ich bei der Arbeit für ihn abgezweigt hatte, hatte ich dabei. Ich schloss das Zimmer hinter mir ab.

Samir hatte einen kleinen Kopfhörer aufgesetzt und hörte Radio. Später aßen wir zusammen.

»Samir von Babylon«, sagte ich, »was weißt du über die Stadt der weißen Musiker?«

Er sah mich an. Mit einem Lächeln, das sein Gesicht nur selten zeigte, sagte er: »Ich weiß, dass du jetzt gleich die ganze Geschichte wissen möchtest. Ich bin wie du, oft ungeduldig und skeptisch. Aber dem, der es nicht eilig hat, erläutert das Leben die Dinge von sich aus am schönsten. Was der Mensch dem Menschen erläutert, ist immer unvollkommen. Ich habe gelernt, dass der größte Geschichtenerzähler das Leben selber ist.«

Er schwieg kurz und schluckte den Bissen herunter. »Der Musiker hat mir nichts gesagt. Er ließ sich einfach treiben. Aber in vielen Nächten, an vielen Orten hörte ich seine Musik wieder. Ich beschloss, keinen Menschen mehr zu töten, ich versprach, keinem Vogel mehr etwas zuleide zu tun. Aber das war eine Lüge, ich schaffte es nicht. Immer wieder brach ich mein Versprechen. Das Tier in mir war grausamer, als ich erwartet hatte. Aber die Musik klang weiter in meinem Kopf. Wo ich auch ging, stets war sie bei mir. Als wäre sie in mir gespeichert, und jemand würde immer wieder auf Wiedergabe drücken.

Ich tötete weiter, zerstörte weiter, aber seit jener Nacht konnte ich es nicht mehr wie früher genießen. Was ich genossen hatte, war nicht mehr genießbar. Diese Musik hatte mich in eine andere Welt geworfen. Meine Pflicht, die Feinde lebendig zu begraben, Wörter wie Befehl und Verantwortung wurden zu Luft. Auf Glaube, Genusssucht und Pflicht, diesen drei tödlichen Krankheiten, war mein altes Leben aufgebaut gewesen. Wo sie aufeinandertreffen, kommt es zur Katastrophe. Noch wusste ich nicht, was ich mit dieser Musik anfangen sollte, wie sie mir dienen könnte. Deswegen beging ich weiter schreckliche Verbrechen – und bereute sie. Ich brachte Menschen um – und beweinte sie danach. Bis sich etwas ereignete, das meine Seele noch weiter umkrempelte.

Eine geheime Kraft führte meinen Weg erneut auf den Weg der Musiker.

In einer der zerstörten Städte Kurdistans ging ich durch die Ruinen. Plötzlich erklang der Ton einer Geige, wie damals die Flöte. Ich wurde wieder zum verwundeten Stier, der mit gesenktem Kopf gegen eine rote Wand rennt. Ich wollte Oberst Samir von Babylon der Schreckliche bleiben … Diesmal musste ich dem Ton nicht lange folgen. Ich fand ihn noch in derselben Nacht. Ein großer, schlanker Mann saß inmitten von Trümmern auf einem Stein, wie eine Bronzestatue. In den Ruinen eines Hauses spielte er eine Melodie, magisch wie die des Flötisten. Ich verfluchte den Tag, an dem die Musik auf die Welt gekommen war. Ich hatte Angst, dass alle Musiker der Welt ihre Musik an meiner Seele erproben würden. Ich schrie: ›Wieso ich … Wieso nur ich? Unser Land ist voll von mordenden Offizieren, was ist das für eine Kraft, die mich auf die Probe stellt? Die mich nicht zufrieden leben und schlafen lässt?‹ Ich griff zur Waffe und schoss, ich konnte doch nicht zulassen, dass nun auch noch die Geige Unheil über mich brachte. Er spielte ruhig weiter. Ich war sicher, ihn getroffen zu haben … Ich schoss noch mal, aber, Dschaladat, es geschah nichts. Er spielte ganz einfach weiter. Er ging in die Stadt hinein, in die verstummten Basare, in die kalten Einkaufsarkaden. Ich zählte seine Blutstropfen, merkte aber, dass ich gar nicht auf Beute aus war, sondern besessen, berauscht und verführt vom Wohlklang der Geige. Er ging weiter und ich hinter ihm her. Schließlich warf ich, ohne es wirklich mitzubekommen, meine Waffe weg. Ich ging weiter und weiter … Am Ende holte ich ihn in der Passage der Metzger ein. Er lehnte halb tot an einem Rollladen. ›Samir von Babylon‹, sprach er mich an, ›du hast mich getötet.‹ In diesem Augenblick packte mich die Reue an der Kehle. Ich griff nach ihm und seiner Geige und sagte: ›Steh auf, damit ich dich retten kann.‹

›Es ist noch zu früh‹, sagte er traurig, ›Der Tag wird kommen, an dem du einen Musiker retten musst. Die Nacht wird kommen, in der du wie heute Nacht einen Musiker tötest. Doch du wirst dich an die Töne erinnern, du wirst weinen und bereuen, du wirst durch die Wüste rennen, ihn auf die Schulter nehmen und retten. Aber ich bin nicht dieser Musiker, du kannst mich nicht retten.‹ Er hatte die Geige noch in der Hand und sagte: ›Mach dir um mich keine Sorgen, ich gehe in meine Stadt zurück. Ich hatte dir nur eine Botschaft zu überbringen. Ich musste dich an eine Melodie erinnern … In einer anderen Nacht wirst du einen anderen finden. Er ist es, der deine Hilfe braucht, nicht ich …‹

Dschaladat, dieser Musiker bist du.

In den folgenden Jahren hörte ich ständig Musiker, die diese Melodie spielten. An den Fronten, wenn wir Massengräber aushoben, Frauen und Kinder bei lebendigem Leibe begruben. Ich entwarf die Pläne, ich war verantwortlich für Organisation und Verteilung. Ich musste sie so verschwinden lassen, dass weder Engel noch Teufel sie würden finden können. Ich musste sie an Stellen deponieren, wo sie keine Spuren hinterließen. Ich musste Tunnel für sie bauen, die direkt zum Tag des Jüngsten Gerichts führten. Egal wo ich mich aufhielt, stiegen diese Töne empor. Manchmal sah ich die Musiker in der Dunkelheit, sie waren weiß gekleidet, spielten Flöte, Geige. Wenn ich mit meinem Jeep durch die Wüste zurückkehrte, sah ich sie am Straßenrand spielen. Einer erschien jeweils kurz im Scheinwerferlicht und verschwand dann wieder. Bis zu dem Tag, an dem ich dich gerettet habe, waren sie hinter mir her. Dschaladat, sie wollten, dass ich dich rette. Sie waren hinter mir her, damit ich dich für sie rettete. Sie wussten genau, dass sie nicht alle Toten retten, den riesigen Leichenstrom nicht aufhalten konnten, den wir Offiziere anschwellen ließen. Aber einer musste überleben und die Geschichte erzählen. Einer, der eine große Aufgabe bewältigen konnte. Seltsam, dass ich nicht weiß, welche, Dschaladat. Du bist es. Wie ein neuer Prophet. Ich sollte dich retten, dich aus dem Grab ziehen, damit du weiterlebst.«

»Ein Prophet, was sagst du da?«, fragte ich. »Siehst du nicht, dass ich von sieben Uhr abends bis zwei morgens Huren und Freier zum Tanzen bringe? Hast du schon einmal von einem solchen Propheten gehört?«

Er schien meinen Einwand nicht zu hören. »Die Nacht, in der ich dich traf, war seltsam. Mein Wagen fuhr vor dem Laster her, in dem ihr transportiert wurdet. Es war eine der seltenen Nächte, in denen ich mich wohlfühlte. Wir hielten an, weil einem Lastwagen vor uns ein Reifen geplatzt war. Ich wollte ein wenig Luft schnappen und die Sterne über der Wüste betrachten. Als ich ausstieg, hörte ich deine Musik. Zuerst dachte ich, es wären die üblichen Töne. Aber die Klänge kamen wie aus einer anderen Welt und waren so berührend, dass ich meinte, der Wind wäre stehen geblieben und würde auch zuhören. In diesem Augenblick wusste ich, dass diese Musik einzigartig war, anders sogar als die des Jungen, der mich am Seeufer vorübergehend von Schmutz und Bosheit befreit hatte. Deine Musik hatte noch mehr Leben. Sie wirkte, als würde der Himmel weinen und die Erde nach einem großen Schicksalsschlag erwachen. Alle, die Gefangenen, die Soldaten und Offiziere, die Lebenden und die Todgeweihten, hörten zu. Alle waren so berauscht, dass sie den Tod und die Hinrichtungen vergaßen. Ich zog die Plane des Lastwagens ein wenig beiseite, um dich zu sehen. Du warst versunken. Das ganze Universum schrie durch deine Flöte. Da wusste ich, dass du das Kind warst, das ich retten musste. Ja, du warst das kleine Wunder, das weiterleben musste.

Aber wie? Als die Fahrzeuge wieder anfuhren, verstummtest du. Wie konnte ich dich retten? Wer in diese Wüste gebracht wurde, war verloren und musste sterben. Von hier durfte niemand zurückkehren. Ich wusste, wenn die anderen auf dich schießen, töten sie dich. Ich musste selbst auf dich schießen, um dich später retten zu können. Die Jahre des Mordens hatten mich gelehrt, wie man jemanden so verletzt, dass er nicht stirbt. Als ihr aus dem Lastwagen stiegt, schoss ich, ehe den anderen etwas auffiel, meine ersten Kugeln auf dich. Ich stieß dich in eine Rinne am Straßenrand und rief den Bulldozerfahrern zu: ›Begrabt diesen Hurensohn nicht, sollen die Hunde ihn fressen. Er verdient kein Grab.‹ Wir hatten andere Gefangene auch so behandelt, darum schöpfte niemand Verdacht. Wir töteten deine Freunde und schütteten die Gruben über ihnen zu. Das war, was wir ständig taten. Was dich rettete, war deine himmlische Melodie, die mein Leben änderte. Jetzt liegt mein Leben in deinen Händen, du kannst mich töten.

Auf dem Rückweg wendete ich den Jeep an einer Weggabelung und kehrte zu dir zurück. Du warst halb tot, hattest stundenlang geblutet. Ich behandelte dich, so gut ich konnte, lud dich in meinen Jeep und fuhr los. Wohin konnte ich dich bringen? Nur Dalia Saradschadin fiel mir ein. Wir kannten uns schon lange. Als ich sie, noch in der Hauptstadt, kennenlernte, war sie sehr jung. Samar Saleh stellte sie mir vor. Die einzige Kurdin, die ich gesehen und der ich nicht wehgetan hatte … Aber die Hauptstraße war zu gefährlich. Ich stellte den Jeep am Straßenrand ab und trug dich durch die Wüste. Ich hielt Ausschau nach Beduinenzelten, um zu rasten, aber da war nichts. Einen ganzen Tag lang war ich mit dir unterwegs. Nachts zog ein Sandsturm auf. Wahrscheinlich warst du schon tot, aber ich wollte dich nicht ablegen. Die Musik wiederholte sich ständig in meinem Kopf. Zum ersten Mal tat ich etwas, das nach Menschlichkeit roch. Zum ersten Mal half ich einem Menschen. Bis dahin hatte ich in meinem ganzen Leben nur Schmerz und Leiden verursacht. Du warst tot, aber ich wusste, dass man dich wieder zum Leben erwecken würde. Ich fand die geheimen Zugänge zu dieser Stadt nicht. Aus der Ferne ist sie wie eine Fata Morgana. Man glaubt, sie zu sehen, man nähert sich, kann fast ihre Mauern berühren – und merkt dann, dass man sich in Trugbildern verirrt hat. Ich kämpfte mich durch den gelben Sand. Langes Wandern durch die Wüste mit einer Leiche auf der Schulter – da nehmen die Erde und das Leben ein anderes Gesicht an. Ich war weit herumgekommen im Leben, aber in den Trugbildern dieser Stadt fand ich mich nicht zurecht. Die Sandkönigin, die Frau, deren Aufgabe es ist, die Stadt vom Sand zu befreien, stieß auf mich. Ich war so erschöpft, dass ich dich nicht länger hätte tragen können. Ohne ein Wort schulterte sie dich und ging vor mir her. Am Abend kamen wir in der Weißen Orange an. Du hast immer noch geblutet, der Wind trug dein Blut über die Wüste. Wenn ich zurückschaute, sah ich einen dünnen, langen Faden in der Luft, den der Wind bis ans Ende der Welt trug. Ein Blutfaden, der dich mit etwas jenseits der Welt verband. Wir brachten dich, ohne Dalia zu benachrichtigen, in den vergessenen Keller. Wenige Augenblicke später stand sie mit ihren kleinen Engeln vor uns. Ich übergab dich und sagte: ›Herrin der kleinen Engel, dieser Junge darf nicht sterben. Ich muss gehen. Ich habe Schreckliches zu tun, aber wisse, dies ist ein großes Geheimnis, von dem außer uns nur Gott weiß.‹«

Als ich am nächsten Morgen aufwachte, war Samir verschwunden. Er hatte einen kleinen Zettel auf dem Kissen hinterlassen, worauf stand: »Gib acht auf dich, wir werden uns wiedersehen. Wann? Weiß ich nicht. Ich muss gehen … Wohin? Weiß ich nicht. Es gibt große Geheimnisse, die ich dir zu überbringen habe … Wie? Weiß ich nicht.«

Noch nie hatte ich an Dalias Tür geklopft, aber an diesem Morgen tat ich es. Verschlafen, in einem durchscheinenden Nachthemd öffnete sie. Durch den Spalt konnte ich den großen, dünnen Mann sehen, nackt, schlafend. Ich gab ihr den kleinen Brief und sagte: »Guten Morgen, ich hoffe, du hattest eine schöne Nacht! Du hast es gut, aber ich bin angeblich ein Prophet und habe nichts als Ärger. Du glaubst, wir hätten jemandem Zuflucht gewährt, der mein Leben gerettet hat? Der, den du und ich gerettet haben, ist ein Henker, der mich erschossen und meine Freunde getötet hat. Ich habe es letzte Nacht erfahren. Was soll ich tun? Und wenn ich dich in diesem Nachthemd und mit diesem nackten Mann sehe, macht mich das noch verwirrter. Sag mir, was ich tun soll.«

Mir war elend, aber meine Worte waren dermaßen kindisch, dass Dalia zu lachen begann. Sie zerknüllte den Brief und umklammerte das Papierknäuel in der geballten Faust. Mit der anderen Hand packte sie mein Kinn. »Mach, was du willst, du bleibst mein Herz. Egal wo du hingehst, du wirst meine Blume sein«, sagte sie und schloss die Tür.

Ich wusste nicht weiter. In jener Nacht war in meinen Erinnerungen etwas Beängstigendes erwacht, von dem ihr auch wissen sollt. Nachdem Samir mir kurz vor dem Morgengrauen gesagt hatte, ich solle einschlafen, war er selbst eingenickt, aber ich lag hellwach da. Alles kam mir wieder in den Sinn, alles. Fast wäre ich wie ein Wahnsinniger auf die Straße gerannt, hätte fast geschrien, fast hätte ich die Weiße Orange vollgebrüllt. Ich wusste nicht, ob ich heulen oder lachen sollte … Ich war ein Prophet, ja, am Grund meiner Erinnerung entdeckte ich den Beweis dafür.

Ich war sehr jung, als ich mit der Musikgruppe meiner Heimatstadt in eine andere Stadt reiste, zum Kinder-Musikfestival. Hundert Kilometer vor dem Ziel kippte unser Bus um, alle Insassen starben. Alle außer mir. Wir waren dreiundzwanzig Musiker, die anderen starben. Ich kam nach einer langen Bewusstlosigkeit wieder zu mir, und die Geschichte, die ich euch erzähle, passierte während meiner Bewusstlosigkeit. Ich weiß noch, dass wir aus den Trümmern des Busses stiegen. Wir holten unsere Geigen, Akkordeons, Lauten und Hackbretter aus dem Bus heraus und säuberten sie, wischten das Blut ab, zupften an den Saiten, entnahmen den Koffern unsere weißen Bühnenkleider, zogen uns am Straßenrand um und brachen auf in eine andere Stadt. Ich weiß nur noch, dass wir sehr lange unterwegs waren. Als wir uns schließlich der Stadt näherten, schrie ein Musiker, der mit einer Gitarre in der Hand auf einem hohen Turm die Gegend überwachte: »Willkommen in unserer Stadt, willkommen in der Stadt der weißen Musiker.«

Ich bin sicher, dass ich diese Wörter vernommen habe. Wie eine reine Quelle, aus der man trinkt, so klar und rein habe ich jenen Namen in Erinnerung. Das habe ich nicht aus Samirs Geschichten übernommen. Ja, einer mit Gitarre, ganz in Weiß, von einem unglaublich hohen Turm aus, rief uns zu: »Willkommen in der Stadt der weißen Musiker.«

Am Horizont tauchten weiße Minarette und Türme auf, riesig, inmitten einer grünen Ebene. Es war nichts Merkwürdiges an dieser Stadt. Wenn es nicht Krieg und Zerstörung gäbe, würden alle Städte der Welt so aussehen; ruhig und friedlich, mit ein paar weißen Vögeln, die über die weißen Kuppeln, Türme und Minarette fliegen. Vor dem Tor standen drei Wächter, die Geigen dabeihatten. Nacheinander ließen sie all meine Freunde ein. Als ich an die Reihe kam, sagten sie: »Nein, Dschaladati Kotr darf nicht, seine Zeit ist noch nicht gekommen. Er muss zurückkehren.«

Ich war ein Kind, war aber nicht der Jüngste unter den Musikern. In der Gruppe gab es Jüngere, die eingelassen wurden. Ich fing an zu weinen, wollte mich von ihnen, die alle glücklich und zufrieden die Stadt betraten, nicht trennen.

Ein Musiker nahm mich beiseite. Auf einem grünen Rasen stand ein weißer Tisch. »Dschaladat«, sagte er, »bitte setz dich.«

»Wieso darf ich nicht mit meinen Freunden gehen?«, klagte ich. »Warum trennt ihr uns?«

»Weil deine Zeit noch nicht gekommen ist«, sagte der Musiker, »du hast noch wichtige Dinge zu erledigen. Lange Reisen stehen dir bevor. Gewundene Pfade, die nur du allein mit deinen Instrumenten passieren kannst. Du musst zurückkehren, dich umsehen und lange üben, denn auf dich wartet eine große Aufgabe. Sei nicht verzagt. Ganz bestimmt wirst du eines Tages in diese Stadt zurückkehren.«

Was danach geschah, weiß ich nicht. Ich weiß nur, dass ich meine Augen im Krankenhaus aufschlug als das einzige Kind, das überlebt hatte.

Durch ein Wunder kehrte ich auf die Erde zurück. Danach war mein Leben ein ständiges Hin und Her zwischen Leben und Tod, immer schneller, und niemand konnte die Bewegung zum Stillstand bringen.

An jenem Morgen ging ich zu Musa Babak. Wir hatten uns lange nicht mehr gesehen. Nur er konnte mir jetzt helfen, schien mir. Ich umarmte ihn und sagte: »Doktor, sie haben mich getötet. Sie haben den Musiker in mir getötet. Ich habe das Spielen verlernt, bin zu einem Lügner geworden, habe mich selbst verloren … Was ist bloß aus mir geworden!«

Musa Babak fuhr mir wie ein liebevoller Vater mit der Hand über den Kopf. »Dschaladat, ich weiß, dass du eine schreckliche Zeit durchlebst. Du steckst in großen Schwierigkeiten. Aber du wirst etwas vollbringen, das kein anderer vollbringen kann.«

Ich erzählte ihm alles von Anfang an, von meiner Kindheit, von der Reise in die Stadt der weißen Musiker, von Samir von Babylon und dessen Geschichten, von meinem Tod und meiner Rettung, und wie ich in diese Stadt kam. Verblüfft, aber auch nachdenklich sah er mir in die Augen.

»Was soll ich tun, Doktor«, fragte ich ihn. »Dieser Mann hat unzählige Menschen umgebracht, er hat meine Freunde getötet, er ist ein Massenmörder. Eigentlich muss ich ihn hassen. Aber er spricht schöner als jeder Engel. Er bemüht sich, seine Seele von all seinen

Untaten zu reinigen. Außerdem hat er mich gerettet. Sag mir, was ich tun soll. Verzeihe ich ihm oder nicht?«

»Der schlimmste Schmerz, der einem widerfahren kann, ist echte Reue. Keine äußerliche Strafe kann den Menschen so reinigen wie die Reue. Und du denkst trotzdem an Rache? Nein, es steht dir nicht zu, irgendjemanden zu bestrafen. Man muss dafür sorgen, dass jeder Mensch sich selbst bestraft. Willst du ein Schlächter sein oder ein Engel? Der Schlächter hat kein Recht zu töten und tötet trotzdem. Der Engel darf rächen und übt doch keine Rache. Sag mir, welcher von beiden willst du sein?«

Ich fing an zu weinen. »Keiner von beiden, Doktor Musa. Ich will einfach ein Mensch sein, nichts anderes, kein Engel, kein Henker, kein Prophet, kein Teufel. Ich will leben und eines Tages Dalia heiraten. Ich weiß, dass es albern klingt, aber ich will auch wieder Musik lernen. Ich weiß, dass Dalia tadelnswerte Dinge getan hat. Ich weiß, dass sie mich nicht liebt, dass sie sich über mich ärgert, aber ich möchte mit ihr auf einem fernen Berg mein Leben verbringen. Dort will ich wieder Musik lernen. Falls Dalia nicht mitkommt, lieber Doktor, will ich Hirte oder Bauer werden und für die Wolken Flöte spielen. Und falls das auch nicht geht, mache ich eine Karawanserei auf, damit die Karawanenführer bei mir haltmachen. Ich werde durchs Fenster meines Zimmers die Führer, Pferde und Vögel sehen und dazu musizieren. Oder ich laufe musizierend durch die Straßen der Städte, schließe meine Augen und fühle, dass alle Tauben und Spatzen hinter mir herfliegen. Ich will etwas machen, das aus mir selbst kommt … Ja, Musa Babak, ich will mich rächen, einen der großen Mörder töten und dann flüchten. Denn so eine endlos lange Flucht könnte mich heilen. Doktor, ich muss lange allein unterwegs sein. Sagt ihr nicht alle, ich sei ein Prophet? Ein Prophet muss sich zurückziehen. Er muss nachdenken, ja, alle Propheten waren so. Aber ich will anders sein, ich will als Kurde Prophet werden, im Filzmantel, mit langem Bart, einen Hirtenstock in der Hand, ein Tuch um den Hals. Ich will Berge bezwingen, Hasarost, Sakri Sakran oder sogar Qullai Qaf, den unerreichbaren Zauberberg. Oder in den Tälern und Schluchten des Assos verschwinden, oder eine Hütte auf Qandil bauen und mit dem Schnee auf die Engel warten. Allerdings … Kann ich auf diese Art und Weise Prophet werden? Wenn niemand zu mir kommt und zwei Wörtchen mit mir redet? Na ja, ich bin kein Genie, ich kann die Frage nicht beantworten. Alles, was die Propheten sagten, gab Gott ihnen ein. Heutzutage würde Gott vielleicht einfachere Wege wählen, der Erzengel Gabriel würde plötzlich im zweiten Kanal des Fernsehens auftauchen, Gottes Worte persönlich verlesen und schriftlich überreichen. Ich weiß, dass die Propheten ohne die göttliche Allmacht nur gewöhnliche Menschen gewesen wären. Dass ich kein Genie bin, heißt also nicht, ich hätte nicht gute Chancen, ein Prophet zu werden …«

Ich meinte es ernst. Aber immer, wenn ich so aus vollem Herzen losplapperte, lachte man mich aus. Je länger ich sprach, desto lauter lachte der Doktor. Als er merkte, dass mich das verletzte, kniff er die Augen zusammen, beugte sich ein wenig zu mir herüber, fuhr sich mit der Hand über den kahlen Kopf und sagte: »Hör zu, Dschaladat, lassen wir die Geheimnisse der Propheten. Ich kenne mich in theologischen Fragen nicht besonders gut aus. Ja, wenn du die Wahrheit wissen willst, ich habe über Gott nie nachgedacht. Aber ich möchte dir etwas Wichtiges sagen: An die Gerechtigkeit habe ich nie geglaubt. Keine Gerechtigkeit, keine Rache auf dieser Welt kann je den Schmerz auslöschen, den ein unschuldiges Opfer erlitten hat. Ich glaube an etwas anderes, ich glaube an Schönheit. Der Mensch kann nicht gerecht sein, aber er kann Schönheit erschaffen. Die größte Rache an den Ungerechtigkeiten der Welt ist, dass der Mensch ein Poet wird, Musik spielt, Gemälde malt, vor denen wir staunend stehen bleiben. Davon abgesehen, gibt es Gerechtigkeit nicht. Ein Dummkopf, wer darauf setzt, dass die Politiker ihm Recht verschaffen. Diese Dummköpfe haben die Welt zerstört. Wie dämlich müssen Menschen sein, die darauf warten, dass ihre dämlichen Führer ihnen Gerechtigkeit bringen? Die haben mit ihrer Kotze die Welt besudelt. Und nur Dummköpfe warten darauf, dass die Religion ihnen die Welt vom Bösen säubert. Sie kapieren nicht, dass der Teufel sich tausend Mal mit dem Antlitz Gottes zeigen kann. Die ganze menschliche Geschichte ist nichts anderes als eine große teuflische Verarschung. Im Namen Gottes kämpft der Mensch, vergießt Blut, und wenn dann alles vorbei ist, wenn uns das Blut bis zur Gurgel steht, siehe da, nimmt der Teufel seine Maske ab und sagt: ›Hallo Jungs, juhu, ich wars, der Teufel, und nicht Gott.‹ Nein, Dschaladat … Gesetz, Religion, Politik – mit Gerechtigkeit hat das nichts zu tun. Nur Schönheit kann die Welt ins Gleichgewicht bringen. Und falls auf dieser Welt doch so etwas wie Gerechtigkeit existiert, dann steckt sie in der Musik, die du uns an deinem ersten Tag in der Weißen Orange geschenkt hast. Diese magische Musik war Gerechtigkeit, war Schönheit. Rache hat darin keinen Platz, mein Sohn.«

Er ging auf und ab, beugte seinen alten, buckligen Rücken und starrte auf Dinge, die ich nicht sah. Redend fuhr er sich durch die weißen Haare an seinen Schläfen, legte sich die Hand aufs Herz, als wolle er seine Liebe beteuern. »Tyrannei«, fuhr er fort, »entsteht daraus, dass der Mensch darauf gestoßen wird, dass er vergänglich, klein und sterblich ist. Die Tyrannei arbeitet mit der Todesangst der Menschen, die Schönheit mit dem Gegenteil. Sie sagt dem Menschen: ›Du wirst nicht sterben, du bist nicht vergänglich, du wirst nicht aufhören zu existieren.‹

Gerechtigkeit besteht nicht darin, deinen Feind zu töten. Gerechtigkeit ist, wenn dein Feind deine Musik hört und in Tränen ausbricht. Wenn deine Musik den schlafenden Menschen in ihm weckt. Gerechtigkeit ist, wenn du die Seele eines Opfers zurück in die Welt holst, damit es sagt, was es zu sagen hat. Wenn du die Noten seines Herzens spielst, den ermordeten Vers seines Herzens findest. Dschaladat, falls eine Gerechtigkeit existiert, dann höchstens so, dass der Mensch begreift, was er ins Jenseits befördert und von dort zurückbringt. Nur wer diesen Pfad geht, kann sich gerecht nennen.«

»Verehrter Doktor«, sagte ich, »und was ist mit der Tyrannei?

Was ist mit denen, die Menschen bei lebendigem Leibe begraben? Was ist mit denen, die Menschen an Hunde verfüttern? Würdest du nicht gern einen von ihnen töten? Von ganzem Herzen wünsche ich mir, einen von ihnen zu töten.«

Betrübt und verärgert schüttelte er den Kopf. »Das ist keine Gerechtigkeit, die Tyrannen zu töten. Gerechtigkeit ist, dass man Tyrannei durch etwas anderes ersetzt. Gerechtigkeit ist die Musik, die den Platz des Todes einnimmt; die Melodie, die den Platz der Angst, das Gemälde, das den Platz des Schmerzes einnimmt. Wovon du redest, das ist die Gerechtigkeit der Richter, Gerichte und Gesetze. Die meine ich nicht. Hör zu, Gerechtigkeit ist nie das, was ein alter Richter auf seinem Richterstuhl verfügt, sondern was aus einem Stück Musik zu uns spricht, was ein großes Gedicht in Worte fasst oder ein Bild mit seinen Farben festhält.«

»Doktor, der Mensch will Blut mit Blut rächen. Das ist unsere Natur. Ich will für das Blut meiner Freunde das Blut eines dieser blutrünstigen Araber vergießen, die so viele von uns töten. Ja, ich will einen umbringen.«

Der Doktor zeigte mit dem Finger auf mich. »Nein«, sagte er bekümmert, »das ist nicht die Natur des Menschen. Der Mensch leidet Schmerzen, aber schau, in der gesamten Geschichte, wann ist eine Antwort auf den Schmerz unsterblich geworden? Nur wenn sie in Schönheit – durch Musik, Malerei und Poesie – erfolgte. Die Antwort auf den Schmerz darf nicht das Zufügen von noch mehr Schmerz sein. Das ist die leichte, gedankenlose, sinnlose Antwort. Ein wahrer Mensch antwortet mit einem Schrei, der die Ewigkeit erreicht und als Echo nachhallt.«

Er blieb stehen, legte sich wieder die Hand aufs Herz und sagte: »Ich hätte vor Jahren fortgehen, mich bewaffnen und den Feinden großen Schaden zufügen können. Dem blutbefleckten Henker in die Augen schauen und sagen können: ›Sieh her, Verfluchter, so räche ich mich an dir. Um meinen Schmerz zu rächen, füge ich dir solche Schmerzen zu.‹ Nein, Dschaladat, ich habe nachgedacht und habe mir gesagt, das ist das Wilde in uns, das so denkt.

Dschaladat, ich bin ein Poet, der kein Gedicht zustande bringt, ein Maler, der keinen Pinsel führen kann, ein Musiker, der auf seiner Geige nie einen unsterblichen Ton erzeugen wird. Aber ich höre zu. Ich bin dageblieben, um diesen Schrei zu hören, um die Farben des Schreis zu sehen, der von den Händen der Maler verewigt wird. Zur Katastrophe wird ein Schicksalsschlag nur, wenn der Mensch nicht durch Malen, nicht mit Musik auf ihn zu antworten vermag. Ich blieb hier und lauschte, schärfte mein Sehvermögen und suchte nach dem Schrei. Ich suchte nach den Gemälden. Denn sie sind die Rache des Menschen. Sie müssen erhalten bleiben, um Teil von uns, um Teil der Ewigkeit zu werden. Lass dich von meinem Gestammel nicht verwirren, ich bin ein schlechter Redner. Verzeih mir, aber die Unsterblichkeit, von der ich dir erzähle, hat nichts mit Gott, Paradies und Hölle zu tun. Sie ist der Platz für diesen Schrei. Ewigkeit ist, dass in meiner Seele auch dein Schreien laut werden kann. In meinem geheimen Museum finden alle Schreie ihren Platz. Die Schreie meiner Seele, deiner Seele, unser aller Seelen. Bis ein großes, gemeinsames Netz aus Schreien entsteht.«

Ich hörte gebannt zu. Ein geheimes Band schien diesen Mann mit Ishak zu verbinden. Ein Künstler war er nicht, aber jetzt kam er mir wie ein Prophet vor, der nicht vom Himmel herabgestiegen war, sondern den die Erde hervorgebracht hatte.

»Doktor, was ist die Stadt der weißen Musiker? Was ist das für ein Geheimnis, das keiner enthüllen kann?«

Er krempelte seine weißen Ärmel hoch, knöpfte einen der Knöpfe seiner alten Weste auf. »Ich weiß es nicht«, sagte er. »Die Geschichte klingt seltsam, aber vielleicht hat das alles mit dem Netz der Schreie zu tun. Vielleicht ist es die Stadt jener Seelen, deren Stimmen ohne Echo geblieben sind. Vielleicht ist es ein Netz, das hoffnungslose Musiker und Maler verbindet. Eine Stadt an der Grenze zwischen unserem kurzen Leben und der Ewigkeit. Möglicherweise gibt es einen geheimen Meister, der unsere Schreie ordnet. Wahrscheinlich sind wir immer Teil dieses Netzes gewesen, schon immer Bürger dieser Stadt zerbrochener Künstler. Etwas wie meine geheime Sammlung, aber statt Gemälden und Melodien werden dort die Seelen der Musiker, Poeten und Maler gesammelt.«

Ich sah ihn verblüfft an. »Das ist schwer zu begreifen …«

Jetzt sprach er wie Ishak. »Weil der Mensch ein schwieriges, kompliziertes Wesen ist«, sagte er, »gibt es nichts Leichtes auf diesem Planeten. Nur Torheit ist leicht, nur Blutvergießen und Herzlosigkeit sind einfach, alles andere ist schwer. Dschaladat, wenn eine solche Stadt existiert, dann ist sie die Stadt der ermordeten Schönheit. Alle, die von Diktatoren getötet wurden, müssen dort sein und alle, die hätten Musiker werden können und es nicht geworden sind, die Bildhauer hätten werden können und es nicht geworden sind, die begeistert den Stift in die Hand genommen haben, um zu schreiben, und nicht Schriftsteller geworden sind. Wenn ich sterbe, hoffe ich, statt in die Hölle oder den Himmel in eine solche Stadt zu kommen.«

»Wie gesagt, Doktor, als Kind habe ich eine solche Stadt gesehen«, erzählte ich ihm. »Sie war riesig, mit weißen Burgen und Türmen. Weiße Vögel flogen durch den Himmel. Ich sah Musiker, die weiße Fahrräder fuhren und Geige spielten. Ich sah weiße Pferde, die auf den umgebenden Wiesen weideten. Eine ganz normale Stadt, aber friedlich und unbekümmert, die auf einer endlosen grünen Ebene träumte, im ewig grünen Gras … ewig.«

Und schon wieder fing ich zu lügen an, wie vor den Mädchen der Weißen Orange. »Ihre Brunnen schäumten weiß, wie von Milch. Ich sah weiße Bäume, an denen weiße Früchte hingen. Wenn man sie berührte, erklang Musik. Alles war weiß, die Spatzen und die Kaninchen. Doktor, ich sah sogar Strauße, deren Federn weiß waren. Leute sangen ein Lied, das als weißer Hauch aus ihren Kehlen kam. Ich sah aus weißen Phönixeiern die Küken unter Klängen ausschlüpfen. Ich sah Mädchen, die in der Luft schwebend Geige spielten.« Ich hätte noch endlos solche Lügengeschichten erzählt, hätte mich nicht der Doktor durch ein Handzeichen unterbrochen. Sicher hatte ihm jemand von meinen Flunkereien erzählt.

Als ich am Abend heimkam, vermisste ich Samir. Er fehlte mir derart, dass ich mein Zimmer nicht betreten wollte. Allein setzte ich mich im Saal vor den Fernseher und sah mir die verbrannten Leichen der Iraner an, die in den Nachrichten gezeigt wurden. Die Mädchen sahen, dass ich betrübt war, aber ich hatte die Beine übereinandergeschlagen, knabberte Sonnenblumenkerne und pfiff ein persisches Lied.

Sogar während der Show war ich bedrückt. Ich spielte Tanzmusik und war doch unbeschreiblich traurig. In anderen Nächten feierte ich mit, als hätte ich von Kindesbeinen an auf der Bühne eines Freudenhauses gestanden. Erhob mich, tanzte mit den Mädchen, umkreiste die anderen Musiker. Wenn unser unfähiger Lautenspieler ein Solo spielte, tat ich, als verlöre ich vor lauter Bewunderung das Bewusstsein. Wenn die Mädchen sangen, nahm ich die Flöte vom Mund und sang mit. Bei jeder Pause sang ich lauthals: »O meine Augen, o meine Nächte. Deinetwegen opfere ich mich, du schönste aller Königinnen. Du Tochter der Sonne, Schwester des Mondes.« Manchmal schrie ich, als würde ich bei einer Demonstration jemanden hochleben lassen: »O du Süße. Ich schwöre bei Gott, die Liebe wird uns bezwingen.« Wenn ein Mädchen gut tanzte, ging ich vor ihr auf die Knie und zielte mit meiner Flöte auf ihre Schenkel und rief: »Deine Zartheit kennt kein Erbarmen. Skrupellos ist die Zeit, und ohne Skrupel ist deine Schönheit.« All das ergötzte die Zuschauer, und erst recht, wenn ich die Sätze in ägyptischer, libanesischer oder syrischer Mundart sprach.

An diesem Abend aber sahen alle, dass Kummer mich übermannt hatte. Ich war nicht bei der Sache. Als dann alles schlief und es mucksmäuschenstill in der Weißen Orange war, ging ich leise in den dunklen Saal zurück und setzte mich in eine Ecke. Noch war Dalia Saradschadin nicht heruntergekommen. Ich sah in die Dunkelheit hinein. Wenn der Mensch sich in den Anblick der Dunkelheit vertieft, wird er sehen, dass sie voller Abstufungen ist. Solange der Mensch nicht im Dunklen sieht, kann er auch im Licht nicht sehen. Ich glaube, es gibt Vögel und Menschen, die Geschöpfe der

Dunkelheit sind. Bei Licht sind sie unsichtbar. Je länger ich im Dunklen blieb, desto seltsamere Dinge sah ich. Die Dunkelheit ist voller Bäume und Gräser, die nur für Reisende der Dunkelheit erkennbar sind, voller Räume, die in geheime Welten führen.

Dalia Saradschadin trat ein. Klarer denn je sah ich ihre kleinen Engel. Sie zeigten eine seltsame Unruhe und Erregung und tanzten wie bestürzt, wie klagend. Dalia setzte sich auf ihren Stuhl.

Zum ersten Mal konnte ich Basm Dschasairis Schatten erkennen, den zuvor nur Dalia hatte sehen können. Ich wusste, dass solche Schattenwesen nur für die Kundigen der Finsternis sichtbar sind, für Seelen, die auch im Dunklen sehen. Also hatte ich zu Recht vermutet, dass Dalia nicht ohne Grund kam, dass sie sich mit einem Schatten traf, der ihr eine Botschaft überbrachte. Also hatte irgendwo auf dieser Welt ein Mensch seinen Schatten als Boten losgeschickt. Noch konnte ich die Stimme des Schattens nicht hören. Es war, als hätte er Dalia um Rettung angefleht, als hätte er ihr eine Geschichte unerträglichen Leids erzählt. Dalia presste die Hand gegen ihren Mund und sprach unter Tränen. »So schwach möchte ich dich nicht sehen. Nein, wenn du so schwach bist und kniest, komm nicht zu mir. Wenn ich dich so sehe, sterbe ich.«

Der Schatten schien ihr die Geschichte seiner Gefangenschaft und Einsamkeit zu erzählen. Dass er dem Tod nahe sei. Es war, als würde er aus der Ferne die Hand ausstrecken in der Hoffnung auf Rettung.

Jetzt weinte Dalia. »Ich habe alles getan, alles, aber ich finde dich nicht. Ich weiß aber, dass du lebst, du musst dich gedulden, ich gebe nicht auf.«

Von einem gewissen Punkt an schienen die verliebten und erschöpften Seelen einander nicht mehr zu verstehen. Als würden ihre Stimmen nicht zueinander gelangen, als würde etwas den Schatten zurück in die Finsternis ziehen. Dalia umklammerte seine Hände mit aller Kraft, aber sie griff ins Leere. Der Schatten löste sich auf. Und zum ersten Mal öffnete Dalia die Tür nach draußen und lief in die Nacht. Ich lief ihr nach wie ein gekränkter Zuschauer.

Die Nacht war kalt, die Dunkelheit eine schwarze Röhre, an deren Ende ich lauter Sterne sah, die so nah waren, dass sie auf die Straßen zu fallen drohten. Dalia lief auf diesen Sternengarten zu, es war, als würde sie gleich abheben und davonschweben. Ihre kleinen Engel, verwirrt und traurig, umschwirrten sie. Ein gerader Weg, wie der Weg des Jüngsten Tages, führte sie und mich an die Stadtgrenze. Dalia lief hinter dem Schattenbild ihrer und ich hinter dem Schattenbild meiner unerreichbaren Liebe her. Sie schaute nicht zurück. Ich weiß nicht, ob sie mich gesehen hätte, selbst wenn sie zurückgeblickt hätte. Je weiter wir gingen, umso lauter war ein Schreien zu hören. Ich ahnte nicht, woher es kam. Kein Geschöpf war unterwegs. Abgesehen von den unruhigen Engeln, sah ich nichts und niemanden. Irgendwann kamen wir an die Grenze eines anderen Reichs. Wir erreichten den Ozean der Finsternis, aus dem ein grauenvolles Geflüster emporstieg, Rufe Tausender Menschen, vermengt in das Rauschen eines Wüstensturms. Tausende rennende Schatten, die zu den Pforten der Hölle getrieben wurden, wie beim Jüngsten Gericht. Ich sah, dass sich die Erde öffnete und die Schatten verschlang. Aus der Unterwelt stieg ein Schrei empor, wie ich ihn noch nie gehört hatte. Schrill und tief zugleich, scharf wie die Spitze eines Schwertes, das die Seele durchfährt und für immer eine Narbe hinterlässt. Ich presste die Hände gegen die Ohren, um ihn nicht hören zu müssen. Dalia stand wie versteinert, auch sie presste die Hände gegen die Ohren. Ihre Engel flatterten wie von Sinnen in der Finsternis umher. Wir befanden uns vor der Scheidewand zwischen Leben und Tod, zwischen den lebenden und den toten Opfern. Etwas schien Dalia und mich auf die andere Seite hinüberzuziehen.

Dalia bemerkte mich erst, als ich gegen die Wand prallte und, als wäre ich über meinen eigenen Traum gestolpert, zu Boden fiel. Da half sie mir auf und fragte mich verwundert: »Großer Gott, Schöpfer des Himmels und der Hölle, Herr über Erde und Himmel, was tust du hier?«

DRITTES BUCH

Erzählt von Ali Sharafiar

Die weißen Pferde

Jetzt übernehme wieder ich, Ali Sharafiar, die Geschichte. Ich habe das Gefühl, dass der Teil, den Dschaladat über sein Leben in der Stadt der Prostituierten geschrieben hat, voller Sehnsucht steckt, Sehnsucht nach den vergangenen Zeiten. Als ob er versuchte, verblassende Erinnerungen wieder aufzufrischen, und gleichzeitig jene ersten Zeichen und Chiffren zu verstehen, die seither sein Leben bestimmten. Ein Verlorener, der versucht, die Geschichte seiner Verlorenheit zu ergründen …

Er versuchte, sich alle Stationen seines Lebens nochmals zu vergegenwärtigen, sein absonderliches Leben in der Weißen Orange festzuhalten, sich an sein Grübeln, Flunkern, seinen Kummer zu erinnern. Er sah sein Leben nämlich als eine zerbrochene Vase, die er zu mir brachte, damit wir die Stücke wieder zusammenfügen. Ob diese Vase dann schön oder hässlich aussieht, ist ihm egal. Wenn er sie zum Schluss in die Hand nimmt, will er darauf nur das Abbild seines Selbst wiederfinden.

Ich aber meinte, es gehe auch um die Schönheit der Vase. Es sei nicht wichtig, sie nach ihrer ursprünglichen Gestalt zusammenzuflicken. Ich wollte den Betrachter in Bann ziehen. Da er Musiker war, sprach ich ihm von der inneren Melodie der Texte, den geheimen Verbindungslinien wiederkehrender Motive, von der Komposition der Kapitelfolge. Vergeblich, das alles sagte ihm gar nichts. Er wollte nur »Wahrheit, die ungeschönte Wahrheit«. Damit ging der Streit erst recht los.

Ich meinte, in der Kunst muss Wahrheit immer schön sein. Anders als im Leben, wo sie oft bitter, bedrückend, verletzend, abweisend und tödlich ist. In der Kunst muss auch Hässliches schön erscheinen, auch Hässlichkeit hat ihre Ästhetik. Etwas wieder zusammensetzen, »wie es war«, gibt es nicht. Wie etwas »wirklich« war, spielt keine Rolle. »Ein Werk wird nicht unsterblich«, sagte ich zu ihm, »weil die Fakten stimmen. Bücher werden unsterblich, weil sie schön sind.«

Er protestierte verärgert. »Sharafiar, was ist denn Schönheit? Sie besteht aus Wahrheit. Und die Wahrheit? Besteht aus Schönheit.« Das war das philosophische Fazit seiner eigenen Erfahrungen. Denn in seinem Leben hatten sich Wirklichkeit und Schönheit in einer Weise ineinander verschlungen, dass man sie nicht mehr unterscheiden konnte. Und dass ich einen Text schreiben wollte, der über ihn hinaus Bestand haben sollte, brachte ihn aus der Fassung.

Vor allem hatte er keinerlei Vertrauen in das, was er als seine Lebensgeschichte kannte. Wenn er fantasierte und schwindelte, dann nicht, weil er unehrlich war. Wenn er mir mit gekreuzten Beinen gegenübersaß, war er mit jedem Wort, das er mir erzählte, überzeugend. Kein einziges Mal hatte ich das Gefühl, er sei unehrlich. Er merkte selber an, an welchen Stellen er ins Flunkern gekommen war. Er war kein Don Quijote, der Lüge und Wahrheit nicht unterscheiden konnte. Anders als viele unter uns glaubte er die eigenen Lügen nicht. Betrübt schüttelte er immer wieder den Kopf und sagte: »Ein abscheulicher Lügner war ich damals.«

Als ich ihm sagte, dass ich ab sofort wieder die Rolle des Geschichtenerzählers übernehmen wollte, war er ungehalten. »Vergessen Sie nicht, das ist mein Buch und nicht Ihres. Mein Name wird darauf stehen, alle Seiten erzählen von mir. Das ist keine dieser Geschichten, die mehrere Helden nötig haben. Hier bin ich der einzige Held. Sobald ich nichts mehr zu sagen habe, ist das Buch zu Ende. Solange ich etwas zu sagen habe, geht es weiter. Hier dreht sich alles um mich. Geschichte, Schönheit, Krieg, alles findet durch mich in dieser Geschichte Platz. Ich, Dschaladat, der Herr dieses Wunders, sitze Ihnen gegenüber und habe die Absicht, Ihnen alles zu erzählen. Also lebe ich noch, und das gibt mir das Recht zu erfahren, was Sie in meinem Namen schreiben. Diese Geschichte gehört mir. Dass Sie ein guter Schriftsteller sind, bessere

Sätze formulieren und schönere Wörter finden, gibt Ihnen nicht das Recht, die kleinste Kleinigkeit dieser Geschichte zu verfälschen, denn von der ersten bis zur letzten Seite ist sie mein Leben.«

Kaum hatte ich einige Abschnitte zustande gebracht, las er sie mehrmals durch. Und der Streit über die »Wahrheit« und die »Tatsachen« ging wieder los. Ich war überzeugt, dass keine »absolute Wahrheit« existiert, er war überzeugt, dass sie für jeden Menschen Realität ist. Er sagte: »Möglicherweise ist das, was für mich absolute Wahrheit ist, für dich keine Wahrheit, aber das ändert nichts daran, dass es für mich die Wahrheit, die einzige Wahrheit und die letzte Wahrheit ist.« Es war nicht auszuhalten. Er fürchtete, seine Geschichte würde als Fantasie, als Roman betrachtet werden. Er wollte eine Biografie, ich wollte Literatur. Ein Problem, das von Anfang bis Ende ungelöst zwischen uns stand.

Nachdem Dschaladat und Dalia am Rand der staubigen Stadt und der Wüste die schreienden Schatten gesehen haben, gehen sie, ohne darüber zu sprechen, zur Weißen Orange zurück.

In dieser Woche kommt Dalia jede Nacht herunter. Oft trägt sie ein weißes Kleid und eine blaue Weste. In ihrem Blick ist etwas von Betäubung und Hektik. Sie hastet herum, als wüsste sie, dass ihr unausweichlich ein Sturm bevorsteht. Im Saal trifft sie ihren weißen Schatten. Sie umarmt ihn. Sie ähnelt einem Engel, der eine Wolke umklammert hält, um nicht herunterzufallen. Der Schatten ruft um Hilfe, sie beginnt zu weinen. Schließlich löst sich der Schatten in der Finsternis auf. Dalia läuft ihm hinterher ins Freie, bis zum Rand der Stadt, der Grenze zwischen Tod und Leben. Sie steht da, Dschaladat hinter ihr. Als zwei stumme Augenzeugen sehen sie jene, die bei lebendigem Leibe begraben werden. Tausende Seelen, die durch die Wüste rennen und dann erstarren. Hinter den Gittern der Finsternis strecken sie ihre Hände einem unsichtbaren Retter entgegen, der sie befreien könnte. Jede Nacht wiederholt sich dieser Anblick, jede Nacht sehen sie diesen Weltuntergang. Aus allen Richtungen spiegelt ihnen die Wüste ihre

Bilder vor, entriegelt sie vor ihnen, als wollte die Erde ihre eigenen Gesetze brechen, um ihnen zu zeigen, was auf diesem Planeten kein anderer gesehen hat.

Basm Dschasairis Schatten führt sie in die Wüste und verschwindet. Aber einmal kehrt er nicht mehr zurück. Dalia wartet viele Nächte vergeblich, während Dschaladat in einer Ecke des Saals sitzt und sie beobachtet. Er sieht ihre Angstanfälle, ihre Tränen und Zweifel. Man fragt sich: Hat Dalia in diesen Nächten Dschaladat wirklich nicht bemerkt? Hat sie wirklich nicht bemerkt, dass aus der Ecke des finsteren Saals stets zwei verliebte Augen auf sie gerichtet waren? Hat sie nicht gewusst, dass Dschaladat sie beobachtete, als würde er ein Wunder erwarten?

Nach einer Woche klopfte Dschaladat an Dalias Tür. Es war Zeit, sich zusammenzusetzen und zu reden. Die Bilder und die Schreie gingen ihnen nicht aus dem Kopf. Sie sahen die Opfer vor sich. Einige duldeten schweigend, knieten nieder, erblickten Gott und starben. Einige griffen nach Sand und warfen ihn hoch, als wollten sie gegen den Himmel kämpfen. Sand, der als goldener Staub über die Erde geweht wurde. Einige der Toten schienen im Sand zu ertrinken und wie durch einen Zauber wieder aufzutauchen, mit einem Geheul wie von Toten, die zu Unrecht in die Hölle verbannt werden. Einige hielten sich in Gruppen an der Hand und sangen. Je tiefer sie in die Erde abtauchten, umso lauter wurden ihre Stimmen.

Der Nordwind trieb die Turbane der Toten davon. Manche Frauen lösten vor dem Tod ihre Kopftücher und überließen sie dem Wind. Wie Drachen stiegen sie bisweilen so hoch, als würden sie über Städte, Länder, Kontinente, über Flüsse, Wälder und Ozeane hinwegfliegen und überall Tropfen von Blut herabregnen lassen. Manche Opfer tauchten die Hände ins eigene Blut, malten damit Bilder oder schrieben auf den Boden. Sie hinterließen Namen und Anschrift. Aber der Wind fegte über den Sand und machte Namen und Anschrift zu Staub.

Jede Nacht zog es Dschaladat hinaus zu den Toten. Eine innere

Stimme sagte ihm, dies sei die Welt von Dalias Albträumen. Hatten ihre vielen Nächte mit den Folterknechten und Henkern, hatte ihr lastendes Schuldgefühl sie in diese schrecklichen Halluzinationen getrieben? War das, was er sah, eine Welt aus Dalias Ängsten?

Jede Nacht half sie dem erschöpft zusammengesunkenen Dschaladat hoch und fragte ihn: »Großer Gott, was machst du hier?« Jede Nacht dieselbe Szene, dieselbe Frage. »Das ist nichts für dich«, warnte sie ihn. »Du bist zu jung, um so viel Tod zu sehen. Hast du verstanden? Wenn du mit deiner Musik fertig bist, gehst du in dein Zimmer, legst den Kopf aufs Kissen und schläfst, verstehst du? Du darfst nicht so spät in der Nacht durch die Stadt laufen. Du bist zu jung, um solche Dinge zu sehen.«

Und wieder stand Dschaladat vor ihrer Tür. Er erwartete nicht, dass sie ihn hereinlassen würde. Aber als sie die Tür öffnete, bemerkte sie seinen umherirrenden, bedrückten Blick – als hätte sich etwas Schreckliches zwischen ihnen ereignet.

»Komm rein, meine Seele«, sagte sie. »Bei Gott, wie gut du duftest.« Ihr Zimmer sah nicht aus wie das einer Prostituierten. Überall waren Bücherschränke, seltsam geometrisch angeordnet, mit Hunderten englischen Büchern. An der Wand das Bild eines schwarzhaarigen jungen Mannes mit traurigen Augen. Dschaladat fragte: »Das ist Basm Dschasairi, der Junge, nach dem du verrückt bist, nicht wahr?«

»Ja, mein Herz«, sagte sie, »das ist Basm, der Junge, nach dem ich verrückt bin und es bis zum Ende sein werde. Bis zum Tod, nach dem Tod, in alle Ewigkeit.«

Dschaladat wollte nicht über Dalias Leben reden. Er wollte verstehen, was diese nächtlichen Bilder bedeuteten. »Du Schönste der Welt«, sagte er und nahm ihre Hand, »sag mir, was du und ich nachts sehen. Was sind das für Schreie?«

Dalia ließ ihn auf einem kleinen Stuhl Platz nehmen. »Meine Blume, ich weiß, das ist schwer für dich. Du kamst ja blutüberströmt zu mir, nachdem du dieses Massaker selbst erlebt hattest.

Was mach ich bloß mit dir?« Sie streichelte ihm über das Haar. »Hör zu, mein Herz, schwöre mir, dass du dich nicht aufregst. Wahrscheinlich wirst du mich nicht verstehen. Aber ich erzähle dir jetzt alles von Anfang an. Was du und ich sehen, ist keine Täuschung. Wir sehen nicht einfach Schatten, wir sehen in dieser Wüste etwas Wahres. Es gibt jemanden, im Diesseits oder im Jenseits, der möchte, dass du und ich Augenzeugen sind. Das ist wichtig. Wir sollen unsere Augen öffnen und sehen. Genau wie du sehe ich alles und schreibe es in meiner Erinnerung nieder. Wo es keine Kameras gibt, wo es nichts gibt, um die Schreie aufzuzeichnen, Dschaladat, kann nur Erinnerung die Wahrheit hüten. Dschaladat, mein sogenannter Cousin, es gibt nur deine und meine Seele, um das alles aufzubewahren. Du und ich, wir sind der einzige Beweis für das, was geschehen ist.«

»Dalia, wer sind die, die da sterben«, fragte Dschaladat. »Und wieso sterben sie?«

»Das sind wir, die da sterben«, flüsterte Dalia, »unsere Verwandten, die man nachts in die Wüste bringt und tötet. Kurden, die man wie dich aus dem Norden herfährt und umbringt. Wir sind dem Tod geweiht, wir alle, ich weiß das. Von allen habe ich das gehört, von den niederen Offizieren bis zu den höchsten Rängen, selbst die Soldaten wissen es. Auch unser Hab und Gut muss verschwinden, nichts darf übrig bleiben. Unsere Heimat soll zur Einöde werden. Der Tag wird kommen, an dem nichts übrig sein wird. Keine Menschen, keine Äcker, keine Quellen in den Bergen. Verschwunden die Fontäne im Park unserer Heimatstadt, verschwunden der Bazar, der Duft in den Passagen der Gewürzhändler, der Duft des Honigs in den Wäldern. Mein Herz, nichts wird bleiben, nichts. Wenn dann alles ausgerottet ist, werden du und ich die Letzten eines ausgestorbenen Geschlechts auf der Erde sein. Wahrscheinlich haben sie uns zwei übersehen, aber wenn sie im Norden fertig sind, werden sie auch dich und mich töten.«

»Dalia, bist du verrückt geworden? Was halluzinierst du da? Monatelang bin ich durch Kurdistan gewandert und habe durch die

Musik Tote wieder zum Leben erweckt. Das aber, was ich jetzt sehe, muss ein Traum sein, Dalia, ganz sicher.«

»Nein«, sie schüttelte den Kopf, »es ist kein Traum. Sie haben die ganze Wüste in einen Friedhof verwandelt. Diese Wüste und alle anderen, die Ebenen, die Hügel, die Wälder und Straßen. Jeder kann in jeder Nacht die Seelen sehen, die du und ich gesehen haben.«

Dalia setzte sich und erzählte Dschaladat ihre Geschichte. Auf ihrer langen Suche nach Basm Dschasairi war ihr Körper von den Händen unzähliger Generäle, Henker und Folterknechte berührt worden. Händen, die Tod brachten und sich nach Tod anfühlten. Hände, die bei jeder Berührung den Schmerz eines Toten, den Schatten eines Ermordeten in sie, in ihre Albträume hineindrängten. Auf diese Weise erzählten die Generäle ihr die Geschichte der Toten, und wenn sie danach zurückkam, war jedes Mal Leichengeruch um sie.

Sie wusste also Bescheid. Sie las Zeitungen, hörte Radio, erinnerte sich an die Gespräche mit den nackten Offizieren, die lachend von ihren geheimen Wüstenoperationen erzählten. Wenn sie abends vom Fenster ihres Zimmers aus auf den grenzenlosen Ozean schaute, trug ihr der Wind Wehklagen und das Geräusch von Schritten im Sand zu. Sie hörte den Lärm von Bulldozern, die gigantische Leichengruben aushoben, das Kettenrasseln der Maschinen im Reich des Todes. Sie lauschte und lernte. Sie wollte alles sehen und wissen. Sie wollte die Massengräber in ihre Erinnerung einritzen. Sie sagte: »Mein lieber Cousin, wir, du und ich, sind die einzigen Zeugen.«

Im Sommer wurde es unglaublich heiß. Seen verdunsteten. Enten aus den südlichen Sümpfen fielen in die Städte am Euphrat ein. Dattelplantagen brannten. Türme gingen in Flammen auf. Schiffe auf hoher See fingen Feuer. Die Hitze trieb wilde Tiere in die Städte. Glühender Sand strömte in die Gassen und Häuser. Mancherorts wurden Engel mit Flügeln gesichtet, die wie Fackeln loderten.

Feuerbälle erschienen am Himmel. Die Sonne brachte Tausende Soldaten um. Die Iraner vertrugen die Hitze nicht und wichen zurück. Die Front verschob sich nach Norden.

Im Herbst war Dalia hauptsächlich mit ihrem Studium beschäftigt. Wäre da nicht diese seltsame Verbindung zur Weißen Orange gewesen, hätte sie ihr Zimmer geräumt und wäre ganz in die Hauptstadt gezogen. Aber etwas bestimmte sie dazu, auf Dschaladat aufzupassen. Sie bat auch alle Musiker und Frauen, auf ihn achtzugeben. Durch Samar Saleh erschlossen sich ihr neue Zugänge zu Regierungskreisen. Ein oder zwei Tage die Woche verbrachte sie in der Weißen Orange. Tagsüber lernte sie, nachts kam sie nur noch gelegentlich in den Saal.

Tagaus, tagein schien Dschaladat zu warten. Worauf denn, in dieser öden Staubwolke? Die meisten von uns wissen nicht, worauf sie warten, und trotzdem sind sie sich sicher, dass etwas auf sie zukommt. So auch Dschaladat. Jeden Morgen stand er auf in der Erwartung, dass sich etwas Wichtiges ereignen werde. Derweilen gingen ihm die Schatten nicht aus dem Kopf. So steckte er fest zwischen Wahn und Vernunft.

Dann verschwanden die Schatten. Die Wüste beruhigte sich. Dalia übermittelte Dschaladat weiterhin, was sie über die Massaker erfuhr. Sie rief ihn in ihr Zimmer und zeigte ihm beim Tee auf einer Landkarte die zerstörten Orte. In großen Schlucken trank sie ihren Tee und ließ die Zunge mit den Zuckerwürfeln spielen. Sie zeigte ihm die Wohngebiete der Stämme und Clans, von denen es keine Spur mehr gab. Die Zahl der Lebenden in diesem Land werde derart sinken, dass alle auf ein einziges Schiff passen würden, sagte sie. Sie könnten dann alle in einen Zug steigen und um die Welt reisen.

Wie immer tanzte sie beim Erzählen durchs Zimmer. Sie redete und lachte, erstarrte dann plötzlich wie entgeistert und brach in Tränen aus. Sie weinte und weinte, und wenn sie sich beruhigt hatte, begann wieder ihr Lachen, aber noch immer von Schluchzern unterbrochen.

Die Begegnung mit den Toten der Wüste hatte ein neues Band zwischen ihnen entstehen lassen. Dschaladats Liebe vermengte sich mit Respekt. Sie sprachen nun anders miteinander. Das dunkle Geheimnis legte sich auf ihr Zusammensein.

Gegen Ende des Frühjahrs nahmen die Dinge eine tragische Wendung. Ein Offizier, ein dunkelhäutiger, hagerer, kleiner Mann, führte Dalia in einen riesigen Aktenkeller. Er sagte: »Wenn Basm Dschasairi getötet wurde, befindet sich seine Akte hier. Hier sind die Akten der Menschen, die in den letzten zehn Jahren getötet wurden. Eine Woche lang darfst du suchen. In dieser Woche habe ich Dienst. Wenn du seine Akte findest, heißt das, er ist tot. Wenn du sie nicht findest, lebt er noch – oder du musst warten, bis ich wieder Dienst habe, damit du weitersuchen kannst.«

Dalia wusste, dass es die letzte Chance war. Nachts kam der Offizier auf eine Stunde vorbei. Im Staub der Akten, in ihrem tödlichen Geruch schlief er mit ihr. Stumm zog er sie aus und folgte ihr ins Labyrinth der Schränke. Dalia meinte, durch Blut zu laufen. Um das Ende des Grauens zu erreichen, das sie seit Jahren durchschritt, musste sie den schrecklichen Schmerz ertragen. In diesem Keller kam die Reise, die sie vor langer Zeit angetreten hatte, ans Ende. Dieser Keller war für sie ein Teil der Hölle.

Sie schlief mit dem Offizier und hatte das Gefühl, anstelle seiner Spermien würden die Schreie in sie eindringen. Seine Fingerspitzen fühlten sich kalt an wie die einer Leiche. Als hätte das Leben zwischen den Totenakten diesen Mann abgetötet, bewegte er sich hier wie auf einem Friedhof. Er musste nachts mit den Toten, die aus ihren Gräbern flüchteten, ringen. Auch seine Art, mit Dalia zu schlafen, war wie ein Ringkampf. Wenn er fertig war, legte er sich nackt auf den Kellerboden und sagte: »Dalia, ich verliere den Verstand. Jede Nacht wimmelt es hier nur so von Seelen. Sie kommen, um sich ihre Akten zu holen. Falls auch du sie siehst, begrüße sie freundlich. Sie könnten sonst gefährlich werden.« Der Offizier zeigte mit dem Finger auf eine unsichtbare Stelle und fuhr fort: »Nachts stehe ich an der Mauer. Mit einem Schlagstock vertreibe ich die Seelen, die auf die Mauern klettern, um in den Keller einzudringen und ihre Akten zu stehlen. Aber vergebens. Irgendwie schaffen sie es doch, sie geben nicht auf.«

Wer dort arbeitete, wusste, dass nachts die Toten kamen, die Schränke umstürzten und die Akten durchstöberten. Jeden Morgen kamen die Wachen und räumten auf. Jede Nacht kamen die Toten und suchten. Einige fanden ihre Akten und gingen. Einige wurden nicht fündig und brachten aus Ärger alles durcheinander.

»Dalia, Frauen verstehen die Welt besser«, sagte der Offizier. »Wohin gehen die Toten mit ihren Akten? Wofür brauchen sie die?«

Dalia dachte nach und sagte leise: »Was soll ich dir sagen? Sie bringen sie in eine verborgene Stadt, die ganz nahe ist, damit sie nicht verloren gehen. Sie möchten, dass wir sie eines Tages lesen und nachvollziehen, wie leidvoll ihr Tod gewesen ist.« Dalia glaubte, dieser Ort sei so nah, dass man die Regale durchs eigene Zimmerfenster mit ausgestreckter Hand berühren könne. Man könne den Springbrunnen der Stadt sehen, die Blumen riechen, sich im Hof des eigenen Hauses auf einen Stuhl setzen und sich vom Regen dieses Orts durchnässen lassen.

Der Offizier war verwundert.

In den Nächten sah Dalia Tote, die staubig und in blutiger Kleidung kamen und einen gewaltigen Krach veranstalteten. Wie eine Bäuerin einer Ente, so jagte Dalia ihnen anfangs zwischen Schränken und auf den Korridoren hinterher. Als würden sie mit ihr Verstecken spielen, gaben sie nicht auf, bis sie völlig erschöpft war. Dann wieder standen Frauen und Männer tonlos vor den Akten und lasen vom Tod der anderen. Einige schienen nicht nach einer bestimmten Akte zu suchen. Sie wirkten eher wie beiläufig Lesende. Manche hatten im Tod den eigenen Namen vergessen. Andere hatten das Lesen verlernt und versuchten verzweifelt, das Alphabet des Todes zu entziffern. Dalia wusste nicht, ob auch sie zu den Toten gehörte. Wenn nachts der Offizier seinen Posten verließ, um sie zwischen den Akten auszuziehen und mit ihr zu schlafen, fühlte sie nichts als Kälte. Schon lange hatte sie keinerlei Liebesregung mehr gefühlt. Auch sie war ein Schatten – durch den die Männer hindurchgingen wie eine kalte Wolke durch eine andere.

Während dieser Woche baute Dalia eine seltsame Beziehung mit den Toten auf. Die Toten umringten sie, strichen ihr durchs Haar, küssten sie und zeigten ihr die eigenen Akten. Und Dalia erzählte von sich, ihre eigene, lange Geschichte. Wenn sie zu sprechen anfing, konnte sie nicht mehr aufhören. Sie erzählte von ihren Engeln, die klein wie Bonbons waren und sie beschützten.

Sie suchte und hatte bisweilen das Gefühl, dass die anderen mit ihr suchten. Durch den ganzen Keller ging ein Flüstern: Basm Dschasairi ... Basm Dschasairi ... Basm Dschasairi. Sie vertiefte sich so in die Lektüre der Akten, dass sie alles um sich vergaß. Nachts schlief sie nicht. Um ihre Müdigkeit zu besiegen, rannte sie zu einem kleinen, schmutzigen Waschbecken und wusch sich das Gesicht. Sie bekam Akten von Menschen in die Hände, die sie gekannt hatte. Sie fand die Akte einer alten Freundin, die französische Literatur studiert hatte, und las die Namen der Henker, die sie vergewaltigt hatten. Die Akte eines Polizisten, der damals an einer Kreuzung in der Nähe der philippinischen Fluglinie gestanden hatte. Eines Saftverkäufers, bei dem sie und ihre Freundinnen getrunken hatten. Eines Chauffeurs, der sie von der Weißen Orange in eine andere Stadt gefahren hatte. Auch die Akte eines Offiziers, der seine Frau zweimal pro Woche zu deren Eltern schickte, damit er sich mit den Prostituierten besaufen konnte.

Schließlich fand sie in einem alten Schrank die Akte von »Fachradin Saradschadin Abdullah«, ihrem älteren Bruder, der mit einer Ladung Schmuggelware im bergigen Grenzgebiet des Nordens von Hubschraubern erwischt und wegen »logistischer Unterstützung des Feindes« hingerichtet worden war. Erst dadurch erfuhr Dalia, dass ihr Bruder tot war. Der Offizier hörte sie weinen, als er sich im Hof eine Fernsehsendung über die Wunderwelt der Korallengärten im Südpazifik ansah. Er glaubte, Dalia hätte die Akte von Basm Dschasairi gefunden. Er eilte zu ihr und stand fassungslos da, als er erfuhr, dass Dalia auf die Akte eines getöteten Bruders gestoßen war.

Er versuchte alles, aber er konnte das Mädchen nicht trösten. Sie kann unmöglich eine Nutte sein, dachte er. Erst im Morgengrauen beruhigte sie sich ein wenig und schlief in Jeans und T-Shirt auf einer frischen Decke ein, die er für sie geholt und ausgebreitet hatte.

Als Dalia am nächsten Tag erwachte, war sie ruhig und realistisch. Nie wieder würde sie die Gelegenheit haben, in diesem Keller zu suchen, darum musste sie Tränen und Angst bezwingen. Am sechsten Abend tauchte neben ihr der Schatten eines Mädchens mit jasmingeschmückten Zöpfen in einem purpurfarbenen Kleid auf. Sie legte Dalia eine Akte vor die Füße und verschwand. Dalia hob sie stumm auf und schlug die erste Seite auf: »Anklage gegen Basm Uallid Ssubhi Dschasairi«. Auf der letzten Seite las sie sein Todesurteil.

Sie legte die Akte zu Boden, wusch sich das Gesicht, nahm ihr Make-up aus der Tasche und trug es makellos auf. Sie stieg nach oben. Im Hof wehte ihr der glühende Abendwind über das Gesicht. Sie ging ins Büro des Offiziers, legte die Akte auf den Tisch, zog die Vorhänge zu, entkleidete sich im gelben Licht einer Glühbirne und schlief zum letzten Mal mit dem letzten Mann.

Ab März kann eine Fahrt auf den Straßen des Südens tödlich enden. Das gleißende Sonnenlicht lässt die Fahrenden halluzinieren. Trockener, erstickender Staub dringt durch alle Ritzen und raubt ihnen Sicht und Verstand. Die Fahrt in den kleinen Fahrzeugen macht panisch, man will nur noch sterben. Als Dalia mit der Akte von Basm Dschasairi zurückfuhr, dachte sie auf dem ganzen Weg an Selbstmord.

Dieser Gedanke war ihr durchaus vertraut. Wenn ein Offizier wie eine Bestie über sie herfiel, dann wünschte sie sich einen tödlichen Blitz herbei, der all diesen Qualen ein Ende machte. Wenn sie vor dem Spiegel die Bissspuren auf ihren Brüsten sah, wenn sie eine zusätzliche Schicht Make-up auf die Wangen auftragen musste, um die Bissspuren zu überdecken, dann dachte sie immer wieder an Selbstmord. Mit was für Menschen ließ sie sich da ein?, fragte sie sich oft, voller Zweifel am Sinn ihrer Suche nach dem Geliebten. War es nicht besser, in den Norden zurückzukehren und sich in den Brunnen zu werfen, in den ihre Brüder sie Jahre zuvor gestoßen hatten? Sie könnte auch in der Nähe des Euphrat aussteigen und in seine sanften Wellen springen, die ihre Leiche ganz langsam in den Süden tragen würden. Jahre würde es dauern, so malte sie es sich aus, bis die schwache Strömung sie in den Golf und dann hinaus in den weiten Ozean trieb.

Warum kehrte sie überhaupt zur Weißen Orange zurück? Sie hatte beschlossen, nie wieder mit einem Mann zu schlafen. Sie hatte beschlossen, das Studium aufzugeben, obwohl ihr nur noch die letzten Prüfungen fehlten. Sie hatte von Leuten gehört, die in einem Hafen des Südens als blinde Passagiere an Bord eines Schiffs gingen und bei der Landung Asylantrag stellten. Andererseits wollte sie die staubige Stadt und Dschaladat nicht verlassen, diesen Jugendlichen, der sie liebte. In seinem Alter war die Liebe nichts als ein jähes Feuer, das plötzlich aufflammt und ebenso schnell verglüht. Aber die gemeinsamen Nächte im Angesicht des Todeskarnevals hatten eine tiefere Bedeutung, das spürte sie. Er war noch ein halbes Kind, aber sie wusste, dass er zu etwas ganz Einzigartigem bestimmt war. Ja, sie beide schwammen in Blut, und bis sie diesen Strom durchquert hätten, wollte sie nicht von Dschaladats Seite weichen. Der Ausdruck »in Blut schwimmen« kam von einem Offizier, der jedes Mal, wenn er Fronturlaub bekam und Dalia aufsuchte, voller Schrecken sagte: »Dalia, wir schwimmen in Blut, wir schwimmen in Blut.«

Sie wusste, dass Dschaladat sie brauchte. Sie fürchtete, er könnte aufgeben und untergehen. Der Junge hatte sonst niemanden. Er tat, als wäre er ein Erwachsener, aber sie wusste, dass er ohne sie verloren war. Ihre Bekannten aus dem Norden erzählten von schrecklicher Zerstörung. Wie konnte sie ein Kind allein zurück in eine solche Verwüstung schicken? Wie eine Märchenfigur war Dschaladat in der Staubstadt erschienen. Jetzt, in der Höllenhitze des Fahrzeugs, merkte sie, dass sie nur seinetwegen zurückfuhr.

Die Stimmen der Toten aus dem Archivkeller verfolgten sie. Sie hatte gespürt, dass die Seelen, mit denen sie sich im Keller angefreundet hatte, mit ihr ins Fahrzeug gestiegen waren. Sie sah sie außerhalb des Fahrzeugs, unter der glühenden Sonne, wie sie winkten und ihr die eigenen Akten zeigten. Sie wusste, dass die Hitze im Auto sie halluzinieren ließ. Alles war besser als dieser endlose, ewig gleiche Sand. Mit den Jahren war in ihr eine tiefe Angst vor Wiederholung entstanden; vor den ewig gleichen Liedern in der Weißen Orange, den wiederkehrenden Kunden mit ihren immer gleichen Ausdünstungen von Pulver, Blut und Sumpf, vor der endlosen Abfolge der trostlosen Stürme und der Schreckensnachrichten. Nichts als sinnlose Wiederholungen. Wenn Wiederholung töten konnte, dann war sie schon lange tot.

Inmitten all dieser Wiederholungen wirkte Dschaladat wie ein Kind von einem anderen Planeten. Mit seinen Blicken, seiner Flöte, seiner seltsamen Lügerei, den arabischen Liedern, die aus seinem Mund klangen, als habe sie sie noch nie gehört. Nur Dschaladat unterbrach hier die monotonen Wiederholungen. Er versuchte, wie alle anderen zu sein, und schaffte es nicht. In der Spannung zwischen seinem wahren Kern und seiner Selbstverleugnung war ein anderer Mensch entstanden, voller Staunen und Fragen. Er kam aus einer anderen Welt, war in diese Welt zurückgekehrt und würde wieder gehen. Zurück zu seinen Musikern in die ferne weiße Stadt. So hatte Samir es erzählt, und sie beide zweifelten keinen Augenblick daran.

Dalia hatte selbst von klein auf mit solch einem Gefühl gelebt. Sie wusste, dass sie nie ein Kind gebären würde. Keinen Augenblick lang hatte sie sich als Mutter vorstellen können. Selbst mit Basm hatte sie nie über Kinder gesprochen. Es wäre Unsinn gewesen, von Kindern zu träumen. Sie hatten Tennessee Williams und John Osborne gelesen und über das Familienleben gespottet. Basm hatte einmal gesagt: »Seit Sophokles und seinem König Ödipus ist Literatur eine einzige Verhöhnung der Familie.« Und dennoch steckte tief in ihr der Wunsch, eines Tages ein Kind zu umarmen.

Mütterliche Gefühle empfand sie für die jungen Mädchen, die in den gelben Staubwolken der Stadt untergingen. Wiederholt hatte sie eines retten wollen, aber alle Versuche schlugen fehl.

In Dschaladat sah sie ein Geschenk Gottes. Gerade wenn er sich als Mann aufspielte, zeigten sich seine Unreife und Kindlichkeit. Aber man konnte gar nicht anders als an ihn glauben. Er hatte etwas von einem Verkünder. Auch Samir von Babylon glaubte an ihn, und Musa Babak hatte ihm schreckliche Geheimnisse anvertraut. In der Weißen Orange machten seine Sprüche allen das Leben leichter. Mädchen, denen noch niemand je ein Kompliment gemacht hatte, wurden in seinen Beschreibungen die schönsten Engel. Er sprach nicht zu den Menschen, sondern zu ihren Träumen und Wünschen. Auch an den unansehnlichsten Mädchen fand er etwas Schönes, das er preisen konnte. Vor der einen kniete er nieder und schwor tausendmal, sie wäre hübscher als Brooke Shields. Vor einer anderen schwor er bei allen Engeln, sie hätte Nusch Afrins Stimme und Schönheit weit hinter sich gelassen. Eine andere war für ihn Lady Sophie Marceau … Als wäre er gesandt, um erstorbene Träume, Hilferufe und Hoffnungen aufleben zu lassen.

Anfangs hatte sich Dalia über all das schrecklich geärgert. Wenn sie ihn mit Badria Rahman sah, diesem Skorpion von einem Mädchen, das fähig gewesen wäre, Dalia Gift ins Essen zu schütten, rastete sie aus. Dschaladat, ihr süßer Cousin, das Bonbon der Weißen Orange, wie die Mädchen ihn nannten, zusammen mit Badria Rahman … Die würde ihm sicher eine Falle stellen, nur um Dalia zu demütigen … Aber sogar das Gift eines solchen Drachens verlor durch Dschaladats Lobpreis seine Wirkung.

Dalia wollte ihr Leben ändern. Sie wollte in dieser Stadt bleiben, doch nicht als Prostituierte. Jetzt ekelte sie sich vor all diesen Männern, diesen ausgehungerten Tieren, die unter dem Nabel stanken wie eine Kloake. Seit Jahren schlug der Doktor ihr vor: »Komm doch zu mir und hilf mir. Gib Spritzen, ordne die Medikamente in der Apotheke. In meiner Abwesenheit kümmere dich um die bettlägerigen Patienten.« Aber Dalia hatte die Spur ihres verschollenen

Geliebten verfolgt. Jetzt glaubte sie, wenn auch zweifelnd, an seinen Tod. Sie hatte seine Akte, das Datum seines Todes … Basm hatte auf sie gehofft, bis in den Tod. Sie aber hatte nichts tun können, nichts. Nun verschwand er aus ihren Träumen. Sie konnte nichts mehr für ihn tun, nur noch warten. Eines Tages würden sie sich in einer anderen Welt wiedersehen.

Trüb war der Tag, an dem Dalia zur Weißen Orange zurückkehrte. Dschaladat stand auf dem Balkon und betrachtete die Schmetterlinge, die über dem Balkon erschienen und verblassten, als würde die Luft sie herzaubern und wieder weg. In der Ferne sah er Dalia mit einer schweren Tasche und einer dicken Akte unter dem Arm näher kommen. Sie traf immer um diese Zeit ein und ging dann sofort in ihr Zimmer und schlief. Am nächsten Morgen kam sie dann jeweils im Nachthemd, das Haar zerzaust, mit einem trüben Blick in den Saal, ein großes Glas Tee und eine Schachtel Aspirin in der Hand. Dschaladat begrüßte sie immer herzlich: »Cousine, wie geht es dir?« Sie gab immer dieselbe Antwort: »Ich habe schlecht geschlafen. Seit fünf Jahren hab ich nicht mehr gut geschlafen.«

Aber heute wirkte sie erschreckend blass. Sie trug einen orangefarbenen Rock mit einem schwarzen Unterhemd und einer Kette am Hals, an der ein goldener Papagei hing.

Dschaladat stand in der Tür seines Zimmers und hielt eine große Fliegenklatsche in der Hand. »He, Cousine«, rief er, »willst du uns wahnsinnig machen oder was? Ich habe dich so vermisst, dass ich hier sämtliche Fliegen erschlagen habe. Bei jeder Sternschnuppe denke ich: Das ist sie, durch den Himmel kommt sie zu uns Unbedeutenden und Trostlosen zurück. Du Engel in unseren Träumen. Du Göttin unserer Sehnsucht nach Liebe. Du, selbst eine Fremde, müsstest meinen Kummer doch fühlen können. Du, die selbst Rettung ersehnt, weshalb verwundest du uns, die Bedrückten und Gekränkten?«

Dalia nahm die Schlüssel aus ihrer weißen Handtasche und

spottete: »Woher hast du diese Rhetorik, mein Sohn? So redeten die Mullahs vor hundert Jahren.«

Er wollte sie aber nur ein wenig aufmuntern. Theatralisch ging er vor ihr auf die Knie. »Ja, meine teure Lady, so klang es in den Tagen von Baba Tahiri Urian, dem glücklosen Poeten, der noch immer nicht weiß, welcher unter den verwirrten Nationen er angehört. Aber es sind meine eigenen Worte, die eines Verliebten, der das eigene Blut, die eigenen Tränen trinkt.«

»Lass den Unsinn«, sagte Dalia. »Spiel nicht den Clown, wenn mir nicht zum Lachen ist. Aber du kannst mir die Tasche aufs Zimmer tragen, ich bin völlig erschöpft. Diese Hitze bringt mich um. Was hast du gesagt? Ich wäre wie eine Sternschnuppe? Du hast recht. Aber eine, die heute verglüht ist. Komm, ich habe dir viel zu erzählen. Trägst du die Tasche für mich oder nicht? Ach, lass es, du Nichtsnutz ... Ab heute bin ich weg. Ich bringe meine Sachen noch in Ordnung, und das wärs dann. Ich hätte gern einen Tee. Lass mich zuerst meine Jacke ablegen, großer Gott, die Sommersonne, die einen bei lebendigem Leibe grillt, ist kühler als mein Zimmer. Erzähl mir von dir. Vermisst du deine traurige Cousine wirklich, oder bist du nur der gerissene Lügner, der die Welt volllügt, um einer Frau das Herz zu brechen?«

»Ich kann den Mond, die Sterne anlügen«, schwor Dschaladat, »ich kann die Erde und den Himmel anlügen, aber dich, Lady Saradschadin, die Frau, an die mich das Band der Liebe kettet, kann ich nicht anlügen.«

Dalia legte Basms Akte auf das Bücherregal. »Dschaladat, hör zu, für mich ist alles vorbei. Ab jetzt lebe ich nur noch für dich. Das heißt, ich werde mich, soviel ich kann, um dich kümmern.« Dalia sprach ungewohnt ruhig, aber es brauchte nicht lange, bis aus ihr ein überwältigendes Weinen herausbrach. Dschaladat schnappte zwischen den Schluchzern ein paar Wörter auf, die keinen Sinn ergaben, »Keller ... Nacht ... ein dunkelhäutiger Offizier im Museum ... Museum ... die Akte Basm Dschasairi ... Korallengärten im Südpazifik ...«.

Wenn sie weinte, musste man sie ohrfeigen, sie anschreien, um sie zu beruhigen. Aber heute saß Dschaladat hilflos vor ihrem hysterischen Schluchzen. »Ich will sterben, ich will sterben«, stieß sie hervor.

Dschaladat war noch nicht in dem Alter, in dem man weiß, wie man eine Tränen vergießende Frau tröstet – indem man sie behutsam umarmt, sanft die Arme um sie schlingt, sodass im gebrochenen Herzen des Mädchens das Gefühl entsteht, nur er, der Tröstende, verstehe dieses zarte Geschöpf und wisse zu verhüten, dass sein gläsernes Herz bricht. Aber Dschaladat hatte nur seine Rhetorik, und sie zu ohrfeigen, hatte er nicht den Mut. Er saß da wie ein Ölgötze und sah ihr zu. Ihr Weinkrampf dauerte mehrere Stunden. Sie schlug ihren Kopf gegen das Bett, vergrub das Gesicht in der Decke und heulte. Er ging im Zimmer auf und ab, tötete Fliegen, betrachtete die Bücher. Schließlich raffte er sich auf und sagte: »He, Cousine, hör endlich auf zu weinen. Was kann ich für dich tun?«

Da hörte sie auf, erhob sich und strich ihm zärtlich durch das Haar. »Meine Blume, die Engel allein könnten mich trösten.« Es war, als hätte sie sich in eine andere verwandelt. In klaren Worten berichtete sie von Basms Tod, von ihrer langen Reise bis zur Wahrheit, dieser Suche in mehreren Welten: in der Welt des Bewusstseins, der Wirklichkeit, des Unbewussten und der Fantasie, einer Suche auf unserer vertrauten Erde, und einer Suche in einer magischen, verborgenen Welt, parallel zu unserer.

Sie hielt Dschaladats Kopf zwischen ihren Händen, als sei sie es, die ihn trösten müsste. Mit aller Sanftheit, die ihr zu Gebote stand, wollte sie ihm ihr Unglück schildern. Sie wollte keine Wunde in ihn schlagen, denn jede Narbe, glaubte sie, lasse einen Ton entstehen, dessen Echo niemals vergeht. Wenn in Zeiten großer Schicksalsschläge ein Stein des Grauens in den Teich des Lebens geworfen wird, laufen die Wellen, wenn man genau hinsieht, bis in alle Ewigkeit und kehren zurück. Sie gehen und kommen zurück, ohne je auszulaufen, Wellenschläge eines gigantischen Ozeans, mit einer solchen Wucht, dass sie die Grenzen zwischen Leben und Tod hinwegspülen. Wenn sie kommen, fegen sie vom Leben viel in den Tod, wenn sie zurückkehren, bringen sie vom Tod viel zurück ins Leben. Und manchmal verwirbeln sich die Wellen, weglaufend und zurückkehrend, zu reißenden Schlünden.

In der Mitte des Zimmers blieb sie stehen und strich über ihren orangefarbenen Rock. Sie fuhr sich mit der Hand in die Haare und sagte: »Dschaladat, schau, wie ich tanze. Das sind die letzten Schritte, wie die letzten Bewegungen einer Tänzerin auf einer großen Bühne. Ich drehe mich, meine Kleider schwingen. Die letzten Takte der Musik kündigen das Ende dieses Tanzes an, aber sie entführen mich weit weg. Ich drehe mich weiter, die Musik spielt in meinen Adern weiter, aber von einem Augenblick auf den anderen weiß ich nicht mehr, ob die Musik draußen weiterspielt. Ich weiß nur, dass sie in mir weiterspielt. Ich tanze, tanze und tanze. Wenn ich die Augen öffne, befinde ich mich in einer anderen Welt. Dschaladat, das ist der Tod. Mitten im Tanz öffnest du die Augen und siehst, dass du in einer anderen Welt bist. Eine Nachtwelle hat dich weggetragen, und wenn der Tag anbricht, wenn du vom ersten Lichtstrahl getroffen wirst, befindest du dich in einem anderen Land.«

So sprudelte es aus ihr heraus, während sie tanzte, lachte, weinte. Und manchmal, als würde eine Meisterin einen Adepten auf die Reise ins Land der Toten vorbereiten, sprach sie von einem unglaublichen Verkehr zwischen den zwei Welten. »Manchmal, wenn dir ein Schrei in der Kehle steckt, schieben dich die Wellen, ohne dass du die Augen öffnest, hin und wieder her, mal in die Welt des Todes, mal ins Leben zurück.« Sie erzählte vom Archivkeller, in dem jede Akte eines Getöteten dessen Geschichte erzählte und ihn dadurch ins Leben zurückholte. Von dem Mädchen mit dem jasmingeschmückten Haar, das die Schränke nach seiner Akte und der seines Vaters und seiner Schwester durchsucht hatte. Von dem alten Mann, der in einer Ecke die Akten all seiner Söhne gefunden hatte. Von dem Jungen, an dessen Akte man sich die Hand blutig machte. Von einer Akte, deren Öffnung einen Staubwind freisetzte. Von der Akte, die nach einem Grab roch, das gerade geöffnet worden war. Und von der Akte, deren Seiten, wenn man sie öffnete, schrien; jede Seite, die man anrührte, schrie wie ein Verwundeter.

Dalias Geschichten waren verwirrend und düster. Dschaladat bewunderte ihre Entscheidung, mit der Prostitution aufzuhören. Was sie getan hatte, hatte sie getan, um Basm Dschasairi zu befreien. Sie hatte zu den geheimsten Haftanstalten des Landes vordringen wollen. Ihre Reise in die Unterwelt des Landes war schwieriger als die Reise des Odysseus, schwieriger als alle Reisen von Fantasyhelden auf ferne, von Monstern bevölkerte Planeten. Unterwegs hatte sie alle Ecken und Winkel der teuflischen Maschinerie, die das Regime in Gang hielt, zu Gesicht bekommen. Wann immer sie eine vermeintlich letzte Station erreichte, taten sich noch tiefere, noch dunklere Orte unter ihr auf. Wo würde diese Reise durch Folterkeller, Verliese und Friedhöfe enden? Wie konnte man in diesem unendlichen Labyrinth einen einzelnen Menschen finden? Über die Jahre war Dalia unzählige Etagen in die Tiefe gestiegen, hatte tausend Türen geöffnet. Alles, was sie in die Hände bekommen hatte, war schließlich die Akte, die sie in die Weiße Orange geschleppt hatte. Es hatte keinen Sinn, die Reise fortzusetzen. Die Rolle einer Prostituierten hatte sie gespielt, weil die bestialischen Männer des Apparats nur von weiblichen Körpern in die Knie gezwungen werden konnten. Nur die unterdrückte Lust konnte sie veranlassen, die Maschinerie zu verraten. Nicht Herz noch Gefühl, Verstand oder Einfallsreichtum machte sie zugänglich, sondern allein das Stück Fleisch, das wie eine umgedrehte Kerze in ihren Hosen brannte. Dalias Lebenstraum war es, Dolmetscherin oder Englischlehrerin zu werden. Oder als Romanautorin von ihrem Leben zu erzählen. Aber diese Träume waren überholt. Der innere Zeitmesser mahnte, ihr Tod sei nah. Sie kam zurück, um in der Weißen Orange ein anderes Leben zu führen. Sie umarmte Dschaladat und sagte: »Deinetwegen verlasse ich diese

Stadt nicht. Ich muss auf dich aufpassen, denn ich habe Angst, dass du eines Tages in dieser Staubwolke untergehst.«

Am nächsten Tag packte Dalia ihre Sachen und ging zum Doktor. Sie schwor aber, auf ihn achtzugeben und ihn jede Woche zu besuchen. Und dass auch er sie jederzeit besuchen könne.

Bei Dalias Auszug weinten Musiker und Tänzerinnen. Dschaladat heulte am meisten. Ein dreckiger weißer Lastwagen transportierte ihre Bücher in Musa Babaks Krankenstation. Sie verteilte ihre Kleider unter den Mädchen. Das Bett schenkte sie einem Musiker, der seit Monaten auf dem Boden schlief. Als sie weg war, legte sich Trauer über das Haus. Samar Saleh und ihr dünner Ehemann, die eine seltsam freundschaftliche Beziehung mit dieser Frau verband, waren am traurigsten. Musa Babak aber war glücklich. Dieser freundliche, weise Mann hatte in Dalia und Dschaladat etwas gefunden, das ihm in seinem ganzen bisherigen Leben versagt geblieben war.

Einige Wochen danach trat plötzlich und unerwartet das Ende des Krieges ein. Die Iraner akzeptierten einseitig eine internationale Vereinbarung. Ungewöhnlich schnell räumten sie ihre Stellungen. Eingehüllt in unermessliche Staubwolken, zogen sie sich von den Grenzen zurück.

Mit dem Kriegsende erhoben sich aus den Schützengräben Tausende Schatten gefallener Soldaten, um heimzukehren. Es begann ein seltsamer Marsch. Auf beiden Seiten der Grenze standen die gefallenen Soldaten im Land der anderen, sie banden die Schnürsenkel ihrer Militärstiefel, setzten die Helme auf, wischten den Staub des Todes ab, drehten sich um und gingen zurück in die Heimat. Während die lebenden Soldaten direkt über wohlbekanntes Gelände liefen, mussten die Toten in der Dunkelheit Ebenen und Berge überwinden. Sie hatten keine Karten, es gab keinen Offizier, der ihnen Anweisungen gab, keine Einheit, der sie sich hätten anschließen können.

Die Toten beider Seiten gingen zu Tausenden grüßend aneinander vorbei in die Heimat, in der ihr Tod nichts verändert hatte.

Stumm überquerten sie die Grenze, schritten nachts durch Tomatenfelder, Dattelplantagen, Reisfelder unter Wasser und Obstgärten. Es war ihnen klar, dass sie nie wieder sesshaft werden würden, dennoch kamen sie in Wellen und mengten sich ins Leben. Nur wer ins Herz der Finsternis sehen konnte, erkannte sie. Sie standen vor den Türen ihres alten Zuhauses, stiegen auf die Dächer und schauten traurig auf die Höfe der Kindheit hinunter. Sie gingen in die Zimmer, sahen ihre Mütter, drückten den schlafenden Kindern einen Kuss auf die Stirn. Sie berührten das Haar ihrer Frauen, das in der Zeit der Trennung ergraut war. Sie durften sich in die Wiesen setzen, ihre Erinnerungen wiederfinden, an den Blumen riechen … ohne dass jemand sie sah.

Einer dieser Schatten erreichte nach einer tagelangen Wanderung durch die Sümpfe des Südens und die Obstplantagen zwischen Euphrat und Tigris mit seiner Flöte die staubige Stadt und stieß auf Dschaladat. Doch davon bald mehr …

Nach Kriegsende wurde wochenlang überall im Irak gefeiert, auf den Plätzen, vor den Moscheen, in Schulen und Stadien. Niemals waren im Land so viele Tänzerinnen und Musiker im Einsatz gewesen. Sofort leerte sich die gelbe Stadt. Busse fuhren Musiker, Tänzerinnen und Prostituierte auf die riesigen Feste, die zu Ehren der Generäle und der Parteiführung organisiert wurden. Über dem Gedränge glitzerte und leuchtete der Himmel. Die Nationalhymne dröhnte aus riesigen Lautsprechern, die durch die Straßen gefahren wurden. Die Prostituierten sprangen nackt in die Busse, ließen ihre Brüste aus den Fenstern hängen und kreischten. Dschaladat wusste, dass die Situation nicht ungefährlich war, er durfte nicht auffallen und die Stadt nicht verlassen.

Unter einem Lichtregen lief er zu Musa Babak. Soldaten, die an den Ausgängen der Stadt postiert waren, veranstalteten ein Feuerwerk. »Der Krieg ist aus … der Krieg ist aus«, riefen alle und tanzten. Dschaladat fragte sich, was danach kommen würde. Würden Ruhe und Sicherheit einkehren, sodass er in den Norden zurückkehren könnte? Aber wie zum Teufel konnte er überhaupt an

Kurdistan denken? Er war achtzehn. Sie würden ihn einziehen. Der nächste Krieg würde ausbrechen, mit weiteren Massakern. Er durfte seine Geschichte nicht vergessen … aber was war eigentlich seine Geschichte? Was konnte er anfangen mit den in seinem Kopf schlafenden Geschichten? Eine Million schlafender Geschichten ist nicht so viel wert wie ein einziger, wortloser Schrei, den der Mensch ausstößt. Über ihm zerplatzten die Feuerwerkskörper und erfüllten die Dunkelheit mit Farben. Er dachte nach, aber noch ehe er wusste, worüber er nachdachte, wurde er vom aufgewirbelten Staub eines Busses mit Dutzenden tobenden Insassen und einem wahnsinnigen arabischen Lied zugedeckt. Dschaladat blieb stehen, als hätte etwas aus einer anderen Welt mit ihm Kontakt aufgenommen. Plötzlich schoss ein seltsames Bild durch seine Gedanken, das ihn vom Karneval der Farben und der Freudenmusik entfernte und ihn zurück in die märchenhafte Welt führte, in der er einmal gelebt hatte. Mit einem Mal sah er die Toten, die heimkehrten. Bunte Blitze leuchteten auf und blendeten ihn. Mitten im Lärm der Explosionen schrie er auf und rannte in die Nacht hinein.

Die Stadt der Bordelle war seit zehn Tagen menschenleer, bis auf Musa Babak, Dalia und Dschaladat. Von einem gelben Wind abgesehen, der wie ein Fremdling durch die Straßen fuhr, herrschte absolute Stille. Als Kind hatte Dschaladat davon geträumt, eines Tages durch eine leere Stadt zu streifen. Eine Stadt, deren Straßen und Gassen, Sterne, Mond und Wind nur ihm gehören würden. Er hörte sich an, was für Geräusche ein böiger Wind in einer verstummten Stadt macht. Andere Geräusche. Der Wind berührte die Dinge anders, er spielte anders mit den Brettern, Vorhängen, Wäscheleinen und Antennen. Wie ein Musiker, der in einem großen Saal allein für sich anders spielt als vor Tausenden Zuhörern. Dschaladat hatte das Gefühl, dass so ein Wind genau die Angst und Einsamkeit mit sich führte, die ein Musiker, der auf einem wolkenverhangenen Berg spielt, enpfinden muss. In seiner Heimatstadt war er ein aufmerksamer Zuhörer des Windes gewesen. In den Bergen hatte Ishak ihm gesagt: »Wer den Wind nicht versteht, kann nicht Musiker werden.« In der Stadt der Bordelle hatte sich Dschaladat mit dem Wind angefreundet, der dauernd durch die Gassen strich und ihn an eine alte Seele erinnerte, die schwer atmend und zittrig unterwegs ist. Sich den Wind anzuhören, war eine der Leidenschaften, die er möglicherweise von seinen nomadischen Vorfahren geerbt hatte. Dafür war er Tag und Nacht unterwegs. Nur mittags und abends kehrte er zu Musa Babak und Dalia zurück.

Eines Nachts blies der Wind kräftiger als sonst. Wütender griff er den Sand an. Er rüttelte an Fenstern und Türen, schüttelte die Bleche. Wie ein Musikliebhaber, der die Finger eines Pianisten beobachtet, folgte Dschaladat den Fingern des Windes. Schließlich, in einer der Gassen, schien ihm ein Schatten entgegenzukommen. Er blieb stehen und sah den erschöpften Schatten auf sich zuschwanken. Er sah aus wie die Soldaten, die er in der Nacht der Siegesfeier auf dem Weg zu Dalia gesehen hatte.

Es war ein Soldat mit einem schweren Rucksack. Ein blutiger Druckverband bedeckte seine Stirn. Er staunte, dass Dschaladat ihn ansah. Er wusste nicht, was ihn in diese Einöde geführt hatte. Seit Tagen war er unerkannt an den Festen der Menschen vorbeigezogen. Niemand hatte ihn wahrgenommen. Es war, als hätte er die ganze Wanderung unternommen, um den lebenden Blick dieses einsamen Jungen im Wind zu kreuzen. Hier würde er rasten. Er trug eine zerfetzte Militäruniform, eine verrostete Kette am Hals, unter seinen Ohren waren ein paar Blutstropfen, ein Zigarettenpäckchen steckte in seiner linken, eine Harmonika in seiner rechten Tasche. Aus dem Rucksack ragte die Spitze einer Flöte. Eine Wasserflasche mit Schutzhülle hing ihm rechts, ein weißer Dolch links vom Gürtel. Dschaladat konnte ihn sehen. Dieser Junge war der erste Lebende, der ihn sehen konnte.

Wie jemand, der nicht weiß, ob sein Gegenüber ihn hört, mit einer tiefen Stimme, die klang, als hätte er seit Jahren nicht gesprochen, röchelnd, als würden die Worte seine Kehle verwunden, fragte er: »Du da, kannst du mich sehen? Falls du mich siehst, sag was. Drück mir deine Hand aufs Herz. Es schlägt nicht.«

Der Wind spielte mit Dschaladats Haaren, im Staub glitzerten seine Augen. Nach den Wüstennächten mit Dalia hatte er keine Scheu mehr vor Toten. Aber dieser traurige Soldat mit seinem weißen Verband sprach direkt zu ihm. Es war das erste Mal, dass der Tod ihn direkt ansprach. Die Augen des Fremden waren blau, als hätte das Betrachten des Himmels sie gefärbt. Mit einem Blau, das die Finsternis der Nacht nicht verbarg, sondern nur noch sichtbarer machte.

»Wer bist du?«, fragte Dschaladat. »Wenn du Kurdisch sprichst, warum bist du nicht in den Norden gegangen? Du traurige Seele, ich kann dir den Weg nicht beschreiben.«

Der Soldat drückte die Hand auf den Verband an seiner Stirn und sagte: »Du kannst mich also hören. Du hörst mich. Seit Tagen irre ich umher, und niemand kann mich hören. Sag mal, wo sind die Bewohner? Hat sie dieser schreckliche Wind vertrieben?«

»Dies ist eine Stadt wie alle anderen. Nur dass manchmal Sand aus der Wüste kommt. Manchmal fliegen auch Enten über die Stadt … und manchmal kommen unglaublich viele Fliegen, die der Wind vor sich hertreibt.«

»Fliegen, die der Wind vor sich hertreibt«, wiederholte der Soldat, »Fliegen … Aber was machst du hier, warum gehst du nicht fort?«

»Ich musste an diesen Ort kommen«, sagte Dschaladat. »Ich war Musiker. Eines Tages wurden meine Freunde und ich verhaftet. Später hat man meine Freunde umgebracht, und ich kam verwundet hierher.«

Der Wind blies nun stärker. Die Blutstropfen am Hals des Soldaten glitzerten. Er zog seine Mütze ab. Sein Kopf war kahl rasiert. Er schüttelte die Mütze und steckte sie in die Tasche, legte den Rucksack ab, lehnte ihn an eine Mauer und sagte: »Erstaunlich. Ich bin auch Musiker. Ich spiele Flöte, auch Klavier. Damals spielte ich nachts vor dem Einschlafen Harmonika unter der Decke. Was spielst du? Sollen wir zusammen spielen?«

»Die meisten Blasinstrumente«, sagte Dschaladat, »auch einige Saiteninstrumente … Ach, lass, ich habe die Musik verlernt. Was ich hier spiele, ist keine Musik. Sag mal, wer bist du? Wie ist dein Name?«

Der Soldat setzte sich jetzt und lehnte sich an seinen Rucksack. »Ich wurde vor zwei Jahren getötet. Ich lehnte an meinem Rucksack wie jetzt. Eine Kugel traf mich an der Stirn. Ich starb, als hätte ich geträumt. Ein Freund hatte einen Verband dabei, legte ihn mir an und ging. Er sagte: ›Ich komme wieder.‹ Aber so saß ich zwei Jahre. Ich fühlte die Kugel in meinem Kopf, aber ich rührte mich nicht. Ich betrachtete nur den blauen Himmel. In der Nacht betrachtete ich die Sterne. Wer sich im Krieg an einen Rucksack lehnen und in den Himmel schauen kann, der hat es gut. Zwei Jahre lang rannten die Soldaten zum Angriff an mir vorbei und kehrten geschlagen und verwundet zurück. Tagsüber trugen sie die Leichen von Soldaten weg, aber nachts schloss ich die Augen und spürte, dass sie noch da waren. Ich hätte gerne zu meiner Harmonika gegriffen, fürchtete aber, dass sich die Kugel in meinem Kopf bewegen und ich die Wunden spüren würde. Hmm, hast du mich gefragt, wie ich heiße? Soldat Scharoch Mahdi Scharoch. Hundertelfte Einheit, achtes Bataillon, zweite Legion. Ich diente in der Panzerbrigade Zulfaqar unter Kommandant Muthana Schahab Dschauad. Als ich getroffen wurde, war ich in Dschsr Madschnun an der Front.«

»Aber wenn du tot bist, warum bist du denn wiederauferstanden?«, fragte ihn Dschaladat ungläubig. »Warum bist du hier?«

»Ich bin auferstanden«, antwortete der Soldat, »weil ich in eine Stadt gehen muss, von der ich seit meiner Kindheit träume. Außerdem, mein Bruder, ob tot oder lebendig, ist egal in einem Land, in dem die Menschen nur in Gedanken leben. Der Tod kommt nicht nur mit einer blöden Kugel, die einem in den Kopf gejagt wird, sondern auch, wenn du merkst, es ist egal, ob es dich gibt. Jeder hat Augenblicke, in denen er sich sagt: Es reicht, ich gehe. Wenn der Mensch sich an Bäumen und Vögeln sattgeschaut hat, bedeutet das, es ist vorbei. Wenn er sich an der Musik sattgehört hat, ist es vorbei. Aber wenn du nicht an den Tod glaubst, dann existiert der Tod nicht. He, Bruder, betrachte mich nicht als einen Toten, das verletzt meine Gefühle. Ich gehe in eine Stadt, die auf keiner Karte verzeichnet ist, verstehst du? Weder Gott noch der Teufel, weder die Lebenden noch die Toten wissen von ihr. Sie liegt jenseits von Politik, Krieg und Diktatoren. Eine Stadt, mit der Gott nichts zu schaffen hat, für Menschen, deren Leben wie ein Musikstück ist. Hast du dich je gefragt, ob ein Musikstück stirbt? Nein. Es kommt auf die Welt und lebt ewig. Und es gibt Menschen, die wie ein Musikstück sind. In deren Stadt gehe ich. Ich gehe in die Stadt der weißen Musiker.«

Dschaladat fuhr zusammen. »Das ist nicht das erste Mal, dass ich von dieser Stadt höre. Was ist mit ihr? Einmal stand ich an ihrem Tor und wurde nicht eingelassen. Weshalb?«

»Ich weiß es nicht.« Scharoch Mahdi Scharoch schüttelte den Kopf. »In den zwei Jahren, in denen ich an meinen Rucksack gelehnt dasaß, kam eines Nachts ein Musiker von dort vorbei. Er sagte: ›Musik schenkt Hoffnung, Jungs! Ich mache Musik, damit ihr die Hoffnung nicht verliert.‹ An der Front habe ich die Musiker gehört, die von dort kamen. Sobald die Artillerie verstummte, fingen sie an zu spielen; eine göttliche Musik, der die Kämpfer auf der einen wie auf der anderen Seite lauschten. Natürlich nur jene Seelen auf beiden Seiten, die hören können, die in der Stille die Ohren spitzen und die geheimen Musiker finden. Darum geht es: immer einen dieser Musiker zu finden. Einer von ihnen erzählte mir von der Stadt der weißen Musiker. Sie gehört denen, die wissen, was Unsterblichkeit ist. Jeder Musiker, jeder Poet, der auf die Welt kommt, ist von der Obsession der Unsterblichkeit besessen. Wenn du eine unsterbliche Musik in dir hast und umgebracht wirst, stirbt die Musik in dir nicht. Keine Macht kann die Musik in dir töten. Die Stadt der weißen Musiker ist die Stadt der unsterblichen Schönheit, die in uns ist und von Krieg, Tod, Leid und Qual nicht getötet werden kann. Zwei Jahre lehnte ich an meinem Rucksack und erfand Melodien. Jetzt besitze ich etwas Unsterbliches. Aber ich muss weiter, ich muss zur Stadt der weißen Musiker.« Der Soldat stand auf, hob seinen Rucksack auf und entnahm ihm ein Buch mit dem Titel »Sünde und Feier«. Er klopfte den Staub ab, wickelte es in zwei Unterhemden und verstaute es wieder. Er sagte: »Ich muss gehen. Das hier ist eine erloschene Stadt. Geh fort, mein Freund, bleib nicht.«

Er hob die Hand und ging. Dschaladat war so verwundert, dass er nicht wusste, was tun. »Mein Freund, geh nicht«, rief er ihm hinterher. »Warte, ich bitte dich … Ich brauche dich, spiel Flöte für mich … geh nicht.«

Aber die Staubwolken der Nacht hatten ihn schon verschluckt. In der Finsternis stand Dschaladat immer noch da, er rief: »Ich weiß, dass meine Freunde dort sind. Sag ihnen, dass ich hier bin und dass sie mir fehlen. Ich bin Dschaladati Kotr, sie sollen mir helfen.«

Aber außer dem Wind war nichts zu hören.

Hat Dschaladat den Soldaten wirklich gesehen, oder ist es die Halluzination eines achtzehnjährigen Jungen, dem Wind und Tod zugesetzt haben? Dschaladat war sich nicht sicher. Als er mir Jahre später die Geschichte erzählte, sagte er: »Es ist wie Schaukeln mit geschlossenen Augen, zuerst weiß man, ob man unten oder oben ist, aber wenn man weiterschwingt, verliert man irgendwann die Orientierung. Man weiß nicht mehr, in welche Richtung man geschaukelt wird. Ob man schaukelt oder fliegt, ob der Wind einen davongetragen hat, ob man die Augen geschlossen hat oder einfach blind geworden ist, ob einem selbst schwindlig ist oder ob die Umgebung sich dreht.« Während er durch die menschenleeren Gassen streifte, dachte er immer wieder an das seltsame Treffen. Schließlich redete er sich ein, Scharochi Scharoch sei eine Erfindung seiner wild gewordenen Einbildungskraft.

In jenen Tagen fand Dschaladat oft Gelegenheit, in Musa Babaks Keller zu gehen. Jedes Mal hatte er das Gefühl, in seine echte Heimat zurückzukehren. In den mit persischen Teppichen ausgelegten Korridoren zwischen den Gemälden überkam ihn ein Gefühl der Sicherheit. Fast immer blieb er vor dem Bild der Stadt der weißen Musiker stehen. Ein Bild, das ihn anzog, das ihn mit rätselhaften Fäden umgarnte. Der Blick des weißen Musikers, der über seiner Geige den Kopf schief hielt, hatte etwas Beruhigendes und Hoffnungsvolles. Das hatte er in den Augen der Lebenden nur selten entdeckt. Wenn Dschaladat sich in die Einzelheiten des Bildes vertiefte, hörte er Musik. Wenn er sich abwandte, um andere Bilder anzusehen, regte sich etwas wie Heimweh.

Manchmal begleitete ihn der Doktor. Das Bild versetzte Musa Babak in einen seltsamen Rauschzustand. Er schloss die Augen, als würde er es mit geschlossenen Augen besser sehen. Hinterher griff er jedes Mal nach seiner Geige und fing an zu spielen. Es war, als ob er dabei seine Erinnerungen in Musik fasste, als ob er musizierte statt zu weinen. Wenn Musa Babak spielte, vergaß Dschaladat Ort und Zeit. Stundenlang saß er im Keller auf einem Hocker und hörte zu, wie die Geige die Lebensgeschichte des Doktors erzählte. Nie kam ihm der Gedanke, dass er selbst ein fantastischer Musiker gewesen war. Er hasste es, wenn ihn jemand daran erinnerte. Er sah sich als einen Verrückten, der im Staub dieser Stadt verloren gegangen war … nichts anderes.

Dalia zu besuchen, war der Höhepunkt seines Tages. Sie saß auf der Veranda und las einen englischen Roman nach dem anderen. Er setzte sich zu ihr und trank eine ganze Karaffe Eiswasser, um das Feuer in seiner Seele ein wenig zu dämpfen. Er sagte, abends schmecke Wasser anders. Wie damals in den Bergen. Wenn er mit Ishaki Lewzerin nach langer Wanderung eine Quelle erreicht hatte und den Mund ins Wasser steckte, war ihm, als würde er mit dem Wasser die Seele der Nacht inhalieren. Als würde er den Himmel und die Sterne trinken. Hier aber, wenn er nachts zu Dalia kam, füllten Wind und Hitze und Verwesungsgeruch seinen Kopf.

Weil er nachts keinen Schlaf fand und durch die Straßen streifte, war er immer erschöpft. Kaum gelang es ihm, nach einer Gurke aus dem Korb zu greifen und sie zu schälen. Dalia sah, wie seine Hände zitterten. Wenn er den Salzstreuer hielt, verstreute er das Salz. Musa Babak, in weißem Unterhemd und weißen Shorts, mit seinen weißen Augenbrauen und Koteletten und seinem weißen Schnurrbart, war auf seinem Sommerbett schon eingeschlummert.

Dalia und Musa Babak schienen miteinander glücklich zu sein. Der Doktor setzte sich oft zu ihr und erzählte von seinen Erinnerungen, von den alten Zeiten, als er in England zu den Spielen von Manchester United gegangen war. Er sprach über die Magie von Bobby Charlton und Bobby Moore auf dem Platz. Er kratzte sich am Kopf und sprach über die Lieder von Um Kalthum. An alles konnte er sich erinnern. Er wusste noch, wann er das erste Mal *Yellow Submarine* von den Beatles gehört hatte. Er sang Arien aus dem *Fliegenden Holländer* und aus dem *Fidelio* und erzählte zwischendrin das ganze Libretto: wie Florestan widerrechtlich vom tyrannischen Pizarro gefangen gehalten wird, wie Florestans Frau Leonore sich verkleidet und als Fidelio beim Kerkermeister Rocco einschleicht.

Aber mitten im Gesang brach er ab, fuhr sich mit der Hand über den Kopf und erzählte, als hätte er sich plötzlich an etwas Wichtiges erinnert, wie er zum ersten Mal den iranischen Sänger Iradsch hörte. »Dalia, wundere dich nicht. Solange ich das Lied *Freier Schmetterling* von Mazhari Chalqi nicht kannte, hatte ich keine Vorstellung davon, dass es kurdische Lieder gibt.« Dann setzte Dalia wieder Tee auf, und Musa Babak erzählte aufs Neue von seiner Suche nach Gemälden und Künstlern. Dschaladat genoss die Worte dieses Mannes. Aber der Gedanke, dass dieser Mann bei seinem Tod die Schönheiten und Geheimnisse des ganzen Jahrhunderts mit sich nehmen würde, machte ihn nachdenklich.

Eines Abends fühlte er sich davon bedrückt. Musa Babak schlief noch nicht. In Unterhemd und Shorts goss er ein paar unscheinbare gelbliche Pflanzen, die weder grünen noch verwelken wollten. So erging es allen Topfpflanzen dieser Stadt; als bewegten auch sie sich zwischen Leben und Tod. Dschaladat fragte sich, was wohl nach Musa Babaks Tod auf ihn zukommen würde. Eines Tages würde ihm dieses Erbe zufallen. Die Verantwortung für die zahllosen Gemälde lastete auf ihm. Konnte er sie retten, wohin sollte er sie bringen? Was würde mit dem Museum geschehen? Er fühlte sich zu klein, unerfahren und schwach, um diese Bürde zu tragen. Aber er wusste auch, dass es niemanden sonst gab.

»Wir brauchen einen Plan«, sagte er zu Musa Babak. »Wir müssen wissen, was wir bei Gefahr tun können. Wenn ich fortgehe, muss ich die Bilder mitnehmen. Ich bin nicht du, Doktor, ich kann nicht ewig in diesem Staub leben.«

Der Doktor goss seine Pflanzen und lachte. »Du hast viel Zeit«, sagte er, »die Bilder anzuschauen und lieb zu gewinnen. Bewahr sie vor Vernichtung, bewahr sie wenigstens in deinen Gedanken, in deinen Träumen. Setz deine ganze Macht ein, aber wenn es jenseits deiner Macht ist, sei nicht traurig, schöne Dinge sterben nicht.«

Dschaladat stützte den Kopf in die Hand. Ähnliches hatte auch der Soldat gesagt. »Aber wie kann Schönheit weiterleben«, fragte er, »wenn sie die Augen und die Seelen der Menschen nicht erreicht?«

Der Doktor kratzte sich am Kopf, er dachte nach. »Hör zu, junger Mann. Schönheit ist das Seltenste auf diesem Planeten. Man kann sie vielleicht erschaffen, aber kann man sie erhalten? Wie willst du sie in einem Teufelsreich wie diesem, in dem jede Nacht Hunderte lebend begraben werden, vor dem Tod bewahren? Kann sein, dass meine Sammlung schließlich vernichtet wird. Niemand hat mir befohlen, das Museum zu gründen … Wie soll ich wissen, was nach meinem Tod daraus wird? Du bist der Einzige, der etwas retten könnte. Vielleicht kannst du einige Bilder, vielleicht nur ihre Geschichte retten. Eines Tages wirst du erzählen: In der Wüste gab es einst einen Verrückten, der widmete sein ganzes Leben den Bildern. Manchmal glaube ich, unsere einzige Rettung liegt in der Rettung von Geschichten.«

»Doktor, ohne meine Heimat kann ich nicht leben«, klagte Dschaladat, »ich glaube, du bist der einzige Kurde, der die Wüste so lange ausgehalten hat. Bei diesen Sternen und bei Dalias Schönheit, sorge dafür, dass die Bilder in den Norden gelangen. Dort werde ich sie mein Leben lang beschützen. Ich werde ihr Wächter sein, ich werde Ausstellungen für sie organisieren. Ich begleite sie um die ganze Welt.«

Der Doktor schlug sich gegen die Stirn. »Ach, Kind, wie ahnungslos du bist! Kurdistan ist heute der gefährlichste Ort der Welt. Nur hier sind die Bilder sicher. Genau wie du, wie Dalia, wie ich. Auch wir können nur hier überleben. Eines Tages, wenn alles anders ist, werden wir die Bilder in den Norden bringen. Dort werden wir eine gigantische Ausstellungshalle mieten, die größte Galerie der Welt, und werden alle Bilder zeigen. Aber bis es so weit ist, sollst du in der Hoffnung leben, dass die Schönheit nicht stirbt.«

Dalia und Musa Babak führten lange Gespräche über die Unterschiede zwischen den Kunstgattungen. Dalia glaubte, im Vergleich zu Künsten wie Poesie, Musik und Tanz seien die Möglichkeiten der Malerei begrenzt. Vielleicht schildere ein Bild die seelische Verfassung des Malers, aber es könne dies anderen Menschen nicht überzeugend mitteilen. Musa Babak dagegen war der Ansicht, des Malers Gabe sei es, einige Sekunden seines Lebens in Ewigkeit zu verwandeln, Geheimnisse zu enträtseln, die anders nicht enträtselbar seien. Nein, die Malerei sei die größte aller Künste. Der Maler sei im Besitz einer magischen Waffe, nämlich der Farbe. Farben verändern die Welt. Veränderungen geschehen in der Fantasie, und nur in Bildern werde aus Fantasie Wirklichkeit. Musa Babak stampfte auf, als wollte er kämpfen. »Außer in Bildern«, sagte er, »hat sich die Welt nie verändert. Matisse und Picasso haben unsere Sicht auf die Welt verändert, nicht Mohammed und Marx, nicht die Französische oder die Russische Revolution.«

»Was du nicht sagst, Doktor«, spottete Dalia. »Ein Bild kann doch jederzeit vernichtet werden! Und dann ist die ganze Revolution dieser Maler verloren. Und dann ists aus mit der Ewigkeit.«

Für Dalia bedeutete Ewigkeit, die Augen zu schließen und in einem Ozean der Wörter, Erinnerungen, Lieder und Gefühle zu schwimmen. »Ewigkeit kann man nicht mit den Augen sehen«, sagte sie, »sondern nur im Geist.«

»Ja, wenn ein Bild stirbt, stirbt es für immer.« Babak schien auf diesen Einwand nur gewartet zu haben. »Die Chancen eines Bildes, zu überleben, sind geringer als die von Poesie oder Musik. Aber was es verewigt, ist sichtbar und greifbar. Mona Lisa lebt länger als alle Könige und Imperien. Geschichte vergeht, aber *Die Sterne* van Goghs funkeln immer noch. Goyas nackte Maja wird uns stets mit ihrem Blick verzaubern. Manets Olympia und ihr schwarzhäutiges Dienstmädchen leben vor unseren Augen. Musik und Poesie nehmen den Dingen ihre materielle Gestalt und verewigen sie dadurch, wohingegen der Maler ihnen ein Antlitz schenkt und sie damit bewahrt. Im Antlitz ist die Substanz der Kunst. Nur die Kunst des Malers gewährt uns den Blick in die Ewigkeit.«

Dschaladat staunte immer wieder, wie diese zwei Menschen in dieser Fata Morgana einer Stadt endlos über solche Fragen debattieren konnten. Ihm fiel dazu nichts ein, und je länger sie philosophierten, desto weniger begriff er. Was ihn umtrieb, war die Liebe. Seine Liebe zu Dalia. Was wollte er von ihr? Er wollte nicht, dass sie seine Liebe erwiderte. Er wollte nicht mit ihr schlafen, er wollte sie nicht küssen, er wollte kein Liebesgeplauder mit ihr, aber was wollte er dann? Für ihn war Liebe eine Form der Musik. Liebe war für ihn wortlos wie die Musik. Nicht weil er aufs Maul gefallen war und die richtigen Worte nicht fand, sondern weil wahre Liebe ebenso wenig wie die Musik weiß, warum sie da ist. Wenn sie begreift, was sie will, hört sie auf. Liebe ist, wenn man sich über das Dasein eines Menschen freut, einfach so. Ein wahrer Verliebter liebt das Gegenüber nicht, weil es hübsch, erhaben, zauberhaft, höflich, verführerisch ist oder sonstige unermessliche Vorzüge hat, sondern weil nur die Liebe es gestattet, ohne Absicht zu sein. Er forderte nichts von Dalia. Seine ganze Liebe zu ihr war grund- und wunschlos. Wenn die Liebe nicht die Absicht hat, den anderen zu erreichen, wird sie zu einem endlos aufgeschobenen Rendezvous, dessen Herbeiführung man der Ewigkeit überlässt. Als Dalia zu Doktor Babak sagte, die Ewigkeit könne man nicht mit den Augen, sondern allein im Geist sehen, war ihm, als hätte sie gesagt, die Liebe könne nicht berührt, sondern nur in Gedanken erlebt werden.

Jahre später, als wir uns trafen, saß er mir in seinen hohen Stiefeln, seiner schwarzen Lederjacke und mit seiner Zigarette gegenüber. Wir hörten die Streicherserenade von Tschaikowski. Er starrte an die Decke. »Meine Liebe zu Dalia war kein Traum von Vereinigung, sondern ein Nachsinnen über Disjunktion. Es gibt Liebe, die nach der Vereinigung der Körper und der Seelen strebt, und es gibt Liebe, die um Disjunktion, den Zustand der Verbindung in der Getrenntheit, kreist. Die kleine Liebe fragt sich, wann sie ihre Erfüllung erreicht, die große, wann und wo sie von dem Geliebten getrennt worden ist. Wie diese einsame, getragene Geige Tschaikowskis … sie ist wie eine Stimme im eigenen Kopf, eine Stimme, die uns seit der Erschaffung eingepflanzt ist und sich später getrennt hat. Wie die Musik ist das Geliebte etwas von uns Abgetrenntes, das in einer Urzeit Teil von uns gewesen sein muss.«

Die Stadt begann, sich zu leeren. Tausende Frauen, deren Ehemänner, Brüder und Väter in Gefangenschaft geraten waren oder Haus und Habe aufgegeben hatten, um sich zwischen den Fronten durchzuschlagen, kehrten nach Hause zurück. Sie wollten ein neues Leben anfangen. In großen Gruppen verließen sie die Stadt. Jeden Morgen sah Dschaladat, wie sie auf kleinen Pick-ups jubelnd Abschied nahmen. In der Weißen Orange hörten die meisten Mädchen auf, nur ein paar einsame Frauen standen noch verloren auf der Bühne. Musiker verschwanden ohne Abschied auf Nimmerwiedersehen. In den meisten Nächten war der Saal menschenleer. Wenn Dschaladat nachts aufwachte und auf den Balkon trat, schien ihm, als bewegte sich die Stadt. Als befände er sich an Bord eines Schiffs und sähe in der Ferne die Lichter von Hafenstädten blinken. Er atmete tief ein, und der Dunst der Flüsse füllte seinen

Brustkorb. Ihm war, als ginge er durch Dattelplantagen, durch dicht gedrängte Städte, aber wenn er morgens aufstand, war da nichts als die alte, garstige, unverrückbare Wüste.

In der still gewordenen Weißen Orange gab es zuletzt nur noch Dschaladat und zwei traurige Mädchen, die in ihren langen arabischen Gewändern im Saal saßen und Waschlappen strickten. Die ihre Handflächen, Fußsohlen und Brüste mit Henna schmückten. Nicht die Art Mädchen, die Dschaladats Lobpreis hätte glücklich machen können. Es waren zwei Verrückte, die ihre Sandalen auf dem Tisch ablegten, sich auf dem Boden ausbreiteten und Lieder in ihrem südlichen Dialekt sangen. Beide aßen von einem Tablett, das sie mit viel Reis und Sauce beluden. Sie wuschen sich nicht oft und rieben ihre Körper mit einem Kraut ein, dessen Gestank Dschaladat zum Rückzug in sein Zimmer zwang.

Auch Samar Saleh und ihr Ehemann kamen selten, sie wollten das verödete Etablissement verkaufen, aber offenbar war niemand bereit, Geld in so etwas Totes zu stecken. Am Ende des Winters fiel zum ersten Mal seit einem Jahr Regen. Es war wie ein Zeichen, dass nun alles zu Ende ging. Dann gingen auch die zwei Mädchen, und Dschaladat war allein. Die Stille war grauenhaft. Nun konnte Dschaladat alle Türen öffnen, jedes Zimmer betreten, die Schatten der Vergangenheit jagen. Überall hing noch der Geruch vergangener Tage. Manchmal saß er abends auf den Treppen, die Spiegel bevölkerten sich mit Mädchen, die sich noch schnell fertig schminken wollten, die durch den Saal rannten, einander anschrien, hinfielen, lachten, einander umarmten und weinten. Sie hatten das kleine Freudenhaus mit Frohsinn und Schönheit erfüllt. Jetzt aber waren sie gegangen und hatten anderswo ein neues Leben angefangen.

Wahrscheinlich waren die Kontrollen nicht mehr so streng. Vielleicht konnte er sich in die Hauptstadt durchschlagen und ein Fahrzeug auftreiben, das ihn nach Kurdistan brachte. Aber was konnte er dort tun? Sein einziger Anlaufpunkt war das Haus des älteren Bruders, der ihn immer gequält, der auf seine Notenhefte gepisst hatte. An wen konnte er sich wenden? Sicher müsste er zur

Armee, aber er wollte lieber sterben als Soldat werden. Immer wieder zog es ihn ins Museum, er musste das Bild seiner weißen Stadt sehen. Das war wie die Beziehung eines Fischers zum Meer, eines Vogels zu seinem Baum, die Beziehung eines Mathematikers zu einer Frage, deren Antwort sich entzieht. Erschöpft legte er dann den Kopf in Dalias Schoß und weinte. Er wusste nicht, warum er weinte, aber er wusste, dass er bei ihr weinen durfte. Dass sie beide nach Tod rochen. Nach den Toten, die sie gesehen hatten. Wenn sie sich in die Augen sahen, erinnerten sie sich an die Kinder. Kleine Kinder, deren Geruch der Wind aus der Wüste heranwehte. Wenn er den Kopf in Dalias Schoß legte und weinte, hatte er das Gefühl, um die Seelen unter dem Sand zu weinen. Beide waren sie ohne Ziel und Zukunft. Sie warteten auf ein Wunder, das sie aus der Stadt herausholen und in ein anderes Leben geleiten würde.

Manchmal traf er andere Musiker, die in wechselnder Formation in verschiedenen Freudenhäusern arbeiteten. Die Schrumpfung der Stadt ließ sie näher zusammenrücken. Sie trafen sich beim Pick-up eines fahrenden Händlers, der in der Stadt haltmachte. Sie versammelten sich in einer Lehmhütte und betranken sich. Dschaladat lernte das Trinken, dabei konnte er sich selbst vergessen. Und er begann zu rauchen. Da er keine Arbeit und somit kein Geld für Bier und Zigaretten hatte, musste er Dalia anpumpen. Sie sagte besorgt: »Mein Leben, warum das? Willst du dich so jung umbringen?«

Im Rausch sang er mit den arabischen Musikern das Lied »Hoch hinauf auf die Palme«. Fahmi Basri spielte Trommel. Er servierte seinen Gästen den Kaffee selbst, um ihnen Ehre zu erweisen. Ab und zu stand er auf, entblößte seine verbrannten Arme, wickelte roten Stoff als Tanzgürtel um seinen dicken Hintern und tanzte. Fahmi, der Mann, der Dutzenden Musikern geholfen hatte, die Musik zu verlernen. Wenn er sinnlos betrunken war, schlug er weinend den Kopf gegen die Tischkante, gegen die Betonmauer. »Ich habe mich und euch getötet«, jammerte er. Dann stieg Dschaladat auf einen Tisch und lallte: »Meister, du hast uns das Leben gerettet.

Lebe und trink deinen Wein. Musik ist die reine Qual. Scheiß drauf, Meister. Piss auf Mozart und lebe.«

Die Treffen endeten damit, dass sie Fahmi Basri zu Bett brachten, ihn zudeckten und küssten. Auf dem Rückweg brabbelte Dschaladat vor sich hin: »Scheiß drauf, scheiß auf die Schönheit und lebe.«

Doch gegen Ende des Winters, als würde die Zeit zurückgedreht, füllte sich die Stadt wieder mit Soldaten. Regimenter und Panzerbrigaden waren auf dem Weg in den Süden. Dutzende Frauen und junge Mädchen tauchten auf. Die Bordelle der Stadt öffneten wieder. In der Weißen Orange tummelten sich wieder Mädchen, Tänzerinnen und Musiker. Krieg lag in der Luft. Frauen, deren Verwandte erneut rekrutiert worden waren, kehrten in die Stadt zurück. Zum ersten Mal sah man in den Gassen auch kurdische Soldaten, die sich neugierig umsahen. Dschaladat hörte das Grölen kurdischer Soldaten, die unerschrocken alle Lasterhöhlen aufsuchten. Eines Abends platzten vier von ihnen singend in die Weiße Orange. Sie sangen einstimmig, ein schwermütiges Lied des alten kurdischen Sängers Mamle. Dschaladat hatte, abgesehen von Dalia und Babak, lange keine Kurden gesehen. Er fühlte große Scham und gab sich nicht zu erkennen.

Viele dieser kurdischen Soldaten schliefen zum ersten Mal in ihrem Leben mit Frauen. Sie waren so erregt, dass sie sich oft verirrten. Sobald sie nackte Frauen sahen, verloren sie die Kontrolle. Sie tobten die Qualen des Soldatenlebens im Schoß der arabischen Frauen aus. Wenn sie mit ihnen schliefen, war das wie eine Rache. Sie vögelten, um ihre zerbrochene Ehre wiederherzustellen. Sie glaubten, wenn sie mit einer Araberin schliefen, würden sie sich für die Verwüstung ihrer Heimat rächen.

Und dann, mitten im Sommer, marschierten die Regierungskräfte in Kuwait ein und eroberten in wenigen Stunden alle Städte und Ölraffinerien des kleinen Königreichs. Die Einwohner wurden jäh aus ihrem Traum gerissen. Bislang hatten sie ihr Leben mit Reisen, mit der Jagd auf Frauen und dem Anschauen von Fußballspielen verbracht. Es war das Ende eines Jahrhunderts, einer Epoche; aus der Asche der alten entstand eine neue. Der Krieg verwandelte Dschaladats Leben – und die ganze Welt.

Tausende Soldaten aus der ganzen Welt trafen in den internationalen Gewässern des Golfs ein, und in den Häfen setzten die Schiffe Panzer und Fahrzeuge an Land. Aus den Radios hallten die Nachrichten durch die staubigen Straßen. Dschaladat war der Einzige, der sie nicht hören wollte. Er wagte nicht, auf den drohenden Krieg zu hoffen, der das Ende für den Diktator und seine Armee bedeuten konnte. Der Krieg war seine einzige Hoffnung auf eine Rückkehr in den Norden. Aber Krieg war schrecklich.

Musa Babak hing ständig am Radio. Er stampfte auf. »Der Krieg darf nicht sein. Das ist kein Krieg, das ist das Ende der Welt. Kein Mensch kann sagen, was passieren wird. Dschaladat, ich sehe nichts als Verwüstung.«

»Aber nur der Krieg kann dieses Regime zu Fall bringen«, entgegnete Dalia. »Falls diese Armee nicht geschlagen wird, frisst sie noch mehr Länder und Völker. Doktor, sieh meine Hand, siehst du Blut an ihr? Nein, die Engel können bezeugen, dass ich unschuldig bin. Ich weiß, dass ich hier sterben werde, weil die Engel nur in dieser Stadt bei mir sind. Dschaladat, glaubst du mir nicht? Du weißt, dass ich den Tod nicht fürchte. Dieser Krieg ist das Allerschrecklichste, aber unsere Zukunft hängt daran. Ich will den Tod nicht fürchten. Wer ihn nicht fürchtet, kann besser denken.«

Dschaladat wusste, dass er durch die Hölle musste. Er witterte ihr Nahen. Nachts auf seinem Balkon sah er, wie aus der Ferne Feuerbrände heranrückten.

Die gelbe Stadt wurde ein Ort des Grauens. Dutzende neue Kasernen waren in der umgebenden Wüste errichtet worden. Je mehr Soldaten die Feinde in den Golf brachten, je schärfer die Drohungen der Amerikaner und Engländer wurden, umso zahlreicher wurden Lager und Kasernen. Mit jeder Drohung, welche die Führer aussprachen, wurden weitere Abertausende zu den Waffen einberufen. Die Armeelager füllten sich mit Kindern und alten Männern, die zwangsrekrutiert und in die Wüste verfrachtet worden waren. In den Monaten zwischen Aufmarsch und Krieg war die Stadt der traurigen Huren, diese Transitstation auf dem Weg in den Tod, völlig überfüllt.

Die neuen Gäste gehörten nicht zu denen, die nachts in einen Saal kamen, sich betranken und amüsierten. Es waren keine wohlhabenden Araber, die die Tänzerinnen mit Geld bewarfen, sondern einfache Soldaten, die nur kamen, um ein paar Augenblicke mit einem Mädchen zu verbringen. Obwohl die Frauen Tag und Nacht Arbeit hatten, war der Saal selten so gefüllt wie in den alten Zeiten. Oft hatten die Musiker nichts zu tun und zogen gemeinsam singend durch die staubigen Gassen. Die Wirtschaftssanktionen machten sich bemerkbar. Medikamente fehlten. Lebensmittel wurden knapp. Die Menschen bereiteten sich ihr Essen aus dem Heu für Ziegen, Esel und Maultiere. Der Doktor besaß eine riesige Vorratskammer mit Verbandsmaterial und Medikamenten, sodass sich viele Verwundete und Kranke an ihn wandten. Dass der Krieg nicht stattfinden würde, war bald nur noch eine schwache Hoffnung, an die sich die durstigen und hungrigen Soldaten – die mit Trockenbrot und Kohlrübeneintopf in den modernsten Krieg aller Zeiten ziehen sollten – klammerten.

Draußen wussten alle, dass der Teufelstanz stattfinden würde. Nie zuvor hatten sich so viele Menschen so frühzeitig einen Grabplatz besorgt. Auf den Friedhöfen wimmelte es von Leuten, die zwischen den Grabsteinen nach einem freien Platz suchten. Wer bei seinen Verwandten begraben werden wollte, verursachte auf den großen, bekannten Friedhöfen ein sinnloses Gedränge. Ein Grab kostete mehr als ein Haus.

In den Tagen vor einem Kriegsausbruch ändern sich die Menschen. Die einen wollen plötzlich alles tun, was verboten, sündhaft und undenkbar gewesen ist. Andere besinnen sich plötzlich und kehren zu Gott zurück. Dschaladat verfolgte diese Veränderungen aufmerksam.

In der Nacht, als der Krieg begann, war die Stadt leer. Dschaladat sah Dalias Engel, die hysterisch durch die Gassen flatterten. Sie drehten sich in großen Kreisen, als würden sie etwas bewachen oder sich auf etwas Unvorhersehbares vorbereiten. Aber sie waren nicht die einzigen Erscheinungen jener Nacht. Hunderttausende Meeresvögel landeten in großen Schwärmen auf Dächern, Terrassen, Geländern und Strommasten. Vögel, die noch nass vom Ozean waren. Ihre Flucht beunruhigte die Bewohner. Einige Stunden später wurde die Welt irreal. Große Fische zogen am Himmel vorüber, Schiffssilhouetten, Schemen ertrunkener Matrosen, lächelnde Perlentaucher mit goldenen Zähnen. Dschaladat wusste, dass diese Stadt, auf der Grenze von Realität und Fantasie, auf keiner Karte existierte, aber dass sie plötzlich die Lebe- und Schattenwesen des Meeres anzog, überstieg sein Vorstellungsvermögen.

Die ganze Nacht saß er auf seinem Balkon und ließ die Wesen an sich vorüberziehen, die vor dem drohenden Krieg im Süden geflohen waren und jetzt durch die Stadt trieben. Um null Uhr sollte der Krieg beginnen. Ein paar Stunden später schlugen die ersten Raketen ein. Dschaladat sah das grausame Feuerwerk über den Kasernen und Lagern. Brennende Soldaten sprangen durch Feuer und Rauch aus ihren Schanzen und Verstecken. Er zog eine dicke schwarze Jacke über und ging noch einmal hinaus. Der Feuerregen fiel wie aus einem Springbrunnen. Raketen und Flugzeuge sausten in Richtung der Militärbasen im Süden und im Norden. Selbst in seiner dicken Jacke fühlte Dschaladat die Kälte. Er setzte sich am Stadtrand auf eine Bank. Es war, als würde das ganze Land auf einmal explodieren. Brennende Soldaten rannten zu Hunderten auf ihn zu, aber noch ehe sie näher kamen, zerfielen sie zu Asche, die der Wind verwehte. Es stank nach versengtem Menschenfleisch. Nichts entging ihm. Tausende Soldaten, die aus ihren Kasernen flohen. Kinder, die Rauch ausatmeten. Frauen, die brennend in die Flüsse sprangen und sich in auf der Oberfläche treibende Kohlestücke verwandelten. Bis es hell wurde, sah Dschaladat lodernde, rennende Menschen, die zu Asche wurden.

Im Morgengrauen fiel eine beängstigende Stille über die Welt.

Dschaladat stand auf und kehrte zurück, wie aus der Hölle. Er warf sich aufs Bett und fiel in einen todesähnlichen Schlaf. An den folgenden Tagen lief er mit einer langen weißen Jacke und einer schwarzen Mütze herum. Alles, was er sah, brannte sich in ihn ein. Als wäre er wahnsinnig, sah er in der Luft kleine Boote über sich hinwegfliegen. Tanker, die über die Häuser schwebten. Enthauptete Menschen, die Hände in den Taschen. Brennende Schatten, die aus den Freudenhäusern stürzten. In dieser Stadt stank alles nach Rauch und Sprengstoff. Der Doktor und Dalia waren pausenlos im Einsatz. Verwundete warteten in Scharen vor dem Haus. Der Doktor erlaubte einigen Verletzten, die Nacht im Krankenzimmer zu verbringen. Natürlich wusste er, wie gefährlich es war, geflohenen Soldaten Zuflucht zu gewähren. Dschaladat sah in manchen Nächten Hunderte verletzte Soldaten auf den Doktor warten, damit er sich ihre Wunden ansah. Sie rochen nach Krieg, waren ausgemergelt und staubbedeckt, in zerfetzten Stiefeln und dicken rumänischen Jacken, die der Staub noch schwerer gemacht hatte.

Musa Babak hatte seinen weißen Bart wachse lassen, weil ihm die Zeit fehlte, ihn zu schneiden. Tag für Tag wurde sein Augenlicht schwächer, sein Rücken krummer. Ständig war er mit Patienten beschäftigt. Er hob nicht mal den Kopf, um zu sehen, wen er da behandelte. Manchmal stand Dschaladat stundenlang neben ihm, ohne dass er ihn bemerkte. Der Doktor wurde gebraucht, in solchen Zeiten vergaß er sich selbst. Ohne nach rechts oder links zu blicken, schuftete er, während das Radio neben ihm leise vor sich hin zischelte.

Dalia ließ Dschaladat oft neben sich Platz nehmen. Sie registrierte seine Zitteranfälle, sie hörte seine halluzinierenden Selbstgespräche über gespenstische Vogel- und Fischwesen am Himmel. Sie verabreichte ihm Medikamente und kochte ihm heilende Tees. Wenn es ihm sehr schlecht ging, ließ sie ihn nicht gehen, gab ihm zu essen, deckte ihn auf einem Bett warm zu, wickelte sich auf einem Stuhl neben ihm in eine Decke ein und lauschte in die Nacht, die von Explosionen widerhallte.

So ging es wochenlang weiter. Alle in der Stadt warteten auf den Jüngsten Tag. Einige Prostituierte fingen an, Kopftücher zu tragen, und trafen sich zum gemeinsamen Gebet. Einige wandelten schwarz verschleiert durch die Gassen und bekundeten laut ihre Reue. Andere traten nackt vor die Tür und verführten die Soldaten. Sie sagten: »Wenn sich der Mensch vor dem Tod nicht satt liebt, stirbt er einen höllischen Tod.«

Dschaladat las auf einem großen Anschlagbrett: »Bevor du stirbst, wirf einen Blick ins Paradies.« Mit solchen Sprüchen war er zu verführen. Er öffnete die Tür und trat ein. Es war ein großes Haus mit Dutzenden Zimmern. Um einen trockenen, kleinen Pool in der Mitte des Hofs standen nackte Mädchen und Frauen. Sie blickten dem Gast lächelnd entgegen. Der Hof war angefüllt mit Soldaten, die alle irgendwie Verbände trugen oder krank wirkten. Als würden sie sich um den eigenen Tod drehen, drehten sie sich um die Frauen, die in der Winterkälte die Gäste zu einer himmlischen Nacht einluden. Neben einer Säule blieb Dschaladat stehen. Ein Mädchen in seinem Alter ergriff seine Hand und näherte ihre Lippen seinem Mund, um ihn zu küssen. Furchtsam blickte er sich um und fragte: »Wer bist du?« Das Mädchen antwortete nicht. Es führte ihn durch den Abendnebel. Plötzlich bemerkte er den Flügelschlag von Enten in der Luft. Als wandelten sie über ein Meer, folgte er dem Mädchen, das ihn mit einem verheißungsvollen Lächeln ansah. Ihr Gesicht war rund und kindlich, sie hatte mandelförmige Augen. Sie führte ihn an einen verborgenen Ort. Wenn er stehen blieb, um die magischen Laternen zu betrachten, die in der Luft hingen, rief das Mädchen mit zarter Stimme: »Komm, Dschaladat.«

Sie betraten einen riesigen Hof mit Dutzenden Springbrunnen, deren Wasser in der Luft zerstäubte, ohne den Boden zu erreichen. Neben den Brunnenbecken lagen Hunderte verwundete Soldaten, ihre Körper mit Verbrennungen übersät, die Rucksäcke bedeckt mit der Fahne des Landes, die in hässlicher Schrift »Gott ist groß« verkündete. In diesem Hof schliefen sie mit den nackten Frauen.

Aber es war ein Ort, der nach Tod roch. Das Mädchen wollte ihn ausziehen, sie nahm ihm seinen weißen Mantel und seine schwarze Mütze ab. Sie schaute ihm in die fiebrigen Augen. Dschaladat blieb regungslos, er schaute auf die dahinfliegenden grünen Enten, die ihre wertvollen Federn fallen ließen. In dem Augenblick, als das Mädchen nach dem Reißverschluss seiner Hose griff, hörte er Musik, Klavier, Beethovens Sonate Nr. 23. Das Mädchen wollte ihn weiter ausziehen. Er unterbrach sie: »Bist du tot oder lebendig? Was bist du, ein Engel oder der Teufel?«

Er erwartete keine Antwort. Die traurigen Soldaten und die Prostituierten hier waren weder Engel noch Teufel, weder lebendig noch tot, bloß Prostituierte und Soldaten. Seit dreißig Jahren brachte dieses Land nur noch Prostituierte und Soldaten hervor. Dschaladat griff nach seinem weißen Mantel, setzte seine schwarze Mütze auf und rannte schreiend davon.

Als er wieder zu sich kam, lag er mitten auf einer Straße. Um sich nur Nebel. Die Wüstenstille gab keinen Laut. Er war verstört.

War er zu einem Geschöpf geworden, das eine andere, verborgene Seite des Lebens sah? Dalia packte ihn am Kinn. »Der Jüngste Tag ist noch nicht angebrochen«, sagte sie. »Willst du dich wirklich in den Wahnsinn treiben?« Sie bugsierte seinen Kopf unter die Dusche, um ihn zu säubern. »Mein Herz, wann hast du dir angewöhnt, dich wie ein Esel im Sand zu suhlen? Ich weiß nicht, was in deinem hohlen Kopf steckt.« Diesen Satz sagte sie jeden Tag: »Ich weiß nicht, was in deinem hohlen Kopf steckt.«

Dalia nahm an, dass ihre Geschichte nach dem Krieg dem Sicherheitsdienst zu Ohren kommen und dass man sie suchen würde. Hoffnung gab es nur, wenn die Armee zusammenbrach. Wenn die Soldaten nicht mehr mitmachten. Sie sagte zu Dschaladat: »Die Rettung ist vielleicht ganz nah.« Aber als Dschaladat sie ansah, fand sie in seinem Blick nur Rauch und Schreie: »Dalia, gehen wir. Wir müssen von hier weg.«

»Mein Blümchen«, sagte sie, »aber was ist mit meinen Engeln?«

Er versuchte, ihr zuzureden. »Die sind nur der Widerschein deiner Schönheit. Die Engel sind da, wo du bist, du musst sie nur finden. Dalia, gehen wir dahin, wo wir in Ruhe und Frieden leben und sterben können. Das hier ist keine Stadt für Menschen.«

Sie nahm ihn in die Arme: »Wie schön deine Worte sind, du bringst mich noch um damit. Ich möchte weinen, aber ich habe keine Zeit. Immer stehen Soldaten vor der Tür und bitten um Wasser, Brot und Medikamente.«

Als mir Dschaladat seine Geschichte vorlas, zog er an seiner Zigarette und sagte: »Verflucht waren diese Tage. Nur wenn ich mit Dalia sprach, hatte ich einen klaren Kopf, kein Fieber, keine Halluzinationen, kein Zittern. Ich sagte: ›Lass uns fortgehen, ich kann im Dunkeln sehen, ich sehe alles, eine verrückte Karte befindet sich in meinem Kopf, verstehst du? In meinem Kopf ist eine Karte, sie wird uns retten.‹«

Aber Dalia widersprach: »Hör auf damit. Falls eines Tages keine Gefahren mehr auf unserem Weg lauern, sage ich dir Bescheid. Großer Gott, jetzt enthält dieser bescheuerte Hohlkopf auch noch Karten.«

»Glaub mir doch, Dalia«, flehte er sie an. »Ich habe eine Karte in meinem Kopf, ich sehe alles. Ich bin ein Prophet, aber nicht Gott hat mich gesandt. Ich komme aus der Stadt der weißen Musiker. Ich fühle es, Dalia, ich fühle es.«

»Meine Blume«, beruhigte sie ihn, »es ist noch zu früh. Hör auf mich. Du musst warten.«

Dschaladat wusste, dass es die letzte Gelegenheit war, Dalia zu retten. Alles geschah jetzt so schnell, dass keine Zeit mehr blieb zu überlegen. Der große Krieg erreichte auf einmal seine letzten Tage und Stunden. Die Bodentruppen der Alliierten überrannten die Stellungen der Regierungstruppen, die sich binnen Stunden auflösten. Die Straßen des Südens waren übersät mit ausgebrannten Panzern und Lastwagen. Soldaten lagen verkohlt am Straßenrand und in ihren Fahrzeugen. Der Geruch verbrannten Menschenfleischs lag über den Straßen. Zehntausende Soldaten marschierten barfuß, durstig, hungrig durch die Wüste nach Hause. Dschaladat hielt sich die Augen zu. Brennende, verkohlte Soldaten marschierten schreiend durch seinen Kopf. Hinter seinen geschlossenen Lidern hatte sich der Himmel mit verkohlten Tauben gefüllt. Auf den Straßen brennende, galoppierende Pferde, Hirsche, die brennend aus der Wüste flohen, in der Luft Fische, die brannten wie Laternen.

Zuletzt ging Dschaladat nicht mehr aus dem Haus. Wenn er die Augen schloss, sah er, wie Frauen und Kinder Regierungsgebäude angriffen, wie überall Rauch aufstieg. Er war dauernd hungrig. In der Stadt gab es nichts zu kaufen. Irgendwo fand der Hohläugige einen Sack Zwiebeln und aß sie mit vertrockneten Brotkanten, oder er machte sich eine Suppe daraus. Er rasierte sich nicht mehr. Wenn er sich umzog, zitterten seine Hände. Fortwährend hallte in seinem Kopf ein Schrei. Er sah schwarzen Rauch. Er sah ausgehungerte Geschöpfe, die Müll nach Essensresten durchstöberten. Er sah Soldaten auf den Straßen Enten jagen, er sah die Fische im Rauch schwimmen. Er sah den Ozean brennen, er hörte seine Freunde nach ihm rufen. Nachts wurde er von ihren Rufen geweckt. Er träumte von Sarhang Qasm und Ishak, sie musizierten für ihn. Er wollte sie einholen, er verfolgte sie durch die Räume der Weißen Orange, auf der Treppe fiel er hin. Vom Fenster aus sah er sie in der Wüste verschwinden, er rief ihnen hinterher. Verzweifelt presste er die Hände gegen den Kopf. Ishaks Flöte erklang. Er schlug den Kopf gegen die Wände, vergebens.

Nach fünf Tagen kam Dalia, um ihn zu suchen. Sein Leib war blau angelaufen, seine Kleider mit Essensresten verschmiert, sein Haar zerzaust wie das eines Wahnsinnigen. Er fürchtete sich vor jedem Menschen. Angst, Hunger, Schwäche und das ständige Einatmen des giftigen Rauchs hatten ihn entsetzlich zugerichtet. In dem kleinen Taxi, das in Krieg und Frieden vor der Weißen Orange stand mit dem Chauffeur, der in sein Fahrzeug hineingeboren zu sein schien, brachte ihn Dalia zum Doktor, wusch ihn und gab ihm zu essen.

»Zieh dich um«, sagte sie. »Wir gehen. Es ist vorbei, es gibt nichts mehr, vor dem wir uns fürchten müssen. In den Städten des Südens ist die Revolution ausgebrochen, das Regime existiert nicht mehr. Du kannst jetzt auf die Straße gehen, ohne dich fürchten zu müssen.«

Sie nahmen Abschied von Musa Babak, denn der konnte wegen der Patienten seinen Posten nicht verlassen. Er beschwor sie, am nächsten Tag, spätestens am übernächsten zurückzukehren.

Weil die Ölraffinerien brannten, gab es kaum Benzin, und nur wenige Fahrzeuge waren unterwegs. Sie hatten einen langen Weg vor sich, auf einer schlechten Straße. Kasernen lagen in Ruinen, die Eisenträger waren geschmolzen wie Wachs. Sie gingen vorbei an Verwundeten, denen keiner aus den Trümmern heraushalf. Sie sahen Scharen von Frauen und Kindern, die über Kasernen und Lager ausschwärmten, Essen, Kleider und Waffen holten und unter sich aufteilten. Sie sahen verbrannte Bilder Saddam Husseins, die noch rauchten. Dschaladat sprach wenig. Er lief mit großen Schritten und hielt den Kopf gesenkt. Dalia in ihrem langen arabischen Gewand und einem schwarzen Kopftuch hielt mit ihm Schritt. Aus manchen Fahrzeugen flatterten grüne Fahnen. Wenn ein Auto an ihnen vorbeifuhr, hielt sich die Staubwolke eine ganze Weile in der Luft. Irgendwann ließ sie ein taubstummer Mann, der einen weißen Pick-up fuhr, einsteigen. Es war nicht wichtig, wohin er fuhr. Wichtig war nur, voranzukommen.

Dalia und Dschaladat landeten im Gewimmel einer rätselhaften, überlaufenen Stadt, einer der heiligen Städte des Südens mit goldenen Kuppeln und hohen Minaretten. Der Fahrer ließ sie in der Nähe einer Moschee aussteigen und verabschiedete sich, ohne Geld anzunehmen. Die Stadt war im Aufruhr. Von allen Minaretten und Kuppeln schollen Schreie, Rufe zum Gebet in herzzerreißend klagenden Tönen. Schüsse waren zu hören. Trotzdem strömten die Menschen zu den heiligen Gräbern. Einige Milizionäre hatten sich grüne Bänder um den Kopf gebunden, auf denen stand: Ali … Erlöse uns, Mahdi … Revolution …

Menschen heulten, frohlockten, schlugen sich und riefen Hussein an. Andere umarmten und gratulierten einander. Regierung, Polizei, Armee und Geheimpolizisten, all das war verschwunden aus dieser Welt. Einige hatten Essen auf die Straße gebracht und forderten die Fremden auf zuzugreifen. Vor einer Moschee bekamen sie von einem Karren Brot, Fleisch und Tee. Dschaladat sog alles in sich auf. Der Dunst der Jahrhunderte hing über den Kuppeln, den in die Wände gravierten Suren. Die ganze Zeit hatte er das Gefühl, der Mond stehe direkt über ihm. Sein Blick ähnelte dem eines Schiffers, der einen gigantischen Sturm auf sich zukommen sieht. Diesen Blick habe ich oft bei ihm gesehen, voller Furcht und Verwunderung, bekümmert und unergründlich, einsam und sehnsüchtig.

Sie hörten ein großes Geschrei. Hunderte folgten ein paar Kindern, die behaupteten, sie hätten ein Geheimgefängnis entdeckt. Dschaladat und Dalia schlossen sich an. Einige trugen Spitzhacken und Hämmer, Menschen mit zerfetzter Kleidung, eingefallenen Wangen, verwundeten Händen und keuchendem Atem, Menschen wie der leibhaftige Tod. Durch Gassen, die nach Weihrauch und Blut rochen, kamen sie schließlich auf einen Platz, der mit Laternen erleuchtet wurde. Hier hatte jemand einen Zugang zu einem Geheimgefängnis entdeckt. Man hatte Mauern durchbrochen und Türen herausgerissen, um den Eingang zu finden. Er befand sich im Hof eines Hauses, das dem Geheimdienst angeblich als Stützpunkt diente. Das Verlies umfasste unzählige Räume mit Gefangenen, von denen niemand wusste, wann sie eingesperrt worden waren. Einige sprachen die Sprache einer anderen Zeit, sie hatten ihren Namen vergessen, kein einziges Haar mehr am Körper, während bei anderen Haar und Bart derart gewachsen waren, dass sie aussahen wie Wilde aus dem Dschungel. Die Menge drängte zum Eingang. Bewaffnete stoppten sie: »So geht es nicht, da unten ist nicht genug Platz. Wir brauchen ein paar kräftige Leute, die die Ketten zerschlagen.«

Dschaladat, der mit seiner Jacke und der schwarzen Mütze aussah wie ein Schauspieler, sagte sofort: »Ich mache das.«

Dem jungen Mann am Eingang gefiel Dschaladats Gesicht. »Ich

nehme dich und noch zwei«, sagte er. »Niemand darf rein, es gibt da unten keinen Platz mehr. Wer Verwandte hier hat, soll sich gedulden, wir werden die Gefangenen nacheinander befreien, es sind zu viele. Niemand weiß, wie lange sie einsitzen, du lieber Gott. Seit den Zeiten von Harun Al Raschid, hahaha.«

Die meisten lachten noch, als man den ersten Gefangenen herausholte. Ein dürrer, alter Mann, nackt bis auf eine Unterhose, an seinem Körper war kein Haar mehr. Er schleppte eine dicke Kette an Händen und Füßen. Als er die Menge erblickte, begann er zu weinen. Leute umarmten ihn und sagten: »Du bist frei, du bist frei.«

»Kennt ihr mich nicht?«, rief er. »Ich bin Said, der jüngste Sohn von Aiatullah Hassani Qazuini.« Der jüngste Sohn eines Aiatullah, an den sich niemand erinnerte … Das brachte die glücklichen Araber, die nach siebzig Jahren die erste Nacht ihrer Freiheit erlebten, noch mehr zum Lachen. Die Leute hoben den Alten hoch und riefen: »Er lebe, der jüngste Sohn von Aiatullah Qazuini, er lebe hoch.«

Dschaladat nahm einen Hammer und schrie: »Weg da, damit ich die Ketten zerschlagen kann … weg da.« Auf einer Betonbank zerschlug er die massiven Ketten mit erstaunlicher Kraft. Dalia fragte sich, woher plötzlich diese Kraft kam. Die Umstehenden klatschten und jubelten. Dschaladat reckte den Hammer wie im Rausch und rief: »Her mit den Ketten …«

Die ganze Nacht lang zerschlug er Ketten, eine nach der anderen. Jeden Gefangenen umarmte er danach und sagte: »Geh, mein Bruder, bleib frei und lass nicht zu, dass dir nochmals jemand deine Freiheit raubt.« Bei jedem Gefangenen klatschten die Leute, sie heulten und riefen Hassan und Hussein an.

Dalia brachte ihm Essen, Wasser und süßen Tee. Die Leute verteilten Saft aus Kesseln. Dschaladat trank ein paar Becher und schrie in die Menge: »Der Saft des Sieges, der Saft der Rettung. Auf die Menschen, auf Gott!«

Sein Enthusiasmus machte Dalia Angst. Er verstand nichts von diesen gläubigen und untertänigen Leuten. Er wusste nicht, wie haltlos, launisch sie sein konnten. Wie im Rausch zerschlug er die Ketten und schwitzte.

Drei junge, blinzelnde Turban- und Brillenträger, die sich ständig wie gleichzeitig bewegten, nahmen die Gefangenen in Empfang und transportierten sie mit einem Bus in ein Badehaus und von dort zu den heiligen Gräbern. Mit anderen Frauen sortierte Dalia die Kleider, die man den Gefangenen brachte. Einige waren nackt. Im Freien, im Wind begannen sie zu zittern, sodass man um ihr Leben fürchtete. Oft konnten sie, wenn ihnen die Ketten abgenommen waren, nicht gehen.

Bis zum Morgengrauen zerschlug Dschaladat Ketten. Dann übernahmen andere. Dschaladat zündete sich eine Zigarette an. Mit Genuss atmete er den Rauch tief ein. Nach so viel sinnlosen, finsteren Jahren war dies ein Tag der Freiheit. Er zog an seiner Zigarette, seine Augen füllten sich mit Tränen. Langsam wurde es hell, einige löschten ihre Laternen. Ihm war, als hätte er in dieser Nacht auch die Ketten seiner Gedanken zerschlagen. Als hätte er seine Seele von allen Fesseln befreit und sich in eine Taube verwandelt, die ihre Flügel ausbreitet und ins Undenkbare fliegt.

Noch ehe er fertig geraucht hatte, tauchten vier Bewaffnete auf, die rasch die Straße überquerten, als kämen sie gerade von der Front. Plötzlich drang Dschaladat Orangenduft in die Nase. Dalia, die mitten in Altkleiderhaufen, zwischen parfümierten Röcken voller Schweiß und Schmutz steckte, hörte eine Stimme über den Platz schallen: »Dschaladat, mein kurdischer Freund, du größter Musiker auf diesem Planeten, großer Gott, bist du verrückt geworden, was machst du so früh am Morgen hier?«

Dalia schaute auf und sah die leuchtenden Augen von Samir von Babylon. Und sofort schrie Dschaladat: »Orange von Babylon, du Verfluchter. Was tust du hier an diesem reinen Morgen, Dreckskerl?« Sie umarmten sich und begannen wie zwei Kinder zu weinen.

Samir sagte, großer Ärger sei unterwegs. Eine Panzereinheit von Saddam Husseins Nationalgarde rücke an. Er und die anderen drei hätten die Aufgabe, Waffen zu verteilen, um die Panzer zu stoppen. »Wir haben keine Chance«, sagte Samir, »bald sind sie hier. Der Kampf ist aussichtslos. Kehrt zurück in die Wüstenstadt, ihr dürft nicht umkommen. Sollte ich überleben, komme ich zu euch. Ich muss dir ein Geheimnis überbringen.«

Dalia bestand darauf, dass sie beide blieben und abwarteten. Dschaladat ließ Dalia bei den Basarpassagen zurück und ging mit Samir, um eine Waffe zu besorgen. Er hatte noch nie eine Waffe in die Hand genommen, aber an jenem Tag drängte es ihn, in den Krieg gegen Saddam zu ziehen. Samir wollte ihn abhalten: »Und wenn ich dich fesseln muss, ich werde nicht zulassen, dass du mitziehst. Aber eine Waffe sollst du bekommen, damit du notfalls dein Leben retten kannst.«

»Auch du darfst nicht sterben«, fiel ihm Dschaladat ins Wort. »Wir haben noch etwas zu regeln. Es geht um dein Gewissen, Samir. Versprich mir, dass du nicht sterben und dass du zurückkehren wirst.«

Ohne zu wissen, was Dschaladat meinte, sagte Samir in seinem edlen Arabisch: »Es gibt vieles zwischen uns, vieles. Ich verspreche, dass ich lebend zurückkomme. Hab keine Angst um mich, ich bin ein Wolf. Um einen Wolf muss man sich keine Sorgen machen.« Dann blieb er unvermittelt stehen und packte Dschaladats Hand. »Die Pferde galoppieren in meinem Kopf … Wie ich dir sage: Die weißen Pferde galoppieren auf ein verborgenes Ziel zu. Zwei verrückte Pferde, sie wiehern und scharren mit den Hufen, seit Monaten. Jede Nacht. Zwei weiße Pferde, weiß wie Milch, wie die Gischt der Wellen, wie der Schnee des Nordens …«

Dschaladat begriff nicht, warum er ihm von weißen Pferden erzählte, aber Samir ließ ihm keine Zeit, nachzudenken. »Es sind Wunderpferde, denn nur ein Wunder kann uns retten. Falls uns die weißen Pferde nicht erreichen, gibt es keine Rettung.«

Mit einer Waffe, die er nicht handhaben konnte, ging Dschaladat neben Dalia durch die Stadt, deren Färbung sich ständig veränderte. Manchmal war die Luft weißgrau, manchmal kam aus dem Norden blutroter Sand. Gegen Mittag wehte ein Südwind und färbte die Luft safrangelb. Später tauchten Wolken auf. Auch die Nachrichten und Gerüchte veränderten sich ständig: über die Republikanergarde, über das Scheitern des Aufstands, über einen neuen Aufstand im Norden, über den Marsch der Kurden Richtung Hauptstadt. Dalia und Dschaladat tranken überall Tee und aßen Fladenbrot. An manchen Stellen sahen sie Leichenberge. Man hatte verboten, die getöteten Folterknechte, Henker und Lakaien des Regimes zu begraben. Hunderte verwesende Leichen. Köpfe Enthaupteter saßen im Stadtzentrum reihenweise auf rostigen Blechbüchsen. Jemand hatte auf die Büchsen kalligrafiert: »Die Rache Gottes«. Im überfüllten Basar wurden Waffen und Munition verkauft. Mancherorts häuften sich auf den Bürgersteigen geplünderte Waren. In anderen Gassen gab es offenbar Streit unter den Aufständischen. Die Umgebung der heiligen Gräber wurde von einer bewaffneten Gruppe kontrolliert, die sich als Hauza-Studenten, Schüler einer schiitischen Hochschule bezeichneten. Andere Stadtteile wurden von Leuten kontrolliert, deren Namen Dalia und Dschaladat nichts sagten.

Gegen Abend erschienen die ersten Flugzeuge des Regimes. Zuerst feuerten sie Raketen in die nordöstlichen Gassen, dort sollte die Panzereinheit der Nationalgarde eindringen. Aus der Ferne hörte man Explosionen von Artillerie und Maschinengewehren. Den ganzen Tag schlugen, man wusste nicht, woher, die Kugeln eines Scharfschützen ein. Andere ballerten grundlos herum. Viele Frauen und Kinder waren dabei, die Stadt zu verlassen … Alles war verwirrend und sinnlos und verschwamm in einem riesigen Nebel.

»Ah, Dalia, flieh, sie kommen. Von allen Seiten kehren sie mit ihren Panzern zurück, die Mörder mit ihren Stahlhelmen und blutigen Dolchen. Dalia, Frau meiner Träume, flieh, ich weiß nicht, wo ich meine Waffe verloren habe. Gib mir deine Hand, wir fliehen. Sie werden Gasse um Gasse bombardieren, die Minarette, den heiligen Hof. Dalia, Napalmbomben werden explodieren, Menschen werden neben uns sterben, Kinder werden vor unseren Augen ihr Leben lassen. Ah, Dalia, meine hoffnungslose Liebe, die mir immer nah ist und gleichzeitig fern wie ein Stern. Spring, spring so, dass du selbst deine kleinen Engel verblüffst. Wir springen über Frauen und Kinder, über die Leichen derer, denen ich letzte Nacht die Ketten zerschlagen habe, als hätte sich die Wut aller Schmiede der Welt in meiner Hand gesammelt. Flieh! Schau nicht auf die, die ich letzte Nacht befreit habe und die heute brennend aus den Moscheen rennen. Hab ich sie umgebracht? Schau nicht auf die stürzenden Minarette, nicht auf Gott, der hier beschossen wird, schau nicht auf die Kinder. Die Panzer nähern sich, wir stehen vor ihren Rohren, ich muss dich hinter mir herziehen. Ich darf nicht zulassen, dass du die verbrannten Gewänder der schiitischen Frauen berührst. Achte nicht auf die, die neben uns fallen. Es gibt nichts Gefährlicheres als den Blick eines Toten. Weshalb ist es unser Schicksal, uns unter die Toten zu mischen? Eine Nacht ohne Musik. Das hast du gesagt: Dschaladat, eine Nacht ohne Musik. Flieh über die Leichen der jungen Menschen, die die Kommandos des Regimes exekutiert haben. Da lang, Dalia. Es ist nicht wichtig, wohin wir geraten. Jeder Weg wird uns in den Tod oder zur Weißen Orange führen. Hör die jähe Stille, die Pausen zwischen den Explosionen. Hörst du die Töne dieses gigantischen Pianos? Hör, Dalia, hör doch. Nein, es ist kein Musiker, der weint. Er ruft uns. Er folgt unseren Schritten und verwandelt sie in Musik.

Flieh, Dalia. Merkst du nicht, dass die Sterne vom Himmel fallen? Lass nicht zu, dass die Toten dich anfassen. In solchen Nächten muss man über die Toten hinwegspringen. Die Bomben explodieren in Zeitlupe, die Splitter glitzern in der Nacht, sie hängen über uns, wir können unter ihnen wegrennen.

Wir werden durchkommen. Feuer, verwandle dich in Kälte. Über uns fliegen die Toten, aber wir entkommen im Rauch. Die Straße führt uns. Ein Wehen aus dem Abgrund führt uns … Dalia, breite deine Arme aus wie Jesus Christus am Kreuz, flieh und breite deine Arme aus wie der Messias. Wirf den Schleier fort, Gott liebt keine Verschleierten. Lass dich vom Rauch nicht töten. Lauf jetzt langsamer. Die Panzer werden uns nicht mehr einholen. Die Bomben müssen warten, Feuer und Kugeln müssen warten. Flieh, Dalia, flieh.«

Das war ein langer Monolog, den Dschaladat in manchen Nächten vor sich hinsprach. Ich hab ihn mehrere Male gehört. Er stand da wie ein Schauspieler, zitterte, seine Augen füllten sich mit Tränen, während er seine Sätze rezitierte.

Er hatte das Gedächtnis eines Elefanten, aber an keinen Abschnitt seines Lebens erinnerte er sich so detailliert wie an jene Nacht, in der er und Dalia aus der heiligen Stadt des Südens entkamen. Dschaladat erinnerte sich an den Geruch der Straßen, an die Farben, an den Herzschlag der Spatzen und Kuckucke, die über sie hinweggeflogen waren. Er hatte nichts von dem vergessen, was in jener Nacht durch sein Herz gerast war. Über jeden Blutstropfen, den er gesehen hatte, konnte er sprechen, über dessen Farbe und Temperatur, über die Wunden, die er auf der Stirn der Toten gesehen hatte, ihre Münder, die noch geschrien hatten.

Die beiden rennen die ganze Nacht lang. Sie sehen überall Feuer, Verwüstung und Tod; Menschen, die an Strommasten gefesselt und exekutiert, Frauen und Kinder, die zusammengetrieben und verbrannt worden sind, Opfer, die unter Palmen enthauptet wurden … Die ganze Nacht lang springen sie über Leichen, hören das Rasseln der Panzer hinter sich. Sie sehen Menschen, die brennend davonfliegen, Köpfe von Mullahs, die umherrollen, ohne ihre Turbane zu verlieren. Gegen Morgen erreichen sie ihre Wüstenstadt. Die gelbe Stadt, die keine Luftspiegelung mehr ist, keine Illusion. Verbotene und geheime Dinge gibt es hier nicht mehr. Das Verbotene und Geheime hat sich aufgelöst. Alles, was geschieht, ist zu einer einzigen Realität geworden.

Am Stadtrand wurde Dalia traurig von ihren Engeln empfangen. Als die beiden beim weißbärtigen Musa Babak eintrafen, sahen sie den einsamsten Arzt der Welt auf einem Stuhl vor der Tür sitzen. Er hatte sich in eine Decke gewickelt und spielte Geige. Dschaladat und Dalia waren dermaßen erschöpft, dass sie vor ihm zu Boden sanken.

Der Greis half ihnen auf. »Meine Lieben, ihr habt nicht viel Zeit zum Ausruhen. Sie sind im Anmarsch. In den nächsten Stunden werden wir viel zu tun bekommen.« Drinnen verband er ihre Füße und küsste beide auf die Stirn: »Schlaft ein paar Stunden, die Hölle ist im Anmarsch.«

Sie lagen in einem dunklen Zimmer. Dschaladat konnte nicht schlafen, er sah Dalias Engel weinen. Die Dunkelheit war erfüllt von schwebenden silbernen Tränen. Dalia schlief. Er stand auf, betrachtete sie und versank in ihrer Schönheit. Die Müdigkeit ließ sie ganz entrückt wirken. Zum ersten Mal führte er seinen Mund langsam zu ihrer Wange und küsste sie. Es war der erste und letzte wahre Kuss seines Lebens. Er drückte seinen Kopf gegen den Rand des Bettes und weinte wie um eine Tote. Er kehrte zu seinem Bett zurück, wälzte sich weinend unter seiner Decke.

Am Morgen, die Sonne war schon aufgegangen, hörte Dschaladat Vögel, die sich in großen Schwärmen vor dem Fenster versammelt hatten. Und dann ein kurdisches Lied, Stimmen, die er in der Weißen Orange gehört hatte.

Er stand auf und schaute hinaus. Er sah die vier Soldaten wieder, die einander die Arme um den Hals geschlungen hatten; gemessen gingen und sangen sie. Der eine hinkte. Vor dem Eingang der Krankenstation hielten sie an. Tagelang waren sie durch die Wüste gelaufen. In der staubigen Stadt hatten sie das Haus des Arztes entdeckt und waren gekommen, um ihre Wunden behandeln zu lassen und danach weiter nach Norden zu ziehen. Dschaladat empfing sie. Alle vier wunderten sich darüber, dass sie ausgerechnet hier auf einen Kurden trafen. Sie hießen Hassani Toffan, Abdullai Tarza, Nuri Baffr, Dschalili Baran. Vier Anstreicher, die zusammen rekrutiert worden waren. Sie hatten immer gemeinsam gearbeitet. Außerdem traten sie als Vokalensemble auf. Dschaladat erinnerte sich noch an den Tag, an dem sie singend in die Weiße Orange eingezogen waren. Sie hatten traurig gelächelt. Damals hatten sie einen lebendigeren Eindruck gemacht. Dschalili Baran war der Kleinste. Eine Bombe war in seiner Nähe detoniert. Splitter trafen sein linkes Bein. Ein Sanitäter hatte die Wunde gereinigt und verbunden. Danach war die Einheit in die grausamen Bombardements der Amerikaner geraten, in denen die meisten seiner Kameraden ums Leben gekommen waren.

Eines Nachts verloren die vier Kurden, die im Munitionslager gearbeitet hatten, den Kontakt zu ihrer Einheit. Zwei Tage lang saßen sie da und sangen. Als weder Essen noch Wasser noch Nachrichten kamen, brachen sie in der dritten Nacht in die Wüste auf. Nach sechs Tagen wurden sie von der Frau namens Um Fadhl gefunden, die wie immer nach ihrem Sohn suchte. Sie führte sie vors Haus von Doktor Musa Babak und verabschiedete sich wortlos.

Zuerst tranken sie Wasser, dann aßen sie Linsensuppe und Brot, soviel sie konnten, und packten den Rest ein. Der Doktor wollte Dschalili Barans Wunden reinigen, bevor sie in den Norden aufbrachen. Die anderen drei gingen derweil zu den Frauen. Dschalili Baran war ein netter, junger Mann mit hellbraunen Augen und einem offenen Lächeln. Dschaladat ließ ihn sich auf das Behandlungsbett legen. Er war der erste Patient, dem Dschaladat half. Dschalil betrachtete den kleinen Deckenventilator, dessen Flügel Winterspinnen umsponnen hatten. Nach einer Weile des Nachsinnens fragte er höflich: »Wie ist dein Name, mein Bruder?«

Dschaladat sah zu ihm herüber: »Dschaladati Kotr.«

Dschalil zuckte zusammen, als hätte ihn ein Stromschlag getroffen. Seine Augen füllten sich mit Tränen. Er packte Dschaladats Hand. »Mein Freund, sag mir ehrlich, wie du heißt.«

Dschaladat reagierte verdutzt. »Mein Lieber, ich habe nur einen Namen. Seit ich auf die Welt gekommen bin, nennt man mich Dschaladati Kotr.«

Dschalili Baran schloss die Augen. »Das kann nicht sein, das kann nicht sein, Dschaladati Kotr ist eine Legende.«

Dschaladat begann, sich zu ärgern. »Wer hat das gesagt? Wer hat gesagt, Dschaladati Kotr wäre eine Legende?«

»Ein Pechvogel wie ich. Ich sage es. Du bist nicht Dschaladati Kotr. Was soll ein Musiker, von dem gesagt wird, er habe Wunder vollbracht, in so einem schmutzigen Nest?«

»Aber ich bin Dschaladati Kotr! Warum soll ich eine Legende sein?«

»Ein Freund von mir sagte, Dschaladati Kotr sei eine Legende, die die Musiker unserer Stadt erfunden hätten.«

»Erzähl mir alles. Wer redet denn über Dschaladati Kotr?«

»Ich hatte den Namen auch nie gehört, ich kenne diesen Pechvogel nicht. Die Geschichte fing mit der Flöte an, die mir von Dschamil Prusch hinterlassen wurde. Ich hatte einen Musiker als Freund, er ist gestorben. Wir hatten ihn auf den Namen Dschamil Prusch getauft. Damals waren wir fünf und arbeiteten zusammen. Eines Tages bekamen wir den Auftrag, das höchste Gebäude der Stadt anzustreichen. Dschamil hatte die schönste Stimme von uns, er konnte am besten Flöte spielen, und als Anstreicher war er besser als wir anderen vier zusammen. Als wir das Gerüst aufbauten und sangen, fing Dschamil an, Flöte zu spielen. Ein Rausch kam über ihn. Er spielte, als hafteten seine Füße nicht mehr an den Brettern, als wäre er aufgeflogen. Als er herunterfiel, dachte ich, er hätte Flügel. Sein Fallen war wie der Sinkflug einer Taube. Wie eine Feder, die sich aus dem Flügel eines Phönix löst und kreisend zu Boden schwebt. Ich hörte seinen Körper nicht aufschlagen. Er landete eher wie ein Blatt. Als wir bei ihm ankamen, war er schon tot. In seinem Testament stand, dass ich seine Flöte erben solle. Manchmal habe ich auf der Straße gespielt und an ihn gedacht. Wenn ich auf dem Friedhof musizierte, hatte ich immer das Gefühl, seine Seele würde mich begleiten.« Dschalil Baran stieß einen Seufzer aus und schwieg.

Wie erstarrt saß Dschaladat da. Was hörte er da? Die Wiederholung seiner eigenen Geschichte?

Dschalil Baran fuhr fort: »Eines Nachts ging ich und spielte Flöte. In der Finsternis näherte sich ein trauriges Geschöpf. Es war ein krummer, alter Mann, wie ein Bettler. Ich sagte zu ihm: ›Du bist gekommen, um jemanden um Hilfe zu bitten, der glückloser ist als du selbst … Tausend Mal ärmer.‹ ›Ich bin gekommen, um zu fragen, ob du Dschaladati Kotr kennst‹, sagte er, ›ob du Sarhang Qasm, Ishaki Lewzerin kennst.‹ Ich sagte: ›Alter Mann, du klingst wie ein Adliger, der alles verloren hat. Wer sind diese Leute? Ich kenne niemanden mit diesen Namen.‹ Der Alte sagte: ›Ich bin kein Adliger, mein Sohn, ich bin ein wandernder Händler. Vor einer Weile begegnete ich zwei jungen Männern, die spielten auch Flöte. Ich sah sie täglich, aber plötzlich waren sie verschwunden. Als hätte der Erdboden sie verschluckt. Später hörte ich, dass ein alter Musiker, Ishaki Lewzerin, sie in die Berge mitgenommen habe. Die Leute erzählen, sie hätten dort Wunder vollbracht, Blinde geheilt, Tote wieder zum Leben erweckt, versiegte Quellen wieder fließen lassen. Ich mochte es, wie Dschaladat und Sarhang spielten. Ich dachte, du würdest sie wahrscheinlich kennen.‹«

Dschalil Baran schaute Dschaladat ins Gesicht. »Ich glaube nicht, dass du es bist. Man sagt, sie wären in den Himmel hochgegangen. Sie würden im Paradies vor Gottes Thron musizieren.«

Dschaladat brachte kein Wort heraus. Baran seufzte traurig: »Bevor ich rekrutiert wurde, hat man, egal wo ich mit Musikern aufgetreten bin, über die Legende von Dschaladati Kotr und Sarhang Qasm geredet.«

»Mein Bruder«, sagte Dschaladat schließlich, »wirst du mir die Musiker vorstellen, falls ich eines Tages in den Norden zurückkehre?«

Dschalili Baran lächelte und wendete sich wieder dem kleinen Deckenventilator zu. »Wenn du mir deinen richtigen Namen nennst, werde ich dir die Musiker der Stadt vorstellen, ich kenne alle. Aber geh ja nicht in den Norden. Hier hast du es besser als an irgendeinem anderen Ort.«

Dschaladat barg seinen Kopf in den Händen. Seine Augen füllten sich mit Tränen. »Ich hasse diesen Staub. Ich hasse die Stille des Morgengrauens in dieser Stadt, ich hasse ihre Soldaten und Prostituierten. Ich hasse alles, ich hasse mich selbst.«

»Ich bin etwas älter als du«, sagte Dschalili Baran, »im Norden kann ich dir helfen. Frag bei den Schmieden nach mir, jeder wird dich zu meinem Vater führen.«

Dschaladat jammerte wie ein verwundetes Tier. »Ich kenne niemanden. Ich habe keine Freunde. Wenn ich eines Tages zurückkehre, weiß ich nicht, wo ich schlafen werde.«

Dschalili Baran sah ihn mitleidig an und lachte: »Gut so. Besser, als wenn du lügst und sagst, du wärest Dschaladati Kotr. Dschaladat ist ein berühmter Musiker, und du gibst dich in diesem Hurenhaus für Dschaladat aus? Man sollte besser nicht lügen.«

Dschaladat verließ das Zimmer ohne ein weiteres Wort.

Draußen sah er verzweifelte Frauen und Kinder und Dutzende völlig demoralisierte Bewaffnete. Alle sagten: »Die Einheiten der Republikanergarde kommen von allen Seiten.« Von überall brachten Bewaffnete ihre Verwundeten in in die Stadt und suchten nach einem Arzt. Einige hingen auf den Schultern von Kameraden, andere wurden auf Decken getragen, durch die Blut auf den Boden tropfte.

Es gab auch Bewaffnete, die auf der Suche nach Wasser und Brot in die Häuser einbrachen. Hier und da stritten Bewaffnete mit Prostituierten, die ängstlich riefen: »Verschwindet! Euretwegen wird die ganze Stadt zerstört werden.« Die Bewaffneten zitierten aus dem Koran, brüllten und schossen auf die Mädchen. Sie traten die Türen ein und enthaupteten die Frauen. Wenn er die Augen schloss, sah er die Panzer anrücken.

Die Aufständischen hatten die Weiße Orange zu ihrem Hauptquartier gemacht. Sie ließen ihn nicht ein. Auf dem Rückweg zu Doktor Babak sah er einige der Musiker vor Türen stehen und spielen – eine Musik der Vergeblichkeit.

Was machte Musiker zu so nutzlosen Geschöpfen? Wieso muss bei jedem Ereignis vorher oder nachher Musik erklingen? Wieso kann sie nie etwas ändern? In Dschaladats Kopf drehte es sich. Was stand ihm noch alles bevor?

Er lief zu Musa Babak zurück. In einer Gasse sah er die drei

Freunde von Dschalili Baran. Sie hatten einander die Arme um den Hals geschlungen und sangen. Vor der kleinen Krankenstation schlängelte er sich zwischen den Bewaffneten und Verwundeten durch. Im Haus lagen die Verwundeten überall, selbst zwischen den Betten. Musa Babak arbeitete unermüdlich, er verband die Wunden, umarmte die Verwundeten, küsste die Kinder und half, die Toten hinauszutragen. Er hatte keine Zeit, auf Dschaladat zu achten, der ihm auf Schritt und Tritt folgte. Mittendrin sah Dschaladat plötzlich Dalias Engel, immer noch weinend. Sie führten ihn zu Dalia, die auf andere Weise mit den Verwundeten beschäftigt war. Sie gab ihnen zu essen, zu trinken, verabreichte Schmerzpillen, fächelte ihnen Luft zu.

Dalia bat Dschaladat, ihr zu helfen, aber der war hilflos und ungeschickt in diesem Tumult. Mit Wehmut dachte er an die stillen Tage zurück, als sie zu dritt auf der Veranda saßen und von den goldenen Tagen erzählten. Ach, er hätte so gern von Musa Babak nochmals die Geschichte vom »Fliegenden Holländer« gehört, von dem Augenblick, in dem Senta und der holländische Seemann in den Himmel fahren. Er ging wieder nach draußen und suchte Dschalili Baran und seine Freunde, aber er fand sie nicht mehr.

Die Detonationen kamen näher. Dann hörte er den Einschlag der ersten großen Rakete. Dschaladat war der Einzige, der zum Ort der Zerstörung lief, er wollte sich dem Tod aussetzen. Mit Einbruch der Dunkelheit schlugen immer mehr Raketen ein. Überall loderten Flammen, die Stadt brannte. Dschaladat kehrte zum Doktor zurück, weil ganz in der Nähe eine Rakete explodiert war. Durch Rauch und Pulvergestank, vorbei an Menschen mit üblen Brandwunden und abgerissenen Gliedern rannte er ins Haus. Dalia half einem Verwundeten auf die Beine. Und Musa Babak schrie: »Ab in den Keller, ab in den Keller!«

In den Keller? Zu den Gemälden? Dschaladat packte Musa Babak und schrie: »Nein, Doktor, was tust du? Die Arbeit all der Jahre!« Der Doktor stieß ihn zur Seite und dirigierte die Menschen in den Keller, sein Lebenswerk.

Dschaladat wusste gleich, dass der Keller eine riesige Falle war, ein Netz, in das nun alle Fische schwammen. Zu Dalia sagte er: »Geh nicht, bist du verrückt geworden? Alle werden im Keller sterben.«

Dalia lächelte ihn nur an. Als spräche sie aus einer anderen Welt, entgegnete sie: »Sie brauchen mich. Bleib du draußen, aber ich, ich muss sie beaufsichtigen.« Sie führte einen alten Mann die Treppen hinab.

Eine Explosion ganz in der Nähe ließ die Krankenstation erbeben. Dschaladat rannte hinaus. Es regnete Feuer. Er sah den ersten Panzer. Ein Soldat stand darauf. In seinen ausgestreckten Händen hielt er zwei abgeschnittene Köpfe, aus denen Blut rann. Sie gehörten Fahmi Basri und Um Fadhl. Der Kopf eines glücklosen Musikers und der einer Frau, die den Staub der Welt nicht hatte wegwischen können.

Er hörte einen Ruf: »Dschaladat, wo bist du?« War das Dalia? Er schrie in die Nacht: »Dalia, ich bin hier«, aber im Krachen der Detonationen ging sein Schrei unter. Da drang unverhofft Orangenduft in seine Nase. Er blieb stehen und sah Samir, der mit zwei weißen Pferden auf ihn zukam ... Weiß wie die Gischt des Meeres ... Wie Milch ... Wie ferner Schnee ... Mythische Hengste.

»Steig auf!«, schrie Samir. »Weg hier!«

Dschaladat wendete den Kopf, jemand rief ihn. Es war Dalia, umschwirrt von ihren Engeln. Sie kam näher, sie hatte ein Bündel dabei. Sie kam ihm schöner vor denn je, schöner sogar als bei der ersten Begegnung, als sie über die Treppe zu ihm in den Keller gekommen war. Sie fielen sich in die Arme, alle drei weinten in Staub und Rauch. Dalia hatte sich zu Dschaladat durchgekämpft, um ihm etwas Wichtiges in Verwahrung zu geben. Sie drückte ihm einen Kuss auf die Stirn. »Dies ist der letzte Auftrag von mir und Doktor Musa. Du musst die Akte und das Bild retten.« Es war die Akte Basm Dschasairis, und es war das Bild der weißen Stadt.

»Dalia, komm mit, ohne dich werde ich sterben«, flüsterte er in ihr Ohr.

»Mein Herz, jede Geschichte hat ein Ende, hier müssen wir uns trennen. Falls ich überlebe, werde ich dich finden.« Sie gab ihm noch einen Kuss. »Bete für mich, damit ich Kraft habe, ihnen zu helfen.«

Dschaladat umklammerte sie, er wollte sie nicht gehen lassen. Aber sie entwand sich ihm. »Du musst allein weitergehen. Vergiss nicht, dass du der einzige Zeuge bist. Steig auf und blick nicht zurück. Bald ist diese Stadt spurlos verschwunden.« Dschaladat wollte nach ihr greifen, aber sie war nicht mehr zu sehen.

Er bestieg eines der weißen Pferde. Als hätte er sein ganzes Leben mit Reiten verbracht, ritt er mit Samir davon. Bald waren sie mitten in der stillen, menschenleeren Wüste. Sie hatten nichts dabei, nur die Akte und das Bild.

So gelangte Dschaladat zusammen mit Samir, nach drei Jahren in der Wüstenstadt, wieder nach Kurdistan. Es war ein langer Ritt. Lichterloh war hinter ihnen die Stadt im Feuer untergegangen. Der Anblick blieb in Dschaladats Augen eingebrannt. »Ali Sharafiar«, sagte er Jahre später zu mir, »schau mir in die Augen.« Ich sah ein riesiges Feuer darin. Er legte mir die Hand auf die Schulter und sagte: »Das ist der Brand der staubigen Stadt.«

Gegen Morgen ritten Dschaladat und Samir zurück und fanden nichts. Als hätte die Stadt nie existiert. Keine Asche, keine Ruinen, nur makellos gelber Sand. Die Stadt der traurigen Huren, die Stadt der hoffnungslosen Soldaten, die Stadt der Musiker, die die Musik verlernt hatten, war vom Erdboden verschwunden.

Sie ritten durch die Wüsten des Südens, an Städten vorbei, die nur noch Schutt und Asche waren, an Gärten vorbei, die noch glimmten, an vergifteten Flüssen, die ihre Fische ausspien. Schließlich hielten sie zwischen ein paar Türmen an, Hinterlassenschaften des ersten Menschen, den legendären Türmen von Babylon. Aus einer Mauer holte Samir ein Bündel Papiere und sagte: »Frag mich nicht, was das ist. Eines Tages werde ich es dir von selber sagen.«

Dschaladat fragte damals nicht, was das Bündel von Schriften und Dokumenten bedeutete, wer sie in der Mauer dieses legendären

Turms versteckt hatte, für wen und wozu sie aufbewahrt worden waren.

Wie lange waren sie unterwegs? Wie konnten sie sich auf ihren weißen Pferden durchs Land kämpfen? Niemand weiß es. Dschaladat erzählte mir von dieser Reise wie von einem verschwommenen Traum, der sich nicht festhalten lässt.

In einer regnerischen Nacht erreichten sie den Rand von Dschaladats Heimatstadt. Samir zitterte am ganzen Leib vor Nässe und Kälte. Sie wussten nicht, wohin sie sich wenden sollten. In einer kleinen Obstplantage über der Stadt stiegen sie ab. Dschaladat hatte das Bild und die Akte fest eingewickelt, um sie vor dem Regen zu schützen. Auch Samir hatte seine Dokumente sicher verpackt.

Sie ließen die Pferde zurück und gingen zu Fuß weiter. Ehe sie die erste Straße betraten, blieb Dschaladat stehen und sagte: »Samir, von diesem Moment an bist du mein Gefangener. Ich habe dir nie verziehen.«

Ohne zu widersprechen, blieb auch Samir stehen und sagte: »So soll es sein. Von diesem Moment an bin ich dein Gefangener.«

Als Dschaladat den Geruch der Gassen seiner Kindheit einsog, ging eine Zeit zu Ende, und eine andere begann. Nun war alles anders, auch seine Beziehung zu Samir, dem einstigen Kurdenschlächter, dem ehemaligen Offizier der irakischen Armee. Dschaladat blieb wieder stehen und schrie in die Nacht hinaus: »Ich bin Dschaladati Kotr, das Kind der Wunder, ich bin wieder da! Die neue Zeit ist gekommen! Meine Stadt, öffne deine Türen!« Und er warf sich zu Boden.

»Steh auf«, sagte Samir. »Mach dir keine Illusionen. Gehen wir, wir müssen die Geschichte zu Ende bringen.«

»Ja«, wiederholte Dschaladat, »lass uns diese Geschichte zu Ende bringen.«

Sie blickten ein letztes Mal zurück und nahmen Abschied von einem finsteren Jahrhundert. Sie hatten einen Tunnel durchschritten, dessen Ungeheuer sie nicht in Ruhe lassen würden. Ihre Bosheit würde sie noch lange verfolgen.

VIERTES BUCH

Erzählt von Ali Sharafiar und Dschaladati Kotr

Hotel Weiße Kirsche

Als ich mit Rauschani Mustafa Saqzi zu ihm ging, lebte er in einem kalten, halb zerstörten Zimmer in der Flüchtlingsunterkunft, einem ehemaligen Hotel im Stadtzentrum. Das Hotel roch nach Armut und Unglück. Sein Zimmer wirkte düster.

Als Erstes fiel mir sein bleiches Gesicht auf, das Weiß erinnerte an die Möwen, die ich an der Nordsee gesehen hatte. Sein langer Bart und seine Augen, die Leiden und Zweifel ausdrückten, schlugen mich in Bann. Sein Blick hatte etwas Aristokratisches. Eigenartig, dass ein Mensch mit diesem Blick so heruntergekommen sein sollte. Als er mich musterte, war sofort klar, dass er zunächst Distanz bewahren wollte. Als Schriftsteller war es aber mein Job, Menschen unter die Lupe zu nehmen. Bei Dschaladat hatte man sofort das Gefühl, er gehöre einer anderen Welt an. Er besaß, worüber wir Normalsterblichen nicht verfügen: unerschütterlichen Gleichmut, ja, fast Gleichgültigkeit. Ich konnte aber nicht erkennen, wem das galt, der Welt oder seinem eigenen Leben? Sein Zimmer enthielt ein Bett, einen Aschenbecher, zwei Kartons und ein paar riesige Nägel, sonst nichts. Als Erstes machte er mich auf die Nägel aufmerksam. »Mein Bruder«, begann er, »vergiss die Nägel nicht, sie steckten mal in mir.« Zuerst habe ich nicht verstanden, was er meinte, aber er öffnete seine Hände, und ich sah auf seinen Handtellern die Narben. Spuren zweier Nägel, wie wir sie auf den Handtellern des Messias sehen könnten, wenn er vom Kreuz gestiegen und nicht gestorben wäre. Ich dachte, er würde mir auch seine Füße zeigen. Stattdessen knöpfte er sein Hemd auf und entblößte den von Wunden übersäten Körper. Erschreckend waren die zwei großen Narben auf seiner Brust. Als hätte jemand sein Herz durchstoßen wollen und auf beiden Warzen einen Nagel eingeschlagen.

»Wer hat Ihnen das angetan?«, fragte ich bestürzt.

»Das spielt keine Rolle«, sagte er lächelnd. »Ist doch nicht wichtig, ob es ein Kurde oder Araber gewesen ist, Kommunist oder Islamist, Demokrat oder Nationalist, konservativ oder progressiv. Wichtig ist nur, dass es Menschen gibt, die so etwas tun.«

Was für ein Mann, der diese Nägel vergolden ließ und seine Jacken und Mützen daran aufhängte! Diese zwei Narben an seinen Händen und die zwei Nägel, die einmal in seiner Brust steckten, waren es, die mich dazu brachten, ihn zu begleiten und dieses Buch zu schreiben, das sein Buch und allein sein Buch sein soll. Wodurch in meinem Leben alles durcheinandergeriet.

Es gab von Anfang an eine gewaltige Differenz zwischen uns. Ich wollte alles über ihn wissen, er aber rückte mit seiner Geschichte nur tropfenweise heraus. Ich weiß jetzt, wie groß sein Wunsch war, dass wir seine wahre Geschichte erführen. Wie wichtig ihm war, sein Leben nicht in flüchtigen Sätzen und oberflächlichen Bildern verblassen zu lassen.

Von der ersten Sekunde an wollte ich sein Freund sein. Er aber sagte gleichmütig: »Wenn wir voreinander weinen können, dann sind wir Freunde. Solange man nicht voreinander weinen kann, ist man nicht befreundet.« Das hörte sich nicht danach an, als wollte er mit mir Freundschaft schließen. Unsere erste Sitzung war beschwerlich, weil ich vieles nicht verstand. Es war, als wollte er einen Pakt mit mir schließen. Einen Handel wie: Ich schenke dir meine Seele und du mir die Unsterblichkeit. Manchmal hatte ich das Gefühl, er hielt mich für Mephistopheles, den Teufel der Faustsage.

Das Erzählen seiner Geschichte kam ihm wie das Verkaufen seiner Seele vor. Aber im Unterschied zu Faust hatten für Dschaladat Seele und Unsterblichkeit keine wirkliche Bedeutung mehr. Er glaubte, seit er den Keller von Musa Babak betreten und die Bilder gesehen hatte, gehöre seine Seele nicht mehr ihm. Die Geschichte, die er erzählen müsse, sei nicht seine allein, nicht er müsse unsterblich werden, sondern andere Menschen, von denen die Welt noch nichts wisse. Ich hatte oft das Gefühl, seine Selbstachtung verdankte sich dem tiefen Respekt vor den Menschen, die sein Leben tangiert hatten. Er würde uns Menschen und Zeiten schildern, die wir nicht erlebt haben. Das machte seine Geschichte packender als die von Politikern, Künstlern und anderen Prominenten.

Gleich zu Beginn warnte ich ihn aber: »Einen Roman zu schreiben, bedeutet mehr, als nur Erinnerungen festzuhalten.« Dieser Mann war so erstaunlich, dass ich bereit war, viele Abstriche zu machen. Aber seine Entrücktheit und Einsamkeit, sein Blick, seine ganze Ausstrahlung bewirkten, dass ich ihn nur schwer verstand.

»Herr Kotr«, sagte ich, »ich habe das Talent, Romane zu schreiben. Das bedeutet aber auch, dass der Roman sich ein klein wenig von der Wahrheit entfernt.«

Er sah mich betrübt an. »Das erste Mal hat mir ein großer Musiker von Ihnen erzählt, in einer Stadt, von der Sie nichts wissen. Der Musiker war der Meinung, Sie und ich, wir müssten gemeinsam ein Buch schreiben, das Buch der großen Wahrheiten. Ich verstehe also nicht, wieso Sie sich von der Wahrheit entfernen wollen.«

Wir verbrachten viele Tage und Nächte zusammen. Das Zimmer, den Geruch des Hotels, das aussah wie ein verglühter Meteorit, der auf die Erde herabgefallen ist, kann ich nicht vergessen. Unsere Begegnung war wie eine Kollision zweier Sterne, man weiß hinterher nicht, welche Splitter zu welchem Stern gehören. Ihm ging es um die Erinnerung und sein Leben, mir ging es um Sprache und Fantasie. Beides musste zu einer neuen Einheit zusammengeführt werden.

Zunächst war ich ratlos. An jenem Tag floh ich aus dem Hotel. Wie konnte man ein solches Schicksal als Roman gestalten? Das Schicksal eines jungen Mannes, der aus einer Welt zurückgekehrt war, die wir nie betreten, deren Existenz wir nie wahrnehmen würden, deren Nichtvorhandensein aber nicht zu beweisen war. Am Abend sagte ich zu Rauschani Saqzi und ihren Freunden: »Tut mir leid, Freunde, ich bin zu schwach, um die Geschichte eines solchen Menschen niederzuschreiben.«

Er wusste vom ersten Augenblick an, dass ich das sagen würde. Schon bei der ersten Begegnung hatte er gesagt: »Sie dürften Ihre Zweifel haben, ob Sie meine Geschichte schreiben können.« Er war überzeugt, dass nur er das könnte. Romanautoren waren für ihn Schwindler und Lügner. Aber er wusste wohl auch, dass ein Leben, das nicht zu Literatur wird, nicht unsterblich werden kann. »Unser aller Unsterblichkeit«, sagte er einmal lächelnd, »besteht darin, dass wir entweder Musik oder Poesie werden.«

Ich habe erst nicht verstanden, worauf er hinauswollte. »Dschaladat«, sagte ich ganz offen, »Sie sprechen davon, dass Menschen zu Musik werden. Was meinen Sie damit? Ist das nicht ein sinnloses Spiel mit Wörtern?«

Er sah mich irritiert an. »Musik, das ist, durch das Leben zu reisen, ohne etwas zu zerstören. Ein Wind zu sein, der nicht weiß, woher er kommt und wohin er zieht ... Das ist Musik. Sagen Sie es mir, Ali Sharafiar, woher kommt die Musik? Aus der Seele? Aber wo ist die Seele? Oder kommt sie aus diesem kleinen Musikinstrument? Und falls sie aus diesem Instrument kommt, was ist dann unsere Rolle in diesem Spiel? Warum werden die Musiker nicht Musik, warum werden sie, wenn sie gespielt haben, nicht zu einem weißen Rauchfaden, der zu den Sternen aufsteigt? Warum gleitet die Musik davon, und die Musiker bleiben erschöpft zurück? Und warum sterben wir und gehen fort, während unsere Musik durch einen anderen Musiker auf die Erde zurückkehrt? Wo war sie in der Zwischenzeit? Es ist genau wie mit Ihnen und Ihren Wörtern: Wo sind Sie, und wo sind Ihre Wörter? Sie leben, solange Sie Buchstaben zu Papier bringen. Wenn Sie fertig sind, haben Sie das Gefühl, eine Leiche zu sein, Sie haben das Gefühl, was Sie geschrieben haben, übt Satz für Satz Verrat an der Bedeutung, die Sie haben fassen wollen. Eines Tages sterben Sie und gehen fort, während Ihre Wörter zurückbleiben und ohne Sie weiterleben. Wissen Sie, was die Verwandlung des Menschen in Musik bedeutet? Dass der Mensch wieder eins wird mit der Unsterblichkeit, die im Kern jeder Kunst steckt. Das heißt, wenn ich Sie lese, lese ich nicht nur die Buchstaben und Wörter, die Sie zurücklassen, sondern ich erwecke sie wieder zum Leben. Sie dringen in mich ein, nehmen von mir Besitz, atmen und leben durch mich, gleiten durch die Zeiten, sind überall und nirgends, im Tod und auch im Leben. Glauben Sie, Musik sei nur Leben? Natürlich nicht. Alle großen Werke stehen mit einem Fuß im Tod. Groß sind nicht die Werke, die auf immer und ewig leben, sondern jene, die sterben und wiederauferstehen. Ein großes Werk ist wie der Mensch, der von Feiglingen gescholten, von Schurken erstochen und gekreuzigt wird, der stirbt und uns verlässt, fortgeht, verschwindet, aber auf irgendeine Weise zurückkehrt. Erst wenn das Werk stirbt, weiß man, dass es für immer lebt. Wie ein großartiger Mensch erst sterben muss, damit man realisiert, wie lebendig er ist. Aber das Sterben der Musik, das Sterben der Schönheit ist nicht wie der Tod eines Spatzen, der vom Dach fällt. Nein, das Sterben der Musik ist die jäh eintretende Stille, die wir benötigen, um zu erfahren, dass die Musik nicht da ist und wir nach ihrem Verstummen dem Universum zuhören. Zuhören und Stille … Das ist wie Leben und Tod. Der Mensch wird Musik, indem er aus dem Reich von Tod und Stille eine Botschaft überbringt. Musiker sein heißt, zwischen Leben und Tod hin- und herpendeln, so wie die Musik zwischen Klang und Stille hin- und herpendelt. Ein Schöpfer ist, wer an einem Ort lebt, der weder ganz dem Leben noch dem Tod gehört.«

Damit unsere Geschichte aber nicht durcheinandergerät, muss ich zunächst etwas erzählen. Also zurück zu der Stelle, wo wir Dschaladat und Samir verließen, nachts bei Regen in einer Gasse von Dschaladats Heimatstadt. An den Wendepunkt. Nicht nur das Verhältnis von Henker und Opfer kehrte sich um, als wäre von nun an Dschaladat Gefängniswärter und Samir sein Gefangener, sondern auch Dschaladats Verhältnis zur Welt änderte sich.

Die beiden hatten keine Unterkunft. Die Stadt war totenstill. An einigen Stellen waren noch geringe Regierungskräfte stationiert. Dschaladat fand den alten Laden seines Vaters und stieg über ein niedriges Dach in einen Hof hinter dem Laden und von da aus in einen vergessenen Keller, in dem Händler alte, nutzlose Ware lagerten. Von dem Platz wusste er seit seiner Kindheit, und er ging davon aus, dass hier noch alles war wie früher. Sie versteckten das Bild und die Pläne und übernachteten dort. »Der erste Schlaf in dieser Stadt«, sagte Dschaladat später, »war wie der Schlaf eines Astronauten, der, befreit von der Erdanziehung, weit weg in einem kleinen Raumschiff schläft.«

In den nächsten Tagen passierte nichts Bedeutendes; die Stadt war halb leer.

Als die »Operation Raised Hammer« begann, deren Ziel es war, die kurdischen Gebiete innerhalb des Irak militärisch vor Saddam zu schützen, flüchteten Dschaladat und Samir an die Grenze und mischten sich unter geflüchtete Familien. Eine Hilfsorganisation, die Vertriebene und Flüchtlinge unterstützte, hatte dort ein Zeltdorf errichtet. Wie lange sie blieben, ist unklar. Seit der Rückkehr hatte Dschaladat die Tage nicht mehr gezählt. Als ich ihn traf, wusste er nicht mal, wie alt er war. Zeit war ihm nicht wichtig. Möglicherweise machten ihn erst die Tage, die er mit den Heimatlosen in den grünen Zelten verbrachte, wirklich zu einem Heimatlosen. Die lange Zeit des Schweigens, der Untätigkeit und des Nachsinnens veränderte ihn, ohne dass er es mitbekam. Anders als die anderen betrachtete er sich nicht mehr als ein Opfer der Politik und des Krieges, sondern als einen Heimatlosen, der fern von seiner Erde, ihren Gärten, den Kanalufern und Städten lebte.

Dieses Gefühl war für ihn etwas Neues. Als ich ihn an jenem Tag im Hotel traf, merkte ich, dass er Heimatlosigkeit als eine Art Glück erlebte, als ein Spiel mit den Dingen. Heimatlosigkeit stiftete Frieden zwischen dem Menschen und seinem Leben, zwischen Gefühl und Realität. »Allein die Heimatlosen begreifen das Leben«, sagte er einmal.

Das leuchtete mir ein, aber als er sagte, nur die Heimatlosen wären mit der Welt in Einklang, stutzte ich. »Das verstehe ich nicht. Wie sollen die Heimatlosen in Einklang mit der Welt sein? Heimatlosigkeit besteht aus Zwietracht.«

»Haben Sie je die Ketten eines Menschenwesens gesprengt? Ali Sharafiar, ich habe viele Ketten gesprengt, sogar meine eigenen. Heimatlosigkeit heißt, dass der Mensch die eigenen Ketten zerreißt und fortgeht. Was ist das Universum anderes als ein gigantisches Auseinanderdriften von Sternen und Planeten, von Mensch und Gott, eine Trennung der Seelen, selbst im Stadium größter Liebe? Das Universum ist nichts als ein ständiges Entzweien. Und Heimatlosigkeit? Ist sie Verbannung aus dem eigenen Heim? Aber wenn es kein Heim gibt? Wenn das Heim gar nicht von dieser Welt ist? Herr Sharafiar, die Antwort ist einfach: Ständig fantasiert man von Heimat, einem Zuhause. Jedes Mal, wenn man sich einem Ort zuwendet, sagt man: ›Das ist mein Zuhause.‹ Später zeigt sich, dass es nicht stimmt. Eines Tages kommt man zu dem Schluss, dass das letzte und realste Zuhause möglicherweise der Tod ist. Aber der Tod wird nur dann ein Zuhause, wenn er eine Tür hat, durch die man zurückblicken kann, denn ein Ort ohne Türen und Fenster ist Hölle, nicht Heim. Ein Fenster muss da sein ... Wahre Heimatlosigkeit sprengt die Kette, die uns an die Zeit kettet. Heimatlosigkeit, das heißt Unsterblichkeit, heißt: nicht in einer Zeit stecken bleiben, nicht in einer Ecke der Geschichte festsitzen. Heimatlosigkeit ist eine endlose Bewegung in alle Richtungen.«

Wenn er so ins Philosophieren kam, war er nicht mehr zu halten. Vielleicht begannen all diese Gedanken unter einem erbarmungslosen Frühlingsregen in dem verschlammten Flüchtlingszelt, als er nichts tun konnte als auf der Matratze liegen, seiner Vergangenheit nachsinnen und mit Samir über Schuld, Reue und Vergebung, über die Verantwortung des Menschen für seine Verbrechen debattieren.

Fast den ganzen Tag verbrachte er im Zelt, er verließ es nur selten. Abends machten er und sein arabischer Freund Feuer und bereiteten sich Essen zu. Bei gutem Wetter schauten sie in den Sternenhimmel, und bei schlechtem verkrochen sie sich ins Zelt und hörten dem Prasseln des Regens zu. Dschaladat hörte auf, sich zu rasieren. In einer langen Jacke und zu kurzen Hosen, die er in der

Stadt in einem Altkleiderladen gekauft hatte, strich er manchmal abends allein zwischen den Zelten herum. Er plauderte respektvoll mit den Menschen. Nach vielen Jahren kam er wieder in die Nähe von Kindern. Ihr erinnert euch daran, dass es in der staubigen Stadt keine Kinder gab. Erst am letzten Tag der Verwüstung hatte er dort Kinder gesehen, heimatlose und tote Kinder. Kinder litten unter den Qualen der Erwachsenenwelt, von der sie nicht die leiseste Ahnung hatten. Mit den Kleinen, die in Schlamm und Matsch herumtobten, freundete er sich zuerst an. Dann mit ihren Familien, die ihm mit offenen Armen begegneten.

Ab und zu stieg er nachts mit Samir in die Berge, wo er sich wieder an die magische Musik Ishaks erinnerte. Auf einem Gipfel sah er rätselhafte weiße Vögel über sich kreisen, eine Kreuzung aus Taube und Phönix. Ihre Federn leuchteten weiß wie Schnee durch die Nacht, und sie sangen wie die Nachtigall am Morgen.

Dann sah er die Vögel ständig. Sie landeten auf dem Zelt, verschwanden plötzlich und tauchten unvermittelt wieder auf. Wie sich später herausstellte, war ihr Kommen und Gehen ein Zeichen, das Dschaladat mit seiner fernen Heimatstadt verband. Fürchtete er sich vor diesen Vögeln? Wenn er sie auf den Bergen sah, fuchtelte er mit seinem Stock und stieg wieder ab. Wenn er sie in der Ebene sah, kehrte er in sein Zelt zurück. Wenn die Vögel auf dem Zelt landeten, verkroch er sich unter seiner Decke.

Samir konnte die Vögel nicht sehen und meinte: »Sie zeigen an, dass du gerade irre wirst.« Irrewerden war für Samir der wahre Beginn des Menschseins, die Rückkehr des Verstands. Er ahnte, dass Dschaladat auf dem Weg war, sich selbst zu finden.

Samir hielt sich von allen fern. Nur der Orangenduft seines Körpers verbreitete sich überall. Wenn er im Radio die langen Lieder von Umm Kulthum hörte, brach er in Tränen aus. Er hörte Nachrichten und weinte, hörte Regen und Wind und weinte. Nur abends kam er heraus. Er schaute den Wolken nach. Und er kochte. Er verhielt sich wie ein Gefangener. Dies war seine Vereinbarung mit Dschaladat. Er behandelte den Jungen, als hingen von ihm sein

Leben und seine Erlösung ab. Es war eine geistige, nicht eine reale Gefangenschaft. Es war so etwas wie ein heiliger Vertrag, nach dem der eine der Kriegsgefangene des anderen sein sollte.

Samir suchte nach Erlösung, aber die Frage ist: Wer kann jemandem wie ihm verzeihen, der so viel Blutiges und Böses getan hat? Reichen Reue und Gefangenschaft aus, um Erlösung zu erlangen? Können Strafe, ja, Tod aus einem Henker ein Opfer machen?

Diese Fragen führten zu ausgedehnten Gesprächen. In einer Nacht sagte Samir zu Dschaladat: »Du bist der Wärter und ich ein Gefangener. Und es sind immer die Wärter, die das Schicksal der Gefangenen bestimmen, nicht andersherum.«

»Samir, du höllischer Oberst, Offizier des Bösen«, entgegnete Dschaladat, »so ist es. Aber ich bin ja nicht Herr meines eigenen Schicksals. Mein ganzes Leben lang wurde ich beherrscht von dir und deinen Kriegen, von euch und euren monströsen Schlachten. Innerlich bin ich euer Gefangener, ich bin der Sklave eurer Untaten. Ist es nicht so, verehrter Oberst?«

Samir, der wusste, dass Dschaladat recht hatte, schaute zu den Sternen und trank einen Tee nach dem anderen. »An der Front war ich einem Oberst unterstellt, dessen Bosheit wirklich teuflisch war. Aluan Aribi war jünger als ich, aber da er barbarischer handelte als jeder andere, erkletterte er die Ränge der Armee mit erstaunlicher Geschwindigkeit. Eines Tages erwarteten wir einen Angriff der Iraner, seit Tagen übten sie Druck auf uns aus. Wir waren in der Minderzahl und wussten nicht, von welcher Seite der Hauptangriff kommen würde. Da nahmen wir einen iranischen Offizier gefangen. Oberst Aluan entfachte ein Feuer und zwang den Iraner, seinen Penis auszupacken und ins Feuer zu halten. Ich sah den Penis brennen. Der Mann sagte nichts. Die grauenhaften Schmerzen machten sich auf seinem Gesicht bemerkbar, er schwitzte aus allen Adern, aber er gab nichts preis. Oberst Aluan sagte, ich solle die glühenden Kohlen zerkleinern. Nachdem der Penis des Iraners verkohlt war, zwangen wir den Mann, sich auf den Bauch zu legen. Wir fixierten ihn, als würden wir ihn auf ein großes X kreuzigen.

Ich musste ein Röhrchen in seinen After stecken. Dann musste ich durch einen Trichter die zerkleinerte Kohlenglut in seinen After einführen und etwas Benzin nachgießen, noch ein bisschen Kohlenglut und danach wieder ein bisschen Benzin. Jedes Mal musste ich die Röhre tiefer hineinschieben. Ich weiß nicht genau, wann der Mann starb, aber nach seinem Tod stieg aus seinen Ohren und seiner Kehle Rauch. Liebes Kind, Jahre später versuchte ich, die Bestie in mir von dem Menschen in mir zu trennen. Ich fragte mich, ob wir nicht alle Gefangene einer kriegerischen Macht sind, die ins Fundament der Welt eingebaut ist. Sie bestimmt, was wir tun und was wir lassen. Wenn ich darüber nachdenke, habe ich das Gefühl, nicht ich war es, der diese Schandtaten begangen hat. Nicht ich habe glühende Kohle in den After eines Gefangenen eingeführt. Nicht mein Gefangener bist du, sondern der Gefangene von etwas, das sich im Fundament der Welt versteckt. Etwas, das jeden von uns zum Henker des anderen machen kann. Dem entgeht keiner. Wir sind Schachfiguren auf einem Brett, wir können uns nur nach den Regeln bewegen, die für dieses Spiel gelten.«

»Verehrter Oberst«, sagte Dschaladat, »gehen wir spazieren. Die Nacht ist voller Sterne. Komm, damit dein Orangenduft sich verbreitet. Hier können die Männer des Präsidenten dich nicht finden. Ja, ins Fundament der Welt ist vielleicht die Bösartigkeit eingebaut. Aber die Boshaftigkeit von Mensch zu Mensch ist anders als die Boshaftigkeit, welche die Natur in den Menschen eingepflanzt hat. Diese Boshaftigkeit bringt Menschen dazu, Vögel zu jagen und zu essen, aber sie veranlasst dich nicht, eine Röhre in den After eines Menschen zu stecken. Die Boshaftigkeit von Wind, Flut und Sturm ist anders. Aber wenn du mir eine Röhre in den After steckst, zwingst du mich zu versuchen, dir auch eine Röhre in den After zu schieben. Du und ich, wir sind nicht Schachfiguren, die dazu verurteilt sind, einander zu fressen. Weil du Schlimmes getan hast, muss ich an Vergeltung denken. Wann werde ich selbst ein Gefangener? Wenn ich bis zu meinem Tod Vergeltung anstrebe? Wenn wir genauer hinsehen, verurteilen die Henker ihre Opfer doppelt, nämlich dazu, Opfer zu werden und in der Folge, Sklaven des Triebs, mit den Henkern die Plätze zu tauschen.«

»Wenn die Opfer dasselbe tun wie die Henker, wird es nichts mehr geben, was die Erde im Gleichgewicht hält.«

»Wenn ich keine Vergeltung übe, wenn du nicht dieselben Qualen erleidest, die ich erlitten habe, wo bleibt dann die Gerechtigkeit? Gerechtigkeit ist, dass ich dieselbe Röhre in deinem Arsch sehe.«

Samir von Babylon rief: »Dann macht die Gerechtigkeit aus uns beiden Henker. Gerechtigkeit ist aber, dass einer von uns so etwas nicht tut. Dass wir nicht alle zu Henkern werden. Wenn du auch zum Henker wirst, gibt es keinen Grund mehr, dein Gefangener zu sein. Du bist Musiker, und ich bin ein kranker Oberst. Du riechst nach Musik und ich nach Orangen. Wenn du auch zum Mörder wirst, dann sind wir zwei Köpfe desselben Ungeheuers, zwei Köpfe, die einander auffressen.«

Dschaladat trat Steine vor sich her. Die kühle Nachtbrise erregte ihn, anstatt ihn zu beruhigen. »Ich war Flötist, sag selbst, spielte ich nicht eine magische Musik? Wer nahm mich gefangen, mich und meine Freunde? Wer setzte mich in einen dreckigen Laster und fuhr mich in den Süden? Wer erschoss mich? Wer zwang mich, die Musik zu verlernen? Ihr habt den Musiker in mir getötet.«

Allmählich verlor Samir die Fassung. »Ich doch nicht, ich habe dich gerettet. Du weißt genau, dass ich für diesen Musiker mein Leben riskiert habe.«

»Durch eine einzige gute Tat«, spottete Dschaladat, »will der Schlächter zum Engel werden?« Er trat nah an Samir heran und sah ihm in die Augen. »Verzeih mir. Zum Henker will ich nicht werden. Ich bin nicht dein Feind. Aber du bist mein Gefangener, und ich muss darüber nachdenken, wie du deine Strafe erhalten kannst. Uns allen zuliebe, dir zuliebe. Es muss einen Weg geben, auf dem du wieder Mensch wirst, durch Bestrafung oder Vergebung, einen anderen gibt es nicht. Beides steht mir nicht zu. Ein Gericht muss dich begnadigen.«

»Die Richter hierzulande sind nicht besser als ich.«

»Nein, Samir, ich werde dich nicht den Richtern übergeben, die Jura studiert und in den letzten vierzig Jahren Menschen vernichtet haben. Die verstehen nichts von Gerechtigkeit.« Dschaladat steckte seine Hände in die Hosentaschen und blickte ihn bedeutungsvoll an. »Ein Gericht, das du und ich zusammen einrichten werden, mit den Verwandten der Opfer, die du getötet hast, und mit denen, die noch am Leben sind. Dieses Gericht wirst du selbst einsetzen. Nur dieses Gericht kann dir vergeben, es ist das einzige Gericht, dessen Entscheidungen du wirst akzeptieren müssen.«

Sie sprachen in ihrer Abgeschiedenheit immer wieder über dieses Gericht. Die Welt beruhigte sich allmählich, aber sie blieben im Lager, als würden sie den Zustand der Heimatlosigkeit genießen. Jeden Tag brachen jetzt Flüchtlinge ihre Zelte ab und kehrten in die Städte und Dörfer zurück. Allmählich nahmen fast alle Bewohner Abschied. Sie küssten sich und sagten Lebewohl, luden ihre Habe auf einen Laster und fuhren davon. Dschaladat und Samir aber konnten sich nicht zum Aufbruch entscheiden. Sie waren heimatlos, hatten weder eine Stadt noch ein Dorf. Sie waren wie zwei Vögel, deren Flügel der Himmel, den sie durchflogen, angesengt hatte, sodass sie nicht mehr abheben konnten.

Eines Nachts, als Dschaladat dem kalten Wind zuhörte, kam aus der Dunkelheit ein Schrei. »Samir, dieser Wind ruft nach mir. Hast du gehört? Jemand hat nach mir gerufen.« Aber Samir hatte nichts gehört. Dschaladat verließ das Zelt und rief: »He, du, ich höre dich, wer bist du?« Manchmal hörte sich die Stimme an wie Sarhang Qasm und manchmal wie Ishaki Lewzerin. Ab und zu war er sich sicher, dass es Dalia war. Dann wieder klang es wie die ersterbende Stimme des greisen Musa Babak oder wie die eines Verwundeten.

»Das ist die Stimme deiner Vergangenheit«, sagte Samir. »Sie lässt dich nicht schlafen.«

Im Zeltlager waren fast nur noch Frauen ohne Ehemänner und einsame alte Menschen. Nach einigen Monaten kam ein blonder

Mitarbeiter der Vereinten Nationen in einem weißen Landcruiser mit einem blauäugigen, schlanken jungen Mann angefahren, der sich als Übersetzer vorstellte. Er rief die letzten Bewohner des Lagers zusammen und kletterte für seine Ansprache auf einen Felsen.

»Die Vereinten Nationen und die anderen Hilfsorganisationen unterstützen dieses Lager nicht mehr«, sagte er und fuhr dabei mit der Hand über sein glatt rasiertes Gesicht. »In einem Monat wird das Lager aufgelöst, wir haben in der Stadt einen anderen Platz für euch gefunden.«

Eine Woche später wurden die Lebensmittellieferungen eingestellt. Und nochmals eine Woche später kam eines Abends ein rätselhafter Sturm auf. Er kam brüllend aus den Bergen und fegte durchs Lager. Gegen zehn Uhr schien eine Bö alles in die Luft zu katapultieren. Als Samir und Dschaladat aus dem Zelt lugten, erschraken sie. Die Zelte wirbelten hoch in der Luft. Allein ihr Zelt war stehen geblieben. Sie machten sich auf die Suche nach den Bewohnern, aber sie fanden niemanden. Hatte es die letzten Bewohner dieses Lagers weggewirbelt, waren sie umgekommen? Oder hatten Samir und Dschaladat das alles nur geträumt?

Gern würde ich euch noch mehr von dem kleinen Lager erzählen, aber es hat keinen Sinn, dass ich weiter den Geschichtenerzähler spiele, denn ich weiß, dass der Held der Geschichte es besser kann. Nach Durchsicht der Manuskripte, die Dschaladat mir zur Verfügung stellte, bin ich der Meinung, dass ich nach diesem kurzen Vorwort die Geschichte wieder ihm übergeben muss. Er wird euch von der Rückkehr in die Stadt erzählen, von Mustafa Schaunm, von der Einrichtung eines Gerichts, das die Gerechtigkeit nicht verwirklichen kann. Ich verabschiede mich und kehre erst zu Dschaladats Kreuzigung zurück. Ihr sollt aber wissen, dass so eine Erklärung des Erzählers mit Vorsicht zu genießen ist und dass ich Dschaladat bei jedem Satz begleitet habe. Die Textfassung dieser Geschichte ist mein Werk. Ja, ich bin nicht der Held. Aber vergesst nicht, dass ich, Ali Sharafiar, der Erzähler bin und dass der Erzähler immer wichtiger ist als der Held.

Samir von Babylon und der Weg zur Erlösung

Nein, meine Lieben, der Held ist wichtiger. Nicht Ali Sharafiar, sondern ich war es, der das Versinken einer Stadt erlebte, die ihr Leben der Zerstörung der anderen Städte verdankte. Ich war es, der auf einem weißen Pferd durchs Land ritt. Ich war es, der in meiner alten Stadt umherirrte und zu Samir sagte, wir sollten uns, um nicht zu verhungern, an das Flüchtlingslager wenden. Ich war es, der sich für die Heimatlosigkeit als Schicksal und Chance entschieden hat. Ich war es, der in einer stürmischen Nacht Dutzende Zelte in den Himmel auffliegen sah … All das sind meine Erlebnisse, meine.

Ich betrat das halb zerstörte Hotel als Erster. Ein großes Hotel im Stadtzentrum, von einem berühmten Architekten entworfen. Vor mir hatte niemand daran gedacht, dass das ein guter Platz für die Obdachlosen sein könnte. Ich wusste nicht, wer das Hotel in Brand gesteckt hatte. Nach dem Aufstand erübrigten sich solche Fragen. Die meisten großen Gebäude waren ausgebrannt.

Ich hatte nicht die Absicht, mich dort niederzulassen. Schließlich wusste ich, dass man uns irgendwann rausschmeißen würde. Aber als ich den Fuß hineinsetzte, überkam mich ein seltsames Gefühl, ich glaubte, Dalia zu sehen, Dalia, die ich nie vergessen hatte. Als ginge sie vor mir her. Nach einer Weile hörte ich, wie sie nach mir rief, genau wie in jener Nacht mitten im Donner der Panzer. Ihre Stimme hallte durchs ganze Gebäude. Ich rannte, laut rufend, hinter ihr her die Treppen hoch und sah sie ein Zimmer in der sechsten Etage betreten. Als ich ins Zimmer kam, war ihr Duft noch da, der Duft, mit dem sie im großen Saal der Weißen Orange aufgetreten war. Dieses Zimmer stank als einziges nicht nach Rauch. Sicher wollte sie mir sagen, dass ich mich dort niederlassen solle. Ich trat an die Fenster, sie blickten über die ganze Stadt. Ich fühlte Dalias Atem und sagte zu ihr: »Dies ist mein Zuhause.«

Ich beseitigte den Müll und säuberte das Zimmer. Nach langer Zeit empfand ich wieder Freude. Ich war sicher, Dalia gesehen zu haben. Ohne mein Geheimnis preiszugeben, kehrte ich zu Samir zurück. Wir packten unsere Decken, Matratzen und Habseligkeiten in einen alten Jeep und waren die ersten Flüchtlinge, die das ausgebrannte Hotel besetzten.

Spät in der Nacht kamen zwei Wachleute, die unser Licht in der sechsten Etage hatten brennen sehen, zwei junge Peschmergas. Wir zeigten ihnen unsere Ausweise und die Dokumente, die uns die Aktivisten von Kurdistans patriotischer Partei im Lager ausgestellt hatten. Wir waren nun zwei politische Gefangene, die aus den Gefängnissen im Süden entkommen waren.

Die ersten Tage vergingen friedlich. Nachts meinte ich, Schritte einer Frau zu hören. Ich wartete auf Dalias Erscheinen, aber vergebens. In dieser Zeit hatte ich große Angst um Samir, davor, dass unsere Leute ihn erkennen und umbringen würden. Ich dachte nie daran, ihn zu töten, wusste aber auch nicht, was für eine Strafe dieser Mann denn nun verdiente. Noch hatte er mir das Geheimnis seines Lebens nicht verraten. Ich war überzeugt, dass die mysteriösen Schriften, die er in den Mauern und hängenden Gärten von Babylon versteckt hatte, wichtige Dokumente waren. Mir war klar, dass er von erschreckenden Dingen wusste, ja, dass er ein Ozean geheimster Informationen war, ein sehr wichtiger Zeuge. Samir sah seine Aufgabe darin, als Zeitzeuge zu dienen. Das würde ihn retten, glaubte er.

Wir wohnten schon einige Zeit in dem Hotel, als er eines Nachts, ehe wir das Licht ausmachten, fragte: »Warum willst du nicht wissen, was es mit meinen Papieren auf sich hat?«

»Diese Dokumente belasten dich noch mehr. Ich glaube nicht, dass sie dich reinwaschen. Mir reicht schon, was ich über dich weiß. Darum frage ich nicht.«

Er ging auf den Balkon und schaute auf die Stadt hinunter, deren eine Hälfte Strom hatte und deren andere Hälfte im Dunkeln lag. »Ich besitze den erschreckendsten Plan der Welt.«

Wenn er ernst und ehrlich redete, duftete er stärker als sonst nach Orangen. Ich erhob mich und trank etwas Wasser aus der Tomatendose, die wir zu einem Trinkbecher umfunktioniert hatten. »Was ist das für ein Plan?«

»Den Plan aller Massengräber der letzten zwanzig Jahre. Alle geheimen Totengruben, alle unbekannten Gräber, in denen Hunderttausende unschuldige Menschen begraben sind.« Furcht und Reue lagen in seiner Stimme, die wie damals klang, als wir uns kennenlernten.

»Großer Gott«, seufzte ich, »was sagst du da?«

»Diese Dokumente können zum Sturz des Diktators führen«, flüsterte er.

Mir verschlug es die Sprache. Ich kratzte mich kurz am Hinterkopf. »Hör zu, deine Dokumente werden uns Kopf und Kragen kosten. Wir werden bei lebendigem Leibe gehäutet! Ist dir das klar?«

Samir war zwar ein Offizier, er wusste aber nichts von der Welt außerhalb der Armee. Er glaubte, Barbaren und Mörder gäbe es nur in den Reihen der Republikanergarde, der militärischen Nachrichtendienste, der Verteidigungsbrigaden. Von Boshaftigkeit und Hartherzigkeit im gewöhnlichen Leben wusste er nichts. Nicht dass ich mehr Ahnung gehabt hätte, aber die langen Jahre des Verstecks in der Weißen Orange und Dalias Lektionen hatten gewirkt. Der Besitz dieser Dokumente war lebensgefährlich.

»Wir müssen nachdenken«, sagte ich. »Ich habe auch zwei Dinge dabei. Das rätselhafte Bild und die Akte eines Gefangenen, mit der ich nichts anzufangen weiß. Sie gehört aber Dalia – einer Frau, wie ich sie nie wieder zu Gesicht bekommen werde. Sag mir, was sollen wir damit machen? Wenn du denkst, Saddams Leute könnten uns hier nicht erwischen, dann täuschst du dich. Die Armee ist weitgehend abgezogen, aber noch sind sie da.«

»Aber Dschaladat«, trotzte Samir, »die Pläne müssen der Welt doch gezeigt, sie müssen veröffentlicht werden.«

»Wie denn?«, fragte ich wütend. »Willst du sie den Zeitungen verkaufen? Hast du keine Angst, dass sie in die Hände eines Journalisten fallen, der sie für ein paar Millionen Dollar der Regierung verkauft? Dass ein Geheimagent die Pläne an sich nimmt und nicht zurückbringt? Dass wir auffliegen und man uns beide in diesem beschissenen Hotel erledigt wie zwei räudige Hunde? Was willst du machen? Willst du sie den kurdischen Parteien überlassen? Sobald sie erfahren, dass du solche Akten hast, werden sie uns häuten. Nein, wir müssen sie verstecken. Niemand interessiert sich dafür, aber sie würden sie uns wegnehmen wollen – nicht als Fanal der Wahrheit, sondern um damit anzugeben oder ein Geschäft damit zu machen oder sie zu vernichten. Und der Herr Oberst und sein Flötist würden wie zwei schutzlose Derwische untergehen.«

Ich stand in der Dunkelheit und beobachtete seinen Schatten. Ich war sicher, dass er verstanden hatte, was ich meinte. Wir wussten beide, dass sich niemand für das Schicksal der Opfer interessierte, dafür, wo die Toten begraben lagen. Zu jener Zeit fand das niemand wichtig. Erst Jahre später durchwühlten Kameraleute jeden Quadratzentimeter Erde nach Knochen und Skeletten, um daraus einen Horrorfilm zu machen und ihn der Welt zu verkaufen. Aber Samir war in der Zwickmühle. Einerseits sollte die ganze Welt von diesen Plänen erfahren, andererseits fürchtete er, dass man ihm die Pläne wegnehmen und ihn töten könnte. Mir schien, wir sollten die Pläne verstecken und schweigen, obwohl es mir feige vorkam.

Nichts ist bedrückender, als Augenzeuge zu sein, wenn niemand Augenzeugen braucht. Nichts ist trauriger, als im Besitz einer Wahrheit zu sein, die keiner hören will. Wenn Ishaki Lewzerin, Musa Babak oder Dalia Saradschadin dabei gewesen wären, hätten sie anders argumentiert. Aber ich kannte dieses Land, die Wahrheit zählte hier nicht.

»Du musst mir die Pläne geben«, sagte ich zu ihm. »Du bist mein

Gefangener und musst gehorchen. Ich werde sie gut verstecken. Das geschieht nicht zum ersten Mal: dass man Wahrheiten verstecken muss, bis die Zeit reif ist.«

Unter seiner Matratze zog Samir eine Aktenmappe hervor. Er vertraute mir blind und war sich offenbar sicher, dass ich sie gut verwahren würde.

Ich nahm sie zögernd an mich und drückte sie an meine Brust. »Ich werde sie verstecken«, sagte ich mit zittriger Stimme. »Schlaf jetzt, Samir, schlafe und denke nicht weiter darüber nach.«

Am nächsten Tag kaufte ich zwei Taschen, eine Alubox, Leder, Plastik, eine große Nähnadel und Schnur. Ich wickelte die Pläne in Plastik, legte sie in eine Tasche, wickelte die Tasche wiederum in Plastik, legte sie in eine weitere Tasche, umwickelte sie erneut mit Plastik und legte sie in die Alubox, wickelte die Alubox in Leder ein und vernähte das Paket zum Schluss auf allen Seiten, sodass kein Tropfen Wasser, kein bisschen Feuchtigkeit eindringen konnte. Ich ging zur Stelle unseres ehemaligen Zeltlagers. Dort wusste ich ein gutes Versteck unter einem großen Stein. Das Wetter war so gut, dass man keine Decken und Matratzen brauchte, um unter freiem Himmel zu schlafen. Auch hatte ich eine Hacke und eine kleine Schaufel dabei. Ich legte mich ruhig unter einen Baum und rührte mich nicht von der Stelle, bis es dunkel wurde. Dann ging ich zu dem Stein. Er war riesig. Man konnte ein Loch darunter graben, ohne seinen Halt zu lockern. In einer Stunde war alles erledigt. Es war das sicherste Versteck der Welt. Nur wusste ich nicht, ob ich eine Wahrheit schützte oder ob ich sie beseitigte …

Gegen Morgen kam ich wieder in unserem Hotel an. Samir fragte nicht, wo ich die Pläne versteckt hätte. Ich sagte nur, kein Lebewesen würde sie je finden. Er vergaß sie nicht, wollte sich jedoch erst als freier Mann ihrer Botschaft widmen. Doch die Ereignisse meines und seines Lebens machten diesen Plan zunichte.

Inzwischen hatte ich das Hotel auf den Namen Weiße Kirsche getauft, eine kindische Erinnerung an Weiße Orange. »Kirsche« war der Name eines Mädchens, das mit seiner Familie eine Woche im Hotel wohnte, die erste Familie, die nach uns einzog. Sie kamen aus einer anderen Stadt. Das Mädchen war in meinem Alter und so schön, dass ich ihr einmal gefährlich nahe kam und sagte: »Was denkst du, gibt es noch mehr solche Schönheiten wie dich auf der Welt? Man müsste Flügel haben, um eine Zweite wie dich auf diesem Planeten zu finden.«

Sie war nicht schüchtern und gab gelassen zurück: »Und was denkst du, gibt es noch mehr solche Blödmänner wie dich? Wie viele Flügel müsste man haben, um einen zweiten Idioten wie Eure Majestät zu finden?«

»Ich weiß es nicht«, sagte ich, »aber ich versichere dir, dass du mit allen Flügeln dieser Welt keinen anderen finden würdest, der so verrückt ist nach deiner Schönheit wie ich.«

Sie stieß mich sanft an: »Behalte deine Verrücktheit für dich, damit sie dir nicht verloren geht.« Sie ging und schaute mich nie wieder an. Ihre drei Brüder überwachten sie Tag und Nacht. Während jener Woche sah ich sie nur vier Mal. Einmal hatten sie sich umgezogen und sagten, sie gingen ein Haus besichtigen. Einmal stand sie in einem gelben Hauskleid vor ihrem Zimmer, und ihre Mutter rief: »Komm rein! Steh nicht da draußen herum, es ist peinlich.« Dann sah ich sie mit einem anderen Mädchen die Straße vor dem Hotel überqueren, und das letzte Mal war, als wir zufällig zusammen die Treppe hochstiegen und ich ihr das alles sagte. Ich taufte das Hotel auf ihren Namen. Bald zogen sie aus. Sie hatten wohl ein Haus in der Stadt gefunden und es nicht mehr nötig, in so einer Ruine zu leben.

Irgendjemand schlug der Stadt vor, aus dem Hotel eine Flüchtlingsunterkunft zu machen. Innerhalb von zwei, drei Tagen füllte es sich bis auf den letzten Platz. Es kam so weit, dass Samir und ich Angst hatten, man würde uns verjagen. Wir mussten uns registrieren lassen. Nachts kamen Vertreter verschiedener Parteien und zwangen uns, jeweils eigene Formulare auszufüllen. Da keine Partei die Papiere einer anderen anerkannte, mussten wir uns Genehmigungen aller Parteien besorgen. Für das Geld, das ich in der

Weißen Orange hatte sparen können, bekamen wir alle Ausweise und Dokumente, die der Mensch zum Leben braucht.

Ich hatte mich entschieden, dieses Hotel, sofern man es mir erlaubte, nie mehr zu verlassen. Samir aber sagte, er würde es hier nicht lange aushalten. Er konnte das Kindergeschrei und Frauengezänk nicht ertragen. Nicht weil es ihn störte, sondern weil es ihn an die Tragödien der Familien in diesem Land erinnerte, für die er sich mitschuldig fühlte. In jenen Tagen sah ich ihn nie weinen, aber wenn wir über Armut, Not und Ausweglosigkeit sprachen, stieg ihm die Scham ins Gesicht. Mir aber gefiel es hier. Menschen, die nichts haben, sind die schönsten. Wenn sie über die Vergangenheit sprachen, erzählten sie von den schönen Tagen, in denen sie Haus, Vermögen und Würde besessen hatten. Dabei logen die meisten, sie übertrieben ihre Verluste, sie schätzten ihr verlorenes Hab und Gut auf Hunderttausende Dinare. Schöner noch war es, wenn sie träumten – von den Verheißungen einer neuen Zeit, von dem Tag, an dem sie würdig in ihre Heimatstädte, in ihre Straßen und Häuser zurückkehren würden.

Die Familien kamen und gingen, bald konnte ich sie gar nicht mehr alle kennenlernen. Noch Jahre später, als ich im ganzen Land herumzog, streckten mir immer wieder Leute die Hand entgegen und sagten: »Ah, Herr Dschaladat, wie gehts? Herr Dschaladat, wo leben Sie jetzt?«

Dann lachte ich fröhlich: »Ich bin immer noch in diesem schönen Hotel. Es ist zu meiner Heimat geworden.« Die meisten fanden es merkwürdig, dass ein junger Mann wie ich in diesen Zeiten nichts aus sich gemacht hatte. Manche schenkten mir sogar ein Bündel alter Kleider. Andere steckten mir Geld zu. Ich nahm alles an, Kleider, Geld, Geschenke – um es wenig später in einer Moschee oder anderswo als Spende abzugeben. Alles, auch das Geld, denn ich glaubte, keinerlei Hilfe verdient zu haben. Eigentlich brauchte ich auch, von Dalia abgesehen, von niemandem Hilfe.

Anfangs lungerte ich meistens vor dem Hotel herum und half

den Familien beim Einzug. Ich trug das Bettzeug, half den Kindern beim Treppensteigen, lud mir ihr Gepäck auf die Schulter. Wenn ein Zimmer Säuberung brauchte, war ich zur Stelle. Ich schleppte Lebensmittel, trug Ölkanister in die achte Etage, lud mir Gasflaschen auf die Schulter und trug sie in den obersten Stock. Auch beim Ausziehen half ich. Ich bündelte ihnen das Bettzeug, trug ihre Babys, lud die Wiege in den Pick-up. Alle, die die Weiße Kirsche verließen, versprachen, mich zu besuchen oder mich in ihr neues Heim einzuladen. Natürlich passierte das nie.

Ich nahm meine Angewohnheit wieder auf, Mädchen und Frauen mit meinen Sprüchen anzumachen. Ein fataler Defekt: wenn man in der Liebe eine Lippe riskiert und dann keine Tatkraft zeigt. Frauen wollen vom Mann beides; wenn er ein Mann der Tat und ansonsten schüchtern und schweigsam ist wie die meisten Männer unseres Landes, dann betrachten sie ihn als maulfaules Geschöpf. Und wenn einer wie ich nur ein großes Maul hat, dann ist er für sie ein abstoßender Schwätzer. Es kommt also darauf an, dass man mit Schmeicheleien beginnt, worin ich ein großer Meister war. Dann muss deine Hand ein wenig arbeiten, dann wieder deine Zunge, dann wieder deine Hand, dann deine Zunge, dann deine Hand, dann deine Zunge und so weiter. Ich war nur der Typ für die erste Phase. Bald wussten das alle Frauen des Hotels, sie trauten mir, niemand hatte eine Ungehörigkeit von mir zu befürchten.

Ich hatte allerdings eine Seite, von der niemand wusste. Es gab drei Geheimnisse. Das erste war das Geheimnis zwischen Dalia und mir. Ich sah ihren Schatten. Das zweite war das Geheimnis der Vögel. Das dritte waren die Schreie aus der Finsternis, von denen Samir behauptete, es seien die Stimmen der Vergangenheit.

Dalia sah ich nachts auf der Treppe. Sie verschwand immer an derselben Stelle, aber danach konnte ich sie noch riechen. Sie sprach nicht zu mir und tauchte nur kurz auf, wie um mir zu versichern, dass sie bei mir sei und auf mich aufpasse. Stets trug sie die eleganten Kleider der Weißen Orange.

Dann waren da die weißen Vögel. Ich sah sie von meinem kleinen Balkon aus. Manchmal kamen sie mir sehr nahe. Eines Tages ging ich durch den überfüllten Basar und spürte, dass sie mir gefolgt waren. Es war nicht wie im Flüchtlingslager, wo sie auf meinem Zelt und den nah gelegenen Bäumen zu landen pflegten, sondern ich sah sie durch die Menschenmenge flattern, Hindernisse gab es für sie nicht.

Anfangs hatte ich Angst, später aber begriff ich, dass sie zu mir gehörten. Vögel waren mir schon immer nahe gewesen. Die Spatzen meiner Kindheit, dann die Raubvögel, die ich auf meiner langen Reise mit Ishak und Sarhang sah, die Enten, die aus den Sümpfen in die Stadt der Prostituierten flüchteten, bis zu all den Vögeln, die während des Golfkriegs nordwärts zogen.

Wenn es nachts still wurde und Samir schon schlief, kamen sie ins Zimmer, oder ich ging auf den Balkon und sah, wie sie auf mich zuflogen. Sie landeten in meiner Nähe, ruhten sich auf meinem Kopf, meinen Schultern aus. Wenn ich einen Spaziergang machte, kreisten sie über den Häusern. In Schwärmen ließen sie sich auf den Bäumen nieder, und schwirrend flogen sie wieder davon.

Den Sinn ihres Erscheinens und Verschwindens kannte ich damals nicht, aber wenn ein Schrei aus der Finsternis ertönte, lief ich auf die Straße, und die Vögel folgten mir. Ich schrie wie ein Irrer: »Wer ruft?« Ich ging der Stimme nach, aber wir fanden nie etwas.

Eines Tages steuerte ich die Passage der Schmiede an und fragte dort nach Muhsin, dem Rohrmacher. Man führte mich zu einem kleinen Mann mit einem riesigen Hut. Seine Augen hatten durch die Glut und sein Gehör durch das Hämmern gelitten. Zuerst verwechselte er mich mit dem Sohn eines alten Freundes. Nach einer Weile konnte ich ihm verständlich machen, dass ich ein Bekannter von Dschalil Baran sei. Muhsin war ruhig und liebenswert wie die meisten Schmiede. Wahrscheinlich lassen sie ihre ganze Aggressivität an Hammer und Amboss aus. Muhsin behielt mich bei sich, bis Dschalil zurückkam – der mich zunächst nicht wiedererkannte. Er hielt mich für einen Kunden. Als ich sagte, ich sei Dschaladat, der Junge aus dem Krankenhaus von Musa Babak, wurde er blass. Er fürchtete wohl, sein Vater könnte von seinem abenteuerlichen Ausflug in die gelbe Stadt der Prostituierten erfahren. Ich erklärte ihm leise, dass ich nichts verraten würde, was ihn sichtlich erleichterte. Aber er konnte nicht fassen, dass ich es war, der vor ihm stand. Es war, als hätte er die düsteren Tage vergessen.

»Kannst du mir helfen?«, fragte ich ihn. »Kannst du Arbeit für mich finden und mich den Leuten vorstellen, die sich in dieser Stadt mit Musik beschäftigen?«

»Ja, unter einer Bedingung. Dass du nicht lügst, indem du sagst, du wärst Dschaladati Kotr. Hast du verstanden? Niemand würde dir glauben. Außerdem, kannst du überhaupt Flöte spielen?«

Ich sah den Tag wieder vor mir, an dem er mit seinen Freunden singend in die Weiße Orange eingezogen war. Ich spielte gerade, aber sicher hatte er mich nicht gesehen. Neuankömmlinge hatten nur Augen für die Sängerinnen und Tänzerinnen, die Musiker nahmen sie gar nicht wahr. Das ist das Schicksal der Musiker hierzulande, ob auf der Bühne oder im wirklichen Leben: Niemand sieht sie. Nur an unser Gespräch bei Musa Babak konnte er sich erinnern. Um ihn zu beruhigen, sagte ich: »Ich bin nicht Dschaladati Kotr, mein Name ist Dschaladat Ismail. Ich verstehe nichts von Musik, ich will nur die Musiker kennenlernen. Ich hause allein im ausgebrannten Hotel. Ich brauche einen Job. Ich kenne hier nur dich, darum bin ich zu dir gekommen.«

Dschalil Baran erinnerte sich an sein Versprechen, mir zu helfen. »Ich treffe mich heute Nacht mit ein paar Musikern«, sagte er, »du kannst mich begleiten.«

Gab es hier wirklich Leute, die von den drei kleinen, herumziehenden Musikern gehört hatten, die vor ein paar Jahren Wunder vollbracht und Tote wieder zum Leben erweckt hatten? Ich wollte nach mir, dem wahren Dschaladat, der in den Wüsten des Südens gestorben war, suchen.

Es waren zehn, sie hatten sich in einem verrauchten, niedrigen

Keller versammelt. Alle zehn hatten traurige Gesichter. Sie waren jung, schienen aber aus grauer Vorzeit zu stammen, als wären sie nach langem Schlaf soeben wieder zum Leben erwacht. Jeder beschäftigte sich zerstreut mit seinem Instrument und spielte allein vor sich hin. Ihre Gruppe hieß »Schneeboot«, Dschalil spielte dort Flöte. Als wir eintraten, blickte niemand auf, um mich zu begrüßen. Einer las in einer Ecke ein Buch, ein anderer malte. Beide waren ganz in ihre Welt versunken, seltsam, mitten unter all den Musikern.

Da fiel mein Blick auf ein Brett, auf dem in einer ausgesuchten Kalligrafie geschrieben stand: »Schneeboot, trage mich in eine ferne Stadt … Eine Stadt, die weder dem Teufel noch Gott gehört und die unsterblichen Musikern eine Heimat ist.« Darüber hing ein großes Bild: ein Schiff als weiße Eisscholle auf einem stillen Meer, von dem warmer Dunst emporsteigt.

»Was bedeutet dieses Gedicht?«, fragte ich meinen Freund. »Warum heißt die Band Schneeboot?«

»Das Gedicht ist von Muhammad Firdausi«, flüsterte er, »dem, der da am Malen ist. Das Schiff, das du siehst, hat er gemalt, er ist Poet und Maler. Du kannst ihn später fragen.«

»Spielt ihr auf Festen?«, fragte ich ihn. »Begleitet ihr Sänger?«

»In den letzten zehn Jahren wurden zahllose Bands gegründet, meistens von Musikern, die nur aufs Geld aus sind. Sie begleiten schlechte Sänger, sie spielen für die Politiker. Darum haben ernsthafte Musiker Schneeboot gegründet, für die das, was in dieser Stadt gespielt und von den Leuten gehört wird, keine Musik ist. Wir sind keine kommerzielle Band, wir versuchen nur, uns vor der Musik zu retten, die draußen den Ton angibt. Ich hatte zum Beispiel mit den Freunden, die du kennst, eine ganz normale Band. Wir machten Tanzmusik. Vor zwei Monaten, die Baathisten hatten Kurdistan gerade verlassen, bot uns ein mächtiger Parteiführer an, auf seiner Party zu spielen. Es war ein riesiges Fest. Die Frauen trugen ihre schönsten Kleider, Mädchen tanzten in Dutzenden Reihen. Mittendrin war ich plötzlich wie gelähmt. Ich nahm die Flöte vom Mund, weil ich merkte, dass das alles völlig sinnlos war. Alle Musiker hier haben einen solchen Moment erlebt. Er ist schwer zu beschreiben.«

»Nein, Dschalil«, bat ich, »bitte erzähl mir alles. Ich muss wissen, woraus dieser Moment besteht.«

»Es ist seltsam«, fing er an. »Plötzlich flammt etwas im Innern auf, wie eine weiße Laterne, ein starkes Licht. Und alles ist wie verwandelt. Wenn früher die Leute zu meiner Musik tanzten, war ich stolz, dass ich so viel Leidenschaft entfacht hatte. Aber plötzlich sah ich die Menschen wie Affen herumhopsen. Dieses Tanzen macht uns trüb und oberflächlich. Der Moment, in dem ich die Flöte vom Mund nahm, war der schlimmste und zugleich schönste meines Lebens. Der schlimmste, weil ich erfuhr, dass ich kein Musiker war. Ich sagte mir: Dschalil, lass deine Lippen vom Instrument und geh. Was erhoffst du dir? Willst du diese krepierten Töne als Musik bezeichnen? Ich verließ die Stadt und stieg auf einen Berg und heulte. Andererseits war ich glücklich, weil ich jetzt wusste, was ich wollte, weshalb ich geflohen war. Am nächsten Tag wollten meine Freunde verstehen, was mir passiert war. Ich hatte keine richtige Erklärung, aber ich wusste, dass ich eine solche Musik nie wieder spielen, nie wieder mit ihnen auf die Bühne gehen würde. Weißt du, woran ich dachte, als ich in jener Nacht herumwanderte? An Dschaladati Kotr, ich dachte an dich, als du sagtest, du wärst Dschaladati Kotr.«

Ich schluckte. Ich wollte sagen, dass ich Dschaladati Kotr bin, ich war es aber nicht. Ich wollte sagen, dass ich nicht Dschaladati Kotr bin, aber ich war es. Ich schüttelte den Kopf und sagte ausweichend: »Wir Menschen sind verwirrte und komplizierte Wesen und verlieren uns leicht. Wir haben das Gefühl, etwas zu sein, und stellen später fest, dass wir es nicht sind. Dann wieder halten wir uns für ein Nichts und sehen später, dass wir doch etwas sind.«

Dschalil hörte aufmerksam hin: »Du glaubst, früher Dschaladati Kotr gewesen zu sein?«

Eine tödliche Frage. »Ja, das glaube ich«, sagte ich, ohne ihn anzusehen. »Ich war eines Tages Dschaladati Kotr.«

Mit verstörendem Ernst drückte er meine Hand. »Dann spielst du Flöte wie kein anderer. Sag schon, kannst du oder nicht?«

»Ich kanns nicht«, gab ich niedergeschlagen zu. »Dschalil, du weißt doch, dass ich es nicht kann. Wieso fragst du?«

Er schlug auf den Tisch. »Warum lügst du dann? Wieso sagst du, du wärst Dschaladati Kotr?« Ich fürchtete schon, er würde mich angreifen.

»Weil ich es bin.«

»Aber du spielst Flöte nicht besser als die anderen!«

»Weil meine Geschichte das Gegenteil deiner Geschichte ist. Du hast schlecht gespielt und es in einem hellen Moment gemerkt. Im Gegensatz zu dir spielte ich hervorragend. Ich musste ein schlechter Musiker werden, um zu überleben.«

»Das verstehe ich nicht«, sagte er und schüttelte bekümmert den Kopf.

Ich wusste, es würde nicht leicht sein, ihm meine lange Geschichte zu erzählen. »Vergiss es. Jetzt bin ich Dschaladat Ismail. Seit über vier Jahren bin ich einer, der irgendwann mal ein Musiker war. Und am besten ist es, wenn niemand erfährt, dass ich Dschaladati Kotr bin.«

Dschalil beobachtete mich. Er wusste nicht, ob er mir glauben sollte.

»Du kannst mir vertrauen«, sagte ich. »Der Dschaladati Kotr, von dem du und die anderen gehört haben, ist gestorben. Jetzt bin ich ein Mann, der Arbeit sucht, um sich zu ernähren. Bisweilen möchte ich dasitzen und Musik hören. Sonst will ich nichts, denn mein Leben ist voller Albträume und Gespenster.«

Jetzt wurde er wieder argwöhnisch, er rückte mit dem Stuhl ein wenig vom Tisch ab. »Wieso willst du dann die Musiker kennenlernen?«

»Ich habe das Gefühl, es wird mir das Leben erträglicher machen. Musik kann ich nicht machen, aber ich würde gerne darüber sprechen. Vergiss, was ich über Dschaladati Kotr gesagt habe. Zerbrich dir nicht den Kopf darüber, wer ich bin. Ich weiß es selbst nicht. Ich lebe zufrieden unter den Obdachlosen. Dschalil, reden wir nicht länger über mich. Du hast mir nicht gesagt, wie du zu dieser Band gekommen bist.«

»Du meinst zu diesen Musikern«, sagte er nach einem langen Schweigen. »Wir sind keine Band, und ich weiß nicht, ob wir noch eine werden. Ich kannte Muhammad Firdausi. Wir gingen auf dieselbe Schule. Eines Tages kam er zu mir und sagte: ›Dschalil, willst du wirklich nie mehr Musik machen?‹ Er kannte meine Geschichte, so etwas war ihm auch passiert. Wir haben dann diese Musiker zusammengebracht. Niemand weiß, ob daraus etwas wird.«

Nach dem Üben packten die Musiker langsam ihre Instrumente ein und kamen an den kleinen Tisch. Muhammad, ungefähr fünfundzwanzig, war Besitzer des Kellers, ein Langhaariger mit heller Haut. Über seine linke Wange zog sich eine tiefe Narbe, die Spur eines Messerstichs aus Jugendtagen. Er war für seine Streitsucht bekannt gewesen, man nannte ihn Muhammad Rambo. Wegen Messerstechereien war er mehrmals in den Knast gewandert. Dann lernt er Mariam Nasseri, ein iranisches Mädchen, kennen, das bei der Schwester eines seiner Freunde zu Besuch ist. Er ist so verrückt nach dem Mädchen, dass er sein Leben radikal ändert. Er lässt die Messerkämpfe, engagiert für einen Haufen Geld einen Farsi-Lehrer und schreibt nach kurzer Zeit all seine Liebesbriefe an Mariam Nasseri auf Farsi, um dem Mädchen zu beweisen, dass seine Liebe grenzenlos ist. Sie ist zur selben Zeit in eine geheime Liebesgeschichte mit dem Sohn eines iranischen Politikers verstrickt. Zerrissen zwischen den zwei Lieben, wird sie krank. So krank, dass ihr Vater sie nach Paris in eine psychiatrische Klinik schickt. Später heißt es, sie hätte sich dort in einen anderen jungen Mann namens Pascal verliebt. Die beiden seien geflohen, ohne eine Spur zu hinterlassen.

Muhammad aber wartet derweil auf Mariam und vertieft sich in die persische Literatur. Er beginnt mit den alten Dichtern: Hafis,

Saadi und Firdausi. Bald rezitiert er *Schāhnāme* von Firdausi, das Buch der Könige, das Nationalepos der persischsprachigen Welt auswendig. Seither nennen ihn seine Freunde Muhammad Firdausi.

Ein Jahr vergeht ohne irgendeine Nachricht von Mariam. Muhammad beschließt, sie in Frankreich zu suchen. An der irakisch-iranischen Grenze lernt er einen jungen Maler kennen, der durch das Grenzgebiet streift. Er folgt ihm auf seinen Wegen, lernt malen und erkennt, dass seine Suche nach Mariam Nasseri nichts ist als die Suche nach einer fernen Illusion. Er zieht durch Berg und Tal, klettert in die Schützengräben und zeichnet die verwüsteten Landschaften, die verkohlten Wälder und zerstörten Dörfer. Eines Tages wird Muhammad, Sohn der Stadt und nicht des Landes, des Lebens in den Bergen überdrüssig, er lädt sich seine Gemälde auf den Rücken und kehrt nach Hause zurück. Als sein wohlhabender Vater stirbt, erbt er zahllose Häuser, Ländereien und Besitzungen, wozu auch der Keller im Zentrum des Basars gehört. Firdausi macht ihn zu seiner Wohnung, überlässt die Erbschaft seinen Geschwistern und widmet sich der Poesie und der Malerei. So weit Dschalils Bericht.

Mir kam es vor, als wäre Muhammad Firdausi durch die Versenkung in die altpersischen Gedichte und durch seine hoffnungslose Liebe vorzeitig gealtert. Ich fühlte mich ihm anfangs nicht nahe. Er kam mir verschlossen und arrogant vor, dieser Spross einer aristokratischen Familie. Im Keller benahm er sich wie der Chef, aber Dschalil beschrieb ihn als einzigartigen Menschen und großen Dichter.

An jenem Abend gab es zwischen den Musikern ein Problem, das mir unverständlich blieb. Ich war spät hinzugestoßen, sagte kaum etwas und fühlte mich wie ein nicht geladener Gast. Die meisten gingen, ohne mit mir geredet zu haben oder sich von mir zu verabschieden.

Als nur wir drei noch da waren, stellte mich Dschalil Muhammad Firdausi als einen ehemaligen Musiker vor. Er hieß mich willkommen, führte uns aus dem ärmlichen Keller hinauf in ein

Zimmer, von dem man in einen Garten blickte. Es war hell, wohnlich eingerichtet, mit Teppichen geschmückt. Noch nie in meinem Leben war ich an einem Ort gewesen, der so nach Reichtum roch. Ihr wisst ja, dass ich in Armut aufgewachsen bin. Kein einziges Mal hatte ich ein reiches Haus betreten. Kommunist war ich nicht, aber ich muss gestehen, die Reichen habe ich immer gehasst.

Auf die Idee, dass Leute, die Geld hatten, sich mit Kunst und Literatur beschäftigten, wäre ich nie gekommen. Muhammad Firdausi bemerkte meine Verwunderung. Er stellte ein paar höfliche, flüchtige Fragen nach meiner Vergangenheit. Ich gab Auskunft und fragte ihn dann direkt nach den Versen auf dem großen Brett: »Schneeboot, trage mich in eine ferne Stadt …«

»Sie sagen, dass die Kunst wie ein Boot aus Schnee ist, das uns nirgendwohin bringt. Auf dem Wasser würde es schmelzen, und wir würden untergehen.« Er sagte es mit Gewissheit in der Stimme, wie aus eigener Erfahrung und nach langem Nachdenken. »So ist es mit der Kunst. Sie ist eine Reise, die nie an ein Ziel führt.« Und nach kurzer Pause fuhr er fort: »Als würde dich jemand zu sich rufen, ein Schrei von der anderen Seite des Lebens, auf den du nicht antworten kannst. Und falls du antwortest, wirst du zum Blinden, der einen weglosen Dschungel betritt.«

Er hatte einen schwarzen Schnurrbart, noch schwärzere Augenbrauen und lange schwarze Wimpern. Aber sein Bart schimmerte hellbraun bis gelb, als hätte die Natur ihn mit einer widersprüchlichen Schönheit ausstatten wollen. Wenn das Licht auf ihn fiel, glitzerten seine Haare, und die Narbe auf seinem Gesicht glänzte jedes Mal anders. Wenn er das Gesicht verzog, verlieh ihm die Narbe das Aussehen eines Opfers, und wenn sein Gesicht sich entspannte, ließ sie ihn gnadenlos wirken. In dem kostbar eingerichteten Zimmer wirkte er fremd. Es war, als hätte man ein wildes Tier in einen goldenen Käfig gesteckt. Anfangs lenkte mich der Luxus ab. Doch dann sah ich, dass die meisten Bilder an den Wänden von ihm waren. In einem Glasschrank standen Skulpturen von verwundeten Kriegern, die zum Himmel aufblickten. Das seien die

»Helden des *Schāhnāme*«, sagte er. Da ich *Schāhnāme* nicht kannte, schaute ich mich nur stumm um. Auch in den Gemälden war eine erschreckende Gewalt, die meisten zeigten Tote. Männer an einer Mauer, die immer noch die Sterne betrachten. Ein junger Mann auf einem goldenen Stuhl, man hat ihm eine Kugel in den Kopf gejagt, aber er lächelt noch. Die Musiker einer Band, alle an einem Baum aufgehängt, sie halten ihre Instrumente noch in der Hand. Eine junge Frau in rotem Hemd, ein Dolch steckt unter ihrer linken Brust, sie singt. Tod, überall nur Tod.

»Beg Dschaladat, bist du nicht auch der Meinung, dass die Musik dem Tod nahe ist?«, fragte er, als wollte er mich auf die Probe stellen. Er sprach jeden mit »Beg« an, aber ich wusste nicht, ob der Adelstitel höflich oder spöttisch gemeint war.

»Dein Gedicht im Keller spricht von einer Stadt, in der kein Tod ist«, sagte ich unsicher.

Diese Stadt sei nichts als ein Hirngespinst, entgegnete er. Unerreichbar für uns in unseren Booten aus Schnee. Wir würden ertrinken auf dieser Reise …

Es war, als hätte er über mich gesprochen. Als ob er alles über mich wüsste. Als könnte er meine Gedanken lesen. Wollte er mich vor einer Reise warnen, zu der ich verurteilt war? Seine Stimme klang dabei so traurig, dass ich mich fürchtete. Zum Glück wechselte er das Thema und führte uns in sein Atelier, einen großen Raum mit zahlreichen unvollendeten Gemälden, an denen er gleichzeitig arbeitete. Mir war schwindlig. Wieso liefen mir ständig Menschen über den Weg, die sich die gleichen Fragen stellten? Die irgendwie von jener fernen weißen Stadt zu wissen schienen? Die die Welt durch Kunst retten wollten. Ist die Welt deshalb voller Tod statt voller Kunst? Warum habe ich das Gefühl, dass der Schrei in meiner Kehle mich fast erstickt, ein Schrei all derer, die das Leben und mich verlassen haben? Warum stirbt ein Mensch, obwohl er seine Mission noch nicht vollendet hat? Warum sind Ishak und Sarhang gestorben, obwohl sie ihre geheime Pflicht noch nicht erfüllt hatten? Warum ist Musa Babak gestorben und hat mit sich ein ganzes Zeitalter begraben? Wo ist sein Museum? Und hat Muhammad Firdausi recht, wenn er sagt: »Wir alle sind unvollendete Gemälde«? Warum komme ich nicht weiter und warte wie ein Prophet auf eine Erleuchtung, auf etwas, von dem ich nicht weiß, was es ist? Was soll aus mir werden?

Als ich ins Hotel zurückkam, schlief Samir schon. Ich stand auf dem Balkon und wartete auf die Erscheinung der weißen Vögel. Aber seit Tagen ließen sich weder Dalia noch die weißen Vögel blicken, auch der Schrei aus der Finsternis war nicht mehr zu vernehmen. Ich ließ meinen Blick über die Stadt wandern. Alle, die hier aufwuchsen, liebten sie. Nur ich nicht. Vielleicht liebte ich eine Ecke, einen Winkel, aber die ganze Stadt, den Beton, all diese Wände und Mauern, nein, so etwas konnte ich nicht lieben. Sand und Staub des Südens waren besser als diese Stadt, in der die Menschen erstickten. Diese engen Straßen voll von Fahrzeugen, wütenden Fahrern und mürrischen Ladenbesitzern, die ständig ihre Kassen im Blick hatten. Mädchen, die den Kopf gesenkt hielten und mechanisch immer den gleichen Weg gingen. Frauen, die von den Jahren der Entbehrung und Scham derart geprägt waren, dass sie nicht sprechen, nur schreien und jammern konnten. Nichts in dieser Stadt war normal, weder die Straßen noch die Bäume noch die Passagen und Geschäfte, die statt nach den Auslagen nach der Habgier ihrer Besitzer rochen. Ich stand auf dem Balkon und sah die vereinzelten Laternen. Die Stadt lag im Dunkeln. Dunkelheit weckt in mir Liebe und Zuneigung zum Licht. Im Dunkeln kennt meine Fantasie keine Grenzen.

Ich sagte mir: »Zwar bin ich in dieser Stadt, aber ich denke an eine andere.« Als läge man in den Armen eines Mädchens und würde an ein anderes denken. Aber dann wurde mir bewusst, dass ich keinen anderen Platz hatte. In meiner Kehle fühlte ich einen Haken, der mich durch die Gassen zerrte. Als ich Jahre später den Roman *Der alte Mann und das Meer* auf Kurdisch las, hatte ich das Gefühl, er erzähle von mir. Aber ich war nicht Santiago, ich war der arme Marlin, der den kleinen Kahn durch den ganzen Ozean hinter sich herzog. Und als ich den Kampf schließlich aufgab und mich die Harpune traf, wurde ich von den Haien gefressen, und als der alte Mann mit mir ans Ufer gelangte, war ich nichts als ein riesiges Skelett. Diesen Haken, der mich immer weiterzog, spürte ich in der Kehle. Wenn ich stehen blieb, würde mich der Haken töten, und wenn ich weiterging, würde er mich ebenfalls töten.

Ich beschloss, mich auf das Gericht für Samir von Babylon zu konzentrieren. War nicht jeder Mensch verpflichtet, ein wenig Gerechtigkeit wahr werden zu lassen? Die Gerechtigkeit ist wie ein großes Puzzle, jeder von uns hält von Geburt an ein Steinchen in der Hand. Wenn wir erwachsen sind, müssen wir dieses Stückchen Gerechtigkeit an der passenden Stelle einsetzen. Manche vergessen ihr Puzzleteil, andere greifen ins Spiel ein, um alles zu verwirren. Sie bringen das Bild so durcheinander, dass wir Jahrzehnte warten müssen, bis eine neue Generation wieder für etwas Klarheit sorgt. Wahrscheinlich wird sich das Bild niemals vollenden, das ist eine Utopie. Aber wir müssen unser Teil an der richtigen Stelle einfügen. Möglicherweise trifft uns unterwegs eine Kugel in den Rücken. Oder das Teil fällt uns aus der Hand, wird vom Wind davongewirbelt. Aber seid sicher, es gibt jemanden, der es auffängt. Vielleicht wird auch er getroffen, aber ein anderer fängt das Teil auf und fügt es ein. An der richtigen Stelle, das ist wichtig. Denn die Gerechtigkeit ist schließlich nichts als die Harmonie von Teilen, die gemeinsam das Bild zustande bringen.

Das Gericht für Samir war mein Puzzleteil in diesem großen Ganzen. Es ging um Gerechtigkeit, aber auch um Erlösung für diesen Mann. Aber wie sollte dieses Gericht aussehen? Die neuen Gerichte der korrupten Politiker kamen genauso wenig infrage wie die Richter, die in den Tagen der Tyrannei vor den Unterdrückern gekrochen waren. Denen konnte ich Samir nicht ausliefern. Mit diesem Gefühl war ich nicht allein. Eines Tages ging ich am Gerichtsgebäude vorbei und sah, dass jemand mit Kohle auf die Mauer geschrieben hatte: »Du, der du nach der Gerechtigkeit suchst, meide diesen Ort«. Wie gerne hätte ich den kennengelernt, der gewagt hatte, dies zu schreiben. Nur schade, dass der Winter kommen und der Regen die Schrift abwaschen würde. Wahrscheinlich würde es niemand riskieren, den Spruch noch einmal hinzuschreiben.

Samir war mein Gefangener, obwohl ich weder ein Gefängnis noch Ketten, Schlösser oder Handschellen besaß. Er hätte jederzeit gehen können. Er hätte sagen können: »Herr Kotr, du bist zu weit gegangen, ich verabschiede mich.« Ich hätte ihn nicht aufhalten können. Nur etwas hatte ich, was Samir festhielt. Die Worte: »Vergiss nicht, dass du mein Gefangener bist.« Ich sagte sie morgens beim Aufwachen – wenn ich auf einen Spaziergang zum Basar ging – wenn ich heimkehrte – wenn wir ein Mittagsschläfchen hielten – nachts, ehe wir ins Bett gingen. Dieser Satz fesselte besser als jede Kette.

Samir wurde in dieser Zeit von Albträumen heimgesucht. Er sieht einen Garten, an dessen Rand zwei eiserne Denkmäler von ihm und von einer Frau stehen. In der Mitte befindet sich ein gekachelter Pool. Viele kleine Springbrunnen um ihn herum spritzen in ihn hinein. In seinem Traum stehe ich neben einem Baum und blute aus meinen Wunden. Auf dem Baum haben sich weiße Vögel niedergelassen, die halb Taube, halb Phönix sind. Ich schaue auf sein Denkmal und blute … Diesen Traum hatte Samir immer wieder. Beide ahnten wir, dass bald etwas Schreckliches geschehen würde.

Nur selten verließ er das kleine Zimmer. Wenn er Bewegung brauchte, zog er sein blau-weiß gestreiftes Hemd an, kaufte sich zweihundert Meter weiter in einem Laden eine Süßspeise und kehrte zurück. Sein Aussehen hatte sich verändert. Sein Haar war lang und kraus geworden, seine Lippen wirkten dunkler und trockener, seine Augen glänzten feucht wie die eines Vogels im Regen. Aber seine Stimme klang leblos, sein Blick war stumpf. Die Verbrechen, die er begangen hatte, belasteten ihn. Ob er sich vor dem Tod fürchte, fragte ich ihn einmal. »Nein … Dschaladat, ich fürchte den Tod nicht, aber ich möchte wissen, wie es ist, ganz gewöhnlich zu leben. Heiraten, Kinder kriegen, in einem Haus wohnen und eine Arbeit haben.«

Ganze Nächte hindurch redeten wir über das Gericht. Er hatte im Lauf seines Lebens zahllose Menschen umgebracht oder ihre Ermordung angeordnet. Er hatte zahllose Dörfer verwüstet. Er hatte meine Freunde getötet, war aber schließlich auch mein Retter gewesen … Um seine Reue zu zeigen, hatte er die mörderischen Freunde von gestern bekämpft.

Einmal nachts auf seinem Bett, mit dem Rücken zu mir, sagte er in seiner schönen Sprache, von der er wusste, dass sie mich in Staunen versetzte: »Dschaladat, seit ich dir begegnet bin, hat sich mein Leben verwandelt. Ich habe viel darüber nachgedacht. Einer in meiner Lage hat nur zwei Wege. Entweder er verzeiht sich selber nie und ist überzeugt, dass keine Kraft des Universums ihn reinwaschen könnte. Dass kein Gericht ihn freisprechen könnte. Und der zweite Weg ist die Vergebung der Opfer.« Er stand auf und sprach weiter: »Ob mich die Gerichte freisprechen oder nicht, ich werde nicht frei. Ob mir die Menschen verzeihen oder nicht, erlöst werde ich nicht. Ein schuldiger Mensch ist schuldig bis ans Ende. Aber Gerechtigkeit bedeutet, dass die Opfer verzeihen. Hilf mir dabei.«

Mir schossen Tränen in die Augen. »Samir, für deine Verbrechen hast du den Tod verdient. Aber ich hasse dich nicht. Du bist mein Gefangener, und ich muss dich ehrenhaft behandeln.«

Er sah im Dunklen zu mir her: »Schwöre mir, dass du kein Todesurteil über mich fällen wirst, egal wie groß meine Verbrechen sind. Du musst mir verzeihen, nicht weil ich deine Vergebung nötig habe, sondern weil du sie selbst nötig hast. Weil du zu Großmut imstande bist. Dschaladat, ich bin jetzt ungläubig, aber als ich Menschen tötete, war ich gläubig. Ich verrichtete die rituelle Waschung und brachte dann Menschen um. Je mehr Menschlichkeit ich in mir entdeckte, desto weiter entfernte ich mich von Gott. Sobald ich einen weiteren Wolf in mir tötete, rückte Gott einen weiteren Schritt von mir ab. Dschaladat, ich bin eine Brücke, die du passierst, um dich selber besser zu verstehen. Ein langer Weg steht dir bevor, du musst ihn zu Ende gehen. Am wichtigsten ist, dass du rein bleibst wie die Engel. Vergiss nicht, dass du Zeuge von etwas Größerem bist.«

»Nur die Opfer können dir vergeben«, entgegnete ich, »und die befinden sich in einer anderen Welt. Ob du dich schuldig fühlst oder nicht, leidest oder nicht leidest, das alles ändert nichts an meiner Aufgabe. Sollte ich eines Tages sterben und Ishak und Sarhang wiedersehen, will ich ihnen nicht sagen müssen, ich hätte friedlich neben ihrem Mörder geschlafen. Du bist mein Gefangener und bleibst es, bis die Opfer dir vergeben. Sag, gibt es Opfer, die noch leben? Wo sind sie? Sie sollen über dich urteilen. Hilf mir, sie ausfindig zu machen, wenn du nicht möchtest, dass ich dein Henker werde, dass anstelle der Opfer ich dich verurteile.«

So kam es, dass er von seinen Opfern erzählte. Die Geschichten waren so fürchterlich, dass ich mir immer wieder die Ohren zuhielt und ihn bat aufzuhören. Jede Nacht eine Geschichte und ein neuer Name auf einem Stück Papier, dazu die Adresse, die er nicht vergessen hatte. Schließlich hatten wir die Namen von zwölf Menschen, die in der Umgebung lebten und geeignet sein mochten, eine Jury zu bilden und Samir vor ihr Gericht zu stellen. Meine Aufgabe bestand darin, sie zu finden und mit ihnen zu reden.

Doch bevor ich mit den Vorbereitungen für das Gericht begann, tauchten kurz hintereinander drei Personen auf. Es war, als wollten sie die Ereignisse noch in eine bestimmte Richtung lenken, bevor der Prozess begann. Keiner der drei wusste von den zwei anderen. Aber ohne sie wäre meine Geschichte unvollständig geblieben.

Einen kennt ihr aus der staubigen Stadt, aber hier, in der traurigen Stadt des Nordens, erscheint er in anderer Gestalt, sodass ich ihn euch erneut vorstellen muss. Die anderen beiden kennt ihr nicht, auch mir sind sie nicht vertraut gewesen. Ihr Auftauchen wirkt zufällig. Ist es aber nicht. Viele wichtige Ereignisse beginnen scheinbar zufällig. Aber rückblickend zeigt sich, dass das Leben ein Schachspiel ist: Die Bauern, die du anfangs gedankenlos ziehst, bescheren dir am Ende gnadenlos ein Schachmatt.

Erste Person: Schanas Salims Vorliebe für den Schlaf im Schoß des Todes

An einem Abend spät brach über uns in der siebten Etage ein wildes Gekreisch aus. Im Treppenhaus sahen wir die Flammen eines großen Feuers. Frauen und Kinder stürmten nach unten. Die Männer stiegen etwas gemessener hinab, sie wollten nicht feige erscheinen und wegen einer solchen Kleinigkeit Reißaus nehmen. Offensichtlich war einer der kleinen Herde in Flammen aufgegangen und hatte Bettzeug und andere Dinge in Brand gesteckt. Ein alter Mann behielt kühlen Kopf und bat uns, nicht wegzurennen, sondern Wasser hochzutragen und zu löschen. Wir bildeten eine Kette. Topf um Topf holte man Wasser aus einem großen Tank und beförderte es in die siebte Etage. Als Samir und ich sahen, dass Frauen und Kinder in einem Zimmer am Ende des Flurs festsaßen, sprangen wir durch die Flammen, um sie zu holen. Wir brachten auch die Habe vieler Familien in Sicherheit. Nach einiger Zeit war das Feuer unter Kontrolle.

Die gerettete Ware häufte sich im Flur. Die Besitzer baten, ihre Dinge bei uns deponieren zu dürfen. Am nächsten Tag holten sie ihr Hab und Gut wieder ab. Was unser Leben veränderte, war das Auftauchen einer Frau, die als Letzte kam, um ihre Taschen abzuholen. Zwei glänzende schwarze Taschen, die mit Vorhängeschlössern gesichert waren. Sie war eine stattliche, ansehnliche Frau mit Augen von verführerischer Schönheit und stellte sich vor als Schanas Salim. Ich hatte sie im Hotel noch nicht gesehen. Sie wirkte nicht wie eine Obdachlose, und es stellte sich heraus, dass sie mit einer Familie aus der siebten Etage befreundet war. Nachdem sie in der Nacht ihre Freunde zu sich nach Hause gefahren hatte, war sie nun zurückgekommen, um deren Sachen zu holen.

Ich sah gleich, dass sie mich nicht beachtete. Sie richtete ihre Worte über mich hinweg an Samir, der hinter mir stand. Aber Samir verstand nur schlecht Kurdisch, also übersetzte ich ihre Worte ins Arabische. Ohne mich anzusehen, strahlte sie Samir an und sagte in fließendem Arabisch: »Aha, Sie sind Araber, das wusste ich nicht.« Schon da merkte ich, dass Samirs Orangenduft die Frau in einen Rausch versetzt hatte. Offensichtlich, merkte ich jetzt, gab es in der Stadt Frauen, die zu allem bereit waren, um mit einem Araber zu schlafen.

Nein, ich bitte euch, betrachtet es nicht als Kränkung unserer nationalen Ehre. Die Araber waren die Stärkeren, sie zu verführen, war einfach reizvoller. Unsere Frauen hatten die letzten zwanzig Jahre, ihr halbes Leben, vor dem Fernseher verschwendet und bezogen von dort ihre Schönheitsideale. Kurdische Männer bekam man da kaum zu sehen. Alle gut aussehenden Männer stammten aus den arabischen Filmen und Fernsehserien. Darum wunderte es mich nicht, wenn bei Samir so manche Frau weiche Knie bekam.

Es kam so weit, dass Schanas Salim sich auf einen kleinen Hocker setzte und begann, mit Samir über Bagdads Straßen und Plätze und Einkaufszentren zu sprechen. Bei jedem Ort, den Samir erwähnte, legte sich Schanas die Hand aufs Herz, wollte schier ohnmächtig werden und sagte: »Wie wunderschön, beim allmächtigen Gott, es gibt keinen schöneren Ort auf der Welt.« Als sie über einen dämlichen Park in Bagdad sprachen, geriet sie fast in Verzückung: »Das ist das Paradies! Es war der schönste Tag meines Lebens, als ich diesen Park besuchte.«

Als sie ging, wollte ich ihr eine Tasche tragen. »Nein, nicht du«, sagte sie, ohne mich eines Blicks zu würdigen. »Eine trage ich selbst, und die andere wird dieser gütige Mann tragen.«

Noch nie hatte eine Frau mich derart wütend gemacht. Als Samir zurückkam, hielt er mir mit einem Lächeln, das ich noch nie auf seinem Gesicht gesehen hatte, einen Zettel hin und sagte: »Schau, ihre Telefonnummer. Ich muss sie unbedingt anrufen.«

Als er »unbedingt anrufen« sagte, wiegte er sich in den Hüften, um anzuzeigen, dass das ihre Worte waren. Ich war sprachlos. Die Mädchen der Weißen Kirsche neckten oder beschimpften mich jeden Tag, aber es machte mir nichts aus. Und auch in der Weißen Orange hatte ich einiges erlebt. Aber aus irgendeinem Grund hatte mich Schanas Salim unglaublich verärgert.

»Ehe du dazu kommst, etwas zu unternehmen«, sagte ich verdrießlich, »werde ich dein Gerichtsverfahren unter Dach und Fach haben.«

Mit einem anzüglichen Lächeln sagte er: »Das glaube ich nicht.«

Zwei Tage später kehrte ich an einem warmen Mittag, nach einem ziellosen Spaziergang durch den Basar, ins Hotel zurück. Schon auf dem Gang hörte ich eine laute, lachende Frauenstimme. Ohne den Türvorhang beiseitezuziehen, wusste ich, dass es Schanas Salim war. Als ich eintrat, war es wieder, als wäre ich unsichtbar. Weder hörte sie auf zu sprechen, noch stand sie auf, noch sah sie mich an, ich war Luft für sie. Bald kam sie regelmäßig. Nachts rief er sie aus der Telefonzelle des Postamts an. Wenn er danach heimkam, sah er aus, als hätte er drei Flaschen Wein gekippt. Einmal kam Samir sehr spät zurück. Ich betrachtete auf dem kleinen Balkon die Sterne und den Mond, als auf der gegenüberliegenden Straßenseite ein nagelneues Auto hielt. Samir stieg aus. Schanas Salim saß am Steuer. Da lief ihre Beziehung schon drei Wochen.

Ich wusste, dass Samir, im Gegensatz zu mir, das Leben im Hotel nicht gefiel. Aber er wusste nicht, wohin er sollte, und brauchte Unterstützung. Obwohl ich ihm alle erforderlichen Ausweise und Dokumente besorgt hatte, schwebte er immer noch in Gefahr. Er musste befürchten, draußen von jemandem erkannt zu werden.

Schanas war seine Rettung. Er wollte alles hinter sich lassen, er träumte von einem normalen Leben – wieder ein Teenager werden, sich verlieben, heiraten, eine Familie gründen, Kinder zeugen, Aber es war zu spät. Wir alle, die wir in den Siebziger- und Achtzigerjahren des zwanzigsten Jahrhunderts in diesem Land gelebt haben, ob Henker oder Opfer, werden nie ein normales Leben führen können. Daran auch nur zu denken, ist gefährlich, es macht uns verrückt, zu einer lächerlichen Figur oder zum Mörder.

Nein, ich bin nicht einer, der einem bestialischen Henker poetische Gefühle andichtet. Aber Samir hatte tatsächlich den schlafenden Engel in sich entdeckt. Doch was kann ein Engel in der Seele eines Henkers schon ausrichten? Der Engel schlug ihm das Spiel des Vergessens vor. Samir glaubte, sich von einem Wolf in eine Taube verwandeln zu können. Auch die Henker müssten eine Chance bekommen.

Als Samir aus ihrem Wagen stieg, blickte er auf und sah mich auf dem Balkon. Oben angelangt, zog er das blau-weiß gestreifte Hemd aus und den grauen arabischen Rock an und sagte: »Ich möchte heiraten.«

»Tu, was du nicht lassen kannst«, sagte ich, ohne mich umzudrehen, »aber vergiss nicht, dass du mein Gefangener bist.« Wie versteinert blieb ich auf dem Balkon stehen und starrte ins Leere.

Ich begann, Informationen über Schanas Salim zu sammeln, und vertiefte mich in ihr früheres Leben. Wie kam es, dass sie sich zu einem Mann wie Samir hingezogen fühlte? Konnte sie die Tode riechen, durch die dieser Mensch zeitlebens gegangen war?

Ihre Freundinnen halfen mir. Sie waren sich einig in ihrem Groll gegen Schanas, die hinter einem hübschen, kindlichen Gesicht ein anderes, erschreckendes Leben lebte. Ihr Vater war einer der Unternehmer, die in den Siebzigern der Armee Lebensmittel geliefert hatten. Alle Kasernen der Umgebung hatte er versorgt. Hinter ihrem Haus befand sich ein riesiges Lager für Obst und Gemüse. Salim Rostam Raschid war seinen zwei lebenslustigen Töchtern ein strenger Vater gewesen. Zwei Schwestern, die die Köpfe zusammensteckten und Pläne schmiedeten, um die verbotenen Vergnügungen zu genießen.

Ein harmloses Liebäugeln, ein Austausch von Briefen mit einem Jungen und danach ein kurzer Abschiedsbrief unter dem Vorwand, ein anderer hätte um ihre Hand angehalten – damit beginnt es. Aber mit zwanzig verliebt sich Schanas zum ersten Mal bis über beide Ohren. Der Junge, Schasuar Churschid, ist zwei Jahre jünger, ein Basketballspieler, der ein neues Auto besitzt und damit die Mädchenschulen umkreist. Er ist der Sohn eines Stoffhändlers, der in den Einkaufspassagen eine Reihe Läden besitzt. Eines dieser verhätschelten Kinder, die alles bekommen, und seien es die Sterne am Himmel. Die Hälfte aller Mädchen ist verrückt nach ihm – und die andere Hälfte hasst ihn wie den Teufel. Es kommt, wie es kommen muss: Schasuar fährt an ihr vorbei, sie werfen sich Blicke zu, geben sich Zeichen, schließlich steigt Schanas in einer leeren Gasse ins Auto unseres Casanovas. Offenbar gehen die beiden zu weit, denn ihre Geschichte macht die Runde und kommt Leuten zu Ohren, die den zwei wohlhabenden Familien übelwollen – in dieser Zeit leben die meisten Menschen in Armut. Eines Nachts malt jemand mit roter Farbe auf alle Mauern der Nachbarschaft »Schan+Schas=♥«. Am nächsten Tag halten ein paar gottesfürchtige Männer den Lastwagen des Vaters auf und klären ihn auf, was es mit dieser Formel auf sich hat.

Erst sieht es nicht danach aus, als wäre Said Salim an einer Eskalation interessiert. Die mir die Geschichte erzählten, sagten, Said, obwohl schwer gekränkt, habe nichts unternommen. Nur einen alten Mann habe er beauftragt, die roten Zeichnungen wegzuwischen. Aber einige Nächte später malt die verborgene Hand dieselbe Gleichung wieder an die Mauern. Mit der Ruhe und Geduld eines Mannes, der eine Katastrophe vermeiden will, engagiert Said Salim nochmals den alten Mann und lässt ihn erneut die Schrift entfernen. So geht es mehrmals, bis die Zeichen auch auf den Mauern der Schulen auftauchen und dann auf Hausmauern und Toilettenwänden in der ganzen Stadt. Jemand wagt gar, sie auf die Lastwagen von Said Salim zu sprayen.

Said Salim hat einflussreiche Freunde. Er nimmt seine beiden Töchter von der Schule und spürt Schasuar Churschid nach. Er erteilt den Auftrag, ihn zu entführen und gefesselt zu ihm zu bringen. Ein paar professionelle Killer und Kidnapper zwingen ihn durch Schläge mit einem Pistolengriff ins Auto und bringen ihn in das

Lagerhaus, wo Said Salim seine Früchte lagert. Said Salim zerrt seine Tochter aus ihrem Zimmer und schleppt sie ins Lagerhaus. Nach einigen Wochen der Trennung sieht sie Schasuar zwischen Hunderten Kisten Orangen wieder. Said Salim, in seiner Ehre gekränkt, bringt Schasuar eigenhändig um und schmeißt die Leiche vor dessen Elternhaus. In jener Nacht ist in Schanas' Leben aus den Düften von Orangen, Liebe und Tod ein einziger Duft geworden. Zehn Jahre später erlebte ich die Folgen.

Said Salim wird zwischen seinen Lastwagen von einer seiner Aushilfen erschossen. Dahinter steckt Schasuars Vater, der seinem Sohn die Sterne vom Himmel pflücken wollte. Die beiden Töchter und ihre alte Mama erben ein Vermögen. Schanas Salim steckt ihr Geld in Immobilien. In diesen Notzeiten kann man Häuser zu Spottpreisen kaufen. Bald hat sie Beziehungen zu den einflussreichsten Familien. Man hört niemals etwas Schlechtes über sie. Ihr Talent im Umgang mit mächtigen Männern ist beeindruckend. Ihre vorzüglichen Beziehungen zu Grundbuch- und Steuerbeamten sind verblüffend. Abends fährt sie aus in einem weißen Mercedes, den es in der Stadt kein zweites Mal gibt. Bei öffentlichen Feiern, zum kurdischen Neujahr, zu Silvester- und Hochzeitspartys erscheint sie schwer mit Gold behängt. Sie trägt durchscheinende, paillettenbesetzte Kleider, die mehr zeigen als verbergen. Auf den Fotos, die ich bei ihren alten Freundinnen gesehen habe, blickt sie stets mit einem strahlenden Lächeln in die Kamera, so als wollte sie sagen: »Du, der du später dieses Bild anschaust, wirst diesen Blick bis zu deinem Tod nicht vergessen.« Ihr Blick ist von der Art, dass man ihr Bild unter tausend Bildern herausfischt und sich fragt: »Wer ist diese Frau?«

Aber im Gegensatz zu reichen Frauen, die eine Vorliebe für reiche Männer haben, begehrt sie Männer, die nach Tod riechen. Ihr Instinkt zieht sie zu Männern, in deren Blick sich Kummer und Kälte, Einsamkeit und Brutalität, tiefe Furcht und teuflischer Mut mischen. Wenn sie jemandem in die Augen schaut, weiß sie, ob er bald stirbt, ob er ein Mörder oder ein Unschuldiger ist. Eines Tages sagt sie zu Naschmili Subhan, die eine Zeit lang zu ihren besten Freundinnen gehörte: »Die Welt ist ein Treppenhaus, einige steigen in den finsteren Keller, das sind die Toten. Andere steigen nach oben, das sind die Mörder. Manchmal sieht man Männer, die oben angelangt sind, wo es nicht weitergeht. Sie müssen absteigen, und dann riechen sie nach beidem: nach jemandem, der getötet hat, und nach jemandem, der selbst bald stirbt. Liebe Naschnuschi, tadle mich nicht. Das sind die Männer für mich. Ihr Duft treibt mich in den Wahnsinn.«

Ihre erste Liebe nach Schasuar ist ein junger Mann, der wegen Mordes an zwei unschuldigen Schwestern von der Polizei gesucht wird. Eine kurze Liebe, die schließlich, nach einer Verfolgungsjagd, mit dem Sturz von einem hohen Dach endet. Ihre nächste Liebe ist ein kleiner, weißhaariger Mann, der in den Sechzigern bei den Ermordungen, Enthauptungen und Verbrennungen der Kommunisten eine große Rolle gespielt hat. Eines Tages taucht der Sohn eines Opfers im Büro des Mörders auf und rächt seinen Vater. Zwischen Bauplänen, Dossiers von Liegenschaften und den Dokumenten des Grundbuchamts enthauptet er ihn.

Schanas Salims erster Ehemann wird dann ein junger Unteroffizier der Polizei. Wegen seiner Grausamkeit, wegen der Tötung zahlloser Gefangener hat man ihn gefeuert. Als Schanas Salim ihn kennenlernt, ist er arbeitslos und verkauft in einer Passage Musikkassetten und verhökert nebenbei verbotene Pornofilme, die ihm ein buckliger Zwerg besorgt. Seine Pornokunden kommen aus den besten Kreisen: Goldschmiede, Teppich- und Großhändler in Anzug und Krawatte pflanzen sich großspurig vor ihm auf und sagen: »Haben wir etwas Neues?« Im Laden eines Goldschmieds kreuzen sich ihre Wege, und zwei Monate später verkauft der Mann seinen Tisch in der Passage und zieht in Schanas' herrschaftliches Haus. Es folgen drei Monate Seligkeit für Schanas Salim in den Armen ihres nach Tod duftenden, schwarzäugigen Mannes. Doch eines Morgens, nach einer langen »Nacht der Eruptionen«, wacht sie neben einem Toten auf.

Dies also ist die Geschichte einer Frau, die es zu Männern des Todes hinzieht. Wie eine Frau aus dem Märchen steht Schanas vor den Pforten der Hölle und wartet auf Männer, mit denen sie den nächtlichen Anhauch des Todes genießen kann, bis diese Männer der Tod holt.

An dieser Stelle will ich nur noch sagen: Schanas wird Samir heiraten und später noch eine erschreckende Rolle in meinem Leben spielen.

Zwei Jahre nach der größten Reise meines Lebens sah ich sie in einem Konzert wieder. Sie saß in der ersten Reihe. Zum ersten Mal sah sie mich an. Nie zuvor hatte sie mich angesehen, nicht einmal, als ich zu ihr ging und sie bat, Samir nicht zu heiraten. Als ich sie im Publikum sah, dachte ich, sie erkenne mich nicht. Nach dem Konzert verließ sie die Halle. Ich folgte ihr durch das Gedränge und erwischte sie bei ihrem Wagen.

»Schanas Salim, warum haben Sie mir das angetan?«, fragte ich sie. »Warum wollten Sie mich töten? Ich habe nie etwas gegen Gewissen und Gerechtigkeit getan.«

Wie eine Schauspielerin, die ihre Rolle in einem Horrorstück zu Ende gespielt hat, öffnete sie die Tür des Wagens, stieg ein, kurbelte die Scheibe hoch und fuhr weg, ohne mir zu antworten. Das war unsere allerletzte Begegnung.

Zweite Person: Scharochi Scharochs zweites Erscheinen

Ich wusste, dass er da war. Ich wusste, dass außer Dalia noch jemand da war, der mich beobachtete und nach mir rief. Manchmal wachte ich nachts auf und spürte seine Anwesenheit im Zimmer. Ich wusste, dass es ein Freund, eine umherirrende Seele war, jemand, der die Scheidewand zwischen Leben und Tod nicht kannte. Nein, Freunde, ich lege euch keine Gespenstergeschichte auf den Tisch. Ich spreche von Menschen, die verschwunden sind, auf die wir aber stoßen, wenn wir die Finsternis ergründen und die Tiefe unserer eigenen Seele erforschen. Sie sind uns nah, in einer zweiten Stadt unter der Stadt, in einem zweiten Haus unter unserem und in einem Garten, der sich unter unseren Gärten befindet.

Eines Nachts hörte ich seine Stimme. Ich saß auf dem Balkon und wartete auf die Vögel. Er tauchte vor dem vernachlässigten Park gegenüber dem Hotel auf. Langsam kam er näher. Er war weiß gekleidet. Eine weiße Tasche hing von seiner Schulter, eine weiße Flöte schaute aus der weißen Tasche heraus. Er blieb unter meinem kleinen Balkon stehen und schaute reglos zu mir empor.

Ein paar Nächte später, ich kam gerade von Muhammad Firdausi, ging ich durch eine leere Passage. Der staubige Basar roch nach frischer Ware, das Gezwitscher kleiner Vögel erfüllte ihn, die oben zwischen den verrosteten Eisenträgern herumflogen. Plötzlich sah ich ihn am anderen Ende der Passage, in derselben weißen Kleidung, mit demselben Rucksack, aber auch diesmal konnte ich sein Gesicht nicht deutlich erkennen. Er tauchte auf und verschwand wieder. Wollte er sich mir zeigen? Oder hatten sich unsere Wege zufällig gekreuzt? Ich war mir aber sicher, dass er mich beide Male ansah. Beide Male hielt er kurz inne, hob den Kopf, sah mich an und ging. Aber beide Male stand er so weit entfernt, dass ich ihn nicht ansprechen konnte. Beide Male war es Nacht, beide Male war ich allein. Manchmal ging ich aus, steckte meine Hände in die Taschen meines langen weißen Jacketts, und mit halb geschlossenen Augen, wie ein kranker Storch, erforschte ich die Dunkelheit. Ich suchte nach einem geheimen Tor, nach einem Pfad, den andere Menschen nicht finden und gehen können. Den wollte ich finden und gehen.

Auf dieser Suche lief ich einem weiteren Mann über den Weg, der die Pole zweier Welten für mich verband. Mustafa Schaunm, der vierte und letzte unter den wahren großen Menschen, die mir auf diesem Planeten begegnet sind. Er bildet mit Ishaki Lewzerin, Dalia Saradschadin und Musa Babak das Viereck, in dessen Mitte ich ein kleiner Punkt war, auf den sie einwirkten. Aber wartet einen Moment. Ehe ich weitererzähle, frage ich, ob einer von euch schon mal Punkte verbinden gespielt hat. Sicher habt ihr es als Kinder gespielt. So kommt mir das Leben vor. Ich sah mich als die Linie, die die Punkte verbindet, wobei der größte Unterschied zum Leben darin liegt, dass auf dem Papier alle Punkte nummeriert sind, aber im Leben nicht. Man hat einen Plan voller Punkte vor sich, und bei jedem Punkt muss man umsichtig entscheiden, welcher der nächste ist. Es gibt Menschen, die die Punkte nie verbinden, sie bleiben an einem Punkt stehen und glauben, dass Dastehen und Nachsinnen das Leben ist. Einige bringen einen Teil des Bildes zustande und bleiben stehen, einige gehen einen falschen Weg und können das Bild nie zeichnen, das sie zeichnen wollen, sondern verlieren sich in lauter Linien. Zu wenige sind es, die das Bild fertigstellen. Als ich Mustafa Schaunm näher kennengelernt hatte, war ich sicher, zwei wichtige Punkte des Bildes verbunden zu haben. Aber als ich dem weißen Mann damals hinterherlief, wusste ich nicht, was ich tat. Ob ich mich zwischen den Linien und Punkten verloren hatte oder ob ich auf dem richtigen Weg war.

Wider Erwarten sah ich ihn das dritte Mal an einem heißen Mittag auf dem hässlichsten Platz der Stadt, bei den Geldwechslern. An jenem Tag hatte mich eine alte Frau aus dem Hotel gebeten, im Basar zu erfragen, wie viel Dinare hundert deutsche Mark wert sind. Ich muss gestehen, mehr als alles andere hasste ich das Wort »Geld«. In meinen Ohren klangen die Währungsbezeichnungen wie die Namen unheimlicher Geister: Gulden, Pfund, Peso, Drachme.

Dort stand ich im Gedränge vor zwei Geldwechslern, die aus zwei riesigen Beuteln dicke Dinarbündel fischten und mit erstaunlicher Geschwindigkeit nachzählten. Ich wollte sie gerade fragen, als ich meinen Kopf drehte und ihn aus der Nähe sah; zuerst die vier Blutstropfen auf seinem Hals. Er sah mich und hob die Hand zum Gruß. Jetzt konnte ich ihn deutlich sehen. Er war es, Scharochi Scharoch, der Soldat, den ich nach dem Irankrieg in der staubigen Stadt getroffen hatte. Er war es, mit seinen blauen Augen, mit seinem kahlen Kopf, mit seiner Flöte, mit seiner kleinen Mundharmonika in der linken Tasche. Langsam stieg er die Treppen des Basars hinab. Die Distanz war nicht groß, aber da waren zu viel Geldwechsler, zu viel Burschen mit Geldsäcken, Kunden mit schwarzen Sonnenbrillen und zu viel mittellose Menschen, die nur gekommen waren, um Geld zu schnuppern. Ich drängelte mich ihm entgegen und hatte das Gefühl, er komme auf mich zu, aber im nächsten Moment war er verschwunden. Ich rief: »Bruder, Scharochi Scharoch!«

Ich suchte den ganzen Basar nach ihm ab. Ich sah mir jeden Weißgekleideten genau an. Drei Tage lang suchte ich im Basar, ohne Ergebnis.

An einem Abend saß ich spät noch in einem kleinen Teehaus. Der Inhaber wartete darauf, dass ich ging, er wollte schließen und nach Hause gehen. Die meisten Restaurants, Teehäuser und Läden hatten schon geschlossen, und in denen, die noch geöffnet waren, wurde aufgeräumt. Da erschien er auf der anderen Straßenseite. Unsere Blicke trafen sich. Er machte ein Zeichen, als wollte er sagen, ich solle ihm folgen. Ich bezahlte und eilte hinaus. Plötzlich waren die Straßen leer und still. Nur ein paar gelbe Lichter durchbrachen die Nacht. Ich dachte, ich hätte ihn auch diesmal verloren, aber er war da, stand unter einer Laterne, damit ich ihn sehen konnte. Er hob die Hand wie beim ersten Mal und rief mir etwas zu. Er ging, und ich folgte ihm. Ich wusste nicht, wohin er wollte, aber er bewegte sich in Richtung des Hotels. Ich sah nur ihn, folgte ihm, gleichgültig wohin. Schließlich betrat Scharoch den gelben, welken Park gegenüber dem Hotel, der eher wie ein Friedhof aussah, den die Toten verlassen haben.

Diesen Park sah ich jedes Mal, wenn ich auf meinen Balkon trat. Ich glaube, nach all den Jahren hatte er vergessen, dass er ein Park war, und betrachtete sich als Teil der Betonwelt. Manchmal hatte ich ihn aufwecken wollen. Ich hatte sagen wollen: »Wach auf, du bist ein Park«, aber ich tat es nicht. Ich glaubte, wenn er aufwachen und merken würde, dass er ein Park war, würde er sehr traurig werden, zumal er jeden Tag die Obdachlosen aus dem Hotel sehen müsste und die ängstlichen Mädchen, die ihn nicht betreten, weil sie nicht ins Freie dürfen. Er müsste die Polizisten vor dem Regierungsgebäude sehen. Er müsste den Kebab-Verkäufer sehen, der in seinem ganzen Leben an nichts anderes gedacht hat als daran, Fleisch zu essen. All die hungrigen Männer, die mittags zu den schmutzigen Restaurants des Basars streben, würden ihn betrüben. Und niemand würde ihn fragen: »Park, wie geht es dir? Frierst du? Leidest du unter der Hitze?«

Als ich den Park betrat, stand Scharoch zwischen zwei hohen Fichten. »Mein Freund, geh nicht weiter«, bat ich ihn, »warte.«

Er lächelte mich an. »Ich hoffe, du erinnerst dich an alles. Ich bin hier, um dir zu helfen. Dir stehen schwere Tage bevor. Ich muss bei dir sein. Ich wache aus der Entfernung über dich. Ich weiß genau, wann ich eingreifen muss. Jeder große Musiker hat seinen Schutzengel, und ich bin deiner.«

Ich trat näher. »Wer hat dich geschickt, Gott oder der Teufel? Wessen Bote bist du? «

»Weder Gott noch Teufel hat mich geschickt«, sagte er. »Ich bin nur der schlafende Musiker in dir selbst. Ich bin der Freund des toten Musikers in dir, und ich bin im Namen aller toten Musiker gekommen. Deine alten Freunde haben mich geschickt. Du bist der Einzige, der bezeugen kann, dass sie in der Wüste getötet worden sind. Du bist ihr Gesandter. Ich komme nicht von Gott, sondern von denen, die Gott vergessen hat. Dschaladati Kotr, es gibt eine Botschaft, die überbracht werden muss, und du bist ihr Träger.«

»Scharoch, wie lautet die Botschaft?«, fragte ich verzweifelt. »Von wem bekomme ich sie, und wem überbringe ich sie?«

Sein Lächeln erleuchtete für einen Augenblick die Dunkelheit. »Dschaladat, du bist kein gewöhnlicher Bote. Ich weiß nicht, was du überbringen wirst, aber es ist etwas, das die Welt braucht.«

Dann gingen wir im dunklen Park nebeneinanderher. »Was ist das für eine Botschaft, die von der Welt gebraucht wird?«, hakte ich nach. »Scharoch, noch bin ich am Leben. Was haben die Toten, das wir brauchen?«

»Schau, Dschaladat, der Tod kommt immer zu früh. Immer hat der Mensch noch etwas zu sagen. Immer hat er noch einen Brief zu schreiben. Und wir, wir sind Kinder des Krieges. Als wir starben, hatten wir unsere Melodien noch in den Fingerspitzen, die Musik war noch in unserem Atem. In unseren Kehlen lagen die ungeborenen Klänge bereit. Du bist wie der Dirigent eines Orchesters, du bringst zum Abschluss, was wir nicht mehr vollenden konnten.«

»Das kann nur Gott. Ich kann so etwas nicht tun«, sagte ich.

Er legte mir seine weißen Hände auf die Schultern. »Du brauchst nicht Gott zu sein, um das zu tun. Mensch musst du sein, mit allen Makeln und Schwächen. Um unsere Melodien zu vollenden, musst du uns nur hören. Du wirst uns Tote nicht wieder zum Leben erwecken. Aber du wirst das Leben vollenden. Die Wiederauferstehung der Toten ist eine Lüge, aber jedes Wesen hat ein Recht darauf, seinen Satz zu vollenden. Wer es nicht kann, für den soll eine andere Stimme ihn vollenden. Es ist wie ein gemeinsames Feuer, das in mehr als einem Herzen brennt. Wenn ich die Erde verlasse, brennt ein Teil weiter, wie eine gemeinsame Fackel. Dschaladat, es ist deine Bestimmung, an unserer statt zu leben. Du bist unser Vertreter auf Erden.«

»Aber warum ich?«, flüsterte ich.

»Weil der tote Musiker in dir, der ermordete Poet, die lebendigen Leibes begrabene Schönheit in deinem Herzen Teil des getöteten Musikers in mir sind.«

»Aber bin ich denn der Einzige?«, fragte ich ratlos.

Scharoch betrachtete die hohen Bäume. »Wer sagt denn, du seist allein? Während wir hier sprechen, spricht vielleicht ein anderer Weißgekleideter in einem anderen Park oder in einer der vergessenen Bibliotheken mit einem anderen Menschen und versucht, die Geschichte, die hätte geschrieben werden sollen, zur Sprache zu bringen, die Wörter zum Leben zu erwecken, die ungeboren blieben. Es kann sein, dass in einem kleinen Atelier ein toter Maler mit einem Künstler spricht, damit der die Bilder malt, die nicht gemalt worden sind. Dschaladat, du bist nicht allein. Der Mensch schreibt, macht Musik, malt Bilder, ohne zu ahnen, dass das, was er tut, nur vollendet, was an einem anderen Ort und zu einer anderen Zeit begonnen worden ist. Alle Menschen ergänzen einander.«

»Aber wann fange ich an, von wem erhalte ich die Aufträge, die ich ausführen muss?«

»Dschaladat, du hast schon angefangen. Ich bin bei dir. Ich komme aus einer anderen Welt, in Vertretung all derer, die dich brauchen. Ich bin hier, in dieser Stadt, in diesem Park, nachts mache ich Musik, dieser Park wird mein Zuhause sein.«

Ich packte ihn. »Was bist du? Bist du tot oder lebendig? Sag es mir!«

Seine blauen Augen funkelten in der Dunkelheit. »Vor einigen Jahren habe ich dir deine Frage schon einmal beantwortet. Ich bin nicht aus dieser Stadt. Ich bin ein Fremder in allen Städten dieser Welt. Meine Aufgabe ist es, die zerbrochene Schönheit wieder zusammenzufügen.«

»Ich weiß, was du meinst«, sagte ich. »Die Stadt der weißen Musiker, stimmts? Von dort kommst du.«

Er legte mir die Hand sanft auf die Schulter. »Dschaladat, wir sollten nicht so viel reden. Du musst dich ausruhen. Ich bin ständig in diesem Park, er ist mein Zuhause. Du wirst dein Leben leben, als hättest du mich nie gesehen. Ich aber werde nachts Flöte spielen. Nur du kannst mich hören. Ich werde nur durch die Musik zu dir sprechen. Vergiss nicht, dass die Musik unsere gemeinsame Sprache ist. Du wirst dein Leben leben. Ich bin bei dir, bis ans Ende.« Mit diesen Worten entfernte er sich. Im nächsten Augenblick war er zwischen den alten Bäumen verschwunden.

Ich weiß nicht mehr, wie ich in mein Zimmer zurückkehrte. Als ich am Morgen erwachte, war ich überzeugt, dass ich in eine verborgene Welt geschaut hatte.

Dritte Person: Mustafa Schaunm, der die Vögel sah

In einer von den vielen Nächten, in denen ich nach Scharoch suchte, lief mir ein mysteriöser Mann über den Weg. Seit ich das Hotel verlassen hatte, flogen die weißen Vögel um mich herum. Sie waren pausenlos in Bewegung, landeten auf meiner Schulter, auf meinen Händen, flogen so tief, dass ihre Flügel fast den Boden berührten. Mit ihnen lief ich durch die menschenleeren Passagen. Ich ging ins Stadtzentrum, und auch da war niemand. An einer Kreuzung, an der ein schläfriger Verkehrspolizist stand, spürte ich, dass die Vögel mich anderswohin führen wollten, und ich folgte ihnen. Am Ende einer großen Straße stiegen wir auf einen Hügel.

Als ich oben anlangte, landeten die Vögel auf den Bäumen in der Nähe. Ich setze mich auf den Rand einer alten Mauer und wollte nachdenken. Die Stadt unter mir war vollständig dunkel. Es war so still, dass man im Wehen der Luft das Rascheln der Blätter hörte. Trotzdem überhörte ich die Schritte eines Mannes, der plötzlich neben mir auftauchte und sagte: »Was für eine schöne, kühle Nacht.«

Ich fuhr zusammen. Neben mir stand ein massiger, breitschultriger Mann mit langem Haar. »Sie haben mich erschreckt«, sagte ich. »Ja, die Sommernächte in dieser Stadt sind schon immer schön gewesen, aber den Rest kann man vergessen.«

»Darf ich mich zu Ihnen setzen?«, fragte er.

»Sicher, ich bin zum ersten Mal hier. Ich suche nach einem Freund, der nur nachts auftaucht.«

Er setzte sich zu mir. »Aber die weißen Vögel gehören zu dir«, sagte er, »nicht wahr? Sie sind mit dir gekommen.«

Ich war überrascht. Noch nie hatte jemand die weißen Vögel gesehen. Er sagte: »Ich saß auf meinem Hausdach und sah dich mit den Vögeln. Ich schlafe wenig. Manchmal komme ich her und setze mich auf die Mauer. Wenn es Strom gibt, sieht die Stadt wunderbar aus, besonders der südliche Teil. Außerdem ist es ein guter Ort zum Nachdenken.«

Er atmete schwer. Er war einer von diesen dicken Männern, die nach wenigen Sätzen zu schnaufen beginnen. »Worüber denken Sie nach?«, fragte ich, um nicht über die Vögel zu sprechen.

Er stieß einen tiefen Seufzer aus. »Ich denke oft über die Einsamkeit nach.« Als wüsste er selbst, dass seine Antwort etwas mysteriös klang, fuhr er fort: »Ich denke über vieles nach, meist aber über die Einsamkeit.« Er hielt kurz inne. »Mein Name ist Mustafa Schaunm. Mein Haus liegt an dieser langen Straße. Ich habe einen jüngeren Bruder, wir leben zusammen.« Und wieder stieß er einen tiefen Seufzer aus. »Die Vögel haben mich zu dir geführt.«

»Und ich heiße Dschaladat Ismail«, stellte ich mich vor. »Ich wohne im Hotel der Obdachlosen. In einem kleinen Zimmer im sechsten Stock.«

Als ich ihm meinen Namen nannte, sagte er gedankenverloren: »Dschaladat Ismail und die Tauben … Dschaladat Ismail und die Tauben … Aber du hast noch nicht gesagt, ob es deine Vögel sind«, stellte er fest.

»Ich weiß es auch nicht.«

»Seltsam, dass Vögel an einem Menschen wie dir hängen, an jemandem, der im Hotel der Obdachlosen wohnt.«

Ich war gekränkt. »Was wollen Sie damit sagen? Dass die Obdachlosen zu einer niedrigeren Rasse gehören?«

»Nein, nein«, sagte er, »aber warum fliegen die Vögel um dich herum? Wer bist du, woher bist du gekommen?«

Ich erzählte ihm von dem kleinen Lager, das eines Nachts in den Himmel geflogen war. Ich hätte als Einziger überlebt, und die Vögel wären Freunde aus jenen Tagen und wüssten, dass ich wie sie ein ewig Obdachloser bin. »Sie wie ich. Selbst ihre Nester haben sie nur vorübergehend, sie haben keine Heimat, sie gehören nirgends hin.« Das war, was mir spontan einfiel.

»Du siehst nicht wie ein gewöhnlicher Obdachloser aus. Was wollen die Vögel von dir?«

»Natürlich wollen sie nichts von mir. Wenn Sie Blumen pflanzen und die Blumen wachsen, wollen sie dann etwas von Ihnen? Die Natur erschafft den Menschen nicht einsam. Sie haben gesagt, Sie denken viel über die Einsamkeit nach, aber ich bin der Meinung, genauer betrachtet, hat der Mensch immer einen Freund. Vielleicht einen Baum, ein Feld, eine Brise. Ich kannte eine Frau, die hatte ein paar kleine Engel, ich fragte sie nie, was die Engel von ihr wollten.«

Mustafa Schaunm hielt den Atem an und hörte zu. Und ich, wenn ich wusste, dass man mir zuhörte, hörte nicht auf zu reden. »Ich kannte einen Mann, der hatte zwei Katzen, die hinter ihm herliefen, aber niemand fragte ihn: Mann, was wollen die Katzen von dir?«

»Aber ein Vogel ist etwas anderes, Vögel folgen einem Menschen nie schwarmweise, es sei denn, er hat eine Vogelseele. Die Vögel folgen nur einem, der fliegen kann. Ich frage mich, ob du fliegen kannst.«

»Natürlich kann ich nicht fliegen.« Ich lachte. »Aber ich habe oft das Gefühl, im Himmel zu sein. Fliegen ist, wenn man das Gefühl hat, im Himmel zu sein.«

Er ergriff meine Hand und schüttelte sie fest. Sein Händedruck tat weh. Später stellte ich fest, er schüttelte jedem, der einen Satz sagte, der ihn berührte, die Hand. Ich blickte zum Himmel auf und sagte: »Was ist Fliegen? Jedes Abheben ist Fliegen. Eine schöne Musik ist Fliegen. Wissen Sie, wann ich im Himmel war? Als ich große Musik hörte.«

»Dschaladat, ich bin oft im Himmel«, sagte er mit dem Enthusiasmus eines Kindes. »Wenn ich einen Film anschaue und mich in ihm verliere. Wenn ich in einem Buch versinke. Ich bin froh, dich getroffen zu haben. Ich habe lange nach einem gesucht, der auch im Himmel gewesen ist. Der mit Musik, mit Wörtern, mit Bildern, mit seinen Gefühlen geflogen ist. Wenn ich die Leute frage, ob sie im Himmel gewesen sind, halten sie mich für verrückt.«

»Jeder kann im Himmel sein«, sagte ich.

Traurig sagte er: »Vögel befreunden sich mit niemandem, der nicht im Himmel gewesen ist … Oder was meinst du?«

»Aber Sie können die Vögel sehen«, sagte ich, »die sonst niemand sehen kann.«

»Weil es deine sind. Seit wann bist du mit den Vögeln befreundet«, wollte er wissen, »schon lange?«

»Nein, erst seit Kurzem.«

Nach einer Weile, als wäre plötzlich eine Erinnerung aufgetaucht, sagte er: »Du bist nicht der Erste, den ich mit diesen Vögeln sehe. Vor dir gehörten sie zu Haurre Qudssi, den ich den Freund der weißen Vögel nannte.«

»Bitte, ich möchte Haurre Qudssi kennenlernen. Können Sie mich ihm vorstellen?«

Er lachte laut. Aber als hätte er das Gefühl, sein Lachen wäre unangebracht, hörte er abrupt auf und sagte: »Haurre Qudssi ist vor fünfzehn Jahren gestorben. Das, wovon ich rede, hat sich vor über achtzehn Jahren abgespielt. Haurre plante, die ganze Stadt in ein großes Gemälde zu überführen, mit all ihren Mauern, Straßen und Plätzen. Es sollte das Bild einer ruhigen, verzauberten Stadt werden, über der Tausende weiße Vögel fliegen. Ich weiß, seine Idee war irrsinnig. Er wusste selbst, dass er das Bild nicht vollenden konnte. Das war ihm aber nicht wichtig, denn er war sich sicher, eines Tages würde es vollendet werden. Kompletter Irrsinn. Und er hatte das Gefühl, das Werk eines anderen Künstlers fortzuführen, den er eines Nachts in einem Park getroffen hatte. Der soll ihm gesagt haben, er komme aus einer anderen Stadt und bitte ihn darum, sein Werk fortzusetzen. Ich lernte Haurre Qudssi hier kennen, vor achtzehn Jahren, auf dieser Mauer, mit einer Schar weißer Vögel.«

Mir stockte der Atem. Nun wurden die Dinge noch komplizierter. Diese Geschichte schien weder Anfang noch Ende zu haben, sondern sich wie im Kreis um einen unsichtbaren Punkt zu drehen.

Er sah zu mir her und fragte, warum ich schwieg.

»Weil ich nicht weiß, was ich sagen soll«, sagte ich mit erstickter Stimme.

Nach einer weiteren Pause stand Mustafa Schaunm auf und sagte: »Haurre Qudssi, der Freund der weißen Vögel, wurde, als er an seinem Gemälde malte, von Soldaten erschossen. Er fiel von seiner Leiter und starb. Seither sehe ich ihn ständig. Wenn ich herkomme und hier sitze, sehe ich ihn. Verzeih, Dschaladat, dass ich dich gestört habe. Ich habe das Gefühl, ich hätte nicht herkommen sollen.« Er schüttelte meine Hand und drückte mich, wie man einen lieben Freund drückt. »Verzeih, ich gehe besser. Ich habe bittere Erinnerungen an diesen Platz.« Er entfernte sich raschen Schritts.

»Herr Mustafa!«, rief ich ihm nach. »Darf ich wissen, wo Euer Haus ist?«

Ohne zu antworten, verschwand er in der Dunkelheit.

Das war mein erstes Treffen mit Mustafa Schaunm, dem Mann, der nach meiner langen Reise wieder auftauchte und meine ganze Welt erneut durcheinanderbrachte. Mustafa Schaunm, der einen Sturm entfesselte zu einem Zeitpunkt, als mein Leben nicht der geringsten Brise gewachsen war.

Das Gericht

Ihr wisst, dass mein Treffen mit Scharochi Scharoch ein paar Tage nach dem mysteriösen Treffen mit dem dicken Mann stattfand. Nach Scharochs Auftauchen sah ich klarer. Ich wusste nun, dass ich mich gleichzeitig in zwei Welten befand; die eine war die Welt, in der wir alle leben, und eine andere die, die ich im Einzelnen noch nicht beschreiben konnte. Die ihr Gesicht zeigte und gleich wieder verschwand. Sie glich einer Insel mitten im Meer, auf die ein erschöpfter Schwimmer zuschwimmt. Eine Insel, die immer wieder auftaucht und verschwindet.

Anfangs schrieb ich meine Ideen in ein altes Heft, das ich im Abfall des Hotels gefunden hatte. Irgendwie flogen mir diese Hefte zu. Ich glaube, bis Ali Sharafiar auftauchte, habe ich kein Heft gekauft. Ich fand sie im Abfall oder fing sie aus der Luft. Ich stand im Sturm und sah ein Heft dahersegeln. Ich brauchte nur noch die Hand auszustrecken. Bald besaß ich Dutzende staubige Hefte. Kein Mensch konnte sie lesen, denn meine Schrift sah aus, als hätte der Wind mit den Buchstaben gespielt. Wie der Sturm die Trauerweide, so ließen meine Gedanken und Offenbarungen die Zeilen tanzen. Seit meiner Rückkehr aus der Stadt der traurigen Prostituierten, seit ich die Flöte aufgegeben hatte und keine schlechte Musik mehr machte, stand ich oft auf dem Balkon und wurde von Visionen heimgesucht.

Wenn Scharoch im Park musizierte, wurde ich von einem inneren Licht erfüllt, es trieb mich zu denken, zu schreiben, zu spielen. Aber ich spürte, dass sich das Licht an einer noch unzugänglichen Stelle meiner Seele befand. Das bekümmerte mich, denn ich hatte geglaubt, ich hätte alle inneren Türen geöffnet, ich wäre ein Vogel geworden mit neuen Augen und Gedanken. Ich merkte, dass die

Seele zahllose Türen hat, die niemand alle öffnen kann, und selbst wer das letzte Tor erreicht, erfährt nicht, ob es nicht noch weitere, völlig unerreichbare gibt.

Wenn ich Scharoch spielen hörte, ging ich in den Park und suchte jeden Winkel ab. Ich rief: »Scharoch, ich will dich sehen, ich will mit dir reden«, bekam aber nichts als Musik zurück. Seine Musik brachte mir wieder bei, durch Musik zu kommunizieren, Musik zu atmen, Musik zu leben. Noch war ich beherrscht von der Furcht, eine Flöte in die Hand zu nehmen. Also schrieb ich die geheimen Offenbarungen meiner Seele nieder, statt sie zu spielen. Es war meine Art, zu Scharoch zu sprechen, der von einer verborgenen Stelle des Parks aus zu mir sprach.

Nach unserem Treffen und bis zu dem Tag, an dem er die Nägel aus meiner Brust entfernte, kommunizierten Scharoch und ich auf diese Weise. Er durch die Musik und ich durch das, was ich in meine staubigen Hefte schrieb. Seit diesem Treffen führte ich ein Doppelleben. Nachts, wenn alle Menschen schliefen, hörte ich auf dem Balkon Musik und sprach zum Wind, zu den Sternen, zu den Vögeln, oder ich schrieb drinnen im matten Licht einer Kerze meine Hefte voll. Die Wörter strömten aus mir heraus wie die Tränen eines Kindes. Am Morgen aber stand ich wieder vor dem Hotel und half den obdachlosen Familien. Ich erledigte für alte Frauen und Männer kleine Basarbesorgungen. Ich trieb Öl für sie auf, wechselte Lampendochte, schleppte Mehl, löste Zucker- und Teegutscheine ein. Und wenn nichts zu tun war, versuchte ich, die Menschen aufzuheitern. Den Frauen sagte ich, wie hübsch sie seien, den Narren, wie weise. Und den einsamen Männern: »Seid nicht traurig, eines Tages wird die ganze Welt euer Freund sein.«

In dieser Zeit traf Samir die Entscheidung, mich zu verlassen. Seine Beziehung zu Schanas hatte das Stadium erreicht, in dem ein Rückzieher nicht mehr möglich war. Ich versuchte, das zu durchkreuzen, nicht etwa, weil Samir als mein Gefangener kein Recht gehabt hätte zu heiraten, sondern weil ich Angst hatte, sie würden ein Kind zeugen, und dieses unschuldige Wesen würde später ohne

Vater aufwachsen müssen. Also ging ich zu Schanas. Ich offenbarte ihr, was ich ihr nicht hätte offenbaren dürfen. Ich erzählte ihr von Samirs Vergangenheit, von seinem sicheren Tod. Sie würdigte mich keines einzigen Blickes. Es war, als wüsste sie schon alles.

»Es geht mich nichts an, ob ihr Mann und Frau werdet, aber ich habe Angst, dass ihr ein Kind zeugt, das verwaist aufwachsen muss.«

Sie blickte lächelnd aus dem Fenster. »Möge Gott deine Güte anerkennen, aber hab keine Angst, ich kann keine Kinder kriegen.« Nachdem sie dies gesagt hatte, stand ich vernünftigerweise auf und ging.

Schanas organisierte die Formalitäten und alles andere auch. Für die kurze Zeit bis zur Hochzeit wurde unser kleines Zimmer prächtig ausstaffiert. Ein neues Bett, ein neuer Teppich, ein buntes Sofa und ein Spiegel mit goldenem Rahmen wurden angeschafft. Meine schäbige Matratze hatte in der Ecke kaum noch Platz. Schanas gab mit beispielloser Großzügigkeit Geld aus für die Garderobe des Herrn von Babylon. Eines Abends nahm mich Samir in den Arm und sagte: »Ich habe mit Schanas alles besprochen. Ich heirate sie nur unter der Bedingung, dass du mit mir lebst. Du musst mit mir umziehen.«

Ich wusste, dass er die Wahrheit sagte. Eine seiner Bedingungen war, dass ich mit ihm ins neue Haus einziehen müsste. Sie wollten mir einen Platz einrichten, und zwar so, dass ich frei und unabhängig leben könnte. Ich dankte Samir. »Aber ich kann die Obdachlosen nicht verlassen. Warum soll ich mein Leben auf den Kopf stellen? Ich bin ein Taugenichts, aber hier kann ich wenigstens den alten Menschen helfen, denen sonst keiner hilft. Außerdem sehe ich hier ab und zu Dalias Schatten. Hier kommen die Vögel zu mir, und hier höre ich die Musik, die sonst niemand hört.«

Samir versuchte lange, mich umzustimmen, aber vergeblich. Er gab mir schließlich, ehe er fortging, die Liste aller Namen. »Wann immer du mich rufst, komme ich. Bis zum Ende warte ich auf dieses Gericht, das du anordnen wirst.«

Es waren zwölf Adressen. Ich steckte den Zettel in die Tasche. »Samir, bald ist es so weit. Ich hoffe, bis dahin wirst du ein schönes Leben führen.«

Glücklich war er nicht, aber wie jeder, der neu anfangen will, strahlte er eine gewisse Zuversicht aus. Schanas war wohl auch eine Frau, mit der man gern schlief. Eine schöne, vermögende Frau – wenn man von ihren Geheimnissen nicht wusste, musste man ihr erliegen.

Ich bat Samir, Teppich, Bett, Sofa und Spiegel mitzunehmen, denn ich wollte ein kahles Zimmer, das Zimmer eines Obdachlosen. Samir, der in seiner neuen Garderobe kaum wiederzuerkennen war, holte zwei junge Kulis und verschenkte die Sachen an zwei, drei Familien, die sie erfreut annahmen. Zwei Tage später feierten Schanas und Samir ihre Hochzeit, eine kleine Feier, zu der nur einige Freunde von Schanas geladen waren. Ich verzichtete, denn nach meinen Erlebnissen mit Schanas hatte ich keinen Grund, mitzufeiern.

Eines Morgens erwachte ich mit dem Entschluss, den ersten Zeugen aufzusuchen. Ich begann mit dem einzigen Zeugen, den ich ausgesucht hatte, nicht Samir. Es war der Vater von Sarhang Qasm. Nach meiner Rückkehr war ich einige Male an ihrem Haus vorbeigelaufen und hatte nicht zu klopfen gewagt. Ich wusste nicht, ob die Eltern etwas über den Tod ihres Sohnes in den Wüsten des Südens erfahren hatten. Es liegt auf der Hand, dass ein solches Wiedersehen bitter sein kann, aber ich konnte nicht ewig davonlaufen. Den ganzen Tag überlegte ich, wie ich von Sarhangs Tod, von seinen letzten Tagen und von unserer Freundschaft erzählen sollte.

Mit zitternden Knien und trockenen Lippen klopfte ich, bevor es dunkel wurde, an die Tür. Seine Mutter machte auf. Ich war ein großer, bärtiger junger Mann geworden, der ständig in einem langen weißen Jackett und alten Jeans herumlief und in einem schwarzen Hemd, das ich einmal im Monat wusch. Sarhangs Mutter erkannte mich nicht wieder. Sie hatte mich zuletzt als Kind gesehen, ich war mit meiner weißen Flöte gekommen und hatte mit ihrem Sohn geübt. Als ich sie sah, spürte ich den Schmerz, lebend vor ihr zu stehen, während ihr einziger Sohn tot war. Ich fragte mit zittriger Stimme, ob Herr Qasm daheim sei. Sie bat mich herein.

Die Jahre hatten Sarhangs Vater übel mitgespielt. Er war zu einem Greis geworden, der kaum noch sehen konnte. Er saß auf einem Perserteppich und hörte Nachrichten. Als ich eintrat, stand er mit viel Mühe auf. Ich blieb vor ihm stehen und sagte: »Herr Qasm, können Sie sich noch an mich erinnern? Ich bin Dschaladati Kotr, der Junge, der mit Ihrem Sohn befreundet war.«

Da zuckte der arme Mann zusammen, als hätte er einen Schlag bekommen. Mir war unbehaglich, als er mich weinend umarmte und küsste. Er hatte gewusst, dass sein Sohn tot war. Eltern haben wohl einen siebten Sinn für derlei Dinge. Nachdem er ausgeweint hatte, sagte er: »Sag es mir, Dschaladat, sag mir: Wie war es, haben sie ihn gequält, oder starb er friedlich?«

Da verlor auch ich die Fassung. Ich heulte und redete gleichzeitig, sodass ich mit jedem Satz den davor vergaß. Manchmal wiederholte ich einen Satz zehnmal. »Es gibt keinen friedlichen Tod, wie soll man hierzulande eines friedlichen Todes sterben?« Ich erzählte ihnen alles, was ich wusste, ohne Beschönigung. Ich erzählte ihnen von dem Zufall, der mich am Leben erhalten hatte. Ich sagte, wenn Sarhang statt mir in jenem Lastwagen gespielt hätte, dann wäre jetzt ich tot und er am Leben. »Statt ihm hätte ich sterben sollen. Ich bin ein Taugenichts, habe weder Vater noch Mutter. Das Leben bedeutet mir wenig.«

»Sag das nicht«, schluchzte der Vater. »Die Wege des Allmächtigen sind für uns unergründlich. Er lässt den sterben und wiederauferstehen, den er sterben und wiederauferstehen lassen will.« Laut weinend, breitete er seinen Gebetsteppich aus. Sarhangs Mutter servierte mir unter Tränen Tee, ich nahm ihn unter Tränen an. Da erlebte ich zum ersten Mal, dass Tränen Menschen zu Freunden machen können. Drei Menschen, die zusammen weinen – ihre Tränen knüpfen ein Band, das keine Kraft zerreißt.

Ein Jahr zuvor hatten seine Eltern eine Trauerfeier für ihn veranstaltet. Sie hatten abenteuerliche Geschichten über den Schauplatz und die Art seines Todes gehört. Möglicherweise waren diese Geschichten aus dem Kreis der Musiker gekommen. Dass ich nun Genaueres berichten konnte und Gewissheit brachte, ließ Frieden einkehren. Ich eröffnete ihnen, einer der Mörder Sarhangs, ein Offizier, sei hier und warte auf sein Verfahren. Ich sagte auch offen, dass ich an die Gerichte, vor die die Politiker einander zerrten, nicht glaubte, nicht an die Richter des Landes noch an die Anwälte dieser Stadt. Gerechtigkeit, falls sie überhaupt existiert, könne nur von Menschen kommen, die selbst betroffen sind.

Sarhangs Vater war ein alter Wundarzt, er wusste, wovon ich sprach. Dass mir Gerechtigkeit für Sarhang so sehr am Herzen lag, machte ihn glücklich. »Tu, was seiner Seele Ruhe und Frieden gewährt«, sagte er, als hätte er den tieferen Sinn meiner Worte verstanden.

Ich küsste seine Hand. »Sobald der Tag des Gerichts näher rückt, werde ich Sie benachrichtigen. Sie müssen dabei sein. Sie müssen Ihr Gewissen zum Richter machen und ein Urteil fällen. Sie und Sarhangs Mutter, Ihre Frau, haben am meisten gelitten.«

Draußen vor der Tür begann ich wieder zu weinen. Ich hatte die Hände in die Taschen des weißen Jacketts gesteckt und heulte. Als ich zum Hotel zurückging, sah ich Dalias Schatten vor dem Eingang auf mich warten. Wie jedes Mal stieg sie die Treppen hoch und verschwand irgendwo zwischen der fünften und sechsten Etage. Ich schrie aus vollem Halse: »Dalia, geh nicht – komm her!«

Ich schrie so laut, dass ich das ganze Hotel aufweckte. Einige dachten, ich wäre betrunken, und der Rausch hätte eine alte Liebe in mir zum Leben erweckt. Ich setzte mich schluchzend auf die Treppe. Ich weiß noch, dass Unbekannte mich in mein Zimmer trugen. Wie sehr mich Dalias Erscheinung quälte! In ihrem Dasein und Nichtdasein blieb sie ein unerfüllbarer Traum, immer nah und gleichzeitig unerreichbar. Nachts wachte ich manchmal auf und spürte die Anwesenheit ihrer Engel, aber das war nur Fantasie.

Dennoch war sie bei mir, ständig gab sie mir kleine Zeichen, wie eine dieser spröden Schönheiten, die sich ihrem Geliebten immer nur kurz zeigen, damit seine Wunden nie verheilen. Ich wusste, bald würde sie wieder auftauchen. Aber wann, aber wo? Besinnungslos wimmerte ich vor mich hin.

Ein langer Weg stand mir bevor. Für einen mittellosen Mann ohne Beziehungen war es schwierig, ein solches Gericht zu bestellen, aber nichts hätte mich davon abbringen können. Es sollte mein Beitrag sein zu dem Versuch, dieser Welt wieder einen Sinn zu geben.

Ich holte Samirs Zettel und begann zu lesen. Zwölf Anschriften in zwölf verschiedenen Orten, zwischen Garmian im Süden bis hoch zur türkischen Grenze. Und bei jeder stand eine Notiz zu der Geschichte.

Der Erste war Karim Chasen, ein Vater, dessen Hände Samirs Schüsse zerstört hatten. Samir hatte die Soldaten vor seinen Augen auf seine zwei Töchter gehetzt, um sie zu schänden. Nachdem seine barbarischen Soldaten die Mädchen die ganze Nacht vergewaltigt hatten, hatten sie sie an zwei Bäume gehängt und den Vater gezwungen, vor den Leichen Aufstellung zu nehmen.

Der Zweite war Mariuani Kukuchti, ein Student, dem Samir und seine Soldaten die Augen ausgestochen und sie ihm in die Tasche gesteckt hatten.

Chaleq Mahmud, ein Fischer, dem sie den Penis abgeschnitten hatten. Sie steckten ihn als Köder an einen Angelhaken und zwangen den Fischer, damit zu angeln.

Nassrin Chafur, die sie auf einem militärischen Übungsplatz auszogen, fesselten und der sie später alle zehn Finger mit einer Axt abhackten.

Amiri Gulabach, dem sie die Nase abschnitten, damit er nicht mehr an seinen Blumen riechen konnte.

Suara Fatthulla, den sie wie einen Fisch auf einem riesigen Rost befestigten und über einem schwachen Feuer grillten. Doch er hatte überlebt.

Halim Schewaz, dem sie das Gesicht halb enthäuteten und das lange Kinn mit einer elektrischen Säge zurechtschnitten.

Sabri Schechani, der sie beide Brüste abschnitten und mit einer glühenden Stange die Jungfräulichkeit nahmen.

Serdar Baba Karim, dessen Hoden ein Soldat abriss und fraß.

Papula Jamal, der sie mit einem glühenden Stab das Wort »Hure« auf die Stirn brannten, weil ihr Bruder zu den Peschmerga gegangen war.

Sosan Machdid und ihre Schwester Sasan Machdid, die sie zwangen, Kieselsteine zu essen, bis eine von ihnen starb.

Ardallani Sofi, dessen Tochter sie vor seinen eigenen Augen hängten und deren Leiche sie hängen ließen, bis sie verdorrt war.

Das waren die Menschen, die ich finden musste.

Eines Morgens trat ich meine Reise an. Mein Zimmer hatte ich jemandem anvertraut, damit man es mir nicht wegschnappte. Mit etwas Fladenbrot und trockenen Datteln im kleinen Rucksack, in traditioneller Hose und mit Halstuch brach ich auf. Geld hatte ich keins, aber ich machte mir keine Gedanken. Ab und zu streckte ich bei vorbeifahrenden Pick-ups, Taxis und Jeeps die Hand aus, aber niemand hielt an. Gegen Abend, als sich ein kühler Schatten über die Welt legte und ich schon mit dem Gedanken spielte, mir einen Platz zum Schlafen zu suchen, geschah ein Wunder. Während ich, an einen Baum gelehnt, die Wälder, Berge und Ebenen betrachtete, entdeckte ich auf einem Pfad das weiße Pferd, auf dem ich nach Norden geritten war. Mein Pferd. Derselbe Kopf, die seidige Mähne, das Scharren, sein Gang, dieses göttliche Weiß, das kein Staub dieser Welt zu beflecken schien. Es galoppierte mir entgegen und blieb vor mir stehen.

So ritt ich, selig, die ganze Nacht durch. Auch meine weißen Vögel waren aufgetaucht. Sie gaben mir das Geleit, wie einem Prinzen. Auf diesem Pferd würde ich die Hürden von Zeit und Raum überspringen. Auf seinem Rücken konnte ich die Heimat besser sehen, es machte meinen Blick klarer und meine Seele heller, es verband mich nicht nur mit den Sternen, sondern es heftete mich auch fest an die Erde. Es gab mir das Gefühl, ein Teil dieser Welt zu sein. Im Hotel hatte ich immer das Gefühl gehabt, ich sei, obwohl ständig mit Alltagsdingen beschäftigt, von der Welt ausgeschlossen.

Vor einer Stadt oder am Rand eines Dorfs hielt ich an und stieg ab. Und wenn ich dann zurückkehrte, erwartete mich das Pferd da, wo ich es verlassen hatte. Ich machte die verwundeten Seelen ausfindig, eine nach der anderen. Manchmal war es leicht, manchmal schwierig. Ein paar Male musste ich viele Städte und Dörfer absuchen. Diese Menschen waren nicht bekannt. Sie lebten im Dunkel und gehörten nicht zu denen, die vom Neubeginn profitierten. Sie würden immer Opfer bleiben.

Karimi Chasen, einen kleinwüchsigen Mann, fand ich in einem verwüsteten Dorf, in dem niemand sonst lebte. Mit müden Fingern zeigte er auf die zwei Bäume, an denen Samir seine Töchter aufgehängt hatte. Er zeigte mir seine gebrochenen Hände. Da alle Bewohner des Dorfes getötet worden waren, wollte er es jetzt allein wieder aufbauen. Mit seinem Projekt war er noch ganz am Anfang. Er glaubte, wenn die Seelen der Getöteten zurückkehrten, müssten sie ein Zuhause haben. Ich teilte ihm den Termin der Gerichtsverhandlung mit, gab ihm meine Adresse und verabschiedete mich.

Nach ihm fand ich Papula Jamal, die ihre Stirn mit einem weißen Tuch abdeckte. Sie träume von Engeln, die kämen und ihre Stirn streichelten, um sie zu heilen, sagte sie. Sie wohnte bei einem Cousin, der sie zwang, das Tuch nachts abzunehmen, und sie vergewaltigte.

Papula Jamal war die Erste, die nicht zu dem Gericht würde erscheinen können. »Mein Cousin lässt mich nicht raus.« Sie war lebenslänglich gefangen. Einer der glücklosen Menschen, für die niemand, weder Gott noch Mensch, etwas tat.

Nach Papula fand ich in einer Kleinstadt Amiri Gulabach, den nasenlosen Mann. Er war Nachtwächter in einem Garten geworden, damit ihn niemand sah. In einer stockdunklen Nacht fand ich ihn zwischen den Blumen. Er hielt sich für den König der Rosen. Er stand zwischen ihnen und sprach über ihre Düfte.

»Womit riechen Sie?«, fragte ich ihn.

Stolz sagte er in seinem Dialekt: »Ich rieche die Blumen durchs Sehen.«

»Es ist aber Nacht«, sagte ich, »Sie können nicht sehen, es ist Nacht, und die Welt ist dunkel.«

»Mein Lieber, möge Gott dir vergeben, ich sehe nicht mit den Augen, ich sehe mit dem Herz.« Als ich ihm von meinem Plan erzählte, sagte er: »Es gibt solche, für die man kein Gericht braucht. Es wäre besser, sie in einem Garten auszusetzen und sie dazu zu zwingen, sich bis zum Tod mit Blumen zu beschäftigen. Sieh, die Blumen bringen den Menschen am sichersten dazu, Schmutz und Bosheit zu bereuen. Wenn er kein Bastard ist … «

Amiri Gulabach versprach mir, einen Tag vor dem Gerichtstermin zum Hotel zu kommen und alles zu tun, was ich ihm befehlen würde.

Halim Schewaz traf ich in einem verdunkelten Zimmer mit Zugang zum Dach. Seit sechs Jahren waren die Vorhänge zugezogen. Seit sechs Jahren besuchte ihn außer einem engen Freund und der eigenen Schwester niemand. Der Mann schämte sich für sein Gesicht. Wenn er mit mir sprach, drückte er ständig eine Hand gegen die entstellte Hälfte. Vor dem Ereignis hatte er sich für marxistische Literatur interessiert, danach widmete er sein Leben der Lektüre von Büchern zum Thema Schönheit. Er sagte: »Der größte Fehler von Marx war, dass er die Welt verändern wollte, ehe er wusste, was Schönheit ist. Ehe man definiert, was Gerechtigkeit ist, sollte man wissen, was Schönheit ist.« Er zeigte auf ein Buch: »Ich lese es immer wieder.« *Das Bildnis des Dorian Gray* von Oscar Wilde.

Ich hatte nie davon gehört. Ich kam zur Sache und bat ihn, sein Zimmer zu verlassen und an dem Gerichtsverfahren gegen Samir von Babylon teilzunehmen.

Noch hatte ihn keiner dazu bewegen können, nach draußen zu gehen.

»Im Lauf der Geschichte kommen und gehen die Tyrannen, ohne von jemandem bestraft zu werden«, sagte er. »Du jagst ein Hirngespinst. Nehmen wir an, wir würden diesen Samir von Babylon töten, würde das die Welt verändern? Würde ich wieder auf die Straße gehen und mein Gesicht zeigen können?«

»Jeder weiß, dass Sie unschuldig sind. Jeder respektiert, dass Sie ein Opfer dieses grausamen Landes sind.«

»Das stimmt nicht. Nichts von dem, was Sie sagen, stimmt. Sie sind ein Träumer, Sie sind ein Narr und wissen es nicht. Was würde denn passieren, wenn ich morgen ausgehen würde? Denken Sie, ich sperre mich gern hier ein? Denken Sie, ich möchte diesen Vorhang nicht aufziehen und die Sonne sehen? Wenn Sie zuhören, werde ich es Ihnen erklären, obwohl ich bezweifle, dass Menschen wie Sie Ohren haben. Wenn ich mein Zimmer verlasse, werden selbst diejenigen, die wissen, dass Unrecht und Tyrannei mich verunstaltet haben, nach einer Weile nur noch meine Hässlichkeit sehen. Wer wird sich denn in ein paar Jahren daran erinnern, dass es eine Zeit gegeben hat, in der man unschuldige Menschen gefangen genommen, ihre Gesichter verunstaltet und sie dann freigelassen hat? Wie würden Sie das den Kindern erklären? Sie Esel.«

Ich hörte ihm zu, nickte und sagte dann: »Halim Schewaz, es ist Ihre Entscheidung. Ich bin vielleicht ein Blödmann. Aber wenn es einen größeren Esel gibt als mich, dann sind Sie es. Ich bemitleide Sie nicht. In meinen Augen sind Sie ein gut aussehender junger Mann. Und Ihr Inneres ist voller Schönheit.«

Er unterbrach mich mit einem Handzeichen: »Als ich Sie sah, wusste ich sofort, dass Sie ein Lügner sind, Sie sind der hässlichste Lügner, den ich je gesehen habe. Ich weiß, dass Sie mir jetzt etwas erzählen wollen über innere und äußere Schönheit. Wie alle anderen. Die ewige alte Lüge, Schönheit komme von innen. Sagen Sie mir, sind Sie ein Mann oder nicht?«

»Ich weiß es nicht, ich glaube … Was meinen Sie damit?«

Ohne die Hand vom Gesicht zu nehmen, sagte er: »Wenn Sie ein Mann sind, wissen Sie auch, dass wir Männer, vor die Wahl zwischen einem hübschen, dummen und einem hässlichen, genialen Mädchen gestellt, uns für das dumme entscheiden. Es gibt keinen Mann, der nicht so entscheiden würde.« Ich wollte protestieren, er ließ mich aber nicht zu Wort kommen. »Auch die Frauen denken so. Äußere Schönheit war schon immer wichtiger als innere Schönheit. Diese Welt gehört Dorian Gray und nicht Quasimodo, verstehen Sie? Wissen Sie überhaupt, wer Quasimodo ist? Der Glöckner von Notre-Dame, der hässliche Bucklige, der die Glocken läutet, das ist Quasimodo.«

»Ich habe den Film gesehen.«

»Dann wissen Sie auch, dass ein hübscher Idiot tausendmal glücklicher lebt als ein hässliches Genie. Lesen Sie die Geschichte! Das ist tausendmal besser, als herumzuziehen und den Ritter der Gerechtigkeit zu spielen. Sie sind zehnmal dämlicher als Don Quijote.«

Als ich später *Das Bildnis des Dorian Gray* las, begriff ich, was er meinte.

Ich blieb die ganze Nacht bei ihm, obwohl er mich am liebsten rausgeschmissen hätte. Außer Dalia hat mich keiner so oft als Idioten bezeichnet. Trotzdem war mein Auftauchen ein Ereignis für ihn. Zuletzt hatte er doch jemanden gefunden, mit dem er reden konnte. Als ich ihn verließ, war ich mir nicht sicher, ob er zum Gericht erscheinen würde. Aber ich bemerkte zwei Tränen in seinen Augen, die Tränen eines Mannes, der nichts als die Kraft seiner Einsamkeit besaß.

Ich irrte einige Tage in den Bergen herum, bis ich Mariuani Kukuchti fand, den blinden Studenten, der für den Zoll sein Ohr auf den Erdboden presste, um den Beamten zu sagen, wo Schmuggler über die Grenze gingen. In einem Rohbau holte ich ihn unter einer iranischen Decke hervor, auf der ein Tiger abgebildet war. Ein kaltes Zimmer im Schatten eines Berges, auf dem selbst im Sommer Schnee lag. Sein Job war gefährlicher, als ich gedacht hätte.

»Hoffentlich werde ich es bis zum Tag des Gerichts überleben«, sagte er. »Es gibt hier einige, die mich lieber tot sähen. Sie wissen ja selber, dass die höheren Zollbeamten und die Schmuggler unter einer Decke stecken. Letzte Woche haben sie knapp an mir vorbeigeschossen. Das war eine Warnung. Nachts kommt jemand und flüstert mir ins Ohr: ›Mariuan, treib es nicht zu weit.‹ Ich kenne die Stimme nicht. Oder er sagt: ›Morgen um zehn wird eine Karawane aufbrechen, aber du wirst dich taub stellen, kapiert, taub und blind.‹ Und ich … Habe ich eine Wahl? Ohne diesen Job würde ich verhungern. Falls ich überlebe, mit Vergnügen. Ihr Wunsch ist mir Befehl, mein Herr … Aber so ist es nun mal.«

Ganze Nächte stieg ich nicht vom Pferd. Ich hatte das Gefühl, es sei mit mir verwachsen. Auf diesem Pferd konnte ich Kurdistan sehen, seine einzigartigen Menschen. Dieses Land, geschändet von seinen Eroberern und geschändet von seinen Befreiern.

Auf meiner Reise geriet ich auch auf Wege, von denen der Duft der Erinnerung an Ishaki Lewzerin und Sarhang Qasm aufstieg. An manchen Nächten stieg ich vom Pferd, schlug mein Lager unter einem Baum auf, hängte eine kleine Laterne an einen Ast und schrieb in eines meiner Hefte über die Gespräche mit den Zeugen, ihre Schmerzen …

Mein größter Schmerz war zu erfahren, dass Suara Fatthulla beim Aufstand gegen Saddams Armee sein Leben gelassen hatte. Ich bekam von einem Freund ein Bild, das ich in mein Heft legte. Er hatte einen kleinen Bruder hinterlassen, der zum Geldverdienen in den Iran gegangen war. Ich versuchte lange, an ihn heranzukommen, aber vergebens. Der Verlust eines Zeugen riss eine Lücke in mein Gerechtigkeitsvorhaben.

Und Suara Fatthulla war nicht der einzige Zeuge, der ausfiel. Auch die Suche nach Sosan Machdid erwies sich als Suche nach einem Phantom. Auf der Massenflucht der Kurden nach dem Golfkrieg war sie zwischen zwei Städten im Iran verloren gegangen und hatte seitdem nicht mehr von sich hören lassen. Der Verlust der zwei Zeugen bedrückte mich. Als stürbe mit einem Zeugen auch ein Teil der Gerechtigkeit.

Vieles überraschte mich. Die, die ich bislang gesehen hatte, konnten einem Gerichtsverfahren nicht viel abgewinnen. Sie hatten sich an ihre Schmerzen gewöhnt und hielten mein Unternehmen für Unsinn. Einige fürchteten, ein Verfahren würde sie nur in noch größeres Unheil verstricken. Nur Nassrin Chafur war auf Vergeltung aus. Ihr Mann, ein Peschmerga, hatte sich nach ihrer Schändung scheiden lassen und eine andere geheiratet. Ohne ihre Hände musste sie sich und zwei verwaiste Neffen ernähren. Ihre einzige Einkommensquelle bestand aus Hasen und Hühnern.

»Würden die Hasen sich nicht so rasant vermehren, wären wir schon vor Jahren verhungert.«

Ihre Neffen waren noch Kinder. Manchmal rannten alle drei hinter einem Hasen her, um ihn zu fangen. Als ich ihr von Samir erzählte, wollte sie noch in der gleichen Nacht mit mir kommen und ihn erwürgen. »Ich sagte ihm, mein Herr, töten Sie mich, aber schänden Sie mich nicht. Mein Herr, ich bin eine ehrenhafte Frau und bitte Sie, meiner Ehre entsprechend zu handeln. Aber er sagte zu seinen Hunden, sie sollten mich splitternackt ausziehen. Ich sagte, mein Herr, um Gottes willen, um des Propheten willen, mein Mann wird mich umbringen, und meine Kinder werden verwaist sein. Die Leute werden auf mich zeigen und sagen: Das ist die Frau, die ihre Beine nicht mehr schließen kann, weil so viele Araber sie bestiegen haben ... Hinterher flehte ich ihn an: Ich küsse Ihnen die Schuhe, mein Herr, Sie haben mich geschändet, so lassen Sie mir doch meine Hände. Auf dieser Welt lebt man von zwei Dingen, von den Händen und von Würde. Sie haben das eine genommen, nehmen Sie nicht auch noch das andere.« Im Sprechen durchlebte sie die Ängste und den Jammer noch einmal. Sie war eine tapfere Frau, eine der großen Frauen, auf die die Welt stolz sein sollte.

Als ich ging, küsste sie mich und sagte: »Ich werde zum Gericht kommen, und wenn ich die Einzige bin, mein Sohn. Du schenkst mir eine Gelegenheit, die sonst nur Gott einem Menschen gewährt.«

Ich verbeugte mich vor ihr. Sie hatte die Willenskraft der mythischen Helden. In ihren Augen war dieselbe Ehrlichkeit, die ich schon in den Augen von Um Fadhl, der Wüstenfrau, gesehen hatte. Was spielte es für eine Rolle, ob sie Araberinnen oder Kurdinnen waren. Beide hatten aus ihrer Tragödie ein Wunder gemacht, vor dem wir Männer Schwächlinge sind.

Sabri Schechani war glücklicher als die anderen Frauen. Sie hatte einen ruhigen, schüchternen Mann gefunden. Ihm war es egal, dass seine Frau keine Brüste hatte. Vor der Hochzeit hatte sie ihm alles erzählt. Dass sie eine Frau sei, die an einem Mann keinen Genuss finde, weil ihr Vagina und Uterus versengt worden seien. Aber davon abgesehen, habe sie ein großes Herz und liebe ihn über alles. Es gibt wohl nicht viele Männer, denen die Liebe ihrer Frau wichtiger ist als alles andere. Für ihren Ehemann aber waren es die traumhaftesten und schönsten Augenblicke, wenn er erschöpft aus dem Basar heimkehrte und die kleine Sabri in seine Arme nehmen konnte.

Als ich ihnen die Narben auf meiner Brust zeigte und von dem Gericht erzählte, das ein Urteil über Samir fällen sollte, bestand ihr Mann darauf, dass Sabri kommen und sagen müsse, was sie zu sagen habe.

Sie aber sagte: »Ich will die Vergangenheit vergessen, ich will nicht daran denken.« Sie fürchtete, das Öffnen der Tür zur Vergangenheit würde ihr jetziges Leben zerstören. Nach langer, gemeinsamer Überlegung umarmte der Mann Sabri in meiner Gegenwart und wischte ihr die Tränen vom Gesicht: »Du darfst keine Angst haben. Ich bin bei dir, dein Recht ist wichtiger als alles andere. Auch wenn man liebt, muss man auf sein Recht nicht verzichten.«

Als ich am Morgen ihr Haus verließ, war ich sicher, dass sie zur Verhandlung kommen würden. Ihr Ehemann legte mir die Hand auf die Schulter und sagte: »Seien Sie unbesorgt, wir werden da sein.«

Ihr könnt euch nicht vorstellen, welche Bedeutung für mich diese Reise hatte. Es war eine Entdeckungsreise in den verborgenen Geist des Landes. Ich weiß nicht, wie lange sie dauerte. Ich vergaß die Zeit. Der Verlust der Beziehung zur Zeit ist ein Zeichen für den Tod – oder für eine Reise durch die Unendlichkeit. Mir war es egal, ob ich tot oder Reisender einer ewigen Welt geworden war. Ich ging, ich ritt – ob Wochen oder Monate, spielte keine Rolle.

Aber ich musste das Datum für die Verhandlung festlegen. So wählte ich als ersten Tag den 15. 6. 1993. Am Vorabend sollten alle Zeugen eintreffen. Bis dahin musste ich alles vorbereitet haben. Nun schien mir alles so einfach. Auf meinem Weg begann ich, heitere arabische Lieder zu singen, die ich von den Mädchen der Weißen Orange gehört hatte.

An einem heißen Sommertag erreichte ich singend eine Kleinstadt im Gebiet von Garmian. In Garmian kommen Hölle und Himmel einander seltsam nahe. Natur und Regierung haben dieses Gebiet gleichermaßen malträtiert, aber Bauern, erschöpfte Arbeiter und vereinsamte Frauen haben es aus eigener Kraft wieder zum Leben erweckt. Die Menschen hier sahen aus wie die, die ich tief im Süden, am Rande der staubigen Stadt gesehen hatte, bevor sie vom Erdboden verschlungen wurde.

Wenn man in Garmian eine Handvoll Erde aushebt und daran riecht, riecht man den Tod. Hier scheint der Tod seit uralten Zeiten zu Hause zu sein. Und wenn man in den Himmel schaut, wird einem gezeigt, was Hartherzigkeit heißt, was Unbarmherzigkeit ist. Man begreift, was Gottes Gleichgültigkeit auf der Erde anrichten kann.

In einem Dörfchen ohne Wasser fand ich Ardallani Sofi in einem kleinen Krämerladen. Er hatte islamische Theologie studiert und war ein Mullah gewesen, aber man nannte ihn den »Windjäger«, denn wenn es dunkel wurde, jagte er in Garmians Ebenen hinter den stürmischen Winden her, weil er in ihnen Geister sah. »Ich bringe die Seele meiner Tochter zu dem Gericht mit«, sagte er zu mir, »die Seele meiner Tochter, wenn Sie einverstanden sind.«

Ich dachte, er will mich auf den Arm nehmen, aber er meinte es ernst. Wenn er sich nachts in die ausgetrockneten Ebenen begab, sah er unter dem Mondschimmer Garmians seine Tochter hinter einer unsichtbaren Wand mit anderen Kindern spielen. Als ich

Ardallani Sofi kennenlernte, spürte ich eine Verwandtschaft zwischen uns. Als er mir von der Mauer erzählte, auf deren einer Seite er stand und die Toten auf der anderen sah, war mir, als würde er von Dalia und mir reden. Ich glaubte dem Mann, als er von den ruhelosen Seelen erzählte, als er sagte, er könne die Toten sehen, er könne nachts seine Tochter rufen. Er war überzeugt, seine Tochter würde bei der Verhandlung anwesend sein.

Auf dem Rückweg aus den Ebenen Garmians fand ich an einem kleinen See Chaleq Mahmud unter den Verkäufern, die an der Hauptstraße den Reisenden und Lastwagenfahrern Fisch verkauften. Ich hatte lange suchen müssen. Niemand kannte ihn als Chaleq Mahmud. Schließlich merkte ein Kind, von wem die Rede war, es sagte: »Sie meinen Chaleq Schwanzlos. Gehen Sie die Straße hinunter, und fragen Sie die Fischer, sie werden Ihnen Bescheid geben.«

Alle Freunde riefen ihn bei diesem geschmacklosen Namen. Wer sich schämte, ihn so zu nennen, nannte ihn »Penislos«. Wenn er hinter der roten Plastikwanne stand, spotteten seine Freunde, er suche im Bauch der Fische nach seinem Penis.

Zwei Jahre lang hatte er Ärzte aufgesucht in der Hoffnung auf eine Behandlung, die sein geliebtes Ding wiederherstellen würde. Schließlich hatte ihm ein altes Kräuterweiblein versprochen, für viel Geld würde sie seinen Penis nachwachsen lassen. Um das Geld aufzutreiben, hatte sich Chaleq eine Waffe besorgt. Er wollte Karawanen ausrauben. Da er kein erfahrener Räuber war, hatte man ihn gleich in der ersten Nacht erwischt und auf die Polizeiwache gebracht. Als er dort seine Hose auszog und sich dem Polizisten zeigte, hatte der Mann gesagt: »Bei Gott, wir sollten dankbar sein, dass du uns nicht alle umlegst. Wenn ich das Ding nicht hätte, würde ich auch Leute ausrauben.«

Als ich Chaleq Mahmud von Samir und dem Gericht erzählte, sagte er: »Für diesen Hundesohn gibts nur eine Strafe. Ich schneide ihm den Penis ab. Ich werde ihm antun, was er mir angetan hat. Ich werde erst ruhen, wenn mein eigener wieder nachwächst oder ich seinen an den Angelhaken stecken und an die Fische verfüttern kann. Habe ich nicht recht, mein Herr?«

Chaleq Mahmud würde am Abend des Vierzehnten da sein. Als ich ihn verließ, umarmte er mich und sagte: »Ich will nur sein kleines Stück Fleisch, den Rest überlasse ich Ihnen.«

An einem kühlen Abend traf ich Serdar Baba Karim auf einer Leiter an, er war dabei, eine Stromleitung zwischen zwei Kleinstädten zu reparieren. Er schwitzte und schimpfte auf alle Welt. Auf die Frau des Angestellten des Elektrizitätswerks, auf die Schwester des Bezirksgouverneurs, und die Tante des Landrats wünschte er zur Hölle. Er schwor, sie alle steckten mit den Kabeldieben unter einer Decke. Dennoch arbeitete er geduldig und besessen. Er dachte daran, dass für die Kinder bald die Schule begann und sie zum Lernen Licht brauchten. Er sagte, ohne Strom müssten die armen Menschen hier die Hälfte ihres Verdiensts für Öl, Lampenzylinder und Dochte ausgeben. Als er herunterstieg und ich ihm meinen Namen nannte, dachte er, ich wollte ihn bitten, eine Leitung zu reparieren. »Glauben Sie mir, seit dem Morgen habe ich nichts gegessen«, sagte er, »ich bin heute länger auf diesen Masten herumgeklettert, als der liebe Gott Lust hat, auf seinem Thron zu sitzen.«

Ich erläuterte ihm, dass ich mit ihm über das reden wolle, was Oberst Samir Suhair von Babylon ihm angetan habe. Er zog mich rasch von seinen Kollegen weg und flüsterte: »Seien Sie still. Bitte, niemand darf davon wissen. Wenn sie es erfahren, werde ich gefeuert.«

»Warum denn das?«, fragte ich verdutzt. »Sie sind ein guter Arbeiter. Genau genommen, gehören Sie zu den wenigen sauberen und ehrlichen Menschen dieses Landes. Davon abgesehen, was hat Ihr Fall mit der Stromversorgung zu tun?«

»Nicht das Geringste«, meinte er verdrossen. »Aber eine Frau hat mich eingestellt, sie mag mich. Sie will, dass ich sie heirate. Wenn diese Geschichte bekannt wird, erfährt auch sie davon und kündigt mir. Ich habe zwei kleine Brüder, die noch zur Schule gehen. Wenn ich kein Geld verdiene, landen sie auf der Straße.«

»Serdar Baba Karim, niemand wird es erfahren«, beruhigte ich ihn, »es geht nur darum, dass Sie jetzt von Ihrem Recht Gebrauch machen können. Sie können Samir von Babylon vergeben oder seine Bestrafung fordern.«

»Mein Freund, ich schufte so hart, dass ich wahrscheinlich nicht dazu komme, darüber nachzudenken, verzeihen Sie meine Offenheit. Eigentlich nehme ich es nicht so tragisch, dass ich meine Eier nicht mehr habe. Viele hier haben sie noch, aber man merkt nichts davon. Ehrlich gesagt, verzeihen Sie meine Offenheit, gibt es zwei Dinge, bei denen es keinen Unterschied macht, ob man sie hat oder nicht. Die Eier und den Verstand.«

Mit diesen Sätzen von Serdar Baba Karim ging meine Reise zu Ende. Als ich mich von ihm verabschiedete, waren er und zwei andere Arbeiter gerade dabei, die lange Leiter zum nächsten Mast zu tragen.

Ich stieg wieder auf meinen Schimmel und ritt den ganzen Weg zurück, wie ein Ritter aus alten Zeiten. Ich hatte große Sehnsucht nach der Weißen Kirsche. Die alten Männer und Frauen fehlten mir. Ich vermisste den Balkon. Ich vermisste Scharochs magische Flöte.

Spätnachts kam ich an. Als ich mein Zimmer betrat, bemerkte ich eine vollständig heruntergebrannte Kerze. Seit meiner Abreise hatte niemand das Zimmer betreten. Ich breitete Matratze und Decke aus und seufzte erleichtert, denn zum ersten Mal in meinem Leben hatte ich das Gefühl, etwas Großes geleistet zu haben, ein Gefühl, das ich bisher nur beim Musizieren gehabt hatte. Leichten Herzens schlief ich ein und träumte von Dalia.

Zwei Tage lang ging ich nicht aus dem Zimmer. Ich saß nur da und rührte mich nicht. Diesen Zustand kannte ich aus der staubigen Stadt. Ist das die wahre Heimatlosigkeit? Kein Ziel zu haben. Am Fenster oder auf dem Balkon zu stehen, mit dem Gefühl, man sollte anderswo sein. Ich fühlte mich fremd in dieser Stadt, nichts zog mich hier an.

Am dritten Tag, ich verschlief den heißen Nachmittag in meinem Bett, spürte ich eine Hand an der Schulter, die mich wach rüttelte. »Dschaladat, steh auf … Dschaladat.«

Als ich die Augen öffnete, erblickte ich Muhammad Firdausi und Dschalil Baran. Sie kamen mit der guten Nachricht, sie hätten einen Job für mich gefunden. Ich war ganz begierig auf Arbeit. Die Flüchtlingsunterstützung reichte kaum. Ich will nicht verschweigen, dass ich nachts oft hungrig einschlief. Sie schauten sich um und staunten, dass ich in so einer Ruine wohnte. Die Leute der Stadt wussten nicht, wie die Flüchtlinge hier lebten, und die meisten wollten es auch gar nicht wissen.

Aber bevor ich euch von der Arbeit erzähle, muss ich vom Abend mit Muhammad und Dschalil berichten. Sie waren nämlich vor allem gekommen, um mir auf den Zahn zu fühlen. Die große Frage, ob ich Dschaladat oder nicht Dschaladat war, ließ ihnen keine Ruhe.

Vor allem Muhammad wollte es genau wissen. Denn wenn ich der echte Dschaladat war, dann stimmte seine Theorie, dass die Kunst in Selbstzerstörung endete. Der einst begnadete Flötenkünstler endet als heruntergekommener, abgestumpfter, unkreativer Mann in einem dreckigen Zimmer in der Flüchtlingsunterkunft … Die Kunst ist ein Boot aus Schnee!

Das zu bestätigen, hatte ich keine Lust, ich glaubte nicht an diese Theorie und sagte es ihm. »Die Kunst zerstört uns nur, wenn wir den falschen Weg gehen, wenn wir sie verfehlen, sie verraten. Alles, was keine Kunst ist, was der Welt aber als Kunst verkauft wird, ist Gift. Muhammad Firdausi, nicht die Kunst zerstört uns, sondern dieses Gift.«

Erregt lief Muhammad in meinem Zimmer auf und ab, wie ein verwundeter Vogel. »Beg, wie soll der Mensch wissen, was echte Kunst ist. Man sucht und sucht und weiß nicht, was man entdeckt hat. Man stirbt, ohne zu wissen, was man getan hat. Wir sind blinde Jäger, wir schießen die Pfeile ab und wissen nicht, was wir getroffen haben. Auch du, Dschaladat, hast einen Pfeil abgeschossen und weißt nicht, wo er gelandet ist. Sobald man begreift, dass das Ganze unsinnig und zwecklos ist, weiß man, dass nur der Tod einen aus dieser vergeblichen Suche erretten kann. Kunst ist Selbstzerstörung, denn wir sollen einerseits daran glauben, dass wir uns auf einer Reise befinden, und wissen andererseits, dass wir nie ankommen.«

Ich hielt kurz inne, und plötzlich lag mir eine Geschichte auf der Zunge. »Hört zu«, begann ich. »Es waren einmal zwei Männer in einer fernen Stadt. Die pflanzten Blumen und verkauften sie an wohlhabende Männer und Frauen. Eines Tages beschloss einer der beiden, sich auf die Suche nach seinen Blumen zu machen. Er unternahm eine kleine Reise durch die Stadt zu seinen alten Kunden. Er wollte wissen, was mit seinen Blumen geschehen war, ob sie verwelkt, noch am Leben, gepflegt oder vergessen worden waren. Am Ende stellte er fest: Überall waren seine Blumen im Staub erstickt. Als der arme Blumenverkäufer nach Hause kam, wusste er, dass alles, was er pflanzte und verkaufte, dem Tod geweiht war. Noch in der Nacht ging er zu seinem Freund, dem anderen Blumenzüchter, und erzählte es ihm. Der lachte ihn aus und sagte: ›Hauptsache, ich pflanze meine Blumen, kriege mein Geld und lebe. Was mit den Blumen geschieht, geht mich nichts an.‹ Unser Mann aber war verzweifelt. All seine jahrelangen Bemühungen hatten in Tod und Vergessen geendet. Da fasste er einen Entschluss. Er wollte eine Blume erschaffen, die der Mensch nicht vergisst. Die nie verwelkt. An der man, wann immer man wollte, riechen kann. Eine verborgene Blume, die nicht in die Hände von Menschen, die von ihr nicht wissen, gelangen kann. Also beschloss er, den Garten seiner Träume anzulegen. Tag und Nacht war er damit beschäftigt. Mit der Zeit vergrößerte sich der Garten so weit, dass er kaum noch zu überblicken war. Eines Tages geriet der Blumenzüchter in einen Winkel, wo unbekannte Blumen wuchsen. Wunderschöne Blumen, die er nicht gezogen hatte … Sie gehörten zu einem anderen Garten, den er nun betrat. Er begann, diesen fremden Garten zu erforschen, und unternahm weite Streifzüge, doch als er zu seinem eigenen Garten zurückfinden wollte, hatte er sich rettungslos verirrt. Ihm ging auf, dass sein Garten Teil eines gigantischen Gartens war, der niemandem gehörte. Eines Gartens, den man erst wahrnahm, wenn man sich bereits in ihm befand.«

Ich machte eine Pause und holte Atem. Dass ich eine solche Geschichte erzählen konnte, überraschte mich selber. Und ich war überzeugt, dass es die reine Wahrheit war. Das war der Garten, den die Poeten, Musiker und Maler überall auf dieser Welt erschaffen. Ein Garten, in dem alle erstickte Schönheit einen Platz findet.

»Es kann vorkommen, dass man eine Weile nicht weiß, was man erschafft«, wendete ich mich an Muhammad. »Stellt euch vor, was passiert wäre, wenn der Blumenverkäufer einen anderen Weg eingeschlagen hätte. Das Entsetzen, seine Blumen nur für den Tod zu kultivieren, hätte ihn umgebracht. Wenn wir feststellen, dass unser Werk nichts ist als Asche und Staub, wird die Kunst zu einem tödlichen Gift.«

Dschalil packte meine Hände. »Dschaladat, bist du jemals in diesem Garten gewesen? Wie kann man überhaupt wissen, dass man ihn gefunden hat?«

»Ich hatte oft das Gefühl, ihm nahe zu sein. Aber es gibt keine Route, die man planen und anderen zeigen könnte. Jeder muss seinen eigenen Weg finden. Es gibt Zeichen, es gibt Stimmen aus jenem Garten. Du musst bereit sein, sie zu empfangen.«

»Uns sind Hände und Füße gebunden«, wandte Muhammad ein. »Die Handschellen der Zeit, in der wir leben, die einen behindern, damit man nicht fortgeht. Die Fesseln derer, die eine erbärmliche Kunst von einem verlangen, die ihren armseligen Verstand und ihre niederen Instinkte zufriedenstellt.«

»Mein Freund, du musst durch die Hölle, um den Garten zu erreichen. Dort sind nicht nur die großen Geister mit ihren Werken, nicht nur Mozart, Firdausi, Beethoven, van Gogh, Shakespeare und Goran, sondern auch die Menschen, die großes Leid und zerschlagene Hoffnungen mit sich herumschleppen. Der Garten ist nicht allein der Ort von Leben und Schmerz, die zu Kunst geworden sind, sondern auch von Leben und Schmerz, die zu Kunst hätten werden sollen und es nicht geworden sind. Der Ort der Musik, die nicht auf die Welt gekommen ist. Der Ort jener Helden, die nie Helden geworden sind. Jeder große Schmerz, den wir nicht wahrgenommen haben, lebt darin. Jeder erstickte Traum, jede tiefe Enttäuschung wartet in diesem Garten und beobachtet uns. Er gehört nicht allein der Schönheit, die wir erschaffen haben. Er gehört auch der Schönheit, die darauf wartet, von uns erschaffen zu werden.«

Ich wusste nicht, dass diese Worte eine fürchterliche Prophezeiung enthielten, wohl aber, dass ich zwei Freunde gefunden hatte, die ich in meiner Einsamkeit brauchte.

Nun waren die beiden überzeugt, dass ich Dschaladati Kotr war. Ich aber wusste es besser. Dschaladat war auf seinem Weg zum Garten gestorben. Ich war nur sein Schatten, der auf der Erde zurückgeblieben war, und wartete auf ein Zeichen, das mich an einen unbekannten Ort führen würde.

Muhammad verbeugte sich vor mir und sagte: »Dschaladat, ich weiß nicht, ob du recht hast oder nicht. Ich habe aber noch niemanden gehört, der so spricht.«

Ich seufzte nur. »Was ich jetzt vor allem brauche, ist eine Arbeit, um mich ernähren zu können.«

Ich bat sie, mich den anderen nicht als Dschaladati Kotr vorzustellen. Nicht, weil ich nicht er war, sondern weil mich das selber ratlos machte und ich nicht wusste, wohin ich unterwegs war. Jetzt hatten sie großen Respekt vor mir und würden mir den Wunsch nicht abschlagen.

Ich versuchte mich in den verschiedensten Jobs und begann bei einem Geflügelhändler. Danach fegte ich ein Schulhaus. Zeitweilig vertrat ich einen Wachmann, der keine Lust hatte zu arbeiten; eine Woche lang auch einige Beamte, die Nachtschicht hatten.

Eine Nacht lang vertrat ich sogar den Bezirksgouverneur. Mein Job war, wenn eine Frau anrief, mit verstellter Stimme zu sagen: »Oh, liebe Nadschiba, du fehlst mir, verzeih mir, ich habe eine

Sitzung, ich rufe dich später an.« Danach sollte ich den Gouverneur anrufen und ihn bitten, diese Nadschiba zurückzurufen.

Anstelle von Nadschiba rief aber eine andere Frau an, und wir telefonierten zwei Stunden miteinander. Offensichtlich hatte sie sich gelangweilt. Sie war sehr unterhaltsam und erzählte mir alle anzüglichen Witze der letzten hundert Jahre. Es wäre peinlich, sie hier wiederzugeben. Am Ende fragte sie, ob ich kommen möchte, ihr Ehemann sei über Nacht nicht zu Hause. Offensichtlich dachte sie, sie spräche mit dem Gouverneur. Sie beschrieb mir genau, wie ich fahren und wo ich parken sollte.

Ich jedoch fiel aus meiner Rolle als Bezirksgouverneur und sagte: »Bist du verrückt geworden? Ich lebe in einem ausgebrannten Hotel, habe mich seit einem Jahr nicht mehr satt gegessen. Was redest du da über ein Auto? Ich bin noch nie gefahren, woher soll ich ein Auto haben?«

Da wurde sie ziemlich nervös. »Wer bist du?«, sagte sie. »Wenn du nicht der Gouverneur bist, warum sagst du Arschloch dann nichts?«

»Ich kann nichts dafür. Du hast dich verwählt. Ich bin Schaffner gewesen. Jetzt verkaufe ich Wassermelonen, und im Winter packe ich Kleider im Gebrauchtwarenladen aus.«

»Du Schwein, und ich dachte die ganze Zeit, ich rede mit dem Gouverneur.« Sie legte auf.

Diese Jobs dauerten immer nur kurz, aber ich genoss sie sehr. Ich verkaufte in einem Laden drei Tage lang Parfum, in einem Kino zwei Tage lang Tickets und sah mir auch den Film an. Einen Tag schob ich in Vertretung eines Bohnenverkäufers eine Schubkarre. Drei Nächte stand ich für einen erkrankten Verkehrspolizisten auf einer leeren Kreuzung. In einem Imbiss schnitt ich Tomaten und Zwiebeln. Drei Tage lang trug ich schwarze Säcke für einen Dollarhändler. Die Säcke waren vollgestopft mit Geldbündeln, und ich musste vor ihm hergehen. Es war nicht ungefährlich, man konnte nicht wissen, ob er Feinde hatte, ob jemand auf uns schießen würde.

Einmal stand ich sogar als Schauspieler in einem Theaterstück auf der Bühne. Ich musste ins Publikum starren und sagen: »Was meint ihr? Ob Farhad zu Schirin zurückgekehrt ist?« Das Stück war so mies, dass mir schlecht davon wurde. Trotzdem sprang das Publikum nach der Vorstellung auf und klatschte fünfzehn Minuten lang Applaus.

Immer wenn ich von der Arbeit heimkehrte, sah ich Dalia auf der Treppe. Wie ein Mädchen, das vor einer hoffnungslosen Liebe davonläuft, flüchtete sie. Oft blieb ich auf der Treppe stehen und weinte. Den Leuten begann es aufzufallen, sie neckten mich als den »Mann, der auf der Treppe heult«.

In dieser Zeit besuchte mich Samir häufig. Er schien glücklich mit Schanas und hatte durch ihre Beziehungen viele neue Freunde gefunden. »Sobald du mich freilässt«, sagte er, »werde ich eine Partei gründen und gegen Saddam Hussein kämpfen. Ich werde im Süden eine Untergrundorganisation aufbauen. Du wirst sehen, dass ich dem Diktator tödliche Schläge versetzen kann.«

»Lass das, Samir! Leute wie du sollten sich da raushalten. Lass die Finger von allem, was unsere Zukunft betrifft.«

»Die Zukunft gehört uns allen«, entgegnete er.

»Keiner weiß, was die Zukunft bringt. Sicher ist nur, dass Barbaren und Verbrecher wie du sich da raushalten sollen.« Ich erzählte ihm von meiner langen Reise, von dem weißen Pferd, das mich durch Kurdistan getragen hatte, von seinen Opfern, die ich besucht hatte. Das machte ihn stumm, und er kam nicht mehr so oft. Mir war es recht, denn ich wollte nicht, dass unsere Freundschaft dem Gerichtsverfahren, das für mich das Allerwichtigste überhaupt war, irgendwie in die Quere kam.

Einmal lief ich mit meinen Vögeln durch den Basar, der so überfüllt war, dass man kaum ein paar Meter weit sehen konnte. Für einen mittel- und arbeitslosen Mann ist der Anblick von Gesichtern ein kostenloser Genuss, den wollte ich mir nicht entgehen lassen. Selbstvergessen machte ich mir zu jedem meine

Gedanken, da rief jemand aus einem Buchladen: »Dschaladat, bitte hereinkommen!«

Wer rief mich da? Ich trat in die Buchhandlung. Mit all den Vögeln war das gar nicht so einfach, auch wenn die Vögel für andere unsichtbar waren. Weiter hinten schaute sich ein dicker Mann Zeitungen und Zeitschriften an. Laut rief ich durch den Raum: »Jemand hat mich gerufen, wer war das?«

Da schaute der Dicke auf und sah verwundert zur Decke. »Großer Gott, was machen die Vögel hier?« Sobald ich sein Gesicht sah, wusste ich, dass es Mustafa Schaunm war. Die Leute um uns schauten auch zur Decke, aber sie sahen nichts.

Mustafa Schaunm dagegen verfolgte das rastlose Hin und Her meiner Vögel. »Gehen wir, Dschaladat«, sagte er. »Ich warte schon seit zwei Tagen auf dich.«

Zu schwarzen Hosen und blank polierten schwarzen Schuhen trug er ein dickes schwarzes Jackett, das ein paar Knopfreihen mehr hatte als normale Jacketts, nach der Art einer russischen Matrosenjacke. Aber im offenen Revers zeigte sich ein weißes T-Shirt, aus dem seine Brusthaare lugten. Langes schwarzes Haar umrahmte ein volles rotes Gesicht mit großen hellbraunen Augen. Er wirkte irgendwie unsicher, wie die meisten Männer, die versuchen, ihre übermäßige Fülle durch spezielle Kleidung unsichtbar zu machen. Wenn er aber lachte, strahlte er, und das Blut schoss ihm in die Wangen. Wenn er wütend war, überkam sein Gesicht tiefe Trauer. Als wir aus dem Laden traten, er mit der Zeitung in der Hand, sagte er: »Ich wusste, dass wir uns hier wiedersehen würden, ich wusste es.«

Er roch nach einem starken Aftershave. Er kam wohl gerade vom Rasieren. »Vor achtzehn Jahren«, sagte er, »habe ich Hawre Qudsi hier wiedergesehen. Auch er kam mit seinen Vögeln in den Buchladen, und genau wie du fragte er: ›Wer hat mich gerufen?‹ Ich wusste, dass sich die Szene wiederholen würde.«

Trotz seiner Leibesfülle lief er schnell. »Wir werden beim Essen reden«, meinte er und führte mich in eines der schmutzigen

Restaurants der Stadt. »Sieh nicht auf die verrosteten Stühle und Tische«, riet er mir, »achte nicht auf das Schmutzwasser am Boden, schließ die Augen und koste den Reis.«

Mir war Essen nie besonders wichtig, und wäre ich nicht so abgebrannt gewesen, hätte ich mich bestimmt nicht einladen lassen. Nach meinem fünfzehnten Lebensjahr war Dalia der einzige Mensch gewesen, von dem ich Hilfe angenommen hatte. Darum lehnte ich manierlich ab: »Danke, ich habe keinen Hunger. Außerdem esse ich selten auswärts.«

Mustafa Schaunm nahm das hin und sagte: »Ich habe noch gar nicht gefrühstückt. Kann ich beim Essen reden?« Ich hatte mir im Kopf ein Bild von ihm gemacht, offensichtlich gehörte er zu den Männern, die gern beim Essen reden. Doch als er sich setzte, änderte ich meine Meinung. Nein, er war keiner von denen, die hastig und ohne Manieren essen. Er wählte einen guten Platz und wurde von Gästen und Kellnern mit Respekt behandelt. Ich dachte, Männer, die eilig unterwegs sind, essen auch eilig, aber Mustafa Schaunm aß mit Bedacht, bisweilen schloss er genießerisch die Augen. Ich fragte mich, was er von mir wollte.

»Verzeih mir, dass ich letztes Mal einfach so abgehauen bin«, begann er, »ich bin ziemlich feige. Als ich dich auf der Mauer verließ, floh ich vor meinen Erinnerungen, vor dem Gesicht von Hawre Qudsi. Ich bin nicht so mutig wie du, ich kann nicht ins Feuer greifen, um an die Glut zu kommen. Weißt du noch, wie du mir das gesagt hast? Mutige Menschen beschämen mich. Bei der Massenflucht nach dem Golfkrieg 1991 lief ich vorneweg, außer den Anführern war niemand vor mir.«

Sein Lachen klang gepresst, wie aus zugeschnürter Kehle. Ich lachte mit. Als er sich beruhigt hatte, rüttelte er mit seiner riesigen Hand an meiner Schulter. »Schade, dass du nicht mitisst, wirklich schade.«

»Was denkst du über die Vögel«, fragte er dann, »was ist deine Deutung?« Unterdessen flogen sie durch das ganze Restaurant, sie landeten auf den Tischen und flogen wieder auf.

»Die Welt spricht mit mehr als einer Sprache. Diese Vögel sind Worte einer anderen Welt. Man muss die Sprache jener Welt kennen, um zu verstehen, was diese Vögel sind.«

Mustafa Schaunm hatte eine Hähnchenkeule in der Hand. »Nein, so ist es nicht, Dschaladat. Keine Worte, nur Zeichen aus einer anderen Welt.« Dann wurde er etwas leiser: »Jeder, der sie sehen kann, befindet sich in dem Kreis.«

»In was für einem Kreis?«, fragte ich verwundert.

Er schaute mich etwas ängstlich an. »Ich weiß es nicht. Aber es gibt einen Kreis, mächtiger als du und ich, möglicherweise universal, und ich bin ein Teil von diesem Etwas. Aber noch kenne ich meine Aufgabe nicht. Ich warte ständig auf jemanden, der auftaucht und mir sagt, was meine Aufgabe ist.«

Ich dachte, er lügt, und lehnte mich zurück. »Glauben Sie, ich bin derjenige, der weiß, was Sie zu tun haben?«

»Möglicherweise«, sagte er, ohne mir direkt in die Augen zu - sehen.

»Ehrlich gesagt«, bemerkte ich traurig, »ich weiß nicht mal, was ich selber zu tun habe. Ja, ich habe auch das Gefühl, dass ein solcher Kreis existiert.«

Mustafa Schaunm aß ruhig weiter. Das Restaurant hatte sich mit hungrigen, hastig essenden Männern gefüllt. Die meisten waren Handwerker aus der Umgebung. Zwei neben uns schimpften laut auf einen Unbekannten. »Der Penner ist es nicht wert«, sagte einer der beiden. »Er kennt kein Schamgefühl. Als man mit seiner Schwester durchbrannte, trank er am nächsten Tag seinen Tee vor dem Teehaus von Rauf, als wäre nichts geschehen. Ich kenne seine Familie und könnte dir da einiges erzählen. Sogar die Vögel auf ihrem Dach sind Nutten. Ich kenne sie aus der Nähe, mein Lieber … Er ist doch unter deinem Niveau.«

Ohne die zwei zu beachten, dachte Mustafa Schaunm etwas nach und sagte: »Das Schönste bei diesen Vögeln ist die Art, wie sie fliegen. Darin verbirgt sich Musik. Ich glaube, sie fliegen im Rhythmus einer Symphonie. Ah, wenn man sich auskennen würde, würde man vielleicht auch wissen, welche Symphonie ihren Flug begleitet.«

Ich beugte mich vor und flüsterte: »Gut gesagt, Mustafa Schaunm. Diese Vögel sind Musik … Allerdings Musik, die niemand hören kann. Mögen Sie Musik?«

Da flüsterten sich die Handwerker etwas zu und lachten schallend auf. Mustafa ließ sich nicht beirren und fixierte mich unverwandt mit seinen großen Augen. »Ich liebe jede Kunst. In meiner Kindheit und Jugend war ich Maler. Bis es passierte.«

»Was ist passiert?«, fragte ich neugierig.

»Meine Familie, mein Vater, meine Brüder, meine Cousins verboten mir das Malen.«

Die zwei Handwerker redeten laut mit vollem Mund. Ein Kellner trug ein großes Tablett mit Dutzenden Tellern herein und rief im Laufen: »Für wen war der Aprikosenauflauf? … Die Bohnen für ganz hinten … Das Poulet für den Herrn Lehrer.« Es war ein schreckliches Getöse. Am liebsten wäre ich gegangen und hätte woanders weitergeredet. Mustafa jedoch schien glücklich zu sein. Als er bemerkte, dass ich mich unwohl fühlte, sagte er: »Aber dies ist ein schöner Ort. Das ist unsere Stadt. Etwas anderes als Restaurants hat sie nicht zu bieten.«

Er beugte sich vor und flüsterte mir ins Ohr: »Außer Essen läuft hier nichts, gar nichts.« Und nach kurzer Pause: »Sie würden sich möglicherweise nur damit beschäftigen, einander umzubringen. Dieses Restaurant ist ein Glücksgarant«, sagte er mit einem breiten Lächeln. »In anderen Ländern geht man ans Meer, man besucht ein Konzert, geht in ein Museum, ins Theater, oder man reist in ein anderes Land. Aber hierzulande gibt es nur Restaurants. Das größte Glück besteht darin, mittags im Restaurant zu essen. Ohne diese Essen wäre ich wahnsinnig geworden.«

Die Handwerker schimpften immer noch über den ehrlosen Penner. Ich versuchte, mich zu sammeln. »Geehrter Herr Mustafa«, sagte ich, »ich habe noch nicht verstanden, wieso Sie das Malen aufgegeben haben.«

Er wischte sich die Fingerspitzen mit einem weißen Tuch und fing wieder an zu essen. »Wie gesagt … Die ganze Familie, mein Vater, meine Schwestern, die Ehemänner meiner Schwestern, die Frauen meiner Brüder, sie alle …« Je mehr er aß, desto stärker litt er unter seiner Kurzatmigkeit. Bald würde er gar nichts mehr herausbringen.

»Aber wieso?«, fragte ich ungeduldig.

»Das ist eine lange Geschichte. Irgendwann einmal habe ich mich entschieden, nicht mehr zu malen, und habe alle Bilder verbrannt. 1974, da warst du noch ein Kind, malte ich. Ich war noch jung, so jung wie du jetzt, und ich war nicht dick. Als der kurdische Aufstand gegen Bagdad wieder losging, floh ich sofort in den Iran. Im Flüchtlingslager verliebte ich mich in eine Frau. Ich wusste nicht, dass sie verheiratet war. Für mich war sie etwas Himmlisches. Sie war eines von diesen Mädchen, die Gott mit eigener Hand, ohne die Mithilfe eines unwissenden Engels, erschaffen hat. Dschaladat, bevor ich sie kannte, malte ich nur Bäume, Bäche, Dörfer, Vasen. Meistens Aquarelle.«

Er verstummte plötzlich und erstarrte. Sein Blick wurde leer, seine Hautfarbe veränderte sich, sein Atem stockte. Er stürzte ein Glas Wasser herunter. Ich hob den Kopf und sah meine Vögel in der Luft ruhig hin und her fliegen.

Ich nahm seine Hand. »Ist alles in Ordnung? Sollen wir vielleicht ins Krankenhaus fahren?«

Er regte sich nicht und wirkte völlig abwesend. Nach einer langen Pause kam er wieder zu sich, stützte sein rundes Kinn in die Hände und fuhr fort, als wäre nichts geschehen. »Ich malte Szenen aus der Natur, kurdische Arbeiter und Bauern, Stadtszenen. Diese Frau hat mich die Schönheit des Menschen gelehrt. Bis dahin war ich unaufmerksam und ahnungslos gewesen. Einmal kam sie mit einer anderen Frau zu mir in mein Zelt. Schüchtern bat sie mich, sie zu malen. Ich hatte schon viele Menschen im Lager gemalt, aber eigentlich lagen mir Porträts nicht. 1974 malte ich sie zum ersten Mal. Das Porträt gelang so gut, dass ich selbst überrascht war. Bevor ich es ihr aushändigte, fragte ich sie nach ihrem Namen. ›Mein Name ist nicht von Belang‹, sagte sie, ›Sie können schreiben: Laila Nilower.‹ Es war sonst nicht meine Art, den Namen auf dem Bild festzuhalten, aber ihren Namen hatte ich erfahren wollen. Ich malte ihn unten auf das Bild. Ich bat sie, für ein zweites Porträt nochmals zu kommen. Ich wollte es für mich. Am nächsten Abend kam sie allein. Sie nahm Platz, und ohne dass einer von uns etwas gesagt hätte, setzte ich zu einem großen Ölporträt an, auf das ich meine ganze Kunst verwendete. Ich konnte es an diesem Abend nicht fertigstellen. Sie sagte: ›Wegen der Leute hier sollten wir uns anderswo treffen, ich kann nicht jeden Tag vor aller Augen zu Ihnen kommen.‹ Nach zwei Tagen tauchte sie auf und gab mir die Adresse einer iranischen Bekannten, die in der Nähe des Lagers wohnte.«

Irgendwo hatte ich den Namen Laila Nilower schon mal gehört, aber mir fiel damals nicht ein, wann und wo. Zu spät kam ich darauf, dass ich das Bild in Musa Babaks geheimem Museum gesehen hatte.

Man sah, dass ihm die Erinnerung wehtat. »Hast du je eine Liebe erlebt, die einem jahraus, jahrein nicht aus dem Blut, nicht aus dem Kopf geht?«

»Das habe ich, Freund, ja, das habe ich«, sagte ich.

Er begann zu lächeln. Als wären die Erinnerungen so bitter, dass sie ohne ein Lächeln nicht erzählt werden konnten. »Ich ging zu diesem Haus, es war in persischem Stil eingerichtet und reich dekoriert. Ihre Freundin lebte dort mit ihrer Mutter und zwei Brüdern. Laila erwartete mich in einem Hinterzimmer, weiß gekleidet. Sie sah aus wie gerade den Wolken entstiegen. Ich war damals nicht so schüchtern wie jetzt, aber sie war so schön, dass ich ihr nicht in die Augen schauen konnte. Nachdem ich eine Stunde gearbeitet hatte …« Er verstummte wieder und blickte wie ein Toter ins Leere.

Ich berührte erneut seine Hand. »Ist alles in Ordnung? Sind Sie krank?«

Nach einer Pause fuhr er bruchlos fort: »Nach einer Stunde trat sie neben mich, nahm mir die Pinsel aus der Hand und sagte: ›Ich habe dich hierherkommen lassen, damit wir miteinander schlafen können.‹ Sie zog sich selbst aus und stand nackt vor mir. ›Bevor du mich malst‹, sagte sie, ›willst du denn nicht erfahren, wer ich bin?‹

Ich weiß nicht mehr, wie oft wir an jenem Tag miteinander schliefen, ich weiß nicht, wie oft wir das Haus noch besuchten, ich weiß nicht, wie viele Porträts von ihr ich malte.« Er keuchte wieder atemlos. Als sähe er die Nackte vor sich, streckte er seine Hand aus. »Dschaladat, ich fühlte mich wie einer der ganz Großen. Wie Goya, Renoir, Modigliani. Diese Frau, deren Schönheit alle Wunder Gottes verkörperte, war jetzt mein. Ich wusste nicht, wessen Ehefrau sie war. Sie sagte es mir nicht, und ich wollte es auch nicht wissen, es spielte keine Rolle. Aber ihr Mann schien wohlhabend zu sein. Ich malte jede Woche ein großes Porträt von ihr. Fast zwei Jahre waren wir zusammen. Wir taten alles, um nicht entdeckt zu werden. Als die Revolution scheiterte, kehrte ich mit meinen Bildern in die Stadt zurück. Es kam so plötzlich, dass mir keine Zeit blieb, sie noch einmal zu sehen. Über unsere Zukunft hatten wir uns nie Gedanken gemacht. Auf der Suche nach Laila lief ich durch die Stadt wie ein Verrückter. Ich wälzte Selbstmordgedanken. Im Keller des Hauses unserer Familie hatte ich ein Atelier eingerichtet und malte sie wieder und wieder aus der Erinnerung, ohne Scheu und Scham. Die Ehefrauen meiner Brüder wurden beim Anblick der Nackten hysterisch vor Wut und zogen schließlich aus. Meine Schwestern kamen nicht mehr zu Besuch. Schließlich riet mir ein Freund, wenn ich die Frau wiedersehen wolle, solle ich eines ihrer Porträts ausstellen. ›Du kannst sicher sein, sie wird auftauchen, und wenn sie unter der Erde liegt.‹«

Er geriet von Neuem außer Atem, hielt sich die Serviette vor den Mund und sog die Luft tief durch die Nase ein. Sein Gesicht war rot angelaufen. »Verzeih mir«, brachte er nach einer Weile heraus, »ich muss dir alles erzählen, denn möglicherweise gibt es ein Geheimnis, das uns zwei verbindet.«

Das Restaurant wurde immer voller. Mustafa Schaunm bestellte noch etwas und lehnte sich zurück. Wenn er die Augen schloss, sah er aus wie die Büste eines antiken Imperators. Die Unterbrechungen dauerten immer länger. Aber wenn ich dachte, vielleicht will er gar nicht weitererzählen, öffnete er die Augen wieder und fuhr fort. »Im September 1975 hatte die Welt eine andere Farbe. Das Scheitern der Revolution hatte uns niedergeschmettert, aber noch gab es Hoffnung. Ich ließ in einer Druckerei eine Ankündigung drucken und verteilte sie in allen Städten Kurdistans. Ich mietete die Aula einer Schule und hängte dort eine Reihe Bilder auf, lauter Porträts von Laila. Jeder, der sie einmal gesehen hatte, würde sie wiedererkennen. Besucher kamen in Scharen, und ich stand stets vor der Tür und hielt Ausschau. Alle Welt kam, nur sie nicht. So ging es zwei Wochen lang, dann gelang es mir, die Ausstellung um eine Woche zu verlängern. Der Besucherstrom ging weiter. Am Morgen des letzten Tages machte ich mich wieder auf den Weg. Hundert Meter vom Ausstellungssaal entfernt wartete sie auf mich. Ein Überwurf verhüllte ihren Körper von Kopf bis Fuß. Es verschlug mir die Sprache. Mit Tränen in ihren Augen sagte sie: ›Wie kannst du mir so etwas antun?‹ Ich berichtete ihr von diesen schlimmen sechs Monaten, in denen ich fast den Verstand verloren hätte. Ihr Vorwurf war nur gespielt. Es war ihr egal, ob die ganze Welt sie erkannte. Wie sie mir später erzählte, galten ihre Tränen unserer Trennung. Doch nun waren wir wieder zusammen und schliefen noch viele Male miteinander. Ihr Ehemann war nach der Revolution durch den Waffenhandel noch reicher geworden. Ein glatzköpfiger, dünner und bleicher Mann, der von alldem keine Ahnung hatte. Ich sah ihn eines Tages im Basar in seinem Geschäft. Wir wussten nicht, wie lange wir so weitermachen konnten. Ihre Bilder hingen in meinem Atelier, und bald kannten alle Maler unsere Geschichte. Einige von ihnen kannten auch die Frau, aber ich hätte nie gedacht, dass einer von ihnen mich verraten würde. Rimbaud sagte: ›Alle Dichter sind Brüder.‹ Ich dachte, auch alle Maler wären Brüder.«

Er aß und aß. »Wirklich schade, dass du nicht mitisst.« Er wusste, dass ich darauf brannte zu erfahren, was weiter geschehen war. Er wischte sich über den Mund. »1976, in einer Februarnacht, schlief ich bei uns zu Hause im oberen Stock. Gegen Morgen wurde ich von einem Albtraum geweckt. Ich kann mich nicht daran erinnern, ich weiß nur noch, dass er fürchterlich war. Ich stieg nach unten. Draußen schneite es heftig. Im Schnee sah ich die Fußabdrücke zweier Personen, eine hatte offensichtlich kehrtgemacht. Die Ateliertür war angelehnt, und das Licht brannte. Ich trat ein. Da stand der glatzköpfige, bleiche Mann und starrte auf die Bilder seiner Frau. Ehe ich etwas sagen konnte, zog er eine Pistole und sagte: ›Hurensohn! Dass jemand der Ehre einer Familie so etwas antun kann.‹ Danach weiß ich von nichts mehr. Als ich im Krankenhaus wieder zu mir kam, erfuhr ich, dass mich fünf Kugeln getroffen hatten. Nun wollte niemand mehr etwas mit mir zu tun haben. Außer meinem Vater besuchte mich keiner meiner Verwandten. Schließlich hörte ich von einem Freund, dass Laila Nilower tot war. Man hatte sie in derselben Nacht umgebracht. Wie ein Wahnsinniger stieg ich aus dem Bett und wollte fort. Zwei Wochen lang musste man mich festbinden. Als ich dann aus dem Krankenhaus trat, war mir klar, dass ich für immer vereinsamt war.«

»Aber warum haben Sie das Malen aufgegeben?«

»Nach dieser Tragödie wollte keiner aus meiner Familie, dass ich je wieder male. Und mir ging es auch so. Ich habe alle Bilder, alle Skizzenhefte, ja, sogar die Fotos von Laila Nilower verbrannt. Meine Bilder sollten nicht mehr ausgestellt werden. Auch von den anderen Künstlern nahm ich Abstand, zumal derjenige, der den Mann ins Atelier geführt hatte, einer meiner Künstlerfreunde gewesen war. Dschaladat, es kostete mich viel Kraft, das Malen zu vergessen. Jahrelang hatte ich, sogar in meinen Gedanken, immer gemalt. Nun fand ich Zuflucht in den Restaurants. Ständig aß ich. Ich aß, um nicht ans Malen denken zu müssen. Danach gab es nur noch ein einziges Bild in meinem Haus. In einer Februarnacht, in der es schneite, genau wie in der Nacht der Tragödie, klopfte eine

Frau an der Tür, übergab mir ein Bild und verschwand. Im Dunkeln konnte ich ihr Gesicht nicht erkennen. Das Bild ließ mich nicht wieder los. Ich habe danach kein zweites in mein Haus gelassen. Weißt du, wie sein Titel lautet?«

Ein Zittern ergriff mich, ich hielt den Atem an, und klar und deutlich hörte ich ihn sagen: »Das Bild heißt *Die Stadt der weißen Musiker*.«

Die Wahrheit über Mustafa Schaunm

Es gibt Zeiten im Leben, in denen man sich verirrt, in denen man nicht mehr weiß, ob man vorwärtsgehen oder umkehren soll. Als Mustafa das Bild erwähnte, versetzte es mir einen Stoß. Ich fühlte den Drang, meine Reise fortzusetzen – und den ebenso heftigen Drang auszusteigen, den Kreis zu verlassen. Als ich den Namen »Die Stadt der weißen Musiker« hörte, stand ich, gegen meinen Willen, wortlos auf und ging. Mustafa Schaunm rief mir hinterher. Ich aber machte nicht kehrt. Nun musste ich erst mal pausieren und nachdenken. Ich kehrte mit meinen Vögeln zum Hotel zurück und kroch, wie von Schüttelfrost befallen, unter die Decke und fing an zu weinen.

Am folgenden Abend kam Mustafa zu mir. Ich hätte nicht gedacht, dass dieser Mann mit seiner Leibesfülle so leicht sechs Etagen hochsteigen konnte. Als er bei mir ankam, zeigte er, von seinen stets roten Wangen abgesehen, keine Spur von Erschöpfung. Ich weiß nicht, weshalb es mir in diesem Moment so vorkam, als könnte er fliegen.

»Ich musste kommen«, sagte Mustafa. »Du musst mir erklären, weshalb du so abrupt aufgebrochen bist.«

Mustafa hatte recht, wir mussten uns unsere Lebensgeschichten erzählen, um herauszufinden, was uns verband. Ich hatte keine andere Wahl und musste ihm die Geschichte erzählen, die noch niemand in allen Einzelheiten zu hören bekommen hatte. Denn ich wusste, dass Mustafa und ich in den Kreis gehörten. Darum hatte er die Vögel gesehen. Ohne sie hätten wir uns nicht kennengelernt.

Ich erbat mir von meinem Nachbarn Eis und machte Eiswasser. »Verehrter, nehmen Sie Platz«, sagte ich. »Wenn ich alles erzählt habe, werden wir uns besser verstehen und besser wissen, was Sie und ich zu tun haben.«

Meine Armut und die Dürftigkeit des Zimmers schienen ihn zu irritieren. Ich besaß eine alte Matratze, eine alte Decke, einen großen Karton, ein paar Lebensmittel, zwei Teller, einen Kessel, ein Glas und ein paar Kerzen, sonst nichts. Auf dem Balkon hatte ich einen kleinen Herd und einen Kanister Kerosin. Das war mein ganzer Besitz. Anscheinend war er noch nie in einem solchen Raum gewesen. »Können wir nicht woandershin gehen?«, fragte er, als fände er bei mir keinen Platz. Wahrscheinlich hatte er schon lange nicht mehr auf dem Boden gesessen.

Aber ich hatte keine Lust, auszugehen. Und kein Geld, ihn in ein Teehaus einzuladen. Ich wollte aber auch nicht, dass er mich einlud. »Nein, verehrter Mustafa Schaunm«, gab ich zurück, »setzen Sie sich, und hören Sie zu.« Es war befremdlich, dass jemand wie ich einen Mann aus einer der reichsten Familien der Stadt herumkommandierte. »Verzeihen Sie, ich weiß, dass mein Zimmer Ihrer nicht würdig ist, aber ich weiß keinen besseren Ort. Verzeihen Sie, ich habe Ihnen auch nichts als kaltes Wasser anzubieten.«

»Ich mag kaltes Wasser«, beteuerte er. »Ich bin nur der Meinung, du solltest eine andere Bleibe finden. Dieser Platz ist nichts für dich.«

Ohne darauf einzugehen, fing ich an zu erzählen, ohne Unterbrechung und ganz ohne Lügen. Mustafa war ein guter Zuhörer. Er weinte, lachte, trauerte mit mir und stellte viele Fragen. Die Art, wie ich Dalias Schönheit beschrieb, versetzte ihn in Staunen. Meine Beschreibung der Stadt der Huren machte ihn bedrückt. Alles lief ruhig ab bis zu der Stelle, wo ich den Namen Musa Babaks nannte. Ich erzählte ausführlich vom Doktor. Mustafa stockte der Atem. Er schüttelte den Kopf und brachte kein Wort heraus.

Ich erzählte ihm von dem Keller der Bilder.

»Das heißt, du bist es!«, schrie er, noch ehe ich das Bild *Die Stadt der weißen Musiker* erwähnte. »Der wahre Dschaladati Kotr und nicht Dschaladat Ismail! Ich hatte mich also nicht geirrt. Du bist der, den wir alle gesucht haben. Du bist der Freund unseres Meisters Musa Babak.«

Nun war es an mir zu staunen. »Ihr Meister? War Musa Babak Ihr Freund?«

»Ich bin einer von denen, die Bilder für Musa Babak sammelten«, sagte er. »Ich gehöre zu dem großen Netz. Seit 1979 bin ich sein Helfer.«

Ich sprang auf. »Mustafa, Sie lügen. Niemals haben Sie Musa Babak gesehen. Sie sind ein Betrüger, vielleicht auch ein Mörder. Wer sind Sie, und was wollen Sie von mir?«

Er erschrak. »Was sagst du da? Ich bin kein Mörder.«

Ich hatte die Kontrolle über mich verloren. Aber das durfte nicht sein. Ich wollte nicht, dass in dieser Stadt der Heimatlosigkeit die Zauberwelt wieder auftauchte, die ich in der Wüstenstadt zurückgelassen hatte.

»Ein Betrüger mit den Augen eines Hexers, der unsere Seelen erforscht und weiß, wie er uns wehtun kann«, sagte ich.

Mustafa blickte hilflos.

»Wie kann ich sicher sein, dass Sie die Wahrheit sagen?«

»Sag mir zuerst, weshalb du an dem Tag, an dem ich das Bild erwähnte, einfach aufgestanden und gegangen bist.«

»Weil ich auch so ein Bild besitze. Mit demselben Titel.«

»Dschaladat«, sagte er sehr ruhig, »ich muss dieses Bild sehen, sofort.«

Ich holte das Bild aus dem riesigen Karton, wickelte es aus und reichte es ihm.

Er betrachtete es sehr genau. Dann wickelte er es langsam wieder ein und umarmte mich. »Du bist es, Dschaladat, du bist es. Wir suchen dich seit Monaten.«

»Wer seid ihr?«, fragte ich.

Ich erhielt keine Antwort. »Steh auf, Dschaladat«, sagte er stattdessen. »Du musst jetzt mitkommen. Auch ich habe ein Geheimnis, das ich dir enthüllen muss.«

Wir verließen das Hotel. Wortlos lief er vor mir her. Er ließ mich in ein neues rotes Auto einsteigen und blieb während der ganzen Fahrt stumm. Ich sah seine Hände zittern und hörte sein Herz klopfen wie eine Faust, die in einer finsteren Nacht an eine Tür schlägt. Nach einer Dreiviertelstunde kamen wir zu der Ruine einer alten Halle. Sie war menschenleer. Das Gelände war übersät von totem Gestrüpp und Unkraut. In einigen Räumen hatte man die Türen und Fenster herausgerissen. Anscheinend hatte jemand die Decke zum Einsturz bringen wollen, aber ohne Erfolg. Ich hatte keine Ahnung, wo wir waren. Plötzlich hielt Mustafa an.

»Wenn dieses Bild nicht gewesen wäre, hätten wir dich nie gefunden.«

»Wohin bringen Sie mich?«, fragte ich. »Wo sind wir hier?«

»Nur Geduld, du wirst es gleich sehen.«

Er führte mich in eine riesige Halle. Die Sonne ging unter. Er sah sich um. An einigen Stellen stampfte er mit dem Fuß auf. Schließlich bückte er sich und öffnete eine versteckte Falltür. »Dschaladat, willkommen im geheimsten Museum der Welt, in der Stadt der Bilder, die der Vernichtung entgangen sind.«

Wir tasteten uns im Dunkeln voran. Durch eine enge Geheimtür krochen wir in einen Keller, der nicht anders war als Musa Babaks Keller in der staubigen Stadt. Alles war genauso eingerichtet. Nur die Bilder waren andere.

Mustafa bemerkte mein Erstaunen. Im Licht der Lampen sah sein Gesicht nicht mehr so rot aus. Er wirkte eher wie eine leichenblasse Erscheinung aus einer anderen Zeit. Er wusste, dass ich jede Orientierung verloren hatte. In einer Ecke standen ein kleiner Tisch und ein Stuhl. Er packte mich am Arm und drückte mich auf den Stuhl. »Vor acht Monaten«, sagte er, »nahm ich an einer großen Sitzung der Wächter der Schönheit teil. Ich weiß, dass Musa Babak dir nichts von dieser Gruppe gesagt hat, er durfte nicht. Nur wer Wächter wird, darf das Geheimnis erfahren. Und Wächter wird nur, wer sein Leben der Rettung von Kunst und Wahrheit widmet. Musa Babak wusste von Anfang an, dass du eines Tages

Wächter werden würdest. Er durfte dir allerdings nur seine Sammlung zeigen, um im Falle einer Entdeckung nicht das ganze Netzwerk zu gefährden.«

Mustafa war jetzt wie verwandelt. Kein einziges Mal stockte ihm nun der Atem. Wenn er innehielt, dann nur, um nachzudenken und seine Worte sorgfältig zu wählen. Er knöpfte sein Jackett zu. »Ich hörte deinen Namen zum ersten Mal bei dieser Sitzung. Uns wurde gesagt, wir sollten Dschaladati Kotr suchen, einen Jungen, der das Bild *Die Stadt der weißen Musiker* besitze. Wir alle wussten, dass es nicht leicht sein würde, dich zu finden. Wir wussten aber auch, dass uns ein Zeichen zu guter Letzt helfen würde.«

»Wofür braucht ihr mich?«, staunte ich.

»Der Doktor möchte dich sehen«, sagte Mustafa.

»Musa Babak ist noch am Leben?«, schrie ich.

»Er wartet auf dich«, sagte er lächelnd. »An einem weit entfernten Ort.«

»Das ist nicht möglich!«, rief ich. »Ich sah die ganze Stadt zu Asche werden und vom Erdboden verschwinden.«

Er ging nicht darauf ein. »Dschaladat, wir müssen noch heute Nacht aufbrechen. Durch diesen Keller und einen langen Tunnel. Ich werde dir jetzt alles erklären. Hör zu.«

Ich schreibe die Geschichte auf, wie er sie mir erzählt hat. Irgendwie vertraute ich ihm. Es war eine der Geschichten, bei denen man entweder alles glaubt oder nichts.

»Die Ausstellung in der Wüstenstadt und diese Ausstellung hier sind Teile von etwas Größerem, zwei kleine Punkte auf einer riesigen Karte. Unter jeder Stadt dieser Welt, in der es Kunst gibt, gibt es auch einen Geheimweg, den ich den Weg der Schönheit nenne. Es heißt, dass sich vor Tausenden von Jahren unter der Herrschaft eines tyrannischen Königs eine kleine Gruppe formierte, die sich Wächter der Schönheit nannte. Jener König herrschte über die ganze Erde. Er verliebt sich in eine Frau. Wenn Könige sich verlieben, sind immer auch Streitsucht und Bosheit und der Wille, andere Menschen zu knechten, mit von der Partie. Dieser König hat einen Bildhauer, der mit seiner Kunst weitherum alle Menschen inspiriert. Wie in den meisten alten Geschichten streitet die Frau mit dem König und ist verrückt nach dem Bildhauer. Deshalb befiehlt der König, nicht nur den Bildhauer umzubringen, sondern gleich auch alle Künste auszurotten. Er schickt Soldaten, die jedes Kunstwerk, jeden Bildhauer, Poeten, Maler, Schriftsteller, jedes Buch und jede Bibliothek den Flammen übergeben sollen. Man fängt die Künstler und verbrennt sie. Vergebens fliehen sie von einer Stadt in die nächste. Schließlich sammeln sie sich an einem Ort und beschließen, eine Truppe zu bilden, die sie auf den Namen Wächter der Schönheit taufen. Eine Geheimarmee, deren Aufgabe es ist, der Kunst ein sicheres Versteck zu bauen, Bücher zu bewahren, Manuskripte vor Brand und Vernichtung zu schützen. Am Ort ihrer Versammlung bauen sie einen gigantischen Tunnel. Wenn ich ihn mir vorstelle, sehe ich eine Art Chinesische Mauer unter der Erde. Eine gigantische Mauer, die die Künstler errichtet haben, um sich zu verteidigen. Sie hat die Zeiten überdauert und wird bis ans Ende ein Geheimnis bleiben. Neue Generationen von Wächtern graben ihre eigenen Tunnel. Nur wer zu den Wächtern gehört, kann in dieses Reich gelangen. Dschaladat, die Kunst ist seit Jahrtausenden auf der Flucht. Sie flieht nicht nur vor Königen und Henkern, sie flieht auch vor den Dummköpfen und Scharlatanen, die sich als Poeten und Künstler verkleiden. Die Kunst ist ein Vogel, den nur erblickt, wer ein drittes Auge hat. Überall gibt es diese Sammlungen und Bibliotheken, die in Friedenszeiten ans Licht kommen und dann wieder untertauchen. Die Wächter der Schönheit arbeiten allein. Jeder baut sich einen geheimen Keller und stellt später fest, dass er Teil eines Netzes ist, eines geheimen Rhizoms. Manchmal dauert es Jahre, bis ein neuer Wächter dazustößt. Es kann sein, dass einer jahrelang arbeitet und nichts von den anderen Wächtern weiß. Dschaladat, du bist jetzt hier, um uns zu helfen. Wir starten heute Nacht von diesem Keller aus.« Er hatte lange gesprochen und stand ein wenig erschöpft vor mir.

»Ich weiß, es gibt noch viele Fragen. Dir steht eine lange Reise bevor, und es ist meine Aufgabe, dich, soweit ich kann, aufzuklären. Beginnen wir mit Dr. Babak.

Nachdem Laila Nilower ermordet worden war und ich alle Bilder verbrannt hatte, saß ich hoffnungslos in Restaurants herum. Drei Jahre nach ihrem Tod habe ich das kleine Teehaus betreten, das ein Treffpunkt von Künstlern und Schriftstellern ist, und dort einen jungen Mann kennengelernt und zum Essen eingeladen. Sein Name war Saffa Taifur. Als er erfuhr, dass ich ein großes Haus habe, bat er mich, seine Bilder aufzubewahren, denn ihm stünde eine lange Reise bevor. Ich hatte mir geschworen, kein Bild in mein Haus zu lassen. Aber für den niedergeschlagenen jungen Mann überlegte ich mir eine Lösung. Damals überwachte ich für meinen Vater den Bau von Lagerhallen für Weizen, Gerste, Mehl, Tabak, Zucker und so weiter. Ich konnte Saffas Bilder in einer der Hallen aufbewahren. Am nächsten Tag schaute ich mir seine Werke an. Er war unglaublich begabt. Dschaladat, die Ruinen über unseren Köpfen sind die Ruinen dieser Lagerhallen. Sie sind Teil einer anderen Welt geworden. Statt Produkten der Erde bewahren sie die Erzeugnisse der Seelen. Am Tag, als wir die Bilder herbrachten, sah ich Saffa Taifur zum letzten Mal. Er ging zu den Peschmerga und wurde in einem Gefecht getötet. Aber mit seinen Werken entstand ein weiterer Stützpunkt des Ozeans der Schreie.

Ah, Dschaladat, ich hab dir noch nicht gesagt, dass wir das Tunnelsystem den Ozean der Schreie nennen. Das ist das Losungswort. An den Türen wird man dich fragen, wo du herkommst. Wenn du nicht sagst, dass du vom Ozean der Schreie kommst, lässt dich niemand ein. Ich glaube, es ist der Titel eines Bildes, eines Gedichts oder eines Buchs. Die alten Religionen nannten einen Teil der Hölle so.

Nach Saffa Taifurs Tod habe ich in dem Teehaus Hunderte Poeten und Künstler kennengelernt. Einige sind gestorben oder fortgegangen und haben mir ihre Werke hinterlassen. Oder sie haben die Kunst aufgegeben und leben jetzt unbehelligt. In diesem Gebäude sammeln sich immer mehr Bilder. In manchen Nächten trage ich die Bilder nach draußen und betrachte sie. Etliche Künstler werde ich nie wiedersehen. Manche malten nur ein Bild und kehrten zum normalen Rhythmus des Lebens zurück. 1979, als Saddam Hussein die Macht an sich riss und zur Jagd auf die Kommunisten blies, sammelte ich die Bilder der durch die Baathisten ermordeten kommunistischen Künstler ein. In jenem Jahr habe ich Musa Babak kennengelernt. Im Teehaus sah ich einen weißhaarigen Mann, der mit einem bekannten Maler Backgammon spielte. Er würfelte so heftig, dass die Würfel vom Brett kollerten. Und jedes Mal lachten die beiden so laut, dass das Teehaus bebte. Alle hatten sich um ihren Tisch versammelt. Als ich eintrat, schrie Musa Babak: ›Die Zwei und die Eins.‹ Sein Freund rief: ›Die Vier und die Fünf, und ich beschere dir die Niederlage deines Lebens.‹ Musa Babak lachte: ›Auf deinen Würfeln gibt es gar keine Vier und Fünf.‹ Noch nie hatte ich einen Arzt gesehen, der ein Teehaus besucht. Wer ist dieser Mann?, fragte ich und bekam zur Antwort: Ein Doktor aus Bagdad, ein Kurde, er sagt, er hat eine Galerie und ist hier, um Bilder zu kaufen. Er möchte über die Geschichte der irakischen Malerei der letzten zwanzig Jahre ein Buch schreiben. Ein komischer Kerl. Bevor du kamst, stand er mitten im Teehaus und erzählte uns die Geschichte des Fliegenden Holländers, eines Mannes, den die Liebe von einem Fluch befreit.

Als sie das Spiel beendet hatten, drehte er sich zu mir um und sagte: ›Herr Mustafa, ich habe eins Ihrer Bilder gesehen, schade, dass Sie nicht mehr malen.‹

Unglaublich, dass sich jemand daran erinnerte, dass ich einmal Maler gewesen war. ›Ich bin Musa Babak‹, sagte er und sah mich mit seinen schwachen Augen an. ›Ich habe von Ihrer Geschichte gehört. Ich besitze eins Ihrer Frauenporträts, das mit dem Namen Laila Nilower beschriftet ist.‹

›Woher haben Sie das Porträt?‹, fragte ich ihn.

›Ich habe es vor zwei Jahren einem Araber abgekauft‹, sagte er. Musa Babak wusste Bescheid. Es war, als hätte er die Geschichte des Bildes recherchiert. Auf der Suche nach jemandem, der für ihn

Bilder sammelte, pilgerte er durchs Land. Als ich sagte, ich hätte Hunderte von Bildern, und er könnte sie sich ansehen, war es, als hätte er nur darauf gewartet. ›Eigentlich‹, sagte er, ›bin ich nur gekommen, um diese Bilder zu sehen.‹

Dschaladat, wir waren, ohne es zu wissen, Wächter der Schönheit von Anfang an. Man kommt als Wächter oder eben nicht als Wächter auf die Welt.

Als Musa Babak seinen Keller baute, wusste er nicht von dem Ozean. Es ist einfach so: Eines Tages hängt man ein Bild auf, und während man den Nagel einschlägt, tut sich eine geheime Tür auf, die in diese Welt hineinführt. Anfangs geht man, ohne zu wissen, wohin, ohne zu realisieren, dass man in einem riesigen Netz unterwegs ist.

Als Musa Babak 1979 in diese Stadt kam, lebte er schon seit Jahren in diesem Ozean. Seine Aufgabe war es, nach neuen Wächtern zu suchen, um möglichst viele Kunstwerke zu retten. Er errichtete überall Stützpunkte und schenkte mir den Plan für den Keller. Anfangs zögerte er. Er hatte seine Zweifel, ob ein dicker Mann, der kaum atmen konnte, ein Wächter werden könnte. Bis er eines Tages in mein Haus kam und *Die Stadt der weißen Musiker* sah, das Bild, das mit seinem eigenen identisch war, das du jetzt aufbewahrst. Das Bild, das man beschützen muss, weil es ein Schrei aus einer anderen Welt ist. Als er das Bild sah, brach er beinahe zusammen. ›Mustafa Schaunm‹, sagte er und umarmte mich, ›das ist das Geheimnis meines Lebens.‹ Von diesem Augenblick an war ich einer von ihnen, ein Wächter. Er erzählte mir aber immer noch nichts über das Netz. Er schlug nur vor, ich solle die Bilder sicher verwahren, bis wir eines Tages ein Museum eröffnen könnten. Eines Tages würde es auf der ganzen Welt riesige Museen geben mit den Werken, die in Zeiten von Schrecken und Tod geschaffen wurden. Ich war damals sein Lehrling. Er übernachtete auf seinen Reisen oft bei mir. Er kam immer nur für eine Nacht.

Während der schlimmen Kriegsjahre war ich tagsüber auf Bildersuche und verlor mich nachts in den Farbmeeren dieses Kellers.

Dschaladat, und eines Tages begreift man, dass die Reise der Schönheit über einzelne Bilder, Ausstellungen, Städte und Zeiten hinausführt. Manchmal muss man allein reisen, und manchmal ist man würdig, einen der Wächter zu begleiten, damit er einem die Geheimnisse erklärt. Dschaladat, heute Nacht trittst du diese Reise mit mir an.«

Ich war glücklich und erregt. Jetzt würde meine Reise beginnen.

Wir verließen den Keller und liefen durch einen stockfinsteren Tunnel. Nach einer Weile kamen wir zu einem helleren Abschnitt. Ich hatte das Gefühl, durch einen gläsernen Schützengraben zu laufen. Der Himmel über uns war voller Sterne, aber sie schienen wie gemalt. Die Luft war überirdisch klar. In der Ferne flackerten Lichter von Dörfern und Städten. Ich hörte das Heulen wilder Tiere.

Unser erster Haltepunkt war eine Ausstellung mit Bildern von Arbeitern einer Ölraffinerie. Ihre Bilder waren den Strapazen der Arbeit gewidmet. Danach passierten wir zahllose Stationen, Bibliotheken, Ausstellungen und unterirdische Sammlungen. Mustafa Schaunm hatte einen Schlüssel, mit dem er jede Tür öffnen konnte. Ich sah eine gigantische Hinterlassenschaft von Büchern, Bildern, Statuen, uralten und neuen Skulpturen, die über die Jahrtausende entstanden waren.

Vereinzelt begegneten wir Wächtern. Mustafa sprach sie an als »Schlüsselbewahrer«, wie Hüter einer heiligen Stätte. Die meisten kannten ihn. Ich wusste nicht, wie viele Tage wir unterwegs waren. Wir gingen manchmal auf Sand und manchmal über paradiesische Wiesen. Auf den Wänden aus Glas leuchtete die Welt in allen Farben.

Aus einem der Keller stiegen wir in ein Haus hinauf. Würde ich hier den Doktor wiedersehen? Saß er in weißer Unterhose und weißem Unterhemd auf der Veranda? Oder mit seiner Geige im Garten, schlafend? Aber das Haus war leer.

Noch nie hatte ich eine so große Stadt gesehen. Man sah Tausende Autos, aber kaum einen Fußgänger. Wir liefen über eine

Stunde. Schließlich kamen wir zu einem Gebäude, das so hoch war wie mein Hotel. Wir stiegen die Treppe hoch. Es herrschte eine schreckliche Stille. Als ich Mustafa etwas fragte, sagte er leise, ich solle nicht Kurdisch sprechen. »Es ist nicht gut.«

In der vierten Etage sah ich schließlich das Schild wieder. Ein schön poliertes Brettchen aus Walnussholz. Mit derselben Schrift wie in der staubigen Stadt: *Arzt für Allgemeinmedizin – Musa Salim Babak* stand auf einem schönen, sauberen Brett aus dem Holz eines Walnussbaums. Wir klopften. Musa Babak machte auf, der Mann, von dem ich glaubte, der Erdboden hätte ihn verschlungen. Erst erkannte er mich nicht. Seine Augen waren noch schwächer geworden. Er war gealtert. Ich brach in Tränen aus und umarmte ihn. Der Doktor öffnete weit seine Arme: »Dschaladat, ich freue mich so sehr, dass du gesund und munter bist.«

»Nein, Doktor«, heulte ich auf, »gesund und munter bin ich nicht. Mein Leben ist schlimmer als das Leben eines Hundes.« Der Doktor wusste, dass es die Einsamkeit war, die mich in diesem Augenblick flennen ließ wie ein Kind. Seit ich im Elternhaus von Sarhang Qasm gewesen war, überfiel mich dieses heulende Elend immer wieder. Mustafa konnte es nicht fassen.

»Doktor, sag mir, ist Dalia noch am Leben?«, kam sofort meine erste Frage.

»Die Frage ist eher, ob wir alle noch am Leben sind.« Er legte mir die Hand auf die Schulter. »Ich werde dir später alles erzählen. Wichtig ist jetzt nur, dass wir uns jetzt gefunden haben. Dschaladat, alle Städte haben wir nach dir abgesucht.«

»Es war nicht leicht, ihn zu finden, Doktor«, mischte sich Mustafa ein. »Wenn die weißen Vögel nicht gewesen wären … Er lebt in einer Flüchtlingsunterkunft, unter Dutzenden Flüchtlingsfamilien in einem kleinen Zimmer.«

Musa Babak seufzte. »Wieso lebst du dort?«

»Wo sonst? Ich bin ein Flüchtling. Doktor, verzeih mir, aber ich glaube, du hast vergessen, dass ich ein einsamer Nichtsnutz bin.«

Er ging, ganz wie früher, im Zimmer auf und ab und fuhr sich über den Kopf. »Ab jetzt bist du ein Wächter der Schönheit. Verzeih mir, dass ich dir die Wahrheit in all den Jahren verschwiegen habe. Jetzt bist du einer von uns. Es ist an der Zeit, dass du die Schlüssel erhältst. Von nun an sind die Sammlungen auch dir anvertraut. Es ist deine Aufgabe, nach Schönheit Ausschau zu halten, sie zu finden, sie vor dem Tod zu bewahren. Dschaladat, ich habe dir diesen Schlüssel versprochen, aber du hast mich nie gefragt, welchen. Du dachtest immer nur an den Schlüssel zur Eingangstür des geheimen Kellers. Nein, mein Sohn, ich meinte die Schlüssel, die die großen Wächter erhalten.«

Er trug wie immer diese altmodischen Kleider. Man hatte das Gefühl, er käme aus einer vergangenen Zeit, um einen Auftrag abzuschließen. Seine neue Praxis war größer, neu möbliert und nicht zu vergleichen mit der Krankenstation in der staubigen Stadt. Er nahm meine Hand und führte mich in ein kleineres Zimmer mit einigen neuen Untersuchungsgeräten. Auf einem Tisch lagen ein paar graue Aktenmappen. Ein menschliches Skelett stand in der Mitte. Die meisten Stühle waren mit Büchern, Kleidern, Geräten, Kittelschürzen und Operationsmasken belegt. Er rückte mir einen Stuhl hin. »Mein lieber verlorener Sohn, sei willkommen.« Da fing ich beinah wieder zu weinen an.

»Ich weiß, du willst jetzt unsere ganze Geschichte hören. Was mit Dalia, der Weißen Orange, der staubigen Stadt und ihren Bewohnern geschehen ist. Dschaladat, nach dem Scheitern des Aufstands marschierte die Nationalgarde in die Städte ein. Sie enthaupteten Unzählige. Unzählige haben sie bei lebendigem Leibe begraben. Sie verwüsteten uralte Kulturgüter, steckten Bibliotheken in Brand. Sie zerstörten Moscheen. Sie löschten ganze Städte aus. Sie brachten Quellen zum Versiegen, brannten Wälder nieder, töteten die Vögel. Aber wundere dich nicht, wenn ich dir sage, dass die Stadt des gelben Staubs wie ein Phönix ist, sie verbrennt und ersteht neu aus der eigenen Asche. Menschen können sie nicht auslöschen. Wenn sie versinkt, entsteht sie an einem neuen Ort wieder, nach ihrem Bild in unserer Erinnerung.

Ich bin in die gelbe Stadt nicht mehr zurückgekehrt, weil ich den Rest meines Lebens dem Ozean der Schreie widmen wollte. Ich muss für Nachfolger sorgen. In der Stadt des gelben Staubs sind uns viele Gemälde verloren gegangen. In jener Nacht retteten wir die Leute durch den Tunnel. Jeder trug ein paar Gemälde. Dennoch mussten wir Bilder zurücklassen. Dschaladat, in achtundzwanzig Jahren habe ich dieses Museum aufgebaut. Die Baathisten stiegen in den Keller und steckten mein Lebenswerk in Brand. Ich hasse sie, Dschaladat, aber lass uns von etwas anderem sprechen.«

Er fuhr sich über den Kopf, strich seinen Hemdkragen zurecht. Seine Haare waren derart weiß und rein, dass es aussah, als wäre er im Himmel gealtert. Mit geschlossenen Augen fragte er: »Willst du wissen, was mit Dalia ist? Sie ist am Leben. Ich konnte sie glücklicherweise retten. Nie habe ich so viele Leben gerettet wie in jener Nacht. Aber du musstest deinen Weg gehen. Dir steht Großes bevor, Dschaladat, du wirst zurückbringen, was wir nicht retten konnten.«

»Doktor, wo ist sie?«, fragte ich.

»Ich weiß es nicht. Nach jener Nacht kamen wir hierher. Wir wohnten drei Monate zusammen und gründeten diese Praxis. Eines Tages überbrachte ihr eine alte Freundin die Nachricht, man hätte den Schatten von Basm Dschasairi in einer Stadt im Süden gesehen. Am nächsten Morgen ging sie fort. Ich glaube, sie ist noch immer hinter diesem Schatten her.«

In diesem Augenblick fällte ich eine Entscheidung: Wenn Samirs Verfahren zu Ende war und mir das Leben wieder offenstünde, würde ich auf die Suche nach Dalia gehen. Ausrichtung und Aufgaben meines Lebens standen also klar vor mir. Alles schien aufs Beste geregelt. Ich hatte einen Musiker, der im Park für mich musizierte. Mir standen ein ganzer Ozean von Büchern und großartiger Kunst zur Verfügung, deren Wächter ich geworden war. Und ich war erfüllt von einer Liebe, der ich bis ans Ende aller Tage folgen würde. Es sah nicht so aus, aber im Grunde war es ein sinnvolles, erfülltes Leben.

Die Tage bei Musa Babak gehören zu meinen schönsten überhaupt. Tagsüber saß ich am Fenster, und alles zog an mir vorüber: Unverschleierte Frauen, die morgens zur Arbeit gingen und abends müde heimkehrten. Ein kleiner Zigarettenverkäufer, der selber rauchte. Der alte Goldschmied, den in der Mittagshitze eine junge Frau besuchte. Die Frau kam dann immer mit unordentlicher Kleidung und zerzauster Frisur wieder heraus. Ich sah die großen Busse. Die Kinder mit ihren Schulbüchern beim Überqueren der Straße. Den Süßigkeitenverkäufer, der warmes, mit Sahne gefülltes Gebäck anpries. Den Zeitungsverkäufer, dem jeden Morgen ein Mann ins Gesicht spuckte. Der Zeitungsverkäufer wischte sich dann ganz ruhig die Spucke aus dem Gesicht und sagte kein Wort. Und abends, bevor er die Zeitungen zusammenräumte, kam derselbe Mann, spuckte ihm wieder ins Gesicht und ging wortlos davon. War ich der Einzige, der das sah? Ich spürte, dass immer ein paar Augen da waren, um die Szene zu verfolgen. Ich sah zwei, drei Männer, die es sich zur Lebensaufgabe gemacht hatten, alles zu verfolgen. Manchmal hatte ich das Gefühl, sie an meinem Fenster zu sehen, sie reckten den Kopf und musterten mich. Gab es hier jemanden, der Musa Babak misstraute, dem alten Mann, der nur ab und zu zum Bäcker ging und mit leckeren Brötchen zurückkehrte. Oder beim Zeitungsverkäufer ein paar Zeitungen holte und sie im Wartezimmer für die Patienten auf den Tisch legte.

Mir fiel auf, dass die meisten seiner Patienten, obwohl er kein Kinderarzt war, Kinder waren. »Für sich selber haben die Leute keine Hoffnung mehr«, sagte er. »Sie versuchen, die Kinder zu retten.«

Eines Nachts nahm er mich mit zum Ozean. Dort zeigte er mir Gemälde, die in den letzten hundert Jahren von Künstlern dieser Gegend gemalt worden waren, sowie Skulpturen, die möglicherweise außer den Wächtern noch niemand zu sehen bekommen hatte. Hüter waren damit beschäftigt, die Gemälde von Schmutz und Sand, den Spuren der Zerstörung, zu säubern. Einige sahen aus wie Künstler unserer Tage, andere waren gekleidet wie in früheren Tagen. Zu einzelnen Bildern gab er mir ausführliche

Erläuterungen. An vielen Orten bereitete man uns einen königlichen Empfang. Einige Galerien und Museen sahen aus wie Höhlen, andere wie ein Zauberschloss. Wir gingen durch Gartenlabyrinthe mit Blumenvasen und rieselnden künstlichen Quellen. Paradiesische Musik erklang in diesen Räumen. Die meisten Hüter kannten meinen Namen, denn sie waren an der Suche nach mir beteiligt gewesen. Ich habe Musa Babak nie so glücklich gesehen. Er sang lauthals, er legte sich die Hand auf den Kopf und tanzte wie verrückt. Ich stand daneben und sah mit einem Lächeln sein plötzliches Glück. Jedes Gefühl für Raum und Zeit war mir abhandengekommen. Konnte diese Reise ewig dauern? Es gab Momente, da war ich so ergriffen, dass ich beinah das Bewusstsein verlor – dann wieder schien mir Alles wie grausames Blendwerk, das mich dem Tod zuführte.

In Dutzenden von Städten fanden diese seltsamen Feste statt. Ich sah Künstler auf ein Wunder warten, das ihre Kunst und sie selber retten würde. Ich setzte mich zu ihnen. Mit erhobener Stimme erzählte ich ihnen die Geschichte von den zwei Blumenverkäufern, von denen einer in einen unsterblichen Garten gerät, während der andere mit seinen verwelkten Blumen weitermacht. Musa Babak sah mich stets erstaunt an, er konnte nicht glauben, dass der siebzehnjährige Junge, dem er vor ein paar Jahren in einem dunklen Keller das Leben gerettet hatte, heute so über die Rolle der Kunst bei der Befreiung des Menschen erzählen konnte. In solchen Momenten schien er überglücklich. Er hatte in seinem Leben viel geleistet, er hatte dem Ozean eine Ordnung gegeben, ihn vergrößert, neue Wächter gefunden, aber auf nichts schien er so stolz wie darauf, dass er auf mich gestoßen war.

Eines Nachts gingen wir an einem Fluss entlang, vorbei an einer langen Reihe von Statuen. Könige, Generäle, Prinzen und andere Führergestalten schimmerten im Mondschein. Offensichtlich stammten sie aus verschiedenen Zeiten. Sie strahlten etwas Beunruhigendes, Gefährliches aus. Zum ersten Mal zitterte ich vor Kunstwerken. Natürlich hatte mich der Doktor aus einem bestimmten

Grund hergebracht. Es war, als hätte er etwas auf dem Herzen, das er loswerden wollte.

»Ich muss dir noch etwas erklären«, sagte er und sah auf das dunkle Wasser des Flusses. »Manchmal müssen wir Wächter eingreifen, nicht weil jemand die Statuen vom Sockel stürzen will, die Gemälde vernichten, die Bücher zerfetzen und die Musikinstrumente verbrennen will. Nein, Dschaladat, manchmal müssen wir die Kunst verstecken, damit die Herrscher sie sich nicht aneignen. Immer wieder haben sie der Kunst durch Brand, Zerstörung und Verbot zugesetzt, aber viel gefährlicher ist ihre Liebe. Dschaladat, alle Wächter, ob aus Persien oder Arabien, wissen, dass Herrscher oft die Schönheit retten wollen. Sie ernennen sich zu Beschützern der Schönheit, um an der Unsterblichkeit der Kunst teilzuhaben. Es gibt zwei Arten Beschützer. Der eine eignet sich die Kunst an, er kauft sie, bringt sie unter seine Kontrolle, überhäuft die Künstler mit Gold und Ruhm. Mit seinen blutbesudelten Händen taucht er die Kunst in Blut. Der andere versucht, sie davor zu bewahren. Er hat Angst, dass die Schönheit Genossin der Mörder wird. Unsere Aufgabe ist nicht allein, Gemälde zu retten, sondern auch, sie reinzuwaschen, sie von Besudelung fernzuhalten.«

Ich konnte meinen Blick nicht von den Statuen abwenden. »Aber was können wir tun, Doktor?«, fragte ich.

»Manchmal brauchen wir Jahrhunderte, um die Schönheit von dem Schmutz zu reinigen, in den sie getunkt wurde, um in einem Werk nichts als die Schönheit zu sehen. Wenn wir heute die Bilder alter Könige betrachten, so sehen wir nicht mehr die Könige, sondern die Schönheit in den Gemälden. Sehen wir Napoleon, wenn wir ein Porträt Napoleons sehen? Wie heißen die Mädchen, die Gauguin auf Tahiti gemalt hat? Ob jemanden interessiert, wer Modiglianis Modelle gewesen sind und wie ihre Namen lauten? Nein, die Geschichte bewahrt nur die Schönheit auf. Wenn wir vor einer Statue von Buddha stehen, so sehen wir kein göttliches Bildnis, nicht die Gestalt eines Propheten, sondern nur Schönheit. Schau, diese Statuen … In ein paar Jahrhunderten wird man die Namen vergessen haben, aber wenn Schönheit in einer dieser Statuen steckt, so lebt sie weiter und lässt Betrachter immer wieder staunen. Künstler werden oft zu Gefährten von Mördern, aber Kunst kann sich von der bösen Geschichte ihrer Entstehung lösen. Ihre finstere Vergangenheit ist dem Untergang geweiht, und ihre innere Schönheit kommt an den Tag. Dschaladat, ich habe gesagt, dass Städte wie der Phönix aus ihrer eigenen Asche wiederauferstehen. Ebenso die Schönheit. Und auch du wirst wie ein Phönix durchs Feuer gehen und aus deiner eigenen Asche wiederauferstehen. Ich will dir heute Nacht sagen, dass dein wahrer Name nicht Dschaladati Kotr ist, sondern Dschaladati Qaqnas. Ab sofort kennen dich die Wächter des Ozeans unter diesem Namen. Denn du bist ein Mensch, der verbrennt, um aus der eigenen Asche wiederaufzuerstehen. Deine Vergangenheit bezeugt, dass du ein Qaqnas, ein Phönix bist.«

Als er das sagte, lag mir nichts daran, ob mein Name nun Dschaladati Kotr oder Dschaladati Qaqnas war. Damals verstand ich das alles nicht. Ich dachte, es seien bloß schöne Worte.

Erst nachdem ich auf meinem langen Weg ein großes Stück weitergekommen war, begann ich zu verstehen. Erst spät habe ich begriffen, dass mein Leben in der staubigen Stadt, mein Tod und meine Rückkehr durch Samirs Einsatz, meine Auferstehung durch Babaks Hand, meine Liebe zu Dalia und ihren Erscheinungen, mein Blick auf die in den Massengräbern Begrabenen, mein Leben in diesem verbrannten Hotel – dass dies alles Vorzeichen eines grässlichen Todes waren, der mich erwartete.

Musa Babak schien schon zu wissen, dass ich sterben würde. Aber statt sich als Arzt um meine Rettung zu bemühen, wollte er mich auf den Tod vorbereiten. Manchmal klangen die Belehrungen, die ich von allen Seiten zu hören bekam, von Ishaki Lewzerin bis zu Mustafa Schaunm, wie ein großer Chor, dessen Aufgabe darin bestand, mir die Ohren vollzusingen.

Obwohl mir mein Besuch bei Musa Babak so wichtig war, gestaltete sich das Ende weniger angenehm. Musa Babaks Rede versetzte mich zurück an den Anfang, erneut begann das Warten. Ja, ich wurde Wächter, aber ich musste auf einen bevorstehenden Tod warten. Ich glaube denen nicht, die sagen, sie fürchten den Tod nicht. Selbst der Messias muss sich vor dem Tod gefürchtet haben. Todesangst, damit meine ich die Angst vor dem Verlust der kleinen Dinge, die man in dieser Welt liebt und die es nur hier gibt: den Anblick der Kinder im Treppenhaus des Hotels, das Ausleihen von Eis beim Nachbarn, den Transport einer kaputten Wiege für eine obdachlose Frau in der achten Etage. Mitzuhören, wie zwei Handwerker im Restaurant über einen Abwesenden herziehen; ein irgendwie euphorisches, gemeinsames Heulen mit dem Vater von Sarhang Qasm. Ich vermutete, dass solche Dinge weder im Paradies noch in der Hölle existieren. Ich war, um die Wahrheit zu sagen, für die Freuden des Paradieses nicht gemacht, weder an Jungfrauen noch an hübschen Jungen interessiert. Und das Trinken hatte mich nie angezogen. Deshalb wusste ich nicht, was ich im Himmel hätte anfangen können. Mein Himmel bestand aus den Momenten, in denen ich Dalia sah. Für mich waren Himmel und Hölle nah beieinander. Beide bescherten Leid und Glück. In beiden herrschten eiserne Gesetze.

Mit solchen Gedanken kam ich aus dem Ozean zurück.

Eines Abends luden mich Musa Babak und Mustafa Schaunm ein. Sie hatten den Tisch geschmückt und übergaben mir feierlich die Schlüssel des Ozeans. Wie immer sprach Mustafa Schaunm, während er aß. Er erzählte von seinen Erinnerungen an ein Flüchtlingslager in der Nähe von Nagade. Wenn er unvermittelt verstummte, musste ich ihn anstupsen und fragen, ob alles in Ordnung sei.

Von nun an war ich also Dschaladat Qaqnas. Mir war nicht klar, was der neue Name bedeutete, was es hieß, ein Phönix zu sein. Der Doktor mahnte mich zur Geduld. Bisweilen müsse man jahrelang warten, bis man seine Aufgabe erkenne. Aber wenn die Zeit gekommen sei, müsse man bereit sein.

In der folgenden Nacht ging unsere Reise zu Ende. Unter vielen Tränen und Umarmungen verabschiedete ich mich von Musa

Babak. Er begleitete Mustafa und mich bis zu dem leeren Haus, er öffnete uns die Kellertür und machte kehrt, wo unser Weg nach Norden begann. Aber er versprach mir, Dalia, den verschwundenen Stern meines Lebens, für mich ausfindig zu machen.

Ich war nun wieder im Hotel und bekam Mustafa wochenlang nicht zu sehen. Dann und wann setzte ich mich zu den »Schneebootmusikern«. Scharoch spielte für mich seine himmlische Flöte. Einige Wochen schien die Zeit stillzustehen. Davon abgesehen, dass Samir mich einmal besuchte und mir von seinem ruhigen und zufriedenen Leben erzählte, geschah nichts Besonderes.

Allerdings musste ich die Räumlichkeiten für das Gericht organisieren. Mein Zimmer war zu klein. Ich musste meine Gäste unterbringen und einen Raum für die Verhandlung finden. Mustafas Lagerhallen fielen mir ein. Zur Not hätte ich auch die alten Lagerzelte hervorholen können, die im Keller des Hotels verstaut worden waren.

An einem Tag überquerte ich mit meinen weißen Vögeln die Hauptstraße, als Mustafa mit vollem Mund nach mir rief, er stand in der Tür eines Kebabhauses. Ein Teeverkäufer stand neben ihm. Mustafa trug wie immer sein langes schwarzes Matrosenjackett und drunter das weiße Shirt. Er hatte keine Ähnlickeit mit dem Mann, mit dem ich die magische Reise unternommen hatte. Er packte meine Hand und zog mich ins Restaurant. »Ich schwöre bei meiner Ehre, du wirst jetzt ein Kebab essen.«

»Mustafa Schaunm«, sagte ich verärgert, »Sie denken nur ans Essen. Ich habe ein großes Geheimnis, von dem Sie nichts wissen, dafür brauchte ich Ihre Hilfe.« Ich bat ihn runterzuschlucken. »Damit wir sprechen und uns verstehen können.«

Er trank aus einem Aluminiumgefäß etwas Wasser und sagte schwer atmend, jetzt sei er fertig, und ich könne anfangen.

Ich erzählte ihm den Rest meiner Lebensgeschichte und sprach auch vom Gericht für Samir von Babylon. Nur das Versteck der Pläne verschwieg ich. Als ich fertig war, sah er mich aus großen

Augen an. »Sohn des Himmels, was machst du da! Das ist sehr gefährlich.«

»Ohne das ist meine Arbeit als Wächter wertlos. Was nützt es schon, die Schönheit zu beschützen, wenn man nicht genug Ehre im Leib hat, um sich für ein Stückchen Gerechtigkeit ins Zeug zu legen. Samir muss vor ein Gericht gestellt werden, nicht unseretwegen, nicht nur wegen der Opfer, sondern um seinetwillen.«

»Die Parteien werden dich umbringen lassen, die Politiker werden dich enthaupten und deine Leiche ins Wasser werfen. Wer bist du denn, ihnen zu sagen: ›Ihr seid selber schuldig, und die Schuldigen dürfen nicht andere Schuldige vor Gericht stellen‹? Bei Gott, ich kenne eine Tropfnase von Politiker. Ein schlanker Schwarzhaariger. Wenn der von deinem Plan erfährt, bringt er dich um. Wer bist du denn, ihnen zu sagen, bis jetzt hätte durch sie noch kein Opfer Recht erfahren? Diese großen Führer vergleichen sich mit den Helden der alten Legenden. Dschaladat, du bist ein Niemand. Dass du jetzt ein Wächter im Ozean der Schreie bist, heißt nicht, dass du auch in dieser Stadt eine Rolle spielst. Daran ändern auch die weißen Vögel nichts. Die Politiker sehen keine Vögel. Sieh mich an. Alle halten mich für einen Vollidioten, der nur damit beschäftigt ist, sich den Bauch vollzuschlagen.« Er hustete. »Weißt du nicht, dass man mich die Restaurantkuh nennt? Und du weißt auch, dass in dieser anderen Stadt alle Leute denken, Musa Babak wäre ein alter, schrulliger Arzt, der für ein Trinkgeld Kranke behandelt. Und du, du bist in ihren Augen nur ein abgerissener, hungriger Flüchtling.«

Als er stockte, warf ich ein: »Mustafa, ich habe mich nie für wichtig gehalten, aber ich weiß, wenn ich Samir den kurdischen Politikern überlasse, werden sie ihn entweder freilassen oder ohne Verfahren umbringen. Oder sie verkaufen ihn an die Baathisten und stecken das Geld in die eigene Tasche. Was mich umbringt, ist die Vorstellung, dass ein Politiker mit zwei Freunden zusammensitzt, sie lachen, essen, erzählen sich schmutzige Witze und entscheiden zwischendurch, an meiner Stelle, anstelle von Ishak,

Sarhang Qasm, Nasrin Chafur und Papula Jamal, über Samirs Schicksal. Eher will ich sterben als so etwas zulassen. Gerechtigkeit ist, wenn wir die Entscheidung treffen, nicht sie.«

»Ich weiß nicht, Bruder Qaqnas. Aber Samir von Babylon sitzt vielleicht auf einem Schatz. Vielleicht kennt er den Ort von Saddams geheimen Chemielabors, das Versteck der Massenvernichtungswaffen. Vielleicht hat er Informationen, die nicht verschwiegen werden dürfen. Man würde dich der Verheimlichung und des Verrats bezichtigen. Man wird dich töten, man wird deine Leiche auf die Straße werfen, und Schluss. Wer bist du, dass du dir so etwas zutraust? Du einsamer Vogel.«

Ob er mir helfen wolle oder nicht, wollte ich wissen. Er schluckte ein paar Male und fragte, was für eine Art Hilfe ich von ihm wolle. »Ich brauche einen Raum für das Gericht«, sagte ich, »und einen Platz zum Schlafen für die, die über Samir urteilen werden. Lassen Sie uns das Gericht in einem Ihrer alten Lagerhäuser einrichten, weit vom Schuss, wo wir frei sprechen und denken können. Sie wissen, dass ich solche Räume nicht zur Verfügung habe.«

Er schwieg lange und bestellte noch einen Tee. »Ich helfe dir unter einer Bedingung. Du musst mich da raushalten. Sorge also dafür, dass ich es nicht bereuen werde, deine Vögel gesehen zu haben. Ich habe Angst, Bruder Qaqnas. Mit Hawre Qudsi war es dasselbe. Er kam zu mir und sagte, zwei Freunde wären verwundet und brauchten ein Versteck. Ich überließ ihm einen alten Speicher. Wenig später wurde einer meiner Brüder, der von der Sache gar nicht wusste, verhaftet. Mein Vater musste ihn freikaufen. Es hätte uns fast unser Vermögen gekostet. Wenn nochmals so etwas geschieht, bin ich verloren. Sie wissen, dass ich Geld habe. Einige haben ein Auge auf meine Ländereien geworfen. Verstehst du, Dschaladat Qaqnas? Sie werden die Gelegenheit ergreifen und mir alles wegnehmen. Du kennst das neue Regime nicht. Sie stehen auf Ländereien, sie sind verrückt nach Immobilien, sie wollen jeden Baum, jeden Stein in die eigene Tasche stecken. Du Blödmann, solange mit deinem Freund Samir kein Geld zu verdienen ist, werden sie ihn nicht haben wollen, und wenn er die halbe Welt ermordet hätte. Samir wird ihnen egal sein, aber mein Landbesitz nicht.«

Das war das erste Mal, dass auch Mustafa mich »Blödmann« nannte. Ich hatte gedacht, wer für die Schönheit eine Schwäche hat, müsste mit demselben Enthusiasmus für die Gerechtigkeit kämpfen. Er fuhr sich mehrmals über die Stirn und durch sein langes schwarzes Haar. »Ich werde dir helfen«, fuhr er fort, »aber mein Name darf unter keinen Umständen genannt werden, wir kennen uns nicht. Du hast die Lagerhalle selber ausfindig gemacht und deine Gäste dorthin eingeladen. Du selbst, ohne Mitwisser.«

»Da können Sie sicher sein«, sagte ich rasch.

Er sah in der langen schwarzen Jacke aus wie ein Seemann auf Landgang. »Sicher sein? Dass ich nicht lache!«

Ein paar Tage darauf holte er mich im Hotel ab und fuhr mich zum Speicher. Er hatte an alles gedacht. Es gab Bettzeug und Teppiche für über fünfzehn Personen, Lebensmittel, einen Herd, Kerosin, fünfzehn Stühle und einen kleinen Tisch, Hefte, Stifte. Ich war ihm unendlich dankbar. »Danke, Sie haben mir sehr geholfen. Alles andere können Sie jetzt mir überlassen.«

Beim Abschied umarmten wir uns bewegt. Er sagte: »Mein lieber Qaqnas, pass auf dich auf. Ich werde auf dich warten.« Da flogen die weißen Vögel aufgeregt über uns hinweg. Als hätten sie geahnt, dass Mustafa und ich uns zwei Jahre lang nicht sehen würden.

Eine Woche vor dem Gerichtstermin platzte Schanas Salim frühmorgens in mein Zimmer. Ich war so überrascht, dass ich mich erst sammeln musste. Ihre Schönheit ließ mich erstarren. Dann bat ich sie höflich, sich zu setzen.

»Ich setze mich doch nicht auf deine dreckige Matratze«, zischte sie. »Ich bin gekommen, um dir zu sagen, dass ich über alles Bescheid weiß. Samir ist mein Mann. Wenn ihm etwas zustößt, wirst du es büßen.«

»Ob Samir mit Ihnen oder einem anderen Teufel verheiratet ist, interessiert mich nicht«, antwortete ich ungerührt. »Hören Sie zu.

Ich gehöre nicht zu denen, die der Duft Ihrer Bluse betrunken macht. Ich bin ein Liebender, dem Frauen wie Sie nichts anhaben können. Samir, Ihr Ehemann, ist mein Gefangener.« Ich wusste, dass sie solches Reden nicht gewohnt war. In ihrer Anwesenheit duckten sich die Männer.

»Wenn etwas passiert, bist du schuld.« Sie war wütend. »Ich weiß über alles Bescheid. Samir hat mir deine Geschichte erzählt, von deinem Leben im Bordell, dass du eine Nutte namens Dalia Saradschadin liebst. Mir entgeht nichts. Ich ahne, was du vorhast. Für Samirs Sicherheit tue ich alles. Ob es dir gefällt oder nicht, er ist mein Ehemann, und du wirst es büßen.«

Mein Leben lang war ich höflich zu den Frauen. Dass Schanas mich wie Dreck behandelte, kränkte mich. Ich wusste, dass sie gefährlich war, aber irgendwie reizte es mich, einen hungrigen Tiger zu reizen. Jetzt wurde ich richtig boshaft: »Sie lügen, Madam Schanas. Sie stehen ganz einfach auf Tote. Jeden, der sich auf dem Weg des Todes befindet, lotsen Sie in Ihr Bett. Sie merkten gleich, dass Samir nach Tod roch. Nun machen Sie sich vor, dass Sie verliebt sind, und kämpfen für Ihre Liebe, dabei wissen Sie genau, Sie hätten ihn nicht gewollt, wenn er nicht nach Tod gerochen hätte. Sie sind ein Todesengel. Die ganze Stadt weiß: Jeder, dem Sie näherkommen, stirbt.«

Sie reagierte beherrscht. »Dass meine Ehemänner gestorben sind, ist nicht meine Schuld. Ich habe sie nicht umgebracht«, sagte sie kühl. »Aber ich kann dafür sorgen, dass du die Dinge, die du gesagt hast, bereuen wirst. Nur aus Liebe zu Samir halte ich mich zurück. Aber an dem Tag, an dem Samir stirbt, fährst du mit ihm zur Hölle. So wie ihr gemeinsam in diese Stadt eingeritten seid auf euren Schimmeln, genauso werdet ihr gemeinsam in die Hölle reiten. Wenn du böse Absichten hast, musst du wissen, dass er nicht allein sterben wird.«

»Sterben, Madam?«, fragte ich so laut, dass die ganze Nachbarschaft es hören konnte. »Ich fürchte den Tod nicht. Und ich weiß, Sie hassen mich, weil ich nicht nach Tod rieche. Sonst liefe die ganze Geschichte andersherum.« Sie wusste genau, was ich meinte.

»Du undankbarer Hund«, fauchte sie. »Mein Ehemann hat dir das Leben gerettet, warum denkst du nicht ein wenig darüber nach?«

»Ihr Mann ist mein Freund. Ich habe keine bösen Absichten. Und wenn Sie mich einschüchtern wollen, dann bemühen Sie sich vergebens. Ich habe keine Angst. Wenn es sein muss, dann reiten der Herr von Babylon und ich mitten hinein in die Hölle. Aber soweit ich weiß, kann man dorthin nicht reiten.«

Sie ging zur Tür. »Ein Klugscheißer bist du. Ich bin nur hier, um dir zu sagen, dass ich dich nicht mal in der Hölle in Ruhe lasse, wenn Samir etwas zustößt.«

»Aha«, fuhr ich sarkastisch fort, »aber ich wüsste nicht, wie Sie in die Hölle kommen wollen. Im weißen Mercedes vielleicht? Ich glaube, man braucht einen speziellen Führerschein, der schwerer zu kriegen ist als Ihrer, den Sie sich bei der Verkehrspolizei für ein paar Geldscheine besorgt haben.«

»Ich hoffe, du hast mich verstanden«, sagte sie, ohne mich anzusehen, und ging.

Ich wusste, dass Schanas gefährlich war. Aber wenn man nichts besitzt, prallen Drohungen von einem ab. Sie waren ein Teil des Spiels, aber das wusste Schanas nicht.

Eine Reise durch Samirs Seele

In der Nacht des 13. Juni 1993, das heißt zwei Tage vor dem Gerichtstag, kam Samir zu mir. Er nahm meine Hand und sagte: »Dschaladat, sieh mich an.« Seine Augen sahen aus wie die Augen eines Vogels, der durch den Regen geflogen ist. »Vor meinem Tod möchte ich, dass du in meine Seele blickst. Ich möchte, dass du mir sagst, wer ich bin.«

Seine Stimme war hypnotisierend, sie hätte mich in Trance versetzen können. Ich fühlte, wie etwas aus seinen Fingerspitzen in meinen Körper strömte. Er und ich sahen nicht aus wie Feinde, sondern wie zwei Mönche, die gemeinsam auf dem Weg sind, die dasselbe Feuer und dasselbe Licht sehen. Er trug einen eleganten Anzug, eine rote Krawatte zu einem weißen Hemd. Einen Augenblick hatte ich das Gefühl, wir würden tanzen. Ein Augenblick der Betäubung und Versunkenheit, als wäre die Tür eines dunklen Zimmers aufgegangen, als ginge ich durch eine Welt, die noch kein Mensch betreten hat, als bliese mich ein Sturm fort, der noch keinen Körper gestreift hat. Samir musste sich festhalten.

»Dschaladat«, sagte er, »du bist in meiner Seele, du machst jetzt eine Reise in den Abgrund meines Lebens. Du siehst in den Spiegel meiner Taten. Du hörst die Schreie, die nicht geschrien worden sind.«

Ich fühlte mich versetzt in ein Reich mit unzähligen riesigen Uhren. Zifferblätter an Türmen, Bergspitzen, Mauern, Baumstämmen, an der Brust der Vögel, in Knospen, unter Wasser. Beschädigte Zeitmesser, die weder Stunde noch Minute anzeigen. Ich weiß, es waren Zeichen des Todes. Ich sage: »Geh weiter, Samir.« Wir gelangen zu einer Orangenplantage, wo die Orangen mit uns davonrollen, sie werden zu menschlichen Schädeln und wieder zu

Orangen. Sie werden zu offenen, schreienden Mündern und zu aufgerissenen Augen voller Tränen. Wir rennen, und die Orangen kullern mit uns, Köpfe rollen mit uns. Orangenduft und Blutgeruch hüllen uns ein. Saft und Blut vereinigen ihr Rot.

»Samir, geh weiter.«

Wir streifen durch qualmendes Land. Wir sehen Menschen wie Rauchsäulen. Kinder fallen wie Fackeln aus dem Himmel und werden auf der Erde zu Asche. Wölfe tragen verkohlte Beute im Maul. Wir sehen Vögel mit verkohlten Früchten in ihren Schnäbeln. Ich sehe in Samirs Seele Menschenherden, die in Käfigen auf grauen Straßen ins Unbekannte geschickt werden. Frauen, die verkauft werden. Männer, die an den Gitterstäben wie Affen turnen.

Tausende Flaggen, auf denen Raben sitzen. Soldaten mit blitzenden Bajonetten marschieren in schwarzen Sümpfen. Mädchenleichen, zwischen deren Brüsten Quellen entspringen, aus denen exotische Vögel trinken. Eine Hundemeute frisst unter einem grauen Mond. Schakale rennen hinter Entenschatten her. Sterne fallen auf verängstigte Blumen und Spatzen. Ketten, die erschreckte Bäume jagen. Menschen kämpfen gegen ihre eigenen Spiegelbilder. Menschen, die zerbrechen und deren Scherben gegeneinander in den Krieg ziehen.

»Geh weiter, Samir, geh.«

Wir passieren unbestellte Felder, endlose staubige Ebenen, die leer sind bis auf ein paar imaginäre Moscheen und Minarette. Wir kommen zu einer tonlosen Stadt, deren Einwohner auf den Bürgersteigen einen unbekannten Gott anbeten. Die Gräber riechen nach Orangen. Wir schlendern durch enge Gassen, wo uns die Toten Orangen reichen. Wir ersteigen Türme, höher als die Türme Babylons, und sehen nackte Mädchen, die uns zuwinken. Wir sehen den Teufel, der mit Engelsstimme zu uns redet, und einen Engel, der uns mit Teufelsstimme zuruft. Wir hören Kinder, deren Stimmen alt klingen, und alte Männer, die heulen wie Kinder. Köpfe wunderschöner Frauen auf dem Körper hässlicher Männer. Körper kräftiger Männer unter den Köpfen zarter Mädchen. Wir sehen Menschen und Städte auf den Kopf gestellt. Die Rückseite des Mondes, die geheime Seite des Lichts. Denkmäler, die uns zurufen. Und Menschen versunken in ewigem Schweigen. Wir passieren Welten in Aufruhr, schreiten durch die Hölle, die mit paradiesischem Rosenwasser parfümiert ist.

Doch plötzlich sind alle Tore verschlossen. »Geh, Samir«, schreie ich, »geh weiter.«

Aber ich sehe nur noch Statuen, die sein Gesicht tragen. Ich hämmere auf die Tore ein, doch keines geht auf. Ich steige schwarze Treppen hinab und finde nichts als undurchdringliches Schwarz.

»Samir, deine Seele mündet in grenzenlose Dunkelheit.«

Er hört mich nicht, und ich steige die Treppen wieder hinauf. Durch einen langen Tunnel gelange ich ins Labyrinth eines schwarzen Schlosses und verirre mich, es gibt nur Gänge, aber keine Türen. »Samir«, rufe ich, »deine Seele mündet ins Nichts. Deine Seele hat keinen Weg, den ich gehen kann.«

Doch er hört mich nicht. Ich fühle seine Hand auf der meinen, ich spüre meine Beine rennen und tanzen. Ich spüre die Hand Samirs, der schreit und tanzt. Als stiege ich vom Grund eines dunklen Sees ans Licht, strecke ich die Hand aus und sage: »Samir von Babylon, Samir, mein Freund. Gib mir deine Hand, lass uns diese Finsternis verlassen.«

Samir dreht sich nach den Städten um, die wir hinter uns gelassen hatten. Als er all die Statuen mit seinem Porträt sieht, erstarrt er und sagt: »Geh nur, mein Freund, geh nur.«

»Samir, mein Bruder«, flehe ich ihn an, »lass diesen fürchterlichen Sturm in deiner Seele hinter dir.«

»Geh nur, Dschaladat, geh nur. Ich kann den Garten nicht auf deinen Füßen verlassen, ich kann nicht mit deinen Flügeln davonfliegen.«

Ich strecke ihm eine lange Flöte entgegen, eine Flöte wie gemacht aus einer der goldenen Säulen, die den Himmel tragen. Samir nimmt die Flöte und sagt: »Ich nehme sie mit in die Dunkelheit. Nur sie wird mir helfen können.«

Ich lasse das Instrument los und schwebe durch einen hellen Tunnel, wie von einem Wind getragen, einem blauen Himmel entgegen. Und Samir taucht mit der Flöte in die Finsternis ein. Ich rufe ihn von oben, aber aus der Tiefe kann er nicht antworten.

Alles geschah, wie ich es euch geschildert habe. Das müsst ihr mir glauben. Meine Vergangenheit als Lügner darf euch nicht beirren. Es mag sein, dass ich nicht mehr da bin, wenn dieses Buch in Druck geht. Möglicherweise werde ich nicht jedes Wort kontrollieren können. Aber ihr könnt sicher sein, dass ihr in diesem Buch nichts lesen werdet, das Dschaladat nicht gesehen, von dem er nicht gewusst hat. Ali Sharafiars Arbeit soll nur einen schönen Text aus der Geschichte machen, sonst nichts. Ich weiß, zwischen meiner abschließenden Lektüre und dem Druck wird viel Zeit verstreichen. Und ich weiß, dass er in puncto Wahrheit nicht so pingelig ist wie ich. Die Belletristen sind erbärmlich, wenn es um die Wahrheit geht. Man vertraut ihnen eine Wahrheit an und erlebt dann, dass die Geschichte schon nach den ersten Zeilen dermaßen Blüten treibt, dass einem angst und bange wird. Sie versuchen ständig, den Aberglauben zu verbreiten, Geschichten wären viel erstaunlicher als das Leben. Aber so ist es nie gewesen. Herr Sharafiar versucht, mich schon seit Längerem davon zu überzeugen, dass in Geschichten mehr steckt als im wirklichen Leben. Er schenkte mir *Gullivers Reisen*, *Dr. Jekyll und Mr. Hyde, Alice im Wunderland,* ein paar Romane von Jules Verne und Erzählungen von Edgar Allan Poe und Kafka. Wenn ich eins dieser Bücher lese, finde ich jedes Mal, dass mein Leben und das Leben derer, die ich kenne, hundertmal bemerkenswerter sind. Selbst das Leben der alten Frauen im Hotel ist hundertmal merkwürdiger als Alice und das dämliche weiße Kaninchen. Ich habe immer gesagt, wenn ich zu den Zeiten von Robert Louis Stevenson gelebt, wenn ich jemanden wie Lewis Carroll getroffen hätte, ich hätte ihnen ihre Ansicht zum Verhältnis von Wahrheit und Fantasie in der Literatur widerlegt.

Wenn Ali Sharafiar vor der Publikation nichts an der Geschichte verändert, dann ist es in Ordnung. Schließlich ist es die Lebensgeschichte Dschaladats, der 1970 geboren wurde und am Ende des 20. Jahrhunderts – in einem Mix von Tragödie und Komödie – eine Reise durch ein paar Welten und Zeiten absolviert hat, die so merkwürdig ist, dass seine Geschichte leicht ein paar Jahrhunderte überdauern wird. Ich verspreche euch, nach der Veröffentlichung seid ihr mich los. Es ist das einzige Versprechen, das der Held einer Geschichte sollte einhalten können.

Ihr werdet von dem Geheimnis meiner Reise erfahren, die kein bisschen weniger bedeutend ist als die des Odysseus, der von Troja zurückkehrt, wo Achilles durch einen Schuss in die Achillessehne getötet wurde, ausgerechnet durch Paris, dieses feige Jüngelchen – niemand versteht, was Helena an diesem Hosenpisser fand. Ich las die ganze banale Geschichte von Troja und von Odysseus' Heimkehr und wäre vor Lachen beinahe geplatzt.

»Herr Romanautor«, sagte ich zu Ali Sharafiar, »ist das das Wundergeschenk der Literatur an uns? Sind das die unsterblichen Meisterwerke der Belletristen, mit denen man seit Jahrhunderten angibt? Die Ermordung des Achilles durch diesen unkeuschen Feigling, der Helena ihrem Ehemann entführt hat? Wo ist da die Gerechtigkeit? Es ist doch wie der Sieg einer Fliege über den Riesen Thursen!

Ich weiß nicht, die Geschichtenschreiber waren mir in allen Genres der Kunst verdächtig. Fatal nur, dass ich dazu verdammt war, in ihre Falle zu tappen. Ich habe jetzt oft das Gefühl, dass der Fehler auch in mir steckt, denn wenn ich Musik hörte, dachte ich nicht über die Wahrheit nach. Ich hörte Poesie, ohne die Realität in Betracht zu ziehen. Ich sah mir Gemälde an und fand die Wirklichkeit nicht von Belang. Aber wenn es um eine Geschichte ging, wenn ich sah, dass Schriftsteller, um Wirkung zu erzielen, so taten, als wären sie im Besitz der Wahrheit, musste ich sagen: »Verehrter, warten Sie. Ich habe bedeutendere Dinge zu bieten, die ich selbst erlebt habe. Ja, wenn es einem anderen geschehen wäre, könnte man sagen, jemand hätte mich übertölpelt und mir Lügen aufgetischt. Aber wenn es Ihnen selbst passiert ist, wie kann man dann behaupten, Sie würden lügen?«

Ich merkte, wenn ich ihm von der Reise durch Samirs Seele erzählte, von sturmdurchtobten Städten und Rauchsäulen, sah mich Herr Sharafiar skeptisch an und sagte, davon hätte die Literatur nie gesprochen, so etwas gäbe es nicht. Er hatte seine Zweifel, wenn ich sagte, dass die Zeit in Samirs Seele zum Stillstand gekommen war. Ja, Samirs Seele war voll verschlossener Türen, lange Treppen führten durch die Finsternis ins Nichts. Aber ich drang in seine Seele ein und ließ dort eine Flöte zurück.

Als Samir und ich spät in der Nacht das Bewusstsein wiedererlangten, lagen wir beide auf dem Boden. Sein eleganter Anzug war staubig geworden. In der ganzen Stadt war der Strom ausgefallen, nicht mal eine Öllampe brannte. Aber der Mond war so nah, dass ich das Gefühl hatte, wenn ich in die siebte Etage steigen würde, könnte ich ihn mir greifen.

»Gott, was war das?« Samir klopfte sich den Staub ab. Er wirkte verstört. »Die Statue in dem Garten«, sagte er wie im Schlaf, »zeigte Schanas und mich. Schanas Salim, die später meine Ehefrau wurde.« Ich wusste nicht, zu wem er sprach.

»Das, was von dem Traum übrig bleibt«, sagte er bestürzt, »ist Dschaladat blutig neben einem Baum.« Während er sprach, suchte er seine Brieftasche, Armkettchen und Uhr, die er während unseres »Tanzes« verloren hatte. Ich sah seinen Schatten durchs Zimmer gehen und blind herumtasten. Er fand sie.

»Es ist spät«, sagte er, »sie wartet auf mich.« Damit verließ er das Zimmer. Ich hörte seine Tritte im Treppenhaus. Ich sah ihn auf der leeren Straße wie einen Betrunkenen taumeln. Auf Arabisch schrie er in die Stille hinein, so laut, dass er die Bewohner des Hotels weckte: »Ich habe jetzt eine Flöte … eine Flöte … eine Flööööte …«

Nacht der Abrechnung

Es war ein kleiner Saal, Abendrot leuchtete durch die Fensterscheiben. Eine leichte Brise kündigte den Sommer an. Samir war gerade eingetroffen. Er musterte seine Opfer, die stumm dasaßen. Jedes Einzelne begrüßte er mit Namen, er klang schuldbewusst. Nur Sarhangs Vater kannte er nicht. Ich machte sie miteinander bekannt. Meine Stimme klang bedrückt.

Ich nahm Samir an der Hand und ließ ihn auf einem Stuhl Platz nehmen. Seine Hand zitterte. »Hab keine Angst«, beruhigte ich ihn.

»Ich habe keine Angst.« Er lächelte nervös.

Es herrschte eine tödliche Stille. Alle Blicke waren auf mich gerichtet, und mein Blick ruhte auf Samir. Durch die Fenster sahen wir die Sonne untergehen. Das Licht fiel auf Samirs Rücken und bildete eine blutige Aura. Er trug ein weißes Hemd und war sauberer und besser angezogen als wir alle zusammen. Er zupfte ein weißes Taschentuch heraus und wischte sich die Stirn. Ich rückte den Tisch ein wenig an die Gruppe heran und ging nach hinten, kam mit Tee in einer Thermoskanne zurück und begrüßte alle mit einem kleinen Lächeln. Ich musste als Erster sprechen. Ich hatte mich darauf eingestellt, meinen Worten einen gewissen offiziellen Charakter zu verleihen und eine Gerichtsatmosphäre herzustellen. Ich ging zum Tisch.

»Heute ist der 15. Juni 1993«, begann ich, nachdem ich mich zurechtgesetzt hatte. »Zu zehnt sind wir hier versammelt, um über das Schicksal eines Bürgers zu entscheiden, der uns Leid zugefügt hat.

Die einzige Person, die fehlt, ist Papula Jamal, die leider, soweit ich weiß, unter so schwierigen Bedingungen lebt, dass ihr eine Teilnahme nicht möglich ist.

Sie kennen den Bürger Samir Suhair. Er war Oberst der irakischen Armee, bis er wegen mehrerer Verstöße degradiert wurde. Wir sind nur ein paar von den Opfern dieses Mannes, der bei seinem Einsatz in Kurdistan und an der Front unermessliches Leid hinterlassen hat. Bei all unseren Überlegungen und beim Urteil dürfen wir nicht vergessen, dass wir für alle anderen mitentscheiden. Für Tausende, die heute nicht da sein können. Wir sind die Überlebenden. Andere, für die wir mitentscheiden müssen, sind tot. Dies ist unsere einzige Gelegenheit, für ein wenig Gerechtigkeit zu sorgen. In Zukunft wird, selbst wenn der Diktator stürzt, niemand Menschen wie Samir vor Gericht stellen. Möglicherweise wird man die mächtigen Führer bestrafen. Aber Menschen wie Samir werden sich wieder unter uns mischen, auf den Straßen an uns vorbeilaufen, in den Restaurants uns gegenübersitzen, in den Parks spazieren wie wir. Und niemand wird wissen, was sie begangen haben.«

Ich hielt inne. Samirs Augen – nass wie die eines Vogels, der durch den Regen geflogen ist – fixierten mich. Ich wollte mich auf keinen Fall von Mitleid, Hass- oder Rachegefühlen überwältigen lassen. Der Tag, an dem er und ich auf den weißen Pferden die Stadt erreichten, kam mir wieder in den Sinn. Als ich gesagt hatte: »Samir, du bist mein Gefangener.«

»Verehrte Anwesende«, sagte ich, um dieses Bild wegzuscheuchen, »Sie müssen wissen, dass Samir seine Verbrechen gestanden hat. Unsere Aufgabe ist es, uns für Tod oder Freilassung zu entscheiden. Sie werden ihm verzeihen … oder nicht verzeihen. Ich versichere Ihnen, dass es Gerechtigkeit vor den staatlichen Gerichten nicht gibt. Wenn ich wüsste, dass die Richter gerechter verfahren, würde ich zu ihnen gehen. Es ist jetzt an Ihnen, Recht von Unrecht zu trennen und eine Entscheidung zu fällen.«

Ich unterbrach und holte tief Atem. »Welches Gericht hat sich denn nach Ihren Leiden erkundigt? Welcher Richter auf dieser Welt hat mich gefragt, wo meine Freunde Sarhang Qasm und Ishaki Lewzerin geblieben sind? Woher meine Narben stammen?

Wer den Musiker in mir getötet hat? Liebe Brüder und Schwestern, wir haben das Recht zu fragen: Was sind das für Richter, Gerichte, Anwälte, die es hierzulande ohne die Direktiven der Parteien, ohne eine Anordnung von oben nicht riskieren, auch nur einen Finger zu rühren?

Wenn wir Samir dem Gericht dieser Stadt überließen, würde uns niemand vorladen, damit wir unsere Wunden und Narben zeigen. Ein dummer Richter in einem seelenlosen Saal mit ein paar weiteren Robenträgern, die nicht gelitten haben wie Sie und ich, die würden über Samirs Schuld oder Unschuld entscheiden.«

Gemessen und würdevoll fuhr ich fort: »Gerechtigkeit kann man nicht studieren, sondern nur durch die eigenen Qualen und Vergehen begreifen lernen. Darum dürfen wir auch nicht vergessen, dass Samir sich freiwillig diesem Gericht gestellt hat. Er ist in sich gegangen und sieht ein, dass sein Leben eine Aufhäufung von Verbrechen ist. Deshalb überantwortet er uns heute sein Leben. Dieses Verfahren ist nicht nur Ihrem Recht, nicht nur der Sühne gewidmet, sondern es ist auch eine wichtige Station auf dem Weg zu Samirs Erlösung.

Das Schicksal hat es gewollt, dass ich diese Verhandlung leite, obwohl auch ich ein Opfer von Samir bin und er zugleich mein Retter, mein Freund, mein Reisegefährte gewesen ist, der sich mir offenbart hat. Deshalb überlasse ich die Entscheidung Ihnen. Ihnen, die Sie viel Zeit gehabt haben, das eigene Gewissen zu befragen, um zu entscheiden, ob Sie ihm vergeben können oder nicht. Ob Sie wollen, dass er weiter unter uns Lebenden wandelt oder nicht.«

Ich hielt ein. Das Spektakel des Sonnenuntergangs berauschte mich. Ich blickte in die Gesichter und vernahm eine mächtige Stille. Ich hatte das Gefühl, niemand würde nach mir sprechen wollen.

Doch Amir Gulabach, mit dem weißen Verband auf der Nase, erhob die Hand. »Mein Herr, Gott möge Ihnen vergeben, ich habe etwas zu sagen.« Er kam schüchtern zum Tisch und schaute Samir an. »Bruder …«, klagte er, »wieso haben Sie mir das angetan?

Wissen Sie noch, wie Sie sagten, Sie würden diese Woche nur Nasen abschneiden? Sie sagten: ›Beim allmächtigen Gott, ich bin euer Jüngstes Gericht und mache eure Stadt zur Stadt der Nasenlosen.‹ Warum denn, mein Sohn, warum? Was hatten Sie an meiner Nase herumzuhacken? Gott möge sich Ihrer erbarmen. Mit Herz und Verstand kann man auch ohne Nase Rosen riechen. Ich höre jetzt vom Vorsitzenden, dass Sie all diese Leute ins Unglück gestürzt haben. Warum eigentlich? Die armen Leute haben nicht mal was zu essen. Was hat Sie geritten? Einem haben Sie die Nase, dem andern die Hoden und was weiß ich abgeschnitten. Gott möge sich Ihrer erbarmen, eine Strafe, was würde sie jetzt noch bringen? Meine Bestrafung wäre, dass ich Sie wie einen Vogel in einen Käfig einsperren und den Käfig an einem Baum aufhängen würde, sodass Sie bis ans Ende der Welt aus diesem Käfig den Schönheiten hinterherschauen müssten. Offenbar wird Ihnen beim Anblick von Menschen schlecht. Ich würde Sie also in einem Park einsperren, damit Sie dauernd schöne Menschen sehen und leiden.«

Ich stand neben Samir und übersetzte für ihn ins Arabische. Amir Gulabachs Gedanken kreisten noch immer um eine poetische Form von Strafe. Ich spürte, dass Amirs Worte Karim Chasen wütend machten.

»Herr, mit Ihrer Erlaubnis, mein Geduldsfaden ist eben gerissen«, sagte er. »Was sagt dieser Bruder da? Was soll das mit dem Vogelkäfig? Eine Nase ist eine Nase. Da kann jeder drauf verzichten und sagen: Egal, es geht auch ohne. Aber wie soll man nach dem Tod des eigenen Kindes weiterleben? Dieser Hurensohn warf seinen Soldaten zwei meiner Kinder vor und schoss meine Hände kaputt. Er brachte die beiden um, beide wunderschön. Er verschleppte ein ganzes Dorf mitsamt den unschuldigen Kindern, und nicht eines wurde je wiedergesehen … Was bringt denn ein Gericht? Selbst wenn alle Gerichte der Erde diesen Hurensohn richten würden, würde es nicht reichen. Ich werde erst wieder gehen, wenn ich ihn mit einer Axt zerhackt habe.«

Ich hob die Hand. »Verehrte, egal, wie die Entscheidung ausfällt, sie muss mit Bedacht getroffen werden. Lieber Herr Karim, das letzte Wort hat die Mehrheit. Das ist eine Gerichtsverhandlung und kein Racheakt. Alle müssen zu Wort kommen. Also, am besten hören wir einander zu.«

Ardallani Sofi, der Jäger des Windes, der sagte, er hätte die Seele seiner Tochter mitgebracht, stand auf und kam, ohne mich zu fragen, an den Tisch und lauschte kurz in den Raum. »Hören Sie es?«, fragte er mit einem kindlichen Lächeln. »Hören Sie es?«

»Ich höre es«, sagte Mariuani Kukuchti, der blind und somit ein Experte des Hörens war. »Ich höre es.«

Ich hörte es auch: die Schritte eines Kindes im Lagerraum. Das Geräusch einer aufgehenden Tür. Ein Schatten erschien vor einem Fenster.

»Das ist sie.« Ardallan sah uns traurig an. »Ich habe sie mitgebracht, sie ist jetzt hier. Sehen Sie sie, verehrter Herr Samir von Babylon? Da ist sie, da vor dem Fenster.«

Samir drehte sich um und sah offenbar die Silhouette des Mädchens, denn seine Augen zeigten Furcht und Erstaunen. Das Mädchen saß im Fenster und schaute in den Sonnenuntergang.

»Ich hatte niemanden außer ihr, Samir von Babylon«, sagte Ardallani Sofi. »Wissen Sie, was die Ermordung eines Kindes eigentlich bedeutet? Die Ermordung Gottes. Ich denke seit sechs Jahren darüber nach. Ich frage die Wanderer. Ich frage die Kunden meines kleinen Ladens, was es bedeutet, ein Kind zu töten. Nun sagen Sie es mir, Herr Oberst: Was bedeutet es, ein Kind zu ermorden?«

»Ich bin kein Oberst«, sagte Samir leise und senkte den Kopf.

Ardallani Sofi schlug auf den Tisch und schrie wütend: »Was bedeutet es, ein Kind zu ermorden? Ha, was bedeutet Kindsmord?« Er schaute in die Runde und beruhigte sich. »Weiß einer von Ihnen, was es bedeutet, ein Kind zu ermorden?«

»Es bedeutet, jedes Gesetz mit Füßen zu treten«, sagte ich.

»Nein«, gab er ruhig zurück. Dann, als würde er ein Geheimnis preisgeben, flüsterte er: »Es bedeutet die Ermordung des Schöpfers. Ich habe Religion studiert, bin auch Mullah gewesen. Ich bin mir gewiss: Es gibt einen Unterschied zwischen der Ermordung des Schöpfers und der Ermordung eines Geschöpfs. Die Ermordung eines Kindes fällt in die Kategorie ›Schöpfermord‹.«

Wir hörten aufmerksam zu. Wir wussten nicht, ob dieser Mann bei Verstand war. Er richtete seinen Blick auf mich und lächelte. Ich schrak zusammen. »Denken Sie vielleicht, ich bin verrückt? Nein, ich bin nicht verrückt. Ich habe lange studiert. Würden Sie mich töten, dann würden Sie in mir das Geschöpf töten. Es kann sein, dass Sie den Kurden in mir hassen. Sie wollen möglicherweise Kurdistan in mir verwüsten. Bringen Sie mich um, bringen Sie ein Geschöpf um, ein Geschöpf, das die Gestalt eines Kurden angenommen hat. Mit der Ermordung eines Menschen tötet man seine Eigenschaften. Wenn Sie einen Araber töten, weil er ein Araber ist, dann töten Sie den Araber in ihm. Aber ein Kind, das erst zu sprechen lernt und noch nicht ganz Mensch geworden ist, ist ein Teil des Allmächtigen. Aus diesem Grund darf niemand dem Mörder Gottes vergeben. Wer dem Mörder Gottes vergibt, hat keinen Glauben. Wer diesem Ketzer verzeiht, ist gottlos.« Er wedelte mit seinen Händen, wie Gläubige es tun. Er sprach, als wollte er gleich in den Dschihad ziehen. Ab und zu drehte seine Tochter sich um, und ich sah das Gesicht eines Engels, sie wirkte wirklich wie etwas Göttliches in diesem Raum. Ich legte meine Hand auf Ardallans Arm, um ihn zu beruhigen.

Karim Chasen warf ein: »Wer diesem Pharao verzeiht, ist selbst ein schlimmerer Schweinehund als er.«

»Mann, wählen Sie Ihre Worte behutsam«, wendete sich Sarhangs Vater an Karim. »Der Herr hat gesagt, das Wort haben nicht Sie allein, sondern wir alle. Ich habe einen wunderbaren Sohn verloren, aber wenn Sie auch nur ein kleines bisschen an Gottes Gerechtigkeit und an das Schicksal glauben, wissen Sie, dass sich in jedem Unglück eine Weisheit verbirgt, die Ihren und meinen Verstand übersteigt. Ob der Mensch rein oder unrein, Mörder oder Opfer ist, am Ende ist er immer noch Gottessklave. Wenn er ein Hund ist, dürfen wir nicht auch zu Hunden werden.«

»Sprechen Sie, Herr Qasm«, sagte ich zu Sarhangs Vater. »Sagen Sie, was Sie auf dem Herzen haben.«

»Herr«, er stand auf und brachte ein müdes Lächeln zustande, »niemand kann die Wege Gottes ergründen. Ich war dreiundvierzig Jahre lang als Wundarzt tätig und hatte in diesen dreiundvierzig Jahren täglich mit Gottes Weisheit zu tun. Ich habe Verwundete mit vierzig Kugeln erlebt, die nach einer Woche wieder auf den Beinen waren. Und ich habe Menschen erlebt, die das Leben durch einen Kieselstein verloren haben. Niemand kann die göttliche Weisheit verstehen, niemand. Man muss in jedem Unglück nach dieser Weisheit suchen und fragen: ›Du Erhalter der Erde und des Himmels, was für eine Lektion willst Du mir erteilen, was willst Du mich lehren?‹ Vielleicht will uns der Allmächtige auf die Probe stellen, unsere Kraft des Erbarmens auf die Probe stellen? Vielleicht bedeutet es ihm nichts, dass wir einen Schuldigen bestrafen. Es kann sein, dass ihn Gottes Erbarmen auffängt, wenn wir ihn töten. Mein Sohn, was ist die Bestrafung durch Menschen im Vergleich zu der Bestrafung durch Gott? Nur ein kurzer Augenblick. Sie erschießen jemanden, und er ist tot. Aber die Bestrafung durch den Allmächtigen – Gott bewahre uns – überdauert die Ewigkeit. Wenn wir Gottes Weisheit genauer betrachten, werden wir sehen, dass unser Erbarmen uns Gott näherbringt. Es liegt nicht in menschlicher Macht, wirksam zu strafen. Das liegt nur in der Macht des Gnädigen, des Barmherzigen.«

Halim Schewaz hatte sich bis dahin ruhig verhalten. Zum ersten Mal seit Jahren saß er wieder mit Menschen zusammen. Er trug ein schwarzes Jackett und ein grünes Hemd, die Hände bedeckten die Narben seines Gesichts. »Verehrter Vorsitzender«, sagte er, »ich habe auch etwas zu sagen.«

»Bitte sehr, Herr Halim«, erwiderte ich, »nun sind Sie an der Reihe.«

Ohne aufzustehen, sagte er: »Ich gehöre zu denen, die Samir glücklich machen wollen. Ich schließe mich denen an, die seine

Freilassung verlangen. Ich warte auf kein Erbarmen und bitte die Herren, Gott aus dieser Sache rauszuhalten. Denn mit Gott hatte diese Sache nie etwas zu tun. Was wir hier entscheiden, geht ihn nichts an.«

Von Karim Chasen und Sarhangs Vater kamen erregte Zwischenrufe.

»Wenn Gott bei den Verbrechen nicht anwesend war«, sagte er, »dann weiß ich nicht, weshalb Er bei der Bestrafung dabei sein soll.« Er warf Ardallani Sofi einen wütenden Blick zu. »Als dein Kind getötet wurde, wo war da Gott? Ich frage nicht, ob es Ihn gibt oder nicht. Jeder Mensch muss das für sich selbst entscheiden. Aber ich weiß, dass Gott mit unseren Verbrechen nichts zu tun hat, ebenso wenig mit unseren Strafen. Wenn es Ihn gibt, wird Er dankbar sein, wenn wir Ihn bei dieser Sache nicht mit reinziehen.«

Da musste Ardallani Sofi, der in diesem Moment wie ein alter Religionsgelehrter wirkte, seine Stimme erheben: »Gott steckt in allem, nicht mit seinem Wesen, aber durch Seine Befehle und Aufforderungen. Es ist nicht die Aufgabe des Allmächtigen, einen Mörder aufzuhalten, sondern die des Menschen.«

»Und sagen Sie mir, wieso Gott bei den Verbrechen wegschaut?«

»Um uns auf die Probe zu stellen«, sagte Sarhangs Vater, »um zu erfahren, ob wir in der Lage sind, Seine Weisheit zu erkennen. Und vergessen Sie nicht: Gott erprobt an den Menschen Seine Macht, Schönheit und Weisheit. Von den Opfern wünscht Er Geduld und Erbarmen.«

Halim Schewaz hielt beide Hände aufs Gesicht gedrückt und lauschte. »Was ist das für eine Gerechtigkeit«, fragte er, nachdem er eine Hand heruntergenommen hatte, »wenn man unter tausend Schuldigen nur einen bestraft? Wenn Ihr Glaube an göttliche Gerechtigkeit so stark ist, dann überlassen Sie Gott die Sache. Wenn Sie aber an irdische Gerechtigkeit glauben, die ist längst verreckt. Seit Tausenden Jahren kommen und gehen die Tyrannen. Lassen Sie auch ihn gehen. Durch die Verurteilung eines einzigen Schuldigen wird die Gerechtigkeit nicht wahr.«

»Und was ist, wenn wir nichts tun?« Ich stand auf. »Wenn wir nur dasitzen und zugucken, wird die Gerechtigkeit dann wahr?«

»Sie stellen mir eine unsinnige Frage.« Halim Schewaz blickte streng in meine Richtung. »Ihre Frage führt in die Irre. Was ist der Traum der Gerechten? Diese Frage können Sie nicht beantworten, Dschaladat, weil Sie ein Blödmann sind. Es gibt nichts Gefährlicheres als den Traum der Gerechtigkeit.«

Ich warf Samir, der aufmerksam zuhörte, einen Blick zu.

»Es ist die Obsession der angeblich Gerechten, alle Schuldigen dingfest zu machen und zu bestrafen«, sagte Halim Schewaz, ohne sich zu rühren, wie eine Statue mit einer Hand auf dem Gesicht. »Dann müssten wir alle Schuldigen bestrafen, für jedes Vergehen müssten wir eine Strafe parat haben. Aber die Menschen sündigen ständig. Es gibt keinen Menschen, der nicht Strafe verdient hätte. Wahre Gerechtigkeit würde die Welt in eine Hölle verwandeln. Bestrafen und bestraft werden, eine endlose Barbarei. Aber irgendwann ist es genug. Ich frage Sie: Werden Sie Frieden finden, wenn Sie ihn töten? Heilt sein Tod eine unserer Wunden? Würde es jemanden wieder zum Leben erwecken? Das, was Sie als Gerechtigkeit bezeichnen, was Sie im Namen Gottes tun wollen, hat nur mit Ihrem Rachedurst zu tun. Ich sage Ihnen, wenn Sie Frieden wollen, dürfen Sie an zwei Dinge nicht denken: Gerechtigkeit und Vergeltung. Lassen Sie diesen Mann gehen. Sagen Sie ihm: ›Die Tür steht Ihnen offen, gehen Sie, und leben Sie wohl.‹ Wenn Sie ihn umbringen, werden Sie Ihr Leben lang leiden. Versuchen Sie, es einfach zu vergessen.«

Sabri Schechani kam nach vorn, wie eine Schauspielerin, die plötzlich auf die Bühne springt. »Ich habe diesen Mann in meinem Herzen schon getötet«, sagte sie, ohne jemanden anzusehen. »Ich habe ihn aus meinen Gedanken vertrieben. Mir ist egal, dass er noch lebt. Wichtig ist nur, dass ich ihn aus meinem Geist vertrieben habe. Wenn Sie ihn töten, wird er in meinem Kopf wiederauferstehen. Darum lassen Sie ihn bitte gehen.«

»Sie können ihn meinetwegen gehen lassen, Madam.« Mariuani

war wütend aufgestanden. »Aber ich bin seit fünf Jahren blind. Wo ich hinsehe, ist Finsternis. In der Finsternis sehe ich seit fünf Jahren nur diesen Mann. Bevor ich geblendet wurde, wollte ich meine Mutter, meinen Vater sehen, hatte Sehnsucht nach meiner kleinen Schwester, aber dieses Tier trat vor mich hin und sagte: ›Schau mich gut an, denn ich bin das Letzte, das du in der hellen Welt sehen wirst.‹ Das sagte er drei Tage lang, und dann nahm er mir das Augenlicht. Ich arbeite beim Zoll. Ich horche an den Straßen, ich erschnüffle die illegalen Transporte wie ein Hund. Aber was ich auch tue, immer tritt mir dieser Mann vor die Augen. Ab und zu fliehe ich blindlings und falle hin. Ich habe mir schon zweimal die Hand gebrochen. Die Gerechtigkeit interessiert mich nicht. Soll er verrecken, damit ich vielleicht meine Ruhe finde. Ich möchte den Kopf friedlich aufs Kissen legen, ohne dass mir dieser Schurke im Traum erscheint.«

Halim Schewaz hatte wieder beide Hände vor dem Gesicht. »Man träumt immer wieder von diesem Schurken«, sagte er mit seiner warmen, tiefen Stimme. Der Stimme eines gebildeten Mannes, den das Schicksal in die Abgeschiedenheit gedrängt hatte. »Denken Sie, ich wüsste über seine Schandtaten nicht Bescheid? Er setzte mich einen ganzen Tag vor einen Spiegel und sagte: ›Merk dir, wie du aussiehst. Erst am Jüngsten Tag wirst du dein Gesicht wieder ganz sehen.‹ Sie sind glücklicher als ich, Sie sind blind und müssen sich nicht sehen. Ich ließ zwei Jahre lang keinen Spiegel in mein Zimmer. Aber denken Sie, man sieht sich nicht ohne Spiegel? Ich sah mich trotzdem. Denken Sie, nur der Tod wäre eine Strafe? Sie denken falsch, wenn Sie wie ein Folterknecht denken. Sie sind jetzt Richter und nicht Folterknechte. Falls es um Gerechtigkeit gehen sollte, dürfen Sie nicht wie ein Henker denken. Werden Sie für eine einzige Nacht zu einem gerechten Richter, und lassen Sie ihn gehen. Dieser Mann ist ein Mörder, der es nicht geschafft hat, irgendetwas umzubringen. Ich sage ihm: ›Ich verzeihe dir, es steckt also noch Schönheit in mir. Du konntest die Schönheit in mir nicht töten.‹ Ihnen, Mariuani Kukuchti, wollte er das Augenlicht nehmen, aber sagen Sie ihm doch, dass Sie immer noch sehen können. Ihnen, Ardallani Sofi, wollte er die Tochter nehmen, aber da ist sie, ihre Seele ist bei uns. Sie, Sarhangs Vater, sagen Sie ihm, er wollte Sarhang töten, aber Sarhang befindet sich in Ihrem Herzen, an einem unsterblichen Ort. Nassrin Chafur, er wollte, dass Sie nicht mehr arbeiten können und eine Hure werden, aber Sie sind heute eine hart arbeitende, ehrenhafte Frau. Sie, Chaleq Mahmud, er wollte, dass Sie niemals mit einer Frau schlafen können. Aber in Ihren Fantasien können Sie sogar mit allen Meerjungfrauen schlafen. Dieser Mann hier hat uns nichts anhaben können. Ich meine, es steckt immer noch Schönheit in uns und ebenso in ihm, die wir nicht töten dürfen. Ja, auch in Samir von Babylon, sonst wäre er vor diesem Gericht nicht erschienen. Fragen wir ihn, wie er sich geändert hat, warum er plötzlich eins seiner Opfer gerettet hat. Ich sage Ihnen, warum. Weil in seinem Herzen etwas verborgen war, das er zuvor nicht gespürt hatte. Etwas hat ihn geweckt. Verschonen wir das bisschen Schönheit in ihm.«

Ich übersetzte für Samir.

»Lieber Herr, warum übersetzen Sie für diesen Hund? Übersetzen Sie ihm nichts«, rief Nassrin Chafur, die bislang nur zugesehen hatte. »Alles kann man verschmerzen, ein Bein, ein Auge, aber nicht die Ehre! Man kann blind geboren werden, ohne Nase, ohne Lippen. Allmächtiger Gott, es gibt tausend Unpässlichkeiten. Man kann einen Unfall haben, gelähmt sein, das Bein können sie einem amputieren. Man kann taub oder blind auf die Welt kommen, aber haben Sie je erlebt, dass jemand ohne Ehre aus dem Schoß seiner Mutter gefallen wäre? Oder haben Sie jemanden gesehen, der durch einen Autounfall seine Ehre verliert? Dieser Hund hat mich mit seinen Kötern sieben Tage und sieben Nächte lang vergewaltigt, und dann haben sie mir beide Hände abgehackt. Das sind Tiere. Kein Gesetz würde ein solches Verbrechen verzeihen.« Nassrin kämpfte mit den Tränen. Um nicht zu schluchzen, setzte sie sich wieder und senkte den Blick. Ich sah die Tränen in ihren Schoß fallen.

»Gott allein kann uns Kraft und Willen geben«, hörte ich Sarhangs Vater sagen.

»Darf ich sprechen?« Chaleq nutzte den Augenblick der Stille.

»Bitte sehr«, sagte ich leise, »Sie haben das Wort.«

»Dieser Mann sagt«, und er zeigte auf Halim Schewaz, »ich hätte mit Jungfrauen geschlafen. Obwohl er weiß, dass ich dieses Ding gar nicht habe.« Und er fuhr fort: »Es ist wahr, Sie haben kein Gesicht. Aber Sie können heiraten und Nachkommen zeugen. Und was ist mit mir? Ich bin wie ein Fischer, der Tag für Tag angelt, ohne etwas zu fangen. Ohne dieses Ding ist alle Mühe vergebens. Es sei denn, man würde Wasser angeln. Mein Angelhaken wird nie im Leben einen Fisch fangen, es ist vorbei. Wie kann ich diesem Mann verzeihen? Es ist nicht so, als hätte er mich nur angespuckt. Kürzlich wollte ich mich bei dieser Hilfsorganisation für Behinderte anmelden. Man hat mich dort nicht mal registriert. Ich sei nicht *handicapped*, sagten sie, ich solle mich verziehen. Da ließ ich vor dem Direktor meine Hose runter und sagte ihm: Wenn ich den hätte, Sie Hundesohn, dann wüsste ich, wo ich ihn Ihnen reinschieben würde.«

Da brachen für einen Moment alle in schallendes Gelächter aus.

»Selbst Sie lachen mich aus«, sagte er traurig. »Sie können stolz sagen: ›Seht her, uns wurde das für Kurdistan, für unser Vaterland angetan.‹ Aber was ist mit mir? Wenn ich bei uns Fisch verkaufe, kommen die Frauen und Mädchen vorbei und kichern. Manche Frauen schielen zu mir herüber und sagen: ›Du lieber Gott, schau dieses Riesending in seiner Hose.‹ Der Tod ist besser als dieses Gespött. Und wenn ihm die ganze Welt verzeiht, ich werde ihm nicht verzeihen.«

Draußen war es längst dunkel geworden. Wir machten eine Pause, schnappten frische Luft und tranken Tee.

Samir aber rührte sich nicht vom Fleck. Er war in Schweigen versunken. »Woran denkst du?«, fragte ich ihn.

»Ich denke nicht, ich warte.«

Ich sah, wie er sich schämte, aber diese Scham änderte nichts an den Qualen dieser Menschen, die manchmal in einen Streit darüber gerieten, wer von ihnen mehr zu leiden habe. Viel Zeit beanspruchten die Wortgefechte zwischen Halim Schewaz und Ardallani Sofi. Karim Chasen stand öfter auf und sprach von seiner Axt. Nassrin Chafur griff Samir und Halim Schewaz an. Ich konnte nur mit Mühe für Ruhe sorgen.

Serdar Baba Karim war der einzige, der einen neutralen Eindruck machte. »Machen Sie mit ihm, was Sie wollen«, sagte er. »Ich hätte nicht kommen sollen. Ich werde das Gefühl nicht los, dass ich mit einem blauen Auge davongekommen bin.«

Es war jetzt einigermaßen klar: Amir Gulabach, Sarhangs Vater, Halim Schewaz und Sabri Schechani hatten sich gegen Samirs Tod entschieden. Mariuani Kukuchti, Ardallani Sofi, Karim Chasen, Nassrin Chafur und Chaleq Mahmud hingegen wollten, dass am nächsten Morgen alles vorbei sein sollte. Anfangs dachte ich, nur Karim Chasen hätte eine Waffe, seine Axt, mitgebracht. Als ich erfuhr, dass Ardallani Sofi und Chaleq Mahmud Pistolen dabeihatten, überkam mich eine lähmende Angst. Meine ganze Hoffnung richtete sich darauf, dass Serdar Baba Karim sich gegen die Bestrafung entschied, damit Samirs Leben in letzter Sekunde gerettet werden konnte.

Plötzlich überfiel mich Reue. Plötzlich zweifelte ich an mir und an dem, was ich da angerichtet hatte. Um zehn Uhr sollte die Abstimmung beginnen. Ich aber eröffnete eine zweite Diskussionsrunde, da ich mich vor dem Ergebnis fürchtete. Ich hoffte, dass jemand seine Meinung ändern würde. Aber wir drehten uns im Kreis. Qasm und Halim Schewaz argumentierten wieder, durch die Bestrafung würde die Welt noch finsterer. Ardallan sagte, die Sünder zu bestrafen, sei eine von Gott aufgetragene Pflicht. Mariuani Kukuchti meinte, ohne Samirs Tod könne er nicht ruhig schlafen. Nassrin Chafur sagte, sie würde auf ihre Ehre nicht verzichten. Ardallani Sofis kleine Tochter erschien immer wieder vor dem Fenster und ließ uns zusammenfahren.

»Die Seele dieses sündenloses Kindes fordert ihr Recht«, wiederholte Ardallani Sofi. Um elf gab ich schließlich auf, und wir schritten zur Abstimmung. Ardallan hatte gedrängt: »Herr, die Nacht vergeht, und Sie wollen immer noch nicht, dass wir ein Urteil über den Mann fällen.«

Zuletzt wollte ich noch erreichen, dass Samir das Wort ergreift. »Es gehört sich, dass wir den Beschuldigten anhören«, sagte ich. Aber Samir saß stumm da, als wäre schon alles Leben aus ihm gewichen. Er schien seine Reise in den eigenen Tod bereits angetreten zu haben. Ich konnte es nicht fassen. Warum hatte er diese Leute auf die Namensliste gesetzt? Er musste ja wissen, dass er das Verfahren nicht überleben würde. Oder hatte er schon geahnt, wohin es führen würde, als er mich auf seinen Schultern durch die Wüste trug?

Am 15. Juni 1993, um Viertel nach elf in einer leeren Lagerhalle in der Nähe eines Eingangs zum Ozean votierten fünf Menschen für Samirs Tod – um der Gerechtigkeit Genüge zu tun – noch vor dem Morgengrauen. Vier wollten ihn leben lassen – damit ein bisschen Liebe auf Erden walte –, und einer enthielt sich der Stimme.

Ich hatte Angst. Ich wollte nicht, dass Samir vor Tagesanbruch starb. Ich wollte ihnen einreden, den Vollzug des Urteils hinauszuschieben. Ich schwor ihnen, Samir würde als ein zum Tode Verurteilter gefangen bei mir bleiben. Dann hätten sie Gelegenheit, ihr Urteil zu überdenken.

Aber zum ersten Mal meldete sich Samir zu Wort und sagte: »Nein, Dschaladat, ich muss noch heute Nacht sterben.« Er wollte mich unter vier Augen sprechen. Ich bat um eine Pause, und wir verließen den Raum. »Lauf weg, Samir«, sagte ich unwillkürlich, »lauf weg. In dieser Finsternis kannst du entkommen.« Mir war wohl klar, was für Unsinn ich da von mir gab. Ich selbst hatte dieses Gericht einberufen, hatte Samir Tag für Tag gesagt, er sei mein Gefangener. Und nun sagte ich, er solle weglaufen.

»Nein«, war seine Antwort, »ich laufe nicht weg, Dschaladat. Einen anderen Weg gibt es nicht für mich. Außerdem habe ich schon die Flöte dabei, die mich im Tod begleiten wird.« Unter seiner Jacke holte er eine weiße Flöte hervor. Die Flöte, die ich in der Nacht meines Todes verloren hatte. Die mich seit der Kindheit begleitet hatte. Mit der ich meine Wanderungen mit Ishak und Sarhang unternommen hatte.

»Du hast sie mir gegeben.« Wie ein Kind drückte Samir die Flöte an seine Brust. »Nachdem ich auf dich geschossen hatte und dich in den Graben warf, fiel sie zu Boden, und ich hob sie auf. Als ich zurückkam, um dich zu retten, habe ich sie im Wagen gelassen. Sie lag dort lange. Eines Nachts nahm ich sie heraus und begann zu spielen. Aber eigentlich spielte sie für mich. Sobald ich sie an die Lippen drückte, kamen zauberhafte Töne heraus. Ich wusste, ich war es nicht, der diese Melodien spielte. Nun aber, seit zwei Tagen, kann ich selber spielen. Das ist ein Zeichen des Todes. Ich sterbe an deiner Stelle, anstelle des Musikers in dir. Dafür sorgt das Gericht. Ich rettete dich, und du erlöst mich. Nicht als Oberst Samir von Babylon werde ich sterben, sondern als der Musiker Samir von Babylon«, sagte er zuversichtlich. »Einen Teil meiner Schuld habe ich begleichen können. Ich nehme die Flöte mit. Es ist wichtig, dass ich sie mit ins Grab nehme.« Er drückte die Flöte an sich und sagte: »Ein Übeltäter und ein Musiker können unmöglich zugleich in mir leben. Sie müssen sich durch den Tod voneinander trennen.«

Er wollte unser Gespräch nicht weiter fortsetzen und lief gleich wieder hinein, wie ein Vogel, der dem Tod entgegenfliegt. Wie ein Reisender, der es eilig hat, aufzubrechen. Mit der Verkündung des Todesurteils hatte er seinen Frieden gefunden. Ich begriff, dass das Gericht Teil seines eigenen Plans geworden war.

Meine Augen standen voller Tränen. Ich wusste, dass Samir sterben musste. Es gab keinen anderen Weg, für uns, für die Opfer und für ihn selbst. Er wollte die Freiheit durch den Tod erlangen. Und er hatte einen Musiker in sich entdeckt. Die Musik, die ihn jahrelang gepeinigt und vertrieben hatte, war nichts als das Spiel des unerweckten Musikers in der eigenen Seele.

Alle starrten meine Tränen an. Ich setzte mich. »Samir von Babylon ist bereit«, sagte ich. »Man darf ihm nur die Flöte nicht wegnehmen.«

Halim Schewaz war entsetzt, er schlug die Hände vors Gesicht und blickte dann mich an. »Äußere Schönheit obsiegt immer«, sagte er grollend, ehe er den Raum verließ. »Und die oberflächliche Wahrheit schlägt immer die tiefe Wahrheit ... Sie Blödmann.«

Nur ich wusste, was er meinte. Und trotzdem war ich mir sicher, dass er sich irrte. Samirs Tod war ein großer Sieg der Schönheit. Aber eben durch den Tod.

Danach stand auch Sarhangs Vater auf und sagte mit großem Bedauern: »Ich kann nicht hierbleiben, mein Sohn. Ich gehe auf die Straße, suche mir eine Mitfahrgelegenheit und fahre nach Hause.« Schweigend ließen wir ihn ziehen.

Anderthalb Kilometer südlich lag oberhalb der Hauptstraße ein riesiges Feld. Die fünf, die Samir töten wollten, beschlossen, dass dort jeder auf ihn schießen sollte. Nassrin Chafur konnte nicht, weil sie keine Hände hatte. Darum blieb Samir eine Kugel erspart. Sie verbanden ihm die Augen, fesselten ihm die Hände und führten ihn ab. Fünf traurige Opfer, keiner hatte bislang getötet oder auch nur einem Spatzen etwas zuleide getan, aber ihre Verwundungen brachten sie dazu, einen Menschen zu erschießen, der für ihre Leiden verantwortlich war.

Ehe sie ihm die Augen verbanden, sah ich ihm ein letztes Mal in die Augen und fragte: »War es ein faires Gericht?« Ich sah seine Tränen.

»Trauere nicht«, sagte er still, »es war ein faires Gericht.«

Sie hatten ihm die Hände so gefesselt, dass er die Flöte an seine Brust drücken konnte. Ich ging den ganzen Weg neben ihm. Ich fühlte, meine Anwesenheit gab ihm Sicherheit. »Bist du bei mir?«, fragte er mehrmals.

»Ich bin bei dir«, sagte ich.

»Hast du Dalia geliebt?«, fragte er, kurz bevor wir ankamen.

»Ich habe sie geliebt und werde sie bis in den Tod lieben.«

»Ich habe sie auch geliebt«, sagte er, »aber nicht so sehr wie du.«

»Samir, weißt du, dass sie überlebt hat? Sie ist am Leben.«

»Grüße sie, wenn du sie siehst«, sagte er mit dem Lächeln eines Blinden. Ich dachte, er würde über Dalia reden, um sich abzulenken. Doch dann sagte er: »Dalia sagte einmal: ›Wer Musik hören kann, darf die Propheten ignorieren. Was Gott dem Menschen sagen möchte, ist auch in der Musik.‹«

»Ja, Dalia sagte immer solche Dinge.«

Von diesem Moment an wurde der Orangenduft, der von Samir ausging, immer stärker. »Dalia sagte, alle echten Musiker würden ins Paradies kommen.«

Der Orangenduft berauschte mich. »Ja, die wahren Musiker kommen ins Paradies oder vielleicht an einen ähnlichen Ort oder vielleicht …« Ich musste abbrechen.

»Oder das Paradies kommt zu ihnen«, ergänzte er. »Dschaladat«, fragte er dann, »glaubst du, ich komme in die Hölle?«

»Ich weiß es nicht«, seufzte ich, »wie auch.«

»Du hättest sogar mit dem Teufel Mitleid, wenn er sterben müsste«, lachte er. »Aber ich weiß, was geschehen wird. Ich werde mich spalten. Ein Teil von mir kommt in die Hölle und ein Teil ins Paradies. Und die hier töten die Hälfte, die in die Hölle kommt. Aber welcher Teil bin ich selbst?«

Er verstummte.

»Die Kraft des Lebens besteht darin, dass Gut und Böse untrennbar vermengt sind. Nur Gott kann das bewerkstelligen«, setzte er dann fort. »Niemand kommt ganz in die Hölle. Wir haben immer einen Teil in uns, dem das Paradies zuteilwird. Dschaladat, die Welt ist ein Schachbrett, Gott und Teufel sind gegeneinander angetreten. Und wir sind die Figuren. Ob Bauer, Springer oder Läufer, ist gleich. Ob sie auf der Seite Gottes oder des Teufels zum Einsatz kommen, alle sind gleich. Gott braucht den Teufel als Gegenspieler, sonst könnte er Gut und Böse nicht ins Gleichgewicht bringen. Bei diesem Spiel gelten für beide dieselben Regeln. Um seine Allmacht zu beweisen, hat er dem Teufel dieselben Mittel zur

Verfügung gestellt. Der Mensch hat keine Ahnung, auf welcher Seite des Bretts er steht.«

»Nein, Samir, Gott und Teufel spielen nicht nach denselben Regeln. Du weißt doch, wie wichtig Gerechtigkeit für Leben und Schönheit ist.«

»Dschaladati«, erklärte er, »das ist mein letztes Wort: Niemand arbeitet so eng zusammen wie Gott und der Teufel. Der Teufel ist nichts als ein dämlicher Partner, den Gott erschaffen hat, damit er gegen ihn spielen und ihn besiegen kann. Aber alle Siege Gottes gehen auf Kosten unseres Lebens. Seine Siege sind unser Leid. Das müssen wir hinnehmen.«

Ich wusste nicht mehr, was sagen.

»Wenn du Dalia siehst, grüße sie von mir«, sagte er noch einmal. Er sprach ruhig. Niemand wäre darauf gekommen, dass er auf dem Weg in den eigenen Tod war. Sein Duft umgab ihn.

Als wir das Feld erreichten, funkelten Tausende Sterne in der Stille. Sie setzten ihn auf einen Stein mit dem Blick zur Hauptstraße. Sie waren keine Mörder: ein Bauer, ein Theologiestudent, ein Fischer und ein Blinder. Chaleq Mahmud wollte als Erster schießen. Die kleine Pistole zitterte in seiner Hand, er konnte sie kaum heben, um auf Samir zu zielen. Der erste Schuss kostete ihn zu viel Überwindung, er traf nicht.

»Dschaladat«, rief Samir, »ich bin noch da. Sag ihnen, dass ich nicht tot bin.«

Die erste Kugel, die traf, kam von Ardallani Sofi. Ich schrie auf und wandte mich ab.

»Dschaladat«, hörte ich ihn leise sagen, »nun ist es gut, ich werde gleich sterben.«

Ich hatte die Hände vors Gesicht geschlagen und hörte das Kind weinen, das zwischen den Bäumen herumlief. Ich roch den Orangenduft. Der zweite Schuss kam von Karim Chasen.

»So ist der Tod«, keuchte Samir, »so ist der Tod.« Das waren seine letzten Worte. Er wollte noch etwas sagen, ich konnte ihn jedoch nicht verstehen. Ich weinte. Es war mir nicht möglich, hinzusehen.

»Nein, ich nicht«, hörte ich Mariuani sagen. »Ich werde nicht schießen, ich sehe nichts. Er ist doch schon tot. Ich schieße nicht auf einen Toten.«

»Ich werde deine Hand halten«, hörte ich Karim Chasen sagen. »Er ist noch nicht tot. Hab keine Angst, es geht ganz leicht.«

»Er ist schon tot«, beharrte Mariuani ängstlich. »Ich schieße nicht auf einen Toten.«

»Lass ihn, er muss nicht mehr schießen«, sagte Ardallani Sofi. »Tragen wir den Mann an den Straßenrand. Hier findet ihn niemand, und er verfault. Gott wäre es nicht recht. Soll ihn ein Gläubiger beerdigen ... Nicht zu glauben, wie der nach Orangen riecht.«

Ich sank weinend auf die Knie. Ich hatte noch so vieles mit ihm zu bereden. »Legt ihm die Flöte auf die Brust«, sagte ich, »vergesst die Flöte nicht.«

Alle vier packten mit an. Nassrin Chafur weinte auch. Ich wollte Samir ein letztes Mal sehen. Aber ich schaffte es nicht. Ich konnte ihn nicht tot sehen, den Mann, der gesagt hatte, er hätte sein Leben mit dem meinen getauscht.

Ich wischte mir die Tränen vom Gesicht. Eine einzige Frage rumorte jetzt in mir: Ob Ishaks und Sarhangs Seelen nun in Frieden ruhten? Hatte Samirs Tod die Welt besser gemacht?

Um acht Uhr morgens wird Samirs Leiche ins Krankenhaus eingeliefert. Mit einer Flöte, die ihm durch keine Macht zu entreißen ist. Um neun Uhr zehn kommt ein schläfriger Polizist, wirft einen Blick auf die Leiche, sammelt einige Informationen und geht wieder. Um zehn Uhr fünf kommen Ärzte, sie wollen ihm die Flöte aus der Hand winden, aber vergebens. Um elf Uhr tritt Schanas Salim vor die Leiche, mit Tränen in den Augen, aber ohne zu heulen, ohne die Leiche anzufassen. Sie unterzeichnet ein paar Formulare, führt ein paar Telefonate, setzt sich eine Viertelstunde lang mit dem schläfrigen Polizisten zusammen und verlässt aufgebracht das Krankenhaus. Um fünfzehn Uhr dreißig wäscht ein Leichenwäscher Samir auf einem alten Leichenwaschstein, samt meiner

Flöte. Um sechzehn Uhr dreißig tragen Verwandte und Bekannte und Nachbarn von Schanas Salim Samirs Leiche aus einer Moschee zum Friedhof und beerdigen ihn samt der Flöte.

Morgens um vier Uhr dreißig war ich mit den anderen in einem schrottreifen Bus, den Serdar Baba Karim fuhr, am Stadtrand angekommen. Ich verabschiedete mich, umarmte jeden Einzelnen und wünschte ihnen Frieden. Um sieben Uhr versank ich in den Erinnerungen dieser Nacht. Das große Warten begann. Ich stand den ganzen Tag auf dem Balkon und betrachtete die Vögel, die sich zu Tausenden um das Hotel sammelten. Der Tag verging, dann die Nacht, ohne dass etwas geschah. Scharoch musizierte für mich bis zum Morgen. Am nächsten Tag flogen wieder die Vögel durch den Himmel, wie Melodien. Wie Seevögel, die über einem trunkenen Schiff kreisen. Ich wartete bis zum Abendrot, ging hinaus, aß eine Kleinigkeit, kam wieder nach Hause und ging zu Bett.

Und in dieser Nacht gerieten die Räder jener gigantischen Maschine, auf deren Bewegung ich so lange gewartet hatte, ins Rollen.

Vier Unbekannte traten in mein Zimmer, weckten mich auf, verbanden mir die Augen, fesselten meine Handgelenke und fuhren mich irgendwohin. Ich weiß noch, dass ich im Wagen das Bewusstsein verlor und in einem kleinen, dunklen Gelass wieder zu mir kam. Wo ich war und weshalb ich das Bewusstsein verloren hatte, wusste ich nicht. Ich hörte kurdische Lieder aus einem Radio. Von oben kamen Stimmen von Frauen und Kindern, Schritte. Als wäre ich im Keller eines Wohnhauses eingesperrt. Aber die Stimmen klangen dumpf – als befände ich mich unter Wasser oder ein paar Stockwerke unter der Erde. Den Wänden entlang tastete ich nach einer Tür, fand aber keine, sah auch keine Öffnung an der Decke. Ich tastete den Boden ab und stieß in einer Ecke auf eine leere Schüssel. Der Boden war kalt und feucht. Ich schleuderte die Schüssel mehrmals gegen die Decke und stellte schließlich fest, dass sie auf etwas Metallenes traf. Ich zitterte, krümmte mich vor Hunger. Unentwegt warf ich die Schüssel hoch und traf das Metall immer wieder. Ich wollte, dass jemand erfuhr, dass ich da war, dass ich bei Bewusstsein war. Ich hatte Angst, man könnte mich für tot halten und mich verfaulen lassen, um am Ende mein Skelett in einem Sack zu entsorgen. Am Hinterkopf fühlte ich einen stechenden Schmerz. Als hätte mich eine Brechstange getroffen. Ich wusste aber noch alles. Ich ahnte, dass Schanas mich hatte entführen lassen.

»Schanas Salim«, rief ich. »Ich bin nicht tot, holen Sie mich raus!«

Ich weiß nicht, wie lange ich in diesem schwarzen Keller ohne Essen und Wasser zubrachte. Ich verlor jedes Zeitgefühl. Hunger und Ohnmacht ließen mich halluzinieren. Als sich ein Spalt auftat und eine Stimme fragte: »Dschaladati Kotr, leben Sie noch?«, konnte ich keinen Mucks von mir geben. Ich machte ein Geräusch mit der Schüssel, um anzuzeigen, dass ich noch am Leben war. Aber der Spalt schloss sich wieder. Irgendwann hörte ich dann ein Stimmengewirr. Zwei Männer steckten ihre Köpfe in den Spalt. Eine Eisenleiter schwebte langsam herab, sie schien mir unendlich lang. Dann standen sie mit einer Öllampe und drei Stühlen bei mir. Ich wusste nicht, wie sie abgestiegen waren, ich hatte wohl wieder kurz das Bewusstsein verloren.

Zwei große Männer, beide trugen kakifarbene Schalanzüge, traditionelle kurdische Anzüge aus grobem Stoff. Beide mit pechschwarzen Augenbrauen und pechschwarzem Schnurrbart, die Haare nach hinten gekämmt, die zwei obersten Hemdknöpfe geöffnet, sodass ihre dunkelhäutige, behaarte Brust zu sehen war. Beide hatten ein weißes Taschentuch unter dem Stoffgürtel stecken. Sie rochen nach einem billigen Basarparfum, was mein Hungergefühl noch verschärfte. Beide waren gleich groß, mit ähnlichen Handbewegungen, aber der eine hatte ein rundliches, recht gut aussehendes Gesicht. Seine Nase war kleiner, schmaler. Auch ihre Stimmen unterschieden sich. Der mit dem runden Gesicht hatte eine sanfte Stimme, während der mit dem langen Gesicht die tiefe, näselnde Stimme eines Schmugglers hatte, den ich im Flüchtlingslager kennengelernt hatte. Sie rückten die Stühle zurecht, setzten mich auf einen und stellten die Öllampe in der Mitte ab.

»Ich habe ihnen gesagt, sie sollen dir was zu essen holen«, sagte der mit der tiefen Stimme. »Wie lange bist du schon hier?«

»Ich weiß es nicht«, keuchte ich. »Wie soll man in diesem Hundeloch Tag und Nacht unterscheiden?«

»Heute ist der fünfte Tag«, sagte der Sanftere. »Tut mir leid, wir hatten viel zu tun.«

»Wer seid ihr?«, fragte ich. »Warum habt ihr mich hergebracht? Sieht nicht nach einem Gefängnis aus. Zu welcher Partei gehört ihr? Ich möchte wissen, wer mich gefangen hält.«

Der Spitznasige hatte auf dem Kinn ein Muttermal, das im Schimmer der Öllampe schwärzlich wirkte. »Welcher Partei wir angehören, tut nichts zur Sache.«

»Das geht dich nichts an«, ergänzte der andere, »aber wir müssen wissen, welche Verbindung du zu den Sicherheitsorganen der irakischen Regierung gehabt hast.«

»Gar keine«, sagte ich heiser, »ich bin Musiker.«

»Wie ist deine Beziehung zu Samir Suhair Saadan?«, fragte der Feinere. »Du hast im Turm der Flüchtlinge lange mit ihm zusammengewohnt. Was hat dich mit ihm zusammengebracht?«

Ich hörte zum ersten Mal, dass es Leute gab, die das Hotel »Turm der Flüchtlinge« nannten. »Ich war Musiker, bin mit zwei Freunden verhaftet worden. Wir wurden in einem Militärlaster in den Süden transportiert. Dort haben sie meine zwei Freunde getötet, ich wurde verwundet, und dieser Oberst hat mich gerettet. Er hat mich in einem Haus versteckt, wo Prostituierte und solche Leute wohnten. Während des Aufstands gegen Saddam schlug er sich auf die Seite der Schiiten. Als alles vorbei war, besorgte er Pferde, und wir ritten nach Kurdistan. Da wir keine Unterkunft hatten, bekamen wir das Zimmer bei den Flüchtlingen.« Meine Kehle schmerzte bei jedem Wort.

»Du willst also sagen«, stellte der Spitznasige fest, »dass Samir Saadan keine Verbindung zum Sicherheitsdienst der Hauptstadt hatte, während er hier war? Man hatte ihn nicht geschickt, um Unruhe zu stiften?«

»Samir von Babylon war 1989 an einem Staatsstreich beteiligt, der fehlschlug. Vierzig Offiziere der irakischen Armee wurden damals exekutiert. Er war der einzige Überlebende. Seit Langem wird nach ihm gefahndet.«

»Wieso hast du ihn dann umgebracht?«, fragte der mit der großen Nase.

»Ich habe ihn nicht getötet, ihr irrt euch. Als Offizier hat Samir vielen Leuten Leid zugefügt. Von denen haben ihm einige den Prozess gemacht.«

»Was gibt euch das Recht, in unserem Machtbereich so etwas ohne unser Wissen zu veranstalten?«, fragte der Jüngere wütend.

»Und wer seid ihr, dass ihr Samir von Babylon hättet vor Gericht stellen können? Ihr habt kein Recht, irgendjemanden vor Gericht zu bringen.«

Die beiden erhoben sich, nahmen die Öllampe auf und gingen. Aber sie zogen die Leiter nicht wieder hoch und ließen auch die Falltür offen. Kurz danach brachte mir ein junger Mann, der eine schwarze traditionelle Hose und ein schwarzes Hemd trug, auf einem Tablett etwas zu essen und eine Flasche Wasser: »Trink das Wasser nicht aus. Gott weiß, wie lange du noch hierbleibst.«

Am Abend kamen zwei andere. Der eine in Uniform und der andere im Kakianzug. Der eine sehr groß, der andere sehr klein. Der Große war alt und der andere jung.

»Ich hoffe, Sie haben wohl geruht«, sagte der Große, er saß mir gegenüber.

»Ich bin krank. Wenn Sie nicht wollen, dass ich sterbe, bringen Sie mich an einen anderen Ort.«

»Sie meinen also, wir dürfen die Leute nicht vor Gericht stellen?« Er knüpfte da an, wo seine zwei Freunde aufgehört hatten.

»Wer sind Sie?« Ich hatte mich entschieden, mich nicht vor ihnen zu fürchten. »Warum kommen nicht Ihre Freunde von vorhin runter?«

»Wir wissen jetzt, dass Samir Saadan nach einem Gerichtsverfahren getötet worden ist.« Der Kleine lachte. »Wir möchten von Ihnen wissen, wer es getan hat, das heißt, wer das Urteil gefällt hat.«

»Ich war es«, sagte ich, ohne nachzudenken.

»Das glaubt auch seine Frau«, sagte der Große.

»Wer sind Sie?«, fragte ich noch mal. »Zu welcher politischen Gruppe gehören Sie?«

»Dschaladati Kotr«, sagte der Kleine, ohne darauf einzugehen. »Ich möchte, dass Sie die Wahrheit sagen. Weder uns noch die anderen Ermittler interessiert, ob Sie Samir Saadan getötet haben oder nicht. Samir Saadan ist uns egal. Das ist nicht unser Problem, sondern das Problem seiner Frau. Haben Sie seine Frau gesehen? Hübsches Ding, nicht wahr?«

Sein Freund brach in Gelächter aus.

»Eine außerordentliche Frau«, sagte er dann, auch lachend. »Wirklich außergewöhnlich. Nur schade, dass sie diesen Araber geheiratet hat.« Sein Lachen passte nicht zu seinem Äußeren, es hörte sich an wie das Lachen eines Ungeheuers.

»Nur so unter uns, wie ist sie so?«, fragte der Ältere.

Wenn Männer auf diese Weise über Frauen redeten, wurde mir schlecht. »Ich weiß nicht, wie sie ist, aber ich weiß, dass sie mich hat entführen lassen.«

Der Jüngere stand auf und ging im Raum umher. »He, Dschaladati Kotr, nehmen Sie die Sache nicht so schwer. Sie sind unser Gast, bei meiner Ehre, Sie sind unser Gast.«

Auch der Große stand jetzt auf und probierte ein paar unterschiedliche Lacher. »Ich gebe morgen ein Interview im Fernsehen«, wandte er sich an seinen Freund. »Mit einem hochrangigen Mitglied der anderen Partei. Es geht um die nationale Sicherheit. Welches Lachen klingt besser?«

Sein Freund ließ ihn die Lacher wiederholen. »Die taugen alle nichts. Du würdest dem Ruf der Partei schaden. Versuch, nicht zu lachen. Setz dich aufrecht und würdevoll hin und sag, was du zu sagen hast.«

Sie schienen mich vergessen zu haben. Sie nannten Namen, Orte und Einrichtungen, von denen ich nie gehört hatte. Wenn sie jemanden durchhechelten, sprachen sie sehr detailliert über seine Freunde, sein Vermögen und seine geheimen Partner. Danach über seine Frauen, Töchter und Schwestern. Beide lachten hysterisch. Irgendwann dachte ich, diese Geschichten und dieses Gelächter seien eine neue Art der Folter, und ich sei einer der Ersten, an denen sie ausprobiert werde.

Schließlich kamen sie auf mich zurück. »Samir Saadan ist uns egal. Ein Hurensohn von einem Araber. Uns interessiert nicht, ob Sie ihn getötet haben. Wir wollen nur eins von Ihnen, nämlich dass Sie uns sagen, wo die Pläne sind. Wenn Sie sie verkaufen wollen, geben wir Ihnen, was Sie verlangen. Anderenfalls … müssen wir sie aus Ihnen herausprügeln. Sie müssen sie uns geben, nicht den Ermittlern der anderen Parteien. Die zwei, die vor uns da waren, gehören zu einer anderen Gruppe. Wir haben vereinbart, dass wir die Gefangenen gemeinsam verhören, aber Ihr Fall liegt anders. Denen dürfen Sie gar nichts verraten. Nur uns. Ihr Fall ist kompliziert. Haben Sie das verstanden?« Er sagte das alles höflich, dahinter stand eine gefährliche Drohung.

»Was für Pläne?«, fragte ich leise.

Der Ältere trat gegen meinen Stuhl. »Spiel nicht den Ahnungslosen!«, schrie er. »Tisch mir keine Lügen auf. Ich weiß Bescheid. Samir Saadan hat vor seinem Tod seiner Frau alles erzählt. Er hat einen Brief hinterlassen, dass du als Einziger das Versteck kennst. Ich will keine Lügen mehr hören. Ich bin seit sechs Monaten Ermittler und habe niemanden die Wahrheit sagen hören, niemanden. Aus allen musste man sie rausprügeln. Meine Geduld ist am Ende.«

Es wurde also gefährlich, aber das kümmerte mich nicht. »Ich habe keine Ahnung, wovon Sie reden.«

»Du weißt es. Du hast keine Wahl.«

»Doch, habe ich«, sagte ich.

»Welche?«, fragte er überrascht.

»Sterben und Ihnen nichts sagen.«

Noch in dieser Nacht ließen sie mich an einen anderen Ort bringen. Als ich ins Freie trat und mich umsah, stellte ich fest, dass man mich in einem kleinen, abgelegenen Haus gefangen gehalten hatte. Der Nachthimmel war voller Sterne. Sie verbanden mir die Augen. Nach einer dreistündigen Fahrt schleppten sie mich aus dem Wagen in einen dunklen Raum, dessen Fenster zugemauert waren. Er war sehr klein, ein sehr dreckiges Klosett gehörte dazu. Die zwei Schwarzhaarigen, meine ersten Besucher, kamen wieder, begleitet von einem dritten Mann namens Said Saifa. Kurz darauf gingen sie und ließen mich mit Said Saifa, einem Folterer, allein. Von meinen Qualen, von Hunger und Folter will ich nicht erzählen, nichts von Hunger und Folter. Was das betrifft, bin ich kein Fachmann. Selbst als Schreiberling würde ich eher über die gewöhnlichen Momente des Lebens schreiben.

Die zwei anderen Männer, der Große und der Kleine, ließen sich nicht mehr blicken. Nur noch die schwarzhaarigen Ermittler verhörten mich, sie wollten die Pläne. Ich hatte beschlossen, so lange wie möglich durchzuhalten. Allerdings war ich so geschwächt, dass ich allmählich die Kontrolle verlor. Ich hatte keine Ahnung, welche Auseinandersetzungen es draußen um meine Person gab. Ich war isoliert. Kein Unbefugter sollte an mich und somit an die Pläne herankommen.

Eines Nachts hörte ich draußen eine kurze Schießerei, ein paar Bewaffnete stürmten in den Raum und entführten mich in einem Jeep. Einige Stunden später fand ich mich in einem kleinen Zimmer in einem leeren Haus wieder. Seltsamerweise tauchten der kleine und der große Mann wieder auf und machten lachend weiter, wo sie aufgehört hatten. Auch sie hatten einen Folterexperten dabei, einen jungen Mann, den sie »Mullah Jalal die Axt« nannten. Er war noch barbarischer als Said Saifa. Wenn er keine Lust mehr hatte, mich zu schlagen, erzählte er mir die Geschichten derer, die er getötet hatte. Ab und zu weinte er sogar um seine Opfer. Wenn er mit mir durch war, küsste er mich jeweils auf die Stirn und sagte: »Mein Lieber, bei Gott, ich habe dir sehr wehgetan.« Manchmal legte er mittendrin sein Folterinstrument weg und fing an zu heulen: »Gott, wie unbeherrscht ich bin.«

Meistens schlug er allerdings erbarmungslos zu. Erst wenn ich das Bewusstsein verlor, ließ er von mir ab.

Ein paar Wochen vergingen. Eines Nachts stürmten wieder Bewaffnete den Raum und verschleppten mich erneut. Wieder tauchten die Schwarzhaarigen auf. Said Saifa setzte seine Arbeit fort. So langsam war ein Muster zu erkennen. Zwei Gruppen stahlen mich abwechselnd. Beide brauchten mich lebend, um die Pläne an sich zu bringen. Das ging so mehrmals hin und her, von Verlies zu Verlies, und immer begegnete ich den gleichen Ermittlern. Es war eine lange Foltertour.

Da mich dann auch noch andere Ermittler verhörten, waren offenbar weitere politische Gruppen und Instanzen ins Spiel gekommen. Ich hielt durch, weil ich wusste, dass ich ein toter Mann war, sobald sie die Pläne in der Hand hielten. Um zu überleben, richtete ich all meine Gedanken auf das eine: die Liebe meines Lebens. In diesen mehr als zwei Jahren der Gefangenschaft und der Folter hatte ich nichts und niemanden im Sinn als Dalia. Wenn ich das Bewusstsein verlor, war sie es, die mich wieder weckte. Oft meinte ich, sie rufe mich. In vielen Nächten glaubte ich, Scharochs Musik zu hören, aber es waren wohl nur Halluzinationen – die mir aber neue Kraft gaben und mich vor dem Tod bewahrten.

Ich hing am Leben. Auch die Sehnsucht nach dem Balkon der Weißen Kirsche half mir durchzuhalten. Dagegen gab ich meinen Gefängniswärtern und Folterern zu verstehen, der Tod kümmere mich nicht.

Ständiger, schrecklicher Hunger gehörte zur Folter. Mehrmals mussten sie wegen Schwächezuständen und Blutarmut den Arzt rufen, bis ich wieder so weit zu Kräften kam, dass die Folter fortgesetzt werden konnte. Diese zwei Jahre, könnte man sagen, bereiteten mich auf die Geburt dieses anderen vor, des Phönix, den Musa Babak »Dschaladat Qaqnas« genannt hatte.

Ich war mit Wunden und Narben übersät – als hätte man mir

die jüngste Geschichte des Landes auf den Leib geschrieben. Die Ermittler wurden immer grausamer. Mein Widerstand schwand.

Eines Nachts wurde mir klar, dass es noch ewig so weitergehen würde, falls ich dem Spiel nicht selbst ein Ende setzte. Ich konnte die Schläge nicht mehr ertragen. Die Zeit war gekommen, sich dem Tod zu stellen. »Ich weiß, wo die Pläne sind«, platzte es während einer bestialischen Folter aus mir heraus.

Ich wusste von Anfang an, dass sie die Pläne geheim halten würden. Die eine Partei würde sie der anderen verschachern und sie als Mittel der Erpressung einsetzen. Ich war der einzige lebende und ernst zu nehmende Beweis ihrer Existenz.

In den zwei Jahren hatte ich die Gefängnisse aller Parteien Kurdistans gesehen. Man wusste, welchen Skandal die Freilassung eines Mannes, der zwei Jahre lang von allen Parteien entführt und in jedem Winkel des Landes gefoltert worden war, zur Folge haben würde. Sämtliche kurdischen Parteien hatten Bekanntschaft mit meiner Dickköpfigkeit gemacht. Ich war sicher, sie würden mich töten.

Die Nacht, in der ich sie zu den Plänen führte, war die Nacht meines Todes, des Todes von Dschaladati Kotr. Ehe wir aufbrachen, gab mir mein Wärter einen Zettel. Es war ein kleiner Brief in kalligrafischer Schrift: »Lebe wohl, Dschaladati Kotr. Ich habe dir gesagt, Samir würde nicht allein sterben. Du hast mir nicht geglaubt. Heute Nacht wirst du die Hölle mit eigenen Augen sehen.«

In diesem Spiel ging es um mehr als Schanas Salims kleine Privatrache, aber ich bezweifelte nicht, dass sie eine wichtige Rolle darin spielte. In meiner letzten Stunde sah ich sie in einem weiten Gewand mit einer weißen Klammer im Haar bei einem Baum stehen. Sie wollte mein Schreien und Wehklagen hören. In den Flammen sah sie mich und hörte mich ächzen …

Diesmal wurden mir die Augen nicht verbunden. Zum ersten Mal wieder sah ich das strahlende Tageslicht, die Welt, den Weg. Obwohl ich dem sicheren Tod entgegenging, stimmten mich die Bäume, der Himmel und die Sterne glücklich. Ich war nur noch

Haut und Knochen und konnte mich kaum auf den Beinen halten. Als Schatten meiner selbst kehrte ich zum Ort des Flüchtlingslagers zurück, das eines Nachts vor meinen und Samirs Augen gen Himmel gefahren war.

Es war im August oder September, der Ort verlassen, überwuchert von welkem Gras, Gestrüpp und Unkraut. Die Wachen und ich wurden von fünf Männern erwartet. Alle hatten Pistolen dabei. Drei Autos standen etwas abseits. Auf den umliegenden Hügeln war eine ganze Einheit in Stellung gegangen.

Ich ging zu dem großen Felsen voraus und zeigte, wo sie zu graben hatten. Zwei Wachen buddelten, während zwei andere die Erde wegschafften. Schließlich kam der mit schwarzem Leder umhüllte Kasten zum Vorschein. Einer entfernte die Umhüllung und hielt bald darauf die Pläne unversehrt in der Hand. Er übergab sie einem Mann mit weißen Schläfen, der neben mir stand. Sobald sie die Pläne hatten, gingen sie und ließen nur die Wachen bei mir zurück. Zehn Minuten später kam der Mann mit den weißen Schläfen zusammen mit drei Männern wieder.

»Am Baum«, sagte er, »wisst ihr, welchen ich meine? Ein großer Gallapfelbaum über Sar Aschan. Wo damals Scharif Chulatschauta den Sohn von Karim Uzeer erschoss. Der Baum ist von trockenem Gras umgeben. Häuft noch etwas Holz auf. Es wird leicht sein, ihn abzufackeln. Los, meine Lieben, macht euch an die Arbeit. Danach kommt ihr zu Gulwasir, ich warte auf euch.«

Vier Männer führten mich ab.

Das ist mein Rat an dich: Falls man dich einmal abführen sollte, um dich zu töten, fürchte dich nicht und werde nicht ohnmächtig, denn es nützt nichts. Die, die dich töten wollen, genießen deine Angst. Tu so, als würdest du in den Basar gehen. Schau in den Himmel. Der ist immer schön und lässt dich an Unsterblichkeit und Grenzenlosigkeit denken. Suche etwas Grünes, falls es in deiner Nähe ist. Blumen sind noch besser, sonst einen Baum, ein Blatt. Sieh etwas von Menschen Erschaffenes an. Eine Mauer, in die ein Maurer viel Arbeit gesteckt hat. Ein Arbeiter hat ihm geholfen, und in den Pausen hat er Ayran getrunken. Denk an den frühen Morgen, wenn er aufgewacht ist, denk an die Eiswürfel, wie sie sich im Ayran drehen und drehen, bis sie nicht mehr da sind – wie das Leben. Denke an einen schönen Tag deines Lebens, an den ersten Schultag. Versuch, dich an die Wände, an Tafel und Fenster zu erinnern. Damit bist du beschäftigt, wenn die Leinwand schwarz wird. Plötzlich ist alles vorbei – ohne den schlimmsten Teil des Todes: die Furcht vor dem Tod.

Der Tod ist ein Nichts. Nur die Furcht davor zwingt einen in die Knie. Gäbe es keine Todesangst, würde niemand viel Aufhebens davon machen.

Auf dem Weg in den Tod eilte ich meinen Mördern gelassen voraus und betrachtete die Sterne. Sie führten mich zu einem allein stehenden Gallapfelbaum an einem kahlen Berghang. Hundert Meter weiter begann ein dichter Wald, ein Pfad führte dorthin, aber vielleicht machten nur meine scharfen Augen ihn aus. Der Baum war von verwelktem Gras umgeben. Zwei Äste standen ab. Es sah aus, als sollte dort jemand ans Kreuz geschlagen werden.

Einer von ihnen zog aus einem Beutel einen Hammer und ein paar Nägel. Zwei kletterten auf den Baum und ließen zwei Seile herunterfallen. Anfangs dachte ich, sie wollten mich hängen. Sie knoteten die Seile um meine Arme, hoben und zogen mich zu viert hoch. Als meine Arme die Höhe der zwei Äste erreichten, befestigten sie die Seile daran.

So hing ich.

Bislang hatten meine Mörder kein Wort verloren. Da kletterten die zwei vom Baum herunter. Mit dem Hammer in der Hand kletterte ein Kleinerer hinauf.

»Gebt mir die Nägel«, befahl er.

Einer streckte ihm die Nägel hin. »Einzeln«, sagte er.

Sie hatten mich so aufgehängt, dass es ihm nicht schwerfiel, meinen Arm an den Zweig zu drücken, auf dem er stand. Er schlug den ersten Nagel durch meine linke Hand ein. Es waren stechende Schmerzen, aber ich konnte einen Schrei unterdrücken.

Ich betrachtete die Sterne und keuchte leise: »Weh mir … Weh mir …«

Als er meine zweite Hand festnagelte, verlor ich fast das Bewusstsein. Zwischen Leben und Tod dachte ich an Dalia, an die Frau mit dem großen Herzen, die mein Leben gerettet hatte. Wo immer sie sein mochte, ihre kleinen Engel würden ihr sagen, dass ich am Sterben war. In diesem Moment wurde ich traurig, weil Dalia eines Tages erfahren würde, wie man mich getötet hatte. »Mein Vetter, warum haben sie dir das angetan?«, würde sie sagen.

Ich wollte bei klarem Verstand in den Tod gehen. Dafür muss sich nicht jeder entscheiden, aber ich gab mir einen Ruck und keuchte wieder: »Weh mir … Weh mir …« Die Wörter hielten mich wach und gaben mir Kraft.

Auf meiner linken Brust fühlte ich eine Hand. Einer schlug einen Nagel durch mich hindurch in den Baum.

Da hörte ich wieder Scharochs Flöte.

Zwischen den Bäumen sah ich Schanas Salim. Sie beobachtete mich aus der Dunkelheit.

Ich verlor nicht das Bewusstsein. Ich starb nicht. Alles war anders als erwartet. Ein Funken Wachheit blieb in mir. Weißer Nebel schwebte vor meinen Augen. Ein unbekannter Schmerz füllte meinen Kopf. Schrie ich? Oder schrie ich nicht? Ich konnte es nicht wahrnehmen, aber ich hörte die Flöte. Ich war sicher, Scharoch war in meiner Nähe.

Ich spürte kaum, wie sie den vierten Nagel durch meine rechte Brust einschlugen. Als sie das Gras in Brand setzten, um mich und den Baum den Flammen zu übergeben, sah ich Schanas Salim. Sie lächelte mich an, als hätte sie einen großen Sieg errungen.

Dann sehe ich Scharoch auf mich zukommen, er zieht mir die Nägel aus Händen und Brust. Er trägt mich durchs Feuer und sagt: »Dschaladati Kotr, es ist vorbei. Nun ist es so weit, wir gehen in die Stadt der weißen Musiker. Du betrittst mit mir die seltsamste Stadt der Welt. Dort erwartet dich ein Ozean der Schönheit.«

FÜNFTES BUCH

Erzählt von Ali Sharafiar

Abschied von Qaqnas

Jahre später ging ich mit Dschaladat zu diesem Berghang, wo nach dem Brand anscheinend nichts mehr gewachsen war. Ihm war es nicht wichtig, mir die Stelle zu zeigen, aber ich wollte unbedingt ein Foto von ihm neben dem Baum machen. Er gab nach und führte mich hin.

Ich sah den abgebrannten Baum. Dschaladat zeigte mir die Spuren der Nägel, den Ast, an dem noch ein Stück Seil hing, das im Wind schaukelte. Er zeigte mir, wo Schanas und wo seine Mörder gestanden hatten und welchen Weg Scharoch genommen hatte. Er konnte sich an alles erinnern, er schloss die Augen und berichtete mit allen Einzelheiten.

Er zeigte mir auch den Platz des Flüchtlingslagers und das Versteck der Pläne.

Unter dem Baum erzählte er mir, wie er mit Ishaki Lewzerin und Sarhang Qasm den See überquert hatte – was er schon mehrmals erzählt hatte. Er erzählte auch zum wiederholten Mal von seiner Rückkehr in die staubige Stadt mit Dalia. Er sprach erneut seine Monologe, berichtete über seine Reise durch den Ozean und über seine Foltertour.

Ich hielt Ausschau nach Anzeichen des Wegs in die Stadt der weißen Musiker, fand aber keinerlei Spur. Aber die Stimmen der Vögel und das sanfte Rascheln des Windes machten auf etwas Rätselhaftes aufmerksam …

Ich stand unter dem Baum, sah die Spuren des Feuers, von dem die Bauern in den Dörfern der Umgebung sagten, es sei das gewaltigste Feuer in der Geschichte dieser Region gewesen. Von diesem Baum aus war Dschaladat also in die Stadt der weißen Musiker gezogen. Es war, als stünde ich an der Stelle, von der aus Kolumbus aufgebrochen war. Für uns ist das schwer zu begreifen: Von hier aus war Dschaladat in eine andere Welt und in eine andere Zeit gegangen. Er musste durch Schmerzen und Feuer gehen, um am Ende aufzuerstehen.

In jener Nacht trug ihn Scharoch mit all seinen Wunden in die weiße Stadt. Was Dschaladat noch wusste: Irgendwo warteten zwei weiße Pferde auf sie, die sie davontrugen. Töne, wie Scharoch sie unterwegs seiner Flöte entlockte, hauchten den Toten die Seele wieder ein und heilten ihre Wunden. Dschaladats Wunden heilten, die Schmerzen ließen nach. Im Licht einer anderen Zeit sah er seine weißen Vögel über ihn hinwegfliegen. Zwei Jahre hatte er sie vermisst. Nur im Traum hatte er sie gesehen, seine Vögel, die den Anbruch einer anderen Welt prophezeiten. Nun flogen sie zu Tausenden über ihm. »Dschaladat«, rief Scharoch, »das sind deine Vögel. Sie fliegen uns voraus in die Stadt der weißen Musiker.«

Dschaladat konnte jetzt vom Pferd steigen, frisches Wasser aus den magischen Quellen trinken und seine Wunden reinigen.

Scharoch kommunizierte mit ihm wie gewohnt mehr durch Musik als durch Worte. Die Flötentöne erquickten ihn und weckten in ihm das Gefühl einer Versunkenheit in die Ewigkeit.

»Mein Freund, als ich dich in der staubigen Stadt traf, wusstest du, dass du mich wiedersehen würdest? Was führte dich aus der Stadt der weißen Musiker zu mir zurück?«

Lächelnd erwiderte Scharoch: »Ich weiß, dass du die Wege nicht wiedererkennst, aber die Stadt der weißen Musiker ist ein Bestandteil jeder Stadt der Welt. Wie auch die Stadt der Prostituierten eine Facette jeder Stadt war. Mein Bruder, in jeder Stadt gibt es eine Menge anderer Städte, die man für gewöhnlich nicht sieht. Im Grunde kommen wir alle aus ein und derselben Stadt, der Stadt der weißen Musiker, der Stadt getöteter Schönheit, die auf ihre Rückkehr wartet. Ihre Bewohner erkennen einander überall und immer wieder, denn diese Stadt ist überall zugleich. Jeder könnte sie von seinem Fenster aus sehen. Es ist egal, woher man kommt – wenn man wirklich will, wird man sie sehen. Man kann, ob am einen oder am anderen Ende der Welt, in der Stadt der weißen Musiker sein. Dort entfalten sich die Knospen, die auf der Erde verwelken, ehe sie zur Blüte kommen. In ihr grünen die Gärten, denen das Grün auf der Welt verwehrt war. In ihr werden ungeschriebene und ungelesene Bücher sowie Briefe, die ihre Empfänger nie erreicht haben, aufbewahrt.

Manche wissen von Anfang an, dass sie aus dieser Stadt kommen. Als ich damals an der Front wiederauferstand, wusste ich, wohin ich gehen würde, obwohl ich die Stadt der weißen Musiker nicht gesehen hatte. Aber diese Stadt hat ihre Bewohner überall. Ich bin einer der Sucher, ich finde die wandernden Musiker dieser Stadt. Ich finde die, die getötete Schönheit in ihrem Herzen tragen, um sie wieder zum Leben zu erwecken.«

»Wer hat diese Stadt gegründet?«, fragte Dschaladat seinen Freund.

»Es gibt sie, seit es den Menschen gibt.« Scharoch ritt langsam voraus. »Je weiter sich der Mensch von der Schönheit entfernt, umso weiter entfernt er sich auch von der Stadt der weißen Musiker. Umso weniger sieht er sie, umso weniger erkennt er die Hinweise. Und je tiefer man in Schönheit versinkt, umso näher kommt man der Stadt. Eine geheime Kraft wirkt in dir, um dich mit dem Ozean der Schönheit zu vereinen. Dschaladat, du selbst fandest die, die dir helfen sollten, zur Stadt der weißen Musiker zu gelangen. Du hast mich gefunden. Du hast mich dazu gebracht, zurückzukommen und dich abzuholen. Es war der tote Musiker in dir, der mich anrief, ich kam dem toten Musiker in dir zu Hilfe. Du besuchst die Stadt der Musiker, um einen Auftrag zu erhalten und dann in die Welt zurückzukehren. Und ich werde dich begleiten. Ich bin dein Wegweiser.«

Man muss die Stadt der weißen Musiker betreten, um zu erfahren, was sie ist. Eine ausgedehnte weiße Stadt, bei der man nie weiß, welches Tor in der Mauer man passiert hat. Sie liegt in einem Meer aus Wiesen. Man kann aus der Ferne ihre riesige weiße Mauer erkennen. Eine endlose Mauer, die sich durch Raum und Zeit erstreckt und die kein Lebewesen umgehen kann. An ihr entlangzugehen, würde heißen, an der Ewigkeit entlangzugehen. Die Stadt zu durchschreiten, heißt, alle Träume und Schmerzen und alle ermordete Schönheit in der Geschichte des Menschen zu durchwandern.

Wenn man vor der Stadt anlangt, sollte man zuerst auf eine der zahlreich sie umgebenden Anhöhen reiten, um ihre Ausdehnung zu bestaunen. Sie ist die größte Stadt der Welt, ein weißes Meer, das in der Ferne verblasst und in einen weißen Nebel eintaucht, weil der Mensch nicht imstande ist, die Unergründlichkeit aller Schmerzen zu verstehen.

Von oben sah Dschaladat dieses weiße Meer, durch dessen Himmel Zehntausende weiße Vögel flogen. Eine Stadt, von der Ruhe emporstieg. Eine Stadt, aus der eine kühle Brise Musik trug. Der bloße Anblick genügte, um eine unfassbare Leidenschaft auszulösen, das Gefühl, fortan von einem ewigen Rausch durch die Welt begleitet zu werden.

Es war, als ginge man ins Paradies. Es gab keine Engel, die Menschen selbst waren die Engel der Stadt. Als sie das Tor passierten, riss sich Dschaladat seine zerfetzten Kleider vom Leib und zog einen weißen Anzug an. Jetzt sah er wirklich aus wie ein weißer Vogel. Im Inneren der Stadt erblickte er wunderschöne, in Ruhe versunkene weiße Bauwerke. Er traf in einem grünen Garten eine Schar weiß gekleideter Architekten, die über den Bau eines neuen Schlosses berieten. Wenig weiter sah er in einem Garten Fontänen, aus denen Musik erklang. Tauben umkreisten einen Baum, verschwanden an einer Stelle im Laub und tauchten an einer anderen wieder auf.

»Willkommen in der Stadt der weißen Musiker«, sagte Scharoch. »Dies ist die Stadt der Schönheit, für die das Leben zu klein und der Tod zu schwach waren. Unser Meister erwartet dich jetzt.«

Nach einem kurzen Weg erreichten sie ein weißes Schloss und stiegen langsam die Treppen hinauf. Alles hier strahlte Frieden und Ruhe aus. Es herrschte eine himmlische Stille – die Stille aller makellosen Seelen, die in Musik schwimmen.

»Mein Freund, wie heißt dieser Meister?«, fragte Dschaladat.

Scharoch führte Dschaladat in ein Zimmer und strich ihm vor einem Spiegel seine Kleider zurecht. »Du wirst ihn gleich sehen«, sagte er, während er ihn kämmte, »und er wird es dir selbst sagen. Du musst aufpassen. Bis zum Schloss war ich dein Führer. Es ist meine Aufgabe, dich zu begleiten, bis du eines Tages ohne fremde Hilfe zwischen den Welten verkehren kannst. Aber hier in der Stadt der weißen Musiker begleiten die Meister jeden Phönix. Hier ist der Meister dein Führer. Ich werde bis zum Tag deiner Rückkehr auf dich warten und so lange Flöte spielen. Auch ich werde dir bei deiner Rückkehr einen kleinen Auftrag erteilen. Und vergiss nicht, ich habe die Nägel, die du zum Beweis deines Todes aufbewahren musst.«

Scharoch trat an eine weiße Tür und klopfte. »Dschaladat soll eintreten«, sagte eine Stimme hinter der Tür.

Scharoch küsste ihn. »Wir werden uns bald wiedersehen.« Die Blutstropfen an seinem Hals waren zu sehen. »Auf Wiedersehen, lieber Freund.«

Dschaladat öffnete die Tür. Es war ein großer Raum mit Blick auf einen grünen Garten.

Er war da, mit demselben in die Ferne gerichteten Blick. Er war es, er hatte sich seit dem Abend seines Todes kaum verändert. Ein trauriges Lächeln lag auf seinen Lippen. Ishaki Lewzerin, der Meister, mit dem Dschaladat einmal das Leben hatte verlassen sollen. Jetzt sahen sie sich an einem anderen Ort wieder.

Er erhob sich von seinem weißen Stuhl. »Wie schön, dich wiederzusehen. Ich hatte dir versprochen, dass wir uns wiedersehen.« Er nahm ihn in die Arme. »Dschaladat, du riechst nach den alten Tagen, die in meinem Kopf langsam verblassen.«

Dschaladat klammerte sich an seinen Lehrer. Das hatte er nicht erwartet. Ishak in dieser Stadt!

»Mein Lehrer, ich habe dich nie vergessen, wo immer ich war, was immer ich getan, welches Leben ich gelebt habe, ich habe dich nie vergessen. In der staubigen Stadt wohntest du in meinen

Gedanken. Als der Krieg die Welt heimsuchte, wanderte ich durch die Schatten meiner Angst und Einsamkeit und sah dich. Ich nahm die Erinnerungen an dich mit ins Flüchtlingslager und in ein ausgebranntes Hotel. Mein Meister, ich stehe tief in deiner Schuld, ich habe es nicht verdient, in deiner Anwesenheit den Blick zu heben. Denn alles Wissen, das du mich gelehrt hast, habe ich in mir getötet. Nun bin ich nichts als ein gelähmter Musiker. Ich schäme mich so, dass ich deine Bemühungen in den Wind geschlagen habe. Das Einzige, was mir Kraft verleiht und mich wagen lässt zu sprechen, ist, dass ich eurem Mörder nie verziehen habe. Aber seit du mich verlassen hast, ist mein Leben wie ein Punkte-verbinden-Spiel. Ich ziehe von einem Punkt zum nächsten, und mit jedem Punkt kommt es mir seltsamer vor. Ich litt. Am Ende wurde ich wie ein Dieb ans Kreuz geschlagen. Die Nägel … der Musiker, der mir geholfen hat, zu euch zu gelangen, hat sie. Ich komme direkt aus dem Tod zu dir, ohne zu wissen, wo ich bin, ob ich am Leben oder tot bin, was ich bin oder sein werde.«

In Ishaks Anwesenheit war Dschaladat immer noch der kleine Lehrling.

Ishak sprach mit seiner zauberischen Sprache, und es war, als hätte er jahrelang über das Leben seines Lehrlings gewacht, der jetzt verwundet zu ihm zurückkehrte. »Dschaladat, du hast viel gelernt und manches Geheimnis ergründet«, sagte er. »Dein ganzes Leben war eine Reise hin zu dieser Stadt. Der Weg, den du zurückgelegt hast, war gewunden und voller Umwege, aber du musstest ihn gehen. Auch die Stadt der Prostituierten gehörte zu dieser Stadt, denn auch sie war ein Ort getöteter Träume. Eine Zuflucht für Musiker, die den inneren Musiker töteten. Eine Zuflucht für Frauen, die ihre Reinheit aufgaben, was gewiss ein größeres Opfer ist als dein Verzicht auf den Musiker in dir. Du konntest die Engel von Dalia Saradschadin sehen, denn ihre Engel hatten immer noch Leben in sich, wie auch der wahre Musiker in dir nie ganz gestorben war. Darum konnte sie dich sehen, und du konntest sie sehen. In der staubigen Stadt hast du auch zum ersten Mal den Fuß in den

Ozean gesetzt. Auch er ist ein Teil der weißen Stadt, aber auf der Erde. Die Arbeiter des Ozeans sind Teil dieses Netzes, das die Gesamtheit der vergeudeten Menschheitsträume, Hoffnungen und Schönheiten auffängt und verbindet.«

Dschaladat sah sein Leben in einem neuen Licht. »Und was ist das Geheimnis des Bildes«, fragte er, »des Bildes dieser Stadt?«

»Alles Lebende schreit«, erklärte Ishak. »Schreien trennt das Leben vom Tod. Dieses Bild ist ein Schrei dieser Stadt, die sich im Kampf gegen den Tod befindet. Ein Zeichen, das alle Wächter verbindet. Jeder Qaqnas muss es auf seine Rückkehr mitnehmen. Wenn er an die Tür eines zukünftigen Wächters klopft, muss er ihm dieses Bild übergeben. Das Bild darf nur von Verliebten gemalt werden, die an die Wiedervereinigung glauben. Dschaladat, in dieser Stadt glaubt man an die eigenen Hoffnungen. Das Bild hat ein Mädchen aus der Straße der verliebten Frauen erschaffen, es verbindet dich, Musa Babak, Mustafa Schaunm und viele andere. Fester als die Grenzen der Zeit und die Barrieren des Raums. Es war das Bild, das dir klargemacht hat, dass du auf dem Weg in eine andere Welt bist.«

Es war, als hätten sie sich nie getrennt, als hätte Ishak all die Jahre in Dschaladat gelebt. Ishak wusste alles über sein Leben, seine Gefühle. Als wären Ishak und diese Stadt ein Teil seines Selbst, das sich ihm nun eröffnete.

Dschaladat fühlte sich wie berauscht. »Mein Lehrer, ich möchte alles verstehen. Verzeih mir, dass ich frage wie ein Lehrling. Was ist ein Qaqnas, weshalb soll ich einer sein?«

»Du musst alles verstehen, Dschaladat. Ein Qaqnas reist zwischen Leben und Tod hin und her. Er kann in die Stadt der weißen Musiker kommen und wieder zurückgehen. Es ist deine Aufgabe, der Welt etwas von den Melodien, Büchern und Gemälden zurückzubringen. Aber ein Qaqnas bringt auch die Schreie der Opfer, die hier auf ihn warten. Denn dies ist auch eine Stadt ermordeter Wahrheiten, erstickter Schreie und Klagen, getöteter Reinheit. Nur alle paar Jahre kommt ein Qaqnas in diese Stadt. Eine Seele, die durch die Wächter der Schönheit aufgezogen worden ist. Einer von Tausenden, der geboren wurde, um Musik, Poesie und Wahrheit zu retten. Du weißt, dass die Welt von loyalen Wächtern wimmelt. Du bist selbst vor zwei Jahren durch den Ozean gewandert und hast all die Wächter gesehen.

Es gibt Töne, die von der Welt gebraucht werden, Bücher, auf die der Mensch auf seiner Erdenreise nicht verzichten kann. Es gibt Wahrheiten – wenn sie verloren gehen, gerät der Sinn des Lebens in Gefahr. Aber die Wächter der Schönheit können nicht alles retten. Als ich herkam, rumorten noch Tausende Melodien und Töne in meinem Herzen. Wie auch in deinem Herzen, als du dich selbst dazu brachtest, die Musik zu verlernen. Diese Stadt quillt über von Melodien, die niemand hat retten können. Von Gedichten, die niemand vor dem Tod bewahren konnte. Von Gemälden, die in die Welt zurückmüssen.

Im Übrigen ist der Mensch selbst die größte und reinste ermordete Schönheit. Die Stadt besteht aus unschuldigen Opfern, und der Qaqnas muss ihre Schreie, ihre letzten Worte und Briefe in die Welt zurückbringen. Vor Jahren war eine Frau die Botin. Sie verteilte in dunklen Nächten die Bilder der Stadt der weißen Musiker oder brachte sie auf den Weg, sodass sie auch an entlegenen Orten ihre sehnsüchtigen Empfänger erreichten. Sie trug Briefe ermordeter Menschen aus. Aber, Dschaladat, es ist lange her, dass sich ein Bote aus dieser Stadt auf den Weg gemacht hat, um auf der feinen Grenze zwischen Leben und Erlöschen die Wahrheit in die Welt zurückzutragen. Niemals ist Schönheit so gründlich getötet worden wie in den letzten fünfzehn Jahren. Hier warten Tausende darauf, dass du ihre Rufe hörbar machst, ihre Briefe den Verwandten und Freunden aushändigst. Dutzende Musiker warten darauf, dass du ihre ermordeten Melodien der Welt zurückgibst. Unzählige Gemälde und Gedichte warten darauf, von dir in den Ozean der Schreie gebracht zu werden, an einen sicheren Ort, damit sie eines Tages gesehen und gehört werden. In dieser Stadt warten die auf dich, die in den südlichen Wüsten vor deinen Augen bei lebendigem Leibe begraben wurden. Soldaten warten auf dich, die gefallen sind, bevor sie den letzten Brief an die Ehefrau schicken konnten. Du bist unser Bote. Schon einmal bist du für uns zurückgegangen, und auch jetzt wirst du für uns zurückgehen.«

Alles hier war wie ein Traum. Aber ist nicht jedes Leben wie ein Traum, sobald wir die Augen schließen und den Weg genauer in Augenschein nehmen, den es zurückgelegt hat?

Dschaladat kam es vor, als glitte er von einem Traum in den nächsten, bis er schließlich nicht mehr wusste, welche Tür zurück zur Realität führte.

Die Stadt hatte helle Straßen, wo die Sonne niemals unterging, enge Gassen, in denen die Nächte nie aufhörten, sie war gespickt mit Bäumen, die in einen unvergänglichen Frühling getunkt waren, und mit anderen Bäumen, die den Farbenwirbel eines ewigen Herbstes zelebrierten. Manchmal tauchte am Himmel ein Wirbelsturm weißer Blumen auf. Die Straßen trugen seltsame Namen. Die habe er selbst ihnen gegeben, sagte Ishak, denn hier könne jeder Plätze, Straßen und Gärten nach Lust und Laune benennen. Selbst auf »Die Stadt der weißen Musiker« könne man verzichten und sich etwas anderes ausdenken. Hier sei man frei zu entscheiden, wie man die Bäume nennen und welche Sprache man sprechen wolle.

In der »Geigentränen-Straße« sah Dschaladat in den Häusern weiß gekleidete Geiger traurig geigen. Auf ihren Balkonen standen sie wie Denkmäler. Auf den Bürgersteigen musizierten Dutzende, den Blick gen Himmel gerichtet. Manche schwebten. Jeder Musiker spielte etwas anderes. Jeder schwebte in seiner eigenen Welt. Dschaladat konnte die Töne und Instrumente unterscheiden. Ein Rätsel blieb ihm aber, wie trotzdem eine Harmonie all der unterschiedlichen Melodien zustande kam.

»Du bist derjenige, der entscheidet, welche Melodie du auf die Erde zurückträgst«, sagte Ishak.

Am Ende der Straße fing Dschaladat an zu weinen. Er drehte sich um und wusste, dass keine einzelne Seele die Schönheit all dieser Klänge retten und überbringen konnte. Er wusste nun, dass er ein Jäger war, den man ausschickte, um Schönheit zurückzuholen. Ein Mann, der sich gegen den Sturm der Vernichtung und des Vergessens stemmt. Er war jetzt ein Gesandter des Ozeans jenseits der geografischen Grenzen des Lebens. Er begriff, weshalb man ihn von Anfang an als Propheten betrachtet hatte. Er wusste nun, wer die Musiker waren, die sich Samir in den Weg gestellt und seine Seele reingewaschen hatten. Ihm war nun klar, weshalb Dalia ihn in der staubigen Stadt erwarten, warum er sich in sie verlieben, warum Musa Babak ihm den Keller zeigen und das weiße Bild schenken musste. Er brachte ein Werk zu Ende, das zu vollenden den Wächtern der Schönheit nicht möglich war. Er wusste jetzt, wer die Frau war, die Musa Babak in einer dunklen Nacht die Adresse von Kiumarsi Yazdani Churam übergeben, und wer die Frau war, die Mustafa Schaunm das Bild gebracht hatte.

Die Rätsel seines kurzen Lebens waren gelöst.

Ishak und Dschaladat gingen durch die Silberne Jazz-Straße, die Wind-Piano-Straße, die Sternen-Straße, die Straße der Poeten der Hölle, bis sie die Weiße-Flöten-Gasse erreichten.

»Wenn du kein Qaqnas wärst, würdest auch du hier hausen.« Er blieb stehen. »Das ist mein Haus, Dschaladat. Dies die Ecke, an der ich stehe und für immer und ewig musiziere.«

In der Gasse sah er nur Flötisten, unter ihnen auch Mamosta Sarmad, der auf einem kleinen Stuhl unter einem riesigen Baum saß und spielte. Er sah Sarhang Qasm, der beim Musizieren einer Wolke nachblickte. Er sah die jungen Musiker wieder, die bei dem Busunfall ums Leben gekommen waren. Er erkannte Fahmi Basri, der auf einem Podest stand und musizierte, während Vögel ihn umschwebten.

Keiner von ihnen sah Dschaladat. Alle waren sie in ihre Musik versunken.

»Keiner erkennt den anderen, Dschaladat«, sagte Ishak. »Hier lebt nur die Musik, nur sie ist unsterblich. Du kannst nur die Melodien retten, nicht die Menschen.«

Es war ein befremdlicher Ausflug. Dschaladat hörte unzählige Melodien, er schrieb im Geist unzählige Noten nieder. Er sah Poeten auf Bänken stehen und Gedichte rezitieren; Maler, die in Schmetterlingsschwärmen standen und malten. In jeder Gasse sah er andere Menschen mit anderen Schmerzen. Einige Straßen führten weit in die Ferne.

»Manche Straßen führen ins Unendliche«, sagte Ishak. »Was dahinter ist, weiß niemand. Wir alle werden uns eines Tages in diesem Nebel auflösen, eine Rückkehr gibt es nicht.«

Er zeigte ihm die Straße der rastlos tanzenden Mädchen. Die Straße der Menschen, die immer in einem Buch lasen, ihrem Lieblingsbuch oder ihrem Traumbuch. Die Straße der Mandolinenspieler, die auf den Ästen hoher Bäume standen. Die Straße der verliebten Mädchen, die das Bild der Stadt malten, das jeder Qaqnas verteilen musste. Dort wies ihn Ishak auf Salua Tahhan hin, die ihre Staffelei zwischen ein paar Trauerweiden und Fontänen gestellt hatte und mit unglaublicher Ruhe und Geduld das Bild malte, das er in der staubigen Stadt gesehen hatte. Er berührte es, wollte mit dem Mädchen reden, er wollte mit ihr über Musa Babak reden. Er konnte aber, von seinem Führer abgesehen, mit niemandem sprechen. Er war wie ein Taucher. Überall streckte er die Hände nach den wertvollsten Perlen aus.

Und dann drehte er sich um, sah zum ersten Mal einen weißen Wächter hinter sich, der alle Texte, Bücher und Gemälde, die er berührt hatte, einsammelte und in einem Wagen aufeinanderschichtete. Alles, was er berührte, wurde seins.

Er wusste nicht, wie lang sie unterwegs waren. Hier hatte die Zeit keine Bedeutung. Tag und Nacht waren nichts als Arabesken. Eine Straße lag im Licht, eine andere im Dunkeln, in einer Straße wirbelte ein kalter Herbstwind die Blätter auf, eine andere war voller Vögel und wieder eine andere voller fliegender Fische. Nur das Weiß war überall.

Aus einer Straße hörte man Gesang. »Das ist eine der gefährlichsten Straßen«, erklärte Ishak, »denn die Sänger schaffen es, einen derart zu fesseln, dass man nicht wieder zu sich findet. Sie können einen zwingen, stehen zu bleiben und ewig zuzuhören.«

»Mein Meister, wohin führst du mich?«, fragte Dschaladat.

»Zur Sandengel-Straße«, erwiderte Ishak. »Das ist die letzte Straße. Weiter können wir nicht gehen. Jenseits davon sind andere Welten und Wesen, die wir nicht erkennen können. Schönheit ist unendlich, aber kein Mensch kann alle Geheimnisse sehen.«

In der Sandengel-Straße lebten Menschen, die ihr Leben in der Wüste gelassen hatten. Kurden, die vom Sand erstickt worden waren. Viele hier schrieben Briefe, sitzend auf Bäumen, Bürgersteigen und Balkonen. Sie brachten ihren Tod zu Papier, um ihn den Liebsten mitzuteilen. Sobald sie fertig waren, überließen sie das Blatt dem Wind, griffen noch mal zum Stift und erzählten dieselbe Geschichte in einer anderen Version. Eine kühle Brise trug die Blätter fort. Der Himmel über dieser Gasse war voller Blätter, die der Wind mit sich nahm. Briefe, die von einem Qaqnas eingefangen und in die Welt gebracht werden mussten. So saßen Abertausende im Schatten ihrer weißen Häuser an weißen Tischen in einer weißen Welt in der Nähe eines milchweißen Wassers und schrieben ihre Schreie nieder. Sie schrieben die Anschriften ihrer Lieben auf die Rückseite und überließen das Blatt dem Wind.

Es war heiß dort, wie an einem Sterbetag in der Wüste. Dschaladat legte die Hand auf die weißen Ziegelsteine und spürte die Wüstenglut, die von dieser Gasse ausging. Er berührte die Stirn der Briefschreiber, die seine Hand nicht bemerkten. Er aber fühlte das Fieber ihrer Todesnacht. Er spürte, dass ihre Herzen noch immer mit derselben Furcht schlugen.

»Es ist deine Aufgabe, diese Briefe auszutragen«, sagte Ishak, »es ist deine Aufgabe, die Dörfer aufzusuchen und die Briefe den Adressaten auszuhändigen.«

Tausende Briefe. Dschaladat fing einen aus der Luft und begann zu lesen. Er erzählte von Sand, von Durst und Hitze, vom Tod, vom Ersticken unter den Sternen, vom Schweigen. Ein Brief mit den Namen der Mörder, mit Todesort und -zeit, mit der Beschreibung von Gesichtern arabischer Offiziere, mit Routen, Städten und Todeslagern. Darüber, ob man auf den Durst oder auf die Schreie des Offiziers achten soll, der einen in die Reihe der zu Erschießenden stößt. Von den Gefühlen, wenn man weiß, dass man im nächsten Augenblick stirbt und sich nicht entscheiden kann, ob man zu den Sternen oder in den Lauf der Gewehre schauen soll. Ob man über den eigenen Tod oder den der Kinder nachdenken soll. Wie es sich anfühlt, wenn einen die Kugel in den Hinterkopf trifft. Wenn einem Sand in die Kehle fließt, bis man nicht mehr atmen kann.

Keiner konnte all diese Briefe austragen.

Dschaladat wusste nicht, wie viele er schon berührt hatte, wie vielen er nachgerannt war, wie lange er sich schon in dieser langen Gasse befand. Er hatte das Gefühl, in einen dichten Nebel geraten zu sein. In der Ferne meinte er einen Mann mit krausen Haaren zu erkennen, er hatte eine Flöte dabei. Ein trauriges Gesicht, das ihn anstarrte und sich entfernte. Samir? Dschaladat wollte ihm nachlaufen.

Ishaki Lewzerin jedoch hielt ihn auf. »Hier dürfen wir nicht weiter. Es ist deine erste Reise, und viele weitere stehen dir bevor. Du wirst noch viele Male in die Stadt kommen. Fürs Erste aber hast du nun ein paar Monate lang zu tun.«

Dschaladat kehrte durch all die seltsamen Straßen zurück. Die weißen Vögel flogen über ihn hinweg. Je näher er dem Tor kam, desto blasser wurde die Stadt hinter ihm. Als würde sich mit jedem Schritt ein weißer Nebel über die Dinge legen. Als wäre seine Rückkehr eine Flucht durch einen weißen Tunnel, den Tunnel seines eigenen Todes.

Das Schloss, in dem sie sich anfangs getroffen hatten, lag nun ebenfalls in weißem Nebel. Dort drückte ihm Ishak ein kleines Päckchen in die Hand. »Vergiss nicht, ich werde auf dich warten.«

Bis auf ein Bild, in dem Ishak in einer weißen Wolke steht und langsam entschwindet, konnte sich Dschaladat später an nichts mehr erinnern.

Als er den Raum verließ, stand da Scharoch, als ob er ihn soeben verlassen hätte. Scharoch nahm ihn an der Hand und zog ihn nach draußen. »Mein Freund, jetzt kannst du die Welt mit Wundern überhäufen.«

Ohne zu verstehen, was er meinte, hielt Dschaladat seine Hand fest und ging mit ihm den Weg zurück, an den Architekten vorbei, die den Bau weiterer Straßen planten. Vor dem Tor konnte Dschaladat mehr von der endlosen Mauer der Stadt sehen, ihre geheimen Muster und Gravuren studieren: Zeichnungen des Urmenschen, Schriften der Sumerer, assyrische Muster, akkadische Verzierungen, die Pferde von Ninive, die Löwen von Babylon.

Scharoch zog ihn weiter, er sollte sich darin nicht verlieren. »Wir müssen gehen.«

Die weißen Pferde warteten. Weitere Pferde waren hinzugekommen. Sie trugen, was Dschaladat mitnahm: Musik, geheim gebliebene Bücher, Bilder und Briefe. Dschaladat ging voraus wie ein Karawanenführer. Hinter ihm reihten sich die Pferde in einem langen Zug. Scharoch folgte am Ende. Diesmal war es, als würden sie sich in einem mächtigen Kreis drehen, durch Ebenen und Dschungel, über Gebirge, durch verschneite Regionen, vulkanische Felder, verschattete Täler, durch einen Urnebel, der sich seit der Genesis nicht aufgelöst hatte.

An einem späten Abend erreichten sie das Ufer eines großen Sees, in dessen Mitte der Mond schwamm. Das Licht bildete in den sanften Wellen große goldene Kreise. Dschaladat versank in den Anblick dieses Zaubers.

Scharoch übergab ihm eine Tüte. »Dschaladat, hier ist meine Grenze. Ich bleibe an diesem Ufer. Ich werde da sein, wann immer du in die Stadt der weißen Musiker zurückgehst. Das Einzige, was du in meinem Namen mit in die Welt nimmst, ist diese kleine Tüte. In ihr sind die Nägel, die ich dir herausgezogen habe, und ein paar Dinge für ein Mädchen namens Rauschan Mustafa Saqzi. Sie ist eine Musikstudentin. Ich schicke ihr einige meiner Musikstücke. Sag ihr, sie wären ein Geschenk von Scharochi Scharoch. Sie wird dir später eine große Hilfe sein.«

Die Erzählung war kurz und endete abrupt. Ich hatte mehr erwartet, wollte, dass Dschaladat mir von jedem Winkel erzählte, fragte nach Einzelheiten. Aber wenn er von der Stadt der weißen Musiker erzählte, waren seine Sätze immer kurz, seine Erinnerungen getrübt. Er wusste, dass Ishak ihn durch die Gassen geführt und ihm alle Geheimnisse verraten hatte. Aber er schaffte es nicht, davon zu erzählen, es war, als ob eine geheime Scheu oder Furcht ihn erfüllte. Das Geheimnis der Stadt sei ihre Schönheit, sagte er nur. Die könne man nicht beschreiben, die könne man nur erleben.

Ich hörte viel von der Musik, die er mitgebracht hatte. Ich sah mir die Bücher an. Aber in der einzelnen Melodie, dem einzelnen Text konnte ich die außergewöhnliche Bedeutung, die Ausstrahlung von Schönheit und Ewigkeit nicht ohne Weiteres erkennen.

»Ali Sharafiar, Sie sind ein talentierter Schriftsteller«, erklärte er mir. »Aber Sie dürfen niemals vergessen: Es gibt nicht die eine Schönheit, die alles in sich vereinigt. Ein großes Netz verknüpft die verschiedenen Schönheiten und verbindet uns. Die unterschiedlichen Arten von Schönheit verbindet eine gefühlte Einheit.«

»Dschaladat, aber was ist mit Gott«, fragte ich, »ist nicht Gott die größte Schönheit, die alle anderen Schönheiten verbindet?«

»Auf meinen Reisen in die Stadt der weißen Musiker suchte ich lange nach Gott, aber ich sah ihn nirgends. Nur Menschen.«

»Denken Sie, wenn es Ihn in der Stadt der weißen Musiker nicht gibt, gibt es Ihn gar nicht?«

»Was soll denn Gott mit der Stadt der weißen Musiker zu schaffen haben?«, fragte er. »Er hat keine Schönheit, die getötet werden könnte. Nichts kann den Musiker in Ihm töten. Gott hat uns und den Tod gegeneinander in Stellung gebracht und sieht zu. Es könnte sogar sein, dass er nicht mal zusieht. Vor meinem Besuch der Stadt meinte ich, wenn ich Mozart hörte, Gott offenbare uns, ganz direkt, seine Magie und Schönheit. Nun bin ich mir aber sicher, dass die Schönheiten einzig und allein dem Menschen gehören. Wenn all die Schönheit sein Werk wäre, weshalb müsste sie dann endlose Qualen und Finsternis durchqueren, um dem Tod zu entkommen? Warum ist es dann so schwer, unsere Schönheit und Reinheit zu beschützen? Wenn unsere Schönheit und Wahrheit Teil der göttlichen Schönheit und Wahrheit wären, wieso hätten wir dann ununterbrochen in Furcht vor dem Tod und dem Vergessenwerden leben müssen? Alles, was göttlich ist, muss auch unsterblich sein, aber alles, was menschlich ist, kann sich nur schwer gegen den Tod behaupten. Alles Menschliche erfährt erst im Kampf gegen den Tod die eigene Lebendigkeit, während nichts Göttliches in so einen Kampf verwickelt ist. In einem Punkt denkt der Mensch tiefer als die Götter. Der Mensch ist im Besitz von etwas, was Gott nicht hat, er kennt eine Erfahrung, die Gott nicht kennt: den Tod. Es ist der Tod, der den Menschen so stark macht. Ali Sharafiar, was sollte denn Gott mit einem Zufluchtsort für die Schönheiten des Menschen zu tun haben?«

Als ich ihn zum ersten Mal in dem ausgebrannten Hotel getroffen hatte, stand er längst in Verbindung mit dieser Stadt. Während eines seiner Besuche hatte ihm Ishak gesagt, er müsse diese Geschichte in die Welt tragen, denn er sei der einzige Zeuge von Geschehnissen, die niemand so erlebt habe wie er. Also war er auf die Suche nach einem Schriftsteller gegangen, der ihm helfen könnte. Als ich im Flughafen von Amsterdam auf Scharoch stieß, wusste ich nicht, dass ich längst zum Erzähler dieser Geschichte erwählt worden war, dass Scharoch ein Helfer von Dschaladat war und den Auftrag hatte, mich zu ihm zu führen.

Als ich dann Dschaladats Freunden sagte, ich sei unfähig, die Geschichte zu erzählen, sagte ich nicht die Wahrheit. Sofort fand ich mich von dem Zauber, den dieser Mann verströmte, in Bann geschlagen. Wie um Himmels willen hatte er es geschafft, mit so vielen Narben und Wunden am Leben zu bleiben?

Aber die Bedingungen, die er stellte, und wie er sich dauernd einmischte, das machte mich wütend. Manchmal hatte ich das Gefühl, er genösse es, mich leiden zu sehen. Ich vernachlässigte meine persönlichen Angelegenheiten. Ich änderte mein ganzes Leben, um den Zauber dieses Qaqnas zu verstehen. Ich ignorierte das Problem mit meiner Frau und vergaß meine Kinder. Wie besessen stieg ich mit meinen Manuskripten die Treppen des Hotels hoch und zerrte ihn vom Balkon ins Zimmer.

»Dschaladat, erzählen Sie weiter. Was passierte, nachdem Sie Ishaki Lewzerins Schüler geworden waren? Wie haben Sie die Musik verlernt? Wie haben Sie sich gefühlt, als Sie Dalias Engel gesehen haben? Wie kann es sein, dass Sie in der Stadt der Prostituierten mit keiner Frau geschlafen haben?«

Ich kam mit tausend Fragen. Manchmal hatte ich den Eindruck, er wollte durch allerlei Andeutungen meine Neugier anstacheln, um mich an ihn zu binden. Manchmal sah ich aber auch, dass es viele dunkle Stellen gab, die ihm selber verborgen geblieben waren.

Nicht immer war er bereit zu erzählen. Es konnte passieren, dass er einfach auf den Balkon ging und heulte. Was ihn überwältigte, war die vollständige Umkehrung seines Lebens. Nach der Stadt der weißen Musiker war alles in seinem Leben zu Vergangenheit geworden. Selbst ich gehörte der Vergangenheit an, meine Zukunft war Teil seiner Vergangenheit. »Ali Sharafiar«, sagte er, »ich bin der einzige Mensch ohne Zukunft.« Er wusste: Die Musik, die er machte, war Musik der Vergangenheit. Die Briefe, die er austrug, gehörten der Vergangenheit an. Die Reisen, die er antrat, waren Reisen in die Vergangenheit.

Nachdem Dschaladat die Stadt der weißen Musiker verlassen, nachdem er sich am Ufer von Scharoch verabschiedet hatte, kehrte er mit der Karawane in die Stadt zurück. Im Morgengrauen erreichte er die Lagerhallen von Mustafa Schaunm, sie waren verwüstet. Die meisten Gebäude hatte der Krieg zerstört. Kugeln hatten die Mauern durchlöchert, Druckwellen die meisten Dächer abgedeckt. Dschaladat befreite die Pferde von ihrer Last, er schichtete die Dinge in einem unversehrt gebliebenen Winkel aufeinander, küsste die Schimmel und entließ sie. Während sie entschwanden, suchte er den Boden der Halle ab, in der Mustafa das Tor zum Ozean der Schreie geöffnet hatte, fand die eiserne Falltür und versuchte vergeblich, sie zu öffnen. Nach zwei Jahren Haft und nach seiner Zeit in der Stadt der weißen Musiker fiel ihm erst jetzt wieder ein, dass er den Schlüssel mitsamt seiner ganzen Habe im Hotel zurückgelassen hatte.

Als er sich an einem kühlen Morgen wieder im Hotel einfand, schliefen die Flüchtlinge noch. Noch trug er die Kleider der weißen Stadt. In der sechsten Etage erwartete ihn sein stilles Zimmer, seine Zuflucht. Außer dem Wind schien es keine Besucher gehabt zu haben. Er legte sich auf den Boden zwischen all das, was der Wind in zwei Jahren hereingeweht hatte. Er schlief ein und erwachte zwei Tage später im Morgengrauen. Er ging auf den Balkon und tastete sein Gesicht ab. Er fuhr sich über den Bart, den er seit über zwei Jahren nicht mehr rasiert hatte. Er berührte seine Narben, er spürte sein Herz. Er war sich seiner Lebendigkeit gewisser denn je.

Noch am selben Tag traf er Mustafa in einem der Restaurants. Er saß an einem großen Tisch, schien noch dicker geworden, sein Haar war lang wie immer.

Dschaladat setzte sich wortlos zu ihm.

Mustafa brockte genüsslich Fladenbrot in eine Schüssel und schlang es herunter. Manchmal spülte er mit einem Glas Wasser nach. Wenn er pausierte, schloss er die Augen und hob den Kopf, um den Genuss ganz auszukosten.

»Es war einmal«, sagte Dschaladat neben ihm, »ein Junge namens Dschaladat, der hatte einen Schwarm Vögel, die waren weiß. Eines Tages wurde er von den Teufeln entführt und kam nicht wieder. Dschaladat wanderte von einem Gefängnis ins nächste, von einem Folterknecht zum anderen, so lange, bis er alle Gefängnisse gesehen, bis er sich mit allen Qualen angefreundet hatte. Eines Tages beschlossen die Henker, Dschaladat ans Kreuz zu schlagen, sie hängten ihn an einen Baum und töteten ihn. Aber er starb nicht. Er erstand wieder und ritt auf einem weißen Pferd in eine ferne Stadt, die man die Stadt der weißen Musiker nennt. Dort traf er seine ganze Vergangenheit wieder. Zurück brachte er empfindliches Frachtgut. Nach seiner Rückkehr suchte er einen alten Freund auf.«

Mustafa hielt die Augen geschlossen und lauschte. »Der Freund war ein sehr dicker Mann«, nahm er ihm die Worte aus dem Mund, ohne die Augen zu öffnen, »mit langen Haaren, Mustafa Schaunm war sein Name. Er war ein großer Esser, man nannte ihn die Restaurantkuh. Wer ihn treffen will, sucht die Restaurants nach ihm ab. Nach Dschaladats Entführung hatte er viel zu erleiden. Dennoch wurde er dicker und dicker. Bis er eines Tages in einem Restaurant saß und eine Stimme neben ihm sagte: ›Es war einmal ein Junge namens Dschaladat …‹«

Er machte die Augen auf, nahm Dschaladat in die Arme, und beide brachen in schallendes Gelächter aus. Das war einer der schönsten Momente ihres Lebens.

An diesem Tisch erzählten sie sich lang und ausführlich ihre Geschichten. »Seit zwei Jahren warten wir auf dich. Ich hatte die Hoffnung auf deine Rückkehr schon aufgegeben«, sagte Mustafa. Dann dämpfte er die Stimme: »Herr Qaqnas, ich wusste, dass du in die Stadt der weißen Musiker gehen würdest. Dass es so lange dauern würde, habe ich allerdings nicht erwartet.«

Mustafa erzählte, nach Dschaladats Verhaftung sei er zum Hotel gegangen, dort hätten ihn die Sicherheitsleute verhaftet. Er habe ihnen, um freigelassen zu werden, einige seiner besten Grundstücke schenken müssen. Und achttausend Quadratmeter habe er zusätzlich hergegeben, um den Schlüssel zum Keller, das Bild der Stadt der weißen Musiker und ein paar von Dschaladats Heften zu erhalten. Alle anderen Sachen, auch die Akte von Basm Dschasairi, seien bei ihnen geblieben.

Gemeinsam gingen sie zu den verwüsteten Hallen. Dort sah Mustafa, was Dschaladat aus der Stadt der weißen Musiker mitgebracht hatte. Er wusste, was ein Qaqnas tat, aber bislang hatte er erst einen gesehen. Wenn er Dschaladat jetzt berührte, war ihm bewusst, dass er ein Geschöpf berührte, das verbrannt und lebendig durchs Feuer gegangen war.

Dschaladat öffnete das Päckchen von Ishaki Lewzerin und zog eine neue, ungebrauchte Flöte heraus. Ohne zu zögern, ohne daran zu denken, dass er die Musik verlernt hatte, drückte er das Instrument an die Lippen, und zum ersten Mal wieder spielte er seine magische Musik. In jener Nacht wurde Dschaladat zum zweiten Mal als Musiker geboren. Er spielte wie von Sinnen, spielend lief er über die verdorrten Felder, der dicke Mann hinter ihm her. Er hatte in sich den Musiker wiedergefunden, der vor Jahren im Süden gestorben war.

Von da an beschleunigte sich der Rhythmus von Dschaladats Leben. Mit Mustafas Hilfe schaffte er die Fracht in den Keller, und durch die magischen Tunnel des Ozeans reisten sie noch einmal zusammen in die große Stadt zu Musa Babak. Sie läuteten an der Praxis, und nach der zweiten langen Trennung schloss der Doktor seinen Sohn in die Arme. In der Nacht tanzten sie wie Betrunkene. Musa holte seine alte Geige hervor, und Dschaladat ging mit seiner Flöte vor ihnen her.

Es war schon spät, als Musa Babak einen Brief aus der Tasche seines alten Jacketts zupfte und die Augen zusammenkniff. »Dschaladat«, sagte er mit heiserer Stimme, »diesen Brief trage ich schon lange mit mir herum. Er ist für dich, von einem lieben Menschen.«

Dschaladat nahm den Brief und öffnete ihn. Bevor er die erste Zeile las, warf er einen Blick auf das Ende und sah die Unterschrift. Da stand: »Deine Cousine, die die ganze Welt nach dir absucht … Trifai Zstan, Mondschein des Winters.«

»Mein lieber Vetter«, schrieb Dalia in ihrem langen Brief, »Du fehlst mir, *so sehr, dass ich fürchte, die Wege werden vor Sehnsucht brennen, wenn ich zu Dir komme.* Das sind deine eigenen Worte. Weißt Du noch, wie Du mir immer solche Dinge sagtest? Wo bist Du, mein Cousin? Ich kam an einem regnerischen Tag und fand das Hotel und in dem Hotel ein leeres, kaltes Zimmer. Du warst nicht da, mein heuchlerischer Cousin.

Nach Deinem Abgang lief ich damals mit den Verletzten durch den Tunnel. Wir konnten vielen das Leben retten. Ich begleitete Musa Babak in eine Großstadt und half ihm ein paar Monate in der Praxis. Was hätte ich anderes tun sollen? Ich wusste ja nicht, was mit meinem untreuen Cousin geschehen war. Ich weiß, Du sagst jetzt, du hättest jede Nacht von mir geträumt, hättest mich im Treppenhaus und auf dem Balkon des Hotels gesehen. Aber ich kenne ja meinen kleinen Lügner. Aber nun gut, lassen wir mich, Deine unglückliche Cousine, die Böse sein.

Eines Tages machte ich mich auf den Weg in die südlichen Städte, auf der Suche nach Basm Dschasariri. Glaub mir, mein Herz, ich weiß noch immer nicht, ob Basm im Himmel oder in der Hölle ist, auf oder unter der Erde, in Gottes Reich oder in den Verliesen des Staates. Oft bin ich mir sicher, dass er tot ist. Ich gebe mich damit zufrieden und kann nachts ruhig schlafen. Aber manchmal taucht sein Schatten wieder auf. Ich weiß, Du denkst, ich wäre ein hartherziges Mädchen, das sich über den Tod seines Liebsten freut. Nein, mein unverschämter, unglückseliger Cousin, er tut mir leid, seine Qualen, sein Warten und seine Einsamkeit tun mir leid. Noch einmal suchte ich alle Städte und Dörfer des Südens ab, ohne ihn zu finden. Aber noch immer sehe ich seinen Schatten. Aus der Ferne sieht er zu mir her. Aber er spricht nicht mehr zu mir. Sag, hast Du die Akte für mich aufbewahrt? Als ich Dir damals die Akte übergab, dachte ich, ich müsste sterben. Der Nachweis für die Unschuld und das Sterben dieses armen Mannes sollte bei Dir sein. Falls Du eines Tages unsere Geschichte erzählst, sollst Du alles bei Dir haben. Warum ich das Gefühl habe, dass Du uns retten wirst, weiß ich nicht. Ach, Dschaladat, wie viel Kummer Du mir bereitet hast. Wie sehr Du mir fehlst. Du fragst jetzt sicher, ob ich meine kleinen Engel noch habe. Nein, die haben mich längst verlassen.«

Es war der Brief einer sehr nervösen, sehr gefassten Frau. Am Schluss fand sich der Name einer ausländischen Hilfsorganisation, die in den Bergen Kurdistans Brunnen grub, Schulen baute, Dünger bereitstellte und den Bauern Ratschläge erteilte. Dalia hatte dort als Englisch-Dolmetscherin angeheuert.

Als Dschaladat den Brief las, drehte er durch. Wie ein Tier, das aus seinem Käfig ausbricht. Er rannte los, dürr, mit langem Bart, wie ein einsamer Schakal. Gras, Wolken und Wind flüsterten ihm Dalias Namen ins Ohr. An einem Herbstnachmittag erreichte er sein Ziel. Vor dem Tor sagten ihm die Wachen, Dalia Saradschadin sei mit dem Generaldirektor, einem Australier, unterwegs und komme erst in einer Woche zurück. Dschaladat ging in den Wald und spielte auf den Bäumen seine Flöte. Der Herbst wurde kälter, der Himmel trüber. Nach sechsundzwanzig Tagen, als er gerade dabei war, das Schlupfloch aufzusuchen, das er sich für die Nächte eingerichtet hatte, hörte er sie im Dunkeln rufen: »Dschaladat, wo bist du?«

So hatte sie ihn in der letzten Nacht in der Stadt des gelben Staubes gerufen, mitten im Getöse der Bomben und Raketen. Sofort erkannte er ihre Stimme, aber sie kam wie aus einer anderen Welt. Er war verzweifelt. Mit der Flöte in der Hand rannte er der Stimme nach, der Stimme einer Frau, die nur in seinen Vorstellungen noch lebte und die keine Erinnerung ins Leben zurückbringen konnte. Als er sie dann wirklich vor sich stehen sah und ihr um den Hals fiel, schien sie ihm immer noch eine Fata Morgana, ein Nebel, ein Trugbild.

Dalia hatte durchs geöffnete Fenster ihres Zimmers die Flöte gehört und sofort gewusst, dass er es war. Sie war gerade zurückgekehrt, trug alte Jeans, ein beiges T-Shirt und eine blaue Kappe. Als sie Dschaladat umarmte, war sie noch ganz atemlos von dem Aufstieg im Bergwald, und diese aufwühlenden Flötenklänge hatten ihr vollends den Atem geraubt. In seinen Armen fing sie wie ein kleines Kind an zu heulen. Die Jahre hatten sie altern lassen, aber Dschaladat fand sie im Mondlicht schöner denn je.

»Seit Wochen warte ich hier auf dich«, bestürmte er sie. »Sobald ich den Brief erhalten hatte, rannte ich los. Dalia, wo warst du all die Jahre, warum bist du nicht mit mir gekommen, warum hast du mich verlassen?«

Dalia weinte, endlos und hysterisch, wie damals im Saal des Freudenhauses. Aber Dschaladat hatten die langen Jahre der Qualen und der Gefangenschaft souveräner und sensibler gemacht. Er wischte Dalia die Tränen vom Gesicht und hörte sich ihre Geschichte an.

Nach einer langen Reise zu den verwüsteten Städten des Südens tauchte Dalia eines Tages in Musas Praxis auf und erfuhr vom Doktor von Dschaladats Schicksal und wo er jetzt wohnte. Ein Bekannter des Doktors fuhr sie in den Norden. In ihrer Heimatstadt angelangt, regte sich die alte Angst vor dem Zorn ihrer Brüder. Obwohl sie wusste, dass einer tot war und ein anderer gelähmt im Bett lag. In dieser Stadt fürchtete sie sich vor allem: den Straßen, den engen Gassen, den schwindsüchtigen Bäumen. Nur Dschaladats wegen war sie hergekommen und suchte sofort das Hotel auf. Sein Zimmer in der sechsten Etage stand leer. Seine Nachbarn hatten ihr von der Entführung berichtet, sie glaubte ihnen nicht. Trotz ihrer Furcht suchte sie die ganze Stadt ab. Einen ganzen Tag lang war sie in den Gassen und Basaren vergebens unterwegs. Danach fuhr sie zu Dr. Babak und erstattete ihm, der von der Gefangennahme Dschaladats und Mustafas noch nicht erfahren hatte, Bericht.

Einen Monat später klopfte ein dicker Mann in einem langen Mantel und mit einem riesigen Barett, was ihm das Aussehen eines kommunistischen Bonzen verlieh, an der Tür. Es war Mustafa Schaunm, der nach sieben Monaten Haft freigelassen worden war. Seine fünfte Nacht in Freiheit wurde für Dalia zu einer Nacht der Enthüllungen. Als er ihr vom Tod Samirs erzählte, weinte sie um ihn. Sie erfuhr alles über die letzten Jahre Dschaladats, wo er im Gefängnis steckte und dass man ihn herausholen müsse. Und sie begriff, dass sie einmal mehr dazu verurteilt war, nach einem Gefangenen zu suchen. Sie drückte ihren Kopf an Musa Babaks Brust und sagte: »Doktor, was ist das für ein Land, wo Frauen ewig den gefangenen Männern nachspüren müssen.« Dalia beschloss, nach Dschaladat zu suchen. Sie ahnte, dass sich die Geschichte ihrer Suche nach Basm Dschasairi wiederholen würde.

Musa Babak ging im Zimmer auf und ab und sagte: »Ihr wisst nichts, Dschaladat ist unterwegs zu einem Ort, den nur ein Qaqnas erreichen kann.«

Tage später kam Dalia in einem Fernbus nach dem Passieren zahlloser Kontrollpunkte in Kurdistan an. Sie ging zu Schanas Salim, die Mustafa »die giftige Schlange in dieser Geschichte« genannt hatte. In einem Zimmer, dessen Wände tapeziert waren mit Bildern von Orangen, thronte sie, umhüllt vom Geruch des Geldes und des Todes, mit der Überheblichkeit einer wohlhabenden Frau.

»Ich weiß, wer du bist«, zischte sie, »du bist die Hure, für die Dschaladat Doppelrohrflöte spielte. Gib dir keine Mühe. Früher oder später wird Dschaladat eines schlimmen und erbärmlichen Todes sterben.«

Verwundert über den Hass dieser Frau, verließ Dalia das Haus und bekam nach langwierigen Erkundigungen Nachricht von einem Parteibonzen, der versprach, ihr Dschaladat zu zeigen, wenn sie mit ihm schliefe. Da sie geschworen hatte, bis zum Tode mit keinem Mann mehr zu schlafen, überreichte sie ihm ihre goldene Halskette. »Ich bin nicht die Richtige für Sie«, sagte sie. »Nehmen Sie das Gold, es ist besser so. Damit können Sie mit zehn jüngeren und hübscheren Frauen schlafen.«

Er brachte Dalia in ein abgelegenes Dorf. In einem finsteren Stall, der zu einem kleinen Haus gehörte, zeigte er ihr Dschaladat, der auf dem nassen Boden saß und an einen Pfeiler gefesselt war. »Dschaladat«, rief Dalia durch eine Ritze, »Dschaladat!« Entkräftet hob er den Kopf, er sah sie nicht.

»Wir planten, dich zu befreien. Wenn es geklappt hätte, wäre ich sogar auf seine Wünsche eingegangen. Ich wollte nicht, dass du so leidest. Als wir noch auf eine günstige Gelegenheit lauerten, hat dich eine andere Gruppe entführt; unser Plan war fehlgeschlagen. Aber ich gab nicht auf. Ich fand eine Arbeit, die es mir ermöglichte, in Kurdistan zu bleiben und weiterzusuchen. In jedem Dorf erkundigte ich mich zuerst bei Frauen und Kindern, denn ich wusste, sie würden mir die Wahrheit sagen. Alle dachten, ich wäre eine wichtige Person, sodass sie mir alles sagen müssten. Wieder sah ich Gefangene, Gefängnisse. Wieder stieg mir der Geruch von Blut, Hunger und Erniedrigung in die Nase. Ich erfand immer einen Vorwand, um hineinschauen, um sehen zu können, wer da einsaß … Bei Gott, es war, wie ich es dir erzähle. Glaub mir – aber du hast mir sowieso nie geglaubt …

Schließlich kam in einem Dorf ein Kind angerannt und sagte: ›Madam Dalia, Madam Dalia, sie haben einen neuen Gefangenen in die Schule gebracht. Er ist sehr gefährlich, gefährlicher als ein Monster. Niemand darf ihn sehen.‹

Der Vater des Kindes war dein Wächter. Er ließ mich durchs Fenster schauen. Du schliefst, die Hände gefesselt, auf dem Boden. ›Dschaladat, Dschaladat‹, rief ich. Du schautest auf, aber du sahst mich nicht.«

Im Lager war Dalia die Queen. Sie richtete ein Zimmer für ihn her. Das Wiedersehen mit Dalia war wie eine Wiedergeburt. Er war aber dermaßen erschöpft von den vielen Nächten in der eisigen Kälte, dass er, mit der Flöte in der Hand, auf seinem Bett sofort einschlief.

Dalia schloss die Tür und erzählte den ausländischen Mitarbeitern Dschaladats Geschichte. Zum ersten Mal in Kurdistan hörten sie von einem Menschen, der nach orientalischer Mythologie roch. Bisher hätten sie hier vom Zauber des alten Orients nicht viel mitbekommen, meinten sie. Der Anblick der Bäuerinnen, Schlepper und Bewaffneten, die Kurdistan bevölkerten, weckte keine Erinnerung an Sindbad, Ali Baba, Qamar al-Zaman oder Badrulbudur. Die meisten sahen eher aus wie Nasrudin Hodscha oder Mullah Masbur – als ihnen die Witze ausgegangen waren.

Beeindruckt von der Geschichte, die Dalia ihnen erzählte, bestaunten die Ausländer durchs Fenster einer nach dem anderen Dschaladats Wunden und Narben.

Dalia und Sebastian Müller sprachen die ganze Nacht lang weiter. Sebastian Müller hatte an der Universität Heidelberg Archäologie gelehrt. Dalia und er hatten sich angefreundet. Er hörte ihr aufmerksam zu. Jahre später beschrieb Dalia in einem Brief an Musa Babak die Interpretationen des Deutschen.

»Frau Saradschadin«, sagte Herr Müller eines Abends beim

Rotwein, »lassen Sie mich nachdenken. Wie konnten Sie diese Waldkreatur zähmen? Er hat etwas von einem Naturgott. Die Flöte war das Instrument der Götter, der Schöpfer. Shiva umtanzt mit seiner Flöte das Universum und erschafft die Welt. Wer eine magische Flöte in der Hand hält, kann eine Zauberwelt erschaffen. Bei den alten Ägyptern war der Klang der Flöte die Stimme der Isis, der Muttergöttin. Bei den Indern ist die Flöte das Geschenk Krishnas. Auf meiner Indienreise sah ich, dass die Menschen sich Krishna stets mit Flöte und Pfauenfeder vorstellen. Er verkörpert die göttliche Magie, und diese Magie liegt in der Flöte. Mit seiner Flöte lockt er die Hirtenmädchen an und bringt sie zum Tanzen. Das Symbol seiner Macht ist die Flöte, die Vergängliches mit Ewigem verbindet.«

Sebastian Müller versuchte, alles mit den alten Mythen und Legenden in Verbindung zu bringen. Zuvor hatte er in Kambodscha, Sri Lanka und Bosnien gearbeitet, er deutete Politik, Religion und internationale Auseinandersetzungen im Licht der alten Mythen. Er war Kettenraucher. Hin und wieder stand er auf und ging ein paar Schritte, brachte den Aschenbecher aus dem Billardsalon, holte Wasser aus dem Kühlschrank, wusch Früchte, putzte seine Brille und sprach, vor dem Fenster stehend, weiter: »Frau Saradschadin, Krishnas Flöte ist ein Symbol dafür, dass der Mensch sich aufgibt, um himmlischen Klängen Platz einzuräumen. Radha, seine Geliebte, fragt ihn eines Tages: ›Mein Lieber, warum liebst du die Flöte mehr als mich?‹ ›Weil sie nicht an sich denkt‹, sagt Krishna, ›sie hat sich leer gemacht, um Raum für alle Klänge zu haben.‹ Irgendwie ist Dschaladat wie diese Flöte. Jemand, der sich leer macht, um zu einer Flöte zu werden, die alle Klänge der anderen in sich sammelt.«

Er musterte Dalia. »Vielleicht ist der Junge eine neue Verkörperung Pans«, fuhr er fort, »des Hirtengottes, Gottes des Waldes und der Natur. Der Sohn des Hermes, zusammengesetzt aus einem Menschenoberkörper und dem Unterleib eines Ziegenbocks. Pan ist aber, im Unterschied zu Dschaladat, sehr hässlich.

In der griechischen Mythologie wird Pan manchmal mit der Figur des Teufels verwechselt. Er erfährt von seiner Mutter keine Liebe und wird von ihr ausgesetzt, so monströs ist sein Aussehen. Aber Pan mit seiner siebenfachen Flöte ist eher ein Symbol für Natur, Tod und Wiederauferstehung als für das Böse. Ein Symbol für die Liebe. Die Frauen brauchen das Lob und den Trost, die von Pan und seinen Nachfolgern gespendet werden. Pan ist ein Männchen, das sich am Anblick der Nymphen erfreut. Eines Tages verfolgt er liebestrunken die Nymphe Syrinx, die aus Angst vor dieser Kreatur mit Hörnern und Bocksfüßen bittet, in ein Schilfrohr verwandelt zu werden. Ach, Frau Saradschadin, in keinem weltlichen Buch werden die Bitten der Menschen so wie in den Metamorphosen des Ovid erhört. Es genügt, dass jemand betet, und schon wird das Gebet von einem der zahlreichen Götter erhört. Diesen wichtigen Vorzug hat der Polytheismus. Sobald die Nymphe auf ihrer Flucht an den Fluss Ladon gelangt, werden ihre Bitten erhört. Und als der ›wollüstige‹ Pan sich auf sie stürzt und sie umarmt, findet er anstelle des anmutigen Mädchenkörpers ein Schilfrohr in seinen Armen. Er bricht das Schilfrohr in sieben Teile und baut daraus seine berühmte Flöte. Sobald er hineinbläst, erklingen Töne der Liebe und der Lust. Pan ist auch ein Gott, dessen Gebrüll Stadtmauern zum Einsturz bringt. Außerdem ist er der Sohn des Hermes, des Gottes des Verkehrs, der Reisenden, Wanderer, Heimatlosen und Ausgestoßenen, des Gottes des Denkens, der Rede- und Verwandlungskunst. Hermes ist der Sohn des Zeus, er überbringt und übersetzt den Sterblichen die Botschaften der Götter. Pans Abstammung verweist auf einen Punkt, an dem Götter und Menschen miteinander in Berührung kommen. Allerdings ist es nicht die ganze Geschichte … warten Sie.« Er pausierte kurz.

»Andererseits ist er der Vater des Silenos. Ein weiteres Mischwesen, aus Mensch und Pferd. Er war nämlich mit Schwanz, Nase, Ohren und Hufen eines Pferdes ausgestattet. In Nysa unterrichtet er Dionysos. Eines Tages nimmt Midas den Silenos gefangen. Dionysos, der für seinen alten Lehrer Achtung und Zuneigung empfindet, hält Midas an und fragt, was er für Silenos' Freilassung verlangt. Midas möchte, dass sich alles in seinen Händen in Gold verwandelt. Ein dummer Wunsch mit katastrophalen Folgen. Sogar Brot und Wasser sind ihm verwehrt, denn alles, was er anfasst, wird zu Gold.«

In dem Brief schrieb Dalia, wenn sie ihn nicht gestoppt hätte, hätte Sebastian Müller immer noch mehr mythologische und theologische Theorien aufgeboten, um Dschaladat zu erklären. Ich will euch nicht verschweigen, dass ich über das Einfühlungsvermögen dieses Mythologen staunte, und zwar so sehr, dass ich ihn in Deutschland ausfindig machen und mit ihm über seine Interpretationen sprechen wollte. Dschaladat als neuen Krishna oder Pan zu betrachten … Leider erfuhr ich erst spät davon, aus Dalias Brief an Musa Babak. Sebastian Müller habe ich nie getroffen. Von einer seiner Reisen nach Afrika kehrte er mit einer tödlichen Krankheit zurück und starb vier Monate, bevor ich ihn aufsuchen konnte, in einem Krankenhaus in Trier.

Während seines kurzen Aufenthalts in dem Lager freundete sich Dschaladat mit niemandem an. Nur Dalia war ihm wichtig. Tagsüber war er in den Sälen, Korridoren und Büroräumen allein. Er stand an einem Fenster und spielte Flöte. Nur Dalia gab ihm das Gefühl, wirklich auf der Welt zu sein und die Tiefe des Lebens zu spüren. Die beiden tauschten unermüdlich ihre Erinnerungen aus, als ob sie sich ihrer Vergangenheit vergewissern wollten.

Dalia bittet ihn, bei ihr zu bleiben. Sie verspricht, Arbeit für ihn zu finden. Aber er weiß, dass ihn andere Aufgaben erwarten. Irgendwann muss er mit seinen langen Reisen als Qaqnas beginnen. Dalia schwört, sie werde ihn nie wieder verlassen. Die beiden kehren zusammen in die Stadt zurück.

Dalia besorgt ihm neues Bettzeug für sein Zimmer im Hotel, sie vergoldet die Nägel, bringt ihm einen neuen Teppich. Beide wollen einander nah sein, aber sie wissen auch, dass ihre Beziehung wie die eines Menschen zu seinen Einbildungen, wie die Beziehung eines

Musikers zu seiner Musik ist. Sie vertreten füreinander das Unmögliche, das Unerreichbare.

»Cousine«, sagt Dschaladat, »ich weiß nicht, wie lange ich bleiben kann. Eines Tages werde ich fortgehen und nicht wiederkehren. Aber solange ich hier bin, solange ich sichtbar und ansprechbar bin, bleib du in meiner Nähe.«

In der ersten Zeit trifft er Dalia alle paar Tage. Gemeinsam betrachten sie vom Balkon aus die Sterne, schauen auf die Stadt, die wie alle anderen Städte der Welt eher ein Ort der Angst als ein Ort der Sicherheit und Geborgenheit ist.

Eines Abends begegnet Dschaladat einem schwarzhaarigen Mädchen, das in einer kleinen Band Geige spielt: Rauschan Mustafa Saqzi. Ihre Geschichte gehört zu den seltsamen Fügungen bei der Entstehung dieses Romans. 1980 blieb sie achtjährig nach dem Tod ihres Vaters in einem iranischen Flüchtlingslager allein zurück. Zu dieser Zeit hält sich Scharoch mit seinem Vater an der Grenze zu Jordanien auf, sie transportieren Ersatzteile für japanische Autos. Eines Nachts läuft ihnen ein alter Bekannter, ein Kurde aus der Stadt Saqz, über den Weg. Er vertraut ihnen das ausgehungerte Mädchen an, weil er fürchtet, es würde die brennende Wüstenhitze nicht überstehen. Verängstigt liegt es eingerollt wie eine kranke Katze auf der Ladefläche des Pick-ups zwischen den riesigen Kisten. Mahdi Hassan Scharoch, Scharochs Vater, ist ein impulsiver Mann, ein Patriot. Das Mädchen, das außer dem eigenen Namen nichts über seine Vergangenheit zu wissen scheint, weckt sein Mitgefühl, und er adoptiert es. Rauschan wird von der Familie mit offenen Armen aufgenommen. Sie wird Scharochs Lieblingsschwester, er bringt ihr die Grundlagen der Musik bei. Oft sitzt sie auf einem kleinen Stuhl und hört sich die Symphonien und Sonaten an, die Scharoch auf einem alten Plattenspieler abspielt. Jahre später wird aus ihr eine Geigerin, die mit ihrem Können alle anderen Musiker der Stadt überflügelt. Scharoch verspricht ihr, sie immer mit Musik zu versorgen. Als er fällt, ist Rauschan elf Jahre alt. Keine

Nacht vergeht, in der sie nicht von ihm träumt. Scharoch, der in die Stadt der weißen Musiker gegangen ist, bedrückt die Sorge, dass er sein Versprechen nicht halten kann. Als er Dschaladats Führer wird und ihm die Stadt zeigt, gibt er Dschaladat beim Abschied Melodien für sie mit.

Dschaladat macht sie ausfindig. Angesichts von Scharochs Geschenken, die ihr aus einer anderen Welt zugegangen sind, ist sie fassungslos. »Haben Sie den Verstand verloren?«, sagt sie. »Scharoch ist im Krieg getötet worden.«

»Wer unsterbliche Klänge in sich trägt«, entgegnet Dschaladat, »stirbt nicht. Die Schönheit stirbt nicht, sie reist nur zwischen Sein und Nichtsein, zwischen Laut und Stille.«

Rauschan und ihre Freunde hören ihn Flöte spielen und sind ganz verzaubert, seine Musik öffnet ihnen das Tor zu einer anderen Welt. Nach seinem Spiel geht Dschaladat. Im strömenden Regen läuft Rauschan hinter ihm her und fragt ihn: »Wie kann auch ich solche Musik lernen?« Mit dieser Frage beginnt Dschaladats Freundschaft mit Rauschan.

Mit drei Freunden und drei Freundinnen besucht sie später den heimatlosen Mann in der sechsten Etage des ausgebrannten Hotels. Wenn Rauschan damals nicht einen Dichter geliebt hätte, den sie dann auch heiratete, hätte sie sich hoffnungslos in Dschaladat verliebt, der sie lächelnd warnte: »Wer bei Verstand ist, wird sich nicht in einen Wanderer verlieben. Und ich bin so ein Wanderer. Sich in mich zu verlieben, ist völlig aussichtslos, es hat keinen Sinn.«

Ehe Scharoch mich als Schreiber und Erzähler für dieses Buch vorschlug, betraute Rauschan einen ihrer jungen Freunde damit. Dessen Geschichte über Dschaladat wurde in einer literarischen Zeitschrift unter dem Titel »Mitternacht eines Musikers« veröffentlicht. Darin wird von einem Mann namens »Jamal Klarinette« erzählt, den ein weißer Phönix in ein anderes Reich trägt, wo er von Musikern die hohe Kunst erlernt. Die eigenen Klänge berauschen ihn dann dermaßen, dass er den Verstand verliert und eines Nachts aus dem sechsten Stock eines Hotels springt.

Offensichtlich war der junge Dichter mit der Aufgabe, das Leben Dschaladats zu erzählen, überfordert. Lange Zeit hatte Dschaladat keine Ahnung von den Aktivitäten Rauschans und ihrer Freunde, die nach einem Autor fahndeten, der imstande wäre, diese umfangreiche, komplexe, fantastische Geschichte mit so vielen Figuren, die in mehr als einer Welt unterwegs sind, zu erzählen. Zum Spaß nannten sie sich »Rauschans Gruppe für die Bewahrung von Dschaladats Leben vor Tod und Vergessen«. Eine Gruppe, die mir später beim Sammeln von Informationen über Dschaladats Leben eine große Hilfe war.

Scharoch, der mich dann vorschlug, hatte einen Roman und Gedichte von mir gelesen. Als ihn die Kugel traf, steckte mein Gedichtband »Schuld und Feier« in seinem Rucksack. Er sagte zu Dschaladat: »Qaqnas, ich werde dir einen Schriftsteller finden.«

Dschaladat fragte dann Rauschan und ihre Freunde nach ihrer Meinung zu den Werken Ali Sharafiars. Rauschan hatte von mir noch nicht gehört. Sie las meine Artikel, Romane und Gedichte. Nach der Lektüre des Romans »Ein Apfel am Ende der Welt« lief sie unter Tränen zum Hotel und sagte: »Großer Gott, nur er kann deine Geschichte erzählen. Das ist kein Mensch, das ist ein Tier, das Gott erschaffen hat, um Geschichten zu erzählen.«

Mit Rauschan verband mich ein gemeinsames Bild vom Menschen. Ich hielt Aristoteles' Definition »Der Mensch ist ein politisches Tier« für falsch und behauptete stattdessen, der Mensch sei ein erzählendes Tier. Das war nicht nur meine Meinung, sondern die Ansicht von vielen zeitgenössischen Intellektuellen, die ich schätzte.

»Lange bevor der Mensch Politik betrieben hat, hat er Geschichten erzählt. Lange bevor er Städte gründete und Imperien errichtete, war er ein erzählendes Wesen. Nach der Jagd ist das älteste Kennzeichen des Menschen das Erzählen. Auch die Religionen basieren auf Geschichten, die philosophischen Lehren und die Gesetze stammen im Grunde genommen von Geschichten ab. Die Größe ebenso wie das Unglück des Menschen kommen daher, dass er an seine eigenen Geschichten glaubt. Das Sklavendasein der Kurden kommt daher«, übertrieb ich dann, »dass wir irgendwann die Fähigkeit verloren haben, Geschichten zu erfinden. Seit Jahrhunderten erzählen wir uns die Geschichten anderer Völker. Ein Volk, das keine eigenen Geschichten hat, hat keine Zukunft.«

Als ich damals, kurz nach meiner Ankunft, Rauschani Mustafa Saqzi anrief, warteten schon alle auf mich. Sie wussten, welche Herausforderungen mich erwarteten. Sie glaubten, was mich dazu bringen würde, anzubeißen, wäre der Tod Scharochs: ein Rätsel, um dessen Lösung ich mich bemühen würde. Aber das, was mich wirklich zum Staunen brachte, war Dschaladat selbst. Krimi-Rätsel interessierten mich nicht. Was mich neugierig machte, war der Charakter eines Menschen, nicht die Rätsel und Geheimnisse um ihn herum. Was mich bei Dschaladat anzog, waren seine Narben, seine Flöte, seine Widerspenstigkeit gegen ein Buch, das nach seiner Vorstellung nichts als die Wahrheit enthalten sollte. Was mich dazu bewegte, all mein Können aufzubieten, war der Krieg, den wir einander gleich zu Beginn erklärten, der Krieg der Geschichte mit dem Leben, der Schönheit, wie sie ist, mit der Schönheit, wie sie zu sein hat. Während die Geschichte nach und nach vorüberzog und unheilvolle Wahrheiten ans Licht brachte, stellte ich fest, dass es die sagenhafte Schönheit, die ich in Texten und Geschichten suchte, nicht brauchte. Denn Dschaladat selbst kam vom fernen Ufer eines Meers der Schönheit. Er war ein Vogel, der über jenes Wasser hinweggeflogen war. Jetzt weiß ich, dass ich mich von Anfang an in einen aussichtslosen Kampf verrannte. Denn meine Erzählerfantasie wurde ganz selbstverständlich überholt von einer größeren Fantasie, der Fantasie eines Mannes, der »eine Wolke in einer Hose« war, wie Majakowski es einmal ausdrückte.

Ende 1995, Anfang 1996 beginnt Dschaladat im aufgewirbelten Staub des Bürgerkriegs mit seinen legendären Reisen durch die südlichen Gebiete Kurdistans. Niemand erfährt, wo und wem Dschaladat das Bild der Stadt der weißen Musiker übergibt. Das bleibt eines seiner größten Geheimnisse. Er trägt lange schwarze Hosen, eine pechschwarze Mütze, einen dicken Schal um den Hals und eine schwarze Sonnenbrille. Mit dem Bild, das den Betrachter in die Welt unsterblicher Schönheit einlädt, bricht er auf. Er verteilt es an Menschen, die einen ermordeten Musiker, Maler oder Poeten in sich tragen. Ängstlich öffnen sie ihm und fragen, wer er ist und was er will, und nehmen das Bild entgegen.

»Es war«, sagte Dschaladat später, »als würde ich seltene Blumen auf den verschiedensten Feldern pflanzen und darauf warten, dass ein Wanderer sie aufspürt und ihren Sinn und Zusammenhang ergründet.«

Zur selben Zeit verteilte Dschaladat auch die Briefe. An jene, die ihre Kinder in den Massengräbern, an jene, die ihre Familien bei den Massenmorden verloren hatten. An jene, deren Brüder und Väter, Schwiegertöchter und Enkelkinder nicht zurückgekehrt waren. Sie erhielten Post aus der Hand eines merkwürdigen Mannes auf einem weißen Pferd. Eines namenlosen Boten. Vom Süden bis hin zur türkischen Grenze taucht er überall mit dem ewigen Schrei des Menschen, mit den Schreien der liebsten Angehörigen auf. Die Empfänger erkennen die Handschrift ihrer Verwandten und Bekannten. Sie erkennen ihre Schreie. Sie lesen von ihren Qualen.

Ein junger Mann kommt geritten und klopft an. Er lässt die Briefe da, ohne zu sprechen. Ein Postbote aus einer anderen Welt. Er reitet durchs Feuer des Bürgerkriegs. Jeder Brief ist eine Todesgeschichte für sich, überbracht von einem Postboten mit langem Bart und totem Blick. Er überbringt die Wahrheit, der man kein Wort hinzufügen darf. Die Wahrheit, wie sie aus den Seelen der Opfer tritt, die sich an ihren Tod erinnern.

Die Geschichten der Briefe, die die Menschen von ihren Märtyrern bekommen, machen die Runde. In kurzer Zeit füllt sich das Land mit den Schreien der Menschen, die im Bürgerkrieg in Vergessenheit zu geraten drohen. Gassen, Hütten, Schuppen, Veranden und Höfe füllen sich mit Erinnerungen an die Menschen, die aus der Ferne rufen. Die Opfer wünschen nicht Rache, aber sie wollen nicht vergessen werden. Sie verkünden ihre Hoffnungen. Sie schicken uns die Sätze, die sie zu Lebzeiten nicht mehr haben sprechen können. In den Briefen artikuliert sich ihr Leben, mit dem sie, wenn sie nicht gestorben wären, die Welt geschmückt hätten.

»Ali Sharafiar, unterwegs las ich die Briefe«, sagte Dschaladat, »sie versetzten mich in einen Rausch, wie ein Stück von Mozart. Es waren keine Klagen, die Opfer wollten uns mit ihren Qualen nicht Schmerz zufügen, uns nicht in Angst versetzen. Es war, als riefe ein gesunkenes Schiff ein noch schwimmendes. Als riefe ein Vogel über den Wolken einen anderen Vogel, der unter den Wolken fliegt.«

Mehrmals kehrt Dschaladat in die Stadt der weißen Musiker zurück. Er trifft Scharoch am Ufer des Sees, in dem er mit Ishak und Sarhang geschwommen war. Dort hatte seine lange Reise in die sagenhafte Stadt begonnen. Im reinen Wasser des Sees nahm der Weg zur Welt der Unsterblichen seinen Anfang.

Mit Scharoch musizierte er, bis sie vor den Mauern der weißen Stadt ankamen. Die Klänge waren es, die sie dorthin brachten. Er erlebte, was er Jahre zuvor mit Ishak erlebt hatte. Seine Reisen mit Ishak hatten der Vorbereitung gedient. Je öfter er den Weg ging, umso magischer kam er ihm vor. Und niemals war es derselbe.

»Das ist ein großes Geheimnis«, sagte Scharoch. »Wir können eine Melodie nicht zweimal auf dieselbe Weise spielen. Die Schönheit ist darum ein grenzenloser Ozean, weil der Mensch ihr auf immer anderen Wegen begegnet. Das Buch, das du zum ersten Mal liest und das dich glücklich macht, ist bei der zweiten Lektüre ein anderes und macht dich anders glücklich. Mit der Musik und mit den Bildern ist es ähnlich. Wichtig ist nicht, wie man Schönheit sieht, sondern wie man richtig damit umgeht. Wer in den ersten Wellen ertrinkt, hat die Größe des Ozeans nicht erkannt, nicht die Segel der Schiffe entdeckt, die am anderen Ufer auf uns warten ...«

Und Ishak hatte gesagt: »Dschaladat, was ich dir von diesem Ozean zeigen kann, ist nur ein Tropfen. Was die Propheten, die großen Musiker aus dieser Stadt in die Welt befördert, was die Poeten gerettet haben, ist nicht mehr als ein paar Tropfen der menschlichen Träume, Fantasien und Obsessionen. Der Mensch ist vergänglich, aber seine Schönheit ist ewig. Die Ewigkeit ist eine riesige Stadt, und jeder von uns ist darin eine Gasse. Was in dieser Stadt lebt, ist nicht der Mensch selbst, sondern das Wesen seiner Existenz, seiner Schönheit, seiner unerreichten Wahrheit.«

Wenn Dschaladat Flöte spielte, wenn er die Bilder der weißen Stadt verteilte, wenn er einen Brief austrug, hatte er das Gefühl, uns etwas aus der Ewigkeit zu bringen. Der Krieg, den auch er erlebt hatte, die Toten, das Blutvergießen, all dies hatte die Menschen dazu getrieben, sich auf das Unvergängliche zu konzentrieren.

Ishaki Lewzerin zeigte ihm die Narben aus der Nacht seines Todes. »In einem Land, wo die Mauer zwischen Leben und Tod fällt, ist die Nähe des Todes die Nähe der Ewigkeit. Der Tod kann das Ewige in uns nicht töten. Du bist der Beweis, dass der Mensch getötet werden kann, dass aber seine Schönheit ewig ist.«

Als ich Dschaladat kennenlernte, wusste er schon, dass er eines Tages nicht mehr wiederkehren würde. Eines Tages würde er Abschied nehmen. Er wusste, dass er eines Tages hinter den Mauern der mächtigen Stadt zu einem der traurigen Musiker werden würde, die aus der Ferne an uns denken. Das Reisen zwischen den Welten stimmte ihn traurig. Es führte ihm die menschlichen Qualen vor Augen. Er begegnete Mädchen, deren Herzen man nachts schon aus der Ferne brennen sah. Er passierte Heerscharen einsamer Frauen, die Abend für Abend auf etwas warteten, das nie eintreffen würde. Er betrat Dörfer, die nur von Waisenkindern bewohnt waren. Er begab sich in Städte, wo Frauen hinter einem Türspalt auf einen Brief aus dem ewigen Reich lauerten. Kinder waren ihm gefolgt und hatten ihn um Briefe von ihren Vätern gebeten. Er war von Reiterinnen verfolgt worden, die einen Brief ihres Geliebten ersehnten. Väter waren ihm wie hungrige Tiere nachgerannt, um sich nach ihren Kindern zu erkundigen. Unzählige hatten vor seinen Augen Tränen vergossen. Wo er auch war, tauchten Gesichter auf, die heulten.

Mit jeder Reise wurde Dschaladat stiller und bleicher. Seine Stimme klang mit jedem Mal ferner.

Als ich ihn kennenlernte, befand er sich auf dem Gipfel seines Ruhms. Er wirkte gleichmütig. Ich hielt es anfangs für eine Folge des Erfolgs und begriff erst später, dass es eine Folge der Reisen war, die er hinter sich gebracht hatte. Zu der Zeit waren seine Konzerte im ganzen Land in aller Munde.

Dschalil Baran berichtete mir ausführlich. Der Abend, an dem Dschaladat mit seiner Flöte bei Muhammad Firdausi und seinen Freunden aufgetaucht war, war ein historischer Abend. Dschalil Baran sagte: »Er veränderte unser Leben. Bis dahin waren wir ein paar Kinder, die an den Instrumenten herumprobiert hatten. Wie ein weißer Schatten erschien er in seiner langen weißen Hose und hauchte uns mit noch nie gehörten Klängen an.

Dann war er über zweieinhalb Jahre spurlos verschwunden. Muhammad Firdausi und ich machten uns große Sorgen. Wir suchten lange nach ihm, bis wir schließlich hörten, er sei im Gewahrsam einer der Parteien an einer Krankheit gestorben. Wider Erwarten kehrte er zurück. ›Dschaladat, wo bist du gewesen?‹, fragte ich ihn. ›Was ist passiert?‹

›Ich flog‹, sagte er, ›über ein Meer aus Schönheit.‹ Er setzte sich zwischen uns und bat uns, die Band in ›Weißes Boot‹ umzubenennen. Er drückte seine weiße Flöte an die Lippen und spielte die Musik, die unser Leben von Grund auf veränderte. Alle Musik, die ich gespielt, gelernt und gehört hatte, war ein Schaum, der von Dschaladats Klangwellen weggespült wurde. Als ich nach Hause ging, war mir, als hätte ich den Verstand verloren. Wie in der Nacht, wo ich mitten auf dem Fest aufgestanden war und die falschen Musiker verlassen hatte. Ich zerbrach meine Kassetten, verbrannte meine Noten. Nachdem ich diese Musik gehört hatte, wollte ich sterben. Ich hatte das Gefühl, man müsste sterben, um die Klänge in sich zu bewahren. Um nicht am nächsten Tag im

Lärmen der Eisenschmiede, Kesselflicker und Zinngießer alles zu vergessen. Merkwürdigerweise, als wüsste er über meinen Zustand Bescheid, klopfte er spät noch an meine Tür. Er hatte ein großes Gemälde dabei, auf der Verpackung stand ›Die Stadt der weißen Musiker‹. Er ließ mich das Gemälde nicht ansehen. Er gebe es mir in Verwahrung, sagte er, es sei etwas Wertvolles, das ihm ein hoch geschätzter Lehrer dagelassen habe. Und es sei aus der Stadt, wo wir uns kennengelernt hatten. Er legte mir die Hand auf die Schulter und sagte: ›Wer weiß, vielleicht wird es eines Tages dir gehören.‹

Er sah, dass ich geweint hatte. ›Dschalil Baran, nimm deine Flöte und lass uns gehen‹, sagte er. Es war eine stürmische Nacht, es regnete, und der Wind fegte durch die schlafende Stadt. Ich war älter als er, folgte ihm aber wie ein Kind. Er spielte Flöte, und ich folgte ihm. Ich weiß nicht, wann ich gewagt habe, die Flöte anzusetzen. Ich war nicht so schöpferisch wie er. Dennoch spürte ich, dass der schlafende Musiker, nach dem ich seit Jahren suchte, langsam in mir erwachte. Der Regen, schien mir, wurde zu Musik, indem er durch meine Flöte rann. Die Nacht verschmolz mit jedem meiner Atemzüge zu Musik. Der Blitz entlud sich zwischen meinen Fingern in Tönen. Ich folgte ihm die ganze Nacht, ohne zu fragen, wohin er mich führte. Ich glaube, er wusste es selbst nicht. Die Erde gehörte uns. Das Universum war unsere Bühne. In jener Nacht fühlte ich mich zum ersten Mal als Musiker.

Danach blieb ich Dschaladat wie ein Derwisch auf den Fersen. Am nächsten Tag fand ich Muhammad Firdausi ebenfalls ganz niedergeschlagen vor. Nach Dschaladats Musizieren war er nicht mehr der Meinung, die Kunst sei ein Boot aus Schnee, das mitten auf dem Meer auftauen und uns ertrinken lassen würde. Nun war er überzeugt, die Kunst hätte die Macht, das Meer zu überqueren. ›Auch wenn wir ertrinken‹, sagte er, ›unsere Musik und unsere Bilder werden das andere Ufer erreichen.‹

Dschaladat wurde unser Lehrer. In dem Keller erweckte er die Musiker in uns. Er lehrte uns, im Spielen das Fliegen und die Musik, das Jetzt und die Ewigkeit zu vereinen. Während des Bürgerkriegs gaben wir Konzerte, die wie ein Zauber wirkten. Die Musik heilte Blinde, ließ verwelkte Gärten grünen, machte unfruchtbaren Boden wieder fruchtbar. Als Zaubermusiker wurde Dschaladat im ganzen Land bekannt. Zu Beginn jedes Konzerts verbeugte er sich, nannte den Namen eines Toten und sagte: ›Was Sie heute zu hören bekommen, ist die Seelenmusik eines Mannes, die ich Ihnen aus dem Totenreich mitgebracht habe.‹

Wir dachten, dies wäre eines seiner Zauberspiele. Wir glaubten, er würde seine Stücke nach toten Musikern benennen. Wir spielten in Groß- und Kleinstädten und Dörfern und wurden überall erwartungsvoll empfangen und unter Tränen verabschiedet. Dann hörten wir auf, Hallen zu mieten und unsere Konzerte anzukündigen. Wir zogen los, einfach zu Fuß. Muhammad Firdausi war immer dabei mit seinen Pinseln und verewigte unsere Musik auf Papier. Er wollte unsere Seelen porträtieren. Wenn wir Städte und Dörfer hinter uns ließen, warteten weiße Hengste auf uns, die uns davontrugen. Wir kamen durch Friedhöfe und sahen mit eigenen Augen, wie Musiker aus ihren Gräbern auferstanden und uns folgten. Nach hundert Jahren unter der Erde begleiteten sie uns und spielten unsere Musik. Man sah Musiker, soweit das Auge reichte. Eine Armee aus auferstandenen weißen Musikern. Ich konnte sie alle sehen. In den Großstädten bildeten sie mit uns ein großes Orchester. So erreichten wir das Meer, die Sonne, die fernen Quellen der Schönheit. Dschaladat wusste, dass ich einer der wenigen war, der all die toten Musiker sah, die hinter uns auferstanden waren. Diese mächtige Armee, die dafür sorgte, dass unsere Musik wie die Ewigkeit klang.

Unsere Gruppe ›Weißes Boot‹ wurde überall bekannt.

Wir bewegten uns durch Kriegsgebiet. In den verödeten Städten gaben wir Konzerte für die Stille, die Dunkelheit und den Nachtwind. Wir ließen die Musik die Todesgeschichten dieses Landes erzählen.

Bisweilen erreichten wir Gegenden, die nicht zu diesem Planeten gehörten. Felder aus harmonischen Farben und Bildern. An solch einer Stelle verloren wir eines Tages Muhammad Firdausi. Ich nehme an, er ist so tief in die fantastischen Gärten eingedrungen, dass er nicht zurückgefunden hat. Mit jeder Reise wuchs unser Orchester. Jeder Ton eines Instruments wurde von Tausenden unsichtbaren Instrumenten begleitet. Tausende Flöten wurden durch meine Flöte wieder zum Leben erweckt. Tausende Geigen meldeten sich zurück.

Inzwischen verließ uns Dschaladat häufiger. Deshalb führte ich die Armee für ihn an. Als wir zurückkamen, sagte er, jetzt sei für mich die Zeit gekommen, mir das Bild der Stadt der weißen Musiker anzusehen. Nun gehöre das Gemälde mir. Als ich nach Hause kam und das Bild betrachtete, zog es mich magisch in seinen Bann.«

Während ich mich in der Heimat aufhielt und am Buch arbeitete, besuchte ich zwei Konzerte ihrer Gruppe. Die Musik erschütterte mich, in ihr wogten mächtige Wellen. Dass die kleinen Instrumente in den Händen der Musiker nicht ausreichten, solche Wellen zu erzeugen, war klar. Im zweiten Konzert saß ich ganz hinten auf einem kleinen Stuhl. Versunken in den Zauber der Musik, war ich nicht fähig, aufzublicken. Als ich mitten im Konzert die Augen öffnete, sah ich, dass es den anderen Zuhörern genau wie mir erging. Auf einmal spürte ich eine Brise. Ich entdeckte ein Meer von Musikern, das hinter der Bühne begann und sich in die Unendlichkeit erstreckte. Nach dem Konzert fiel ich Dschaladat in die Arme und weinte. Er weinte nicht mit mir. Er hielt mich nur fest und sagte: »Sie müssen die Wahrheit schreiben, nichts als die Wahrheit.«

Bei einem dieser Konzerte geschah es, dass Dschaladat in den vorderen Reihen Schanas Salim erblickte. Sie schaute staunend und mit großer Ehrfurcht zu ihm hoch, so als traute sie ihren Augen und Ohren nicht. Trotz ihres Hasses konnte sie bis zum Schluss den Blick nicht von ihm abwenden.

Rauschani Mustafa Saqzi war auch ein Mitglied der Gruppe. Bei den Konzerten stand sie stets neben Dschaladat und spielte Geige.

Als sie mir Jugendfotos von Scharoch zeigte, erkannte ich ihn wieder, den jungen Mann, der sich mir im Flughafen von Amsterdam in den Weg gestellt hatte. Da war er zum letzten Mal aufgetaucht. Danach trat Dschaladat die Reise in die Stadt der weißen Musiker allein an. Dschaladat erklärte es mir: »Jeder Qaqnas erscheint einmal zum letzten Mal. Einmal kehrt jeder Phönix aus der weißen Stadt nicht mehr zurück. Dann vereinigt sich die Leidenschaft für Schönheit mit der für den Tod.«

Er selbst war mehr als einmal tot gewesen. Was ihn getrieben hatte, all die bitteren Erfahrungen wieder und wieder zu machen, war erloschen. Nun wollte er ein für alle Mal sterben, hinübergehen und nicht mehr zurückkehren. Wir wussten, dass der Tag seines Weggangs nahe war. Die Zeit, die wir zusammen verbracht haben und in der wir dieses Manuskript immer wieder durchgegangen sind, ist und bleibt die wichtigste meines Lebens.

Oft erschien er in hohen Stiefeln und im Ledermantel. Wir hörten zusammen klassische Musik. Jedes Mal, wenn ich ihm mein Gekritzel überreichte, strich er das meiste durch – oder er fügte vieles hinzu. Gelegentlich sagte ich, das Buch würde so dick werden, dass die Menschen hierzulande, die bereits bei der Lektüre eines Zeitungsartikels außer Atem gerieten, es nicht lesen würden.

»Ein Buch sollte nicht leicht zu lesen sein«, meinte er. »Manche Bücher müssen Jahrhunderte auf den richtigen Leser warten.«

Acht Stunden täglich brachte ich in dem Hotel zu, das nach und nach verwaiste. Drei Monate vor dem Abriss wohnte nur noch Dschaladat dort. Ich war ihm in jener Zeit am nächsten. Wir mussten uns beeilen, damit alles fertig war, ehe zwangsgeräumt wurde. Ich war mir sicher, der Tag, an dem die Polizisten ihn und seine Siebensachen auf die Straße befördern würden, würde sein letzter in dieser Stadt sein. Er würde einfach gehen und nicht mehr zurückkehren.

Immer rascher sah er alles durch. Widerwillig gab er mir die Erlaubnis, einiges hinzuzufügen. Ich spürte, dass das ständige Erzählen seiner Geschichte ihm wehtat. Er wusste, dass alles vorbei war.

Manchmal verschwand er für einige Tage, während ich mich mit seinen zerfetzten Notizheften beschäftigte. Wenn ich müde war, bat ich ihn, für mich Flöte zu spielen. Er ging dann auf den Balkon und spielte seine Musik. Noch heute sehe ich ihn wie einen griechischen Gott, wie Krishna dastehen und musizieren. Als ich später auf Einladung eines Politikers in den Neubau ging, der das alte Hotel ersetzte, fühlte ich nichts. Ich saß meinem Gastgeber gegenüber, schloss die Augen und dachte an die Tage zurück, in denen Dschaladat mit den Flüchtlingen da gelebt hatte. Ich hörte seine Flöte, ich allein.

Ab und zu besuchten mich Dschalil Baran und Rauschan Mustafa, wenn ich am Schreiben war. Sie wollten die Dinge hinauszögern, denn sie waren der Meinung, Dschaladat würde nicht gehen, solange das Buch nicht geschrieben war. Ich wusste aber, dass auch diese Geschichte ein Ende nehmen musste, wie alle anderen Geschichten. Zum ersten Mal war der Aufenthalt meines Protagonisten im realen Leben an die Geschichte gekoppelt. Für mich war es belastend zu wissen, dass das Ende dieser Geschichte auch das Ende von Dschaladats Leben unter uns sein würde. Und das Ende seiner Reisen in die weiße Stadt.

Der Mann wurde immer bleicher. Ich fürchtete, er würde sich auf dem Balkon in eine Skulptur verwandeln und nie wieder rühren. Die kurze Zeit, die ihm unter uns blieb, verbrachte er damit, seine Musik an die Mitglieder des »Weißen Boots« weiterzugeben. Wie Vögel sollten sie die Töne nach seinem Weggang in die Welt entlassen. Und bis zum letzten Moment wollte er die Briefe der Toten austragen.

»Der größte Kummer meines Lebens ist, dass ich die Karte mit den Massengräbern nicht versteckt halten konnte.«

Ich sagte: »Es ist nicht deine Schuld. Du warst bereit, dein Leben einzusetzen – und das hast du auch getan –, um sie zu retten.«

Wenn er Dalia besuchte, die ins Lager zurückgekehrt war, gönnte auch ich mir eine Pause und besuchte Rauschan zu Hause, die im Garten dem alten Mahdi Scharoch gegenübersaß und übte.

Manchmal kam auch die ganze Schar ihrer Kommilitoninnen und Kommilitonen aus der Kunstakademie. Ich spielte mit Mahdi Scharoch eine Partie Backgammon und hörte den jungen Leuten zu. Ich erfuhr, wie berühmt Dschaladat war. Sein Ruhm war größer als der jedes Politikers oder Sängers, aber er wusste es nicht. Er lebte im Gefühl der Einsamkeit und Heimatlosigkeit, das ihn nicht einen Augenblick verließ. Wenn er durch die Stadt ging, schien er niemanden zu kennen. Er war überall nur ein flüchtiger Gast.

Jedes Mal, wenn er von Dalia zurückkam, sagte er, etwas sei noch nicht in Ordnung. Er spürte, er habe noch vieles zu erledigen, wusste aber nicht, was.

An einem der letzten Tage unserer gemeinsamen Arbeit beugten wir uns über die Manuskripte, als ein hagerer, bleicher Mann den Türvorhang beiseiteschob und eintrat. Er trug einen langen grauen Mantel; eingestaubt, müde, das Haar fast vollständig ergraut. Seine Hände waren verbrannt, seine Oberlippe angeschwollen, seine Lippen mit Fieberbläschen übersät.

»Wer von euch ist Dschaladat«, fragte er uns auf Arabisch.

»Ich«, antwortete Dschaladat.

Der Mann lehnte sich an die Wand und schloss kurz die Augen. »Ich bin Basm Uaid Subhi Dschasairi. Ich bin zu Fuß aus dem Süden gekommen, ich habe Sie gesucht.«

Nach Dschaladats Entführung hatte Mustafa Schaunm das meiste aus dem Zimmer retten können. Aber die Akte von Basm Dschasairi war und blieb verschwunden. Möglicherweise war sie einer der Parteien, dem Sicherheitsdienst oder der Polizei in die Hände gefallen. Nach dem Aufstand der Kurden machten die Geschichten von Akten, die man in allen möglichen Einrichtungen des Regimes entdeckte, die Runde. Die Parteien richteten spezielle Archive ein. Einige verkauften alles, was sie bekommen konnten, an die Amerikaner, für die zu dieser Zeit jedes Blatt Papier aus dem Irak von Bedeutung zu sein schien.

Basm war jahrelang zwischen den Haftanstalten hin und her

geschleppt worden, man hatte alle möglichen Foltermethoden an ihm ausprobiert. Nach dem Todesurteil hatte man ihn, statt ihn ehrenhaft zu hängen oder zu erschießen, einem Labor für biologische Waffen zu Experimentzwecken überlassen, wie eine Ratte. 1990, nach dem Aufstand gegen Saddam, fand man ihn halb tot in einer unterirdischen Zelle. Er war danach in die südlichen Sümpfe geflüchtet und hatte sich mit ein paar bewaffneten Schiiten zusammengetan. Tags hielten sie sich versteckt, und nachts ruderten sie durch die Sümpfe. Auch dort war er der Fremde gewesen. Alles war von Angst vergiftet; Leben, Essen, Atmen, Ausgehen waren reglementiert. Als er sich der Gruppe anschloss, teilte man ihm mit, dass selbst der Dunst der Speisen nicht aufsteigen dürfe. Die Geflohenen hatten nichts anderes zu tun, als sich zu verstecken. Seine Erinnerungen an die Gefangenschaft gingen Basm unaufhörlich durch den Kopf. Viele Menschen waren vor seinen Augen gefoltert und exekutiert worden. Er hatte sich mit denen angefreundet, die aus dem Tod zurückkehrten, um die Folterknechte im Schlaf zu ersticken. Gegen Morgen im Röhricht war er ab und an Schatten begegnet, die nach ihm riefen und ihn zu Dalia führten, zu der Frau, mit der er sich jede Nacht von seiner Zelle aus an einem fernen Ort getroffen hatte.

Nachdem Saddam Husseins Truppen die Sümpfe trockengelegt und die Heimat der schönsten Enten der Welt verwüstet hatten, flüchteten Basm und seine Freunde in die Stadt und suchten Unterschlupf in den Blechhütten der Bauern, die unerschütterlich auf Muhammad Al Mahdi, den verborgenen Imam, warteten. Zu diesen Zeiten erreichte die Liebe zu Imam Hussein einen Höhepunkt. Basm musste sich als Leichenbestatter ausgeben, um in die Armee des Imam Hussein aufgenommen zu werden. Bis in die heiligen Stätten des Imams folgten ihm die Schatten. Eines Tages hatte ihm einer der Schatten eine Akte in einer grauen Tüte überreicht mit dem Stempel des Sicherheitsdienstes meiner Heimatstadt. In der Handschrift eines Halbanalphabeten war darauf notiert: »Waren von Dschaladat Ismail«.

Offenbar hatte jemand Basms Akte zufällig in die Hände bekommen und sich damit auf den Weg in den Süden gemacht. So kam Basm zu ersten Informationen über seine eigene Gefängniskarriere. Ich erfuhr die Geschichte durch einen Brief, den Dalia Jahre später an Musa Babak schrieb. Aber als uns Basm Dschasairi die Geschichte erzählte, stellte sich die Sache anders dar. Basm sagte, ein Teil seiner Akte sei in einer oppositionellen Zeitung publiziert worden. Er sei mit Feinden des Diktators in Berührung gekommen, denen seine Akte zugespielt worden sei.

Als Basm Dschasairi an diesem Tag in der sechsten Etage auftauchte, wusste er nichts von der langen Beziehung zwischen Dschaladat und Dalia. Dschaladat begegnete ihm mit Ehrerbietung, wie einem Sultan. Die langen Jahre der Gefangenschaft hatten, abgesehen von Dalia, alles aus Basms Gedächtnis gelöscht. Sein überraschendes Erscheinen war für Dschaladat ein Vorzeichen des Endes. Vielleicht hatte er schon geahnt, dass es sein Schicksal war, den Weg frei zu machen, auf dem Dalia und Basm zuletzt doch noch zueinanderfinden würden. Ich sah Tränen in den Augen des Mannes, der dazu verurteilt war, Schönheit und Liebe zu retten.

Basm Dschasairi konnte nicht glauben, dass Dalia so nah war. Doch schließlich umarmte er Dschaladat und sagte: »Bring mich zu Dalia, mein Freund, bevor die Sonne aufgeht.«

Dschaladat hatte sich immer gewünscht, Dalia vor seinem Weggang ein Geschenk zu machen. Ich wusste, dass mit Basms Auftauchen eine große Geschichte ihren Abschluss fand. Ich flehte Dschaladat an, mich mitzunehmen, ich wollte dabei sein, wenn Dalia und Basm sich in die Arme fielen.

»Ali Sharafiar«, sagte er abwehrend, »Sie haben zu viel schlechte Filme gesehen. Die Dinge sind nicht so, wie Sie denken.« Er wusste, dass diese Liebe, die Gefangenschaft, alle denkbaren Katastrophen und den Krieg überlebt hatte, eine verborgene Liebe war und verborgen bleiben musste. Um Basm und Dalia vor weiterem Unheil zu bewahren, lehnte er es ab, mich mitzunehmen. Weder ich noch irgendjemand sollte das glückliche Ende miterleben.

»Verzeihen Sie«, sagte er, »diese Liebe ist nicht die Liebe zwischen einer Frau und einem Mann, sondern diese Liebe von Mensch zu Mensch geht darüber hinaus. Sie ahnen nicht, wie viel Bosheit es gibt, die solch eine Liebe auslöschen will. Wir müssen sie verborgen halten, damit niemand sie gefährdet.«

Er hatte beschlossen, diese Liebe wie ein Musikstück, wie ein Gemälde für alle Ewigkeit fernab von Krieg und Unheil zu bewahren. Sie gingen, und ich sah Basm nie wieder. War er aus Fleisch und Blut oder ein Schatten aus dem Totenreich? Und Dschaladat? War Dalia real oder eine Chimäre? Ich ließ den Kugelschreiber fallen und fing an zu weinen, ohne irgendetwas verstanden zu haben.

Von dem Liebespaar habe ich nichts mehr gehört. In den wenigen Tagen, die Dschaladat und ich noch gemeinsam verbrachten, war er nicht bereit, darüber zu reden. Sie würden an einem geheimen Ort ihre unsterbliche Liebe leben, sagte er. Das Letzte, was ich von Dalia sah, war ihr Brief, den ich nach dem dritten Golfkrieg in der Praxis Musa Babaks las, des alten Mannes, der ewig zu leben, der nie hinüberzugehen schien. Ihr Schreiben sah eher nach einem der Briefe aus, die Dschaladat aus der Stadt der weißen Musiker mitbrachte. Musa Babak hatte ihn eines Morgens vor der Tür seiner Praxis entdeckt.

Tage später stahl ich mich heimlich davon, um mich in dem Lager in den Bergen nach dem Liebespaar zu erkundigen. Ich sprach mit dem gesamten Personal, das Dalias plötzliches Verschwinden den Machenschaften einer der Parteien zuschrieb. Sie hatte sich in einer Pause von ihren Kollegen abgesondert und war nicht wieder aufgetaucht. Lange wartete ich auf ein Zeichen, auf Neuigkeiten über die zwei. Vergebens.

Dschaladat und ich hatten es eilig. In einer Woche musste das Zimmer geräumt sein. Oft arbeitete ich allein weiter. Abends kamen meistens Rauschan Mustafa Saqzi und ihre Freunde. Seit einiger Zeit probten sie nur noch in diesem Hotel.

Dann war das Manuskript fertig – aber das Buch, das ihr vor euch habt, ist etwas anderes. Jahrelang zögerte ich die Veröffentlichung hinaus, um noch manches hinzuzufügen, um Dinge zu überprüfen, um Kummer und Trauer zu bezwingen, die mich nach Dschaladats Abschied überfallen hatten.

Aber die Zeit konnte meinen Schmerz nicht lindern. Ich wartete, um die Geschichte in meinen Gedanken von den realen Figuren Dschaladat, Mustafa Schaunm, Rauschan Mustafa Saqzi und Scharochi Scharoch zu befreien. Um mich vom Anblick der toten Musiker zu lösen, die ich bei dem Konzert gesehen hatte. Um mich von dem Schrecken des Augenblicks zu befreien, in dem ein erschöpfter Mann das Zimmer betreten und sich nach Dschaladati Kotr erkundigt hatte. Ich wollte das Gefühl, ich würde die Wahrheit und nicht einen Roman schreiben, loswerden, aber ich schaffte es nicht. Das schmerzte mich unbeschreiblich. Schließlich bin ich ein Romanautor, nicht ein Diener der Wahrheit.

Eines Nachmittags gingen Dschaladat und ich in einen Copyshop. Wir ließen das Manuskript zweimal kopieren. Er beschriftete die eine Kopie mit »Mustafa Schaunm«, die andere mit meinem Namen und nahm die Handschrift an sich. Für den Abend lud er mich zu einem kleinen Abschiedsfest in den Park gegenüber der Weißen Kirsche.

Es war der Tag der Räumung. Er hatte schon am frühen Morgen seine Sachen gepackt. Er wollte sein Bettzeug einem Musiker des »Weißen Boots« schenken, sein Bett Rauschan, eine Kiste mit Kleidern Mustafa Schaunm und die Nägel mir. (Ich bewahre sie in einer Schachtel auf, die ich nicht mehr zu öffnen wage.)

Als er aus dem Hotel trat, standen seine Augen voller Tränen. Er ließ uns vor dem Hotel zurück und bat uns, ihn bis zum Abend allein durch die Stadt seiner Kindheit laufen zu lassen. Er ging zu seinem Elternhaus, um einen Blick in den Hof von Mamosta Sarmad Tahir zu erhaschen, wo jetzt ein wohlhabender Mann mit sieben Töchtern wohnte. Er ging zu dem alten Laden von Ismail Kotr. Von ferne warf er einen Blick auf seinen Bruder Dschaudat, der, alt geworden, neben einer verrosteten, verbogenen Waage saß. Er schritt seinen alten Schulweg ab, auf dem er mit Sarhang Flöte gespielt hatte. Und kam zu dem Ort, wo er in einer Sommernacht Mustafa Schaunm getroffen hatte, zu den Restaurants, den Werkstätten der Schmiede, zu dem kleinen Garten …

Als er am Abend auftauchte, war er ganz weiß. Ich berührte ihn und spürte ein Feuer in ihm lodern. Das Feuer eines Qaqnas, der wusste, dass er zum letzten Mal brannte und aus seiner Asche nicht wieder auferstehen würde.

Wir fanden uns alle in diesem Park ein. »Weißes Boot« war mit Instrumenten da. Dschalil Baran hatte mit einem kleinen Pick-up ein paar Stühle in den Park gebracht. Ein mit Speisen und Getränken beladener Tisch stand in der Mitte, daneben eine Kiste iranische Cola. Ich setzte mich mit meinem Heftchen ans Ende des Tisches und machte Notizen über die Situation, notierte all die bedeutungslosen Details, mit denen unbegabte Romanautoren gern ihre Seiten füllen.

Als Erster sprach er selbst. Er trat ruhig vor, das Manuskript in der Hand. Sein Blick schweifte über die Menge. »Guten Abend, meine Lieben. Wie ihr wisst, ist dies meine letzte Nacht, das letzte Mal, dass ich mit euch zusammensitze und musiziere. Es ist schwer zu sagen, wohin ich gehe und ob es das Ende ist, das jede Geschichte auf dieser Welt braucht. Ein unvermeidbares, erzwungenes Ende, das wir alle durchstehen müssen, die Lebenden und die Toten, die Helden ebenso wie die Nebenfiguren.« Er hob das Manuskript in die Höhe. »Mein ganzes Leben ist darin, meine Geheimnisse, die wichtigsten Tage meines Lebens. Ich nehme das Manuskript mit an einen Ort, der für die unsterblichen Dinge bestimmt ist. Eine Kopie geht an den gigantischen Ozean der Schreie. Was das ist, erfährt, wer das Buch lesen wird. Und eine Kopie ist für die Welt, für das Buch, das gedruckt werden wird.« Er hielt inne und stieß einen Seufzer aus. »Die Pflichten des Menschen sind nie zu Ende. Aber ich bin jetzt wie ein Fisch auf dem Trockenen, ein Fisch, der nur noch Kadaver ist.«

Er machte eine längere Pause, dann fuhr er fort: »Meine Lieben, ich dachte, ich könnte alles, was in der Schatzkammer der hinübergegangenen Schönheiten lagert, zurückholen. Aber seht mich an, ich bin nur noch ein Skelett, meine Asche wird nicht wieder brennen. Ich muss gehen, solange ich die Kraft dazu habe. Wir haben nicht mehr die Zeit, um über meine Leistungen und mein Versagen zu sprechen, wohl aber Zeit, um ein letztes Mal gemeinsam zu musizieren. Freunde, Worte sind beim Abschied ohne Bedeutung, lasst uns spielen.«

Er legte das Manuskript hin, nahm die Flöte und begann. Er musizierte bis spät, begleitet von der wonnetrunkenen Gruppe. Wir waren alle berauscht. Spät verließen wir den Park und machten uns auf den Weg. Wir gingen mit der Musik und achteten auf niemanden. Mustafa Schaunm und ich waren die Einzigen ohne Instrumente, aber wir waren die Berauschtesten. So viel Schönheit war fast nicht zu ertragen. Wir verließen die Stadt und liefen durch die Berge. Wir lebten einen Rausch aus, der nur für Wesen bestimmt ist, die die Schwelle des Lebens überschreiten. Rausch der Vergessenheit von Raum und Zeit, Flugrausch eines Landes, das nicht dieser Welt angehört. Wir kamen an dem See vorbei, wo Scharoch sich einst vom Qaqnas getrennt hatte. Wir traten in das Verborgene ein, gingen über kühle Wiesen. Wir sahen Tausende Tauben zum Horizont und in großen Kreisen wieder zu uns zurückfliegen. Wir wurden von morgendlichem Nebel und kühlem Abendrot umarmt. Wir stiegen über mit Rhabarber und Narzissen bewachsene Hügel. Wir gingen und gingen, bis wir einen Gipfel erreichten.

Da blieb Dschaladat stehen und zeigte mit seiner weißen Hand auf eine große Stadt, wie ein Armeeführer: »Seht, die Stadt der weißen Musiker … das ist sie.«

Ich sah das weiße Meer einer endlosen Stadt. Sie lag unter einem weißen Nebel wie ein riesiger Wal, den der Ozean nicht hatte schlucken können.

»Großer Gott«, staunte Dschalil Baran, »alle Städte der Welt zusammen könnten ihr nicht das Wasser reichen.«

Sie sei so gigantisch, meinte Rauschan, dass selbst Träume zu klein für sie wären.

Mustafa Schaunm bewunderte die Vögel über der Stadt. »Das sieht nach dem Gemälde aus, das Hawre Qudsi auf die Mauern unserer Stadt malen wollte«, sagte er.

Dschaladat bemerkte: »Mein Freund Mustafa, jeder von uns hat einmal von dieser Stadt geträumt.«

Das war das größte Geschenk, das Dschaladat uns zum Abschied machte. Wir werden es ihm nicht vergessen. Ein Blick auf die Stadt der weißen Musiker.

Es waren die letzten Momente des Abschieds. Wir durften nicht weiter. Sonst würden wir uns in unseren Träumen verirren und nicht wieder zu uns kommen, sagte Dschaladat. Er umarmte jeden, er küsste die Musiker und ihre Instrumente. Als Mustafa Schaunm an der Reihe war, sagte er: »Ohne dich wäre ich nichts als ein ewig Heimatloser in diesem Hotel geblieben.«

»Ah, Dschaladat, ich werde dich vermissen«, sagte Schaunm, »mehr als Laila Nilower.«

Als er vor Dschalil Baran stand, nahm Dschaladat einen Schlüssel, der ihm auf der Brust hing, und hängte ihn Dschalil um den Hals: »Der Schlüssel wird dir eines Tages die Türen des Ozeans öffnen.« Er gab ihm einen Kuss. »Das ist von nun an dein Schlüssel.«

Vor mir stieß er einen Seufzer aus: »Ich weiß, dass diese Geschichte für Sie nicht enden wird, niemals.«

Seine Stimme wurde immer tiefer. Seine letzten Sätze kamen ihm schwer über die Lippen. In seinem weißen Mantel erinnerte er mich an die Möwen, die ich an der Nordsee gesehen hatte. Er berührte uns alle noch einmal kurz, kehrte uns den Rücken zu und verließ uns auf einem grünen Pfad. Wir wussten nichts zu sagen. Wir sahen ihm nach, wie er, ohne sich umzublicken, mit Manuskript und Flöte in der Hand der weißen Stadt, die halb in der Sonne und halb im Nebel lag, entgegenging. Ob er in den Tod ging? Oder in die Unsterblichkeit? In ein Reich, von dem wir nichts verstehen?

Auf dem Rückweg flogen uns die Vögel voraus. Wieder passierten wir den magischen See.

Niemand sprach. Als wir die Grenzen unserer Stadt erreichten, trennten wir uns ohne Worte des Abschieds. Die anderen waren sicher, dass Dschaladats Geschichte zu Ende war. Ich war es nicht. Als ich wieder vor dem Hotel und im Park stand, vor den Stühlen, die aussahen, als lägen sie schon seit Tagen da herum, war ich von der Vorstellung besessen, dass Dschaladat noch einmal zurückkehren und in diesem Garten für uns musizieren würde. Eine Obsession, die mich vier Jahre lang verfolgte.

Ich hielt mein Versprechen nicht, mit der Kopie sofort zur Druckerei zu gehen, sondern fuhr nach Deutschland zurück. Mir war bewusst, dass ich einen großen Verrat beging. Ich behielt das Manuskript vier ganze Jahre für mich, vier Jahre, in denen mir Rauschan einen Brief nach dem anderen schrieb, in denen sie mir drohte und mich beleidigte.

Aber ich wartete noch immer darauf, dass Dschaladat wieder auftauchen würde. Ich wartete auf neue Anhaltspunkte und weitere Figuren, um mehr Klarheit zu schaffen. Ich wartete darauf, dass Dalia auftauchen und ihren Teil zu diesem Buch beitragen würde. Auf jedem Flughafen erwartete ich, angerufen zu werden: »Herr, ja, ich meine Sie. Sie sind doch der Schriftsteller Ali Sharafiar, nicht wahr?«

Überall hielt ich Ausschau nach Scharochi Scharoch. Zweimal fuhr ich heimlich nach Kurdistan. Beide Male traf ich Mustafa Schaunm in einem Restaurant. Einmal gingen wir zu Musa Babak. Er verfügte über keinerlei neue Informationen, von Dalias Brief abgesehen. Monate und Jahre vergingen, ohne dass irgendetwas geschah.

Ich besuchte in Deutschland das Grab Sebastian Müllers. Zu gern hätte ich ihn lebend getroffen. Sein Verstummen stand für mich stellvertretend für das Ende aller Mythen. Dieser Mann hätte mir womöglich mehr Klarheit verschaffen, mir weitere Tore öffnen können. Ich legte einen Blumenstrauß auf das Grab und kaufte auf dem Rückweg in einem indischen Laden am Düsseldorfer

Hauptbahnhof ein großes Bildnis Krishnas. In einem Fotostudio ließ ich ein Foto von Dschaladat auf die Größe des Krishnabildes bringen. Es war in einem Konzert aufgenommen worden. Dschaladat hat eine Flöte in der Hand. Er dreht den Kopf und blickt in die Kamera. Langbärtig, mit strahlenden Augen. Im Hintergrund sieht man Rauschani Mustafa Saqzi und Dschalil Baran. Ich hänge die zwei Bilder nebeneinander und starre sie dauernd an.

Die Stille nach Dschaladats Weggang war allumfassend. Nur er selbst hätte sich interpretieren können.

Jahrelang sitze ich in einer Wohnung in der dreizehnten Etage eines Hauses an der Konrad-Adenauer-Straße in einem Zimmer, das über den Rhein blickt, und Tag und Nacht bin ich mit der Lektüre dieses Buchs beschäftigt. Ich sehe Dschaladat in die Augen. Wir sehen uns fortwährend an. Weder kann ich ihm noch er mir etwas sagen.

Er führte mich an die Grenzen der imaginärsten Stadt der Welt, während ich ihn ins Reich der Tatsachen führen musste. Er ließ mich an seinen Gedanken teilhaben, während ich seine Wahrheit niederschreiben musste. Ich habe das Gefühl, dem Manuskript, das er mit in die weiße Stadt nahm, und der Kopie, die Mustafa Schaunm in einem der Regale des Ozeans aufbewahrt, ist ein längeres Leben beschert als dieser Geschichte hier. Wie vor dem Tod habe ich mich davor gefürchtet, mit diesem Buch an die Öffentlichkeit zu gehen. Unbedingt wollte ich das Buch an die Grenze bringen, von der aus Dschaladat sprach: auf die Schwelle zwischen Leben und Tod. Zwischen jetzt und der Ewigkeit sollte es schaukeln. Eines Tages, nach vier Jahren permanenter Arbeit und rastlosem Warten, beschloss ich, dieses Buch, es half ja alles nichts, endlich doch zu veröffentlichen. Ich war sicher, dass kein einziges weiteres Wort mehr auftauchen würde, das ich dem Buch hinzufügen müsste.

Ich fuhr nochmals in die Heimat. Ehe ich mich mit dem Manuskript zum Verlag begab, blieb ich vor dem prachtvollen Neubau des Hotels stehen. Auf einer Tafel mit bunten Lichtern blendete mich der Name: »City Palace«.

Am Boden fand ich ein Stück Gips, ich hob es auf und schrieb an die Wand: »Weiße Kirsche«.

In diesem Augenblick wünschte ich mir, alle Musiker, Poeten und Maler dieser Stadt sollten kommen und zum Andenken an Dschaladat »Weiße Kirsche« an die Wand schreiben. Ein Wunsch, der wohl nie in Erfüllung gehen wird. Ohne von irgendwem gesehen zu werden, entfernte ich mich und ging zum Verlag.

Plötzlich rief jemand: »Mein Herr, ich meine Sie, ja, Sie. Sie sind doch der Schriftsteller Ali Sharafiar?«

Der Rufer ist ein weiß gekleideter junger Mann mit bleichem Gesicht und langem, dichtem Haar.

»Ja, der bin ich«, sage ich, »Ali Sharafiar.«

»Das ist für Sie.« Er drückt mir einen Brief in die Hand. »Es ist wichtig, dass Sie den Brief lesen.« Und er geht.

Ich öffne den Brief und sehe ganz unten seinen Namen: Dschaladati Kotr.

Ich bleibe vor dem Eingang des Verlags stehen. Ich blicke zum Himmel. Während ich die Augen schließe, huscht alles an mir vorüber. Ohne ihn zu lesen, stecke ich den Brief in die Tasche. Ich weiß, dass ich ihn nie lesen werde, niemals. Ich betrete den Verlag. Sein letzter Satz klingt in meinen Ohren: »Ich weiß, dass diese Geschichte für Sie nicht enden wird, niemals.«

Aber jetzt ist alles vorbei.

Ich lege das Manuskript auf den Schreibtisch des Verlegers und sage, anstatt ihn zu begrüßen: »Leb wohl, Qaqnas.«

»Was haben Sie gesagt?«, fragt er mich verwundert.

»Nichts, Verehrter«, sage ich wie benommen, »nichts. Mir ist nur ein Lied wieder eingefallen, ›Leb wohl, Qaqnas, leb wohl!‹«

Der letzte Granatapfel

An Bord eines Bootes, das ihn zusammen mit anderen Flüchtlingen in den Westen bringen soll, erzählt Muzafari Subhdam seine Geschichte. Selbst ein hochrangiger Peschmerga, rettete er dem legendären kurdischen Revolutionsführer einst das Leben, als sie von Truppen des Regimes umstellt waren. Er aber geriet in 21-jährige Gefangenschaft, mitten in der Wüste. Wieder in Freiheit, begibt er sich auf eine Reise durch das, was aus seinem Land geworden ist. Eine Reise durch Geschichten, Geheimnisse und zu Personen, die ihm dabei helfen, seinen verschollenen Sohn zu finden. Eine Reise, die ihn schließlich auf den Weg führt, den Tausende schon vor ihm genommen haben: übers Mittelmeer in den Westen.

»Das Buch ist ein Paukenschlag. Sofort versteht man, warum der Autor in seiner Heimat Kultstatus genießt. Wie konnte ein solches Buch, ein solcher Autor sich vor unserem Buchmarkt so lange verbergen? Wir werden noch viel von ihm hören und lesen.« *Stefan Weidner, Süddeutsche Zeitung*

»›Der letzte Granatapfel‹ besitzt alles, um mit Fug und Recht als große Weltliteratur zu gelten. Kaufen, lesen, staunen!«
Claudia Kramatschek, WDR 3

»Eine wunderbare Schöpfung. Über Bachtyar Alis zeitloser Erzählung schwebt die Realität, die sich dem Leser nicht aufdrängt.« *Duygu Özkan, Die Presse*

Mahmud Doulatabadi im Unionsverlag

»Doulatabadi öffnet den Blick hinter die Mauern einer fremden Welt. Er gilt zu Recht als bedeutendster Vertreter der zeitgenössischen iranischen Erzählkunst.« *Die Zeit*

Nilufar

Von der Macht einer Liebe, die an noch größeren Mächten scheitert.

Der Colonel

Ein Roman über die Umwälzungen im Iran – vom größten Schriftsteller des Landes.

Kelidar

Ein Buch über die Liebe: zwischen Mann und Frau, zwischen Mensch und Tier, zur Erde und zur Natur.

Der leere Platz von Ssolutsch

Seit Tagen schon haben Mergan und Ssolutsch nicht mehr miteinander geredet. Eines Morgens ist der Platz neben ihr leer: Mergan muss nun alleine für ihre Kinder sorgen.

Die alte Erde

Auf dem Dorfplatz bei der Teestube, vor der versammelten Dorfgemeinschaft, vollzieht sich die Tragödie um den umstrittenen Acker.

Die Reise

Chatun wartet auf ein Zeichen, auf das versprochene Geld. Da taucht, an Krücken, ihr Mann auf.

Yaşar Kemal im Unionsverlag

DIE MEMED-ROMANE

Wie aus Memed, dem schmächtigen, ängstlichen Knaben, ein Räuber, Rebell und Rächer des Volkes wird.

Memed mein Falke
Die Disteln brennen
Das Reich der Vierzig Augen
Der letzte Flug des Falken

DIE INSEL-ROMANE

Der Romanzyklus einer paradiesischen Insel in der Ägäis, die zum Spielball der Weltpolitik wurde.

Die Ameiseninsel
Der Sturm der Gazellen
Die Hähne des Morgenrots

WEITERE WERKE

Der Baum des Narren
Auch die Vögel sind fort
Salman
Die Ararat-Legende
Der Granatapfelbaum
Salih der Träumer
Zorn des Meeres
Töte die Schlange
Das Lied der Tausend Stiere
Der Wind aus der Ebene
Das Unsterblichkeitskraut
Eisenerde, Kupferhimmel